子夜霜 屈平 京涛 主编

小说卷 上

大漠狂奔的野马

一颗露珠,折射着缕缕情思;
一片枫叶,飘洒着绵绵思绪;
一粒沙子,磨砺出串串遐想;
一个微笑,传递的是拳拳善意;
一道风景,蕴涵的是深深哲理;
一段经典,演绎的是精神盛宴……
点点读点,激发你的艺术灵光;
处处批注,打开你的智慧锦囊;
篇篇妙文,点燃你的人生梦想……
这辑美文哟,是天下最美最鲜的心灵鸡汤,
品悟它吧,你一生心里有滋养……

文心出版社

《品读经典》编委会

主编：

子夜霜　屈　平　京　涛

执行主编：

子夜霜

副主编：

梁小兰　贾少敏

编委（以姓氏笔画为序）：

与书结缘

诸君嘱我为"品读经典"书系作序,颇为难。非名人亦非什么专家,作序于售书似无益;亦非权威,谈不出什么高深玄论,会让读者失望;学养有限,阅历又浅,啰里啰唆的,徒费学子寸金时光,深恐有负众望……辞几次,拗不过,只得鸭子上架了。

从何说起,我犹豫了颇久,还是从与书结缘谈起吧。

很小的时候,我不怎么读书,就是想读书,识字也不多呀。倒是在畅快淋漓地读大自然这部大书,常常"忙"些城里孩子做梦都艳羡的事儿,丛林里听鹊儿莺儿蝉儿唱歌啦,草丛里看蚂蚁抬青虫啦,小溪里捕鱼网虾啦,点煤油灯炸螃蟹啦,抽青藤编花环啦,追逐点点流萤啦,藤蔓上荡秋千啦,采山菌摘野果啦,竹林里捉迷藏啦,山岭上看夕阳白云啦,葡萄架下听故事啦……一切都是那么的有趣!

不过,也常常伴着危险。山林若是走得深了,会遇到狼,大人也跑不过狼,小孩子得就近赶快爬到树上,呼喊人们来救援。有时也会捣蛋地逗引公牛斗架,观战须格外留神,那硕壮的牛蹄子踢一下腿,轻则骨折,要是牛角剜着了肚子,那可就呜呼哀哉了。翻石块捉蝎子风险小一些,不过有时会突然蹿出一条蛇来,骇得你出一身冷汗。采野果安全些,但也会因不辨果性而中毒。有一种植物俗名叫红眼子,学名我至今也没有弄清楚,果实与刺莓很相像,味道也是酸甜的,只是红眼子有毒性,吃多了会出人命的。不过,眼珠子滴溜溜转的孩子是能区分的,红眼子枝干粗壮而无刺,刺莓茎蔓细弱而多刺。采药的时候,小腿胳膊脸啦,被划伤是家常便饭,最让你防不胜防的是蜂子的袭击,我就曾遭遇一群小拇指大小的土蜂的围攻。我刚碰到荆棘丛那株诱人的柴胡,忽地从地下旋出一群土蜂,我没作片刻犹豫,就地滚出数丈远。但蜂子仍如战斗机般地紧追不舍。山里曾发生过公牛被土蜂活活蜇死的事,我想自己是要死了,冒出了玉皇大帝、阎王爷还有菩萨究竟是什么样子的念头。蜂子蜇了我几下,我立刻清醒了,绝不能动,即使再蜇几下也绝不能还击,否则,蜂子攻击会更疯狂,而且还会有更多的蜂子飞来。蜂子绕着我尖叫着,十来分钟后便飞走了。结果我中了九毒针,三天都吃不下饭。土蜂留给我的纪念——九个褐色斑直到四五年后才消失……一切都是那么惊险而又刺激,男孩子的探险、坚毅、无畏也许就源自大自然吧。

父亲爱读书看报。他回家后的第一件事便是搬把圈椅放在老楸树下的石桌旁,沏杯菊花茶——野菊花山里多的是,坐在圈椅里读起来。嬉闹是孩子的天性,尤其是像我这样天不怕地不怕的顽童。不过,父亲读书的时候,我是不敢疯的。一边悄悄地玩耍,一边偷偷瞄几眼父亲,渐渐地,我发现父亲读得很陶醉,在书上画着批着什么的。其实,疯玩是影响不了父亲的,只是我那时并不晓得。父亲有时还微笑,父亲虽然不曾打骂过我们,却是个极严肃的人,我寻思,书里究竟有啥稀奇居然能让父亲笑?溜进书房,翻翻父亲刚刚读过的书,都是黑乎乎的字,这些字也"可笑"?这字里一定有什么不可告人的秘密,于是我自觉不自觉地开始认字了。

认字稍多些的时候,我渐渐从只言片语的小故事里沉醉到长篇里去,到生我养我的这片土地之外的神奇世界漫游了。我读的第一部长篇是儒勒·凡尔纳的《十五小豪杰》,大概是小学二年级吧。书中讲的是15个孩子流落荒岛,后来用风筝飞离荒岛,历尽艰险,最后成了一群小豪杰的故事。书是繁体字,那时简体字我也没认几个,读,不过是结结巴巴连猜带蒙的,主人公的机智勇敢,我倒还能深深地感受到。

这本书情节离奇,加上"看官"之类评书味道的语言,我第一次真切地悟到,这世界上有比玩耍还有趣的事情。就这样,我迷上了书,吃饭时读,路上也读,蹲茅厕也读,被窝里也读。放牛时候,如果遇到雨天,我把牛赶进山洼里,然后冲到山头,寻一块平坦的巨石,把化肥袋子铺在上面,盘着脚,在伞下读了起来。那时候探险、推理、科幻、传奇的书读得多,读得如痴如醉,后来被声嘶力竭的嚷嚷声惊醒,原来牛进了庄稼地。牛糟蹋了那么多庄稼,回到家里,教训是免不了的了,但我没有敢辩说是因为读书。读书实在是一件妙不可言的事。有人说读书"如雨后睹绚烂彩虹,如江岸沐温馨春风,如清晨饮清爽香茗",这可能是年龄稍大的孩子或成年人读书的感觉吧,我那时读书,感觉就像是踩着彩虹桥去跨在弯弯的月亮上摇啊摇的。

父亲是个教书先生,在盆地里也算个小有名气的作家了。他教语文,教自然,也教美术,他的大书柜自然也是个杂货铺。我与语言文字打交道,就是从与这杂货铺结缘开始的。杂货铺里有《格林童话》《钢铁是怎样炼成的》《从地球到月亮》《唐诗选》之类的文学书,也有《东周列国志》《三国演义》《说岳全传》之类的演义书,也有《上下五千年》《史记》之类的历史故事书,也有《十万个为什么》《趣味数学》《新科学》《本草纲目》之类的科学书,等等。这些书,有的我一翻就入迷了,有的翻来翻去也不懂,便不感兴趣了,不过,有外人在跟前我还是煞有介事地读的。《本草纲目》是一部医学书,小孩子自然不感兴趣,但在随便翻翻中,我知道了李时珍写这部书很不容易,花了三十多年,中国人读它,外国人也读它。奇怪的是,我没有从医,却莫名其妙地懂一点医道,大概是与此有关吧。

我不怎么热乎书的时候,书柜好像没有落锁,迷上了书后,好像是突然落了锁。这书柜就像一块巨大的磁力方石,越是上锁就越有魔力。忽然发现,锁没有直接锁在门扣上,倒是门扣用一条松弛的链子穿过,再用锁锁着链子,可以"偷"书的哟!手伸进柜缝,能取出中间的书,但取两边的书就不容易了。我想了一个法儿,用铁丝钩想看的书。书钩出来容易,要还回去就不那么容易了。有次把书弄破了,心里打鼓了一两天,很快察觉打鼓是不必要的,父亲只是看了看那本书,就把它放到里面去了。

不久,我又发现,隔几天书柜中间总摆着一些我没有读过的书。有时书柜也不落锁,再后来就彻底不锁了,倒是父亲时常提醒我,专心读书是好事,但读上二十来分钟,眼睛要向周围望望,多看看绿叶啦青草什么的。有朋友说我读书写文章没明没夜的,却总不见我近视,很是嫉妒也很是纳闷。这可能得益于这一习惯吧。现在想想,书柜的落锁与开放,那是父亲教子读书的苦心与智慧。

有时,我也和父亲坐在老楸树下读书。父亲引导我怎么读书,起初让我点点画画一些词呀句呀段落呀的,后来让我写写自己的想法。父亲爱惜书是有名的,有个亲戚还书时不小心把书散落到泥地上,父亲心疼了好一阵子,但他从不在意我在书上画呀圈呀的。就这样,快上中学的时候,书柜里的书我几乎读了遍,尽管许多我还似懂非懂的,却隐隐约约感觉到有些知识老师似乎没有我懂的多。

父亲也让我读些报刊,给我订有《文学故事报》《中国少年报》《少年文艺》《少年科学》《向阳花》,等等。书是文明的沉淀,报刊虽不及书厚重,却是一扇通向新世界的窗口,读读报刊能呼吸到清新的空气。父亲读报有个习惯,哪篇文章写得精彩了,就把它剪下来,那时候山里没有复印机,若背页也有不错的文章,父亲就把它抄下来,然后,剪裁的和抄写的文章都贴在不用的课时计划里。父亲挑选的这些文章,更多的是让我们兄妹读。我迷上文学,可能就与父亲剪裁《文汇报》里的连载故事有关吧。

父亲爱写点东西,在我刚上小学二年级时,也硬让我开始写。那时候,我连"观察""具体"之类观念都还没弄明白,不过,写的无论长短,父亲都要细细看的,哪处写得好或不妥,都一股脑儿指出来,批改的比我写的还要多。不知不觉,我想什么就能写什么了。父亲从来没有给我买过作文书,但我的作文向来都不差。老师评讲作文时,大多是读我的作文,学校出校刊也常常有我的"大作"。语文老师在我日记、作文里批语说"有很好的文学素养""希望将来能成为什么什么"的。我因此陶醉了。

感觉良好的我，很快就得到了教训。我写了一篇两万余字的小说，自以为非常完美，寄给了父亲，"谦虚"地让他给提点意见。父亲读了三遍，没有改一个字，只是在文末批了四个字："华而不实!"要知道，那篇小说班里超过三分之一的同学都抄在笔记本里，连写作老师也大加赞赏。看到批语，我是多么沮丧啊!父亲料到我会失落，随批寄来一封信，信中说:"孩子，浮躁是成不了大器的!曹雪芹披阅十载，增删五次，写就《红楼梦》，'字字看来皆是血'……福楼拜著《包法利夫人》，一天只写几百字，千锤百炼，字斟句酌，字字如珠……这些作品都是可以传世的。语言可以写得华丽，但不能没有思想，缺乏思想深度的语言，就像一件陈列在商店里而永远售不出去的漂亮衣服，好看而无用。缺乏思想沉淀，无论语言和技巧如何绝妙，无论长短，那就是废纸一张……大学里的书很多，你可以多读些经典。经典是有灵魂的，灵魂就是那不朽的思想。不想做蹩脚的作者，就要使你的作品有影响人的灵魂的思想;不想做平庸的批评家，就要使你的评论具有独到的前瞻的震撼人的观点……"看似说教，对我的影响却是刻骨铭心而深远的。

当下，出版业可谓繁荣，就我国而言，不说报刊、互联网、电子书、手机阅读，单是出版纸质新书，2000~2012年就达1890375种，全球历年出版的新书就更多了，加上流传下来的"古书"，数量之巨是无法想象的。不说读了，就是一本一本地数，我们一辈子恐怕也数不清楚。繁荣的背后，是品质的良莠不齐，浩瀚书海不乏有让你手不释卷的佳作，但更多的书是你不需要读的，或者就是粗制滥造，根本就不值得读。不知什么时候，国民迷上了出书，于是乎，但凡能写几个字的会说几句的都能出书了!这样的书，能读吗?生命是有限的，时间是宝贵的。作为学子，我们要选择那些必读的学业性书和能使我们受益无穷的经典书来读。

"品读经典"的入选作品，很早时候，编写者就寄给我了，这些作品就像白玉盘里颗颗璀璨耀眼的珍珠，许多作品令我沉吟至今。我不想刻意溢美"品读经典"，但编写者的两句话的确吸引了我:"读经典，给心灵痛痛快快洗个澡;品经典，让审美如痴如醉做个梦!"这话说到了点子上。经典就像一泓思想圣水，浸润其中，给心灵痛痛快快洗个澡，灵魂就会得以升华。用经典滋养灵魂，那可没准儿，你也能成为一代大家的。

驻笔时，我想起了冰心赠给读者的话:"读书好，多读书，读好书。"读者读经典，往往不觉其美，或不知其所以美，若读了"品读经典"，你会觉其美，也知其所以美。于是乎，我觉得冰心赠语也可以这么说:"读书好，好读书，多读书，读好书，会读书!"

是为序，与学子共勉。

汗青 于静心斋

2013年5月22日

目　录

聪明是非

俄勒冈州火山爆发

◇［瑞士］瓦尔特·弗洛特

读点

巧选契机，精彩演绎荒诞的新闻造假故事。

悬念误会，推波助澜，虽属虚构却颇有兴味。

"喂，是《得克萨斯信使报》吗？我是贝德尔·史密斯！请立即记下：我永远难忘在俄勒冈州的这场经历，火山爆发……"

批：电话开篇，先声夺人；"火山爆发"可是重大新闻，而省略号又留下悬念。

"怎么回事？"新来的编辑沃克问道，"喂，喂，接线员！"

"通往俄勒冈州的线路突然中断了，"电话局总机报告说，"我们马上派故障检修人员去检查。"

批：电话中断，使故事向着有意思的方向发展。

"大概要多久？"

"哦，您得做好一两个小时的打算。您知道，线路是穿过山区的。"

批："一两个小时"，对于新闻报道来说，可谓漫长，故事却因此生发。

"完了！"沃克沮丧地说道，并沉重地跌坐在他的软椅上。

"什么叫完了？！"主编怒气冲冲地说道。

批：沃克的沮丧，主编的愤怒，对比鲜明。"什么叫完了"，预示主编将导演一场新闻闹剧。

"您是一名记者还是一个令人丧气的半途而废的家伙？您不是已经收到报告了吗？俄勒冈州地震！这一消息我们起码比《民主党人报》和《先驱报》早得到一小时。这一回我们可要打他们一个措手不及了！今天下午当我们独家登出俄勒冈州地震的现场报道时，他们会嫉妒得脸色铁青的。"

批：具有新闻敏感性固然不错，但新闻是要用事实说话，而行业间竞争无疑也推动主编去虚构！

他从书柜里取出一卷《百科全书》。"我要让您看看这事该怎么做！埃丽奥尔，请您做好口授记录的准备！现在，您这个也算是记者的人过来瞧瞧吧！这儿:俄勒冈……海岸地带……山脉……有了:道森城这一带有几座已经熄灭的火山……

"噢，看来是这里，您把地图拿过去，抄下四周区镇的地名。"

他跳了起来，猛地拉开通向印刷车间的门。

"希金斯！您马上过来！给我把头版的新闻全都撤去！我要加进一篇轰动全国的报道！还有:这次要比平常提前一小时出报。"

他叼起一支香烟，大步地在屋里走来走去。

"您写下通栏标题:俄勒冈州火山爆发！电话联系中断！贝德尔·史密斯为《得克萨斯信使报》作独家现场报道。

"上午时分，在俄勒冈州地区出现了极为可怕的景象。有史以来一直十分平静的巨峰巴劳布罗塔里火山（名字以后可以更正）忽然间喷发出数英里高的烟云。就这么写下去——这里是有关火山爆发的资料的描述，剩下的您就照抄好了，反正总是老一套。

"您让沃克把熔岩可能流经的区镇地名读给您听。别忘写一写人，诸如一个在最后一瞬间被救出来的孩子啦，一个拖着小哈巴狗的老妇人啦，等等。

"最后:《得克萨斯信使报》呼吁各界为身遭不幸的灾民慷慨解囊。捐款者填好附列的认捐单，将钱款汇往指定的银行账号即可。若填上认捐单背面的表格，您同时还有机会以优惠价格订阅全年的《得克萨斯信使报》。这样您家里就有了一份消息最灵通的报纸。通过报道俄勒冈州灾难这一事实即已雄辩地证明本报拥有最迅速、最可靠的信息来源。"

排字机嗒嗒作响，滚筒印刷机里飞出一页页印

批:主编面命口授，虚构新闻。拿来《百科全书》查询，而"道森城这一带有几座已经熄灭的火山"也似乎佐证俄勒冈州火山正在爆发。听风就是雨，凭空臆想——新闻的大忌！

批:不仅要头版的新闻，而且要提前一小时出报。可谓反应迅速、雷厉风行。

批:主编在报馆代替史密斯无中生有地作"现场报道"。"剩下的您就照抄好了，反正总是老一套"，其轻率与不负责任的品行可见一斑。

批:呼应"抄下四周区镇的地名"。充分发挥想象，教人写得煞有介事。

批:呼吁捐款而不忘宣传本报，真可谓利用一切可以利用的机会为报社谋取利益。

批:"雄辩地证明""最迅速""最可靠"，真是莫大的讽刺！

张,报童喊哑了嗓子,布法罗市的居民们从报童的手中抢过一份份油墨未干的报纸。<u>转瞬之间当天的报纸全部售完。</u>

三个小时后通往俄勒冈州的电话线路重新修复。<u>电话铃响了,沃克、主编和女打字员同时拿起耳机。</u>

"喂!是《得克萨斯信使报》吗?"响起了贝德尔·史密斯的声音,"那好,请马上记录:<u>我永远难忘在俄勒冈州的这场经历,火山爆发也不如此刻的吉米·布蒂德雷这般厉害,今晨他在富尔通拳击场频频出击,把俄克拉荷马州的重量级冠军瓦尔特·杰克逊打得落花流水。</u>在第三局中他以一连串的上钩拳、组合拳和凌厉而干净利索的直拳将对方击倒在地……喂……喂……您在听我说吗? 您听清楚我说的话吗?"

<u>"请等一下,贝德尔,"沃克说道,"主编刚才晕过去了。"</u>

(知安/译)

批:"转瞬之间""全部售完","火山爆发"的新闻确实很有轰动效应。

批:三个人同时拿起耳机,了解"火山爆发"的急迫之情跃然纸上。

批:"火山爆发"是记者报道拳击比赛热烈场面的比喻说法,真相大白,颇具幽默性和讽刺性。

批:为了抢夺读者眼球,主编主导了一场制造假新闻的闹剧,结果弄巧成拙,他不晕过去才怪呢!

一场虚构新闻的闹剧

新闻独家报道的确能制造轰动效应,《俄勒冈州火山爆发》便是《得克萨斯信使报》主编授意在杜撰的假新闻。作为报社的主编,不会不清楚新闻的最起码要求是要用事实说话,而他竟亲自主导了造假新闻,这是源于电话线路中断而造成的误会。

当时的远地点新闻全部依赖电报与电话传输,但由于技术条件的局限,传输中断的现象时有发生,小说正是以此为契机设置"火山爆发"这一悬念。由于电话线路中断,本来记者是用"火山爆发"来比喻拳击比赛的热烈程度,却被主编误会成俄勒冈州发生了火山爆发。

为了制造新闻轰动效应,报社主编的想象就从"火山爆发"四个字延伸和发挥,竟然查找资料,设计情节,具体形象地强化那个误传,迫不及待地虚构出了轰动新闻。作者将造假的过程写得生动有趣而又一本正经,甚至呼吁为灾民捐款。

就在报纸转瞬之间全部售完的时候,"通往俄勒冈州的电话线路重新修复","火山爆发"的报道的序幕再次拉开了,误会得以揭开,"火山爆发"只是一个比喻,一个来不及说明就因线路中断而引起了误会的比喻,这个比喻让虚构的新闻在瞬间化为乌有,给读者留下非常可笑、可怕的印象。(京涛、唐仕伦)

误会法

误会,就是把本来毫不相关的几种情况或几件事情混为一谈,它可以是一方误会另一方,也可以是双方几方互相误会。《俄勒冈州火山爆发》是《得克萨斯信使报》报社误会了贝德尔·史密斯的现场新闻报道。

误会法是通过"误会"来构成情节、刻画人物和表现主题的一种艺术手法。误会法在小说中的运用,可以产生戏剧性的效果。运用这一技巧的关键是组织好构成误会的材料。误会法的设置关键在一个"巧"字。设置得巧,才能使小说如磁石一样吸引读者,使读者产生关注、关心、担忧、牵挂、思考等不同的思想情绪和心理活动,从而显示出误会的艺术魅力。

运用误会法必须创造产生误会的合理条件,写出特定的环境,写出人物特定的心理状态,要符合人物性格,不能为误会而误会。"新闻"《俄勒冈州火山爆发》,若没有当时所处的特定环境——技术条件的局限,通讯传输中断的现象时有发生,不是这种环境条件下,这种误会就很难造成。

文学作品中,误会的表现方法丰富多彩,最常见的有以下几种形式:

一是巧合误会。即利用某些巧合的因素造成误会。《俄勒冈州火山爆发》也有巧合误会的因素,记者贝德尔·史密斯刚说到"火山爆发"时,话没说完,线路便突然中断了。

二是假象误会。这包括谎言的误会、欺骗的误会等。某人物或某种势力为达到一定的目的施展计谋,制造谎言、假象,甚至设计骗局,致使对方产生误解,构成误会情节等。

三是歧义误会。此类误会的产生,主要是由于被误会的一方的言词具有多义性,也就是说在某种情况下,某种言词可以这样理解,也可以那样理解,当主观判断与客观实际不一致时,误会随之而生。《俄勒冈州火山爆发》属于典型的歧义误会,贝德尔·史密斯说到"我永远难忘在俄勒冈州的这场经历,火山爆发"处,线路中断,未说完的话中"俄勒冈州"与"火山爆发"连在了一起,使人很容易想到那里发生了火山爆发,而想象不到是以"火山爆发"来比喻拳击比赛的激烈。加之俄勒冈州的地质情况和道森城一带有几座熄灭的火山的记载,报社主编误认为俄勒冈州火山爆发也就顺理成章了。

误会运用得好,往往可以收到极强的艺术效果。就情节本身而言,误会可使情节本身曲折生动，一旦误会达到某种冲突的顶点，即误会澄清的那一刻，常常会出现戏剧性的效果，或带来情节的陡转，或带来意外的结局。《俄勒冈州火山爆发》中，在报纸全部售完之后，电话线路重新修复好后，贝德尔·史密斯打来电话说："火山爆发也不如此刻的吉米·布蒂德雷这般厉害，今晨他在富尔通拳击场频频出击，把俄克拉荷马州的重量级冠军瓦尔特·杰克逊打得落花流水。"闻听这一消息，主编晕了过去。此时，情节达到了高潮，让读者回味无穷。

运用误会法要特别注意三点：一是误会要符合生活逻辑。误会是一种常见的生活现象，因此安排那些误会，虽然是不曾发生或不曾存在的，但却是可能发生或可能存在的，否则难以令人信服。《俄勒冈州火山爆发》中的误会就符合这一要求。二是误会要符合人物的性格。因为无论是巧合或制造假象、谎言，甚至设骗局的一方，还是引起误会的一方，在误会的产生、表现和反应中，人物性格起决定作用。三是误会不宜用得太多，更不能把整个故事都建立在误会上，那样只会脱离生活，显得虚假，误会没有一定的可信度，也就没有什么艺术魅力可言了。

[中国]子夜霜/文

芳草地　　　　　　　　　　一杯咖啡

他走到一家咖啡馆门前，刚进得门口，一股劣质葡萄酒的难闻气味扑鼻而来。

他向四周扫了一眼，墙上装有自动售货机，他想喝一杯咖啡，便如数把硬币放进投币口。但没有反应，不见杯子送出来，也听不见机器的工作声。他轻轻触了一下"退款"按钮，硬币也不见退出来。他有些沉不住气了，用手拍打无动于衷的投币口，继而用拳头敲打，一下，两下，三下……

他向咖啡馆偷瞥一眼，看见一名女招待员，身着浅红色的工作服，一头精心制作、发型别致的金黄色的假发，面部毫无表情，目光呆滞，给人一种矫饰之感。

"对不起，对面那部售货机失灵了。"他说。她连眼皮也不抬一下："我认为您投币的方法不正确。"他站在那儿，一筹莫展，只得又向售货机走去，继续敲打。

"嗨！您把机器砸坏怎么着！""金黄色"的声音。他转过身："这家伙坏了，什么也出不来，我的钱还在里边。"

"金黄色"走过来，按了一下"退款"按钮，硬币没有出来。她随后问道："你想喝什么？""一杯咖啡。"

她又按了一下"咖啡"按钮，依然什么也没有。"金黄色"耸了耸肩："你还得缴一次钱才行。"

"不行，我不干，我要取回我的钱！"

"金黄色"不屑地一笑："你说什么？你骗钱也太容易了！谁能证明你投过硬币！"

"你要这么说，我去喊警察！"

"金黄色"撇了一下薄薄的嘴唇，代替了回答。他恼羞成怒，用拳头拍打桌面，大喊大叫："这简直是骗局！你要不给钱，我可自己拿啦！"

"试试看吧！""金黄色"幸灾乐祸地说。

一个顾客走过来，证明他确实投过钱。另一个似乎是女招待的熟人说，自己随便取钱的事在这个咖啡馆里从未有过。第三个则不偏不倚，在中间调和。

声音越来越响，言辞一秒钟比一秒钟激烈，关系到这杯咖啡的内容却越来越少。

继而两对拳头开始相撞，然后便是大打出手，只见桌椅飞舞，酒杯相击，咒骂、喊叫、呻吟混成一片。

结局不难想象，当警察开车赶到时，战斗已经结束。

咖啡馆一片狼藉。

受伤的当然是这幕闹剧的两名主角，他们躺在担架上退场了。

一切恢复了往常的寂静。在死一般的寂静中，只有塑料杯子正卡在售货机的送杯口，机器在工作，清清楚楚地听见最后一滴咖啡落进杯子里。一杯咖啡稳稳地被放在托板上，而且还冒着热气儿呢！

咖啡顺着杯口缓缓地往外流着，一声不响地漏进自动售货机。

[瑞士]魏格曼/文，于大川/译

品读

顾客想喝一杯咖啡，向自动售货机如数投入硬币，却没有任何反应。他想取出自己的钱，但服务员认为顾客没有投过硬币。双方发生争执，以致打了起来。当他们躺在担架上被抬走后，一杯咖啡却从自动售货机内出来了，富有讽刺意义。不过，就故事内容而言，在事实上，这个顾客与咖啡馆已缔结了自动售卖关系，或自动售卖机早已出现了故障，这家咖啡馆应事先告知消费者。而这位顾客没有被告知，他投下的硬币的损失，咖啡馆应当予以赔偿。咖啡馆不予以赔偿，反而指责顾客欺骗，而后引起了双方打斗，咖啡馆也应当承担主要责任。

举世无双的珍品

◇［美国］埃利·威塞尔

读点

刻画贪得无厌、弄巧成拙的奸商形象。

情节曲折生动，结尾耐人寻味。

"这颗钻石精美、绝伦，是本店最贵重的宝石。"珠宝商本德尔向他的顾客介绍着。

"你喜欢不喜欢这个坠子，亲爱的？"那位男顾客温情地问站在他身旁的少妇。

身着华丽服装的少妇一脸不高兴的样子："还问我喜欢不喜欢？这颗钻石的确是精美无比，我还从来没有见过……"

"这个坠子多少钱？"男顾客问。

本德尔的心都有点颤抖了，如此爽快的顾客，他还从没有碰到过呢！"这颗钻石的价格肯定不会低哟。"本德尔的口气是试探性的。

"那当然啰，"男顾客不屑一顾地说，"多少钱？"

珠宝商本德尔深深地吸了一口气，仿佛要费很大力气才能说出这个数目似的！"10万。"店堂里好大一会儿没有一点儿声息。那位衣着华贵的女顾客"啊"了一声，睁大了一双美丽的眼睛瞧着她身边的男人。而男顾客仿佛没显出什么犹豫就问道："我可以用支票付款吗？"本德尔好半天没有转过神来，他感到太突然了，就连站在店堂后首的两个女营业员

批：本德尔介绍钻石是给顾客下套，却不知自己已落入对方的圈套。

批：一唱一和，表演逼真。

批："颤抖"，这么容易就上钩了，贪心使然。"试探"，本德尔也可谓聪明。

批：10万毕竟不是小数目，本德尔深深吸气、费很大力气，是在下狠劲儿抬高价格，而顾客呢？"'啊'了一声"的表演也可谓逼真。

批：目的就这样实现了，是太容易了，可是他自己还不知自己已

也面面相觑,仿佛不相信她们刚刚听到的问话。

"怎么?"男顾客显出不高兴的样子,"您该不会以为我会把 10 万马克(注:马克,原德意志联邦共和国的货币单位,1990 年德国统一,货币称为德国马克,2002 年 1 月 1 日欧元正式在欧洲使用,马克退出历史舞台。20 世纪 70 年代,马克汇率在 3.0 美元上下浮动;德国统一时,1 欧元 =1.95583 马克)的现金带在身上吧?"珠宝商怔怔地望着面前的顾客,好半天才说:"当然不是。不过您是知道的,为了安全起见我们不得不对支票进行验证。你们请到会客室稍候片刻!"本德尔把这一对男女请进了会客室,男顾客拿出一张支票填好之后交给了他。本德尔只看了一眼支票上的签名就把它递给一个女营业员。签名是"卡尔·舒尔曼"。

10 分钟之后本德尔就放下心来了!支票完全正常。他暗自在心里笑了——像这样的生意可不是每天都有啊。这颗钻石确实价值千金,而且做工也极其考究。然而遗憾的是这颗钻石有一点小小的瑕疵,就是因为这一点点美中不足,使宝石的身价一落千丈。好在这点瑕疵外行人是看不出来的,只有宝石专家才能发现。因此本德尔仍将它按正品出售,而且没有影响他在此价格上再加上 4 万马克。他知道,珠宝不遇穷人。几个星期后的一天,珠宝店里又走进了那个叫卡尔·舒尔曼的人。本德尔一眼就认出了他,顿时他的心跳加快了:难道他发现了……

卡尔·舒尔曼从口袋里掏出一张名片递给了本德尔:"这是我们的新地址。今天我来是为了一件事。自从我妻子从您这儿买了那个钻石坠子以后,整天话不离钻石。这倒使我犯难了,怕是再也找不到能够使她更高兴的礼物了。我想如果能再送她一颗一模一样的钻石,她肯定会非常高兴。不过这次要是镶嵌在手镯上就更好了。价钱我不在乎。"

"这恐怕是不可能的,"本德尔叹了口气说,"世

批:这位珠宝商可谓小心谨慎!即便如此,也会上当。是何原因呢?只因为一个字——"贪"。

批:原来如此,这颗钻石隐藏着一个不可告人的秘密。太"精明"——奸商本性!

批:故事就要结束?不,下一部好戏才刚刚开始呢。

批:"新"字包含深意,为结尾埋下伏笔;"价钱我不在乎",看似不经意之间又抛出一块诱饵。

批:自己明明也知道这个道理,结

界上是不会有两颗完全相同的钻石的。"

"那就太遗憾了，"舒尔曼怅然若失，"唉，你们同行之间有没有往来，能不能跟他们联系联系？"

"有，有，先生，我们都有联系的。"本德尔先生简直不知道说什么好了。

"那太好了，如果您找到了请跟我电话联系。"

本德尔派人四处查访，又分别给一百多家珠宝行去信联系。如今几个月过去了，仍一无所获。正在这时，被派出去的人当中有个人从远东打来了电话，说他在缅甸的仰光发现了一颗与所需钻石质量相仿的钻石。本德尔先生对着话筒发了话："只要能弄到手，不管多少钱！"当本德尔以35万马克将这颗钻石弄到手之后，简直欣喜若狂，可是他总觉得与卖给舒尔曼的那颗有点相像，于是他又请来了原先那位珠宝鉴定专家。

这位专家一看见宝石就禁不住叫了起来："咦！您这颗钻石不是已经卖掉了吗！"

"您搞错了！您讲的那颗早就卖掉了，这又是另外一颗。不过这一颗也已经有人买了！"

专家仔细地看了看宝石后说："确切的鉴定结果过两天才能出来。不过我记得那颗钻石也是在这个部位有一点瑕疵——如果真是这样，那就肯定是同一颗钻石！"

本德尔先生的脸刷地一下全白了，他慌了神，但还是跑到电话机旁拨了舒尔曼的电话号码。话筒里传来了一位女性的声音："这里是豪华大酒店……非常遗憾，舒尔曼先生和他的妻子两天前就走了，他们没有留下地址。"

（佚名/译）

批：果还是被套了，聪明反被聪明误！

批：贪婪使本德尔激动得"简直不知道说什么好了"，也使他掉进了舒尔曼早就设计好的圈套。

批：看似"欣喜若狂"，其实是财迷心窍啊！"可是"，衔接紧密，推动故事情节发展。

批：如果真是同一颗钻石，本德尔当初10万马克卖掉，而今35万马克买来，这就是贪婪的下场。

批："还是"，35万马克啊，精明的本德尔怎能甘心呢？

批：至此戛然而止，本德尔的情状是怎样的呢？给人以无穷的回味。

贪得无厌的本德尔

埃利·威塞尔(Elie Wiesel,1928年9月30日~　)，美国作家、政治活动家。1928年出生于罗马尼亚的锡盖特镇的犹太人聚居区。1944年被纳粹驱逐出境，迁至奥斯威辛集中营，母亲和妹妹被害。战后定居法国。1956年移居美国。他的写作主题是关于大屠杀的记忆。1986年威塞尔因为通过写作"把个人的关注化为对一切暴力、仇恨和压迫的普遍谴责"而荣获诺贝尔和平奖。主要作品有《一个犹太人在今天》《夜》《黎明》《白昼》《耶路撒冷的乞丐》《疯狂的上帝》《森林之门》《第五个儿子》等。

君子爱财，取之有道。然而，贪婪是人最大的弱点，而贪婪的人往往是要付出代价的。

小说中的本德尔是很精明的商人，但也是一个贪得无厌的商人。一颗"有一点小小的瑕疵"的钻石本来不是特别值钱的，但善于察言观色、揣度顾客心理的本德尔，将不是特别值钱的钻石不仅"按正品出售"，而且"再加上4万马克"。当顾客用支票支付了10万马克后，本德尔没有立刻让顾客带走钻石，而是让顾客到会客室稍候片刻，自己去验证支票真伪。10万马克毕竟数目不菲，本德尔可谓小心谨慎，表现出了商人应有的素质。

然而，就是这样一个小心谨慎的商人却上了当，究其原因是一个"贪"字。本来有瑕疵的钻石被当作正品出售而且又多了4万马克，这应该知足了。顾客卡尔·舒尔曼再次光临本德尔的店，说他太太特别希望再有"一颗一模一样的钻石"，本德尔也明白"世界上是不会有两颗完全相同的钻石的"的道理。舒尔曼设的圈套非常高明，使本德尔被贪婪蒙蔽了双眼。所以，当他派出去的人当中有人报告说"在缅甸的仰光发现了一颗与所需钻石质量相仿的钻石"，本德尔便不惜一切代价(35万马克)买回了这颗实际是他已经卖给了舒尔曼的那颗钻石，贪婪使本德尔自己白白损失了25万马克。这就是贪得无厌的代价！（子夜霜、戴汝光）

若草地

独臂窃贼

阿卜杜勒是个乞丐，在马拉巴车站乞讨五年后，生活教会了他如何像艺术家一样利用人们的情感，他知道什么样的表情能赢得路人的同情，让他们投出硬币把碗撞得叮当响。他也知道什么样的表情能折磨那些守财奴，叫他们晚上内疚得睡意全无。

"这位法官要是判我有罪，她将再也睡不成安稳觉了。"站在被告席上的阿卜杜勒心里想。

女法官的注视让人不安，她双眼炯炯有神，透着机智与狡黠，与她的年龄很不相配。阿卜杜勒抬起头,萎靡的眼神正好与法官犀利的目光相遇,他赶紧低下头,看向自己的脚。他向来如此,眼神既有狗的热情也有新娘的娇羞。

"大人,我们都能看出来,这项指控是不合适的,"阿卜杜勒的律师争辩道,"一个仅有一只手的人怎么可能去偷50公斤重的大米呢?即使我有两只手还不能把那个麻袋弄到背上。我的当事人长期在原告的食品店前面乞讨,引起了对方的不满,原告曾发誓要把他赶走,原告还说为达目的他将不择手段。我完全相信我的当事人的话。"

法官眯着眼听着,看得出来,此刻她的头脑中,理智与情感正在激烈地交锋。阿卜杜勒的右臂自肘以下的部分都已经失去了,疤痕累累的残肢从卷起袖子的、脏得看不出白色的套衫中伸出来,显得丑陋而又可怜。

"这个贼已经不是第一次作案了……"公诉人说。

不待对方说完,阿卜杜勒的律师跳了起来:"法官,公诉人说这话是不公正的,我的当事人以前是偷过东西,但那毕竟是几年前的事情了。再说,为那件事他也付出了惨痛的代价,在姆法拉州受到了伊斯兰教法的严惩,失去了一条胳膊。"

"我们的案宗中还有七桩案件与他有关联。"公诉人仍然不依不饶,"法官,请相信我,像他那样声名狼藉的窃贼是很难洗心革面的。"

一阵凉风吹进了法庭。但阿卜杜勒的额头还是渗出了密密的汗珠。

阿卜杜勒轻轻摇了摇头,目光呆滞地盯着过道上的米袋子,过道两旁坐满了穿着黑色长裙、戴着金色假发的男男女女。一声叹息从他的嘴里溜出,那是饱受苦难的殉道者被迫屈从于迫害的无奈叹息。

女法官怒不可遏,痛斥公诉人:"没人性的,你起诉一个可怜的无辜者,你还有良心吗?"然后转向阿卜杜勒,柔声地说:"请您接受本法庭的歉意,你可以回家了,作为补偿,这袋米就给你了,背上这袋米赶快回家去吧。"

阿卜杜勒简直不敢相信自己的耳朵,他转身走出被告席,两步跨到米袋前,一把抓起米袋,放在膝上,弯下腰,头挨地然后左手猛地一拽,身子一弓再一耸,米袋已经到了背上。他挣扎着站起身来,气喘吁吁地说道:"非常感谢您,法官大人。"

"也谢谢你。"法官说,随即转向警察,命令道,"逮捕他!"

[尼日利亚]卡奇·奥祖巴/文,翟振祥/译

　　阿卜杜勒是个窃贼,小说开头详细介绍了他作为一个乞丐的种种"本领",
这就表明阿卜杜勒是一个卑劣的家伙,即使作为一个乞丐,也是利用人们的感
情行乞的,使人物形象更加丰满,同时为下文写阿卜杜勒利用自身的缺陷行窃

作铺垫。阿卜杜勒的"眼神既有狗的热情也有新娘的娇羞",他知道什么样的表情能博得人们的同情,不会引起别人的怀疑。

乞丐无疑往往会博得人们的同情,独臂乞丐阿卜杜勒是个惯偷,既是乞丐,又是独臂,他很善于利用自己的特殊情况,为自己的盗窃行为作掩护。尽管阿卜杜勒如此狡猾,仍然被女法官识破。阿卜杜勒是独臂,很容易迷惑众人的眼睛,让人觉得他不可能把 50 公斤重的大米扛到背上,但聪明的女法官略施小计,便让窃贼阿卜杜勒原形毕露。

大师的绝技

◇[日本]石井利彦

读点

艺人要讲艺德,为师失德,终了弄巧成拙。

欧·亨利式的结尾,构思精巧,耐人寻味。

近来,大师心里特别烦。

几位有志青年,投到他的门下,研习魔术,快一年了,却没有学会什么超乎一般艺人的本领,免不了怨言频发,似有离去之意。大师想露几手看家本领,给徒弟们瞧瞧,借此坚定他们学艺的信心。

机会来了。一位欧洲著名魔术师在附近演出,大师便带着徒弟们前去观摩。魔术师正在表演大变活狮。一头两三米长的雄狮,在众目睽睽之下,刹那间消失得无影无踪。坐在大师周围的弟子们,被这高超的演技折服,热烈鼓掌,大声叫好。大师心里很不是滋味,恨不得立马跳上台去,杀一杀欧洲魔术师的风头。

魔术师站在台前,用不熟练的日语说:"下一个节目是匕首刺腹。更惊险,更刺激,不过,需要一位观众配合一下,哪位愿意……"

他的话音未落,大师即嗖地站起来,高声说:"我来试试。"魔术师把大师邀上台,用欧洲人特有的夸张动作,拥抱大师,连说:"谢谢,谢谢!"

"那么,节目开始。"魔术师取出一把明晃晃的匕

批:开篇便称"大师心里特别烦",因何烦?一个"烦"字,设置悬念。

批:"烦"的原因解开,而"大师想露几手看家本领",再设置悬念。

批:"机会来了",衔接自然,且用语简捷。

批:"很不是滋味""恨不得",实在有失"大师"身份,人物心理描写入木三分。要杀一杀风头,将悬念向前推进一步。

批:"话音未落",机会难得,岂能错过?"嗖""高声",既表现大师急切的心情,也让人觉得大师似乎成竹在胸。

首,二十多厘米长,向台下展示一下,然后拿起一个苹果,突刺几下,苹果汁便滴滴答答地流出来,"如诸位所见,这把匕首是纯钢锻造,锋利无比。我要表演的节目是,请这位先生用这柄匕首刺我的腹部。"

魔术师把匕首递给大师。自己面向观众,撩开外衣,露出雪白的衬衫,拍了拍,表明腹部没有任何防护,摆出被刺的姿势:"请!"

大师仔细看了看手中的匕首,并且向观众示意,匕首货真价实,绝非玩具,接着握紧匕首,用力向魔术师的腹部刺去,霎时,鲜血狂喷,染红了魔术师的衬衣。观众席一阵骚动,有的人闭紧双眼,有的人大声惊呼,有的女观众掩面抽泣。

魔术师双手抱住匕首,呻吟着蹲下身去,大师则惊恐地弯腰搀扶他。忽然,魔术师呼地站起来,高举双手,蹦跳了几下,腹部没有匕首,衬衫上也没有血迹,好像刚才什么事情都没有发生过。场内爆发出雷鸣般的掌声。

大师再一次接受了魔术师热烈的拥抱。然后,他回到自己的座位上,把一个钱包递给身旁的徒弟。

第二天,大师把弟子们召集起来,自豪地说:"在众多看客面前,和顶级魔术师联袂表演,白刀子进,红刀子出,更换衣服,都算不得什么稀奇;从专业魔术师身上,把他的钱包拿到手,神不知,鬼不觉,才是我们这一行的绝技。"

杂技艺术的最高境界,在大师眼里,竟然是当扒手,弟子们惊愕得瞠目结舌,之后一个个离他而去。

(郭瑞璜/译)

批:刺苹果,活灵活现。用这"锋利无比"的匕首刺魔术师,他受得了吗?扣人心弦。那么,作者的目的果真是为了让读者欣赏这魔术表演吗?

批:"握紧""用力",难道大师的"看家本领"就是戳穿同行的把戏?

批:侧面描写,大师真的刺伤了魔术师吗?悬念!

批:"呻吟着蹲下身去",大师明知是表演而"惊恐",魔术师好像"什么事情都没有发生过"一样,表演非常成功!难道大师是真的失手了?

批:大师怎么递给徒弟一个钱包?再设置悬念。

批:揭开悬念的谜底。从"自豪"一词,可以看出大师最称道的"绝技"不过是偷窃之术。

批:为师失德,便没有资格再为人师,弟子们"一个个离他而去"则是必然的了。

正己才能正人

做人做事，要讲一个"德"字。失德便会失去他人尊重。

小说的大师"从专业魔术师身上，把他的钱包拿到手"，而且做到了"神不知，鬼不觉"，毫无疑问，他的杂技水平是较高的。但是，他却犯了一个低级且致命的错误：拿专业魔术师的钱包，这行为其实与"扒手"的行为没有什么本质区别。大师向弟子们展示绝活，居然将当扒手看作是自己的绝技，结果只能是弄巧成拙。己不正何以正人？弟子们自然不愿意跟扒手般的老师学艺。

另外，这位大师能从那位欧洲著名魔术师身上"偷"走钱包，实际上是钻了空子，钻了欧洲著名魔术师专心表演魔术而无暇分神的空子。"魔术师站在台前，用不熟练的日语说：'下一个节目是匕首刺腹。更惊险，更刺激，不过，需要一位观众配合一下，哪位愿意……'""他的话音未落，大师即嗖地站起来，高声说：'我来试试。'"一个是毫无防备，一个是处心积虑，钱包被"偷"也是自然的结局，大师的为人之道实在让人不敢恭维。

（子夜霜、戴汝光）

智慧树 欧·亨利与欧·亨利笔法

欧·亨利(O.Henry,1862年9月11日~1910年6月5日)，原名威廉·西德尼·波特(William Sydney Porter)，欧·亨利是其笔名。世界三大短篇小说家(即法国的莫泊桑、俄国的契诃夫、美国的欧·亨利)之一。美国著名批判现实主义作家，曾被评论界誉为曼哈顿桂冠散文作家和美国现代短篇小说之父。

1896年，银行发现缺少一小笔款子，欧·亨利因涉嫌被传讯，他避难取道新奥尔良去拉丁美洲。1897年，他回国探望妻子，因而被捕，被判处5年徒刑。在狱中开始以欧·亨利为笔名写作短篇小说。1901年因"行为良好"提前获释，来到纽约专职写作。

欧·亨利创作的短篇小说有300多篇，其中以描写纽约曼哈顿市民生活的作品最为著名。他把那儿的街道、饭馆、破旧的公寓的气氛渲染得十分逼真，故有"曼哈顿的桂冠诗人"之称。欧·亨利一生困顿，常与失意落魄的小人物同甘共苦，又能以别出心裁的艺术手法表现他们复杂的感情。

所谓"欧·亨利笔法"，是指作品的结尾既是出乎意料的却又是在情理之中合乎逻辑而令人信服的。由于欧·亨利认为在生活中充满意料不到的事情，所以他的小说大多这样结尾。所以，文学界也把这样的结尾方法称之为欧·亨利式结尾。

所谓"欧·亨利式结尾",通常指短篇小说作者常常在小说情节结尾时突然让人物的境况发生出人意料的变化,或使主人公命运陡然逆转,出现意想不到的结果,但又在情理之中,符合生活实际,从而造成独特的艺术魅力。这种结尾艺术,在欧·亨利式作品中有充分的体现,例如《爱的牺牲》《麦琪的礼物》《最后一片藤叶》《警察与赞美诗》等。这些作品开头似乎都很平常,但结局,主人公的命运往往会发生突然的一百八十度的大转弯,并集幽默、讽刺、揶揄、谐谑于一体,或令人哭笑不得,或使人回味无穷,或让人豁然开朗。

编者/文

大师的学生

一位音乐系的学生走进练习室。在钢琴上,摆着一份全新的乐谱。

"超高难度……"他翻动着乐谱,喃喃自语,感觉自己对弹奏钢琴的信心似乎跌到了谷底,消靡殆尽。

已经三个月了! 自从跟了这位新的指导教授之后,他不知道为什么教授要以这种方式整人。

勉强打起精神。他开始用手指奋战、奋战、奋战……琴音盖住了练习室外教授走来的脚步声。

指导教授是个极有名的钢琴大师。授课第一天,他给自己的学生一份新乐谱。"试试看吧!"他说。乐谱难度颇高,学生弹得生涩僵滞、错误百出。"还不熟,回去好好练习!"教授在下课时,如此叮嘱学生。

学生练了一个星期,第二周上课时正准备让教授验收,没想到教授又给了他一份难度更高的乐谱,"试试看吧!"上星期的课,教授提也没提。学生再次挣扎于更高难度的技巧挑战。

第三周,更难的乐谱又出现了。同样的情形持续着,学生每次在课堂上都被一份新的乐谱所困扰,然后把它带回去练习,接着再回到课堂上,重新面临两倍难度的乐谱,却怎么样都追不上进度,一点儿也没有因为上周的练习而有驾轻就熟的感觉,学生感到越来越不安、沮丧和气馁。

教授走进练习室。学生再也忍不住了,他必须向钢琴大师提出这三个月来为何不断折磨自己的质疑。

教授没开口,他抽出了最早的那份乐谱,交给学生。"弹奏吧!"他以坚定的目光望着学生。

不可思议的结果发生了,连学生自己都惊讶万分,他居然可以将这首曲子弹奏得如此美妙、如此精湛! 教授又让学生试了第二堂课的乐谱,学生依然呈现出超高水准的表现……演奏结束,学生怔怔地看着老师,说不出话来。

"如果,我任由你表现最擅长的部分,可能你还在练习最早的那份乐谱,就不会有现在这样的程度……"钢琴大师缓缓地说。

[中国]家贤/文

　　这位钢琴大师不等学生乐谱练得精熟，就给难度更高的新乐谱，于是学生不得喘息就开始拼命地练习。三个月后，学生弹奏以前没练熟的乐谱，竟弹得十分精湛。

　　原因何在呢？

　　"我任由你表现最擅长的部分，可能你还在练习最早的那份乐谱"，大师的话不无道理。习惯于表现自己所熟悉、所擅长的领域，这是人们的通病。人若一味地拘泥于现状，就不可能有所突破，有所提高。"温故而知新"，若一味地"温故"，那不仅浪费时间，也不利于迅速提高。人，具有无限的潜力，只要勇于承担压力，不屈服于重压；只要敢于挑战，不畏路途的艰险，就可能将巨大的潜力挖掘出来。这篇小说就形象地揭示出了这一人生奋斗哲理。

第一位委托人

◇[德国]威吉兰兹

读点

装模作样,矫揉造作,终会出丑,故事讽刺效果好。

欲露先藏,真相揭开戛然而止,情节极富戏剧性。

约翰·史密斯的律师事务所里还散发着油漆的气味。约翰很年轻。他的事务所今天早晨刚开张,只有一间等候室和一间工作室。现在,这位刚开业的律师正坐在他的大办公桌后面等着他的第一位委托人呢。

第一位委托人会是什么人呢? 一个女人? 一个男人? 也许是个巨贾? 或者是一个平头百姓? 不管他长得怎样,是个什么人,我决不能让他知道他是第一位委托人。约翰想,谁也不想当第一个,无论是医生还是律师。一个才开张就非常忙碌的律师事务所准能马上赢得顾客的信任。

他正想着,外面楼梯上响起了男人沉重的脚步声。来人慢慢向等候室走过来。约翰满意地听着开门和关门的声音。接着,工作室半掩的门上响起了敲门声,约翰看见走进来的是一位头发灰白、衣着朴实的男子。他想,这是个会给我带来好运气的老百姓。和老百姓一起耕种的人准会获得丰收。

"请原谅……"来人说。

批:年轻预示着约翰做事不够沉稳,会弄巧成拙。设备简陋,创业不易;业务刚开张,开展第一个业务显得十分重要。

批:心理描写,在忐忑不安中期待着。

批:刚开张,这种担心也不是没有道理。"非常忙碌",约翰动了歪脑筋。

批:"沉重",来人似乎确实需要帮助;"满意",似乎都在约翰的意料中。

批:老百姓是出不起高昂的律师费的,心理描写将约翰渴望业务能迅速开展的心理刻画得入木三分。

批:省略号用得妙,因为来人说话

约翰迅速拿起面前的电话："实在对不起，请稍等一下好吗？我有两个要紧的电话要打。"他随便拨了个号码，静了一秒钟，然后报出了自己的姓名。

"我是……"来人想打断他的话。

约翰摇摇手，"请稍等一下，先生，我马上就招待您。"他清清嗓子，对话筒说："是的，我是史密斯律师。我可以同五金工人工会主席菲普西先生讲话吗？不在？那今晚6点可以见见他吗？什么？对，就是为机械工狄克逊提出权益要求的那件事。您说什么？对不起，不行，再早我没时间。今天下午我还有好几位委托人。好！就6点。再见。"

"律师先生……"来人说。

"好吧，"约翰亲切地微笑道，"既然您这样着急，我就先办您的事。我等会儿再打另一个很重要的电话。您要委托我办什么案子，先生？"

来人走近几步，报以同样亲切的微笑："是的，我很着急。您知道干什么工作都是这样的，不过不是委托您办案。我是邮局的，来为您的电话接上线。"

（否定/译）

批：吞吞吐吐，才引出律师出丑的情节。律师"忙碌"的表演很逼真。

批：来人"想打断"并没有故意让律师出丑的意思。

批：约翰虚拟打电话，可谓逼真，如果来人不是来为他接电话线的，还真会相信他很忙碌呢！

批：继续着"忙碌"的表演。

批："微笑"，是对年轻律师的嘲讽？非也，这是长者对年轻人善意的微笑。故事发展到高潮，戛然而止，而伶牙俐齿的年轻律师那张口结舌的窘态却跃然纸上。

欲露先藏的艺术

这篇小说讽刺了社会上虚骄不实的作风。为了加强讽刺效果，作者采用了欲露先藏的写法。

小说开始先介绍主人公史密斯律师的身份，揭示他要在第一位委托人面前装出事务繁忙以赢得信任的心理。接着，写律师煞有介事打电话的样子。他又是"拨号"，又是"静了一秒钟，然后报出了自己的姓名"，又是有鼻子有眼的通话内容，甚至还有用手势制止来人讲话，这些都给读者留下他真打通了电话的印象。"藏"得不露痕迹，"露"得自然而不牵强。这就把读者引入了圈套，使读者觉得史密斯律师的计谋成功了。而且，作者还一直让史密斯制止来人开口，使来人不能说出自己的真实身份和来意，这就使得事情的真相一直隐蔽着,这些都是"藏"。

　　直到篇末,史密斯电话打完了,踌躇满志与那位来人交谈时,那位来人才得以说出自己的职业和来意("我是邮局的,来为您的电话接上线"),不言自明地揭穿了史密斯打假电话的把戏。史密斯装模作样的表演不仅没有获得生意上的效益,反而在来人面前出了丑。邮局来人的一句话在整篇作品的最后,把隐藏在篇中的真实情况突然揭破,这就是"露"。

　　至于史密斯"随便拨了个号码"之类的细节描写,这是作者在"藏"的时候故意"露"给读者的一点儿蛛丝马迹。读者起初对这些细节往往并不在意,直到最后出现了刺激人心的戏剧性的结局时,读者才会联想到前面那些蛛丝马迹的细节,觉得这样的结局是顺理成章的,进而使读者在忍俊不禁中透视了史密斯律师的内心世界,获得对作品的讽刺性的理解,获得了一种满足的喜悦。这就是欲露先藏艺术的审美效果。(京涛、戴汝光)

芳草地 　　　　弄巧成拙

　　阿友曾是一名电脑黑客,现在是职业股民。但他哪样干得都不成功,婚后一直靠在连锁超市上班的妻子养家糊口,这使阿友很惭愧,也时时感到经济压力。

　　妻子曾经对他说:"老公,多亏咱们还没有孩子,要不然真的养不起。"

　　阿友不以为然地说:"别着急,等牛市来了,我能养活两个孩子,让他们天天喝牛奶,吃牛肉。"

　　妻子撇嘴说:"哦,要是熊市来了呢?'熊'还不把咱们两个孩子吃掉。"

　　阿友哑口无言。

　　生活已岌岌可危,没想到又雪上加霜。

　　一天,妻子下班回到家,郁郁不乐。阿友疑惑地探问她:"亲爱的,你怎么不开心?"

　　妻子答:"开心个啥,我都快被公司开除了。"

　　阿友大惊:"为什么?"

　　妻子叹道:"唉,现在零售业不景气,总公司决定裁员,我所在的那家门店也不能幸免。今天我到办公室送一张合同书,就见孙店长正在挨个找员工谈话呢,有田德才、于晶……不过我觉得老田和于晶都走不了,因为老田是这家门店的元老,刚开张的时候,他就来跟着孙店长打拼了;而于晶虽然身体不好总请病假,但她舅舅与孙店长是老同学,孙店长怎么好意思裁她?我猜孙店长找这两人谈话,只是给别的员工看看而已,让大家觉得他还是蛮公平的。"

阿友点点头。

阿友一连几天都没睡好觉，他深感忧虑，要是妻子失业，他也就不能在家里舒舒服服地炒股了，真是唇亡齿寒。可怎么才能帮助妻子一把呢？忽然他眉头一皱，计上心来。

等妻子上班后，他就拿出他当黑客的本领，闯入了连锁超市总公司人事部的电脑，他果然在部长的电脑中，发现了孙店长发来的一封电子邮件，上面清晰地写着田德才、于晶等人的名单，但却没有他妻子的名字。阿友顿时明白了，孙店长确实要留下老田和于晶，但没留妻子。于是他暗暗奸笑一下，就巧妙地将妻子的名字加入到了名单中。

他自鸣得意。

过了半个月，一天妻子哭丧着脸下班回到家。阿友见了顿觉不妙，急忙探问："亲爱的，你这是怎么了？"

妻子哭腔答："我果然被裁掉了。"

阿友听了大惊："不会吧？"

"我原先也觉得可能不会，毕竟我还是去年店里的劳动模范嘛。就连孙店长今天也对我说，没想到总公司会把我裁掉，因为他上报的名单中，根本没写我。"

阿友一听，恨不能抽自己一个大耳光。

[中国]张裕坤/文

晶读

老田年纪大了，于晶身体不好还总请病假，零售业不景气的时候，无论什么资历或关系，总公司决定裁员自然少不了他们。孙店长基于超市的生存发展，便将他们列入裁员名单，上报连锁超市总公司人事部。自以为是、自作聪明的阿友靠自己的黑客手段将妻子的名字加入到这个裁员名单中，结果弄巧成拙，妻子被总公司裁掉了。

一个秘书被解职

◇[中国]唐栋

读点

揭露弄虚作假、粉饰太平的不良现象。
构思独到精巧,结尾出人意料。

秘书黄言最怕的就是当秘书。

"这差事真……"他看看身旁没人,忍不住把卡在喉咙里的后半截话自言自语地骂了出来,"真他妈不是人干的!"随即"啪",钢笔和刚刚写完的一沓工作总结重重地摔在桌上,他愁苦地用手支起脑袋,手指轻轻一抹,那枯黄的头发便落下一片。

太苦了哇,秘书!他不知道外地的和外国的那些秘书是否也跟他一样,没完没了的各种汇报、总结要写,一个接一个的各种会议要参加并整理记录;各类各样的文件要起草编发;还要接待上级来人和下面上访;跟随领导去外面奔波;领导洗脸洗脚,你得把热水备好;领导吃饭,你得结账;领导需要什么东西,你得去采购;领导讲话,你还得写讲稿……遇到个好领导,还罢,遇上个迂腐的或是作风歪败的领导,那你等着瞧吧,受领导的指责不算,还要让老百姓戳脊梁骨,好像那些蠢事坏事都是你秘书干的。

不干了,他妈的不干这种差事了!改行干什么都行。黄言总是在做这个努力,可是总也甩不掉秘书这顶帽子。唉,谁让你写得一手好文章呢?

批:"最怕"是何原因?设置悬念。

批:语言、动作、神态再加上外貌描写,主人公不堪忍受的形象跃然纸上。"啪""愁苦""枯黄的头发"等语句,生动传神。

批:"太苦了"高度概括了主人公的苦衷。为什么如此呢?自然引出主人公的心理活动描写。通过人物的心理描写,写出了主人公整天忙于各种各样的事务,使他苦不堪言,这也从侧面反映了官僚主义、官员的腐败等不正之风的盛行。

批:"写得一手好文章"竟也成了主

这天，他憋着一肚子气回到家里，爱人正在训斥儿子，原来小儿子期终考试不及格，却回来撒谎说考了八十分，让他妈妈给查出来了。黄言一气之下，挥手打了儿子一记耳光。儿子惨哭着跑了。倏然间，他想，儿子撒谎挨了他的耳光，那么他在写材料时也撒撒谎，不是就可以挨领导的"耳光"吗？对的，只要挨上这么几"耳光"，领导就自然不会再让你当秘书了。

正好，没过几天领导就让他赶写一个生产管理方面的经验总结。那时他还是公社秘书，他思量，要是编造出许多假数字和假经验，好大喜功的公社领导看了一定心喜，而报到上面去后上级领导一查不是这么回事，一定会发怒："这材料是谁搞的？把他撤了！"好，他盼的就是这个。

如此如此，材料写成了。他等着。

然而，结果是上级部门非但没有对此怪罪，反而把这个材料转发给全县，推广他笔下的"经验"。不久，他被调到县委当了秘书。

县委秘书虽说要比公社秘书排场得多，可他仍忍受不了那种笔墨负担，想一甩手了事。他写了请调报告，不批。他找领导谈话，领导笑眯眯地拍着他的肩膀说："啊，别谦虚了，县委就靠你这把笔杆子撑门面呢，好好干吧，物尽其用，人尽其才嘛。你来得正巧，书记最近要有两次大会讲话，你把讲稿准备一下。另外，还有关于联产承包的调查汇报、农村经济体制改革的经验、计划生育工作的先进事迹，也都尽快整理出来，等着上报呐！"

黄言从领导那里出来，浑身沉重得仿佛背着一座山。材料，材料，又是材料……是不是自己在上次那个材料中撒谎撒得轻了，领导没觉察得到？好吧，这一次，就给他撒重一点，反正撒这样的谎也不犯法。

批：人公挥之不去的苦恼！

批：突然来了"灵感"，"他"竟然想到挨领导"耳光"而被领导辞去秘书职务的主意。对秘书这一职务真可谓深恶痛绝啊！那么，结果又如何呢？

批：为了被撤职，居然想到这样编造假数字和假经验的办法。结果又如何呢？

批：编造的材料，居然被当"经验"推广！主人公不仅没有下岗，反而被上调，"他"的愿望落了空！

批：道出了浮夸的不正之风。

批：比喻，形象地写出了主人公不堪重负的心理感受。

于是,他在这几个材料中极尽了吹牛之能事,连他自己都感到手在颤抖耳根发烧,比如,凡有数字出现时,他把粮食产量、人均收入、社员储蓄、一胎率等都夸大了许多;凡是归纳经验的地方,他便翻开储存在自己脑子中的"材料编写大辞典",在大"一"下面分小"1",小"1"下面分"甲、乙","甲、乙"下面分"A、B"……物极必反,他深信这一回一定会惹怒有关领导,而撤换掉自己的秘书职务。

> 批:如此浮夸,如此经验,可谓"极尽了吹牛之能事"。这次更是做足了功夫,应该达到目的了吧?等着看结果吧!

不料,一个月后,他写的这几个材料又被市委当作"样品"转发了,他亦被市委某个领导看中,抽调到市委当了秘书。

> 批:"喜剧"再次上演,只要你敢于"吹牛",想被撤职都难,不撤职反而升职。荒唐!

这一切仿佛在梦中,来得这么快,这么不可思议。慢慢地,黄言悟到了,这是领导对自己的信赖和器重,他想到自己以前卑于秘书这一职业而做的那些谎惑文章,不禁羞耻于颜,疚愧于心,决心今后好好工作,做个称职的秘书。

> 批:心理描写,主人公耻于以前的所作所为,决心痛改前非,"做个称职的秘书"。

然而,就在这以后不久,他遵命为市委即将召开的一个现场会准备材料。他在下面泡了半个来月,经过反复调查,仔细分析,斟字酌句地按照真实情况写成了材料,领导拿去一看,竟没有布置大会宣读。不久,他却忽然被调到计划生育办公室当干事去了。

> 批:如此地实事求是,可以说尽到了作为秘书应尽的职责,但没想到反而"下岗"外调了。堪称"欧·亨利式"的结局。

因为,他在材料中写了一些有损于领导声誉但却是生活中存在的真实问题。

(这材料的内容,还须保密)

一想到这,他就想笑,笑起来像哭……

> 批:出乎意料之外,又在意料之中,令人和"他"一样哭笑不得。结尾一个省略号,耐人寻味。

尺水兴波,一波三折

小说以秘书黄言帮领导整材料为线索,通过叙述他被解除秘书职务的全过程,批评了某些部门弄虚作假的不良作风。

芳草地

招聘女秘书

　　谢天谢地,那个令人讨厌的女秘书到底从我身边走开了。我坐在办公室里寻思:这次我一定要挑选一位聪明伶俐的女秘书。她必须要受过良好的教育,以免像前任女秘书那样让我在口授文件时费那么大的劲儿。当然了,相貌也得要出众。

　　"秘书的品位是反映上司品位的镜子。"这是在我们这里广为流传的一句话。我决定公开招聘女秘书。

　　第一位应试者走进了办公室——好一位妩媚动人的女士!

　　"我的前任女秘书非常令人失望,"我单刀直入地告诉这位美丽的女郎,"她简直就像一块儿榆木疙瘩,所以这次我想招聘一位受过良好教育的、聪明灵活的女士担任我的秘书,因此我想考您三个问题,您不反对吧?"

　　"完全可以,请吧!"

　　"挪威的首都是哪座城市?"

　　"哥本哈根。"

　　"很遗憾,错了,是奥斯陆。不过没关系,这一类问题人们通常是很容易弄混的。——第二个问题是:贝多芬的最大痛苦是什么?"

　　她迟疑了一会儿,然后说:"缺少金钱。"真把我噎得够呛,提第三个问题吧:"'菲约特'是什么意思?"

"著名的汽车品牌。"

"错了！著名的汽车品牌叫'菲亚特'。'菲约特'这个词的意思是两侧有陡壁的峡谷。"我一边说一边站起身来，"亲爱的小姐，我暂时还不能决定是否聘用您，我会很快给您书面答复的。"

第二位应试者是个身材修长、金发碧眼的时髦女郎。她刚刚在选美大赛中落选，是直接从竞选赛场来到这里的。

"干秘书这项工作需要有较高的素质，"我还是开门见山，"因此，如果可以的话，请允许我向您提两个问题。"

"不必客气。"她倒也非常直率，"尽管提吧！"

"歌剧《风流寡妇》的作曲是谁？""莫扎特！"

"您说错了，《魔笛》的作曲才是莫扎特。"我又试着提了第二个问题，"能否请您解释一下'比丘尼'这个词？""那是女士们游泳时穿的三点式泳装。"

第三位应试者走到我面前的时候，我一下子傻了：她真是美若天仙，光彩照人！不知怎么我突然连话也不会说了，只好用手指指椅子，示意她坐下："小姐，您是——"

她用一个优雅的手势打断了我的问话。"我的前任上司非常令人失望，"她倒反客为主了，"他简直像块儿榆木疙瘩。所以，这一次我一定要挑选一位有德有才的上司。因此，我想向您提三个问题——如果您不介意的话。"

我坐在那里呆若木鸡。"请吧！"两个字说得有气无力。

"歌德何时出生于何地？"

"出生于魏玛，"我勉强应答道，"年份我记不起来了。""是 1749 年！顺便说一下，歌德不是出生在魏玛，而是法兰克福。第二个问题是：鲁滨孙当时漂流到了哪一座岛上？"

"克鲁索岛！"我冲动地脱口而出，然而旋即就意识到我又答错了。"是费尔南多迪诺尼亚群岛的马萨蒂拉岛。"我又让她给教训了一下。"现在提第三个问题——这是一个非常简单的问题：'落发'是什么意思？"

我指指我的头顶："这儿，这块光秃秃的地方就是'落发'造成的！"

"错了，您这是通常所说的'谢顶'！"说着美丽的姑娘站起了身，"非常抱歉，我现在还不能作出决定是否应聘。您的地址我已经记下来了。我会很快给您书面答复的。"

她翩然走出了我的办公室，只留下我沮丧地坐在那里。

[德国]佚名/文，华霞/译

品 读

    小说叙述了主人公"我"想招聘一位受过良好教育、聪明灵活的女秘书而结果自己反被应聘者来考查是否符合她的上司标准的故事。

小说运用白描的手法表现人物，主要描写了登场人物的语言、外貌、行动，用语简练，但人物形神毕现。文中的"我"是一个不可或缺的人物，他贯穿始终的表演不仅串接了小说的情节，而且突出了小说具有讽刺意义的主题。

玉米的馨香

◇[中国]邢庆杰

读点

刻画富有良知、外柔内刚的青年形象，弘扬人间正气。
情节跌宕起伏，富有吸引力。

那片玉米还在空旷的秋野上郁郁葱葱。

黄昏了。夕阳从西面的地平线上透射过来，映得玉米叶子金光闪闪，弥漫出一种辉煌、神圣的色彩。

三儿站在名为"秋种指挥部"的帐篷前，痴迷地望着那片葱郁的玉米。

早晨，三儿刚从篷内的小钢丝床上爬起来，乡长的吉普车便停到了门前。乡长没进门，只对三儿说了几句话，就匆匆忙忙地走了。

三儿便在乡长那几句话的余音里呆了半晌。

明天一早，县领导要来这里检查秋收进度，你抓紧把那片站着的玉米摘掉，必要时，可以动用乡农机站的拖拉机强制。乡长说。

三儿知道，那片唯一还站着的玉米至今还未成熟，它属于"沈单七号"，生长期比普通品种长十多天，但玉米个儿大，籽粒饱满产量高。

三儿还是去找了那片玉米的主人——一个五十多岁，瘦瘦的汉子，佝偻着腰。

批： 景物描写，"郁郁葱葱"的长势，表明玉米并未成熟，为下文作铺垫。

批： "痴迷"一词，生动表现了三儿对玉米的深深迷恋之情，这也是他勇于违抗乡长命令的情感基础。

批： 乡长说了什么话这样有威力呢？留下疑问，推动故事情节的发展。

批： 乡长让三儿摘掉玉米，而玉米的长势又不能摘，是屈从命令，还是保留玉米呢？

批： 乡长的命令不得不听啊！

三儿一说明来意,老汉眼里浑浊的泪便涌落下来了。

俺还指望这片玉米给俺娃子定亲哩,这……汉子为难地垂下了瘦瘦的头。

三儿的心里酸酸的。三儿也是一个农民,因为稿子写得好,才被乡政府招聘当了报道员,和正式干部一样使用。三儿进了乡政府之后,村里的人突然都对他客气起来。连平日里从不用正眼看他的支书也请他撮了一顿。所以,三儿很珍惜自己在乡政府的这个职位。

三儿回到"秋种指挥部"的帐篷时,已是晌午了。

三儿一进门就看见乡长正坐在里面,心便剧烈地顿了一顿。

事情办妥了?乡长问。

三儿呆呆地望着乡长。

是那片玉米,搞掉没有?乡长以为三儿没听明白。

下午……下午就刨,我……我已和那户人家见过面了。三儿都有点儿结巴起来。

乡长狐疑地盯了他一会儿,忽然就笑了。乡长站起来,拍了拍三儿的肩膀说,你是不会拿自己的饭碗当儿戏的,对不对?

三儿无声地点了点头。

乡长便急急地走了。

三儿目送着乡长远去后,就站在帐篷前望着这片葱郁的玉米。

天黑了,那片玉米已变成了一片墨绿。晚风拂过,送来一缕缕迷人的馨香,三儿陶醉在玉米的馨香中,睡熟了。

第二天一大早,乡长和县里的检查团来到这片田地时,远远地,乡长就看到了那片葱郁的玉米在朝阳下越发地蓬勃。乡长就害怕地看旁边县长的脸

批:描写玉米主人的外貌、神情、语言和动作,也是对某些领导不顾农民疾苦"瞎指挥"的含蓄批评。

批:插叙三儿进乡政府当报道员的事情,一来说明了三儿的农民情结,这是"抗命"的思想基础;二来说明很在意自己的职位,这就增加"抗命"的难度。这样就使人物形象更加丰满。

批:"呆呆地望"是因为自己没有完成乡长交办的事情。

批:乡长的这句话,真是字字千钧,重重砸在三儿的心上,也敲击着读者的心灵。

批:此情此景,令人感到温馨美好。三儿的"陶醉"和"睡熟",何尝不是维护了农民利益后的心安和怡然呢?

色。县长正出神地望着那片玉米，咂了咂嘴说，好香的玉米啊。乡长刚长出了一口气，县长笑着对他说，这片玉米还没成熟，你们没有搞"一刀切"的形式主义，这很好。乡长心里一块石头落了地，脸上一片灿烂，心想待会儿见了三儿那小子一定表扬他几句。

乡长将县长等领导都让进了帐篷。乡长正想喊三儿沏茶，才发现篷内已经空空如也。

三儿用过的铺盖整整齐齐地折叠在钢丝床上，被子上放着一纸"辞职书"。

乡长急忙跑出帐篷，四处观望，却没有看到一个人影。一阵晨风吹来，空气里充满了玉米的馨香。乡长吸吸鼻子，眼睛湿润了。

批：这样的结果，不仅是乡长，连读者也感到意外吧？

批：乡长被三儿的行为感动，可见他还是具有一定反省意识的人。小说的结局意蕴丰富。

充满芳馨的"真人"三儿

做事要实事求是，不能为了迎合领导就办错事。做到这一点是不容易的，但是三儿做到了。为什么呢？那就是实事求是，那就是良知。

小说中的主人公三儿是从农村招聘来的乡政府的报道员，虽是正式工作人员，但他和正式干部并不完全一样。三儿很在意这个职位，在接到乡长命令摘掉那片即将收获的玉米后，他便去执行。可贵的是，三儿没有盲目执行命令。他先找到玉米地主人进行调查，了解到了这位老汉的疾苦，农民出身的三儿心中是"酸酸的"。接下来，三儿委婉地抵抗了乡长命令，令人意外的是居然解决了矛盾。最后乡长正要表扬三儿时，我们又意外地看到了他的"辞职书"。这样，一个人格充满魅力的人物形象跃然纸上。

作者有意制造行文的曲折，使人物形象鲜明突出。三儿在乡长面前没有直接表明自己的意见，而是敷衍搪塞，这与其在意报道员的职位有密切关系，这便写出了一个"真人"。他有自己的思想、情感、意志，但也有面临的现实问题。事实上他对自己的这份工作是很满意、很珍惜的，而乡长的一句"你是不会拿自己的饭碗当儿戏的"更是具有了千钧的压力，重重砸在三儿心上，也使读者为人物的命运担忧。面对复杂的矛盾，在良知与个人前途的激烈冲突面前，文中的三儿没有豪言壮语，在灵魂的搏斗中有过片刻的动摇，这就更显得真实可信，在千回百转、跌宕起伏中，成功塑造了一个有思想、有良知、有道德的当代青年形象。（贺秀红、子夜霜）

走运

我碰见了处长,他从树林里出来,老远就对我喊:"你看我手里是什么!这蘑菇太漂亮了!"

"真漂亮。"我随声附和。

"你看这斑点多好看!"

"是好看。"我同意。

"你还不向我祝贺?"

"衷心祝贺您,处长同志!"我说。

其实,这是毒蝇菌,毒大得很,可是不能讲,讲了,他该多么难堪!而且会影响我今后的提升,所以我恨不得马上溜之大吉,没想到他偏偏缠住我:"你还没去过我家吧?今天我请你吃煎蘑菇。"

"我生来不吃蘑菇!"我大吃一惊,马上撒谎说,"我这些天又闹肚子!"

"好蘑菇可是良药呀,"处长说服我,"连病人都可以放心大胆吃,你就跟我走吧!"

"不行,处长同志,"我都要哭了,"我有个要紧的约会……"

"你这是不愿去我家?"处长皱起眉头问,"那我可要生你的气了!你瞧着办吧……"

我只好跟他去,我真后悔,没有一见面就告诉他这是毒蝇菌。现在无论如何不能再说,一说,好像我有心害死他似的。

……酸奶油煎蘑菇端上了桌,处长兴高采烈,就像三岁的孩子,我虽然强作苦笑,心里却在默默与亲人告别了。

"这么漂亮的东西,都不忍心往嘴里放!"处长一边说一边把碟子往我跟前推。

"吃了真可惜,咱还是不吃为好!"我说。

"你是怎么回事,连句笑话都听不懂,快吃吧!"处长用命令的语调说,"对,我得查查这蘑菇叫什么名儿……"

他走后马上赶回来,脸都白了,对我说:"朋友,我错了,这是毒蝇菌!毒大得很!"

"可是我已经吃了好几口。"我又撒谎。

"我害了你,"处长吓坏了,"真荒唐,正好还赶上要提升的关口!"

救护车来了,我被送到医院去洗胃……

……处长提升了,我也沾了光。现在,有时我装装头晕……我还得了一笔奖金呢,这是该我走运。

[波兰]雅·奥卡/文,刘昌炎/译

品读

毒蝇菌是一种毒蘑菇。它表面鲜红色或橘红色，看上去很美丽，但它有毒性，因可以毒杀苍蝇而得名。人如果误食后约 6 小时以内发病，产生剧烈恶心、呕吐、腹痛、腹泻及精神错乱，出汗、发冷、肌肉抽搐、脉搏减慢、呼吸困难或牙关紧闭，头晕眼花，神志不清等症状。

《走运》小说中的"我"见处长采了毒蝇菌，明明知道它"毒大得很"，怕处长尴尬难堪，不仅没有讲明，反而迎合着祝贺。后来处长极力要请"我"到他家做客吃这毒蘑菇，此时想说明是毒蘑菇也已不可能，那样会有谋害的嫌疑。"我"只好硬着头皮到处长家。毒蘑菇炒好了，处长忽然想起得知道这是什么蘑菇，便去查查。他得知是毒蝇菌，非常惊慌。"我"便谎称已吃了几口。后来处长提升了，而"我"竟得到一笔奖金，"我"庆幸该自己走运。

小说以"走运"为标题是有深意的。"我"明知是有毒的蘑菇，屈于权力和势利而不敢点穿，几乎就要硬着头皮去吃毒蘑菇。权力使人变得畏缩、虚假，甚至几乎要搭上了性命的代价也不敢说穿有毒。幸亏处长心血来潮要去查这蘑菇的名字，才使"我"免于中毒。"我"便谎称吃了几口，实际上也是不得不撒谎。不这样，处长就会明白"我"是知道这蘑菇有毒而不吃，那样的话，"我"必然因此而惹恼处长。屈从权力而又向往权力的"我"，凭借谎言最终化险为夷，得到提升。这种所谓的"走运"反映了虚假逢迎却能官运亨通的官场游戏规则，颇有讽刺意义。

天衣无缝

萨布兰谋杀案

◇[法国]弗朗索瓦·莫里亚克

读点

离奇跌宕的情节,展示了人性的丑恶。

语言如家常,却仿佛平静湖面下蕴蓄着汹涌的
波涛。

卡特琳·萨布兰小姐出身于波尔多市最富有的船主家庭,受过最良好的教育。她嫁给了一个名叫埃米尔·卡纳毕的酒品经纪人。婚后,卡特琳表现出的是一个完美无缺的妻子,在有了孩子之后是个无可指责的母亲。家庭富裕、舒适、宁静,洋溢着和睦的气氛。卡纳毕的寡居的母亲同他们住在一起,婆媳相处甚好,从未有任何龃龉芥蒂。然而,一出悄悄进行的悲剧很快拉开了帷幕。

批:开篇将卡特琳的生活情形交代得近乎完美,而段末以"悲剧"一词为下文设伏,悬念顿生。

1905年5月初,一个医生被紧急叫到夏特隆沿江大道54号。这里是埃米尔·卡纳毕的家。医生到来之时,卡纳毕正在散乱的床上痛苦地辗转呻吟。医生诊断为初期感冒,安慰说几天就会痊愈。但几个钟头后,病人情况恶化:痉挛、双腿瘫痪、呼吸急促、脉搏加快,只是体温没有升高。卡特琳寸步不离,她脸色惨白、焦灼不安,再度被紧急叫来的家庭医生声称对这种奇怪的病无能为力,要求另请同行帮助。先后参诊的医生意见纷纭,其中有个医生提出了中毒的可能性。

批:丈夫突患无名急症,这是悲剧的发端,描述得扣人心弦,紧紧攫住读者的心。"中毒的可能性",继续设置悬念。

中毒!这话一说出口立刻便不胫而走,很快弄

得满城风雨，自然也传到家庭医生耳中。既然有人要毒死病人，便有必要将病人隔离保护起来。埃米尔很快被送到城郊一家私人诊所。医疗人员得知他已有25年的贫血和虚弱病史，在服用一种含有砒霜的叫作"弗勒"的药水。但诊所的化验检查没有发现他体内有这一毒品的过量存在，而病人的须发又表明他比一般中毒要严重得多。但病人在离开夏特隆沿江大道的家后，病情迅速好转，不适症状消失。

1905年5月13日，事件有了发展。这一天，夏特隆沿江大道的一个药剂师回忆起曾经给过卡纳毕太太一些有毒药品，其中至少有三瓶"弗勒"药水。这引起家庭医生的警惕，他肯定没有开过类似的处方。经查对，处方出自朗德的一位医生之手，这似乎又不足为怪。然而，账上记载的付药日期使医生大为不安：含毒药品交付之日，正是卡纳毕疾病开始之时。他向法庭投诉。法庭开始正式调查，发出了逮捕令。朗德的那位医生闻讯后向法庭提出申诉：药方是伪造的。

1906年5月25日，萨布兰案件开审之日。波尔多市万人空巷，人们争相亲临审判现场，把审判大厅挤得水泄不通。

法庭庭长和法官们庄严就座。当尖细的钟声敲响了九下之后，一扇通到大厅来的小门打开了。人们屏声静气。卡特琳·卡纳毕在众目注视下进入审判大厅。她身材高大，神情骄矜，却又仪态万方。

普拉代－巴拉德庭长一字一顿地开口说：

"你被指控犯有伪造罪和使用伪造品罪，同时企图毒死你的丈夫。"

他接着冷冷地补充说："我必须说明，你的丈夫一直抗议这种控告，他断然说没有人想要毒害他。"

"他说得对！"被告叫着说，"如果他说相反的话，他便没有说真话。"

批：情节一波三折，"中毒"的诊断似乎被否定，但迅速好转的病情与不适症状的消失又使情节再起波澜，似乎不给读者一个短暂的喘息空间。

批：再次出现波澜，从药剂师到家庭医生，再到朗德的一位医生。朗德那位医生"药方是伪造的"的申诉将情节悬念继续向前推进。

批：凸现事件的影响之大、涉众之广。

批：侧面描写突出气氛之庄重。

批：外貌描写反衬后文情节。

批：侧面渲染卡特琳隐蔽之深。

公众骚动起来。这种局面大大出乎意料。

卡特琳·卡纳毕这样解释事件：一个陌生人拜访她，交给她一张一个朗德的医生开的处方，请她代买一些有毒的危险药品，他需要这些药品做化学实验。她把药买回交给了那个不速之客，他道谢以后扬长而去，以后再没来过，不过他后来给她写来两封信，她已把这些信交给了法庭。

陌生人在信中的说法同卡特琳的解释完全一样，但对法庭不起作用。经过好几个笔迹专家鉴定，两封信都出自卡特琳本人的同一只手。普拉代－巴拉德庭长似乎胸有成竹，不慌不忙地说出了下面令人震惊的事实：在卡纳毕疾病发作前两个星期，卡特琳曾经找过童年的一个朋友——在 17 年前希望娶她为妻的彼埃尔·拉波。在全场哗然骚动之时，埃米尔·卡纳毕拄着拐杖走到栏杆前申辩说："法官先生，你暗示的一切是很不高尚的。彼埃尔·拉波是我最好的朋友，是我所有朋友中最忠实最可珍贵的一个朋友。我的妻子是清白无辜的，懂吗？她从来没有想要毒死我。"埃米尔·卡纳毕的母亲也来到栏杆前，可敬的老太太的证词给人以深刻印象："我以我的名誉担保，我的儿子不可能搞错，他的妻子无可指责。我可以肯定，卡特琳只是城里无聊的恶意中伤的一个可怜受害者。"

1 个小时又 15 分钟的辩论宣告结束。法官们经过商议，由庭长普拉代－巴拉德宣读判决：卡特琳·卡纳毕（原姓萨布兰）与投毒罪无涉，但被确认犯有伪造和使用伪造品罪。她被判处 15 个月徒刑和 100 法郎罚金。

卡特琳以后永远没有在夏特隆沿江大道居所出现。可怕的宗族团为了宗族的荣誉，坚决不让家丑外扬，硬是倒转乾坤，并把戏一直演到幕落。事实上，他们对卡特琳的犯罪行为深信不疑。卡特琳被

批：事件在卡特琳的解释后似乎出现了转机。

批：笔迹鉴定则再次掀起波澜。

批：卡纳毕的申辩似乎合情合理，但也不难看出他对妻子刻意的"保护"。

批：婆婆的证词更强化了这个家庭对卡特琳的保护。

批：一起蓄意谋杀案，就在两位"证人"的证言中大事化小。

批：至此，读者才真正明白卡纳毕母子保护卡特琳的真正原因——原来只是为了"宗族的

抛弃的命运已经不可避免,她被赶出家门,被剥夺了继承权。

荣誉"!

卡特琳孑然一身,她在孤独中打发余生时不断重复有一天晚上曾经不小心对拉波说的话:

"我为了你把他杀死。"

(张驰/译)

批:结尾看似随意,实则是作者的匠心:拉波,这个在小说中仅侧面出现过一次的人物并未参与到谋杀计划之中,但他与卡特琳有暧昧关系则是不争的事实。

人性的异化

这篇小说的情节并不复杂,它用平实的语言叙述了一个妻子为了初恋情人试图谋杀丈夫的故事。它提醒我们,在变异的情感面前,人性会发生异化,而这种异化如果不能及时有效地得到控制,其结局是非常可怕的。

小说的主人公卡特琳出身于富有的船主家庭,并且受过良好的教育,嫁给丈夫埃米尔后,过着衣食无忧的舒适又宁静的生活。然而,表面上的和谐生活并不能消除卡特琳内心的躁动。为了能和初恋情人在一起,也为了能合法继承丈夫的财产,她不惜伪造药方,买来毒药,让已有25年贫血和虚弱病史的丈夫服用。尽管她自以为做得天衣无缝,但还是在笔迹和时间上露出了马脚。为了掩盖丑闻,卡特琳的丈夫竟出人意料地极力为妻子"辩护","硬是倒转乾坤",使她仅受到15个月徒刑和100法郎罚金的判处。

无论是妻子卡特琳,还是丈夫埃米尔,在情和利益面前,他们的人性都发生了扭曲和异化。一个为了情和财,不惜谋害丈夫;一个为了家族的名誉掩盖事实真相,却又毫不手软地剥夺了妻子的财产继承权。小说正是通过这个令人发指的故事,警醒人们不要被邪恶战胜了理智,使自己的人性发生异化。因为那样,于人于己都是十分有害的。

(子夜霜、汪茂吾、柯晓阳)

芳草地 出乎意料的结局

他们结婚已经二十多年了,显得很幸福。他们都学会了在生活中彼此做一些必要的让步,并且两人的性格都很腼腆。男的是里昂小说家吕西安·里歇,一直保持着有限的知名度。但对他来说,这已经足够了。如果想沾点"畅销作家"的光彩,他就得在各种仪式上抛头露面。对于这些,他总是一概谢绝。朋友们爱说他过分谦虚,其实,是缺少勇气。

对他来说,回家的第一件事是拥抱一下妻子。亲亲她的前额,说一句几乎总是一成不变的话:"亲爱的,我希望我不在家时你没有过于烦闷,是吧?……"

得到的差不多总是同样的回答:"没有。家里有这么多事情要做呢。但看到你回来,我还是很高兴的……"

太太负责在打字机上打印丈夫定期在《里昂晚报》上发表的短篇小说。然后把稿纸誊清,封装好,寄出去。这份微末的工作足以使她想到自己是丈夫的一个合作者。

咳!她万万没有想到,一出悲剧正在威胁着她。

怎么,像吕西安·里歇这样一个年近五十的家伙,会让一个刚刚离婚的女人弄得昏头昏脑?然而这件事居然发生了。她叫奥尔嘉·巴列丝卡,人长得漂亮,有着一般女光棍的寡廉鲜耻的劲头,把小说家降服了。有一天,就像跟他要一件新奇首饰一样,她要求跟他结婚。

他必须先离婚。"唔,这件事应该容易办到。结婚23年,大概妻子不再爱我了,分开可能不会痛苦。"想法不错。可是一个性格腼腆的丈夫该怎样摊牌呢?

小说家想出了一个新鲜法子。他编了一个故事,把自己与太太的现实处境转托成两个虚构人物的历史。为了能被妻子领悟,他还着意引用了他们夫妻间以往生活中若干特有的细节。在故事结尾,他让那对夫妻离了婚,并特意说明,既然妻子对丈夫已经没有了爱情,就一滴眼泪也没有流地走开了,以后隐居南方的森林小屋,有足够的收入,悠然自得地消磨幸福的时光……

他把这份手稿交给里歇太太打印时,心里不免有些不安。晚上回到家里时,心里嘀咕妻子会怎样接待他。"亲爱的,我希望我不在家时你没有过于烦闷,是吧?"话里带着几分犹豫。

她却像平常一样安详:"没有。家里有这么多事情要做呢。但看到你回来,我还是很高兴的……"

难道她没有看懂?吕西安猜测,兴许她把打印的事安排到了明天。然而,一询问,故事已经打印好,并经仔细校对后寄往《里昂晚报》编辑部了。

她为什么不吭声?她的沉默不可理解!"显然,她是个性格内向的人。可是她该看得懂的……"

故事在报上发表后,吕西安·里歇才算打开了闷葫芦。原来,妻子把故事的结局改了:既然丈夫提出了这个要求,夫妻俩还是离了婚。可是,那位在结婚23年之后依然保持着自己纯真的爱情的妻子,却在前往南方的森林小屋途中抑郁而死了。

这就是回答!

吕西安·里歇震惊了,忏悔了。当天就和那个不知底细的女人来了个一刀两断。但是,如同妻子不向他说明曾经同他进行过一次未经协商的合作一样,他永远没有向她承认自己看过她的新结论。

"亲爱的,我希望我不在家时你没有过于烦闷,是吧?"他回到家里时问道,不过比往常更加温柔。

"没有。家里有这么多事情要做呢。但看到你回来,我还是很高兴的。"妻子一面回答,一面向他伸出手臂。

品读

　　这是一个一对夫妇巧妙处理第三者插足的故事。

　　小说中的这对夫妻,丈夫吕西安·里歇是一位小说家,妻子则是为丈夫打印小说稿的助手。由于人物身份的特殊性,他们处理婚姻危机时,不仅有其性格的独特方式,而且有其职业的特殊技巧。当丈夫被一位漂亮女人弄得神魂颠倒,意欲向妻子提出离婚而又羞于启齿时,便采用了将他们夫妻间的生活场景编进小说对妻子进行暗示和试探的方式。他特意设计了一个"离婚后妻子过得很幸福"的小说结局,意在不露声色地对妻子投石问路。聪慧而情深意笃的妻子不仅从小说中读懂了丈夫的心思,而且"将计就计"地作出了同样不露声色的高明的"回答"——她在打印丈夫的文稿时,巧妙地将小说的结局修改为妻子因离婚而抑郁致死。这种出乎小说家意料之外的修改,使丈夫由"震惊"而"忏悔",果断地与"第三者"一刀两断,而与妻子一如旧好地维护了婚姻的稳定。

　　丈夫"试探"妻子的方式是独特的,妻子"回答"丈夫的方式也是独特的。这种独特体现为讲究"技巧",即迂回、含蓄;体现为夫妻双方在婚姻危机面前,为了不伤害对方而不露声色地"艺术"地处理这一事件。应当说,文中塑造的两个人物都是性格鲜明、诚挚可爱的。尤其是这位妻子,在处理这一"未遂婚变"中表现的克制、镇静、大度和聪慧,以及基于自珍自爱的对丈夫的笃爱,对婚姻的珍惜,无一不闪现出性格中优秀的光点。这位女性比之现实生活中同类情况下常见的"大吵大闹""哭哭啼啼""动辄诉讼",不仅高明得多,而且高雅得多。至于这位丈夫,固然因"春心旁骛"尚有可受谴责的一面,但并非一无是处,他借小说的结局期望"离婚后妻子依然幸福"的意愿,以及他一旦试探出妻子不愿离婚便立即反躬自省、悬崖勒马,从此更加珍惜夫妻间的深挚情意。

　　小说中曾三次写到丈夫回家时对妻子"例行"的问候和妻子"例行"的回答,看似重复,实则颇具匠心,毫无累赘之感;看似平凡琐屑,实则用于三次不同心境和情节,对人物性格的刻画和故事的戏剧性效果都起到了很好的"加强"作用。丈夫的"例行"问候,第一次,用了"几乎总是一成不变"的描述,暗示了丈夫对平静得略显沉闷的家庭生活有了一丝厌倦;第二次,他带着"几分犹豫",表明男主人公对妻子的感情已经改变;第三次,他"比往常更加温柔",写出了他对妻子的回心转意。妻子的"例行"回答,第一次,回答虽然差不多总是一样的,但话里包含的感情总是一如既往的沉静、平和,甚至充满温情;第二次,即使在发现了丈夫的不忠后,仍然"像平常一样安详"地对待丈夫,表明她一直深情地爱着丈夫;第三次,在丈夫回心转意之后,她依旧如此回应丈夫的问候,并且主动伸出双臂拥抱丈夫,表现了她对丈夫的一往情深和宽容。

芳草地　九月夜景

一道道房门关上了。我推开大门那沉重的门扉。它抵抗着我的推力。从前,母亲每天黎明把门打开,让清新的空气进入屋内,并在阴暗的四壁内把它囚禁到傍晚;那推门的吱嘎声常常把我从梦中惊醒。

我往前走了几步,我停下来,我倾听着。九月的草儿不再颤动了。我仿佛听见葡萄架下有蟋蟀唱歌,但那也许只是我耳朵的嗡鸣和往昔的夏日在我记忆中的絮语。半轮残月挂在空中。月光是微弱的,但足以使其他星星黯然失色。她高悬在那儿,挑逗着大地。对月儿的魅力我变得冷漠了。她飘浮在太多的被忘却的蹩脚诗歌之上。月亮是音乐家和诗人的危险的启迪者,是浅薄的形象和乏味的激情的母亲,她给黑夜和星辰抹上了忧郁的色调。

星辰,并非因为我曾经在它们的荟萃中辨明了自己的方位。可是在这儿,有几颗星星被驯服了,并且脱离了广大的星群,仿佛它们熟悉我的声音,仿佛它们从草原深处应召跑来在我手心里啄食。我要根据我的祖屋的位置才能叫出它们的名字。虽然是为数不多的几颗:我已经忘记猎户座在天空出现的时间和地点,但金牛座在那儿,还有大角星。月亮妨碍我重新找到织女星。

我冷漠、洒脱,穿过我今世不会重演的那出戏的布景往前走去。我诅咒月亮,但我摈弃的是整个夜的奥秘,同黑暗串通的年纪已经过去了。在这无边无涯的屏幕上,我不再有什么东西需要投射,青春不仅离开了我们,而且退出了这个世界,任何年轻的生命都是不自知的魔法师。当我们还有可能的时候,我们对黑夜施以魔法。她赐还我们的就是我们给予她的东西。

[法国]弗朗索瓦·莫里亚克/文,程依荣/译

品读

弗朗索瓦·莫里亚克(François Mauriac,1885 年 10 月 11 日～1970 年 9 月 1 日),法国著名作家,法国科学院院士。其文学成就主要在小说方面,1925 年发表的《爱的荒漠》,获得法兰西学院的小说大奖,奠定了他在法国文坛的地位。1952 年由于"在小说中深入刻画人类生活时所展示的洞察力和艺术激情"获得诺贝尔文学奖。此外,他还发表了数量可观的《日记》和《回忆录》。

《九月夜景》是一篇随笔小品。这篇随笔细腻地描绘出了作者在仲秋之夜漫步庭院瞬间的心境,充分体现了作者文笔优美、风格简练、善于渲染气氛和刻画心理活动的特点。

双重杀手

◇[英国]阿尔弗雷德·希区柯克

读点

悬念丝丝入扣,结局出人意料,构思巧妙。
小说以"杀手"为线索,两条线索交替并行,在结
尾处合二为一。

"罗伊。"一个温和的声音兀地叫出了他的名字,把他从梦中惊醒。

批:"温和"之下暗藏杀机。

罗伊迅速地眨了几下眼睛,调整了一下眼睛的焦距,这才看清这位不速之客手中正握着一把大口径的自动手枪,枪口因为加了消音器而显得格外长。

批:"焦距"描述视觉由模糊到清晰的情景,非常形象。手枪突现,奇峰突起,情节扣人心弦。

"该发生的事终于发生了,"罗伊痛心地说,"这场追杀终于要结束了。谁会想到事情会这样结束——在西班牙巴塞罗那这地方,一个破旧肮脏的小旅馆里。"

批:这样的结局是罗伊早就预料到的。为什么罗伊早就预料到了呢?悬念再起。

那个人冷冷地回答道:"这只是时间问题,从考里昂先生雇佣我到现在已经九个多月了。这可是一段艰苦的日子,好几次我还以为把你给追丢了。"

批:历时九个多月才找到下手机会,罗伊的逃亡也算得上巧妙。

当那人以一种自我欣赏的口气说话时,罗伊正把手缓缓地一点一点地伸向枕头下面,那儿有一把上了子弹的左轮手枪。"罗伊,我早就把你的左轮手枪给拿走了,"杀手以一种不耐烦的声音说,"我们不要再玩这些无聊的把戏了,好不好?"

批:"道高一尺,魔高一丈"。

罗伊意识到死神在向他招手,大颗的汗珠从他额头上冒了出来,脸上露出哀求的表情,突然央求

批:罗伊心存侥幸,这或许是自己

说：

　　"如果有任何可以挽回的方法，请您提出来，您要什么，我给什么，我有的是钱。"

　　杀手格登摇了摇头平静地说："对不起，我已经接受了这份任务，假如我不完成的话，这会对我的声誉有很大的影响，我想你会明白这一点。"

　　"那好吧，"罗伊温和地说，"在你杀我之后，请帮我做件事。在你身后的写字台中间的抽屉里有一个信封。我希望你能打开它，读完后再送给考里昂，你能帮我这个忙吗？"

　　"我会的。"杀手格登回答说。然后在没有任何警告下扣动了扳机。手枪沉闷地响了一声，罗伊的前额中间出现了一个洞。子弹的力量使罗伊身体向后倒去。

　　杀手格登收好枪，取出一个带闪光灯的袖珍照相机，拍了许多张罗伊的脸部照片。

　　他走向写字台取出里面的信封，抽出一张打在白纸上的短信，看完后又轻轻地把信塞回信封里。

　　考里昂是个没耐性的人，当格登从西班牙完成任务回来见他时，他跳到杀手格登面前抓住他的手："啊！你终于回来了，你终于去了我的一块心病。只要那人活着一天我就如鲠在喉。现在一切都好了，我得感谢你，我想看看你拍的照片。"

　　格登一言未发，取出照片给了他。考里昂一把抓住照片，从头到尾反复看了几遍，脸上露出了笑容，看得出他对此很满意。

　　格登冷冷一笑："在我走之前，我得把这封信给你，是罗伊写的，我希望你能读一下。"

　　考里昂困惑地接过信封，抽出了信。考里昂念道："我知道你会花钱雇人来杀我，为了公平起见，假如那个人把这封信交给你的话，那说明他已经接受了我装在信封里的两万元钱，并且同意要'以牙还

　　最后的机会。

批：格登的回答让罗伊断了生的最后一丝念头。

批：既已无可挽回，罗伊只能束手待毙，"暴怒""反抗"都是正常的反应，而他偏偏"温和"，难道信封里有什么秘密？

批：罗伊丝毫没有意外地死在格登的枪下，又令人心生悬念。

批：拍照片，无非是要得到雇主的确认。

批：信上到底写着什么呢？又一悬念。

批："没耐性"与"跳到""一把抓住"一脉相承，考里昂这种迫不及待的心理实际也预示着他将被反算计。

批：罗伊会给仇人考里昂写些什么呢？很快就要真相大白了。

批：至此，信的秘密真相大白，雇人杀人者到头来反而将被所雇的人杀害，真是莫大的讽刺。

牙，以眼还眼'，再见了，考里昂先生。"

那信从考里昂的手里掉了下来，他像惊弓之鸟一样扑倒在地上，但是在他还没有着地之前，他的前额出现了一个大大的洞，和罗伊的一模一样。

（佚名/译）

批："一模一样"不仅仅是描述考里昂的死亡之态，也不仅仅是呼应上文，更重要的是，紧扣题目"双重杀手"，突出其含义，揭示了小说的主题。

巧设悬念，情节一波三折

侦探小说之所以拥有许多的读者，那是因为小说作者特别善于设置一波三折的故事情节，让读者在感觉一种必然结果的时候，却又有另一种合乎情理的结局。

这篇小说具有悬念的情节和惊悚的气氛。"'罗伊。'一个温和的声音兀地叫出了他的名字，把他从梦中惊醒。"小说以杀手叫醒睡梦中的罗伊开头，可以说小说一开始就紧紧地抓住了读者的心，于是读者便不由自主地跟着小说中的人物一起担心。

罗伊被杀后，杀手格登拿走了罗伊写的一封信。这信上写了什么？罗伊为什么临死之前还要给考里昂信呢？"我知道你会花钱雇人来杀我，为了公平起见，假如那个人把这封信交给你的话，那说明他已经接受了我装在信封里的两万元钱，并且同意要'以牙还牙，以眼还眼'，再见了，考里昂先生。"考里昂念信，读者才恍然大悟，杀手格登被考里昂雇来杀罗伊，而罗伊临死时也雇格登去杀考里昂。"他的前额出现了一个大大的洞，和罗伊的一模一样"，结果，杀手将起初的雇主考里昂也杀死了。

小说正是以这"杀手"为线索，以"双重"来构建情节——两条故事线索交替并行，在结尾处合二为一，展现了"杀手"的两面性。这个杀手的双重身份令人震颤，他将双方都置于死地，非常残忍、冷酷和贪婪。这都是由于金钱怂恿了他。（子夜霜、柯晓阳、夏发祥）

智慧树　我最喜欢的几篇悬念小说

到乡下度周末时，朋友总会塞给我一本书。近来我忽然意识到，通过电视我已经与你们度过了许多时光，可是从未表示过谢意。因此，我想到了这部书。当然我并不认为我的朋友会白白地把书交出来，不过这没关系，你会觉得很划算的。

绝大多数序言总是啰啰唆唆地解释为什么选中了某篇小说，选编者几乎立刻就成了道歉者。

这部书里的小说之所以被列入这部书,只有一个原因,这原因已由书名清楚说明。我只能说我喜欢它们,并且非常希望你们也会喜欢。

一篇悬念小说并不单纯是在讲述这是谁干的,比较好的说法应该是他何时会干。我并不认为如果我告诉你,在这些故事中某某人在做某事,我就泄露了什么机密,因此你不该抱怨事先没有警告你。

有人说阅读神秘小说或悬念小说可以消除一个人心中的杀人欲念,让他去欣赏那些时时想犯但又因为缺少勇气而未能付诸实践的罪行。如果此话当真,那么我认为读这种书可以使所有被压抑的欲望——或者至少是正常的欲望得到发泄。我深信这里的几篇迷人故事足以了结关于真实是否比虚构更奇特的无聊话题。

我不想花太多的时间来介绍这些小说。记得亨利·詹姆斯在谈到诸如此类的序言时说过,当一篇文学作品被滔滔不绝地介绍给读者时,当小说被过分仔细地加以阐述、解释和评注时,那情景就像是一位就餐的客人被警察押送着带进了屋内。希望这是我最后一次做这种事。我宁愿让你们感到这位你们敞开门户迎进的就餐者纯粹是一位陌生人,而周围见不到任何胡乱嚷嚷的警察。

好了,如果你此刻急于想钻进书中,我们最好现在就开始(最后插一句,据我所知,实际上唯一喜欢钻进书中的是我地下室里的蛀虫)。等你开始阅读时,我建议你挑选一个独守空房的时间。如果家里有人,离他们远点。书中有的是教你如何做到这一点的办法。现在就把所有的灯都关掉吧,捧起书在睡觉前读完一篇故事。如果读完后还想再读一篇,那也可以,不过可要当心,读得太多可不大好。总之,这是一部非常要命的书。

[英国]阿尔弗雷德·希区柯克/文,沈东子/译

品 读

阿尔弗雷德·希区柯克(Alfred Hitchcock,1899 年 8 月 13 日~1980 年 4 月 29 日),闻名世界的电影导演,尤其擅长拍摄惊悚悬疑片。希区柯克在英国拍摄了大批无声片和有声片之后,开始前往好莱坞谋求发展,于 1956 年加入美国国籍,并保留了英国国籍。在长达 60 年的电影艺术生涯里,希区柯克总共拍摄了超过 50 部的电影作品,成为了历史上著名的电影艺术大师。

《我最喜欢的几篇悬念小说》是希区柯克为其选编《世界悬疑小说精选》作的序。希区柯克以大量悬念电影闻名世界,其选编的悬念小说比较注重故事的发展过程,注重渲染各种气氛,让读者以更为紧张的心理状态去关注小说主人公的个人命运,为他们的各种遭遇担惊受怕。

悬念小说的最大特色,在于对环境气氛的渲染。作家通过对环境特定场景的渲染引起读者的警觉,继而不由得为小说主人公的处境担忧起来,总想尽早知道结局,总希望主人公能摆脱困境,憋在心里的一口气要待到水落石出后才能吐出,从而达到了作家制造悬念的目的。

信　任

◇［中国］甘晓成

读点

明写信任，暗写不信任，不信任披着信任的幌子，让人防不胜防。

　　将军战功赫赫，战后成了国家高级领导人。大乱初定，国内治安状况依然十分严峻，将军决定为自己增加几个可靠的卫士。

　　将军的贴身卫士当然必须百里挑一，副官汉克负责初选，整理好具体资料后，由将军亲自圈定。这一天，在汉克送来的名单里，将军圈点了一个叫斯曼的下士。斯曼射击、格斗等各项科目都是全优，父亲是中学教师，母亲是纺织工人，看起来没问题。

　　斯曼身高一米八，身体非常强壮，长相也极为英俊。将军看了非常满意，拍了拍斯曼结实的肩膀："小伙子，好好在我身边干，你会有大好前程的。"斯曼并没有特别激动，自始至终表情一直很平静："将军，谢谢你的提拔。"看着斯曼不同寻常的平静，汉克突然有一种不祥的感觉，他隐隐觉得这个斯曼没有看起来那么简单。

　　事实证明，斯曼是一个非常优秀的卫士。好几次，斯曼不费一枪一弹，就凭他那双铁钳一样的手和精湛的格斗本领，就轻而易举制服了企图对将军不利的暴徒。不知不觉，斯曼成了将军面前的红人，直

批：为下文写斯曼做将军的卫士埋下了伏笔。

批："看起来没问题"实则"可能有问题"，为下文揭开斯曼的身世埋下伏笔。

批：前途如此光明，却"没有特别激动"，说明必有缘由。

批：汉克的预感为下文写斯曼的身世再埋伏笔。

批：确实优秀，真正值得信任！

到有一天……

这一天,汉克一脸紧张地来到将军办公室,说:"将军,那个斯曼,太危险了,不能留着他。"

"什么问题?"将军顿时也紧张起来。

"将军,我无意中找到了斯曼入伍前的原始档案。他11岁那年父母双亡,现在的父母只是其养父母,他的亲生父亲,是死去的麦克上校!"将军的脑袋里嗡了一声。12年前,麦克上校是将军最强劲的竞争对手,后来将军抓住机会,以通敌叛国罪下令处决麦克上校全家,只有他不在家的小儿子得以幸免。没想到那孩子如今竟成了自己的贴身卫士!

看将军沉默不语,汉克小声请示:"要不要把斯曼控制起来?"

将军沉思一会儿,脸上突然露出了笑容,说:"继续留用斯曼。另外,在适当的时候,把斯曼的身世和我用他做我卫士的故事,透露给报社。"

不久,全国各大报纸都刊登了将军与仇人儿子的故事。一时间,将军的宽阔胸怀赢得了全国人民的爱戴。

将军和斯曼长谈了一次,斯曼的表情依然非常平静。他说父亲的确是想叛变投敌,将军处决他没有错。将军为斯曼的父亲大发感慨:"其实我与你父亲是很好的朋友,可军法无情,我也是没办法。"将军甚至掉了几滴眼泪,站在一旁的汉克,看着落泪的将军,突然感觉到一种阴冷的恐惧。

将军重用仇人儿子的事情,在喧嚣了一阵后又平静下来。

这天,将军应邀到一所大学演讲。斯曼着一身军装,腰佩手枪,不离将军左右。演讲进行到高潮时,斯曼突然发现,一个戴墨镜的男人形迹十分可疑!斯曼感觉情况不妙,把手按在了枪套上。突然,墨镜男人掏出了手枪。斯曼出枪更快,挡在将军面

批:"一脸紧张",说明汉克得知了令人震惊的消息。

批:原来斯曼的父亲麦克上校是将军的竞争对手,当年将军杀死了斯曼的父亲,真是冤家路窄!

批:笑里藏刀,城府颇深。

批:狡诈的将军!

批:再写斯曼平静的表情,说明斯曼早就知道父亲与将军的关系,也的确认为父亲当年叛变投敌是错误的,因而做将军的卫士并无伺机谋杀将军之意。

批:借汉克的感受写将军的阴险。

批:从警觉、身手来看,斯曼的确是一个合格的忠诚的卫士,这反衬了将军的阴险。

前,同时抢先向对方开火。斯曼的枪没有响,刺客的子弹却应声而至,射进了斯曼的胸膛。

斯曼当场殒命。

在送别斯曼的葬礼上,将军泪流满面,再一次感动了全国人民。

批:虚伪的眼泪赢得真实的感动。

汉克很疑惑,斯曼的手枪,关键时刻为什么不响呢?汉克反复检查斯曼使用过的手枪,发现,子弹里没有火药!所有的子弹都没有火药!

批:汉克的疑惑推动了情节的继续发展,为揭开将军的嘴脸铺垫。

汉克当即向将军报告,将军轻描淡写地说:"我知道,是我让人做的。"汉克惊讶:"为什么?""你以为我真的相信斯曼?他毕竟是我仇人的儿子,谁能保证他不会对我不利?实话对你说,自从我知道他的真实身份后,他的枪里就再也没有一颗真正的子弹了!"

批:可怕的不信任!

当晚,将军被杀,他的脑袋被子弹打穿了,眼睛瞪得很大,死前似乎看到了什么可怕的东西。而汉克自此也消失得无影无踪,他留下了一张字条:世界上可怕的不是不被人信任,而是有人假装信任你!

批:因信任而杀人,又因信任而被杀,自己酿的苦酒最终还要自己喝。

批:既是故事情节之语,也是揭示主旨之言,更是人生经验之谈,让人深思。

像爱护自己的生命那样维护信任

鲁迅先生说:"悲剧是将有价值的东西毁灭给人看。"这篇小说的内容,无疑是个悲剧。这里的将军"战功赫赫",这里的卫士斯曼"射击、格斗等各项科目都是全优","好几次,斯曼不费一枪一弹,就凭他那双铁钳一样的手和精湛的格斗本领,就轻而易举制服了企图对将军不利的暴徒"。这样优秀的两个人为什么都死去了呢?因为不信任,因为将军的不信任!

前有副官汉克"不祥的感觉",中有将军刻意为之的"继续留用斯曼。另外,在适当的时候,把斯曼的身世和我用他做我卫士的故事,透露给报社",并"长谈",而"落泪",这时的汉克"突然感觉到一种阴冷的恐惧"。前后对比,暗示斯曼悲剧的结局。作者采用补叙的方式,揭示了原因,"你以为我真的相信斯曼?他毕竟是我仇人的儿子,谁能保证他不会对我不利?实话对你说,自从我知道他的真实身份后,他的枪里就再也没有一颗真正的子弹了!"多么可怕的告白,这也正好照应了汉克的"阴冷的恐惧"。

　　而在斯曼死后,将军也被汉克枪杀。小说的结尾写道:"世界上可怕的不是不被人信任,而是有人假装信任你!"点明了主题。

　　表面上信任,骨子里怀疑,就会在背后做手脚,而有害于下属,并危及自己。因此,让我们再重复一下中国的古话:"疑人不用,用人不疑。"这样,才有利于事业的发达。你看,刘玄德因为信任诸葛孔明,最终才建立了蜀汉政权。(屈平、吕李永、李荣军)

芳草地　坦白地说出另一个人的缺点

　　一个人,就算没有做过什么有损于人的事,也可能被别人看作是一个呆子,或当作一个不怎么样的人物。这种难堪的情形当然是无论什么人都想避免的。那么,预先警告他不要再弄出那些容易导致这种后果的行为,就是对他的帮助。

　　这种有益的帮助,若能突破一般的说辞也许效果更佳。一个人能坦白地说出另一个人的缺点,而不致被这个人认为无礼或冒失,那真是再好不过的事情了。

　　事实上,说出这类对某人印象不佳的意见,我们能够找出许多不同的办法,既能对他起作用,又不至于压抑他的个性。而且,这也会使我们的个性由于运用得当,得到良好的发展。比如说,我们并不是非和他交往不可,我们有权利避免与他接触(虽然不必大肆夸耀这种躲避),因为我们有权利选择与我们最能融洽相处的群体。我们也有权利,甚至还是我们的义务,去警告他人也要这样——当我们认为和一个人结交会产生有害的结果的时候。

　　同时,我们在进行这种有益的帮助时,是有选择权的,我们完全可以选择这一个人而不选择另一个。于是,那个不被选择的人,那个不能从我们这里得到教益的人,其实就是受到了极其严厉的惩罚,需要强调的是:他所受的这种惩罚,只是他的那些缺点本身自然的,也可以说是自发的后果,和我们无关。我们并不是有目的地施罚于他,因为他对我们无足轻重,他的那些缺点我们更容易容忍。

　　一个人鲁莽、刚愎自用、傲慢自大,不能约束自己免于有害的放纵,追求兽性的快乐而牺牲情感上和智慧上的快乐——这样的人只能指望被人看低,只能指望人们对他印象不好;而他对此——对他陷入这种状况,是没有权利来抱怨的,除非他以特殊优越的社会关系赢得我们的好感,从而具备资格博取我们的有益帮助,而不是只被他自身的缺点所左右。

[英国]约翰·斯图亚特·密尔/文,佚名/译

约翰·斯图亚特·密尔(John Stuart Mill,1806 年 5 月 20 日~1873 年 5 月 8 日),英国著名哲学家和经济学家。密尔对西方自由主义思潮影响甚广,尤其是其名著《论自由》,更被誉为自由主义的集大成之作,同时也与弥尔顿的《论出版自由》一道,被视为报刊出版自由理论的经典文献。这部著作的要义可以概括为:只要不涉及他人的利害,个人就有完全的行动自由,其他人和社会都不得干涉;只有当自己的言行危害他人利益时,个人才应接受社会的强制性惩罚。

金无足赤,人无完人,没有人是天生的圣人,人有缺点是十分正常的。既然每个人都有缺点,那么,坦白地说出来,也就没有什么不可以的。但人与动物的区别就在于:人对自己的行为有控制能力,而且会对自己的行为负责。真诚坦白指出别人的缺点,别人就会乐于虚心接受。

芳草地 廉正的警官

"先生,我简直不敢相信,你为什么要帮我这个忙呢?"听了大名鼎鼎的罪犯皮拉的建议,警官岑诺近乎天真地问。

他们两人都到了退休的年龄。岁月沧桑在警官的脸上留下了明显的痕迹;强盗反倒脸色红润,目光里流露出狡黠与自信。他觉得面前这位几十年来一直在追捕他而又从不走运的警官着实可怜,于是决定在自己"金盆洗手"之前帮他一次忙。

"警官大人,我们的年龄都不小了。我绝不是在跟你开玩笑。我把具体时间、地点和其他详细情况告诉你,到时候你去准能将我逮捕。你可以如愿以偿,追回全部款项。这样,你在自己的刑警生涯中将获得一次新的晋级。然后,你再帮助我尽可能巧妙地越狱。以后的事,由我自己去应付。我有一个绝对保险的藏身之地……"

"可你为什么要这样成全我?"警官再次惊奇地问。

"很简单。我打算去太平洋的一个小岛隐居。但不是一个人,跟我一起去的还有你女儿。我非常爱奥莱斯蒂娅。你可以想象,按照目前这种处境,我是无法向她求婚的。你觉得怎么样?"

岑诺陷入了沉思。他面临着一生中需要作出的一次重大决定。

两天后,皮拉得到了岑诺的肯定答复。警官愿意将他女儿交给受国际刑警通缉的重大案犯。他知道皮拉能让她过上一种王公贵族般的生活,尽管这笔交易见不得人。

计划进行得很顺利。武装抢劫米兰一家银行的强盗头子皮拉被逮捕归案了。一时间,岑诺的战果轰动全国,他的名字被刊登在各种报纸的头版。他获得了政府发给的一笔重奖,并被推荐为好几个政党的参议员和内务部部长人选。

　　这时,皮拉正在铁窗里面忍受煎熬。他急切地等待着奥莱斯蒂娅。按照他同警官的约定,姑娘将化装前来探视,把越狱计划告诉他。时间一天天过去,可仍然没有任何音讯。眼看就要开庭审判,皮拉如热锅上的蚂蚁。

　　望眼欲穿的时刻总算到了。前任警官、现参议员岑诺亲自来到监狱。他悄悄地对那在押犯说:

　　"亲爱的皮拉,我还没有找到奥莱斯蒂娅的下落……你知道,她可能在印度尼西亚的什么地方,跟全国最大的伪钞走私集团的头子在一起。那家伙两年前也向我许过跟你一样的诺言……"

[意大利]保·约万尼斯/文,李家渔/译

　　"廉正"的警官岑诺面临退休前的重大抉择:强盗皮拉要在"金盆洗手"之前帮他一次忙,即让他逮捕,使他获得晋级的机会;作为交换条件,警官岑诺要帮他越狱,并娶警官的女儿奥莱斯蒂娅为妻。岑诺答应了这笔见不得人的交易,他获得了辉煌的名誉:有名有利。

　　"时间一天天过去,可仍然没有任何音讯",看来警官岑诺没有履行承诺,读者以为他是伸张正义而没有履行承诺。但随着情节的一层一层展开,剥开了警官"廉正"的虚假外衣。他已有更大的交易:已将女儿许诺给了"全国最大的伪钞走私集团的头子"。这使读者看清了"廉正"的警官的真实的嘴脸:贪婪。

唐家寺的雨伞

◇［中国］高虹

读 点

半生心血失而复得,沉着冷静睿智大气令人钦佩。

语言通俗自然亲切,故事生动娓娓道来扣人心弦。

从前,有个商人在外苦心经营多年,终于攒下了大宗财富,准备告老还乡,结束半生的漂泊辛劳,回家与妻儿团聚,置田购房,安度晚年。时局动荡,路途遥远,路上常有劫匪。商人不敢露富,只得穿一袭灰布长衫,一双布底鞋,扮做一个风餐露宿的行路人。商人特地购了一把弯头竹柄油纸雨伞,将粗大的竹柄关节全部打通,把自己半生心血所积下的钱财买成名贵的珠宝玉器,一一放入,然后用黄蜡封口……如此这般,貌似贫寒之士,肩挎一条褡裢,手提这把雨伞,轻轻松松地上路了。

这天中午,商人来到了成都近郊的唐家寺,见是一个平常的小镇,鸡安犬宁人面善,商人便走到一家面馆,叫煮一碗面条来,吃了好赶路。成都担担面闻名遐迩,一碗面条七红八绿,佐料丰足,商人香喷喷地吃了起来。没想到肚子吃饱了,一阵倦意却涌了上来。小店生意一般,只有三五食客,倒也不吵闹。于是,商人在桌旁打了一个盹。一阵清凉的风吹醒了商人,他抬头一看,小店内已空无一人,门外却渐

批:"在外苦心经营多年""半生的漂泊辛劳",足见这"大宗财富"来之不易。"当时时局动荡,路途遥远,路上常有劫匪"的社会环境描写,揭示了商人"不敢露富"的原因,行装打扮和将"珠宝玉器"藏于雨伞竹柄中皆因于此。

批:如此社会背景是商人的"伞"能失而复得的原因。

批:虽然冒出冷汗,却没有大声宣扬,情急之下不乱方寸。商人

淅沥沥下起了小雨。商人揉揉脸颊，突然暗叫不好，自己的那把伞已不见踪影！一阵冷汗霎时冒了出来。就想，定是在他打盹的时候，老天偏偏下起了雨，而那些食客急于出门，其中哪个见他睡着了，就顺手牵羊把他的伞取走了。

推想合乎情理，雨天丢失，食客应急拿走；如果晴天丢失，那么失而复得的可能性就极小了。

商人将随身零钱清点了一番，沉吟片刻后，决定自己该做什么和怎么做了。他叫来面馆掌柜的，说自己看中了这个平静安宁的镇子，决定就在这里住下，开个小铺维生，请帮忙找一间房子。掌柜的也是个和善之人，说你开什么样的铺子？要多大的房子？我帮你找就是。商人说："身无长技，只会修伞补帽。小小手艺人，租不起大房子，只是最好能够在交通要道上。"掌柜的笑道："当然，修伞补帽应该在路边。"于是很快帮他找了一处房子，商人便用仅有的钱在唐家寺开起了修伞铺。

批：沉着应对，一个正确的决定胜过万次后悔。

批：这么做无异于大海捞针，能找回失去的伞吗？

商人待人客气，心灵手巧，天亮开门，天黑关门，很是个规矩人的样子。没过多久，他小小的修伞铺子便受到当地人的好评，人们都愿意把伞拿给他修理，哪怕多走两三里路。商人的伞铺算是立住了，可谁也不知道这个小手艺人是腰缠万贯的富商，更不知道他每天谦和的笑脸下，掩藏着紧张焦灼的心。他每天每时每刻都在等待着那把熟悉的油纸雨伞的出现，但都失望了。经过手上的各式各样的伞成千上万，唯独没有他那一把。

批：商人如此待人之道可以说有助于伞的复得。

批：神色描写突出了商人的焦虑，看来单纯的修伞是很难再见到丢失的那把伞了。

时间一天天在流逝，商人耐心地等着，但是他的伞还是没有出现。一天，他接手了一把破旧的伞，主人漫不经心道："能不能修？太费事就算了。不然一把破伞值不了几个钱，我反倒花一大笔工钱！"听了这话，商人心里一动，想到自己的那把雨伞，丢时便只有三成新，用到现在怕也是破破烂烂的，它现在的主人怕也不愿拿来修了。商人就又动起了脑筋。

批：说者无意听者有心，一语点醒了商人。

第二天，过往行人看到这家伞铺子打出了一条好新鲜的广告:油纸伞以旧换新。人们纷纷上前询问这事是不是真的? 得到商人肯定的回答以后,消息很快就传开了。据说这是商人为了扩展生意,广招客人的让利活动,还说下一次就轮到布伞以旧换新了;又说商人对收集旧雨伞有兴趣——总而言之,广告效果好极了。

时隔不久,在一个风和日丽的下午,修伞铺子来了一个中年农民,商人一眼就看见他腋下夹着一把油纸雨伞,那正是他日思夜想、心系魂绕的伞呀。商人不动声色地收下雨伞,犀利的眼神一瞥,就查看到伞柄完好如初,并无半点被动过的痕迹。他知道完璧归赵的故事在自己的身上发生了。他转身挑了铺子里最好的一把伞给了来客,在来客的感谢声中,徐徐关上了店门。商人立马打开伞柄,里面的一层黄蜡加封得严严实实。再撬开黄蜡,商人看到了他当初装塞在里头的全部珠宝玉器。他一下瘫坐在地上,长长松了口气,半日无语。

这天,唐家寺的居民们觉得有点奇怪:自打修伞铺开张以来,没见过这么早关门的。第二天天大亮了却还没有开门,一问,才知道在此处开店好长时间的外地商人突然走了。商人是轻轻地来,又轻轻地去,的确有点奇怪,但谁也没去多想。

再以后,这件事成了一个故事流传开来,当地那些换过伞的人才恍然大悟。于是,"唐家寺的雨伞——换一把"就成了当地的一句歇后语。人们传说着这个故事,赞叹着商人的沉着、冷静、睿智和大气。

故事的现实生活合理性

这篇小说带有鲜明的民间故事特征。这是一个关于一把藏有押着主人"身家性命"

的珠宝玉器的油纸雨伞失而复得的故事,它的叙述语言通俗又生动,叙述节奏自然又紧凑,叙述结构随意又圆润。

就整体而言,故事具有现实生活的合理性。因为"当时时局动荡,路途遥远,路上常有劫匪",商人便将自己"扮做一个风餐露宿的行路人",把"自己半生心血所积下的钱财买成名贵的珠宝玉器"装在伞的竹柄里;商人来到一个"鸡安犬宁人面善"的小镇,吃过一碗面条,因倦意而打盹,因打盹伞被人"顺手牵羊";藏有平生积蓄的伞丢失,商人虽然"暗叫不好",却不露声色,如果声张,那他的伞就没有失而复得的可能了;商人决定在唐家寺开修伞铺,等待自己丢失的伞的出现,许多天后依然不见,然而契机在一个顾客修"一把破旧的伞"时出现,商人打出了"油纸伞以旧换新"的广告;时隔不久,这把丢失的伞出现了,终于"完璧归赵"。故事的构思可以说是丝丝入扣,十分合理。

但小说也有值得商榷的地方,商人买把"弯头竹柄油纸雨伞,将粗大的竹柄关节全部打通,把自己半生心血所积下的钱财买成名贵的珠宝玉器,一一放入,然后用黄蜡封口",伞自己使用,这样做完全可以掩人耳目。但是,如果别人用了这把伞,恐怕就会"露馅儿"了,因为粗大的竹柄关节全部打通,里面装入"珠宝玉器",分量自是不轻,打伞人怎么会感觉不到伞重得过分呢?也许有读者说,"珠宝玉器"没有装满装实。不装满装实,伞柄晃动时会发出声响,同样会"露馅儿"。如果"露馅儿"也就不会有"唐家寺的雨伞——换一把"的说法了。所以,小说中描写商人藏宝的方法与这个传奇的故事存在不合理的因素。只不过,因为整体构思的合理性,读者忽略了这一点。

不过,总的来说,这篇民间故事性质的小说还是相当出色的,不影响给读者的美感。

(子夜霜、戴汝光)

回家

意大利,战争刚刚结束不久。

一个年轻人站在一个小村庄外,他无法说清楚自己的确切年龄,他的童年似乎只有一天,没有历史,也没有过往。战争对他来说非常重要,但现在结束了。他很想回到他的小村庄里住,实现自己做玩具的愿望。他先前在北非作战,失败被俘,被送到澳大利亚一个战俘营里,战俘营的周围是一望无际的平原,附近有一个名叫哈伊的小镇。战俘们被押到小镇周围的农场上劳动,他和另一个名叫吉诺的年轻人在离哈伊半个小时车程的一个大农场工作。大农场的主人叫伍德曼,伍德曼唯一的儿子也在战争中被俘。伍德曼夫妇理解战俘们的难处,对年轻人和吉诺很友好,他们在大农场劳动的时光是快乐的时光。

走进小村庄,年轻人发现村里的变化非常大,但他并不感到奇怪。战争已经改变了太多东西,但他没料到村庄里的玩具店已经没有了,取而代之的是一个咖啡店。咖啡店的店主慵懒地倚在门上。

年轻人问倚在门上的店主:"那个玩具店呢? 做玩具的人呢?"

她回答说:"他在战争还没结束时就死了。他的年纪大了,不是死于战争,是自然死亡。你认识他?"

年轻人痛苦地"嘘"了口气,说:"他是我的父亲。"

女人嘲笑道:"不可能,吉贝托从来没有小孩。"

是的,吉贝托从来没有小孩,他去世时,因为战争的混乱,他的房产被划给当局了。

对年轻人来说,这是个很大的打击。他不知道去哪里,也不知道怎么办。他想得到吉米尼的建议,吉米尼会告诉他怎么办,只要他能找到吉米尼。

年轻人向那座专门收治穷苦人的、由一座仓库改成的医院走去,在一个临终病房里,他找到了吉米尼。吉米尼脸色苍白,呼吸都很艰难,但看到年轻人的那一刻,他的脸上闪过一点亮光。

吉米尼问年轻人在战争中的经历。年轻人述说了自己如何被俘,如何在农场劳动,如何跟吉诺一起使农场免遭火灾。吉米尼对年轻人讲的故事很感兴趣,叫他继续讲下去。但护士走了进来,叫年轻人出去,她说:"今天的探望暂停吧,吉米尼太累了,过于兴奋会让他的病加重的。"

年轻人走到夜色里,走在战后迷茫的意大利,他是迷茫的一分子。吉贝托死了,过几天吉米尼也会死的。玩具店没有了。他回家了,却发现自己成了千百万无家可归的人之一。看到在黑暗的天空里只有一颗星星,他许了一个愿。

澳大利亚政府部门来的人员正在找人去为澳国建设出力,他向那位年轻人解释说,澳大利亚有很多特别的项目,非常非常欢迎像他这样健康的小伙子。

年轻人说:"如果你们不介意。"以前当伍德曼先生给出一种方案时,吉诺常常那样对伍德曼先生说,"如果你不介意……"接着说出另一种方案,伍德曼先生会很快乐地接受。

"如果你们不介意,"年轻人说,"我有在澳大利亚农场工作的经历。我愿意跟你们去。"

年轻人又回到了伍德曼先生的农场,他看到很多的围篱倾斜了,看到农场的屋子也需要粉刷了。看到年轻人回来,伍德曼夫人跑过来紧紧地搂住他,她的眼里涌满了激动的泪水。这个拥抱,她为迎接儿子在心里演练了无数次,可是她的儿子还没有回家。

伍德曼先生握着年轻人的手,说:"我们经常想你,你能来看我们真是太好了。"

"如果你们不介意,"年轻人说这话的时候,感到自己的心跳加快了,"如果你们不介意,我就把这次来当成回家了。"

[澳大利亚]迈克·亨尼西/文,韦盖利/译

品读

　　这是一篇具有强烈反战思想的小说。它没有描写硝烟弥漫的战争场面，没有枪声与杀戮，却从战后人们无家可归的迷茫中揭示了小说的主旨。意大利年轻人被俘后，被送到澳大利亚的一个战俘营——伍德曼的大农场。伍德曼夫妇唯一的儿子也在战争中被俘，所以年轻人和伍德曼夫妇结下了深厚的友谊。战争结束不久，这个年轻人回到意大利家乡，却无家可归。年轻人感觉在自己家乡已经没有亲人了，便产生回澳大利亚去找伍德曼夫妇的念头。到了澳大利亚，伍德曼夫妇的儿子还没有回家，他们像迎接儿子一样欢迎年轻人的到来。

　　小说以"回家"为题是有深意的，战后回家却无家可回；以异国他乡作为了自己的家园，揭示战争让人失去了家园；暗示战后重建的不仅仅是家园，还有精神归属。

　　小说中，年轻人想回家，但最后却又回到了作为战俘生活过的澳洲农场，并想以此为家。这一情节的安排，加重了小说的悲剧色彩，借"回家"而不得来揭示战争对人们造成的创伤。回到战俘营具有讽刺意味，战俘营本是人们最不愿去回味的地方，可年轻人只能从那里得到一丝温暖和慰藉，嘲讽的背后是浓重的辛酸和苦楚。这一情节也折射出人性的善良，经历战争的人们可以互相慰藉，重建家园，给人以希望，与战争的残酷形成对比。

初恋滋味

雨　伞

◇［日本］川端康成

读点

借助雨伞巧妙表现少男少女微妙的情感。
展示人物心理力求细腻、力求无微不至的"唯美
主义"风格。

雾一般蒙蒙的春雨，虽湿不透全身，但洒在皮肤上，还能觉出湿润来。姑娘跑到门外，看见如约前来的小伙子打着伞，这才喊道：

"哎哟！怎么下雨了？"

小伙子将脸藏在伞内，这雨伞与其说是挡雨，倒不如说是他来到姑娘家的铺面前时，为了遮羞而打开的。

小伙子默默地将伞遮在姑娘的头顶上。姑娘只把一边的肩膀伸进去，小伙子见姑娘还淋着雨，很想请她靠近自己，可又没有勇气开口。当然，姑娘也很想一只手凑上去拿伞，但不知怎么的，却偏偏做出了要逃出伞外的样子。

两人羞赧地走进一家照相馆。小伙子那当官的父亲要携眷赴外地上任，他们是来拍分别照的。

"请您二位坐到这边来吧。"摄影师指着一张长椅子说。小伙子不好意思挨着姑娘坐，便站在她的身后。为了想表示出他们俩身体的某一部分相依在一块儿，小伙子把扶在椅子靠背上的手指轻轻地碰着姑娘的外套。通过手指感觉到她那微热的体温，

批：以"雾一般蒙蒙"来描写春雨，起笔就给人以朦胧的美感。而这朦胧的春雨也进而衬托人物那朦胧的情感。

批：一个"藏"字，活化出小伙子的害羞的腼腆性格。

批："默默"，此时无声胜有声。移伞动作写小伙子的爱意，"没有勇气开口"的心理写出了小伙子的怯意。"做出了要逃出伞外的样子"，既写出姑娘的羞涩之态，也写出姑娘试探之意。

批：交代约会的目的，呼应首段小伙子的"如约前来"。

批：用手指接触外套表达两人的相依，可谓独特而生动地刻画出二人初恋时那微妙的心境；而

小伙子仿佛感受到了紧紧拥抱着姑娘时的温暖。

从此以后，每当看到这张合照时，他都会回味起她的体温来的。

"再来一张怎么样?"摄影师颇热情地说,"您二位最好是挨近点,把上半身拍大些。"

姑娘点头不语。

"您的头发是不是……"小伙子悄悄地对姑娘说。姑娘无意中抬头望了他一眼,顿时两颊绯红,明眸里闪烁出欣喜的光芒,她赶忙像孩子般温顺地到化妆室去了。

瞧见小伙子来到家门口时,她连理一下头发都顾不得便跳了出来。一头蓬松的头发,像刚刚脱下游泳帽似的,姑娘为此感到不安。但是,在男子面前,她又陷于羞涩,连拢拢头发的动作都做不出来,而小伙子又怕提醒会使她难堪。

去化妆室时姑娘的欢快神态深深感染了小伙子,不一会儿,两个人就很自然地一块儿坐在了椅子上。

临走时,小伙子找起他的雨伞来,他偶尔发现,伞已经被先走出门口的姑娘拿在手里了。姑娘从小伙子的目光中突然醒悟过来,心里不由暗自一怔——无形中,她竟已把自己当成他的人了!

小伙子没有要回伞,姑娘也不大愿意交还给他。可是,不像来时那样胆怯,他们似乎一下子变成了大人,像一对夫妻似的走回去了。

雨伞在雨雾中远去,远去……

(谢丽/译)

批:小伙子的感受也写出了少男少女渴望感情升温的心理。

批:直说会伤姑娘的自尊心。

批:绯红写出了姑娘的羞涩;闪烁的光芒写出了姑娘的欣喜;赶忙去化妆室写出了姑娘的温顺。

批:既照应上一段小伙子的提示,又写出了姑娘见小伙子的急切心情。

批:为自己的冒失而羞涩。

批:写出两人的感情又有了微妙的发展。

批:态度发生了转变,暗示两人间亲密之情。

批:表明二人关系又有了进一步的发展。

批:余味悠长,耐人寻味。

以雨伞来传达人物微妙的情感

川端康成(1899 年 6 月 14 日～1972 年 4 月 16 日),日本新感觉派作家,著名小说家。1968年"以非凡的锐敏表现了日本人的精神实质"而获得诺贝尔文学奖,他是获得该奖项的首位日本作家。代表作有《伊豆的舞女》(1926)、《雪国》(1935～1937)、《千只鹤》(1949～1951)、《古都》(1961～1962)等。

《雨伞》是一篇充满诗情画意的微型小说,作者以细腻的笔触展示了一对青年恋人纯洁而美好的心灵。题为"雨伞",作品亦是起于"伞"并止于"伞","雨伞"在文中成了展示心理动态、传达男女主人公感情的一种意象。

"雾一般蒙蒙的春雨"根本"湿不透全身",小伙子却"打着伞"来到姑娘家门外,作者以第三者的身份揭示了小伙子的心理:与其说是挡雨,倒不如说是"为了遮羞"。接着对两人动作、心理的描写更为细腻:小伙子是"默默地"将伞遮在姑娘头上,姑娘则是只伸进"一边的肩膀";小伙子"很想"请她靠近自己,却"没有勇气开口",姑娘也"很想一只手凑上去拿伞","却偏偏做出了要逃出伞外的样子"。这里,"雨伞"成了一种奇妙的东西,两人都将伞下的世界看成是一种温暖的亲密的特殊的情感氛围,既充满渴望又胆怯甚至还偏偏做出违背这种渴望的举动,这一节传神地展示了男女主人公的心理世界。

小说接着交代男女主人公这次约会的目的是去照相馆拍分别照。小伙子依旧羞涩,只是用"手指轻轻地碰着姑娘的外套",以此来感受姑娘"那微热的体温",通过这个细节将小伙子的意识微妙地传达了出来。两人的羞涩状态直到小伙子提醒姑娘理一下头发时出现了转机。这时,小伙子说了小说中第一句也是唯一的一句话,小说也第一次正面描写姑娘的神态,两人也第一次有了直接的感情交流。

两人的羞涩状态出现转机之后,"两个人就很自然地一块儿坐在了椅子上",走出照相馆的时候,雨伞回到了他们两人的世界中。这时,与先前的羞涩完全不同了,姑娘"无形中","已把自己当成他的人了",很自然地拿起了小伙子的雨伞,小伙子也随她的"自然"而"自然",终于两人"像一对夫妻似的走回去了"。到此,一对情侣的心路历程被完整地展示出来。

作者的感觉是敏锐的,体验是细腻的,因而这篇微型小说也显得很不同,它没有什么很特殊的意义,不像大部分小说要寄寓一定的意义,它甚至可以说没有意义,只是很纯粹地展示人物心理,力求细腻,力求无微不至。这与作家的"唯美主义"追求是一致的,这是微型小说创作值得借鉴的一个方面。(子夜霜、陈学富)

芳草地　　　　　　　　　情书风波

上午课间休息,教会学堂的校长走进男生群中冷冰冰地说:"苏亚雷斯,学监神父打电话叫你去。走吧!"我顿时慌了手脚。这是为了孔恰,对,是为了孔恰!

我慢腾腾向对面的女校走去。教会学堂的男校、女校就像美丽村庄中两个巨大的养蜂场并立一处。在男女生之间总是互相寄送着表露强烈的也是转瞬即逝的爱情诗篇。

孔恰头发金黄,眼睛碧绿。我给她写了什么?已经不记得了,我们在小教堂听戒律弥撒时,她用含笑的不安目光对我表示了赞赏。我垂头丧气,诚惶诚恐地肃立在学监神父面前。孔恰也被带来,她眼里噙着比大海还深的泪水。我知道,这下我俩完蛋了!在死一般的寂静中,突然,他咆哮起来:"这么说,苏亚雷斯先生曾勇敢地给这位小姐写了情书,大胆地求爱?"

他抖落着我给孔恰的信。

难堪的沉默……

"这么说,孔恰小姐芳心默许,已经是你的未婚妻了?"

我的天!事情比我想的还可怕!孔恰禁不住大放悲声,我也啜泣起来。

无情的审判官恶狠狠地吼道:"只能这么办,我立刻举行仪式,给你们证婚!"他粗暴地摇起小银铃命人准备檀香,点燃香炉。孔恰顿足哀求:"不,教士、神父、学监!我再……再也不接男生的信了!我不愿结婚啊……呜……"

"神父,"我胆战心惊地祈求,"我向你保证,以后我决不给女生写诗了。如果在学校里结婚,我妈妈该气死了。我不愿意结婚!"

好一阵沉默。不祥的檀香在缭绕……

神父的心似乎变软了:"好吧,我不让你俩结婚了,不过,你俩每人必须挨六戒尺。"我们两个罪人提心吊胆不敢吱声,只好点头表示同意。他举起一根很长的、上面钻着一百个小孔、抡起来嗖嗖响的戒尺对我的"未婚妻"命令道:"把你的手伸出来,先打你!"孔恰抽噎着乖乖地伸出手。

此刻,在我心中打盹的堂吉诃德从他的瘦马上挺立起来,发出神圣的呼喊。"神父,"我坚决地请求,勇敢地跨上前,"请你打我12戒尺,让我承担她的……"我用挑战的目光盯着他,重复道:"请打我12戒尺吧!""我不反对,"他冷冷地说,"伸出双手。"

寂静的房间里响起噼噼啪啪的戒尺声。孔恰不再哭泣。她碧绿的大眼睛凝望着我,瞳仁里激荡着海洋一样深不可测的东西,这是对我所受惩罚的嘉奖!当我俩跟随神父走进校园草坪时,小树上正有一对小鸟在亲吻,享受着早晨的甜蜜快乐。我俩对望着无言地问询:"为什么它们不挨打呢?"

[墨西哥]亚马多·内尔沃/文,佚名/译

品读

亚马多·内尔沃(Amado Nervo,1870年8月27日~1919年5月24日),墨西哥文学史上的著名小说家、诗人和散文家。生于纳亚里特州特皮克城。在故乡度过童年,自幼酷爱文学,跟母亲学写诗。13 岁进中学,学习塞万提斯的语言,翻译贺拉斯和维吉尔的作品。一度进神学院学科学和哲学。此时开始写诗和散文。由于家境穷困,不得不执笔为报纸撰稿、翻译和写报道。1895 年以长篇小说《中学生》引起轰动。

《情书风波》这篇小说描述的是初恋时的美好情愫。小说中的初恋是发生在与这种"天性"相悖的特殊环境——教会学堂中。其实,中学生的初恋萌芽虽然美好却是常常不能持之以恒的,然而威严的学监神父却视其为不可原谅的越轨行为。这个学监神父的惩戒方式很独特,他出乎意料地向这对年轻人宣布"举行仪式,给你们证婚"。这在纯真的年轻人看来,可算是最严厉的伤害与惩罚了。其实,学监神父的本意不过用"极端的手段"吓唬他们,使他们接受深刻的教训而已。后来,在年轻人知错改错的哀求下,惩罚方式改为各打六戒尺。接下来戏剧性的场面发生了:作为男生的"我"忽而滋生出"男子汉"的勇气,要求承担全部惩罚,将女孩应挨的六戒尺一起加罚到自己的身上。而这一行动使"我"得到了姑娘最高的"嘉奖",那是对于这场刚刚萌芽就横遭摧残的初恋的并不反悔的欣慰。这就是初恋,这就是在严厉惩戒下的初恋的美好情愫。

小说的结尾耐人寻味:"我"和她对校园小树上一对依恋着亲吻的小鸟的欢乐与自由,表现出情不自禁的钦羡,发出了无言的天真的问询:"为什么它们不挨打呢?"这是禁锢对于自由的向往,天性对于惩戒的反叛,纯真对于理解的呼唤。到此,简单的故事翻出了并不简单的内涵:人生的初恋是美好的,中学生的初恋却又是有碍学业、有违校规的,然而这种"有碍""有违"并不妨碍初恋的美好,也不能禁锢初恋的发生。那么,对这种美好而又脆弱的情愫该怎么因势利导地加以约束呢? 放任自流是不负责任的,粗暴压制伤害是行不通的。对此,校方应首先是宽容与理解、信任与呵护,其次是正确的教育和引导。

约　会

◇[美国]S·L·基履

读点

镶嵌组接，情节跌宕起伏。
道德考验，爱情柳暗花明。

纽约中央火车站询事亭上头的时钟告诉人们，现在是差6分钟6点，高个儿的青年中尉仰起他被太阳晒得黝黑的脸，眯缝眼睛注视着这个确切时间。他心跳得浑身震动，再过6分钟，他就会看到13个月以来一直在他生活中占有特殊地位的那个女人了。虽说他从未见过她一面，她写来的文字总是给予他无穷无尽的力量。

勃兰福特中尉尤其记得战斗最激烈的那一天，他的飞机被一群敌机团团围住了。

他在信里向她坦白承认，他时常感到害怕。就在这次战斗的前几天，他收到了她的复信："你当然会害怕……勇敢的人都害怕。下一次你怀疑自己的时候，我要你听着我对你朗诵的声音：对，纵使我走过死亡阴影的幽谷，我一点也不害怕灾难，因为你同我在一起。"他记住了，这些话给了他新的力量。

现在他可要听到她本人的说话声了。再过4分钟就6点了。

一个大姑娘擦身而过，勃兰福特中尉心头一跳。她戴着一朵花儿，不过那不是他们约定的红玫瑰。

批：开篇点明时间，预示6点具有特殊意义，给人奇峭之感。

批：交代故事的缘由。

批："勃兰福特中尉尤其记得战斗最激烈的那一天"，自然引出回忆。插叙空战前中尉的胆怯心理，突出这个女人的复信给他的巨大鼓舞。

批：再点时间，间接写出了中尉约见"她"的迫切心情。

批："不过18岁左右"的大姑娘的出现，引出男女主人公的年龄，而且,这个姑娘不过 18 岁左右,贺丽丝·梅妮尔告诉他,说是 30 岁呢。"那又怎么样?"他回信说,"我 32 岁。"他实际是 29 岁。

他想起他在训练营里念过的那本书:《人类的束缚》(注:《人类的束缚》,一译《人生的枷锁》,英国作家毛姆的长篇小说。书中用许多篇幅描写一个小伙子菲利浦在真诚的爱情与对色相的迷恋二者之间摇摆并经历了不少情感的波折)。整本书写满了女人的笔迹。他一直不相信,女人能这样温柔体贴地看透男人的心。她的名字就刻在藏书印记上:贺丽丝·梅妮尔。他弄到一册纽约市电话号码本,找到了她的住址。他写信给她,她复了信,翌日他就上船出国了,但是他们继续书信来往。

13 个月里她都忠实地给他回信。没有接到他来信的时候,她还是写了来。现在呢,他相信了,他是爱她的,她也爱他。

但是她拒绝了请她寄赠照片给他的要求,她说明:"要是你对我的感情是真实的,我的相貌就无关紧要。要是你想象我长得漂亮,我就会总是摆脱不了你不过心存侥幸的感觉。我憎恶这种爱情。要是你想象我长得不好看(你得承认这是更有可能的),那么,我会老是害怕,害怕你之所以不断给我写信,不过是因为你孤零零的,没有别的选择罢了。不,别要求我给你照片。你到纽约来的时候,就会看到我,那时候你再作决定吧。"

再过 1 分钟就是 6 点了……猛吸了一口香烟,勃兰福特中尉的心跳了。

一个年轻女子正朝他走来。她高高的个儿,亭亭玉立,淡黄色头发一卷卷的披在她纤柔的耳朵后边,眼睛像天空一样蓝,她的嘴唇和脸颊显得温文沉静。她身穿淡绿色衣服,像春天般活泼轻盈地走了过来。

批:说明他们对爱情有着坚定的信念,彼此并不在意对方的年龄。

批:插叙 13 个月扑朔迷离的爱情关系。《人类的束缚》暗示《约会》这篇小说中的中尉与《人类的束缚》中的菲利浦将有着类似的情感的波折。

批:既然彼此相爱,那贺丽丝·梅妮尔为什么拒绝寄赠照片呢?制造悬念。

批:女方的复信既表明了拒绝寄赠照片的理由,也交代了纽约相会的因由,也使读者预感到一场微妙的心理冲突将要发生。

批:再点时间,进一步制造紧张气氛。

批:年轻女子的出现使故事起微澜,中尉迎上去时"没注意到她并没戴着什么玫瑰",间接写出了年轻女子的美丽,为故事情节发展作铺垫。

他迎上前去,没注意到她并没戴着什么玫瑰。看到他走过来的时候,她唇上露出一丝挑逗的微笑。

"大兵,跟我争路走吗?"她喃喃地说。

他朝她再走近一步,就看到了贺丽丝·梅妮尔。

她几乎正是站在这位姑娘后边,是一个早已年过四十的妇女。她就快变白的头发卷在一顶残旧的帽子下面。她身体长得过于丰满,一双肥厚的脚塞在低跟鞋里。但是,她戴着一朵红玫瑰。

绿衣姑娘快步走开了。

勃兰福特中尉觉得好像被劈开两半似的。他追随那位姑娘的欲望有多么强烈啊,然而,对这个在精神上曾经真挚地陪伴过和激励过他的妇女,他的向往又是何等的深沉,她就站在那儿。他看得出来,她苍白、丰腴的脸是温柔贤惠的,她灰色的眼睛里闪烁着温暖的光芒。

勃兰福特中尉当机立断。他手指抓紧那册用来让她辨认他的《人类的束缚》。这不会是爱情,然而是可贵的东西,是他曾经感激过,而且必定永远感激的友谊……

他挺直肩膀,行了个礼,把书本伸到这个妇女面前,虽则就在他说话的时候,他感到了失望的苦涩。

"我是约翰·勃兰福特中尉。你呢——你是贺丽丝·梅妮尔小姐吧。见到你,我多高兴。我——我可以请你吃顿饭吗?"

女人咧开嘴宽厚地微笑了。"我不明白这都是搞的什么,孩子,"她回答说,"穿绿衣服的那位年轻小姐,她要求我把这朵玫瑰别在衣服上。她还说,要是你请我同你到什么地方去,我该告诉你,她在街那边的饭店里等着你。她说这多少是个考验。"

(陈世伊/译)

批:丑陋的外貌描写,与愿望差距极大,考验中尉的爱情。

批:"被劈开两半似的"夸张式的心理描写,突出了对中尉的打击之大。而旋即中尉心理的转变和对中年妇人的认可,则突出他品质的高尚。

批:中尉认为这妇女就是他要约会的女人,和这妇女自然不可能发展爱情。"当机立断",写出了中尉珍惜友谊的可贵品格。

批:接受现实,但难掩心中的失望。但毕竟没有因为中年妇女的丑陋而不相认。

批:情节陡转,揭开谜底,原来这是绿衣姑娘对他的考验。

镶嵌组接的结构艺术

　　小说叙述的是绿衣姑娘设计一个圈套来考验未曾谋面的中尉对自己的爱是否真诚——是爱她的相貌还是爱她的心灵的故事。

　　小说为了表现男女双方奇特而新颖的恋爱,采取了巧妙而简洁的"镶嵌组接"的结构方式。

　　小说开头从故事发展的中间部分写起:时间是"差6分钟6点";地点是"纽约中央火车站";人物是"高个儿的青年中尉"勃兰福特;中心事件是中尉与他从未见过面但"在他生活中占有特殊地位的那个女人"的约会。如此开头可谓是"横空出世"。接着,插叙那次激烈的空战,空战前他的胆怯心理以及这个女人的复信给他的巨大鼓舞。然后,故事的叙述又回到开头的等待,时间是"再过4分钟就6点了",那个约定好要戴一朵红玫瑰来的名叫贺丽丝·梅妮尔的姑娘却还不见踪影。这时,又一次插叙,叙述他与这个女人最初的书信往来及爱情关系——先是他因在一本书上看到这个女人的笔迹而动了情,出国作战之前给她写了一封信,接着是她不断地回信,开始了爱情对话——但她拒绝"寄赠照片给他",认为相貌是"无关紧要"的,真正的爱情才是最重要的。插叙完毕又回到眼前:"再过1分钟就是6点了"。接着,描写了中尉与这个神秘的女人"捉迷藏"似的会见:一个年轻漂亮的女子和一个"早已年过四十的妇女"向他走来了,然而,那个戴着红玫瑰的竟是年老色衰的女人。这是一个悬念,与开头的悬念相呼应。这里集中描写了中尉的心理活动和行为——起初是震惊;接着是正视现实,认可妇女的美德,相貌让位于理性;再接着,是"当机立断"去相认,尽管感到失望,但毕竟珍视友谊,同时主动邀请妇女"吃顿饭"。故事的结尾,这位妇女转述了绿衣姑娘的话,原来,贺丽丝·梅妮尔小姐和中尉开了一个大有深意的"玩笑",她要利用这个年过四十的妇女考验一下勃兰福特,看他究竟是爱相貌还是重感情。至此,读者可以看出,中尉经受住了贺丽丝·梅妮尔小姐的考验。

　　很明显,小说的重点是写爱情的考验,而不是写缠绵的儿女之情。因此,小说为了节省篇幅,便运用了"镶嵌组接"法,通过时序的颠倒、空间的跳动来省略不必要的过渡和赘述,以写眼前的"考验"为主,以穿插爱情回忆为辅,将勃兰福特的心理和现实举动巧妙地镶嵌在一起,组接成一个引人注目的和谐的整体,从而表现了一个姑娘对她从未见过面的男人的爱情的考验。这样,既使情节波澜起伏,又突出了重点,缩短了篇幅,也特别耐人寻味。(京涛、陈学富)

好朋友

约翰在街上碰到他的好朋友麦克，便对他说："唉，我遇到了一件很麻烦的事。真不知道该怎么办！"

"什么事？我们是好朋友嘛，你有什么麻烦事就该对好朋友说，也许我能帮你想想办法。"

"我发现我正处在热恋之中。"

"这是好事啊，你怎么会觉得麻烦呢？"麦克不解地问。

"我同时爱上了两个姑娘，她们一个长得很漂亮，但没钱；另一个长得不漂亮，却很有钱。你看我应该跟谁好呢？"

"当然是那个长得漂亮的。这年头，钱算得了什么？"麦克坚决地回答道。

"对！"约翰说道："谢谢你的好主意，再见。"说完转身就走。

"等一下，约翰。"麦克叫住他，"你能不能把那位有钱姑娘的住址告诉我？"

约翰突然明白了他朋友的用心。

[美国]马克·吐温/文，佚名/译

品读

马克·吐温(Mark Twain，1835 年 11 月 30 日~1910 年 4 月 21 日)，原名萨缪尔·兰亨·克莱门斯(Samuel Langhorn Clemens)，美国的幽默大师、小说家、演说家。创作了十多部长篇小说、几十部短篇小说及其他体裁的大量作品，其中著名的有短篇小说《竞选州长》《哥尔斯密的朋友再度出洋》《百万英镑》等，长篇小说《镀金时代》《汤姆·索亚历险记》《王子与贫儿》等。《哈克贝利·费恩历险记》是他的最优秀的作品，曾被美国小说家海明威誉为是"第一部"真正的"美国文学"。

《好朋友》这篇小说虽然情节简单，但读来耐人寻味。小说劈头就写约翰遇到了"一件很麻烦的事"，突兀其来，造成了悬念，引起读者的关注。当好朋友麦克追问是"什么麻烦事"时，约翰说他"正处在热恋之中"，又是一个悬念，"热恋"是好事，怎么能说是"麻烦的事"呢？作者用虚张声势的手段再次抓住了读者。接下来，作者用两个好朋友的对话，快速推动情节向高潮发展。原来约翰同时爱上了两个姑娘，"一个长得很漂亮，但没钱；另一个长得不漂亮，却很有钱"，这又造成了矛盾趋势，到底向谁求婚呢？约翰拿不定主意，麦克开导他说："钱算得了什么？"于是，约翰听取了麦克的忠告，要去向那个没钱的漂亮的姑娘求婚。至此,是看重金钱还是看重人才的矛盾似乎已经解决了,但这显然未达到情节的高潮,也不能表现出什么深刻的思想。那么,小说的情节还会怎么发展呢? 这时,作者笔锋一转,提出了新的悬念:麦克叫住了约翰,要约翰把那位有钱姑娘的地址告诉他。麦克将如何行动呢? 作者用"约翰突然明白了他朋友的用心"收煞了全文,这样结尾既含蓄又俏皮。小说正是用麦克对朋友和对自己的态度完全相反来造成鲜明对比,构成一种强烈的反讽情调,从而披露了这个"好朋友"的"庐山真面目"。

幸福的玫瑰

◇[美国]阿·戈登

读点

悬念紧扣读者心弦,情节一波三折。
消沉的人生因玫瑰花而改变,善良的美德因玫
瑰花而彰显。

那年春天,每星期六的晚上我都要给凯洛琳·韦尔福小姐送去一朵玫瑰。每星期六的晚上,无论刮风下雨,8点我准时送到。

批:开篇切题,叙述送花情况,行文不蔓不枝,娓娓道来。

那玫瑰总是花店里最好的一朵。每次我都看到奥森老爹轻轻地用绿棉纸和羊齿叶把花托好,放入盆中。然后,我就拿着那个狭长的盒子,在寂静的街道上拼命蹬自行车,把玫瑰送到凯洛琳小姐手中。

批:"最好"的玫瑰、奥森老爹的细心包装,间接表现送花人对凯洛琳小姐的特别关爱。

在那些日子里,我在放学后和星期六都在奥森老爹的花店替他送花,周薪只有3美元,不过对于一个十几岁的孩子来说,这些钱已经不少了。

批:补写"我"为花店送花的身份,而"我"正是层层揭开送花人之谜的线索人物。

从一开始我送玫瑰的时候,就觉得这事有点儿古怪。第一次送玫瑰的晚上,我提醒奥森老爹,他忘记给我送花人的名片了。

批:"我"觉得古怪也勾起了读者的好奇心。

他像个慈祥的小妖魔似的从眼睛后面窥视着我:"没有名片,詹姆斯。"他从不叫我吉米。"而且,哦——送花的人要求尽量保密。所以你不要声张,好不好?"

批:玫瑰象征着爱,送花人为什么要求保密呢?设置悬念。

有人送花给凯洛琳小姐,我很高兴,因为大家都可怜她。我们小城里的人都知道,凯洛琳小姐最倒

批:"高兴",说明富有同情心,送花自然准时。凯洛琳小姐既然被

霉不过,她被人抛弃了。

可以说,她与杰弗里·潘尼曼已订婚多年。潘尼曼是城里最有本领的年轻单身汉之一。她等他读完医学院,在他担任医院实习生时她还在等他。实习期间,潘尼曼医生爱上了一个年轻漂亮的女郎,和她结了婚。

那简直是丑闻。我母亲说所有的男人都是畜牲,应该用鞭子抽杰弗里·潘尼曼一顿。我父亲却正好相反,他说每个男人都有权利去娶肯嫁给他的最美丽的女郎。

潘尼曼娶的那个女郎的确是个美人,名叫克丽丝汀·马洛,是从大城市来的。她在我们镇上的日子一定不好过,因为女人当然都鄙视她,说她的坏话。

至于可怜的凯洛琳小姐,这件事可把她害惨了。一连半年,她足不出户,放弃了一切公民活动,甚至也不替教堂弹风琴了。

凯洛琳小姐不老也不丑,可是她好像打定主意要使自己变成一个脾气乖僻的老小姐。我送第一朵玫瑰去的那天晚上,她看上去像个鬼。"喂,吉米!"她无精打采地说。我把那个盒子递给她,她满脸惊讶——"给我的吗?"

第二个星期六,在同一时间,我又送一朵玫瑰给凯洛琳小姐。下个星期六,又是一朵。第四次她很快就开了门,我知道她一定在等待着我。她的两颊红润,头发也不那么散乱了。

我又给她送去了第五朵玫瑰,第二天早晨,凯洛琳小姐又回教堂弹风琴了。我看见她衣襟上别着那朵玫瑰。她昂首挺胸,对潘尼曼医生和他娇妻坐的那排座位连看都不看一眼。"多么勇敢,"我母亲说,"多么有骨气!"

我照例每周末去送玫瑰,凯洛琳小姐逐渐恢复

抛弃,怎么还有人送花呢?

批:潘尼曼与凯洛琳订婚后又抛弃了她,的确可恶。交代凯洛琳悲伤的原因,为后文的自暴自弃作铺垫。

批:父母的言论谈不上谁是谁非,将道德观与人的本性对照来写,有意思。

批:欲扬先抑。

批:自我封闭,自暴自弃,突出受打击之大。

批:"不老也不丑",却"像个鬼",说明她已心灰意冷。

批:遭弃的人收到玫瑰,的确大出意料,送花果真有效!

批:"很快就开了门",表明她已有心理期待;神情有变化,突出她收到玫瑰花的喜悦。

批:呼应上文"不替教堂弹风琴了"。

批:玫瑰让她重拾自信。那么,究竟是谁给她送的玫瑰呢?

了正常的生活。现在她有点儿自豪,几乎是一副傲岸自尊的神气,是那种虽然表面上遭受挫败而心里却明白仍然受人珍惜、爱怜的女子的态度。

批:不仅自信,而且自豪、自尊,变化可谓极大! 玫瑰之魅力也!

这一晚是我去凯洛琳小姐家最后的一个晚上。我把盒子递给她,说:"凯洛琳小姐,这是我最后一次给你送花了。我们下星期要搬到别的地方去。不过,奥森先生说他会继续送花来的。"

她踌躇片刻,说:"吉米,你进来一下。"

她把我领到整洁的客厅,从壁炉架上拿下一个精雕的帆船模型。"这是我祖父的,"她说,"我要送给你。你给我带来了莫大的快乐。吉米——你和那些玫瑰。"

批:虽然凯洛琳知道吉米不是送给她玫瑰的人,但毕竟给她带来了"莫大的快乐",感谢是发自内心的。

她把盒子打开,轻触娇嫩的花瓣:"花瓣虽然无言,却告诉我许多事情。花瓣对我说起星期六的夜晚,快乐的星期六夜晚,它也寂寞……"

批:花儿虽无语,但它告诉了她有人在关爱着她,于是就获得了心灵的慰藉,排遣了苦闷。

她咬着嘴唇,好像觉得自己说得太多了:"你现在应该走了,吉米,走吧!"

我紧抓住我的帆船模型,跑到自行车那里。回到花店里,我做了一件从来不敢做的事情。我去找奥森先生那凌乱的文件夹,找到了我所要找的东西。只见上面是奥森先生潦草难辨的笔迹:"潘尼曼,52朵美国红玫瑰,每朵两角五分,共计13元。已全部预付。"

批:是想急于知道让送花的人究竟是谁。

批:是潘尼曼? 是这个"负心汉"吗? 至此似乎真相大白了!

原来如此,我暗自思忖,原来如此!

批:自以为发现真相,其实不然。

许多年过去了。有一天,我又来到了奥森花店。一切都没有改变。奥森老爹还像往常一样在做一个栀子花束。

批:过渡得妙,很自然。

我跟他聊了一阵,随后问:"凯洛琳小姐现在怎样了? 就是接受玫瑰的那一位。"

"凯洛琳小姐?"他点点头,"当然记得。他嫁给了乔治·霍尔西,那个开药店的,人不错。他们生了对双胞胎。"

批:凯洛琳小姐有美满的婚姻,玫瑰功不可没!

"哦!"我说,有点惊讶。我想让奥森老爹知道我当年有多么精明。"你猜想,"我想,"潘尼曼太太知不知道她丈夫送花给他的老相好凯洛琳小姐呢?"

奥森老爹叹了口气:"詹姆斯,你从来就不太聪明。送花的不是杰弗里·潘尼曼。他甚至根本就不知道这回事。"

我瞪着眼睛看着他:"那么花是谁送的?"

"一位太太,"奥森先生说。他小心翼翼地把栀子花放进盒子。"那位太太说她不肯坐视凯洛琳小姐因为她而毁了自己。送花的是克丽丝汀·潘尼曼。"

"你瞧,"他最后盖上盒子的时候说,"那才是个有骨气的女人!"

(石波/译)

批:"我"的自作聪明抖出了出人意料的真相。

批:文件夹里明明写的是"潘尼曼",怎么会错呢?

批:这才是送花的真正目的。

批:结尾出乎意料,又在情理之中。也难怪克丽丝汀不让凯洛琳知道送花人,如果起初就让她知道,那岂不是往她伤口撒盐吗?克丽丝汀用心可谓良苦!

一波三折的动人故事

这篇小小说讲述了一位太太关注、激励丈夫的前女友的动人故事,表达出人物豁达的胸襟和美好的心灵。小说的故事情节简单,但在作者的笔下却一波三折、波澜起伏,能够深深地吸引住读者的眼球。

这篇作品的单一事件——"寻找谁是送花人"是在三个场面里完成的:一、凯洛琳被潘尼曼抛弃后,精神陷入崩溃状态。这时每周的周六晚上吉米就代人给她送去一朵玫瑰,这朵象征着幸福的玫瑰使她重新鼓起了生活的勇气。这个送花人是谁呢?叙述人不知道,作品人物也不知道。二、不久,送花人吉米从花店老板的文件夹中查清,送花的是潘尼曼。三、许多年过后,吉米从花店老板的口中才真正搞清楚,送花人不是潘尼曼,而是潘尼曼的妻子克丽丝汀·潘尼曼。

从表面上看,克丽丝汀·潘尼曼是凯洛琳的情敌,是她在不知情的情况下夺走了凯洛琳的未婚夫。但她有着一颗善良的同情心,她"不肯坐视凯洛琳小姐因为她而毁了自己"。所以,她想以这几十朵凝结着自己深情的祝福的玫瑰花来表达自己的爱心,挽救一颗受伤的心灵。

从整篇作品来看,情节是从吉米寻找送花人开始的,最初以为送花人是潘尼曼,最后才知道送花人是克丽丝汀·潘尼曼。情节连续曲转了两次,真正是做到了一波三折、波澜起伏,构成一篇可读性相当强的作品。(子夜霜、詹长青、陈学富)

离婚的条件

他们走进咖啡馆，环顾一下四周，丈夫就说："这儿不能交谈！"

他向妻子做个手势，他们就向出口走去。

在大街上，妻子愤愤地说："你想，在基基里奇就是高峰时也会有许多空位！"

男的没答话。他们犹豫不决地徘徊了一阵，后来女的又说："我们去柴奇·渥尔查莎小饭店。也许，那儿还有空房间。"

可是小饭店也挤满了人。在每个坐四个人的房间里都挤着六个。餐厅领班把一个房间指给他们看："这里只坐三个人，能占个空位。"

一个坐着的人断然提出抗议："我们在等朋友！"

领班客气但坚决地回答："很遗憾必须安排客人。您的朋友来时，我们会想法给他们弄一个房间。"

但是夫妇俩没有坐下。他们等着。很快房间空出来了，他们马上占据了它。

"哎，现在我们能安静地谈谈离婚的事了。"丈夫做个手势说。

"您错啦！还会让什么人跟我们坐在一起的。他们就会听见，为什么我们性格不合，为什么想离婚，怎样相互提条件。真是不坏的消遣！"

"哎，好吧，好吧，我们说，位子有人。"

"这我们很难办到！难道你没看见，即使告诉他们说，位子有人，服务员还是把房间塞得满满的？"

"那怎么办呢？"

"你太机灵了！"妻子讥笑说，"海边那次你就是这样。那时我头一次对你感到失望。"

"得了。"丈夫的脸变得阴沉起来。

"你听着，我想出一个办法。我们装着发疯似的彼此相爱。你懂吗？没有谁会打扰热恋的人。你能装假吗？"

"试试看吧。"

"那么我们开始吧。卧室留给我餐厅给你。"

"这怎么可能！卧室要贵两倍。"

"外加地毡归我。"

"那条旧的？"

"听着，这样咱们谈不拢。你总是个吝啬鬼！"

"我，闻所未闻！小心，服务员和新客人走来了！"

女的钟情地弯腰向丈夫扑去，而他开始不时地抚摸着她的手。

"我们不来这儿。"新来的人中间有一个说。

他们走远些了。

"怎么样?"丈夫又开始了。

"卧室归我。你可以拿落地台灯。"

"连收音机!"

"这不可能! 收音机我要! 快接吻! 他们来了!"

他们接了吻，又救了这个房间。

"自然，卧室——这是你宝贝妈妈的主意。"

"是她的主意又怎么样?"妻子愤愤的声音响了起来，"她有权过问!"

"非常遗憾，她过于频繁地过问我们的家庭生活!"

他边说边吻了一下妻子的脖颈，而她温情脉脉地望着他的眼睛。

这个把戏又成功了。他们激烈地争吵了一会儿，辱骂与拥抱、热吻交替进行，终于谈妥了卧室和餐厅怎么办。然而，在谈到玻璃橱时，他们又无法达成协议了。

"你想把我洗劫一空哇。"丈夫像雄火鸡一样涨红着脸抱怨。可妻子用搂住他的脖子和亲一下嘴作为回答。

服务员生气地望了他们一眼，和新来的客人继续向前走去。

这个吻使丈夫稍稍有些发窘，这里面看不出是迫不得已的。它是真的。他渐渐习惯了这样的吻，并返回到夫妻生活的最初年月中去了。

女的不好意思地移开目光。她也明白，虽说接吻的缘由是为了避免服务员找麻烦，但它并不全是在服务员在场时进行的。要知道客人们已经走了，可接吻还一直在继续。

"那那，玻璃橱，"丈夫在一阵慌乱和片刻沉默之后说，"你听我说，它和所有的细瓷摆设你拿着吧。"

"不，我不能收下这些，你留着吧。"

"绝对不行，难道你能同那个芭蕾舞女演员或者同那个红花瓶分开吗? 要知道你是这样喜欢它们!"

"可难道你不喜欢么?"

"一般说来，也许是的。"

"而那幅里帕·罗那的画呢? 我们甚至没谈到它! 我们是怎样经常欣赏它呀!"

"而《达特拉的风景》呢?"

"我们曾多次向往在旅游时到那里去玩一阵啊……"

"早就该去了! 那么，也许……"

女的说完了这句话，"我们现在也不谈离婚的条件了。"

一阵寂静。服务员的出现又把他们赶入互相拥抱之中。

当他们放开握紧的手时,丈夫轻声说:"六周后有一次旅游,在达特拉待八天。你愿意……愿意和我一起去吗?"

妻子很快环顾一下四周回答:"现在周围没有任何人,快点接吻吧!"

[罗马尼亚]拉斯洛·巴拉斯基/文,周上之/译

品 读

　　这篇小说描写了一对夫妻的喜剧性,这种喜剧性是建立在双方日常行为和感情的不协调上的。小说前头写他们闹离婚分财产时,讨价还价、争吵、辱骂,可谓斤斤计较!他们给人的感觉是不可收拾,双方非分道扬镳不可。但是,事情发展的结局却大出意外:双方由谦让、体贴发展到计划同去旅游,和好如初。

　　这个小说情节发生逆转的契机何在? 就在于"弄假成真":本来他们拥抱、热吻,装成热恋的样子,不过是为了占据房间,避免别的客人来打扰,以方便双方谈判离婚的条件。不料,正是这种亲热与温存,竟使疏离的夫妻感情得到复苏与交流,从而变不协调为协调。

系于一发

◇ [奥地利]卡尔·施普林根施密特

读 点

构思独到,选材精当,通过一根头发描述了一对
夫妻诗情画意般的爱情生活。
表现人生哲理,以高贵的人格和崇高的道德为
基础的爱情才是高尚而美丽的。

我们想:让姑妈把秘密公开吧!我们虽年幼,但毕竟长大了,好歹快成年啰。有什么事不能对我们说呢。埃弗里纳姑妈真不用对我们保什么密了。就说那个圆的金首饰吧,她用一根细细的链,总是把它系在脖子上。我们猜想,这里准有什么异乎寻常的缘由,里面肯定嵌着那个她曾爱过的年轻人的小相片。也许她是白白地爱过他一阵哩,这个年轻人是谁呢?他们当时究竟怎样相爱的呢?那时情况又是如何呢?这没完没了的疑问使我们纳闷。

我们终于使埃弗里纳姑妈同意给我们看看那个金首饰。我们急切地望着她。她把首饰放在平展开的手上,用指甲小心翼翼地塞进缝隙,盖子猛地弹开了。

令人失望的是,里面没有什么相片,连一张变黄的小相片也没有,只有一根极为寻常的、结成蝴蝶结状的女人头发。难道全在这儿了吗?

"是的,全在这儿,"姑妈微微地笑着,"就这么一根头发,我发结上的一根普普通通的头发,可它却

批:"让姑妈把秘密公开"给年轻的"我们",已暗含小说对年轻人的爱情观的教育意义。

批:设置悬念,推动情节发展。姑妈究竟有什么秘密呢?"我们"的猜想和疑问更让读者越发好奇。

批:谜底即将揭晓,"我们"的心自然激动起来。那么结果如何呢?让读者不禁产生先睹为快的想法。

批:与猜想构成强烈的反差。只有一根头发,悬念又起。

批:希望引出一段美丽的爱情故事。

批:一根头发居然维系姑妈的命运,令人顿生好奇之心。

维系着我的命运。更确切地说，这纤细的一根头发决定了我的爱情。你们现在这些年轻人也许不理解这点，你们把自爱不当回事，不，更糟糕的是，你们压根儿没想过这么做。对你们来说，一切都是那样直截了当：来者不拒，受之坦然，草草了事。

"我那时19岁，他——事情关系到他——不满20岁。他确是尽善尽美，当然最重要的是，他爱我。他经常对我这样说：我该相信这一点。至于我呢，虽然我俩之间有许多话难以启口，但我是乐意相信他的。

"一天，他邀我上山旅行。我们要在他父亲狩猎用的僻静的小茅舍里过夜。我踌躇了好一阵。因为我还得编造些谎话让父母放心，不然他们说啥也不会同意我干这种事的。当时，我可是给他们好好地演了出戏，骗了他们。

"小茅舍坐落在山林中间，那儿万籁俱寂，孤零零地只有我们俩。他生了火，在灶旁忙个不歇，我帮他煮汤。饭后，我们外出，在暮色中漫步。两人慢慢地走着，无声胜有声，强烈的心声替代了言语，此时还有什么可说的呢？

"我们回到茅舍。他在小屋里给我置了张床。瞧他干起事来有多细心周到！他在厨房里给自己腾了个空位。我觉得那铺位实在不太舒服。

"我走进房里，脱衣睡下。门没上闩，钥匙就插在锁里。要不要把门闩上？这样，他就会听见闩门声，他肯定知道，我这样做是什么意思。我觉得这太幼稚可笑了。难道当真需要暗示他，我是怎么理解我们的欢聚的吗？话说到底，如果夜里他真想干些风流韵事的话，那么锁、门闩，都无济于事，无论什么都对他无奈。对他来说，此事尤为重要，因为它涉及我俩的一辈子——命运如何全取决于他。不用我为他操心。

批：批评当下"我们"这些年轻人不够自爱。

批：交代年龄很重要，说明姑妈他们当时也正值"我们"这样的青春年华。

批：去还是不去？他是否有何阴谋？悬疑丛生。"僻静""孤零零"有意味，说明这小茅舍将是不受外界干扰的完全属于他们的二人世界。

批：浪漫的二人世界，颂扬纯洁的爱情。

批：细心周到的安排，显示对女友的尊重。

批：忐忑不安的心理描写，反衬男友的纯洁高尚。

"在这关键时刻，我蓦地产生了一个奇妙的念头。是的，我该把自己'锁'在房里，可是，在某种程度上说，只不过是采用一种象征性的方法。我踮着脚悄悄地走到门边，从发结上扯下一根长发，把它缠在门手把和锁上，绕了好几道。只要他一触动手把，头发就会扯断。

批：细心的布局，对爱情的考验，用心良苦。

"嗨，你们今天的年轻人呀！你们自以为聪明，聪明绝顶。但你们真的知道人生的秘密吗？这根普普通通的头发——翌日清晨，我完整无损地把它取了下来！——把我俩强有力地连在一起了，它胜过生命中其他任何东西。一俟时机成熟，我们就结为良缘。他就是我的丈夫，多乌格拉斯。你们是认识他的，而且你们知道，他是我一生的幸福所在。这就是说，一根头发虽纤细，但它却维系着我的整个命运。"

批：与"我们"这些年轻人对比，突出姑妈他们爱情的纯洁。

批：揭开谜底，一根纤细的头发却把姑妈与多乌格拉斯一生联系在一起，难怪姑妈如此珍藏。故事令人深思。

（华宗德/译）

一曲纯美的爱情故事

卡尔·施普林根施密特（Karl Springenschmid，1897年3月19日～1981年3月5日），笔名比特斯·施普莱特（Beatus Streitter），奥地利小说家。他的长篇小说多为故乡小说和娱乐小说，具有民间风味。

这是一个至纯至美的与众不同的爱情故事。它与花前月下式的爱情或悲欢离合的爱情或热情浪漫宣泄青春本性的爱情等都不同。小说叙述这个爱情故事意在提高年轻人对真正的、高尚的爱情的认识，并批评了某些年轻人对爱情的不严肃的轻率态度。

小说为男女主人公设置了这样一个时空环境——漫漫长夜、远离喧闹的城市的郊外小茅舍里。在荒郊冷月，万籁俱寂的天地间，唯有他们这一对热恋中的情人。在这样的时空条件下，他们完全可以忘情地陶醉在二人世界里，为所欲为、任其所爱地去欢度良宵。但是他和她在隔着一扇薄门的两个空间里，各自以纯洁的心灵和崇高的人格表示了对他们爱情的尊重与热爱——在隔开两个空间的那扇门上，女主人公将扯下的一根长发绕在门把手和锁上。当然这只能是象征性的。待到翌日清晨，她惊喜地发现，长发完好无损地仍然绕在门把手上。于是，这根普通的纤细的一发把两个年轻人的命运牢牢地系在了一起。这一发"把我们俩强有力地连在一起了,它胜过生命中其他任何东西"。她视这根长发为自己一生幸福之所系,是两个青年男女命运之所系。她小心地将长发珍藏在用来珍藏爱情信物的精致的金首饰里,直到永远。故事结束了,读者从这个小故事里获得了无比美丽而又崇高的审美享受。

爱情必须建立在美好心灵的沟通基础上,不是以追求肉欲满足为目的的动物性行为,假如那样,也就谈不上什么爱情,更不会有什么真正的幸福。尊重和自愿是爱情的要义。不懂得尊重对方的人,要么是不懂得如何去爱,没有爱的能力,要么就是根本不爱对方。

需要再说明的一点,作者为了使得整个故事更加真实感人,没有按时间顺序去谋篇布局,而是让故事的主人公之一的"姑妈"自己把这个故事讲出来,这不仅使故事显得更真实可信,而且也起到了教育当下的年轻人的目的,构思可谓巧妙。(子夜霜、陈学富)

芳草地

执子之手

5岁时,她在贫民区的巷子里被几个孩子拦住。她的快餐盒和水晶发卡被抢走了。她在惊恐中大声哭时,一个男孩儿跑过来,赶走了那些人,然后牵着她的手,陪她回家。当时,她忘了问他的名字,只记得他手心的暖。

6岁,她转到新的学校上学。她的小礼服裙与其他同学朴素的衣着相比,显得格格不入,于是她低头不语。班长见此状走过来,牵起她的手。这时,她看见了那双她印象深刻的浅蓝色瞳仁。她记得他手心的温度。

她12岁毕业后考入一所私立中学,这时她才发现,自己已经不习惯没有他牵手的日子。放学后,她跑过好几个街区,到他的学校找他,正巧碰上和一个漂亮的女孩子说话。她伤心了很久。

14岁时,有一次,她躲在角落里看他打篮球,结果被他发现。他又好气又好笑地拖着她,坐到了最前排的座位上。

她觉得他的手变大了,那样有力,熟悉的不变的暖。

16岁那年,她坚持要他吻她。他犹豫着说,他家很穷,怕配不上她。她不让他说下去,踮起脚尖主动吻了他。那个晚上,他跑到树林里,摘了一大捧娇艳的野玫瑰送给她。隔着她家后院的铁栏杆,她把他伤痕累累的手贴到了自己的脸颊上。当时,她觉得,一生的幸福亦不过如此。

19岁时,她考进了外地的一所大学。一个寒冷的清晨,她站在空荡荡的站台上,向浓雾弥漫的铁轨尽头眺望,因为,他已经攒够了旅费,要从遥远的家乡来看她。火车还没停稳,他就跳上了月台。看到她的脸冻得通红,他一下子把她揽进自己的大衣里。

她满 24 岁时,她父亲找到他,以她一生的安定幸福为由,建议他离开。预感到这将是一场诀别,临行前,他在她窗下站了整整一夜。第二天早晨,她推开窗,看到院墙每一根栏杆上都别着一朵憔悴的玫瑰,还有一地凋零的花瓣。

25 岁时,她结了婚,随先生移民国外。

她一生安定富足。

她 75 岁那年,丈夫去世了。儿子已经事业有成,执意接她回国同住。不料,三个月后的一个清晨,她醒来后发现,再也看不见家乡美丽的阳光。儿子急匆匆请来当地最好的医生。那个白发苍苍的老专家在走进房间的一瞬间,突然愣住了。

老专家颤抖着走向她,仿佛回到了 50 年前。轻轻地,他握住轮椅扶手上她瘦骨嶙峋的手。这时,她脸上的皱纹突然凝住,然后又舒展开来。她摸索着,把那只同样苍老的手贴到了自己的脸颊上,低语说着:"就是这个温度。"

她的眼睛虽然治不好了,但他还是满心欢喜地娶了她。结婚那天,她挽着他缓缓走在红地毯上,闻到整个礼堂里都是红玫瑰圣洁甜美的芬芳,她泪光闪闪,感觉自己就像 70 年前那个被他牵着的小姑娘。

[英国]莉莉·莲安/文,王流丽/译

品读

那牵手的回忆,真实而美丽,幻化为沙滩上的贝壳,五色斑斓,在潮起潮落之间,辉映着彼此溢满如水真情的心。第一次被他牵手,她便深深地记住了他手心的温度。年幼的她懵懂无知,只是沉醉于从他手心传来的无限温暖。后来,两颗年轻的心便怦然而动。再后来,无情的命运将两只紧紧相牵的手残酷分开。而最后,又是命运的眷顾让他们再次牵手。此时,握在一起的是两只布满皱纹的苍老的手,可它们却美得令人心颤。执子之手,缠缠绵绵;与子偕老,白首无悔。如此人生,几人能有?

一个爱情故事

◇[瑞士]克洛德·卡文

读点

平淡的语言、平铺直叙的结构谱写出平凡的爱情。

对比的手法、叙议结合的方式强调了芳馨的真爱。

在窗子底下唱情歌或者大喊大叫，弄得满城风雨，不用说，我们这儿不兴这一套。

两个人你来我往，如此而已。噢！当然了，免不了有时候会看到两个身强力壮的小伙子像两只公鸡一样地一阵恶斗，但是这并不能赢得人们对他们的尊敬。

并非人们没有感情，不是，而是人们宁愿不显山，不露水，把事情藏在心里，慢慢地琢磨它的味道。

好几年以前，阿尔贝死了女人，她给他留下一个16岁的儿子。雷阿死了丈夫，身边也有一个和阿尔贝的儿子年龄相仿的小子。阿尔贝和雷阿是在合唱队里认识的。因此雷阿下午经常到阿尔贝那里去。这事神不知鬼不觉地过去了许多年。两个孩子找了老实的姑娘结了婚，并且两个姑娘是表姐妹。他们经常一起出去玩，一起去采花，采蘑菇，一个邀请父亲，一个邀请母亲，全然不知两位老人彼此之间的熟悉程度超出他们的想象。

两年以后，他们才发现他们彼此有意，阿尔贝和

批：蕴含作者对这种表达爱情的方法的否定，与下文"你来我往"的质朴爱情形成了鲜明对比。

批：这个比喻表明了作者对"恶斗"爱情的嘲弄。

批：议论是小说家所避免的写法。但这里作者亮明了态度、情感，为下面的爱情作鲜明的注解。

批：反复交代时间，暗示了平淡爱情的真挚深情，也说明二人将爱深埋心中，连孩子也没有发现。

批：孩子的察觉是多么的迟钝啊！

雷阿结果什么都承认了,还说他们正想组织个家庭。孩子们打心眼里高兴,两个老人于是想应该把事办了。又拖了几个月之后,他们去登结婚启事。

可就在这个节骨眼上,阿尔贝却一下病倒了,还病得不轻。婚礼只好推迟了。后来虽然阿尔贝病好了,但他却不谈结婚的事。雷阿也没有任何表示。等他们再次决定要结婚的时候,两人都已经70岁了。孩子们有些在暗中笑他们了。他们又去登结婚启事。

又在这个节骨眼上,离婚礼还有一个星期的时候,雷阿的哥哥去世了。自然服丧期间是不能结婚的,何况雷阿甚悲痛。这么大年纪,别人的死会对她有压力,至少是个信号。结果像上次一样,结婚的事又放下了。等到孩子们费了九牛二虎之力说服他们同意结婚的时候,阿尔贝已经85岁了。可是两个老人却热情不高。

"噢!你们不知道,这事拖了45年了,你们想……"

话是这么说,可他们还是去登了结婚启事。

这又是一个节骨眼,结婚那天上午,他们忘了,没有去参加婚礼。从那天以后,他们再也不愿意提结婚的事了。

阿尔贝活到了92岁,死于一场事故。那是春天的一个早晨,他早早地起了床,来到铁路的路基上,他没有听见日内瓦到苏黎世的快车到来。当人们把他抬起来的时候,他为雷阿采的紫罗兰飘落了一地……她只比他多活了半个月。

我跟您说,乡下的人并非没有感情,他们只不过把它藏在心里罢了……

(赵坚/译)

批:两位老人的坦诚,不仅能赢得爱情,还能赢得亲人的理解,又能拥有亲情。

批:已是垂暮之年,悲剧?喜剧?他们什么都没说,却能让读者感受到他们那一直绵延的爱情。

批:你是不是也在"笑"?这暗中的笑蕴含了莫大的不解啊!

批:"有情人终成眷属",他们有情,婚期却一再推迟,而今已到衰残之年了!

批:这是何等漫长啊!"拖"在文中反复出现。"拖了45年",意味着真挚的爱情绵延了45年,以后还将继续绵延。

批:小说的高潮,又是7年,92岁的阿尔贝为雷阿采紫罗兰,让我们感受到真爱的芳馨的春天。这里的"春天""紫罗兰"都有了象征意蕴。

批:照应小说的第三段,一个"藏"字道出了乡下人爱情的表达方式,和一、二段形成对比。

形式和内容相融才绝妙

青少年写作时,可能很喜欢用华丽的辞藻,并认为这是有才华的表现。其实,这是错误的观点。我们的表达形式要和内容相融才能成就绝妙的文章。

这篇小说叙述的是一对乡下人延续、跨越了半个多世纪的恋情。他们每当要结婚的节骨眼上,总是被一件件事情干扰了,于是结婚便一直拖着,以致拖了半个世纪。真是有情人竟难成眷属。但是,这平平常常流水般的恋情却有着永恒性,他们内在的情感已经超越了结婚这个形式了。

作者叙述的不是感天动地的爱情,故而不用浓度很大的词语,不选择"冬雷震震夏雨雪"这样反常的表现形式。作者叙述的不是风花雪月的爱情,故而不用华丽的辞藻,不用吟诗作对来彰显主人公的才华。作者叙述的不是离奇的爱情,故而不用黄河九曲、波澜起伏的叙述结构。正因为作者叙述的是普通、平淡、平凡的爱情,所以作者选用了最朴实的词语,选择了最简单的结构。这样形式和内容相得益彰,取得了很好的表达效果。

这只是一个层面,这篇小说还表现了乡下人永恒的真爱,所以作者选择了对比的手法,并在小说的结尾运用了象征的手法,引导读者深思,并在组织情节上运用了巧合的技巧。(吕李永、屈平)

芳草地　　　　　　　　　　**长大成人**

亲爱的当时和以往的成年人们:

无论态度是否亲切,你们都曾参与对我的教育。我向你们学到了"长大成人"这个词,这个词的分量真重,它使我也喜欢成为大人。

20年来,我现在已超过了20岁,也许可以认为终于成了你们中间的一员。我已是个成年人,但总有青年责备我——没有积极效劳,未曾经历30年代的危机,还不知道这些或那些事,总之,都是一些我再努力也不会去办的事——总有那么一个人,比我长得还老成,他经历过风暴,取得了人寿及遗族保险——而且总有许多许诺——

当我7岁时,把8岁看作是大人,把12岁的尊为十足的男子汉。20岁时,我认为30岁者是成年人,30岁时又视35岁者为成年人,到了35岁又视40岁者为成年人——

好吧,我已明白,并不一定能以各自的经验去套他人的经历,可我却怀疑,5年前的40岁的人是否比我今天更成熟。

算了,我决定停住,决心不再长大,既可不必经历 30 年代的危机,又能免于积极效劳——

我认为自己有权中断这项长达 20 年的试验——

我明知把自己当作尺度,确属无理——可是你们,当时的人们却欺骗了我。我曾设法赶上你们,因我看到自己不同于长者,有兴趣起一番变化,而每当我达到了那个年龄,却依然故我。

你们给我许了各种愿。

"当你长大以后……"——"你还太年轻,不能……"——"以后你会明白……"

你们答应让我长大,而我也以为这是一件值得追求的事。

这也不能怪你们,我自己早就该意识到,你们总是在关键时刻以长大后的前景来宽慰我。每当我问起一些事,我揣测你们知道,你们也就这么办,仿佛很懂。

我的问题始终没有回答。你们说,我得首先长大——现在总算是大人了吧,可仍然没有答案。

问题很天真:"为什么有战争?"

我在一定程度上也有所领悟,而成年人至今仍不以为然,说我错了。

在伯尔尼,人们已决定不要成立和平研究所。他们对答案不感兴趣吗? 不,绝非如此——已经有了一个答案,最好不要因为提问而破坏这个答案。

变为儿童语言,答案是这样的:"因为有共产党,所以才有战争。"

如果有那么一个研究所,想追究其他方面的原因,岂不是国家的隐患。

"你们与共产党是一样主张的吗?"

"不,我们不是。"

在伯尔尼有统计(也许是新闻记者干的),凡问题最多的议员,或经常提问的人,都是蠢材。

也许,长大就意味着不问问题而在答案中活着,可以不问而就给答复。

提问者是现存答复的仇敌。

"为什么有战争?"

"可惜有战争。"

"为什么我们需要军队?"

"可惜我们需要军队。"

"为什么我们向西班牙运武器?"

"可惜我们必须向西班牙运武器。"

最后一句回答是臆造的。

为什么不对呢?

因为我们没有问就把武器运往西班牙。因为我们,倒霉的,不能总问。

一切事情都很复杂,有它的反面,而且还具有各自的优缺点。

问题是一种危险的简化。

"为什么有富人和穷人？"

不，这样实在不行。

也可能我搞错了，可是我觉得你们那时说过，待我长大后会明白的。

观察一下与我一起长大的人，只见他们正在制造一种好像已经懂得的印象。比如，一位军官就给我这种印象，好像他很懂秩序。

我曾听见一个孩子问他母亲："今天是星期几？"母亲回答说："星期三！"孩子又问："如果是星期四，会是怎么样？"

肯定是个无法回答的问题，我也无法帮忙，虽则如此，我觉得很有趣，同时也怀疑是否这孩子早就知道没有答复而高兴，因为他可留在问题中。

儿童可在问题中生活，成年人则生活在答案中。

懂得秩序，就意味着在答案中生活。

不是"为什么有战争"，而是"存在着战争"。

不是"为什么我们需要军队"，而是"我们需要军队"。不是"为什么我们曾把武器运往西班牙"，而是——

而是——

我敢担保，有那么一天，负责的人会过来说："过去错了！"

我知道事情不那么简单，有外贸赤字、就业问题，等等。

我知道别人也在这么办。我也知道，世界就是这样了。

"长大后你会懂的。"这句话在我耳际萦绕。

我还没有明白。

（附言：最近在西班牙处决了 5 个人，他们已经死了）

[瑞士]彼得·毕克塞尔/文，佚名/译

品读

彼得·毕克塞尔（Peter Bichsel，1935 年 3 月 24 日～　），瑞士德语作家兼记者。他生于一个画家家庭，早年在师范学校毕业，做过多年教师，后来在美国、德国柏林做记者。1964 年他出版了短篇小说集《布罗姆太太想结识送奶的男人》。这个集子共收有 21 个短篇，均取自现实生活。作者以朴素的语言，白描式的手法展示了普通人的生活、愿望和苦恼。1965 年他发表了一部非长篇的长篇小说《四季》。这是一种反长篇作品，作者自称，它可以从后往前读，也可以从中间向后读。全书没有统一的吸引人的情节，它叙述了一幢住宅里普通人的生活，这幢房子建于 1927 年，原是红色的，现正漆成白色。毕克塞尔以写短篇小说见长，他的文笔洗练，形式简洁，善于用朴素的语言表现瑞士普通人的普通生活。

黑色幽默

首长学步

◇ [苏联] 柯坚科

读点

荒诞夸张式的喜剧。
对官场现实的绝妙讽刺。

盛春时节,我在公园里看到一个可笑的场面:在一旁的林荫道上,一位打着领带、上了年纪的大叔正站在幼儿学步车里练习走路,一群人在他周围忙活着。

"勇敢点,勇敢点!"他们喊着,"先迈一只脚,再迈另一只……好样的!"

我走过去小声问其中一个人:"这个老小孩多大了?"

"50岁。"

"他生下来就不会走路吗?"

"原先会走。"

"那是得过病?"

"哪里得过病!这是我们首长。他一天到晚都坐在办公室里,而且上下班都有汽车接送,于是就连路也不会走了。"

"那么在你们机关内部他怎么活动呢?比如说吧,怎么从大门口走到办公室?"

"机关里人们用手抬着他走。"

"他难道就不反对吗?"

"那还用说!他总是竭力挣扎,但是下属们人多

批:"可笑"表明了作者的观点。

批:悬念。这么大的人难道还不会走路?是身残还是脑残?场面描写烘托出了"热闹"的气氛。

批:"老小孩",有讽刺意味。

批:夸张手法,首长不用走路,以致后来不会走路。这是怎样的官场现实?至此,揭开悬念。

批:人物对话推动情节发展。

批:趋炎附势,众人都在权力的淫

势众,而首长只孤单一人。昨天他去保险柜取大印,刚迈出两三步,就直挺挺地摔倒在地毯上了,真可怜!他已经完全不会走路了。您看,我说起来就没完没了……"

于是,我的谈伴也加入了他同事的行列,大声叫嚷着:"太好了,格里戈里·伊万诺维奇!现在就让我们拿开学步车来试一试……走啊,自己往前走……"

首长站在长椅旁,环顾着四周,希望有人去搀扶他,但他得到的只是精神上的支持。所有的人都跑到前面去了,打着手势,招呼他往前走。

"我害怕。"他承认道。

"无论什么事只是在开头有点害怕,"学步顾问解释道,"万事开头难。您就这样想,譬如说,本季度就要结束了,您需要把计划规定的任务拿下来。可是,现在什么都没有:没有时间,没有原料,没有设备……但是,您还是得去做……别害怕,大胆向前走……一——三,一——二……"

女秘书对首长动了怜悯之情,她一边擦着眼泪,一边嘟囔着:"干吗还非要他学会走路?只管让他当领导好了,跑跑颠颠的事我替他去办。"

首长鼓足了最大的勇气,用手一推,离开了长椅,像只企鹅那样,摇摇摆摆地倒换着双脚,歪歪扭扭地在林荫道上走了起来。科长在前边奔跑着,不断地轰赶着过路的行人。

"会走了!会走了!"响起了一片欢呼声。

"真是奇迹!首长学会走路了!"女秘书不禁大声哭起来,那声音整个街心公园都能听到。

他每走一步都引起了热烈的掌声。加急电报立刻飞向了总局,传去了首长已经战胜最初二十米的捷报。总局立即发来了贺电,向整个集体表示祝贺。

"把首长抬起来向上抛!抬起来!"下属们敞开

批:威下心甘情愿地臣服。小说主旨之所在。

批:正和"我"交谈的谈伴也开始为首长学步助阵。人在官场,哪敢置身事外?

批:真如大人教刚开始学步的孩子一般。表面上是想让首长独立行走,自己不去帮忙,实际上还是在极尽奉承讨好之能事。

批:"我害怕。"可悲至极!

批:瞧,当官的就连学走路都有顾问!多么绝妙的讽刺!

批:为领导排忧解难是秘书"义不容辞"的事!

批:生动的比喻,可以想想这位首长的身体有多么的臃肿。养尊处优的官场啊!"摇摇摆摆",又"歪歪扭扭",真是丑态百出,洋相出尽。

批:确实是一个"奇迹"。讽刺鞭辟入里,入木三分。

批:整个官场都是如此的荒唐!

批:场面描写,烘托下属们是多么

怀,热情地伸出双手,高声欢叫着。

　　首长惊恐地回头看了一眼,加快脚步向前走去,接着便跑了起来。但是,他哪能跑得了呢! 全体成员都紧追不舍。他们终于追上了他,又把他举起来,抬走了……

(刘清德/译)

夸张的情节,真实的官场

　　这篇小小说的最大特点是情节的极度夸张。一个当了首长的50岁的官员竟然连路都不会走,以至于要站在幼儿学步车里练习走路!导致这位官员不会走路的原因是什么呢?是趋炎附势的下属包办了他的一切,包括他走路。凡事都有手下人为他打理,尸位素餐的他根本不需要走路。不难想象,这位首长为官一生,不知得到多少吹捧和赞美,心理上得到多大的满足,物质上更是自不待言,然而其灵魂却在不断萎缩,这些通过他不会走路就可以生动反映出来。"祸兮福之所伏",做梦也没有想到的是,他享受到的待遇最终却因福得祸,肉体和精神竟萎缩到了"可笑"的地步。

　　真实的官场正是这样。一个人当了官,总是会被人们前呼后拥。这一方面固然有为官者自身的素质和无奈,更主要的则是人们对于权势的攀附和敬畏。多么可笑的场面,多么滑稽的人们,多么可笑的首长!首长学步,不仅是他个人的悲剧,也是这个官场的悲剧,更是产生这个官场的制度的悲剧!小说正是由"学步"让我们对这样的社会和体制进行深入的思考和批判。(汪茂吾、京涛)

芳草地　　　　　　## 关于斑马的寓言

　　从前有一匹斑马,它对谁也没有做过一点坏事,它从来也不会做坏事,可能就因为这一点,它被捉住,送进了动物园。

　　那时有两个雄辩家。他们好像就是为了辩论、辩论,最终还是辩论而降生在世的。他俩常常争论得声嘶力竭、神志不清。辩论什么题目并不重要,主要是能争论起来就好。他们在自己的这门艺术领域里已达到了登峰造极的水平。你们可能也见到过这样的人吧,遗憾的是,这样的人现在还滋生了不少呢……

　　有这么一天,在动物园的斑马栏前,这两位雄辩家遇到了一起。

"不管怎么说,斑马是黑的。"头一个人装着无意地开了腔。

"哪怕考虑到地轴的倾斜度和我们站着的这块地方的地理坐标的位置,它也不会是黑的,就是说,"第二个人以胜利者的姿态讪笑着,同时以不屑的神气望望第一个人说,"就是说,它是白的。"

"黑的,就是因为……它是黑的。"头一个反驳着对方,并为自己论据的简洁感到一种自我陶醉。

"如果它是黑的,那么除非我的眼睛瞎了,我的朋友,若不就是您在讥笑我。"

"我的朋友,您怎么能把我想成这样的人呢?"他开始对第二个人感到气愤,"我是想追求真理,我的目的就是追求真理!"

他们就这样无休止地争论着。周围开始集拢人群。当人们听到第一个人滔滔不绝的雄辩之词时,觉得他是对的,斑马确实是黑色的。然而,当第二个人结束他那热烈的、令人信服的发言时,所有的人又都同意了第二个人的观点,有些人还大喊起来:"乌拉! 我们到底找到了真理,斑马是白的。"

这个场面一直延续到铃响了,公园要关门了,两位雄辩家才一面继续争论,一面向出口走去(后边簇拥着人群)。斑马栏前只留下一个人。他是个聋子,没听到铃声。他也没听到整个下午两位杰出的雄辩家关于这只动物的争论,所以也没弄明白,为什么刚才在这里的那群人如此激动。

这个人又在那里站了很久,欣赏这匹漂亮的带条形斑纹的动物……

[苏联]斯·弗拉索夫/文,苏华/译

品 读

小说中的两个雄辩家都非常善于辩论,人们听了第一个雄辩家的"滔滔不绝的雄辩之词",都"觉得他是对的,斑马确实是黑色的";人们听了第二个雄辩家的"热烈的、令人信服的发言",都同意了他的观点,认为"斑马是白的"。有一个聋子没有听到两位雄辩家关于斑马的争论,他在动物园的斑马栏前欣赏着斑马,他清楚地知道斑马是一种身上长着黑白条纹的动物。这篇小说就这样以这两个雄辩家关于斑马颜色的辩论的故事,形象地告诉人们这样一个道理:事实胜于雄辩,再严密完美的谎言在事实面前都会不攻自破。

公 民 证

◇［苏联］阿·马里纳特

读点

幽默中带着辛酸，讽刺中含着无奈。
僵化的规则成了人的主宰，这种窘境只源于那
由人自己制定出来的规则。

一次，某夫妇俩出发去海滨度假。他们要在那里痛痛快快地游泳，好好地晒晒太阳。像这样清闲自在地出去旅游，对他们来说还是生平第一次，而且是到那没有风，到那水温暖得像餐桌上的茶一样的海边。

所在工厂给他们开了到"迎宾"休养所去的许可证。为了到休养所去，他们得乘电气火车、公共汽车，最后甚至要换乘古老的蒸汽轮船。可是，刚一到那儿就出了新鲜事：休养所当局拒绝接收他们，不给他们提供膳宿，理由是夫妇俩都没有携带公民证。是啊，公民证是这样一种凭证，没有它，你别想得到一张床位、一把椅子。坐在走廊里等吧，期待吧。可等什么，期待什么呢？……要知道，规定就是规定。要是没带游泳衣，这好办，可以到离海滨浴场远一些的地方，各自穿着普通裤衩到海里去也没事儿。可是没有公民证，无论你到哪儿去也不行，甚至私营旅店也不肯留你过夜。

"梅兰尼娅，我们怎么办呢？"丈夫问妻子。

"亲爱的亚基姆，我怎么知道呢？"妻子耸了耸

批：海滨是何等的令人惬意，与下文写因没带公民证所带来的一系列麻烦事形成对照。

批：没有带公民证，就算是本人到了，也照样认证不认人，让人无奈又无语。

批：没有公民证，可谓寸步难行！

批：夫妻对问，不知如何应对。

肩。

在这个"迎宾"休养所既没有你的床位,也没有你的餐桌,只有一个小卖部。

这样过了一天又一天。

"梅兰尼娅,我们怎么办呢?"

"亚基姆,我怎么知道呢?"

最后梅兰尼娅忽然想起该给母亲发封电报,让她把公民证立刻寄来。

又等了两天,最后总算盼来了珍贵的挂号信。信一到,邮局就通知了他们。他们高高兴兴地跑去领取。到了领取的窗口,他们拿出通知单,自我介绍了一番。

"看看公民证!"窗口里一个可爱的姑娘说。

"什么公民证?"亚基姆惊奇地问。

"当然是您的公民证!"

"它就在您手里,在这个信封里啊……姑娘,我们就是等它呀。"

"我不知道信封里是什么。但是,要取信,您就得交验公民证。"

第二天、第三天去——还是白费口舌。这一对没有公民证的夫妇,谁的信任也得不到。

他们在"迎宾"休养所的领地上又闲荡了两天,在小卖部以夹肉面包和果汁为食,晒了几次太阳,游了几次泳,然后摇摇头,动身回家了。又是轮船——电气火车——公共汽车,好了,总算到了基希涅夫,由此到家不过咫尺之遥——坐上出租汽车一个多小时就到了。

回到家,第一件事就是到邮局去取公民证。按时间算,他们的公民证早该退回来了。

"我的挂号信从疗养区退回来了吗?"亚基姆问。

"退回来了!"女营业员回答说。

"谢天谢地!请给我吧……您不知道,为这封信

批:无奈的事情往往并不因时间的流逝而有半点的改变。

批:事情有了转机,他们能领取挂号信吗?

批:又是公民证!如同一声惊雷。

批:这里规定,没有公民证,就算是你本人也不能领取——墨守成规的悲哀!

批:一番折腾,回家了,一切总该结束了吧?且拭目以待!

我们吃了多少苦头啊！但愿再也别吃这苦头了
……"

"看公民证！"姑娘说。

批：又是公民证，让人再次无语！

"怎么？又是公民证！我们的公民证就在您拿着的信封里呀！"

"信里是什么我不感兴趣，可您必须交验公民证才能取信。"

他们又到邮局去了两趟——还是白搭。

第三次去时邮局告诉他们：信又被退到"迎宾"休养所交亚基姆收了，因为按规定信件留存不能超过一个月。

批：一波三折的折腾让人很无奈，操纵着人的是人制定的那些僵化的规定。

（杜塞/译）

主题寓深刻于怪诞，情节"重复"中有深意

小说《公民证》的主题寄重大于细微，寓深刻于怪诞。小说通过公民证在邮局里来回往返、总是取不出来这个怪诞的小故事，揭示了一个重要而深刻的主题：国家机关工作人员的通病——刻板僵化的工作作风。小说中的公民证不是陪衬的点缀品，而是主题思想的载体，是作品的题目和"眼睛"，读者可以通过它而窥见作品的主题；公民证是作品构筑的支点，情节的推进，场面的展开，感情的变化，无不依靠它来完成。

这篇小说情节简单而不单调，故事集中而不呆板，一波三折，跌宕有致。亚基姆夫妇怀着"痛痛快快"的心情出发去度假。当他们到达海滨"迎宾"休养所时，令人意想不到的事情发生了，故事情节突转，由于他们忘了携带公民证，在海滨连"一张床位、一把椅子"也得不到。痛快顿时化作烦恼，情绪一落千丈。就在"山重水复疑无路"之时，妻子梅兰尼娅想起发电报让母亲把公民证寄来，而且很快就寄来了。至此，故事情节峰回路转，人物情绪随之回升，但当夫妇二人兴冲冲地跑到邮局领取挂号信时，情节再次出现波折。邮局要看公民证，他们跑了几天，都未取到公民证。刚刚出现的转机便瞬息即逝，他们的希望破灭了，不得不返回。至此，故事似乎该结束了，但是作者让情节顺着公民证这根导火线继续引爆下去。他们回到家后去取信，结果邮局还要看公民证，他们去了几趟，仍然取不出，最后信竟被退到了"迎宾"休养所。

故事情节看似简单甚至让读者感到雷同，其实"重复"是有深意的。甲地（海滨邮局）："'看看公民证！'窗口里一个可爱的姑娘说。""它就在您手里，在这个信封里啊

……""我不知道信封里是什么。但是,要取信,您就得交验公民证。"乙地(居住地邮局):"'看公民证!'姑娘说。""我们的公民证就在您拿着的信封里呀!""信里是什么我不感兴趣,可您必须交验公民证才能取信。"艺术贵在独创,忌重复,但这里的"重复"却不多余。它好似诗歌中的"复沓",银幕上的"重复镜头",音乐里的"主题再现",它深化了主题,揭示了国家机关工作人员刻板僵化作风的普遍性。因而,这里的"重复"具有独特的艺术效果。(子夜霜、许喜桂)

芳草地 　　装电话

为了装个电话。阿尔吉尔已经跑了两年。他先到区电话局交了一份申请书,"请求……"如何如何,后来又到了市局。

过了半年,他决定找有关部门面谈。

排号等了半年,一个领导才接见了他。这位领导请他坐下,听他讲完之后,拿过他因前两次申请未被理睬而又写的一份申请书,问他在哪里工作。

"在汽车运输公司工作?"领导吃了一惊,于是马上给什么地方挂了个电话,"同志,这个人不能一天没有电话,我们没有理由……"但是听完答话后,他对阿尔吉尔说:"非常遗憾,暂时一架多余的电话机也没有,线路负荷过重。不过,一有可能就给您安装。瞧,当您的面我给签上'紧急'二字,并把这份申请书留在我这儿。"

又过了半年,阿尔吉尔决定去找更高一级的领导。去了三次没能得到接见。第四次还不错——到底接见了! 这位领导也很客气,也请他坐下,还全神贯注地听完了他的申诉,然后把市电话局长和总工程师叫了来,问他们能为阿尔吉尔帮点什么忙。

总工程师打了个电话,向谁问了问什么,然后放下话筒,抱歉地耸了耸肩膀说:

"除了不准动用的备用机外,没有一部空机。"

"备用机不能动!"领导说,"请再忍耐一个短时间吧,只要有了空机,就是您的。"他在申请书上批了字:"第一个解决!"把纸放到桌子上,然后把阿尔吉尔一直送到门口。

过了几个月,阿尔吉尔意识到这位大领导也是什么都办不成的,于是就找到最高领导机关那儿去了。因为家里没有电话已经简直没法过日子了。他与房管处、公共汽车场以及其他诸如此类的机关均有事务性的联系,而这些单位的领导人,如果不是早晨在电话上把他们抓住,那么,在这之后哪怕你白天打着灯笼,晚上带着警察也是无法找到的……于是阿尔吉尔就去求见部里的交通科长。他这样那样地诉了一番苦,说他为了一架电话奔走了两年,因为电话对他来说连夜里也非要不可,特别是冬天,冰天雪地,这是能理解的……

"当然能理解!"科长大声说,接着便让他坐下,听他讲完了申请安装电话所遭到的苦难。然后科长拿起话筒,同一个人谈了好久,还训斥了几个部下,因为直到现在他们还不给与城市交通息息相关的阿尔吉尔同志安装家用电话。最后科长放下话筒,吩咐阿尔吉尔,假如过几天还没给他安装电话就再来找他。

过了几天,阿尔吉尔又到科长那里去了,因为仍然毫无结果。科长很生气,便把他带到了局长那里。局长让他们俩坐下,仔细听取了他们的叙述,然后往该挂电话的地方挂了电话,并狠狠地斥责了该斥责的人。从那里出来,阿尔吉尔相信等他到家时,电话一定已经安装好了。

可到家一看,依然如故。

几天以后,阿尔吉尔再访那位科长和局长,想看看他们的下属是否因为没有给自己安装电话而被撤职。事情闹到了一位地位更高的副部长那儿,副部长拿起电话同一个下属谈了谈,那个下属保证说,只要一有空机,马上就装,因为备用机不能动,这是有专门文件规定的。于是他们又非常有礼貌地请阿尔吉尔放心,只要有机会,头一个就……

那时,阿尔吉尔的妻子在副食品商店卖鸡蛋。有一天来了个熟人,是过去的同班女同学,大家打过招呼就闲扯了起来。

"日子过的怎么样?"女同学问。

"这不,卖鸡蛋……"

"新鲜吗?"

"昨天直接从养鸡厂运来的。"

"就是小点……"

"我给你选大个儿的,"阿尔吉尔的妻子说罢,就给选了20个鸡蛋。女同学走的时候想起了阿尔吉尔,便问:"他怎么样?"

"一直在为安装一台家用电话奔跑,至今没有结果。已经跑了两年多……"

"我的天,你怎么不早告诉我呢?我家米沙就是电话局的安装工。放心,明天你们家就会有电话了!"

果然,第二天阿尔吉尔便有了家用电话。

[苏联]阿·马里纳特/文,杜塞/译

品读

阿·马里纳特(1924~),苏联摩尔摩维亚作家。1959年毕业于基吊涅夫教育学院。主要著作有长篇小说《热泉》《门槛上的脚印》等。

小说《装电话》中各级领导对群众貌似关心实则敷衍了事的作风,则是官僚主义的表现和国家机器运转不灵的反映。人们对此是深恶痛绝的,马里纳特便借阿尔吉尔装电话的曲折故事予以形象地表现了出来,具有辛辣的讽刺效果。

生动的情节是《装电话》成功的关键。矛盾冲突具有一定的社会性,达到一定的尖锐程度并能以具体可感的形式表现出来,足以引起人们的兴趣和关心,这样的情节自然生动,其辛辣之效果也会随之产生。情节要生动,在描叙手法上需要特别讲究。《装电话》所写的各级领导,对待阿尔吉尔的来访均表现得十分"客气""礼貌",这看起来似在褒,实则是在贬。只是在小说"果然,第二天阿尔吉尔便有了家用电话"结尾时,读者对这些领导的嘴脸才大彻大悟,原来他们是一群十足的官僚主义者。本来很容易解决的问题,他们却仅仅限于打电话、做官样文章,实则是对群众的疾苦毫不理会。作者藏笔很深,增加了小说的辛辣味道。

小小说要有辛辣味道,写作上也需要采用对比手法。需要平中见奇,有平和才能显出辛辣。如果《装电话》中没有不厌其烦地描绘各级领导貌似关怀的情景,不是交代阿尔吉尔奔波两年而毫无效果,单小说以"果然,第二天阿尔吉尔便有了家用电话"来结尾,小说就不会有这种出其不意的效果。正是有了前面的铺排,这个结尾才让读者有回味有联想:装电话之难,难在官僚主义、难在政府机关运转故障上。

关于申请添购一把铁壶的报告

◇[中国] 许世杰

读点

以申请报告为道具贯穿故事全篇,巧妙地将申请报告的来龙去脉交代清楚,构思精巧。

字里行间无不体现出对官僚主义、文牍主义、事务主义作风的不满与讽刺。

"天津卫吗?请到总务科来一趟,你们打的报告批了。"

小卫一愣:"嘛报告?"

"那个,那个——"电话里,一阵翻动纸张的窸窣声之后,总务科吴科长一板一眼地念道,"关于申请添购一把铁壶的报告。"

"嗬,老天爷!这都嘛时候了,才批下来呀!去年冬天,办公室里生火,空气太干,急需一把铁壶。可现在——"小卫瞥了一眼正在摇头晃脑的电扇,不由得一声苦笑,"哼,好么,一把铁壶批了半年!我说吴头,是不是报部里批的?"

申请一把铁壶竟费如此周折,是小卫万万没有料到的。他第一次向总务科提出来,是在去年十一月中旬。当时,一位姓郑的科长一口应允。可是等了半个多月,连壶的影子也不见,他又去找总务科。郑科长不在,另一位王科长合上手中的《八小时以外》,吸了口烟,打着官腔说:

"天津卫,一把铁壶,看来事情不大,但是,一旦

批:连申请人都忘了报告,可见时间之长,事情之小。

批:吴科长根本没记住报告名称,寥寥几笔勾勒出一个无所用心、办事效率低的官僚形象。

批:说明打报告的人早遗忘了。

批:铁壶是寒冬需要的,可现在已是盛夏了。

批:讽刺之意溢于言表。

批:概括申请铁壶的曲折历程。

批:点出上班时间做上班时间外的事——悠然自得、不务正业!

批:拿腔捏调,不解决问题,拿不相

其他科室知道了，也来要，事情就不好办喽。"

小卫急了："他们要得着吗！他们在楼里办公，有暖气。只有我们在木板房里，也只有我们生炉子！"

批：办公条件好的有暖气，自然不需要铁壶。木板房没有暖气，需要铁壶理所应当。

"不要张口'他们''我们'的，要注意团结啊！"

批：正当要求在领导眼里竟成了不注意团结——无理责难。

小卫的鼻子都差点给气歪了！他只好去找总务科的第一把手吴科长，然而，得到的回答却是："那个，那个，既然他们二位意见不一致，你们打个报告，请领导研究一下吧！"

批：总务科一把手为了不得罪两位副科长，把芝麻大的事推给了上级——极不负责任！

这"研究一下"，竟是五个多月。不过总算批下来了。去年冬天虽然过去了，但还有今年冬天哪。为避免夜长梦多，小卫急忙去总务科，填写那一式三份的领物单。

批：效率极低，严重的官僚主义！

吴科长捧着保温杯，正端详面前那张被画得密密麻麻的报告。见小卫进来，他抬手理了理稀疏的银发，浑浊的双眼吃力地从老花镜上方望着小卫，为难地说："不好办啊！赵局长没批具体意见。"

批：竟然都要经过这么多人的批示！细节描写，表现官僚主义的腐朽——年事已高，办事能力不强，早该退位让贤了！

"嘛玩意儿？一把铁壶，要赵局长批?!"小卫简直不相信自己的耳朵了。他凑到吴科长身边，扫了一眼那张报告，"嗬！还真是赵局长批的。哎，赵局长这不是同意了吗？"

"正是因为这'同意'二字才不好办啊！"
"怎么呢？"

批：费了很大的周折，铁壶最终还是拿不到手，真是荒唐至极。单就铁壶该不该添购这一点来说，赵局长签署"同意"二字自然是同意，而老迈昏庸的吴科长居然连这么简单的问题都搞不清楚，又怎么能胜任工作呢？

吴科长呷了口茶，慢吞吞地说："那个，那个，这上面，郑科长的意见是'同意购买'；王科长的意见是'不同意购买'；李主任和周主任只画了个圈圈；孙副局长的意见是'要注意关心群众生活，应该添购'；而钱副局长的意见却是'一把铁壶，也要公文旅行，何其荒唐！不精简机构，不整顿作风，怎么行？建议以此为例，在干部中进行教育'。那个，那个，赵局长究竟是'同意'哪一种意见呢？"

"这……"

批：这不能不使小卫啼笑皆非；小说在小卫不知说什么好的话语中结束全文，给读者留下回味的余地。

腐朽的官僚主义

　　小说描述了添购一把铁壶的申请报告的命运,对官僚主义作风进行了淋漓尽致的入木三分的无情揭露和辛辣讽刺。

　　小说借"小道具"——"关于申请添购一把铁壶的报告"将全篇串联起来。

　　小说劈头便以总务科吴科长的电话道出添购一把铁壶的申请报告批下来了。但接电话的小卫愣住了——原来,这个报告是去年十一月中旬写的,而眼下已是电扇"摇头晃脑"的盛夏了,小卫早忘了此事。

　　接着,小说插叙了这个申请报告的申请缘由和结果:去年冬天,小卫为了改善木板房里气温低的环境,向总务科提出买一把铁壶烧水的口头申请,但郑科长和王科长意见不一致,小卫"只好去找总务科的第一把手吴科长",吴科长却要他写一个书面报告。

　　这份报告终于批下来了,那么结果如何呢?

　　接下来,小说按顺叙描述了小卫到总务科吴科长那里的情况。通过二人的对话和报告上的签字,读者清楚了这份报告的审批过程:这份报告便像皮球一样,从郑科长那里踢到王科长那里,又从王科长那里踢到李主任、周主任那里,依级别顺序一直送到孙副局长、钱副局长、赵局长等领导那里。一份根本不值得打报告的"报告",居然要八级主管干部(包括吴科长)审批,且历时大半年之久。最后审批的结果呢?竟然是议而不决,不了了之,一把小小的铁壶最终还是没有买成。真是荒唐透顶!

　　小说借添购一把铁壶的申请报告的命运批驳了官僚主义作风,同时,对那些大小官僚形象的刻画,也让读者深感官僚主义的腐朽。小说在刻画这些官僚们的官僚主义作风时,面对同一件事,却能在语言上有所区别,努力地让读者如闻其声,如见其人。且看那三位科长:郑科长的答复很爽快,但不办实际事情;吴科长老迈昏庸,其答复一味推诿,不负责任;王科长则是一口拒绝,冷淡无情。至于李主任和周主任,竟然不置可否、不可捉摸地在申请报告上画了个圈圈。孙副局长看似关心群众生活,但从"应该"二字可以看出,在一把手正式表态之前,他的话也只是仅供参考而已。钱副局长的意见也令人玩味,看似对官僚主义、文本主义、工作效率低下很痛恨,却是"雷声大雨点小",甚至连"雨点"也没有。至于赵局长,他签的"同意"的确也值得玩味,就铁壶添购这一点来说,他是同意,那么对钱副局长的意见他作何反应呢?就申请报告本身而言,他是同意了,但对钱副局长的建议似乎没有明确意见,或者说没有作出积极的明确的意见。(子夜霜、李荣军)

心壶

古语道，"玩物丧志"，但我管不了许多，我玩古董玩了三十多年，越玩越有兴致，打从去年退休之后更是成为古董迷，尤爱收藏小茶壶。

有一天我到"越沙攀"佛寺去礼佛，在寺里方丈室的一个古老的木橱中，见到了五把造型古朴的名贵小茶壶。我心一动，就和佛寺的住持巴空大师交谈起来，聊古说今，谈得很"投机"。从此我便经常去找巴空大师。

醉翁之意不在酒。我和巴空大师的往来，主要是看在那五把古老的小茶壶分上。

几个月后，我花了二百铢在"耀华力"茶行买了一斤乌龙茶。又以八十铢买了一把宜兴出品的新制小茶壶，兴冲冲地向"越沙攀"佛寺跑来。

"大师！我特地拿来一把新的小茶壶，换一换橱中的一把旧茶壶。还有一斤顶级的乌龙茶送给大师。"我一面说，一面打开橱，将新制的小茶壶放在橱里，随手将一把古老的小茶壶拿出来。

巴空大师瞪着眼看一看我的脸，我急忙从口袋里取出一个早已备好了的、其中放有一千铢的白信封放在桌上："大师，还有一千铢善金奉献。"

大师眼一闭，不说什么。我自言自语了几句，就拿着那把古朴的小茶壶回家了。

我以新茶壶四把、乌龙茶四斤，外加现金四千铢，在三个月内换到了四把名贵小茶壶。

方丈室里木橱中的第五把小茶壶，我当然是不会放过的。一天，我重施旧法，再往佛寺里去，走到木橱前，心中吃了一惊，橱中的第五把古老小茶壶不见了，代替那茶壶的是跟我所买来的一模一样的新茶壶。一定有人依样画葫芦，用我的办法，换去了名贵小茶壶，我真后悔我来迟了！

"大师！是谁将另一把旧茶壶换去了？"

巴空大师把眼睛睁开："颂吉施主，这个纸盒送给你，你拿回家去吧！"巴空大师以手指着桌子旁边的一个大纸盒，说完后又闭眼入定了。

我回到家里，把纸盒打开，我的心几乎要跳了出来。纸盒里放着四把宜兴出品的新茶壶、四斤乌龙茶、四个里面各放有一千铢的白信封，还有我想得到的那把名贵小茶壶！

晚上，我整夜没睡，我无须付出什么就得到了五把名贵小茶壶，而这五把小茶壶整夜在我脑中转来转去。

第二天，我带了那五把名贵小茶壶到"越沙攀"佛寺里去。巴空大师又在入定。我将五把小茶壶轻轻地放回木橱里。

"颂吉施主，橱中有没有壶，是新的还是旧的，这对于我都是一样的。但是对你……对你可能很重要。"巴空大师的声音在我背后传来。

我一转身，双手向巴空大师合十为礼，低下头来坐在巴空大师身旁："大师！是的，很重要，这五把小茶壶对我一生很重要，我是真真正正地得到了五把小茶壶。"

我离开了佛寺，心中想着："得失只在一念之间，失去的可能就是得到的。我虽然有不少古董，而永远留在我心中的是那五把小茶壶。"

[泰国]司马攻/文

品 读

司马攻(1933~)，泰国作家，原名马君楚。祖籍广东潮阳。泰国泰华作家协会会长。1967年开始写作，以散文、杂文为主，兼及小说、诗歌。出版杂文集《冷热集》和散文集《明月水中来》。

小说写的是茶壶，却起名"心壶"，这是有深意的。这个故事写了收藏家与佛家大师之间的斗智或者说是较量，最后收藏家被大师感化，内藏禅机、禅意，让读者悟到一种生活哲理。

小说中主人公"我"是有着强烈占有欲的人，他看中了"越沙攀"佛寺方丈室的五把小茶壶后，为了占有可算是动足了脑筋，不惜用新茶壶、乌龙茶，外加泰铢去换取，但他不敢太贪，一次去方丈室换取一把，就在五把小茶壶即将全部到手时，发现第五把小茶壶不见了。作者又笔锋一转，使"我"的挖空心思一下没了意义，原来巴空方丈不但把宜兴新茶壶与乌龙茶、泰铢还给了施主"我"，还额外地奉送了那剩下的最后一把小茶壶。这使"我"大感意外，然而更使"我"思想上受到震动的是巴空大师的话。旧壶与新壶都是壶而已，没有质的区别。这实际也等于点化了"我"，使"我"醒悟到贪欲的不该。因此，作者将小说取名"心壶"而非"茶壶"。

照章办事

◇［德国］拉里夫·维内尔

读点

以小见大，以生活中的凡人小事反映制度不合理性的社会大问题。
小说辛辣讽刺了教条主义及教条主义者。

深夜，我走进车站理发店。

"非常抱歉，"理发师殷勤可亲地微笑着，"按照规定，我只能为手里有车票的旅客服务。"

"反正现在你们店里连一个顾客也没有，"我试着提出异议，"既然如此，是不是可以来个例外……"

理发师朝我这边稍稍转过他的脸："尊敬的先生，要知道现在是夜里，我们得遵守规章。一切都应照章行事啊！只有旅客才能在这儿刮脸理发！"说完，他又把脸扭过去了。

于是我走到售票窗前。

"请给我买一张火车票。"

"您上哪儿？"

"哪儿都行，反正对我都一样。"

"别装疯卖傻了！"年轻的女售票员发火了。

"我一点儿也没装疯卖傻，"我平心静气地说，"您只要卖给我一张离本站最近的那一站的票就行了。"

"您指的是哪一站？"

批："深夜"顾客很少，车站工作人员完全有时间为顾客着想，不应机械执行规章。

批：提议合情合理，反衬理发师的教条。

批：僵化的"规章"。从"转过"脸到"把脸扭过去"，说明理发师不再理睬"我"，因为"我"不是旅客。

批：循章行事买票，实属无奈。

批：买火车票是为了在车站理发，自然不去任何地方，为了能理发，火车票自然是"哪儿都行"。

"可爱的姑娘,我已经对您说过了,随便哪一站都行。"

女售票员显然焦躁不安了:"您起码应当知道要上哪儿去呀?"

"我根本不打算上任何地方去。"

女售票员感到十分好奇:"既然您不打算去任何地方,干吗买票呀?"

"我想理个发。"

砰的一声,售票的小窗子关上了。我等了一会儿,又小心翼翼地敲了敲窗玻璃。

"姑娘,"我竭力使自己的语气和缓一些,"好了,请卖给我张票吧!"

她像瞅一个疯子似的打量着我。然后便开始翻起一本什么书来。

"是理发店问我要车票!"我朝那紧闭着的小窗子喊了起来。

女售票员把窗子打开了一条缝:"理发师要什么?"

"他要车票。他只给有车票的旅客刮脸。"我重复道。直到这时,女售票员似乎才弄清楚是怎么回事。

"好吧,卖给您一张去莱布尼茨车站的票。您付60分尼吧!"

我手里攥着买到的火车票,第二次走进理发店:"请看,这是我的车票,现在我想刮一下脸。"

然而,理发师的头脑并不那样简单。

"您并不打算乘车上路?"他问。

"可我已经给您看过这张到莱布尼茨的车票了呀!难道这还不够吗?"

"非常抱歉,"理发师把双手交叉在胸前,"如果您只是为了刮脸才买车票,那么在我们理发店您就难以达到自己的目的了。我们这儿只为有车票的乘

批:如此买票确实让售票员难以接受,可是不买票又无法在这里理发。

批:终于如愿买到票,顾客"照章办事"了,这回总该可以理发了吧!那么,结果究竟如何呢?

批:歪理,顾客"照章办事"买了车票,在这里仍不能理发,悲哀的现实!

客服务。"

我艰难地喘了一大口气。

"可是劳驾!"我大喊起来,"我只要有这张车票,就可以上莱布尼茨去。在这种情况下,对您来说,我就是乘客!"

批:努力尝试去打破理发师的"章"。

"但是您并不打算上任何地方去,"理发师冷淡而有礼貌地反驳着,"这样一来,尽管您手里有车票,也不能算是乘客了,因此,我劝您放弃这种打算吧!"

批:"章"既已成事实,想破何其难也。看来顾客理不成发,那只有退票了。

我只好又来到售票窗前。

"姑娘,"我对女售票员说,"车票也不顶事。请给我退掉吧。"

"不能退。"她遗憾地把两只手一摊。

"为什么?我还没有用它乘车旅行呀!"

"如果您是为旅行而买的车票,结果没有乘车,那我可以把票钱退给您。"女售票员笑容可掬地解释道,"一切都应照章办事。但是刚才一开始您就宣称并不打算旅行,因此您就无权退票。您是不是再找一下那个理发师——要知道您是为了他才买的车票呀……"

批:荒唐的规章,理发理不成,现在连退票也退不成了!

"也许您能代我为这张票付款?"我又找到了那位和蔼可亲的理发师。

"请等一下!"理发师放下手里的报纸说道,然后拿起桌上的电话。"好了,"打完电话后他说道,"您现在可以刮脸了……"

批:问题似乎终于解决了,现在可以理发了吗?

"总算可以了!"我高兴地喊出了声。

"……不过不是在这儿,"理发师最后的一句话是,"而是在那儿——在莱布尼茨车站。"

批:高兴得太早了,折腾来折腾去,在这里仍然无法理发!

（颜志侠/译）

荒诞的悖论

正确科学的规章是社会有序运行的必要保证,但是,如果规章本身存在缺陷或者执行规章死板教条,那它不仅不会使社会有序运行,反而会使人们的工作、生活变得混乱。《照章办事》这篇小说描述的就是这种现象,讽刺了官僚主义的条条框框和抱住条条框框的人。

车站理发店设在车站,来这儿理发的都是乘客,不是乘客就不能理发。小说用"我"把理发与乘车这两件毫不相干的事卷到一起。规章规定有车票才能在这里理发,"我"为了理发,只好去买了车票;可是"我"买了车票仍不能理发,因为"我""根本不打算上任何地方去",不能算是"乘客";"我"只好去退车票,因为"我"不是"为旅行而买的车票",所以又不能退车票——这就是小说所讽刺的荒诞的悖论。

那么,既不能在这个车站理发,又不能在这个车站退票,"我"该怎么办呢?理发师给出了建议:在莱布尼茨车站理发。理发师居然建议顾客去下一个车站去刮脸,真令人啼笑皆非!小说也在理发师的建议处戛然而止,给读者留下丰富的想象余地。可以想象,"我"此刻的心情瞬间会由"高兴"的云端跌落至惊呆的地面。

这篇小说让读者有许多思考:从工作作风的角度来说,工作人员如果不顾实际情况,只知机械地"照章办事",不知变通,就会犯教条主义的错误;从工作态度的角度来说,彬彬有礼、微笑服务固然需要,但死守规矩不可取,更重要的是要多为他人着想、替顾客解决实际问题。(京涛、许喜桂)

54条礼仪规则

1. 和别人在一起时,自己在言谈举止方面必须尊重他人。

2. 有别人在场的情况下,不要自己哼唱,也不要用手指敲打东西,或者用脚踢什么东西。

3. 别人讲话时,不要插嘴;别人站着时,不要坐下;别人停下来后,不要自己来。

4. 不要背对别人,尤其是在与别人说话时;当别人看书写字时,不要摇晃书桌;不要靠在别人身上。

5. 不要奉承别人,不要和不喜欢与别人玩的人玩。

6. 和别人在一起时,不要看信、读书或看报纸;如果确有必要做上述事情,也一定要请求离开。如果没有事先得到别人的允许,不要走近或看别人的书或写的东西;别人写信时,也不要离得太近。

7.脸色和蔼,但是在严肃的场合要严肃一些。

8.别人遇到不幸,不要面露喜色,尽管他是你的对手。

9.有身份或任高职者在各个方面都拥有优先权,但是在他们年轻的时候,应该尊重在出身或其他方面与自己平等的人,虽然这些人没有担任任何公职。

10.与别人谈话时,应先让别人开口,尤其是和上司说话时,决不能自己首先开口。

11.与商人谈话时一定要做到内容简短而全面。

12.看望病人时,如果自己不是医生,切忌越俎代庖。

13.给别人写信或与别人谈话时,称呼要符合这个人的地位及其居住地的习惯。

14.不要和上司争论,而是要谦虚地将自己的观点表达出来。

15.不要对同事指手画脚,因为这样做往往给人以傲慢的感觉。

16.如果一个人已经尽其所能,即使没有成功,也不要责备他。

17.向别人提建议或批评时,要认真考虑一下场合:是当众还是私下提出,现在还是另找时间提出。此外,还要注意措辞。在批评别人时,不要露出一点愤怒的神情,口气应该温和一些。

18.不要嘲笑或讥讽任何重要的事情;不要开尖刻的玩笑,如果你要说幽默或诙谐的话,首先要控制住自己不要笑出来。

19.如果你想为某事去谴责别人,自己在这方面必须没有错误。因为榜样比规则更具说服力。

20.不要用责备的语言说任何人,也不要责骂或斥责别人。

21.不要轻信有关贬低他人的传言。

22.穿着要朴素,要追求自然而非他人的羡慕。遵循地位相同者的时尚,根据不同场合,做到衣着整齐、礼貌待人。

23.不要学孔雀,无论在什么地方都要看自己打扮是否得体,鞋子是否合适,袜子是否整洁,衣服是否漂亮。

24.如果你看重自己名声的话,一定要和品德高尚的人交往。与其和品质恶劣的人交往,不如一个人独处。

25.说话时不要带有恶意或忌妒,因为这是一种温顺与值得称赞的性格。无论遇到何种可能会惹你生气的事情,都要保持理智。

26.不要不怀好意地鼓动朋友去发现他人的秘密。

27.在成年人或有学问的人中间,不要谈低级或肤浅的事情。也不要在无知者中提很难的问题或谈一些深奥的话题,或者让人难以置信的事情。

28.在欢乐时刻或吃饭时不要说哀伤的事情。不要谈悲伤的事情,如死亡与受伤;如果别人提到这些事情,要尽力改变话题。只对自己亲密的朋友谈论自己的梦想。

29.如果没人感兴趣,不要开玩笑。不要大笑,此外笑也要分场合。切忌幸灾乐祸,即使的确有可笑之处。

30. 不要说一些伤害他人的话,无论是开玩笑还是郑重其事。不要嘲笑别人,尽管他们的确有可笑之处。

31. 待人切忌鲁莽,要友好,有礼貌。向别人问候时不要犹豫,要先听别人讲话,然后再作回答。应该谈话时,不要沉思不语。

32. 不贬低人,也不过分赞扬人。

33. 不去不清楚自己是否受欢迎的地方。如果别人没有请你提建议,莫自告奋勇。如果别人想听一下你的意见,陈述要简短。

34. 如果两个人在争论,不要顽固坚持自己的观点。在无关紧要的问题上,要与大多数人站在一起。

35. 不要责备别人的缺点,因为你的父母、老师与上司都有缺点。

36. 不要盯住别人的缺点不放,也不要对这些缺点追根求源。应该和朋友私下里讲的话不要对别人说。

37. 与他人在一起时一定要讲母语,切忌讲外语;要向有教养的人学习,不要流于庸俗;要认真对待高尚的事情。

38. 说话之前要三思;发音要准确,不要急于说话,讲话时思路要清晰。

39. 别人说话时,要认真听讲,不要打扰其他听众。如果说话人举棋不定,不要帮助他,也不要向他提醒,除非他希望你这样做。不要打断他,在他讲完后,再提问。

40. 有事与别人打交道时选好时机,不要在别人面前交头接耳。

41. 不要把别人互相进行比较;如果赞扬某人的英勇行为,不要用同样的话来称赞另一个人。

42. 如果一件事你不知道是否属实,不要轻易告诉别人。在谈论你听说的事情时,不要总是说出你是听谁讲的。不要揭露秘密。

43. 不要对别人的事情好奇,也不要在别人私下谈话时走过去。

44. 不要做你没有把握的事,但是一定要遵守诺言。

45. 讲一件事情时,不要感情用事或者轻举妄动,不管听者有多么卑鄙。

46. 当上司和别人说话时,要认真听,不要插话或大笑。

47. 在辩论中,既不要急于战胜对方,也不要让所有人随意发表自己的意见。要听取大多数人的判断,当这些人是辩论的评判时更应该如此。

48. 谈话时,切忌单调乏味,离题次数不能太多,也不要把同一件事情重复许多次。

49. 不要恶意攻击不在场的人,因为这样做不公正。

50. 无论发生什么事,吃饭时都不要生气;即使生气,也不要表现出来;表情要欢快,尤其是有陌生人在场的情况下,良好的气氛能助人开胃。

51. 不要自己坐在餐桌的上座,但是如果你应该坐上座,或者房子的主人请你坐上座,不要过于谦让,以免给在场的其他人带来不快。

52. 当你谈到上帝或其品质时,一定要郑重其事,满怀敬意,并且听从父母的教诲。

53. 你的娱乐活动要像一个男子汉,而非像一个罪犯。

54. 要努力保持那团被称为良心的天堂之火在你的胸中燃烧不止。

[美国]乔治·华盛顿/文

品读

　　乔治·华盛顿(George Washington,1732 年 2 月 22 日~1799 年 12 月 14 日),1775 年至 1783 年美国独立战争时任大陆军总司令,为美国的独立作出了巨大的贡献。1789 年成为美国第一任总统,1793 年再选连任。由于他对争取美国独立、发展美国经济、建设民主法制和巩固联邦基础所作的贡献,被美国人尊称为"国父"。1797 年两届任满后,华盛顿拒绝再参加竞选,隐退回乡。此举开创了美国历史上摒弃终身总统制及和平转移权力的范例。

　　在 19 世纪晚期,人们在弗吉尼亚佛尔蒙山上发现一个封面上写着《写作形式》的笔记本。这个地方位于波托马克河附近,以前这里恰好是乔治·华盛顿家的农场。这个笔记本内容可以上溯到大约 1745 年(即华盛顿 14 岁),那时华盛顿正在弗吉尼亚弗雷德里克斯堡上学。从华盛顿在笔记本中写的内容,我们可以看出一位 18 世纪的年轻人是如何培养良好品格的。笔记本记录了约 110 条"人与人谈话时的礼仪规则"。

　　经研究发现,华盛顿笔记本上记录的这些规则可能是从一本 1664 年出版的法国书的英译本中誊写下来的。其中大多数规则仍可用来指导现代人的行为。对美国第一任总统有益的东西对我们也有益。这里选择了其中 54 条"礼仪规则"。这里所选的 54 条,从对人的尊重、生活作风的淳朴、与道德高尚的人交往、多听取别人言论而少发表意见,到随和不鲁莽,展现了乔治·华盛顿成长中的良好约束。

死亡证明

◇[中国]许国江

读点

情节设计高度集中,结构十分严密。
语言格调富有浓郁的农村生活气息。

牛小扣家是纯农户,一家人靠种田为生,也搞一点家庭副业,攒些零钱供平时家用,日子过得十分艰辛。

批:交代人物经济状况——"艰辛",暗示下文根本缴不了各种费用。

前不久,牛小扣的老母因病去世。当地的风俗习惯,人死后尸体停放在家中有大三朝和小三朝之分。所谓大三朝,即死人必须在家停放整整三天,方可出殡;所谓小三朝,即从死亡到入土连头搭尾三天时间。牛小扣的老母享年82岁,在牛氏门中属于有辈分的人,死后必须大三朝。牛小扣的经济本来就很拮据,没有余钱解决老母的丧葬费用,不得不东借西挪,求爷拜娘,凑了几千元。这三天当中,前来吊丧的亲戚朋友络绎不绝,各种祭奠活动频繁,和尚道士念经,做道场,超度亡灵,牛小扣忙得焦头烂额,几千元很快就花得差不多了。

批:介绍当地的风俗习惯,为下文花费作铺垫。

批:本就拮据的农民生活哪经得起这些折腾呀,但入土为安,死者为大,农民兄弟的辛酸可见一斑。

三朝终于折腾了下来。牛小扣找了几辆拖拉机,将老母的尸体运往火葬场火化。一路上亲人哭哭啼啼,吹鼓手吹吹打打,场面倒还热闹。到了火葬场,办理火化手续时,工作人员要牛小扣出具死亡证明。牛小扣说他没有死亡证明。工作人员说没有死

批:折腾的是钱,也折腾的是人。

批:折腾来折腾去,没有死亡证明还是无法让死者得到安息。

亡证明就不好火化。牛小扣说那咋办? 工作人员说很简单,回到村里开一张不就得了。牛小扣无奈,只得乘一辆手扶拖拉机返道回村。

牛小扣急急忙忙来到村民委员会,向村委会主任说明来意。主任吸了一口牛小扣递给的香烟,眯缝着双眼,爱理不理。过了一会儿,他朝里间屋里喊道:"李会计,你把账本翻开看看,牛小扣家欠我们多少往来?"里间的李会计立马拿出两本账册,不紧不慢地翻着。他的右手在那把算盘上拨动了几下,回话说:"860元。"牛小扣一听,全身哆嗦了一下,忙说:"我哪差这么多钱?"村主任说:"李会计,你报给他听听。"那边李会计就一五一十地说道:"修路费250元,建桥费230元,建校费200元,防洪费100元,生猪屠宰税50元,还有……这一笔笔的全记着呢,不会错。"村主任说:"牛小扣,你听清楚了吧?"牛小扣苦着脸无可奈何地说:"主任,我娘刚死,用了一个大窟窿,拖了一屁股的债,哪有钱还往来?我不赖账,等稻子一收上来了,我就全部还清。"

主任冷笑着说:"牛小扣,你别耍滑头,以前跟你收费,你总是找出各种理由,推三托四,这回对不起了,你不还钱,就别想开到证明。"

牛小扣听罢,双膝朝下一跪,哭诉道:"主任,我实在没钱,我娘的尸体还搁在火葬场,求求你高抬贵手。"

主任说:"起来! 起来! 这样吧,我同情你的难处,你先缴一半,否则,可别怪我这人不讲情面。"

牛小扣知道再讲下去也是白搭,就站起身来,急忙跑回家,他向左右邻居诉说了苦情,磕头作揖,又借了五百元,再次来到村委会,缴了430元给李会计。李会计收了钱,给他开了一张收据,可他并没有立即开出死亡证明。牛小扣不知是啥原因,声音颤抖地喊了声李会计。李会计说:"你先别急,还有一

批:十足的丑陋嘴脸,为民之父母官如此待民。

批:"哆嗦"既写出杂费之多,也写出了牛小扣的贫困和焦虑。

批:费用之多即使较富裕的农户也难以承受,何况生活艰辛的牛小扣!

批:其况也实,其言也真!

批:拿死亡证明来卡,冷酷无情!

批:民俗"上跪苍天,下跪父母",在当代社会,民与官没有跪的礼仪,牛小扣下跪实出无奈。父母官和小农民对比鲜明,现实沉重而严酷。

批:又起波折。

黑色幽默 111

笔账得算一算。"一听说还有账算,牛小扣打了一个寒噤,还没有来得及开口,会计就说:"你娘今年的人头费30元,办证手续费20元。"

牛小扣听罢,连忙分辩道:"我娘已经死了,还缴什么人头费?"

会计说:"不错,你娘是死了,可是,牛小扣,现在是几月份啦?大半年都下来了,要是你娘在年头上死,这30元一分也不要你缴,谁让你娘死得这么迟?"

牛小扣知道会计嘴大,自己嘴小,就又从衣袋里取出50元给会计。会计这才给他娘开了死亡证明。牛小扣颤颤巍巍地接过娘的死亡证明,想到娘的尸体还搁在拖拉机中,停在火葬场等待火化的悲惨情景,心里一酸,忍不住泪雨滂沱。

批:生活本来就"很拮据","大三朝"花的几千元是"东借西挪"的,这五百元是"诉说了苦情,磕头作揖"借来的,听说还有账,能不心惊肉跳吗?

批:毫无同情之心倒罢了,反而恶言伤人,令人痛恨!

批:无论是谁处于牛小扣这样的状况、经历这样的事情,都会辛酸流泪的。

令人震惊的严酷现实

这是一篇以纪实的手法深刻反映了"三农问题"(农民、农村、农业)的微型小说。

这篇小说发表于2002年。1958年,我国颁布了农业税条例。几十年来,农业税为我国社会主义建设事业作出了巨大贡献。但是,许多地方借征收农业税而巧立名目,增加了许多不合理的农业税地方附加费,使农民家庭不堪重负。"三农问题"引起了党中央的高度重视,2004年,国务院开始实行减征或免征农业税的惠农政策;2006年1月1日,我国全面取消农业税;而今,农民不仅不再缴纳农业税,而且国家还针对农民推行了许多补贴和优惠政策。

小说所讲述的故事令人震惊:牛小扣的母亲死了,火化时需要村委会出具一份死亡证明,而那身为村民父母官的村委会主任,竟以此要挟牛小扣缴这样那样的费用,甚至还有那已停放在火葬场的母亲的"人头费"。小说就这样以纪实的手法,用从表面上看是客观的而内在则饱含着作者的激愤与良知的笔触,对存在于农村、农民中的那种沉重的现实,进行了深刻的揭露与批判,从而将"三农问题"最形象又最直观、最集中又最典型地呈现在了读者的面前。

为了揭示"三农问题"的严峻性,小说在艺术表现上主要采用了两点:

一是情节设计的高度集中。牛小扣需要村委会的"死亡证明"才能将他的母亲火化，是小说的核心。为此，小说环绕这一核心，从牛小扣的母亲去世落笔，以牛小扣去村委会开"死亡证明"的过程为重点，使整个故事的组织和展开都显得极其自然。这种将死亡作为背景的高度集中的情节设计，不仅使整篇结构显得十分紧凑与严密，而且这种背景还渲染了一种悲凉的氛围，突出了主题的沉重性。

二是浓郁的农村生活气息。这篇小说中，无论是作者的叙述语言，还是人物的对话，时时处处都显现着一种只属于农民与农村的"原生态"。且不说那"大三朝"和"小三朝"是只有农村才有的风俗习惯，单是结尾处的"牛小扣知道会计嘴大，自己嘴小"，就足以让读者对作品语言的那农村生活气息印象深刻了。这种富有农村生活气息的语言，不仅与作品内容的表达和谐，更充分地显示出了小说题旨的典型性与深刻性。（屈平、许喜桂）

芳草地

生如丁香

昨夜下了足有 7 英寸厚的雪。预报说很可能会下雨，可初春的大地铺上了厚厚的一层雪花。夹带着潮气的雪花轻盈地落在纤细的树枝上、晾衣架和栅栏上。没有刮起狂风，只有微风吹来，所以雪花可以安稳地落在任何地方。

在我们的院子里有一大片丁香树丛，姗姗而来的春天让我期待着这里将会繁花似锦。每到这个时节，我们打开小屋的窗户，香气就会扑鼻而来。

我向窗外看了一眼，再也躺不住了。这如画的雪景会给丁香花造成一场灾难。我来到露台上，眼前的景象不同以往，生机勃勃的春色今天变了样。两根长长的丁香枝条受不住积雪的重压，从树干上折断下来。我走近断裂处仔细观察看，这是两根受病变空的老枝。

我赶忙一棵接一棵地摇晃着丁香树，把上面的积雪抖落下来，然后把折断的树枝收拾出了院子。我伤心极了，尽管丁香的树枝已经空了，可每根枝条的末梢还撑托着柔弱的花朵。我们搬到这里已有 15 年，每年的春天，这些丁香花都会给我带来惊喜。我不知道这棵丁香树已经活了多少年，但可以想象，年复一年有多少朵花在这两条枝上开过，但现在它们只能等待着凋零。

如今向窗外看去，它们倒在地上，无奈地渐渐死去。这些残枝对小鸟还有些用处，它们落在上面，然后飞到地面寻找食物。作为生命轮回的一部分，所有的枝条都将以另一种方式回到孕育过它们的土壤里。

看着地上的断枝，我想起了上个月去世的两位朋友，维奥莱特今年 90 岁了，她的神采、才思和智慧让我受益良多。她常给我电话留言，睿智的话语总是令我豁然开朗。有一天，她给我留言："你好！我是维奥莱特。我今天要对你说的是'欲速则不达'。"我在生活中常常忙得一塌糊涂，也许就是因为她的这句话，我才学会暂时停住脚步，闻一闻丁香花的香气。我和另一位朋友玛格丽特已经疏远多年，因为她经常批评我的过错。她一直试图弥合我们的友谊，但遗憾的是我从未回应过她。上星期看到她的讣告时，我追悔莫及，但为时已晚。

看着地上的丁香树枝，我立刻明白了，失去这两位朋友对于我来说，恰如丁香树折损了两根枝干。大自然不只是折射出生活，也启示给我们生活的意义。

人活着应如一棵丁香树，把最美的花朵奉献给世界。当你离开人世的时候，人们旧地重游，会因为你的离去而感到惋惜。那么，你就会如同这春天里的丁香花一样，永远不会被人遗忘。

[美国]鲍勃·伯克斯/文，孙开元/编译

品读

院子里的一大片丁香树丛，以春天的繁花似锦、满院的香气给人以美好的期待，为此它凋零的生命才更让人惋惜与神伤。文章托物寓意，由花及人，启人心智。"我"的两位朋友维奥莱特、玛格丽特，在品德与遭遇上都如同丁香一样，在她们的有生之年不遗余力地给"我"的人生予以帮助。她们的逝去让作者意识到了，人活着应如一棵丁香树，把最美的花朵奉献给世界。

诡异笔法

快　乐

◇[苏联]库普林

读点

小说显示了民间文学对俄国小说的影响。

主题闪烁着智慧的光芒。

语言纯朴明净,耐品耐读。

一个大皇帝召他的王国里的许多诗人和哲人来到他的面前。他用这个难题问他们:"怎样才是快乐的?"

第一个人慌忙答道:"是这样,要常常能看见如同上帝脸上一样的光辉,还要永远感觉。"

大皇帝冷冷地说道:"挖去他的眼睛。换一个上来。"

第二个上前高声奏道:"有权力才是快乐。您大皇帝陛下,是快乐的。"

但是皇帝回给了他一个苦笑说:"不相干,我身子害病,可我没有权力去医好身体。割掉他的鼻子,这个光棍。换一个。"

接着上来的害怕地说道:"快乐就是财产。"

但是皇帝回答他说:"我很富有,却偏是我问这句话。给你一块黄金和你的头一样重好不好?"

"哎呀,陛下!"

"你应该得的。替他在颈上缚一块和他的头一样重的黄金,然后把这个叫花子抛到海里去。"

皇帝焦躁地喊道:"第四个。"

批:不同的人有不同的需求,这是一个无聊的问题,无非是皇帝无聊取乐罢了。

批:皇帝天天活在阿谀奉承之中,这样回答他最是不缺,回答者的下场也可想而知了。

批:权力、财产都不是皇帝所缺少的,第二个和第三个的回答都是逢迎皇帝的,自然不能令无聊的皇帝满意,其下场也自然和第一个一样——一个被割掉了鼻子,一个被抛到了海里。

批:皇帝因得不到满意的答案而焦

于是有一个穿着褴褛的衣服、眼睛火红的人匍匐上前,吃吃地说道:"唉!聪明的陛下!我盼望的很少。我很饿,给了我满足,我就可以快乐了,我还会跑遍天下去传扬陛下的仁德。"

皇帝很厌恶地说:"喂他食物,他饱死的时候,来报告我。"

又另外上来了两个,一个是健壮的运动家,玫瑰红的肌肤,低平的额头。他叹息一声说道:"快乐是在诗的中间哩。"

还有一个是枯瘦憔悴的诗人,两颊正在发烧,他说:"快乐是在健康中间。"

但是皇帝惨然微笑,告诉他们说:"我若有本领交换了你们两个人的命运,那么,诗人啊,你不到一个月就会哀求要才思。而你,海格尔士(古代勇士)的化身,就要到医生那边去讨丸药请他减轻你的体重了,都安安稳稳地去吧。还有什么人?"

第七个身上佩着水仙花傲然地喊道:"还有一个浮生在此。快乐是在太虚之中的。"

皇帝懒洋洋地传谕道:"割去他的头。"

那获罪的人立刻变得比他的水仙花还要苍白了。他哆哆嗦嗦地说道:"皇帝,皇帝陛下,饶恕我吧!我说的不是这个意思啊!"

但是皇帝很厌倦地摆摆他的手,一边打着哈欠一边柔声地说道:"带他下去,割去他的头。皇帝的话是和玛瑙一样硬的。"

又来了许多人。有一个人只说了几个字:"与女人的恋爱。"

皇帝准了他,说道:"很好。把我国境内最美丽的妇人和女郎挑一百个给他,但是再给他一杯毒药酒。等到那时候来报告我,我要看看他的尸体。"

另一个说:"我所有的欲望若能立刻满足,那就是快乐。"

躁。

批:仍然免不了逢迎之词,其下场自然与前三个没有多大区别。

批:运动家羡慕诗人的才思,而诗人羡慕运动家的健康,羡慕别人的长处希望自己能拥有的确是人之常情。皇帝"惨然微笑"说明其有同感,因此他们才得以"安安稳稳地去"了。

批:太虚是指空寂玄奥之境,虚妄之词显然也不是皇帝所需要的。第七个人的"苍白""哆哆嗦嗦"与之前的"傲然地喊道"形成鲜明对比。

批:比喻精彩,突出了皇帝说一不二的权威和独断本性。

批:俗言"女色如毒酒",此人回答仍是不合皇帝的心意,得到的结果是被赐了毒药酒。

批:"欲望"有好有坏,就人的本性而言,欲望若能得到满足,心里皇帝很狡猾地问他："那么，你现在有什么欲望呢？"

"我吗？"

"是你啊。"

"陛下……这问题太出我的意料了。"

"活埋了他。唉，还有聪明的人吗？好，好，走近些，你恐怕知道快乐在哪里吧？"

这聪明的人——因为他实在是一个聪明的人——答道："快乐是指人类思想的可爱。"

皇帝的眉毛皱锁了，他怒声喊道："嗨！人类思想！什么是人类思想？"

但是这聪明的人——因为他真是一个聪明的人——只是温然地微笑，并不回答。

于是皇帝命令把他带到地下的监狱里，那里只有永远的黑暗，并且没有一点外边的声音可以让他听见。一年之后，他变成了聋盲人，并且不能站立了。他们带他去见皇帝，皇帝问他："哦，你现在还快乐吗？"这个问题，他用下面这几句话来回答："是的，我快乐。在牢狱的时候，我是一个皇帝，是一个富人，是在恋爱之中，我饱食，我饥饿——凡是这些都是我的思想给我的。"

皇帝很不耐烦地喊道："那么，思想到底是什么东西呢？你好生记着，再延长五分钟我就要绞死你，把唾沫唾在你那张狗脸上。到那时你的思想还能够安慰你吗？到那时你在地面上浪费的思想还能够存在吗？"

这聪明的人坦然回答，因为他是一个真聪明的人，说："蠢材，思想是不朽的。"

（佚名/译）

批：会感到快乐。此人回答是有道理的，但结果被活埋了。面对拥有一切的残暴而无聊的皇帝，可以说，无论怎么回答，都难逃厄运。

批：智慧的思想！聪明的回答！

批：皱眉头说明皇帝的不解，怒喊反映其暴躁和不可一世的本性。

批：聪明人无论怎么回答都难以让皇帝满意，不回答是最好的选择。

批：绝妙的回答！

批："很不耐烦"甚至威胁，说明皇帝非常迫切知道问题的答案。

批：只懂得践踏别人思想的人注定永远不快乐，这是亘古不变的真理。

批：皇帝自以为把聪明人杀了便完事，而聪明人的回答可以说让他进退两难。

思想是不朽的

亚历山大·伊凡诺维奇·库普林（Александр Иванович Куприн，1870年9月7日～1938年8月25日），苏联20世纪初批判现实主义代表作家。

《快乐》这篇富有传奇色彩的小说，讲述了一个带有民间风味的有趣故事：大皇帝召集他的王国里的许多诗人和哲人，要他们回答"怎样才是快乐的"的问题。前来回答问题的诗人、哲人，一个接一个地被皇帝喝令武士拿下挖去眼睛、割掉鼻子、抛到海里淹死、让美食撑死、割去脑袋、让毒酒毒死、被活埋或下了地牢，只有一个健壮的运动家和一个枯瘦憔悴的诗人得以"安安稳稳地去"了。在这些回答者中，最后一个回答者是个聪明人，他没有像前面那些人那样，要么阿谀奉承，要么说拥有权力、财产、美食、诗才、健康、虚妄、爱情、欲望之类的东西，而回答说："快乐是指人类思想的可爱。"这使拥有一切的皇帝糊涂了，让他回答"什么是人类思想"，但他没有回答。结果这个聪明人被打入地牢。一年后，皇帝再问"思想到底是什么东西"，并恐吓再过五分钟就要绞死他。皇帝以为把聪明人杀了便完事，没有料到的是，聪明人痛痛快快地答道："蠢材，思想是不朽的。"在现实生活中是不会发生此类荒唐的事情的，但这个故事反映了民众对统治者残暴统治和昏庸的不满和讽刺。因此，这篇小说也可以说是一篇民间故事。

对于快乐，不同的人有不同的认识和体会。金钱、权利、欲望、美食……都可以带给需求的人以快乐。但是，当人们的这些需求得到满足时，又会产生新的需求，于是又陷入了不快乐之中。对于皇帝来说，他拥有金钱、权力等一切，让具有一定思辨力的诗人和哲人回答"怎样才是快乐的"的问题，纯粹出于无聊而借机找乐罢了。所以，无论你怎么回答，都难以让这个无聊的皇帝满意。聪明人回答"快乐是指人类思想的可爱"是非常有智慧的。残暴无聊的皇帝很想得到"思想到底是什么东西"的答案，聪明人"蠢材，思想是不朽的"的回答无疑让这个不可一世的皇帝既得不到答案，又无法处死这个聪明人。这就是思想的智慧。只有我们拥有丰富智慧的大脑，拥有自由饱满的思想，才可以指引我们走向根本的快乐。（子夜霜）

快乐是一种选择

每日我们似乎都被有关快乐的普通心理学忠告所淹没，但那无情的消息却是：为了快乐，我们应该做些事情——作出正确的选择，或是有一套正确的自我观念，甚至我们的国父也把追寻快乐写进了《独立宣言》。

与此同时，还有另一种观念——快乐只是一种短暂的状态，如果我们总不快乐，必定就是有问题。

然而，更多的人们所经历的并不是一种短暂的快乐状态，快乐是一件更普通的事情：是一种被小品文作家休·普拉瑟称作是"由难以解释的问题、莫名其妙的成功与失败——很少有片刻完全的平静所组成"的混合物。

也许你会说自己昨天很不快乐，因为你与老板之间有个误会，但是就真的没有快乐而且完全宁静的时候吗？没有一位陌生人问过你，是在哪儿做得如此漂亮的发型呢？你只记得这一天过得很糟，却忘记在这一天当中，仍有很多美好的时光。

快乐就像是一位和蔼、神奇的美丽阿姨——一位来访者，总会在你最不期望的时候到来，点上一些昂贵的名酒，而后又会消失无踪，留下久散不去的栀子花香，你无法控制她的出现，而只能在她露面时，感谢她；你不能迫使快乐的降临——但当她在你身边时，你却可以确信自己感觉得到她的存在。

当你满腹心事，在屋里来回踱步时，试着去看看在日落时玻璃窗中所映照出的那火一般的城市，听听孩子们在昏暗的光线下打篮球的叫喊声，你会感觉到自己的情绪高涨，而这只因为你转移了注意力。

快乐是一种态度，而不是状态。这种态度在于你清洗百叶窗时听着咏叹调，或收拾衣柜时依然兴致勃勃，快乐是家人围坐在餐桌边吃团圆饭时，快乐就在眼前，而不在某个遥远的承诺——等我们有时间就会……

快乐是一种选择，当她像蓝天中往海上飘去的气球一样出现时，伸手抓住她！

[美国]阿戴尔·拉腊/文，詹妮/译

品 读

　　快乐是一种美好的情绪，它能使人心境如沐春风，能使人保持旺盛的精力，能促进身体与精神的健康。

　　快乐是一种心境，情绪好，就快乐。情绪取决于人心灵需求、人生追求。快乐是一种感觉，快乐是一种观念，快乐是一种信念，快乐是一种情愫，快乐是一种意念。快乐具体而不抽象，各人有各人的体悟，所以，快乐有时是一种幽默，有时是一种讽刺，有时是一种运气，有时是一种意念，有时是一种如履薄冰的经历，有时是一种葡萄由酸转甜的过程，有时是进一餐美食……但说到底，快乐是一种生活态度，一种需求选择。

求求你们，别开玩笑

◇[西班牙]卡米洛·何塞·塞拉

读点

以对比手法表现主人公强盗外貌下所掩藏的小人物胆怯善良的内心。

在玩世不恭中对现存的不合理社会予以深刻揭示。

就像平常强盗行劫时一样，卡洛·帕里亚克诺蒙着脸，提着一挺机关枪，冲进一家饭馆。饭店里顾客盈门，都是些有钱人，个个喜气洋洋，打扮得珠光宝气。他们绝非冒险好斗之徒，而且都未带武器，真是打劫的理想对象。

卡洛·帕里亚克诺手端机枪，踢开了门：

"举起手来！"

卡洛·帕里亚克诺的声音，不像人家当头领的，喊出来既威风又有雷鸣般的音量。他的声音怯生生的，低沉而又细弱，只有很少几桌人才听到。乐队继续演奏着《第三个人》这支讨厌的无法哼唱的狐步曲。侍者穿梭于饭桌之间，忙着收盘、送茶、开瓶子，脸上堆满了笑。餐厅总管点头哈腰，请每位新到的顾客入座，卡洛·帕里亚克诺感到自己面罩里的脸红了。真是天下奇闻："他们竟不理会我？"他想，"这群蠢驴，难道不见我拿着机关枪？"于是，卡洛·帕里亚克诺鼓足气力又喊了一声：

批："平常"有意味，暗示卡洛·帕里亚克诺只是外表上像强盗，而其内心却很怯懦。

批：强盗让被打劫者"举起手来"的喊声本应让人恐惧胆寒，他的声音却"怯生生的"，暗示他并非是一个真正的强盗！

批：对饭店的场面描写，说明这根本不是什么抢劫，倒像是一场闹剧、一场戏！

批：心理活动的描写说明抢劫举动根本没有强盗的凶狠和蛮横，"鼓足气力"地喊再次佐证了这

"举起手来!"

有几个人终于把视线从维也罗丽的胸部移开，扭过头来朝卡洛·帕里亚克诺看。

"多潇洒的强盗!"有人说了一句，"真是个棒小伙子!"

卡洛·帕里亚克诺感到自己情绪异常，真是又气恼又吃惊。

"举起手来! 我已经说过了。你们没发现我是抢劫的吗? 还不明白这是打劫? 再不举手，我可要开枪了! 真他妈的见鬼!"

从一张桌子旁发出一声大笑:

"多逗人的家伙! 喂，劫贼，跟我们一道喝一杯吧。服务员，服务员，给这位先生端杯香槟来!"

卡洛·帕里亚克诺在地上跺了一脚。

"您听着，别跟我开玩笑啦，把手举起来!"

这先生发出一阵大笑，声音响得连几个街区之外都可以听到。

"得了，年轻人，平静平静吧，不必装出这副样子来!"

"什么这样那样的，我是来打劫的，你们懂吗? 我手中有枪，而您不但不怕，不把钱包、首饰放在桌子上，倒反而哈哈大笑，拿我当笑料。您这位先生，不认真对付此事，反而从中取乐?"

乐队奏完了《第三个人》，又开始演奏《谁害怕凶残的狼》这支进行曲。

卡洛·帕里亚克诺感到口渴:

"举起手来，喂，举起手来!"

"不，年轻人，我不举手。我可不喜欢有人抢我的东西。"

笑声，犹如此山压向彼山的暴风雨，从一张桌子推向另一张桌子。几个食客站了起来，把卡洛·帕里亚克诺围了起来，手拉着手翩翩起舞，仿佛一群印

一点。

批:即使他"鼓足气力"地喊，也只是"几个人"有反应，这像是强盗抢劫吗?

批:引导客人看清楚自己是打劫的，说明他看上去根本不像强盗，客人根本没有把他当作强盗看待。

批:客人只是把这个"抢劫者"当作了笑料。

批:跺脚是对对方嘲弄的反应——虽气恼，却有些无奈。

批:卡洛·帕里亚克诺的话更说明饭店里的人们根本没有把他当成强盗，不是人们不怕强盗，而是他的所作所为根本不像是强盗。

批:"喂"，这"举起手来"不是命令，倒像是恳求!

批:蒙面强盗的声色俱厉，招来的是嘲笑、围观甚至戏弄。

第安人围着白人跳舞。

卡洛·帕里亚克诺竭力振作精神,说:

"好!咱们走着瞧,你们到底举不举手?"

大家笑得前俯后仰。几位太太声称,这劫贼简直是个宝贝。在他周围跳舞的人越来越多。卡洛·帕里亚克诺发觉自己业已沮丧的情绪越发低落。

"那好吧?"他无可奈何地说道,音调里已带有几分柔情,"把那杯香槟递给我,我渴死了。"

批:挣扎的结果变成了妥协!

饭馆里的食客们人人心醉神迷,容光焕发。对刚才突发的这出戏,感到心满意足。

批:真正的抢劫被食客们当作是一场游戏,这些有钱人的思维更说明了有钱人的无聊和社会的不公。

"这饭馆的老板,"有人大着胆子,装出了了解内情的样子说道,"简直就是魔鬼,亏他想出这点子!"

卡洛·帕里亚克诺在椅子上坐了下来,一口吞下了那杯香槟。他面前桌子上的花瓶、酒杯、扇子,以及搁在它们旁边的机关枪,构成了一幅有趣的静物图。

警察进来,给卡洛·帕里亚克诺戴上了手铐。当两名警察押着卡洛·帕里亚克诺走出饭馆的时候,卡洛·帕里亚克诺的眼神中隐隐约约仍流露出恳求的目光:求求你们,别开玩笑啦。

批:抢劫者被捕了,他那"恳求的目光"说明他即使想做强盗也还是良心未泯。

(倪华迪/译)

欲做强盗的悲哀

这篇小说的情节叙述了这样一个故事:蒙面大盗手提机关枪,闯进饭店,在手无寸铁、纵情享乐、醉生梦死的食客中间,大喊一声:"举起手来!"接着本应是慌乱求饶、杯盏翻倒的杂乱场面,也许还有嗒嗒的枪声、飞溅的血肉。然而这一切都没有发生。乐队继续演奏,侍者照样穿梭,食客们依然狼吞虎咽。蒙面强盗的声色俱厉招来的只是一阵阵嘲笑、围观甚至戏弄。蒙面强盗反复强调自己是来打劫的,但人们只是把他当笑料,认为这只是饭店插的一个游戏。后来,沮丧的强盗和"被劫"的人们坐下来喝香槟。当强盗被警察带走时,他仍然没有从这些有钱人的嘲笑中恢复过来,仍然哀求这些人不要再开玩笑了。

强盗是人们所痛恨的,然而这个强盗卡洛·帕里亚克诺却让人痛恨不起来,反而感到深深的悲哀。卡洛·帕里亚克诺哪里是强盗,他分明是被生活逼得走投无路而不得不铤而走险的小人物。他虽然"就像平常强盗行劫时一样……蒙着脸,提着一挺机关枪",但声音却"不像人家当头领的,喊出来既威风又有雷鸣般的音量。他的声音怯生生的,低沉而又细弱,只有很少几桌人才听到"。遇到嘲弄之后,他不是开枪杀人而是反复解释自己真的是强盗。他的机关枪的作用竟和"桌子上的花瓶、酒杯、扇子"一样,"构成了一幅有趣的静物图"。那些有钱人以为他是装扮强盗,便把他当作寻欢作乐的佐料,尽情地要弄主人公。欲做强盗而不得的主人公心存善良,没有强盗的凶狠和残忍,只是一个受人嘲笑欺凌、处境卑微的小人物,他的归宿最终也只能是由底层转到监狱去了。

　　就反映小人物的命运这一点,《求求你们,别开玩笑》也许并不新鲜。但是,运用对比手法,强调主人公威风凛凛的强盗外貌下掩藏的小人物胆怯善良的心,用有钱人对想做强盗的主人公的嘲弄、戏要、围观来衬托小人物的悲哀与辛酸,则是卡米洛·何塞·塞拉所独有的。富人的世界迫使小人物不得不做强盗,但富人的世界又迫使懦弱的小人物做不成强盗。在富人的世界里,对于那些欲反抗又泯灭不掉内心深处善良品格的小人物来说,监狱是他们唯一的归宿。这一切作者都是用揶揄讽刺、玩世不恭的语言调侃出来的,让读者在揶揄中去体会小人物的辛酸和作者对他们的同情,在玩世不恭中去领悟作者对那个现存的不合理社会的深刻揭示。(屈平、许喜桂)

我是个善于自制的人

记者　卡米洛先生,你从斯德哥尔摩归来时的情况如何?

塞拉　对我来说,那种情景非常令人激动。一切都很顺利。天气很冷,这是真的。举行完仪式出来时,外面的温度有零下20度。不过,天气晴朗,阳光明媚。在去机场的路上,头上是蓝天,路边是美丽的原野。

记者　那么你现在的情况如何呢?

塞拉　现在,我获了奖,很激动,不过我得克制着激动的情绪。我是个善于自制的人,对待我的一切事情几乎都如此。现在,我只渴望能继续写作,因为我遇到的问题是完全中断了文学创作。单是我应该答复的信件就有十三四箱。

记者　你正在写的那部小说怎么样了?

塞拉　辍笔了。我希望接着写下去,看能否一下子写完它。

记者　总而言之,是巴尔加斯·略萨说的"总体小说"吗?

塞拉　巴尔加斯·略萨和其他许多人都讲过。总之,我们都想写"总体小说"。问题是,谁也不知道它到底是怎么回事。开始写之前,必须首先明确小说是什么。

记者　你认为你目前的创作情况改善了吗?

塞拉　这一点永远说不清。我愈来愈喜欢我正在做的事情。我最喜欢的是新近做的事情。总的说来,我认为随着岁月的流逝,我的小说在智力方面是成功的,在新鲜方面也许是失收的。

记者　许多人在询问,你的秘密何在?你怎么能从事各方面的活动呢?

塞拉　我唯一的秘密是不浪费时间。正如马拉纽恩说的,"我是时间的收购者"。这便是问题所在。实际上,我有时间做一切事情。

记者　关于当前文学中时髦的性描写,你怎么看?

塞拉　这是一种很快就会过去的麻疹。高水平的性爱描写一直是有的。问题是,性爱应该躲藏在小说里,不要评判它。当一部小说有了定论的时候,那就糟糕了。这就像所谓的社会小说刚刚萌芽的时候一样。

记者　真正的塞拉到底是怎样的呢?在你的外表后面有一个浪漫主义者吗?

塞拉　我是个完全有节制的人,我做人的方式是很节制的。至于浪漫主义,我鄙视它。

记者　再回到文学上来吧。你在什么时期写作最愉快?什么时候产品最多?

塞拉　直到移居西班牙马略卡岛后我才真正坐下来写作。在此之前,即在马德里时,我必须应付许多事情,写作经常被打断。但是不管怎样,我不能忘记我是在马德里写了《帕斯库亚尔·杜阿尔特一家》和《蜂房》两本小说。

记者　不错。那个时期的马德里如何?

塞拉　那是一个贫困、凄凉的马德里。迫害和饥饿的幽灵总是存在。境况是可怕的。不过从另一个角度讲,对小说家来说,它却是一个极好的观察站。总之,那时的生活很艰苦。我很年轻时就进行斗争。此外,那个马德里也是巴罗哈、索拉纳、马拉纽恩、多明戈·奥特加、贡萨莱斯·鲁亚诺和赫拉多·迪亚戈所在的马德里。

记者　我有一个印象:和现在相比,那时的作家更加团结。

塞拉　这很可能。在危难的时刻,人们最容易团结。当时的情况便是如此。后来,从60年代开始,作家之间的妒忌便产生了。

记者　你认为西班牙的文学还处在困难时期吗?没有新一代高水平的作家吗?

塞拉　在克维多的国家,小说永远不会处于危机中。问题是,小说家不可能凭空产生。同样也不能说存在一代作家。只存在着个人,如此而已。但是我也不认为有理由失望。我还要对你说,小说不会在国家帮助下产生。

记者　你认为一个作家应该怎样呢?

塞拉　应该完全独立,他只向自己的良心寻求看法。他不应该出卖自己,不应该要求任何帮助,不应该为任何事情向任何人微笑。如果他生活困难,可以去做任何工作。如有必要,甚至可以去车站搬运行李。

记者　你是一位快活地对待写作的作家吗?

塞拉　是的,当然。我总是怀着期待的快乐的心情对待写作。在我的全部生活中,最使我担心的是面对一张空白稿纸。

记者　在你开始写小说后,同检查制度的斗争困难吗?

塞拉　实际上很容易。不是因为别的,只是因为负责检查的人本身的愚昧无知。

记者　还有你后来写的小说出版问题更大了。

塞拉　是这样。《蜂房》不得不在阿根廷出版,出版社是"埃梅塞"。后来墨西哥的"诺格尔"也出版了它。那个时期,有些报纸的负责人命令他们的下属们永远不要让我的名字再在报纸上出现。

[西班牙]卡米洛·何塞·塞拉、拉米罗·克里斯托瓦尔/文,朱景冬/译

品读

卡米洛·何塞·塞拉(Camilo Josê Cela,1916 年 5 月 11 日~2002 年 1 月 17 日),西班牙小说家。塞拉在马德里念完中学后,先后学过医学、哲学和法学。当过军人、斗牛士,也做过官员、画家和电影演员。1957 年当选西班牙学院院士,稍后又担任国会参议员。

卡米洛·何塞·塞拉不仅是战后复苏和重建西班牙文学的先驱者,开辟了一代文风,还对拉美文学有着重大的影响。他的小说具有自然主义倾向,被称为"恐怖主义"。代表作有《帕斯库亚尔·杜阿尔特一家》《蜂房》《为亡灵弹奏玛祖卡》。这篇访谈录,访问者为西班牙《变化》杂志记者拉米罗·克里斯托瓦尔。

1936 年,塞拉以诗集《踩着可疑的阳光走》跻上文坛。成名作是长篇小说《帕斯库亚尔·杜阿尔特一家》(1942),这部作品开"战后小说"的先声,奠定了他在西班牙文学史的地位。塞拉的代表作《蜂房》由于对佛朗哥政府提出了尖锐的批评,因此尚未出版就遭到查禁,但评论家们认为,要谈西班牙战后文学,第一要谈《蜂房》。

在西班牙文学史上,塞拉是继塞万提斯、加尔多斯之后又一个里程碑,是当今西班牙最负盛名的作家。他在创作上受流浪汉小说影响较大,他的现实主义既是对西班牙古老文学传统的继承,又与先辈大不相同,显得极不"规矩",被称为西班牙的新浪潮派。

1989 年,由于他的作品"充满激情,视野开阔,渗透着感悟的智慧并体现了完美的人道主义""带有浓郁情感的丰富而精简的描写,对人类弱点达到的令人

难以企及的想象力",他获得了诺贝尔文学奖。

芳草地　　　**三声枪响**

　　尼克正在营帐里脱衣服。他看见他父亲和乔治叔叔的身影衬着火光投在帐篷的帆布上。他觉得非常不安,感到羞耻,快快脱了衣服,整整齐齐叠放在一边。他感到羞耻,是因为他边脱衣服边想起前一天晚上的事情。今天一整天他不去想这件事。

　　前一天晚上,他父亲和叔叔吃完晚饭拎着手提灯到湖上去打鱼。他们把船推到水里之前,父亲同他说:他们走了之后,如果发生什么紧急情况,你可以打三下枪,他们就会回来的。尼克从湖边穿过林子回到营地。他听得见黑夜中船上划桨的声音。他父亲在划桨,他叔叔在船尾唱歌。他父亲将船推出去的时候,叔叔已经拿着钓竿坐定在那里了。尼克听他们往湖上划去,后来听不见桨声了。

　　尼克穿过林子回来的时候害怕起来。他在黑夜总有点怕森林。他打开营帐的吊门,脱掉衣服,静静地躺在毯子里。外面的篝火烧成一堆炭了。尼克静静躺着,想入睡。四下没有一点声音。尼克觉得,他只要听见一只狐狸、一只猫头鹰或者别的动物的叫声,他就没事了。只要拿准是什么声音,他就不害怕。可现在他非常害怕。突然之间,他害怕自己死掉。几个星期之前,在家乡的教堂里,他们唱过一支圣歌"银线迟早会断"(注:典出《旧约》"传道书"第十二章)。他们在唱的时候,尼克明白他迟早是要死的。想到他自己总有死的一天,在他是头一次。

　　那天夜里,他坐在客厅里借灯读《鲁滨孙漂流记》,免得去想"银线迟早会断"这件事。保姆看见了,说他如果不去睡觉,要去告诉他父亲。他进去睡了,可一等保姆回到自己屋里,又来到客厅看书,一直看到早晨。

　　昨天夜里他在营帐里感觉到的害怕同那天是一样的。他只有夜里才有这种感觉。开始不是害怕,而是一种领悟。可它总是挨着害怕的边儿,只要开了头,它马上变成害怕。等到真正害怕的时候,他拿起枪,把枪口伸出在营帐前面,放了三下。枪反冲得厉害。他听见子弹穿过树干、树干割裂的声音。他放完枪就放心了。

　　他躺下等父亲回来,没等他父亲和叔叔在湖那一头灭掉手提灯,他已经睡着了。

　　"该死的小鬼,"乔治叔叔往回划的时候骂道,"你跟他怎么说的,叫我们回去干什么? 说不定他是害怕什么东西。"

　　乔治叔叔是个打鱼迷,是他父亲的弟弟。

　　"啊,是啊。他还小。"他父亲说。

　　"根本不该让他跟我们到林子里来。"

　　"我知道他特胆小,"他父亲说,"不过我们在他那个年龄都胆小。"

"我受不了他,"乔治说,"他这么会撒谎。"

"好了,算了吧。反正鱼够你打的。"

他们走进帐篷,乔治叔叔用手电筒照尼克的眼睛。

"怎么啦,尼克?"他父亲问。尼克从床上坐起来。

"这声音介乎狐狸和狼之间,在帐篷外面打转,"尼克说,"有点像狐狸,更像狼。""介乎……之间"这个词是当天从他叔叔嘴里学来的。

"他可能听到猫头鹰尖叫。"乔治叔叔说。

早晨,他父亲发现有两棵大树交错在一起,有风就会互相碰撞。

"你听是不是这声音,尼克?"父亲问。

"也许是。"尼克说。他不想去想这件事。

"以后到林子里来不用害怕,尼克。不会有什么东西伤害你的。"

"打雷也不用怕?"尼克问。

"不用怕,打雷也不用怕。碰到大雷雨,你就到空地上去或者躲在毛榉树底下。雷绝对打不到你。"

"绝对?"尼克问。

"我从未听说打死过人。"他父亲说。

"哈,毛榉树管用,太好了。尼克说。

眼下他又在营帐里脱衣服。他注意到墙上两个人的影子,但是他不去看他们。接着他听见船拖到岸边,两个人影不见了。他听见他父亲同什么人在说话。

接着他父亲叫道:"穿衣服,尼克。"

他快快穿上衣服。他父亲进来,在露营袋里摸索。

"穿上大衣,尼克。"他父亲说。

[美国]欧内斯特·海明威/文,董衡巽/译

品读

《三声枪响》叙述了这样一个故事:

尼克大约六七岁的时候,跟着爸爸和叔父来湖边避暑。一天傍晚,爸爸和叔父要去湖中打鱼,留他在营地上,并关照他:不要怕,如果有什么紧急情况,就打三下猎枪通知他们。

尼克在回营地的路上开始害怕了。他钻进营帐,躺在毯子里打算睡觉,可四周静得怕人。他甚至渴望能听到一只狐狸、一只猫头鹰或者别的动物的叫声——这些叫声原本是他所害怕的,但除了寂静外什么也没有。

他突然害怕自己死掉。几个星期前,在家乡的教堂里,大人们唱过有句"银

线迟早会断"的圣歌,尼克就明白他迟早是要死的。

如今,在这死一样的寂静中,尼克感到自己真的要死了。他恐惧得难以自持,便跳起来拿起猎枪,向帐外的空中放了三枪。之后,他放心地躺下,很快入睡了。

这实际是一个关于儿童体验死亡的故事。

尼克刚刚知道死亡是什么,并情不自禁地被死亡的恐惧所纠缠。这是一种危险的状态,呈现出置人于死地的可能性,他本能地予以反抗。他按照父亲的嘱托,向空中放了三枪。这三声枪响,无疑召回了以父亲为代表的安全力量,使自己与死亡隔离开来。于是,尼克放心了,"躺下等父亲回来,没等他父亲和叔叔在湖那一头灭掉手提灯,他已经睡着了"。

尼克放三枪时,外部世界并没出现什么危险,纯粹是尼克自己的心里感到了死亡的威胁,这三枪纯属空放,但三声枪响前后的尼克本人却判然有别。这虽然是自我欺骗,但它是一种能给自己带来心理安慰的生死攸关的自我欺骗。在这空放的三枪中,幼小的尼克成功地抑制了恐惧,放逐了死亡,返回到了心理中的生之安全之中。

英雄之死

◇[瑞典]帕尔·拉格克维斯特

读点

情节匪夷所思，却又合乎情理。
人心热情似火，却又冷若冰霜、残酷无情。

　　有座城市，那儿的人们总觉得任何娱乐消遣都不够过瘾。于是一家财团聘请一名男子让他在教堂塔尖上表演拿大顶，然后坠落下来摔死。为此他将拿到五十万赏钱。

　　社会各界人士对这项活动兴趣盎然。参观票几天之内一抢而光。此事成了全市人谈话的唯一题目，每个人都认为这是个极其勇敢的创举。至于票价嘛，大家也考虑过，虽然昂贵，但还是划得来的。坠落摔死这事儿本身让你看着就够带劲儿的，何况又是从那么高的地方摔下来呢。不过，话得说回来，你也不得不承认，钱出得是够多的了。出面安排整个活动的财团可真有点儿不遗余力，大家都为本市能有这样一家财团而感到骄傲。当然，注意力也大都集中在承担此举的那个男子身上。

　　各路记者纷至沓来，满怀激情地对他进行了采访，因为离开始表演只剩下几天时间了。他在本市第一流旅馆的套间里欣然会见了他们。"咳，对我来说，这只不过是一笔交易。"他说，"他们给我出了个价，我接受了，这你们知道。就是这么回事。""但是，

批：真是令人匪夷所思。但也足见人们的无聊至极和对生命的漠视。同时男子为了金钱而放弃生命的行为也让读者产生了巨大的惊悚。

批：足见人们对这项活动的热情是多么高涨，但是，这种热情却有力地反衬出人们对生命的冷漠。

批：以此为骄傲，真是社会的悲哀！

批：记者的采访让读者自然走进这场悲剧的主角的心灵，推动了情节发展。

您得付出生命的代价，您就不认为这是件不幸的事吗？当然，谁都理解这是必要的，否则，就不是什么特别轰动的事件了，财团也就不会像现在这样出那么多的钱。但对您本人来说，这不可能是件愉快的事。""对，你们说得有道理。这事我自己也反复考虑过。但是，为了钱有什么不能干的呢？"

各报根据这些谈话刊登了长篇报道，介绍这位直至当时仍然不为世人所知的人物，介绍他的经历、他对当代各种问题的看法、他的性格以及他的私生活。翻开任何一家报纸都可以看到他的照片，从照片上看得出来，他是个年轻力壮的小伙子。他身上倒没有什么特别引人注目的地方，但是他活泼潇洒，精力充沛，满脸朝气，神情坦然，是当代优秀青年的典型代表：意志坚强，身心健康。大家都在期待着这场即将到来的轰动全城的表演，每个咖啡馆里都有人在研究这位年轻人的照片。照片看上去不错，是一位令人喜欢的年轻人，女人们尤其觉得他可爱。一些较有理智的人却耸耸肩说："这事干得真绝！"然而，有一点大家是一致的：这个主意是多么荒诞、多么离奇，这样的事只有在我们这个紧张、激烈、可以牺牲一切的独特的时代才能发生。大家还一致认为，财团为了举办这项活动，使全城有机会观赏这样一场精彩表演而慷慨解囊，确实值得高度赞扬。当然，财团以昂贵的票房收入弥补了自己的支出，但是毕竟也承担着风险。

盛大的节日终于来临了。教堂四周人山人海。那种提心吊胆、焦虑不安的气氛是空前绝后的。大家都屏住呼吸，极其紧张地等候着眼前即将发生的一切。

那人跌落了下来，只有眨眼的工夫。人们为之震惊，然后就起身、上路、回家。从某种意义上说，人们感到有点失望。但这毕竟是个壮举。他只是摔死

批："为了钱有什么不能干的呢？"掷地有声的回答。嘲讽了当今社会人们的金钱高于一切的错误价值观和人生观。

批：多么富有活力的生命啊！这与下文写生命的瞬间消逝形成了鲜明的对比，给人以强烈的震撼和深沉的思考。

批："精彩表演"，这是大家的一致看法。可悲的病态心理！

批：将观看人摔死表演当作了盛大的节日。场面描写，有力地烘托了人们高兴的心情。观众心愈喜，读者则心愈悲。

批："眨眼的工夫"形容时间之短，点出人们失望的原因，令人领略了这些观众冷酷、冷漠的心。

了,这事情不管怎么说都十分简单,而为此付出的代价却是昂贵的。他已经被残忍地杀害了,但这又有什么好高兴的呢?<u>一位很有希望的青年以这种方式葬送了生命。</u>人们悻悻地走回家,女士们撑起阳伞,遮住太阳。是啊,确实应当禁止制造这类可怕的事情。<u>谁会从中得到快乐呢?细细想来,这一切的一切的确是惨无人道和令人愤慨的。</u>

批:作者富有同情心。

批:无聊的人们从别人的痛苦、死亡中得到快乐。可悲的人们!末句点明作者对这一事件的观点和态度。

(锐之/译)

冷静的批判,热情的呼唤

为了"五十万赏钱","英雄"出卖了自己的生命;为了"娱乐消遣",社会各界人士出卖了自己应有的同情心和珍视生命的精神。这些社会各界人士"兴趣盎然"地为"英雄"归西推波助澜。这是多么"惨无人道和令人愤慨"的事啊!

金钱和生命这两者孰轻孰重?敢于表演坠落摔死的人则是为了金钱什么都干,为了金钱甘愿舍弃生命——这就是所谓的"英雄"。作者以综述的方式表达这个当代"英雄"的题材,却有个无所不知的视角,既有宏观的概况(事件背景),又有微观的细节(英雄的语言),处理得有详有略。特别是居民、观众对此的反应,使人感受到"英雄"产生的社会基础,是整个城市促使、怂恿了"英雄之死"。因为,麻木的观众是那么的强大。

站在理性的角度上看人,人实在不是一个"文明"的生灵。他不但爱残害地球上别的生灵,而且对自己的同类也常常是幸灾乐祸,甚至互相倾轧,钩心斗角。《英雄之死》,无疑是一篇对人类劣根性进行深刻揭露和批判的杰作。

但是,作者在冷峻的批判和辛辣的嘲讽之中,也蕴含了对人类爱心的深切呼唤。拥有生命是拥有快乐的基础和前提;失去生命也就失去了一切。拥有了生命,还要学会享受生命,让我们的生命更加充实而丰盈。珍惜生命,既是我们的权利,也是我们的义务。珍惜生命,我们既要珍惜自己的生命,也要呵护他人的生命!(夏发祥、京涛)

芳草地　　　　**宛如一棵缤纷的杏仁树**

我钟爱的她呀

宛如一棵缤纷的杏仁树。
歌唱吧，风，为我悠然歌唱，
赞美她这般温存。

宛如一棵缤纷的杏仁树，
这般明丽、妩媚、娇嫩。
只有你呀，温馨的晨风，
才知道她有多温存。

我钟爱的她呀
宛如一棵缤纷的杏仁树。
当黑暗把我围住之时，
她可依旧在这里？

[瑞典]帕尔·拉格克维斯特/文，李笠/译

品 读

帕尔·费比安·拉格克维斯特（Par Fabian Lagerkvist，1891 年 5 月 23 日 ~ 1974 年 7 月 11 日），瑞典诗人、小说家、剧作家。生于铁路工人家庭。

帕尔的作品注重探讨人生意义，坚信人类定能战胜邪恶。他是瑞典文学中最重要的表现主义作家。1940 年当选为瑞典文学院院士。他的早期作品具有表现主义色彩和悲观失望情绪，如诗集《苦闷》（1916）。20 世纪 30 年代后逐渐趋向坚定豪放。希特勒发动侵略战争后，他的作品更着力讽刺和抨击法西斯的暴力政策和野蛮行径。他的短篇小说《刽子手》（1933），长篇小说《巴拉拉》（1950），戏剧《一个没有灵魂的人》（1936）等都享有一定国际声誉。1951 年，他"由于作品中为人类面临的永恒的疑难寻求解答所表现出的艺术活力和真正独立的见解"，而获得诺贝尔文学奖。

《宛如一棵缤纷的杏仁树》是一首爱情诗。诗人把爱恋的人比作"一棵缤纷的杏仁树"，写恋人的"明丽、妩媚、娇嫩"；又借风，写恋人的温存、温馨。"我钟爱的她呀"，直抒对恋人的钟爱之情。黑暗之时，"她可依旧在这里？"此问更表达了对恋人的依恋之情。

合二而一

◇[俄国]契诃夫

读点

以讽刺犀利的笔触描绘了社会小人物的双重性格。

透过人物表现社会环境的压抑和社会现实的丑恶。

您不要相信那些犹大,那些变色龙!在我们这个时代,失掉信心比失掉旧手套还容易。我就失掉了信心!

那是一天傍晚。我坐在公共马车上。我是个地位很高的人,不宜于搭乘公共马车,不过这一次我穿一件肥大的皮大衣,可以把脸藏在貂皮大衣领里。再者,您知道,坐这种马车可以省点钱……尽管时间很晚,天气很冷,车厢里却坐满人。谁也没认出我来。貂皮大衣领使得我成了 incognito(注:incognito,拉丁语,隐姓埋名的人)。我坐在车上,时而打盹儿,时而打量乘客……

"不,那个人不是他!"我瞧着一个身材矮小、穿着短小的兔皮大衣的人,暗自想道,"那不是他,不,那就是他!就是他!"

我暗自想着,相信了,却又信不过我的眼睛……

那个身穿短小的兔皮大衣的矮子,非常像我办公室里的一个工作人员伊凡·卡皮统内奇……伊

批:极言这是一个让人失去信心的时代,交代了社会时代背景。

批:交代时间,展现矛盾冲突点;交代自己特意坐公共马车,为下文写自己看到人物的各种丑态埋下伏笔。"我"扮演了小说主人公丑陋表演目击者的角色,增强了小说的真实感。

批:外貌描写与人物内在性格相一致。

批:夸张式的速描手法,极力渲染

凡·卡皮统内奇是个身材矮小、猥琐而窝囊的人，活在世上无非是为了拾起别人掉在地上的手绢，为了给人拜年拜节而已。他年轻，然而脊梁已经弯成弓形，膝盖老是往下弯，手上肮里肮脏，手心恭敬地贴着裤缝……他的脸似乎被房门夹扁，或者用湿抹布揉搓坏了。那张脸无精打采，一副哭丧相。谁瞧见他，都想唱《松明》这首歌，心里不好受。他一看见我，就瑟瑟地抖，脸上红一阵白一阵，倒好像我要把他吞下肚去，或者活活杀死似的。每逢我责备他，他总是呆若木鸡，四肢颤抖。

比他更卑贱、沉默、渺小的人，我还没见过。就连比他更安分的动物我也没见过……

身穿短小的兔皮大衣的矮子使我强烈地联想到伊凡·卡皮统内奇：完全跟他一样嘛！只是这个矮子不像那个那么伛偻，也不显得窝囊，反而举止随便。最可气的是他在同邻座的乘客谈政治。全车的人都听得见他讲的话。

"甘必大[注：甘必大（1838～1882），法国资产阶级政治家，内阁总理]死了！"他说着，不住转动身子，挥舞胳膊，"这在俾斯麦倒正中下怀。要知道甘必大很精明！他会同德国人打仗，要德国人拿出赔款来，伊凡·玛特威伊奇！因为他是天才嘛！他是法国人，然而他有俄国人的灵魂。很有才能！"

嘿，这个无聊的家伙！

等到售票员拿着车票，走到他跟前，他才不再谈俾斯麦。

"为什么你们的车里这么黑？"他对售票员发脾气说，"你们没有蜡烛还是怎么的？怎么会乱成这样？可惜没有人来教训你们！要是在国外，你们早就挨骂了！乘客不是为你们服务的，应该是你们为乘客服务！见鬼！我不明白长官大人们对这种事会怎样看！"

了主人公的卑躬屈膝一面，与下文写他的"自信""张扬"的一面形成强烈对比。

批：强调了他卑贱、沉默、渺小、安分。

批：这从侧面说明了环境对人的压抑：一个性格猥琐的人，一旦离开受压抑的环境，到了一个新环境，往往便变得无拘无束了。

批：在办公室里大气不敢出一声，现在倒高谈阔论起来。

批："他一看见我，就瑟瑟地抖"，现在倒教训起售票员来，展现其骄横、张狂的一面。

诡异笔法　135

过一分钟后，他要求我们大家都挪动一下。

"你们挪动一下，让出地方来！我跟你们说话呢！给这位太太让出个位子来！你们要有礼貌！售票员！到这儿来！售票员！你们收了钱，要给人找位置嘛！这太可恶了！"

"这儿不准吸烟！"售票员对他嚷道。

"这是谁不准？谁有这个权利？这是侵犯自由！我不容许任何人侵犯我的自由！我是自由人！"

嘿，这个畜生！我瞧着他的嘴脸，不相信我的眼睛了。"不，这不是他！不可能是他！他不懂'自由'和'甘必大'之类的字眼。"

"不用说，这儿的规矩妙得很！"他丢掉纸烟，说道，"跟这些先生一块儿生活简直要命！他们拘泥形式，死抠条文！形式主义者，庸俗之辈！他们要把人活活憋死！"

我忍不住了，哈哈大笑。他听见我的笑声，对我瞥一眼，嗓音发颤。他听出我的笑声，大概也认出我的皮大衣了。一刹那间他的背脊弯下去，脸上顿时露出一副哭丧相，说话声停住，胳膊耷拉下去，手心贴紧裤缝，腿发软。他的模样立刻全变了！我再也没有什么可疑的：这个人就是伊凡·卡皮统内奇，就是我办公室里的工作人员。他坐在那儿，把小鼻子藏在兔毛里。

这时候我瞅着他的脸。

"这个猥琐而窝囊的小人物，"我暗想，"难道能说出'庸俗之辈'和'自由'之类的字眼？啊？难道有这种事？是的，他居然说出来了。这种事没法叫人相信，然而又是真的……嘿，这个无聊的家伙！"

经历过这样的事以后，看你还相信不相信这些变色龙的可怜相！

我是再也不相信了。算了吧，你骗不了我！

（汝龙/译）

截取生活片段表现人物的双重人格

这篇小说描写了在沙俄封建专制制度压迫下一个小公务员的双重人格,从而表现这种封建专制制度对下层小人物精神的严重压抑和戕害。所谓"双重人格",是个性在社会环境及自我修养诸多因素影响下,所表现出来的内在人格与其外部言行相背离的特性。它是人格的一种分裂和异化。

对于小说主人公伊凡·卡皮统内奇这样一个具有双重人格的人物,作品没有从头到尾地描写他的复杂心理结构形成和发展的来龙去脉,那样时间跨度大,会占很大篇幅,也使结构显得松散。作者只在他的生活过程中截取了一个集中了矛盾焦点、对人物性格心理有显相作用的瞬间片段来加以表现。塑造这样复杂的双重人格,刻画这样复杂的双面形象,原本需要很多笔墨,但由于作者恰当地截取了会聚着矛盾焦点的"瞬间",所以,虽只寥寥几笔,就把人物的外在和内在活灵活现地展现了出来,就把社会的专制和荒唐入木三分地揭示了出来。

这一瞬间片段之所以对人物有神奇的显相作用,是因为此时小公务员伊凡·卡皮统内奇在天色昏黑中以为车中没有认识自己的人,因此敢于充分表现出平时他被迫藏匿起来的性格的某一面,居然能大胆地发表自己对国际时事和外国总理的看法,态度激烈地指责车上售票员服务不周到,积极主动地要求乘客们为一位太太让出位子,对不准他抽烟表示抗议,不允许任何人侵犯他的"自由"等。然而,一见到自己的上司,他的形象马上就变了,"背脊弯下去,脸上顿时露出一副哭丧相,说话声停住,胳膊耷拉下去,手心贴紧裤缝,腿发软",世上没有比他更卑贱、更沉默、更渺小的人了。这样又充分表现出了他性格的另一面。两个方面结合起来便成了双重人格。这双重人格在这个小公务员身上"合二为一"既是喜剧的又是悲剧的。其市侩习气使人感到可笑,而在这可笑的表现的背后,又使人联想到产生它的丑恶的社会生活条件,促使我们把批判的矛头指向造成这种人格分裂的专制社会。(子夜霜、罗胤)

芳草地 意见簿

这本意见簿放在火车站一张专门制作的斜面桌里。桌子的钥匙由一名铁路宪兵保管。其实,根本用不着什么钥匙,因为这张斜面桌任何时候都是开着的。让我们把这本意见簿翻开来读读吧:

"仁慈的先生! 请写上几个字试试您的新笔吧!"

下面画着一个长鼻子、长着一对角的小脸蛋。小脸蛋下边写着:

"你是图画,我是肖像;你是畜生,而我不是。我是你的嘴脸。"

"乘车到达本站,望着窗外的自然景色,风把我的帽子刮跑了。——伊·亚尔芒金"

"谁写的我不知,看了它我像个白痴。"

"科长戈洛夫罗耶夫给人留下一个自命不凡的印象。"

"我向长官控告售票员库奇金对我老婆行为粗鲁。我老婆根本不吱声,相反,她竭力让一切都私下了结。至于宪兵克利亚特文,粗暴地揪住我的膀子。我住在安德烈依·伊万诺维奇·伊舍耶夫的庄园里。他了解我的德行。——事务员萨莫卢奇舍夫"

"尼坎德罗夫是个社会党人!"

"在岂有此理的行为的强烈影响下……(删去)乘车经过本站,我对下述事情感到极端愤懑……(删去)我亲眼目睹下述岂有此理的事情,它鲜明地描述了我们铁路上的制度……(除签名外,下面全部删去)——库尔斯克中学七年级学生阿列克谢依·祖济耶夫"

"在等候火车开走的过程中,我观察了站长的面相,我对他的面相感到非常不满。谨此向全线宣布。——一个永不发愁的避暑客"

"我知道这是谁写的。这是姆·德写的。"

"先生们!一个骗子手!"

"宪兵太太昨天跟食堂老板到河对岸去过。愿万事如意。别难过,宪兵先生!"

"路过本站肚子饿了,指望买点什么吃吃,但连清汤都找不着。——济亚康·杜霍夫"

"给什么就吃什么吧。"

"谁拾得一只皮烟盒,请送交售票房安德烈依·叶哥雷奇处。"

"由于把我解雇,似乎因我酗酒,那我宣布,你们尽是骗子手和小偷。——报务员科兹莫捷米扬斯基"

"要积善积德以使自己愉快。"

"卡金卡,我疯狂地爱您!"

"请别在意见簿上写些毫不相干的事。——代理站长伊万诺夫第七"

"尽管你是第七,然而是个混蛋。"

[俄国]契诃夫/文,马天民/译

品读

　　安东·巴甫洛维奇·契诃夫(1860年1月29日~1904年7月15日),19世纪俄国的世界级短篇小说巨匠和批判现实主义作家,其剧作对20世纪戏剧产生了很大的影响。他坚持现实主义传统,注重描写俄国人民的日常生活,塑造具有典型性格的小人物,借此忠实地反映当时俄国社会现况。他的作品有三大特征:即对丑恶现象的嘲笑与对贫苦人民的深切的同情,以及作品的幽默性和艺术性。

小说《意见簿》可以说是一种"幽默对话"。它把形形色色的"意见"编织在一起,尽管"意见"各异,却有内在联系。"意见簿"里的一条条"意见",经过蒙太奇式的组接后,勾勒出了俄国社会一个细胞组织的很不雅观的轮廓,而在各条"意见"的背后也显现着提"意见"人的种种性格与心态——这里有闲得无聊的人,有搬弄是非的人,有公开告密的人,有坠入爱河的人……

《意见簿》的"前言"式开头——"这本意见簿放在火车站一张专门制作的斜面桌里。桌子的钥匙由一名铁路宪兵保管。其实,根本用不着什么钥匙,因为这张斜面桌任何时候都是开着的",有着丰富的内涵。读者不妨这样推理:火车站的头头某一天心血来潮,想作"民主"姿态,设了"意见簿",请过往旅客提出"宝贵意见",但又将这"民主"的象征锁进了抽屉,而且把钥匙交由最不讲"民主"的宪兵"保管"。旅客不愿意与宪兵打交道,动手拧掉铁锁,取出"意见簿"。而铁锁拧开之后,车站头头也听之任之,所以尽管钥匙由车站宪兵保管,但"根本用不着什么钥匙,因为这张斜面桌任何时候都是开着的"。这是作者对病态社会的冷眼观察。

帽　子

◇［波兰］斯特法妮亚·格罗津斯卡

读点

塑造了为人自私、卑劣可笑的形象。
简洁精练的笔墨,生动滑稽的对白。

剧院大厅。乐队演奏序曲。

坐在十排的一位先生:对不起,女士!（更大声地）对不起,女士!

坐在九排的女士:先生,请您稍微小声一点儿,还有人想听乐队的演奏呢!

十排的先生:我正叫您呢!

九排的女士:干什么? 我又不认识你。

十排的先生:但是我坐在您的后面。

九排的女士:那又怎么样?

十排的先生:您戴着帽子。

九排的女士:知道。

十排的先生:您知道什么?

九排的女士:我知道自己戴着帽子。

十排的先生:高帽。

九排的女士:现在没人戴其他式样的。

十排的先生:可能。但是,等一会儿我将什么也看不见。

九排的女士:想看,就会看见的。

十排的先生:可我一会儿就会什么也看不见了。

批:交代故事发生的背景。

批:声音由小到大,体现了这位先生的教养。

批:显示的是一副正人君子的嘴脸。

批:女士根本就不想到自己的帽子对别人带来了影响,足见其自私。简短的对白,又足见其高傲。

批:冷峻的话语,凸现了人物的孤傲性格。

女士,您能不能把帽子摘了?

　　九排的女士:很遗憾,不能。

　　十排的先生:为什么?

　　九排的女士:我没梳头。　　　　　　　　　　批:将没梳头作为不摘下帽子的理

　　十排的先生:那您梳梳好了。　　　　　　　　　　由,实在荒唐。

　　九排的女士:什么? 梳梳?! 现在正演出,叫我　　批:梳头居然要找理发师,足见其

去找理发师?　　　　　　　　　　　　　　　　　　　生活的腐朽。

　　十排的先生:干吗找理发师?

　　九排的女士:我说的没梳头,不是指没用梳子
梳,而是没去理发店。

　　十排的先生:您没梳头,怪我干什么?

　　九排的女士:我怪了你吗?

　　十排的先生:可待会儿我会什么也看不见。

　　九排的女士:为什么? 就因为我没梳头?

　　十排的先生:因为您不想摘掉帽子。

　　九排的女士:我很想摘,但不能摘。　　　　　　批:竟然因为自己没梳头而不愿摘

　　十排的先生:为什么?　　　　　　　　　　　　掉帽子,可见其自私的程度。

　　九排的女士:因为我没梳头。

　　(演出开始了)

　　十排的先生:女士,我可要忍受不了啦,买了票,
却什么也看不见。

　　九排的女士:那你去退票好了。　　　　　　　　批:这位女士丝毫不顾及别人,一

　　十排的先生:就因为您不想摘掉这顶高帽子?　　切以自我为中心。

　　九排的女士:现在,除了偏远地区,谁还戴那种
趴趴帽。

　　十排的先生:那么,您能不能把头稍微偏一偏?　批:总算是作了点让步,推动情节

　　九排的女士:好吧!　　　　　　　　　　　　　的进一步发展。

　　十排的另一位先生:女士,请您不要歪脑袋,您
挡住我了。

　　九排的女士:这都怨坐在我后边的那位先生,是　批:将责任全推到别人身上,自己

他叫我往这边偏的。他能看见,可你又看不见了,自　自私自利,反称别人自私自利,

私自利!　　　　　　　　　　　　　　　　　　　极其讽刺意味。

十排的第二位先生:怎么? 是你叫这位女士往这边偏的,好让我什么也看不成?

十排的第一位先生:你看不见关我什么事,你站起来不就看见了!

后排的女士:先生,请您坐下! 我什么也看不见了。

十排的第二位先生:可坐在我前面的这位女士……

后排的女士:那位女士跟我有什么相干呢,您坐下不就完了!

九排的女士:就是嘛! 自己站起来,心满意足了,可把别人都挡住了,自私自利!

后排的女士:可不是! 请您坐下。

后排的先生:请安静! 台上说什么全听不见。

后排的女士:前面这位先生老是站起来,我什么也看不见。

十排的先生:都是这位女士戴着帽子。

后排的先生:请安静! 不然我就叫人把你请出去。

九排的女士:就是的! 他谁都妨碍,自私自利!

众人:谁在捣乱?

什么也听不见!

请安静!

你是第一次进剧院还是怎么的?

十排的先生:这位女士戴着帽子……

众人:你喝醉了,还是怎么的?

舞台上正说什么全听不见,就听你一直说什么帽子。

安静!

请你出去!

十排的先生:可是……

九排的女士:好了,好了! 如果你安静地坐着,

批:这位先生居然顺从女士的意思而责怪第一位先生,毫无是非观念!

批:又是一位只顾自己、不管别人的女士。

批:理直气壮地指责他人自私自利,多么滑稽可笑啊!

批:一个受害者却受到众人的指责,可见众人的扭曲心态。

批:自私的女士摆出了一副慈善的

还可以留下。(面向众人)请大家允许他留下吧!

十排的先生:谢谢您,女士!

(波涛/译)

面孔,而且还颇有号召力。

批:力图争取自己看戏权益的那位先生反倒感谢戴帽子的女士允许他留下,主动成了被动,有理成了无理!

滑稽荒唐的小闹剧

这是剧院里发生在演出前后的一个小插曲,一位戴着高帽的女士,明明妨碍别人观看演出,却理直气壮地对人发出"他谁都妨碍"的指责;明明是她只为自己、不顾别人,却毫无愧色地批评他人"自私自利";最后居然还能以领导对下属似的宽容和爱护让被她挡住视线的人留下。从这滑稽的、荒唐的闹剧中,我们看到了一个为人自私、卑劣可笑的人的灵魂,由厌恶而引以为戒。

然而,作品丰富的内涵不仅在于让读者看到那位女士淋漓尽致的表演,而更能启人思考为什么事情的发展以不可逆转的"受害者"委曲求全结束?那是因为人们的注意力只集中在自己能否看到演出上,忽略了甚至失去了对是非的评判。生活中时有无理取闹者能得逞,蛮横霸道者占上风,不是也可以从《帽子》一文中得到启发吗?

这篇小说近似一个戏剧小品,除了第一行"剧院大厅。乐队演奏序曲"之外,就全是人物对话,情节也通过对话来展开。人物的活动和剧院内演出的进程,也用戏剧文学中"舞台说明"的方式处理:一则极为简洁,二则用"( )"括起来。可以说全篇几乎是戏剧式的人物台词,而不是仰仗小说式的描述。

本文用白描的手法,不加雕琢和铺陈,以简洁精练的笔墨,把剧院里发生的一个小小插曲,质朴生动地表现出来,去粉饰,有真意,既明朗晓畅,又耐人深思。(詹长青、屈平)

芳草地　文艺评论家和部长

"您看施普罗塔新创作的小说怎么样?"部长问道。

评论家回答说:"部长,我认为他创作的小说是好的。"

部长摇了摇头。

"我是说,从某种意义上讲是好的。"评论家赶忙更正。

部长摇头。

"我说的'从某种意义上讲',是针对咖啡馆里那些为数很少的庸俗的知识分子。"

部长摇头。

"确切地说,就是针对那些没有鉴赏力的人。刚才我没表达清楚。"

部长摇头。

"总的来说,部长先生,这是一部坏小说。"

部长又摇头。

"当然,也不能全盘否定。"

部长摇摇头说:

"这衣领真别扭。"

[波兰]斯特法妮亚·格罗津斯卡/文,波涛/译

品读

小说中的文艺评论家是一个有准则的评论家吗?否也。其实他是一个只知道揣摩上司意图、讨上司欢心的变色龙式的丑角!

小说的突出特色是悬念设置得妙。首先是部长询问评论家对"施普罗塔新创作的小说"的看法,评论家说了第一种意见,但部长却摇了摇头。部长为什么摇头呢?这是第一个悬念。紧接着,评论家相继又表述了三种不同意见,部长听后仍然摇头。这一连串的悬念一步步强化,读者的疑问也就逐步扩大了。评论家道出第五种意见:"这是一部坏小说。"予以全盘否定。评论家见部长"又摇头",便又圆滑地说"当然,也不能全盘否定"。评论的对象没有变化,而评论家的评论却是由开始的充分肯定到最后的全盘否定。至此,部长这才说:"这衣领真别扭。"这谜底大出人的意料,原来部长的摇头不是同意不同意评论家的意见,而是因为衣领不舒服。而评论家误解了部长的摇头,作出了前后矛盾的令人啼笑皆非的评论,一个变色龙式的评论家的丑恶嘴脸跃然纸上。

成长路上

简妮的项链

◇ [美国]比利·拉芬特

读点

润物无声的父母的爱和教育。
情节简洁生动,故事启人深思。

简妮跟着妈妈站在超市付款的队伍中,她还有一个星期就满 5 岁了。这个有着一头漂亮金色鬈发的小姑娘,心里有个什么样的生日愿望呢?是拥有那串躺在粉红色盒子里的珍珠项链吗?它静静地闪耀着柔和的光芒,在简妮的眼中,真是美极了。

"妈妈,我可以把它买下来吗?我真的太喜欢它了。好吗,妈妈?"简妮拉着妈妈的手,歪着小脑袋瓜望着她,一双美丽的眼睛充满了期盼。简妮的妈妈拿起盒子迅速地瞥了一眼盒底的价格牌,沉吟片刻后对简妮说:"这串项链卖 1 元 95 分,如果你真想得到它,那你得多干些家务活才行。你生日快到了,你外婆也会给你更多的零用钱,凑足了,你很快就可以拥有它。"

也许小简妮太想得到那串项链了,一回到家她就把她的储钱罐掏空,数了数,只有 17 分。晚饭过后,当她做完了额外的家务活,就跑到邻居麦克金斯叔叔那儿询问是否可以帮他采些蒲公英换得 10 分钱。

不久以后,简妮终于得到了那串梦寐以求的项

批:用设问的方式引起读者对小姑娘的阅读兴趣。

批:爱美之心人皆有之。

批:一双充满期待的美丽眼睛,谁会忍心拒绝呢?

批:"迅速地瞥"与"沉吟片刻"形成鲜明对比,原来智慧的妈妈在想办法让简妮用自己的劳动获得礼物。

批:一系列动作突出了简妮急于得到项链的心情。

链。她戴上它站在镜子前照来照去，觉得自己长大了，可以跟妈妈一样把自己打扮得漂漂亮亮的。她几乎任何时候都戴着它，睡觉时也不舍得取下来，只有在游泳或是洗澡时才不敢戴，因为妈妈叮嘱过简妮，万一把项链弄湿了，颜料会把她的脖子染成绿色。毕竟，那不是一串真正的珍珠项链。

简妮有一位十分爱她的爸爸。每天晚上当她准备睡觉时，他总会停下手头的事情走到楼上她的房间给她讲故事。

有一天晚上，爸爸给简妮讲完故事后问简妮："你爱我吗？""当然爱了，爸爸。你知道我很爱你。"

"那你可不可以把你的珍珠项链给我？""不，爸爸，我不能给你我的珍珠项链。但是你可以把我的'小公主'——那头有粉红色尾巴的小白象拿去。你还记得吗，爸爸？'小公主'是你送给我的，你知道在所有玩具中我最喜欢她。"

"算了，亲爱的。爸爸不需要你的'小公主'。晚安，简妮，爸爸爱你。"他在简妮的脸颊上印了一个吻，然后静静地关上门离去。

一个星期后，同样是在讲故事的时间结束时，爸爸再问她："简妮，你爱我吗？""爸爸，你知道我是爱你的。""那你把珍珠项链给我好吗？""不，爸爸。我不能给你我的珍珠项链。但是我可以把我的婴儿娃娃给你。她还很新，是我去年生日得到的礼物。你还可以把她的小睡床也一起拿去。""不用了，简妮，你还是留着她陪伴你吧。睡个好觉，亲爱的，爸爸爱你。"跟往常一样，他照例在简妮的脸颊上亲了一口后离去。

又过了几天的一个晚上，当简妮的爸爸踏进她的房间时，他惊讶地发现简妮盘着腿坐在床上，脸颊微微抖动，泪珠无声地滑落下来。

"怎么了，简妮？发生什么事了？"简妮没有说

批：喜悦之情溢于言表。

批：那怎么才能得到真的珠项链呢？为下文埋下伏笔。
批："总会"突出爸爸的爱。

批：爸爸一试简妮舍不舍得放弃假珍珠项链。

批：看来爸爸的试探并不成功，但是爸爸不动声色。

批：二次试探。爸爸为什么一再试探呢？留下悬念。

批：爸爸还是不动声色。

批：简妮这么痛苦，究竟发生了什么事？

批：简妮的沉默和"搂""张""颤

话,一直攥着的小手向他伸了过去。当小手张开,手心里是她那串小小的珍珠项链。"拿去吧,爸爸,这是给你的。"她的小身子还在轻轻地颤抖。

简妮的爸爸眼眶不禁湿了。他伸出一只手拿走了简妮的项链,另一只手却伸进自己的口袋,慢慢地取出一只蓝色绒布盒子,盒子里面装的是一串真正的珍珠项链。

爸爸把这串项链给简妮戴上,告诉她就算是游泳或洗澡也不必取下来了。简妮惊讶而又快活地看着爸爸,似乎还没弄明白为什么。其实爸爸想告诉她的是,这串项链已经在他的口袋里放了很久了,他一直在等待简妮放弃那串假的项链,这样他才能给她真正的珍宝。

(钟惠东/译)

批:"抖"等动作描写,突出了简妮对项链是如此的难以割舍。

批:为小简妮懂得放弃而感动。

批:"慢慢地取"是将无限的惊喜延长,让读者也产生了心理期待。

批:幸福来得真是太突然了。

批:只有懂得舍弃才能真正得到!试探的目的原来如此!

爱和教育都需要睿智

小简妮终于懂得了舍弃。小简妮终于获得了所爱。

文中的三个人物,都令我们佩服。

快5岁的小简妮希望得到珍珠项链,并没有跟爸爸妈妈哭哭啼啼,大吵大闹,而是努力通过自己的劳动去挣得。她不仅做额外的家务活,而且帮邻居叔叔采蒲公英,在爸爸试探她是不是可以放弃假珍珠项链时,尽管如此不舍,但她最终决定把项链送给爸爸,小简妮的可爱懂事,给读者留下了深刻的印象。

这对父母无疑是睿智的,他们面对女儿的教育,不是简单的说教,也不是强硬的要求,而是润物无声。妈妈在小简妮最渴望得到漂亮礼物时,启发她自己去赢得,爸爸通过试探,终于让小简妮学会了放弃,并且最终得到了真爱。简妮的妈妈、爸爸对小简妮的教育,也给我们上了生动的一课:爱是教育的灵魂,教育是爱的翅膀,爱和教育都需要睿智。(梁小兰、京涛)

芳草地

刻骨铭心的一课

我16岁那年的一个早晨,父亲说他要去一个叫米雅斯的村子办事。路上,他把汽车交给我驾驶,但条件是在他逗留于米雅斯村期间,我要替他将车子送到附近的一个修车铺检修。我当时刚刚学会开车,却极少有实践的机会,到米雅斯村将近20英里,足可以让我狠狠地过一把开车的瘾。在修车铺的师傅检修车子时,我去附近的一家电影院看电影,我接连看了四部。出了电影院,我一瞧手表,已经是6点钟了。比我与父亲约好的时间整整迟了两个小时!

我知道,如果父亲得知我是由于看电影而迟到,一定会生气,可能因此就不再让我开了。于是,我编了谎话,告诉他汽车需要修理的地方很多,所花的时间也相应的长了。他瞥了我一眼:"贾森,你为什么要撒谎?""我没有撒谎,我说的是实话。""4点钟的时候,我给修车铺打了电话,他们说车早就修好了。"我顿时满脸通红。我向他承认了看电影的事实,并解释了决定撒谎时的想法。父亲认真地听着,脸上蒙上一层阴霾。

"我非常生气,但不是生你的气,而是生我自己的气。我想,我是一个不称职的父亲,我让你感到对我撒谎比说实话更有必要。我要步行回家,好在路上深刻反思自己这些年来教育子女方面的失误。"

不论我如何恳求,如何抗议,如何道歉,他都置之不理。父亲大步踏上了乡村崎岖的泥路。我赶紧跳上汽车,驱车跟在他后面,希望他能回心转意。我不停地央求他,不断地自我批评,但均无济于事。将近20英里的路程他就是这样走过,平均每小时走了5英里。

看着父亲承受着疲惫和痛苦,作为儿子,我却无能为力,这是我生平有过的最难受的经历,也是最让我刻骨铭心的一课。从此以后,我没有对父亲说过一句谎话。

[美国]贾森·博卡罗/文,佚名/译

品读

叩击心灵的教育才能令人终生难忘。文中的儿子说了谎话,这位父亲没有简单地批评和惩罚儿子,而是深刻地自省并执着地自我惩罚——父亲坚持要自己走路回家,本来是儿子应该受罚的,反倒是父亲惩罚自己。在黑夜里走4个小时的崎岖泥路,这是非常辛苦的一件事。儿子坐在车上,看着父亲的背影,心里自是非常不安和痛苦。这段路,是父亲教育儿子的成功之路;这段路,也是儿子学会感恩、学会去诚实生活之路。

教育的关键在于直抵受教育者的心灵深处。父亲教育儿子的方式很独特,父亲用自我惩罚的方式来教育自己的儿子要诚实做人。作为一位负责任的父亲,当发现儿子撒谎时,他便当机立断,让儿子品尝撒谎带来的苦痛,让他终生难忘,记住要做一个诚实的人。父亲虽然是自己惩罚自己,但达到了使儿子的内心得到深刻反省的教育效果。

心灵的搀扶

◇[美国]凯姆伯利·肖甫

读点

第一人称叙事,真实亲切,灵活自由,游刃有余。
用对比、反复修辞构建文本,条理清晰,结构严
谨。

我有一个对我影响很大的朋友,他叫特瑞,比我
整整大10岁,但由于智商的原因,他却像个小孩一
样生活着。

批:特瑞智商"像个小孩",却"对我影响很大",看似矛盾,实是伏笔,巧设悬念。

两年前的一天,特瑞的妈妈问我愿不愿意成为
特瑞的"星期六朋友",我欣然应允。我的主要任务
是星期六陪他学习、社交或者在公园里散步。令我
尴尬的是,在公共场所,这个体重200磅的大男孩喜
欢主动和别人握手。尽管他带着灿烂的笑容,但当
他向陌生人跑去并伸出大手传达真诚问候的时候,
别人还是因恐惧而躲开了。

批:特瑞喜欢主动与别人握手,且笑容灿烂,但对方都恐惧而躲开,令人尴尬,巧妙地照应上文。

"站在我身边,不要这样,"我说,"人家不喜欢
这样的。""好吧。"他顺从地回答。但过不了多久,
他的毛病就会重犯,早忘了被人拒绝的烦恼。

批:对"我"的告诫很"顺从",可不久就会重犯,可见"智商"确实有问题,再次照应前文。

当特瑞学习骑自行车的时候,我看到他撞在路
边的镶边石上,从车上跌下来不少于12次。我深深
地叹口气,然后走过去搀起他,像个教练对待学员一
样命令道:"掸掉灰尘,从哪里跌倒就从哪里爬起
来!"

批:特瑞学骑自行车,无数次跌倒,却不改其志。"智商"有问题,但有毅力!

我一向认为自己很聪明,什么事情都难不倒我。但是,我不知道,这一点即将改变。

那年夏天,在一次垒球比赛中,我悄悄潜入第三垒,就在那时,我的一只防滑鞋崴在了地面上,把我的脚向右后侧拉去,与此同时,我的身体却向前跌倒。我听到了两声清脆的骨骼断裂声……

救护车将我火速送往医院,对我崴断的脚腕子实施接骨手术。清晨,我昏昏沉沉地从麻醉中醒来,看到父母和特瑞正守在病床边。见我醒来,特瑞兴奋极了,拉着我的手,要我跳下床来,和他一起玩耍。

"嗨,特瑞,我动不了了。"我虚弱地握着他的手。我的脚疼痛不堪,我的思维因服用了止痛药而变得愚钝迟缓。"掸掉灰尘……从哪里跌倒就从哪里爬起来。"他重复着我常跟他说的话。

"我不能。"

"好吧。"他无奈地点点头,冲出我的房间,到别的地方去找人握手去了。

"特瑞,不要去握别人的手,"我轻声警告道,"人们不喜欢这样。"

出院之前,我的整形外科医生说我的脚腕子可能再也不会像以前一样灵活了。我在 10 个星期之内不能做剧烈运动,而且我必须依靠拐杖才能走路。

现在,轮到特瑞不耐烦了。他想去宠物商店看白鼠和鸟儿,他想去图书馆数书架上的书,他想去公园让我推着他荡秋千……但是,在最近一段时间里,这些事我无法做到。与此同时,我还被自己的一些问题困扰着。在校园运动会开赛之前,我的物理治疗能够结束吗?还能恢复得跟从前一样吗?以后还能在 300 米障碍赛中取得好成绩,成为最棒的一个吗?我烦躁不安,感到了人生的灰暗。

6 个星期后,终于去掉了我脚上厚重的石膏。又过了几个星期,可以不用拐杖独立行走了。后来,

批:"但是",巧妙过渡,推进情节发展。

批:灾难使"我"面临"什么事情都难不倒"的自信的考验。

批:"我"醒来后,特瑞"守在病床边""兴奋极了",可谓有情有义;而要"我"和他一起玩耍,则是智力有问题。

批:可见这话对特瑞自己影响极深,让"我"也实践,很热情。

批:医生叮嘱,为下文埋下伏笔。

批:写"我"与特瑞的矛盾和自身的烦恼,为下文作铺垫。

当我能小跑的时候,每逢星期六,特瑞就不请自来,拉着我的手一起在校园的柏油马路上慢跑。他还是那么笨,有时候,他会自己绊住自己的脚,重复地摔倒在地。我苦笑一下,赶紧搀起他。"从哪里跌倒就从哪里爬起来!"每逢这时,他都会一边将自己双腿上和膝盖上的灰尘掸掉一边自言自语地说。他坚强面对每一次跌倒的精神让我备受鼓舞。

数月后,我终于站在了学校运动会的赛场上。爸爸、妈妈和特瑞一起坐在看台上为我加油。

发令枪响了。我向前冲去,在跑道的另一侧,欢呼雀跃的人们排成了一堵人墙。我没有时间去回应或者思考——只有使劲地跑,努力地跑。但由于我的脚伤没有完全恢复,我的身体突然失去了平衡,重重地跌倒在跑道上。

就在我被摔得龇牙咧嘴的时候,我听到了一个响亮的声音:"掸掉灰尘,从哪里跌倒就从哪里爬起来!"

是特瑞!他正冲着我大声叫喊着。

我是一瘸一拐地越过终点线的,在我曾经创下纪录的比赛中我跑了最后一名。然后,我抬起头向看台上望过去,特瑞和我的家人正站在那儿为我使劲地欢呼,即使是在我以前获得胜利的时候,他们也没有像今天这样兴奋。

我没有拿到奖牌,但是,我懂得了一个比奖牌更有价值的道理。那就是,最好的搀扶是心灵上的搀扶。在我跌倒的时候,特瑞用鼓励的话语在精神上将我扶了起来:"掸掉灰尘,从哪里跌倒就从哪里爬起来。"

现在,每逢星期六,我仍然陪特瑞一起出去。当有人注视我们的时候,我会拉一拉特瑞的衣袖:"去和他握手,特瑞,别忘了告诉他你很高兴见到他,并希望能为他提供帮助。"之所以这样做,是因为我觉

批:"我"与特瑞真可谓是"星期六朋友"!"不请自来"写出了特瑞的热情。

批:特瑞重复"我"的话,意味深长,也暗示"我"自己也从中受到鼓励。

批:亲人、好友的鼓励是最大的支持。

批:特瑞再次提醒,耐人寻味,鼓舞人心。

批:"一瘸一拐",既写出"我"的顽强,更显示出了特瑞给予"我"的巨大精神力量。跑了最后一名,但特瑞及家人却比"我"还兴奋,何也?真情也。

批:点明题目,突出主旨。

批:由开头的阻止到现在的鼓励,认知的提升,精神的飞跃。

得,这是一个充满无限可能的世界,而人与人之间实际上是需要并渴望来自心灵上的相互搀扶的,包括我,也包括特瑞。

(大漠孤烟/译)

打开心结的钥匙

当"掸掉灰尘,从哪里跌倒就从哪里爬起来"从大胖子特瑞嘴里笨拙地说出来时,大家可能都被感动了。大胖子特瑞的智商也许很低,但是他的情商并不低,他在"我"崴脚后,不断鼓励"我"从哪里跌倒就从哪里爬起来,就是特瑞这样一个智商不高的大男孩,使"我"最终领悟到:最好的搀扶是心灵上的搀扶。特瑞的可爱、稚拙让人难以忘怀。

生活中我们可能经常遭遇困境,有些挫折、坎坷也许并不是物质上的贫瘠,而是心灵的匮乏。遭遇挫折,情绪低落,偶遇困难,身心绝望,此时,确实需要友人或亲人敞开心灵,去抚慰,去振奋,去用真诚和爱心来温暖,有时哪怕一句鼓励的话语,一个微笑的眼神,一份宽容的理解,一份善意的赞赏都能将我们从困境中扶起来。

心灵上的关爱、理解是打开心结最好的钥匙,而且心灵上的关爱、理解,比物质更持久、更人文、更深刻。如果人与人之间都能在面对困境时打开心灵,互相鼓舞,那就能从容而坦然地面对人生困境,接受生活的挑战,并且最终赢得胜利!(屈平、梁小兰、唐仕伦)

智慧树 张开你的臂膀

我的朋友打电话给我,告诉我一个令她异常懊恼的消息:她那没有结婚的女儿怀孕了。

我的朋友向我叙述这件事时,我能感觉到她心灵的震颤。那是非常可怕的一幕:朋友夫妇谴责、斥骂他们的女儿,甚至用各种所能想象得到的恶毒的语言责备她。我的心为他们疼痛。我能帮助他们在这道鸿沟之上架起一座理解的桥梁吗?

我觉得很沮丧,因为面对这种困境,我也想不出好的办法来。但过了一会儿,我却突然想起了多年来我母亲经常对我说起的一条经验。我立即写了一个便条给我的朋友,让他们与我共同分享我母亲的建议:"当一个孩子陷入困境的时候,不要指责他,而要张开你的臂膀。"

在我自己孩子的成长过程中,我一直努力按照这个建议去做。我记得我的长女克姆在7岁的时候,曾经把卧室里的一盏台灯打翻了。当时,我立即斥责她,我说:"你知道这盏台灯多么宝贵吗?

它在我们家里已经传了三代。"我还责问她怎么会发生这样的事。然后,我看到她的脸上露出了恐惧的神色。她的眼睛睁得大大的,嘴唇颤抖着。她从我的身边慢慢地向后退。这时候,我突然想起了妈妈的话,我立刻向她伸出了双臂。

克姆一头扎进了我的臂膀,哽咽着说:"对不起……对不起……"我们坐在她的小床上。我拥抱着她,摇晃着她,过了很长时间她才平静下来。我为我的责骂并且让她觉得那盏台灯比她还重要——即使只有十亿分之一秒的时间——而感到难过。

"对不起,克姆,"我对她说,"人比灯重要。我很高兴,你没有被划伤。"

幸运的是,她原谅了我。虽然那盏台灯事件没有给她带来太大的伤痕,但它却教会我一个道理,就是与其留待以后努力去收回那些在极其愤怒、恐惧、失望或者受挫的情况下说出的话,还不如闭上嘴巴不要说出来。

当孩子们做错事时,即使我保持沉默,我也能听到他们的恐惧、内疚和悔悟。他们能够承认自己的过错,正是因为他们始终感觉到自己是被爱着的。

我的孩子们现在都已经长大了,并且都已经成立了自己的家庭。一次,一个孩子回来看我,对我说:"妈妈,我做了一件蠢事……"

拥抱之后,我只静静地听她诉说,不断地点着头。就这样过了大约一个小时,当我站起来时,我得到了一个极其热烈的拥抱。

"谢谢你,妈妈!我知道你会帮我解决这个难题的。"

这令我十分惊讶。我其实什么也没做,只是保持了沉默,一直在听她诉说,并张开了我的臂膀,却得到了这样令人欣慰的回报。

我的那位朋友不知是否收到了我的那张便条,是否遵循上面的方法去做了。

[美国]戴安·C·帕罗恩/文,佚名/译

品读

　　教育是一门艺术。老师教育学生也好,家长教育孩子也好,要达到教育的目的,是要讲究方法的。当学生或孩子犯了错的时候,他们也知道自己做错了,内心也非常懊恼、后悔,希望改正错误,同时也非常害怕老师或家长的严厉批评甚至惩罚。当然,批评和惩罚会起到一定的惩戒作用,但太过,往往会适得其反。其实,当学生或孩子陷入困境的时候,不要一味地去指责,如果变换一下方式,张开你的臂膀,给他以宽容、以安慰,就会起到很好的教育效果。

爸爸，谢谢你来捧场

◇[美国]艾伦·古曼

读 点

故事平易朴实，形象鲜明生动。
由球赛而人生，感悟独特，深刻警醒。

他告诉坐在旁边板凳上的妇人说，他的孩子们一个个正在长大。这倒不是什么特别新闻，孩子们都如此，这是自然现象。

> 批：看似平常叙事，却具有人生哲理。

不过，他面对着棒球场说，他从前以为这种长大过程是一步一步来的。但事实上，他的孩子们却似乎突然从一个年龄阶段跳到另一个年龄阶段，就像他的老大学开汽车时转弯一样，换排挡会发出令人胆战心惊的声音。

> 批：坦陈心曲，前后对比，质的飞跃。

他记得，他的老大还是3岁时，牵着他的手在街上行走，碰到一个人竟然会打招呼。这个儿子怎么会认识一个他父亲不认识的人呢？即使在那个时候，他对儿子的这种独立个性已经有点感到震惊了。

> 批：回忆往事，吃惊中饱含着一种父亲对儿子的赏识与深情赞美。

现在，孩子们又在经历人生的一些必然里程了。老大在准备他的驾驶执照考试，最小的一个即将报考初中。

现在，球场上轮到13岁的儿子上场搏击了。在短短的几个月甚至几个星期里，这孩子就已经掌握了打球时如何运用眼睛、姿势、腕部动作等取胜的要诀。

> 批："短短的""几个星期""已经掌握"，赞赏之情跃然纸上。

这位父亲看球的神情,只有父母望着自己孩子时的神情可以比拟。一会儿过分扬扬得意,一会儿又过分吹毛求疵。做一个称职的父亲或母亲,就是要能了解什么是过分。不过,今天这位父亲所感受到的却是另一种东西,是介乎赞叹与哀愁、慈爱与失落的某种东西。

批:对比,议论,将这位父亲看球的神情刻画得入木三分。"要能了解什么是过分",堪称称职父母教育孩子的经验之谈。

他记起了历年来的一些小事。孩子们从学校带回来的作业一直在变。起初是一个粗糙的木制烛台,后来的是一张厚板桌子;开头是一幅蜡笔画,最后是一篇较长的论文。

批:回忆,插叙,父亲对孩子的欣赏之情溢于言表。

也许,他说,他自己正经历一种青春期。也许,所有父母都会跟他们的孩子一起度过第二个青春期,一方面看见他们长大而欣喜,一方面又因要放手让他们离开而心痛。

批:表面上谈做父亲的感悟和矛盾心理,实际上是在暗示主题,巧妙过渡。

就在这男人和那妇人边谈边看球的时候,比赛的两队互换攻守。那个13岁的孩子一阵风似的在他们旁边跑过,捡起一只手套后便跑向第三垒。有人击出一个平飞球正对着他飞过去,但男孩却接漏了。

批:特写,儿子接漏了球。

这位父亲突然一跃而起,接着又坐了下来。他告诉那妇人说:"两年以前,这男孩一定会流眼泪;可是现在,他很快就恢复常态了。"妇人告诉他:"两年前,你一定会情不自禁地要去教导他,但现在你只是个观众。"

批:无比紧张,却能克制自己。父亲与妇人的对话,诙谐风趣,又不乏理智。从中可以看出儿子的成长和成熟。

"是的,"他说,"我们父子俩都在成长。"这男人从前以为他对为父之道懂得很多。

毕竟,他自己也做过孩子,也有过一个父亲。他以往把自己看作导师,引导他的子女避开他自己年轻时的陷阱。他把自己的一生视作子女们继往开来的发展基础,就像建造摩天大楼一样。

批:作为父亲,能够认识到这一点,是非常难得的,如果父母处处都认为自己的观点、做法是对的,把自己看作导师,简单地让孩子服从,这是十分错误的,是不利于孩子成长的。

可是,他的孩子们却更像他年轻时一样。因此,现在他已慢慢接受英国一位小说家在书中所写的

批:语言平易,道理警醒。

话:"他的儿子也许要经历他自己和他同时代的人所经历过的同样途径,吸取教训就像以前从没有人得过这种教训似的。"

批:借英国一位小说家的话,阐明人生成长的重要道理。

现在,轮到他领会到他父亲在他之前所领会过的事情了:对自己子女的关注和期望虽然热切,但始终要放手让他们离开。

批:这才是为父母之道。水到渠成,点明主旨。

球赛终于结束。男孩大步跑了过来,把一只手套和一个棒球交给他,然后跟队友一起走了。走到球场中央时,男孩喊道:"爸爸,谢谢你来捧场!"

批:借男孩之口,巧妙点题。男孩真的懂事了,长大了。

他挥手目送男孩离开。没有关系,事情就是这样的,他们都长大了。

拳拳为父心

　　这是一篇写父亲在体育看台上目睹儿子在"瞬间成长"的小说。这位父亲始终在用欣赏的目光观察着自己的孩子,不仅在眼前棒球场的观众席上,而且也是在日常生活中的"人生舞台"的观众席上。

　　这位父亲坐在观众席上,神情专注而又饶有兴致地观察着。在孩子们成长的全过程中,这位父亲一面观察,一面全身心地投入了无限的深情,"一会儿过分扬扬得意,一会儿又过分吹毛求疵",他所感受到的,"是介乎赞叹与哀愁、慈爱与失落的某种东西"。

　　无疑地,他是深悉"为父之道"的称职父亲。他的"称职"还表现在全身心的投入,设身处地地站在孩子的角度去体察、去领会,与他们"同步"思考,一起"成长"。他甚至感觉到"自己正经历一种青春期"。作为父亲,他"一方面看见他们长大而欣喜",一方面又因为"要放手让他们离开而心痛"。这也许是普天下为人父母者共同的普遍的感受。这种矛盾的心理,流露出父亲交织着喜悦与期望、疼爱与希冀的复杂的心绪。

　　孩子的成长与独立是不可逆转的自然规律。这位父亲面对孩子的成长,有更深层次的思考,那就是,不能把自己当作"导师",引导孩子学步似的"避开他自己年轻时的陷阱",更要让孩子们自己在生活中去磨炼,去"经历",去独自"吸取教训",就像"以前从没有人得过这种教训似的"。简而言之,就是要放手让他们独立生活。(子夜霜、唐仕伦)

孺子良师

我觉得今日两代之间观念上的鸿沟有一个原因,大家多不愿意谈,就是做父亲的不再是孩子的教师了。五十年前,大多数家庭都住在田庄上或小城里,一家人必须通力合作,以求温饱,孩子跟父亲的关系非常密切。那时候,严父慈母,是自然的道理。

我跟父亲在田庄上工作,就是受教育。不错,他当初教我的本事,目前已经没有大用处。例如,给不肯就范的马套上车轭,挤牛奶,锄草,掘地,在刮风天撒肥料,等等。种燕麦、大麦、豌豆、四季豆,应付牝牛生产,今天也没有什么用了。

不过我也得到过比较有永久价值的教训:工作要自己动手,才格外可贵;越是辛苦,大功告成时越高兴。他给我的最重要的教训,电脑和教育专家好像都疏忽了,就是什么叫作负责,和自己负起责任来的快感。

父亲倒不是只教我工作。每年春天回到我们家乡来的鸟叫什么名字,也是他告诉我的。许多花草的名称、花草的功效,也是他教的。他说的名称和我日后在教科书里读的并不完全相同,所说的功效往往是乡间迷信。但是我学会了观察,体会到每一脚步下面有无穷的变化。最重要的是,他使我感到万物的奥妙。

记得很久以前的11月里,有天晚上,灯全熄了,大家都已上床。忽然,父亲跳下床,冲到窗口,把每个人都叫了起来。

"到外面去!"他说,"不用穿衣服。披一条棉被就行了。快点!"

我们出去了,只见白茫茫的寒霜,一轮朦胧月照得处处亮晶晶地发光。

"听!"他说。

我们尽量忍住,不让牙齿发出打颤的声音,倾耳静听,并且抬头朝他望的方向看。不错,听到了。随后也看到了。雁阵遮月,高飞而过。

"总有上千只呢。"父亲说。

随后他叫我们上床,被窝里还暖烘烘的呢。他只说了这么一句:"我想为了看这一眼,打一阵寒战也很值得。"

我觉得说来好惨,如今我们没有时间也没有心思做这样的父亲了。说来也同样的惨,一年一年地过去,好像再也没有这样的乐趣了。

[美国]H·G·格林/文,郭恢扬/译

这篇散文的主旨并不在于抒写恋旧怀乡的情绪,也不在于告诉我们该怎样做父亲,更不在于记叙童年趣事和强调实践知识的重要,而是通过对儿时乡村生活和父子关系的描述,表达对"回归自然"的深情呼唤。所谓"自然",既包括了文中所勾勒的"美国式的田园诗"那样美丽的自然风光,也包括了与当时的乡村田园生活相协调的那种亲密无间、柔情无限、良师孺子般的父子关系(也即人际关系、亲情关系)的和谐与"自然"。

在诸如美国这样的发达国家,现代文明促进了都市的发展、生产方式的先进和普通人生活的改善,但同时也带来了工业的污染、城市的噪音、竞争意识的加强和生活节奏的紧张,尤其是人与人之间关系(包括亲情关系)的日益疏远、淡漠、越来越缺少心灵的相互沟通,缺少人情味和恬适感。换言之,随着人们对大自然的隔膜,属于"昨天"的一些古朴、美好、温馨、恬静的东西,也像那"远飞的雁群"一般,几乎是永远地消逝了。

需要说明的是,我们认同作者的"呼唤自然",但绝不是欣赏那种古朴简陋的原始乡村式生产形态,也不是简单地怀恋那种严父慈母、儿女绕膝的传统的家庭模式,而是认同作者所忧虑的随着人与自然的疏远所带来的人情、亲情的淡漠。这一当代工业社会(当然也包括当代发展中的中国)的日益显现的危机是值得我们重视的。

独腿人生

◇［中国］罗伟章

读点

塑造了一个顽强与命运抗争的车夫形象。
细微之处见精神，对比鲜明抒胸臆。

朋友住在城南的一幢别墅里。别墅是为有私车的人准备的，因此与世俗的闹市区总保持一段距离。我没有私车，只得乘公交车去。下车之后，眼看约定的时间就快到了，我顺手招了一辆人力三轮车。

朋友事先在电话中告诉过我，若坐三轮，只需三元。为保险起见，我上车前还是问了价。车夫说五元，并开导我说："总比坐出租合算吧，出租车起价就是六元呢。"这个账我当然会算，可五元再加一元，就是三元的两倍呢。于是我举目张望，希望再有一辆三轮车来。这时车夫说："上来吧，就收你三元。"这样，我高高兴兴地坐了上去。

车夫一面蹬车，一面以柔和的语气对我说："我要五元其实没多收你的。"我说："人家已经告诉我，只要三元呢。"他说："那是因为你下公交车下错了地方，如果在前一个站，就只收三元。"随后，他立即补充道："当然我还是只收你三元，已经说好的价就不会变。我是说，你以后来这里，就在前一站下车。"他说得这般诚恳，话语里透着关切，使我情不自禁地看了看他。他穿着这座城市经营人力三轮车的人统一

批：看似不经意的背景，却暗示着世俗与高尚的"一段距离"。

批：守时是一种美德。守时者会为他人着想，不愿因为自己的行为给他人带来麻烦。

批：心理描写，在斤斤计较中为下文写心里"不是滋味"蓄势。

批：见人为难，主动相助，表现出车夫的热心和善良。

批：信守承诺也是一种美德。

批：服装普通，不会引人注意；修饰

穿的黄马甲,剪得整整齐齐的头发已经花白了,至少有五十岁以上的年纪。

车行一小段路程,我总觉得有点儿不大对劲,上好的马路,车身却微微颠簸,不像坐其他人的三轮车那么平稳,而且,车轮不是滑行向前,而是向前一冲。我正觉得奇怪,突然发现蹬车的人只有一条左腿!他右边只有一截黄黄的裤管,挽一个疙瘩,悬在空中,随车轮向前"冲"的频率前后晃荡着。他的左腿用力地蹬着踏板,为了让车走得快一些,他的臀部时时脱离坐垫,身子向左倾斜,以便把所有的力量都用在左腿上。

我猛然间觉得不是滋味,眼光直直地瞪着他的断腿,瞪着悬在空中前后摇摆的那截黄黄的裤管。我刚三十出头,有一百三十多斤的体重,体魄强壮,而他比我大二十多岁,身体精瘦,且只有一条腿,然而,我却大模大样地坐在车上,让他用独腿带我前行。我的喉咙有些发干,心胸里被一种奇怪的惆怅甚至悲凉的情绪纠缠着,笼罩着。我想对他说:"不要再蹬了,我走路去。"可我又生怕被他误解,怕自己的做法显得矫情,玷污了一种圣洁的东西。

前面是一带缓坡,我说:"这里不好骑,我下车,我们把车推过去。"他急忙制止:"没关系,没关系,这点儿坡都骑不上去,我咋个挣生活啊?"言毕,快乐地笑了两声,身子便弓了起来,加快了蹬踏的频率。车子遇到坡度,便顽固地不肯前行,甚至有后退的趋势。他的独腿顽强地与后退的力量抗争着,黝黑的后颈上的筋一根根绷起,头使劲地向前蹿,像是在跟自己较劲,与命运抗争!

坡爬上去后,我说:"你真不容易啊!"他自豪地说:"这算啥呢!今年初,我一口气蹬过八十多里,而且带的是两个人!"我问怎么走那么远?他说:"有两个韩国人来成都,想坐人力车沿二环路走一趟,看看

批:整齐,暗示为人做事认真负责。有了此处充分的铺垫,才有下文的惊叹钦敬。

批:有了"我"的留心观察,才有了情节的进一步的发展。

批:细节描写,尽量详尽地描述车夫蹬车的动作。表现他生活的不易,更易打动读者,引起共鸣。

批:两相对比,不由得自责。虽然这是他的工作,也无法冲淡"我"心中的歉疚和愧怍,表现了"我"的善良,善良的人总会为他人着想。

批:善意有时也会伤害别人,每个人都有选择自己生活的权利,也都有维护自己尊严的权利。

批:苦中作乐,就不会觉得生活痛苦。细节描写更充分,在语言描写、动作描写和神态描写中,尽显车夫的坚强、乐观。

成都的风景。别人的车他们不坐,偏要坐我的车。<u>他们大概是想看我出丑吧,没想到我这条腿争气,一段路也没落下。</u>下了车,那两个韩国人流了眼泪,说的什么话我不懂,但我想,他们一定不会说我是孬种。"

不由自主地,我又看着他的那条断腿。我很想打听一下他的那条腿是怎么失去的,可终于没有问。事实上,这已经无关紧要了。他已经断了一条腿,而那条独腿支撑起了他的人生和尊严,这就足够了。我想,如果那条断腿也有在天之灵,它一定会为它的主人感到自豪。

<u>离别墅大门百十米远的距离,车夫突然刹了车。</u>

我正纳闷他隔这么远就把车停住了,他回头满怀歉意地对我说:"<u>我本来应该把你送拢的,可那是一幢高级别墅,往别墅去的人,至少应该坐出租啊……我怕被你朋友看见……</u>"

我不由心中一紧,鼻子酸酸的。我赶紧给他五元钱,但他坚决只收三元。

我的眼泪流了下来。我天生是不大流泪的人。

<u>朋友果然在大门边等我。他望着远去的车夫说:"你为什么不让他送拢?那些可恶的家伙总是骗一个是一个!你太老实了。"我没有作声。</u>议完事,朋友留我吃饭,我也坚决拒绝了。

回来时我徒步走过了那段没有公交车的路程。我从来没有与自己的两条腿这般亲近过,也从来没有觉得自己的两条腿这般有力过。

批:再现对比,独腿蹬出一介小民的爱国大情怀,让"两个韩国人流了眼泪"。

批:不送到地方?令人生疑的举动。再设疑,引出下文的解释。

批:为"我"着想,善良的强者。

批:为何不为之解释辩护?不愿意这样做吗?富有的朋友已与贫困者有了隔阂,与"我"也有了心上的隔阂,照应开篇的"距离"。

批:唤起"我""心底那"近乎悲壮的情感",感受自强的力量。

尊严是无价的

《独腿人生》写独腿车夫崇高的精神境界是小说的核心。作者重点交代了他的年纪——"至少有五十岁以上"。这样的年纪按习惯说法,该去"颐养天年"了。然而,他仍在用独腿艰难地跋涉在求生的路上,他的命运是值得同情的。但是,他不仅不是一个生活的弱者,反而表现出一种正常人也难有的崇高的精神境界。

塑造人物调用了多种艺术手段,开始讲价钱的细节初现车夫的诚实,接着写"我"发现车夫的残疾,既直接描写车夫"跟自己较劲,与命运抗争"的具体表现,又用"我"的感受衬托并强化那场面的感染力,一个"为自己'挣'来了坦荡而快乐的生活"的强者形象,活生生地站了起来。而最后收钱时车夫只收三元,再次呼应开篇时对车夫诚实品格的描写,圆满完成了一个有血有肉有灵魂的人物的塑造。(汪明、屈平)

探险者的一课

我那个不准离开前院的孙子贾森,已跑得无影无踪——10岁的孩子总是这样。我叫了几声,没人回答。我坐到草坪上的折椅里准备读书,发现那架长梯子平躺在车道旁边的大树下。根本不需要大侦探歇洛克·福尔摩斯,贾森肯定是在树上,只是不巧把梯子碰倒了。看来他暂时还不想下树来,更不想让我知道他的窘境。我本可以过去把梯子重新摆好,但忽然想起孩提时的一件事。过了五十多年,我突然明白了它的含义。

雷蒙德·卡丁在许多人眼里是个可爱的乡下人。我记得他走在佛蒙特州诺斯菲尔的街上的样子:一位满头白发,衣着讲究的绅士。他与我有过一次短暂的交往,那时我正是贾森这般年纪。

我可以自由地在镇里到处乱跑,父母禁止我去的地方只有佩因山脚下废弃的采石场。但那是一个吸引人的地方,到处淌着浅绿色的水,并布满了碎石堆起的小山丘。小白杨树从石缝中长出来,攀着它们能轻易地爬上这些小山丘。矮树丛中不时可发现生了锈的采石机。

一个夏天的下午,我跟着一群大孩子去那个地方。他们走离了通往采石场的被人踏出的小路,然后扔下了我。我爬过一根根伐倒的树干,穿过缠人的荆棘丛,找了一个多小时还没找到原先的小路。太阳很低,已过了晚饭时间,父母大概在着急了。我惊慌起来,就坐在一棵树下,用哭声表达我的苦恼。

当我止住声喘口气时,听见有人在吹口哨,我立刻就找到了吹口哨的人,他正坐在小路边的一段树干上,削着一根细树枝。

"哈罗!"卡丁说道,"出来散步吗?天气真好。"

我点点头:"我只是想来考察一下这个旧采石场。不过现在我得回去了。"

"要是你愿意稍等一会儿,"卡丁说,"我想和你一同回镇上去。我快要完成这个柳哨了,做好了送给你。"

他把柳哨递给我,然后站起来。伴着清亮的哨声,我们一起顺着小路走下山坡。

现在当我坐在这草坪上的折椅里时,我第一次明白了那是一个多么不寻常的友善举动。那个人听到我的哭声,明白这是一个小男孩迷了路。出于一种情感,他不愿充当一个援救者的角色,而是坐在一旁吹口哨,使我能够找到他。他尊重一个小男孩的自立感。

我从折椅里站起来,把停在大门前的旅行车开进车道,停在大树底下——那是它平时停放的地方,然后我拿起梯子,拿着它绕过房子,将它放在屋后。当我回来时,贾森已坐在我的折椅上了。

"你到哪儿去了?"我问。

"探险。"他说,"我是个小童子军,你知道吗?"

"我知道。"我说。

[美国]L·F·威拉德/文,姚任民/译

品读

这是一篇饶有趣味的叙事散文,表达了呵护孩子的自尊心和尊重孩子的自立感的思想。

自尊心和自立感是孩子"心理健康"的重要标志。孩子的自尊、自立,常常表现为一种不肯让大人帮忙的独立意识,一种虽陷入窘境也不愿承认"失败"的好胜心理,一种希望大人尊重他、也把他看作"大人"的平等观念。这是一种正常的、健康的心理状态,如果引导得好,常常可以使孩子成长为一个尊重自己也尊重他人,有相当的独立生活能力和工作能力的人。文中的"我"和雷蒙德·卡丁都深深懂得孩子的这种心理。孙子贾森登梯上树,不巧把梯子碰倒了因而下不来。孙子出于自尊,他躲在树上不愿意让别人知道他的"窘境"。作为爷爷的"我",本来可以把梯子重新摆好,以援救者的身份把孙子接下来,但爷爷没有这样做,而是佯装不知,默默地把旅行车开过来停在大树底下,以便孙子"以车当梯"从树上下来。五十多年前,当"我"正是孙子这般年纪的时候,也曾有一次因迷路而陷入窘境,雷蒙德·卡丁听到了"我"的哭声,他知道"我"迷路了,为了不使"我"难堪,他装得若无其事地在一旁吹口哨,使"我"能够找到他,跟着他走出了迷路的树林。卡丁对"我"的这种举动和眼下"我"对孙子的举动,虽然时间、地点不同,其动机和目的却完全相同,那就是:呵护孩子的自尊心,尊重一个孩子的自立感。

这散文读起来很有味道,主要得力于这样一些写作技巧。一是插叙手法。顺叙的是"我"和孙子的故事,插叙的是五十年前"我"和卡丁的一段往事,两个故事相互交叉而又互为照应,克服了叙事的刻板,增添了行文的妙趣。二是运用细节。"我"以汽车当梯子和卡丁"吹口哨"的细节,把两位老年人尊重孩子的心理和沉稳机敏、不露声色的行动刻画得非常生动。三是对话的简洁和性格化。"我"明明是迷了路,却对卡丁说是要"考察一下这个旧采石场";孙子明明是上了树下不来,却回答爷爷是去"探险",几句话就使两个孩子"可爱的自尊"跃然纸上。同样,卡丁和爷爷佯装不知、故作轻松的话语也十分精彩,使两位老人可敬的形象栩栩如生。四是语言朴实无华,如说家常话,增强了文章的真实感、亲切感。

家庭剧场

母亲的存款

◇[美国]凯瑟琳·福伯斯

读点

倒叙手法运用巧妙,多处运用伏笔,结构严谨。
故事情节起伏跌宕,结局出人意料又在情理之中。

　　每星期六的晚上,妈妈照例坐在擦干净的饭桌前,皱着眉头归置爸爸小小的工资袋里的那点钱。

　　钱分成好几摞。"这是付给房东的。"妈妈嘴里念叨着,把大的银币摞成一堆。

　　"这是付给副食店的。"又是一摞银币。

　　"凯瑞恩的鞋要打个掌子。"妈妈又取出一个小银币。

　　"老师说这星期我得买个本子。"我们孩子当中有人提出。

　　妈妈脸色严肃地又拿出一个5分的镍币或一角银币放在一边。

　　我们眼看着那钱堆变得越来越小。最后,爸爸总是要说:"就这些了吧?"妈妈点点头,大家才可以靠在椅子背上松口气。妈妈会抬起头笑一笑,轻轻地说:"好,这就用不着上银行取钱了。"

　　妈妈在银行里有存款,真是件了不起的事。我们都引以为荣。它给人一种暖乎乎的、安全的感觉。我们认识的人当中还没有一个在城里的银行有存款

批:"照例""皱着眉头""那点钱",收入很少,支出需要精打细算。

批:将钱分几摞,各有各的用途,形象刻画了家庭主妇精打细算的形象。

批:首次点银行里存有钱,银行真的有存款吗?留下悬念。

批:写别人没有存款,反衬母亲善

的。

　　我忘不了住在街那头的简森一家因交不起房租被扫地出门的情景。我们看见几个不认识的大人把家具搬走了，可怜的简森太太眼泪汪汪的，当时我感到非常害怕。这一切会不会、可不可能也落到我们的头上？

批：写简森一家被房东扫地出门的惨状，反衬了"我"家因妈妈持家有方而未被扫地出门。

　　这时戴格玛滚烫的小手伸过来抓住我的手，还轻轻地对我说："我们银行里有存款。"马上我觉得又能喘气了。

批：这句话是我们一家人的心理支撑。

　　莱尔斯中学毕业后想上商学院。妈妈说："好吧。"爸爸也点头表示同意。

　　大家又急切地拉过椅子聚到桌子面前。我把那只漆着鲜艳颜色的盒子拿下来，小心翼翼地放在妈妈面前。那盒子是西格里姨妈有一年圣诞节时从挪威寄给我们的。

　　这就是我们的"小银行"。它和城里的大银行不同之点在于有急需时就用这里面的钱。昆斯廷摔断胳膊请大夫时动用过。戴格玛得了重感冒，爸爸要买药的时候用过。

批："小银行"是经济拮据人家的一种应急储备。

　　莱尔斯把上大学的各类花销——学费多少，书费多少，列了一张清单。妈妈对着那些写得清清楚楚的数字看了好大一会儿，然后把小银行里的钱数出来。可是不够。

批："不够"？要动银行的钱？设置悬念。

　　妈妈闭紧了嘴唇，轻声说："最好不要动用大银行里的钱。"

批：哪有什么银行存款啊，这是母亲给家人生活以希望的一种美丽谎言。

　　我们一致同意。

　　莱尔斯提出："夏天我到德伦的副食商店去干活。"

　　妈妈对他赞赏地笑了一笑。她慢慢地写下了一个数字，加减了一番。爸爸很快地心算了一遍。"还不够，"他把烟斗从嘴里拿下来端详了好一会之后，说道，"我戒烟。"

批：为了不动银行存款，莱尔斯提出去副食商店干活，爸爸决定戒烟，"我"和几个小妹妹提出到桑德曼去看孩子，可以说，全家人在齐心合力想法渡过眼前的难关。

干持家。

妈妈从桌子这边伸出手,无言地抚摸着爸爸的袖子。又写下了一个数字。"我每星期五晚上到桑德曼家去看孩子。"当我看到几个小妹妹眼睛里的神情时,又加了一句:"昆斯廷、戴格玛和凯瑞恩帮我一起看。"

"好。"妈妈说。

又一次避免了动用妈妈的银行存款,我们心里感到很踏实。

即使在罢工期间,妈妈也不多让我们操心。大家一起出力干活,使得去大银行取钱的事一再拖延。这简直像游戏一样有趣。

批:"游戏"暗示"银行存款"的作用——使生活变得很有趣。

把沙发搬进厨房我们都没有意见,因为这样才可以把前面一间房子租出去。

在那段时间,妈妈到克茹帕的面包房去帮忙,得的报酬是一大袋发霉的面包和咖啡蛋糕。妈妈说,新鲜面包对人并不太好。咖啡蛋糕在烤箱里再烤一下和新出炉的差不多。

批:发霉的食品是不能吃的,可是家庭经济拮据且要挺过难关,只好吃这些不利健康的面包和咖啡蛋糕。

爸爸每天晚上到奶制品公司刷瓶子。老板给他3夸脱(注:容量单位,主要在英国、美国及爱尔兰使用。英制:1夸脱等于1.136升,即0.001136立方米)鲜牛奶,发酸的牛奶随便拿。妈妈把酸了的牛奶做成奶酪。

批:上文的烤发霉的蛋糕和这里将发酸的牛奶做成奶酪,可见妈妈非常聪明能干。

最后,罢工结束了,爸爸又去上工。那天妈妈的背似乎也比平时直了一点。她自豪地环顾着我们大家,说:"太好了,怎么样?我们又顶住了,没上大银行取钱。"

批:再点银行存款,它使一家人同舟共济共渡难关。

后来,好像忽然之间孩子们都长大工作了。我们一个个结了婚,离开家了。爸爸仿佛变矮了,妈妈的黄头发里也闪烁着根根白发。

在那个时候,我们买下了那所小房子,爸爸开始领养老金。

也在那个时候,我的第一篇小说被一家杂志接受了。

收到支票的时候，我急忙跑到妈妈家里，把那张长长的绿色的纸条放在她的膝盖上。我对她说："这是给你的，放在你的存折上。"

她把支票在手里捏了一会，说："好。"眼睛里透着骄傲的神色。

我说："明天，你一定得拿到银行里去。"

"你和我一起去好吗，凯瑟琳？"

"我用不着去，妈妈。你瞧，我已经签上字把它落到你的户头上。只要交给银行营业员，他就存到你的账上了。"

妈妈抬头看着我的时候，嘴上挂着一丝微笑。"哪里有什么存款，"她说，"我活了这一辈子，从来没有进过银行的大门。"

（张建军/译）

批：稿酬给母亲，并非是为了表现儿女的孝，真正的用意为了揭出母亲存款的秘密，表现母亲的坚韧、精于持家。

批：谜底揭开，真相大白。银行存款完全是子虚乌有，但这个谎言凝聚全家人渡过了一个又一个的家庭经济危机。

小说结构与人物形象塑造

这篇小小说，以"银行存款"为线索，塑造了一位在艰难困苦生活之中慈爱、坚韧、精于持家的母亲形象。

情节设置上采用了倒叙的手法，在结尾处才告诉读者根本就不存在什么银行存款，故事也随之戛然而止。这样的安排，既出乎意料之外，又在情理之中。在情节的发展过程中，读者也和孩子们一样，都相信母亲确实有那样一笔银行存款，引发了读者对情节发展的关注。

然而，由于构思得巧妙和铺垫得充分，读者对银行没有存款这一结局也并不感到十分意外。开篇描写母亲"皱着眉头归置爸爸小小的工资袋里的那点钱"，其中"皱着眉头""归置""小小的""那点钱"都说明爸爸赚钱不多，仅够温饱而已；在莱尔斯中学毕业后想上商学院时，更是竭尽了大家的力量，爸爸甚至还戒了烟；即使在罢工期间，在家中最为艰难的时刻母亲也并没有动用银行的那笔存款。爸爸工资很少，家里很难有积蓄，如果真的有银行存款，也不会在急需钱的时候不动用。

因此，这些伏笔都使得小说的结局极具合理性，同时也更好地塑造了母亲形象。

（子夜霜、贾少阳）

父亲的乐歌

他不会玩乐器,唱歌走调儿,但却教了我世界上最美妙的音乐。

如果我紧闭双目,一动不动,就会回想起父亲教我静听乐歌的那个晚上,当时我五六岁。内布拉斯加州连年干旱,那天下午夏日热得火烧似的,连呼吸都有困难。入夜之后我上床睡觉,就在这时候,在我绿白色布窗帘的缝隙中,一道微弱的闪电划过漆黑的夜空。

远处低长的雷声变为怒吼,我把被子拉上来裹着脖子,抱着枕头。百叶帘咯咯作响,榆树枝敲打外墙的木板,风从门窗缝中吹进来,像是鬼嚎。然后电光一闪,照得房间通明,随着就是一声暴雷。我想逃到双亲的房子里去,却惊怕得不能动弹,只有高声大叫。

一瞬间,父亲已来到我的床边,抱着我轻摇抚慰。我渐渐安静下来。他对我说:"你听!暴风雨在唱歌。你听得到吗?"

我停止哭泣,倾耳静听。又是一道电光,一声雷响。父亲说:"听那鼓声,音乐没有鼓算是什么呢?没有鼓,就没有节奏,没有深度,没有精髓。"又来了一阵鬼嚎,我凑近父亲,紧紧拉住他。他低声说:"喂,我想我们的乐队中有一只口琴,听到没有?"

我仔细静听,低声说:"不对,我想那是一架竖琴。"

父亲咯咯一笑,轻拍我的脸颊。"现在你懂了。闭上眼睛,看你能不能抓住这乐声,随着它飘去,你想不到它会把你带到什么地方去的。"

我闭上眼睛,恳切静听,心随竖琴的声音飘去了,一直到天亮。那一夜我睡得真甜。

父亲是一个日夜随时应诊的老牌医生,经常到农家诊病。他不会玩乐器,也不会唱歌,但却喜欢他所听到的音乐。很多时候,他都会在家里尽情高歌。我们笑他,他就说:"歌曲不唱来与人分享,有什么好处?"他有时坐在日光室内,开着那部"维特劳拉"牌老式唱机听轻音乐唱片。可是几分钟后,室内就寂然无声。有一天,我问他音乐停了之后他在做什么。

父亲把手放在胸前,说道:"啊,那时真正的音乐才开始,我听我自己的乐歌。"

当时我听来一知半解。但是日子渐渐过去,父亲教会了我如何听我自己的乐歌。有一次,在科罗拉多州的落基山中,我们看急流跃过石崖,他说:"瀑布中自有音律,你听得出吗?"我一直以为瀑布的水声总是千篇一律的。但此时我闭目细听,发觉可以听到急流音律的细微变化。

父亲说:"宇宙万物都有音乐。它存在于季节变换中,脉搏跳动中,欢欣和悲痛的循环中。别抗拒,随它,它让你自己成为音乐的一部分。"

其后不久,在第二次世界大战期间,我站在一艘军舰上,吻别我的父亲。他是舰上的军医。我心里很怕,一个星期以来,不断细看父亲的容貌举止,力求铭记在心,就怕他一去不回。

晃眼间,已到了我应该离舰的时候,我一时间像孩子般心慌意乱,抱着他不放。他轻声说:"你听! 你听到波浪中的乐声了吗?"我屏息静听。果然海波的音律非常有节奏。我也突然感觉有一股坚强、结实而且可靠的力量支持着我。我松开紧搂着父亲的手,走下跳板。

父亲退役回家后不久,我也听到了我自己生命的音乐。我当了公立学校的言语及听力治疗师。我喜欢帮助遇到困难的孩子,但也有像莎莉安那样令我怜惜心痛的事例。

她是一个很好看的小女孩,有长长的鬈发。她虽然不是完全聋,初上学的几年却是在俄马哈的内布拽斯加聋童学校度过的。现在当地的学校既然有了言语及听力治疗师,她的父母就把她接回家来。她能够回来,雀跃万分! 可是一星期一星期过去,看得出莎莉安不能够好好地适应。她很容易灰心沮丧,不久就自暴自弃,不肯学听。她的父母准备把她再送回俄马哈。

我知道我得使莎莉安把注意力集中在听这方面,因此我用音乐帮助她体会。听可以给她带来乐趣,她也的确因而得到乐趣。可是莎莉安每次上完治疗课回到教室后,又表现出毫无兴趣。有一天,她和我一起听贝多芬的第五交响曲,我记起父亲在日光室听曲的旧事。

我说:"莎莉安,我们要试行一个新办法。我把音乐停掉,却要你继续听下去。"她颇感迷惑。"我要你用你的心听而不是用耳朵听。只要你能在心中听到音乐,你到哪里也可以听到它!"

我们每天用一部分时间听音乐。然后我把电唱机关掉,莎莉安和我就把双手放在胸前,静听心中的音乐。对她,这很快就成了一件乐事,她非常喜欢这样做。

不久之后,莎莉安的教师问我:"你是怎样教导莎莉安的? 现在我讲课时她开始看着我,而不是低头看她的书桌上。她也开始听从指导。而且,你有没有注意到她在学校里不再拖着脚步走路,而是连蹦带跳地跑?"

父亲教我听心中的乐歌,在我为人妻为人母遇上困难时,也对我大有帮助。一个严寒的12月夜晚,我在医院加强护理室旁的休息室中焦急不安地走来走去。我的17岁儿子保罗正在生死边缘,他的女友在那次车祸中丧生,而他昏迷不醒。

时间一分一秒地走,我的恐惧也随之加深,我突然感觉到再也压抑不住,要悲伤着跑出去,逃进黑夜里。幸而心思一转,想到了许多年前暴风雨吹进我卧室的窗缝,父亲初次教我听乐歌的往事。我就再一次安定下来,默然静听。

开始时我听到的只是从休息室通风装置中传来的锅炉嗡嗡声。我再仔细听,炉声像大提琴的私语,后面又有隐约可闻的短笛声。我不再踱步,回身坐下来,闭起眼睛,听锅炉的大提琴声,随之和之,直到天明。保罗幸得生还,陪伴着他,我的乐歌也得以重返。

许多年来,父亲的乐歌帮助我找到了我自己的乐歌,我自己的音乐,我自己的生活方式。谁知,我的乐歌突然因一通电话坠入了无声的深渊。我一听到我兄弟的声音,不等他开口就知道是什么事了。父亲死了,是心脏病猝发。我回到床上,闭起眼睛。我眼中没有泪,只是一片黑暗。我在床上躺了很久,僵硬得动也不动,希望醒来时发现只是做了一场噩梦。

但是父亲确是去世了,我们站在他的墓旁,葬幡在二月的寒风中摆动,我的感觉是麻木的。有几个星期,我活在孤寂无语之中。

有一晚,我独自坐在起居室,听到壁炉烟道中冬夜风声。声音如泣如诉,好像为我哀鸣,我内心驱使我细听。我不由自主地凝神静坐。那壁炉的呜咽声不是口琴,甚至不是竖琴。不,它像是长笛,醇厚的长笛。

突然,我感觉到自己在微笑。在那个时期,我知道在某一个地方,有一个五音不辨的老精灵也在静坐细听这天籁,他在世之年也曾听过这种乐歌。

我在静听时想到我从没有和过长笛的乐声,因此就闭起眼睛,抓住壁炉烟道的呜咽声,随之和之,直到清晨,也寻回了生气。

[美国]玛·摩·黑格尔/文,佚名/译

品 读

这是一篇追思父亲的散文,也是一篇富有生活哲理的给读者有益启示的散文。

父亲"不会玩乐器,唱歌走调儿",但却教了女儿世界上最美妙的音乐。在那个雷电交加的夜晚,父亲以他博大的爱心启迪了女儿(即文中的"我")的心灵,使女儿在以后的人生中,每每遇到困难,就会告诉自己:静下心来,倾听身边美妙的音乐,用心去感受那跳动的节奏、优美的旋律,一切都会变好的。在这之后的岁月里,女儿也像父亲一样感动着别人,帮助他们走出困境。

父亲教女儿用心灵去倾听、去捕捉音乐,是让人受益终身的好方法。一个人若不想做生活的奴隶,只有去洞察生活的真谛,对生活真谛的观察和领悟,能使人上升到一种艺术境界,从而达到"自我意识"的状态。文中的父亲和女儿,他们在音乐中洞察了生命的真谛,他们超越了自身本来的"奴隶"状态,而对自己种种生命的感受和经历作出反思。

人对生命的自我发现,不必通过逻辑分析,也不必拥有更多的专业知识,只要有丰富的想象、炽热的感情、纯朴的爱心就足够了。这对父女能够欣赏大自然的乐章,完成对生命的自我发现,并不是他们的知识高深,而是他们感情丰富、具有爱心,于是,他们就发现并创造了自己的乐歌。如果我们也能像这对父女一样自觉地领悟生活的真谛,就使自己活得快乐、幸福。

妈妈的秘密

◇［日本］赤川次郎

读点

设置悬念，揭示秘密，独具匠心。
生动展示了母亲那善良、宽厚、清纯、温柔、娴静
的高贵心灵。

千万不能让丈夫知道。

绫子拿着那个小包，站在桥上。夜深人静，河水在黑暗中悄无声息地流淌着。它能带走这秘密吧。

小包飞快落入河中。

回家吧，明天丈夫住院，得起个大早呢。

绫子疾步往回走。轻轻打开后门，穿过厨房，溜进卧室——丈夫站在那里！丈夫满脸愤怒："上哪儿去了？"

"这……"

"哼，是把见不得人的东西扔到河里了吧！"丈夫真的动了气。绫子的脸也变白了。

"扔了什么，说！"

绫子忍不住反问一句："你怀疑我什么？"

"我替你说吧——是北山的信！"

绫子睁大了眼睛。接着，慢慢将视线移至脚下。

"跟那家伙勾搭上啦！"

"啪"，一记沉重的耳光。绫子头晕目眩，一头栽倒在床上。

好不容易抬起头时，女儿有纪子正怯生生地站

批：究竟是什么秘密不能让丈夫知道呢？小包究竟装的是什么？开篇即设置悬念，引起读者的好奇心。

批：心理描写道出了绫子对丈夫的关爱之情。

批：真的见不得人吗？

批：绫子为丈夫的不信任而震惊，但又不愿意说出事情的真相。究竟是什么秘密绫子不愿意说明呢？

在床边,黑黑的瞳仁里充满了恐惧和疑惑。

"我到底是谁的孩子?"有纪子问,"是爸爸的,还是叫北山的那个人的?"

"你为什么问这个?"

"想知道。"

良久,绫子没有作声。微风吹拂着她那业已大部分变白的头发。

"好,"绫子终于开口了,"那就告诉你吧。"

"和我结婚前,你爸爸爱着一个人,她叫……"

晶美,并不出众。在中学,比他低一年级。当时很迷恋他的绫子,偏偏和晶美又是最好的同性朋友。不过,这两个女孩儿那时都还不到敢向异性吐露爱心的年龄。因此,也就没有发生什么争"郎"大战。论家庭背景,绫子占上风。晶美死了父亲,与母亲二人相依为命,度日维艰。她自然穿不起绫子身上的漂亮衣裤,也不善于玩耍。不过,绫子知道,晶美特有的那种清纯、温柔和娴静是谁也学不到手的。

那件事发生在一个炎热的暑假。

晶美突然跑到了绫子家。他正巧也在。紧追而至的是一群恶煞似的男仆,他们的主人是当地首富,晶美的母亲在那家干活。

"让那个女孩儿滚出来!"男仆们叫嚣说,他们小姐放在梳妆台上的宝石不见了,晶美当时正进府找她母亲,偷宝石者必是晶美无疑……

他,发怒了,让晶美躲进里屋,他转身直奔门口,跟那帮男仆大吵起来。

大概是被他那不要命的样子吓住了,男仆们哪嘟哝哝着回去了。本来他们也没有充分的证据。

他走向面色惨白、颤抖不已的晶美,温柔地拉起她的手……

然而,那件事并未结束。暑假期间,晶美偷盗宝石的传言飞遍整个镇子。新学期开始后, 没一个人

批:女儿的疑惑,自然引出妈妈心中的秘密。

批:外貌描写暗示秘密已隐藏多年。

批:面对女儿的"恐惧和疑惑",妈妈终于开口道出其中的秘密。

批:谜底即将揭开。

批:"必是"实际上也已说明晶美就是宝石的偷窃者。

批:爱情的勇敢捍卫者!

愿跟她说话。她母亲也失去了工作,娘儿俩的日子更难过了。

他则明明确确地爱起了晶美。那不是出于怜悯或同情,而是纯粹发自内心深处的诚挚之情。绫子一如既往关心着晶美,同时暗暗在心里发誓:委屈自己,成全他们。

批:善良、宽容、甘心委屈自己而成全他人的绫子!

然而,单靠一个学生的爱情,是无法支撑母女俩的生计的。这个事终于打上了一个句号——晚秋的一个黄昏,晶美和她母亲一同投河自尽了。

批:贫困制造的悲剧!

"后来,你爸爸倒插门到了咱们家,再后来,就有了你。"绫子停顿了一下,"不过,你爸爸在心里一直思念着晶美。我只是他的妻子,晶美才是他的恋人,而且只有她一个……"

批:晶美在丈夫的心目中是美好的,作为妻子,维护这一美好形象,才是深爱丈夫的体现。

有纪子长长地叹了口气。

"可这与你扔到河里的东西有什么关系呢?"

批:女儿问话自然引出秘密。

"我打扫里屋的时候,发现了塞在天棚上的宝石,就把它偷偷地扔进了河里。"

批:这宝石是当年丈夫的恋人晶美偷来的,揭示出宝石的秘密。

"是,是这样……"有纪子几乎喘不过气来。

"晶美被人追到咱们家,趁你爸爸跟人吵架的当儿,踩着板凳,把宝石塞到了天棚里。"

"那你为什么不告诉爸爸呢?"

批:问得好,问出妈妈的美好心灵。

绫子莞尔一笑:"我那时已经得知,晶美的不幸使你爸爸在身心方面所受的沉重打击和极度悲痛该有多大。对你爸爸来说,晶美是完美无瑕的女性偶像。如果告诉他真实情况,你想会发生什么事儿?"

批:善良的绫子! 爱一个人,就是努力减少爱人痛苦。

"妈妈!"有纪子紧紧地抱住了母亲,"您才是最爱爸爸的人啊。"

绫子的脸微微发红。

批:绫子对丈夫几十年如一日地一往情深地爱着,她的心灵比宝石还要珍贵!

"男人,都是浪漫主义者,总喜欢生活在梦里……"

(晓文/译)

美丽而高贵的心灵

赤川次郎(1948~　　),日本现代著名推理小说作家。1976年以《幽灵列车》获得日本第15届《大众读物》推理小说新人奖而初登日本文坛。代表作有《三色猫福尔摩斯》系列小说。他的作品除情节曲折、语言生动外,一般都蕴含着深刻的哲理,令人读后久思而难以忘怀。

《妈妈的秘密》这篇小说生动地塑造了一位善良、宽厚、忍辱负重、仁爱,具有美丽而高贵的心灵的东方女性形象。

绫子虽然是一个平凡的女性。她没什么丰功伟绩,也没有什么大慈大悲。她只是默默地爱着她身边的人。绫子宁愿自己受委屈,也要保护好她所爱着的人。在丈夫冷酷的诘问和粗暴的耳光下,她完全可以道出真相,一来可以说明了自己的清白,二来可以让丈夫清楚他的恋人的本来面目。但是,她不可能这样做的——不为什么,只因为她对自己丈夫和她朋友的那份深深的爱。她知道丈夫的心一直向着晶美,她不愿意抹黑丈夫心目中晶美那"完美无瑕"的形象而使丈夫心灵受到伤害。

小说先设置悬念,制造了妈妈的秘密(既指妈妈绫子发现晶美真的偷了宝石而把宝石扔进了河里的秘密,也指妈妈绫子对爸爸几十年如一日深埋在心中只求奉献而不求回报的爱的秘密),然后丈夫动怒气,女儿追问,层层推进,而揭秘又必须回到过去的岁月。于是,小说自然巧妙地用插叙的方法让时光倒流,回到青春的岁月,展开丰富复杂的感情纠葛。最后又出人意料地揭示出宝石的秘密。让读者在"欧·亨利式"结尾中顿悟、感受妈妈的秘密。这样,整个故事情节集中紧凑,让读者一气读完,便荡气回肠,感受到巨大的艺术冲击力。(京涛、杨七斤)

芳草地

父亲的秘密

16岁那年,我和学校高年级的几个同学走得很近,说是同学,其实他们十天倒有九天不来上课。老师和家长管得越厉害,他们闹得越凶,最后谁都拿他们没小法,只好听之任了。我一直是个好学生,也知道不该跟这群人混,但他们的活动让我觉得既好奇又刺激。

一天晚上,我们在树林边闲逛,看见斯特朗太太家养了很多鹅,便偷了一只架在篝火上烤。因为父亲的养牛场就在附近,大家便派我去偷些盐来当佐料。我很快就完成了任务,但那鹅肉一点也不好吃,加盐也于事无补,我们啃了几口就失去兴趣,把剩下的鹅肉都埋在树林里了。

本来以为这件事干得神不知鬼不觉,没有人会发现。但几周以后,斯特朗太太找到了我,和蔼

家庭剧场　177

地说："里克斯，我对你非常失望。你妈妈是我最要好的朋友，如果她知道了你偷鹅的事儿一定会伤心死的。"看我一脸羞愧的样子，斯特朗太太又说："我不想让你父母把你当小偷看待，所以我会为你保守秘密，但条件是你发誓从今往后再不做这种事。"听到这里，我突然觉得自己和同伙的行为多么幼稚，心里既感激又害怕，立刻向她保证下不为例。我也渐渐疏远了那帮损友。而直到今天，我都没有违背过当年的诺言。

我后来上了大学，在另外一个城市工作，但每年回家我都要去看望斯特朗太太，感谢她给我上的那堂课。等到有了自己的孩子，我对当年的经历有了更深一层的理解：斯特朗太太既为我敲响警钟又保护了年轻人的自尊心，分寸掌握得恰到好处。

不久前我回家乡参加父亲的葬礼，事后照例去探望斯特朗太太，她也已经是位白发苍苍的老人了。我们自然而然地谈起父亲和他的奶牛场，斯特朗太太很激动："有件事我一直瞒着你，因为你父亲要我保守秘密，但我想你现在已经能够理解他的做法了。"她接着告诉我，当年我们偷鹅的事是我父亲告诉她的！

那天，我从农舍拿了盐出来，碰巧被父亲看到，他觉得奇怪，就远远跟着，这才发现了我们的"犯罪活动"。他本打算回家后狠狠教训我一顿，但又怕我破罐子破摔，弄不好真的加入"逃学党"。最后他选择了一个更好的方式：找到斯特朗太太，按价赔偿了她的鹅，请她出面警告我。

斯特朗太太最后说："你父亲一直相信你是个负责任的好孩子，只是一时没想清楚事情的严重性。"我完全相信她的话，因为记忆中父亲对我的态度一点儿也没有变。当时我每周要骑车到顾客家里收牛奶钱，每回父亲都直接把钱放进收银箱，从来不数。那件事以后，他仍然不曾数过我交给他的钱，一次也没有过。

[美国]威廉姆·史蒂文斯/文，王悦/译

品 读

这是一篇关于保护孩子自尊心的充满深深父爱的小说。16岁的里克斯（即小说中的"我"）由于受几个同学的影响，偷了斯特朗太太家的一只鹅，结果被父亲发现。父亲为了保护儿子的自尊心，免得他破罐子破摔，便通过斯特朗太太间接教育了他。直到里克斯的父亲去世，斯特朗太太一直保守着这个秘密。父亲以巧妙的方式帮助儿子健康成长，表现了作为父亲的智慧和对儿子的深爱。

孩子犯错误是难免的，也是正常的，如果家长和老师不注意孩子的年龄和心理特点，遇事不深入分析，采用简单粗暴的做法，那就会伤害了孩子的自尊心，使他们产生逆反心理，自暴自弃，甚至公开抵触和反叛，这就达不到教育孩子的目的。文中的父亲就充分顾及到儿子的年龄和心理特点，他找到斯特朗太太，按价赔偿了她的鹅，请她出面警告儿子。这样既保护了儿子的自尊心，又达到警告儿子促其改过的目的，可以说是富有智慧地教育了儿子。

这篇小说采用了明暗相间的写法,以"我"的生活经历为主线,通过斯特朗太太来间接描写父亲,明写斯特朗太太,暗写父亲,明暗相间,相互映衬,突出表现了长辈对晚辈充满智慧的富有爱心的呵护。

预　演

◇[苏联]霍达尔·杜姆巴泽

读点

从侧面表现家庭问题,手法独特,构思别致新颖。

描述真切细密,显示出独特的审美价值及艺术情趣。

我们是老同学,当时我们俩并排坐在最后一排课桌。当老师转身在黑板上写字的时候,我们常一起冲着他的后背做鬼脸。我们还一起参加期末补考。

这是 15 年前的事了。15 年来我们一直没有见过面。今天,我终于怀着激动的心情登上了四层楼……

不知道他是否还能认出我来?

我毅然按了一下电铃。

"不怕烂掉你的臭爪子,可恶的东西! 震得整个房子嗡嗡响。什么时候你才能改掉这个坏习惯?"里面传出一阵叫骂。

我羞得满面通红,连忙把手塞进口袋。前来开门的是一个淡黄头发的女孩,看上去约莫有八九岁。

"努格扎尔·阿马纳季泽在这儿住吗?"

"他是我爸爸。"

"你好,小姑娘,我是绍塔叔叔,是你爸爸的老同

批:交代"老同学"的关系,为"我"去做客作铺垫。

批:描写"我"的激动心情,与下文目睹"预演"形成反差。

批:未见其人,先闻其声,出口伤人,令来访者很尴尬。

学。"

"噢,您请进来吧! ……玛穆卡! 爸爸的同学绍塔叔叔来了。"女孩朝里边喊了一声,领着我向屋子里走去。

迎面冲出一个六岁左右的小男孩,浑身是墨水污迹。　　批:动作敏捷,生活却很邋遢。

"你们的爸爸妈妈在家吗?"　　批:稍等等就能见到,而"我"后来却走了,暗示老同学家庭不幸福,即使见面,也很尴尬。

"不在。他们很快就会回来的。"

"你俩在做什么呢?"我问。

"我们在玩'爸爸和妈妈游戏'。我当爸爸,姆济娅当妈妈。"玛穆卡对我说。　　批:理解主旨的核心语,通过这游戏,来访者也可推想老同学的日常生活情景。

"你们玩吧,我不妨碍你们。"我一面点着烟,一面坐在沙发上。"不知道努格扎尔过得怎么样,"我寻思着,"生活安排得好不好,是不是幸福?"

孩子们尖厉的喊叫声把我从遐想中唤醒。　　批:自然转入对"预演"的描述。

"喂,孩子他妈! 今天做了什么好吃的?"玛穆卡问道,显然是模仿某个人的腔调。　　批:暗写丈夫(即父亲)在家里向老婆(即母亲)要吃要喝。

"吃个屁! 我倒要问问你,我拿什么来做饭! 家里啥也没有!"　　批:暗写母亲言语粗俗。

"你的嘴可真厉害! 骂起人来活像个卖货的娘儿们!"

"你怕什么! 在饭馆一坐,就能吃个酒醉饭饱……可我怎么办?"　　批:暗写父亲不顾念家庭,时常在饭馆吃喝。

我顿时出了一身冷汗。

"昨天夜里你跑哪儿逛去了? 说!"姆济娅握着两个小拳头,叉腰站着。　　批:暗写父亲有时夜里在外与"那帮婊子鬼混",对妻子极不负责任。

"你管不着!"

"什么,我管不着? 好吧,我叫你和那帮婊子鬼混!"

"你疯啦?!"

"我受够了! 够了! 今天我就回娘家去! 孩子统统带走!"　　批:暗写母亲无法忍受丈夫的放荡,决计要带孩子回娘家去。

"不准动孩子,你自己爱上哪就上哪儿!"

"没那么简单!"

"把儿子给我留下!"

"不行,我已经说了!"姆济娅高声叫道。

"你听着,把儿子留下! 要不然……"玛穆卡抱起枕头,一下子砸在姆济娅身上。

"好哇,你敢打人? 畜生!"姆济娅抡起洋娃娃,狠狠地打在弟弟头上。她打得是那样厉害,玛穆卡的两眼当即泛出了泪花。

我跳起来把他们拉开。

"孩子,真不知道害臊。这是什么游戏哟!"

"放开我,尼娜!"姆济娅突然朝我喊道,"你们这些邻居不知道他是什么玩意儿! 我整天受他的气,没法跟他过下去了,我的血全被他喝干了,可恶的东西! 你们瞧,我瘦成了什么样子!"姆济娅用纤细的指头戳了戳她那玫瑰色的脸蛋儿。

"别信这个妖婆的鬼话!"玛穆卡冲我说。

"不要吵了!"我实在控制不住,向他们大吼了一声。孩子们恐惧地盯着我。我喘过一口气,勒令两个孩子向我发誓,保证往后不再扮演他们的爸爸妈妈,然后便步履蹒跚地离开了这个家。

"看来,我的朋友生活得满快活的!"我一路上想着姆济娅和玛穆卡,他们在我面前表演了一幕未来家庭生活的丑剧。

(见江/译)

批:暗写父亲对妻子的指责似承认非承认,强硬以对,但决不允许她把儿子带走。

批:暗写父母的矛盾升级,由争吵到大打出手。虽然是玩游戏,两个孩子表演得却十分逼真,姐姐竟打得弟弟的"两眼当即泛出了泪花"。

批:观看游戏的"我"再也不能忍受,"跳起来把他们拉开",而扮演母亲的姐姐把"我"当成平时劝架的邻居"尼娜",弟弟也把"我"当成"剧中人",继续演出。父母平时的言行可以说在孩子的游戏中得到了淋漓尽致的"再现"。

批:看着孩子们的游戏,"我"实在控制不住,大吼了一声,才中止了这场闹剧的演出。

批:结尾,讽刺性地点出了"朋友生活得满快活"的同时,又含蓄地揭示这对夫妇家庭生活给孩子心灵带来的恶劣影响。

父母的言行在孩子心灵的投影

霍达尔·弗拉基米罗维奇·杜姆巴泽(1928 年 7 月 14 日~1984 年 9 月 4 日),苏联格鲁吉亚当代著名作家。生于第比利斯市。1950 年毕业于第比利斯大学经济系。当过教师、编辑。1948 年开始发表作品,1958 年出版了第一本幽默小说集《村童》。此后主要创作长篇小说,其中中篇小说《我看见太阳》(1962)反映卫国战争时期格鲁吉亚集体农庄的生活和苏联人的爱国主义,《喜气洋溢的夜晚》(1967)表现大学生生活;长篇小说《放心吧,妈妈》(1971)描写边防军的生活,《白旗》(1974)揭露破坏社会主义生活准则的现象,《永恒的法则》(1978)反映当代社会道德问题并获1980年列宁文学奖。这些小说反映了作者善于把生活中的日常现象高度概括的天赋,文笔犀利,富于幽默感。

　　《预演》是一篇反映父母平时的言行对孩子心灵的深刻影响的小小说。小说的题目《预演》,表面上的意思是指孩子们在玩"爸爸和妈妈游戏",实际上既是"我"未见面的老同学努格扎尔·阿马纳季泽家庭夫妻关系的真实情景的预演,又是孩子们将来可能出现的家庭关系的预演。作者写这样一个故事,意在向人们显示,父母就是孩子的第一任老师,父母的一言一行都会在孩子幼小的心灵中留下深刻的印象,甚至成为孩子加以模仿的榜样。夫妻的不和尤其会给孩子的心灵投下暗影,也会造成孩子们之间的不和。这就启示我们家长,作为孩子的第一任老师,父母应意识到孩子时刻都在模仿自己,不冷静的行为将可能让孩子从小学会粗暴、偏激,而良好的道德行为又会让孩子耳濡目染,从小便塑造一个美丽的心灵。(子夜霜、杨七斤)

上帝也是单亲家长

芳草地

　　我是个孤儿,幸好婚后丈夫关怀体贴,孩子聪明懂事,我总算甩掉了童年的阴影。然而一场车祸从天而降,我成了没有经济来源的单身母亲。不想一辈子靠救济金生活,我决定重返大学校园。有了学位我才能找到更好的工作,抚养儿子长大。然而没有亲人的鼓励和支持,我很快发现这条路异常艰辛。

　　一天晚上,对着学校的催款信,我最后的防线崩溃了。付账单、照顾儿子、兼职、上课考试……这么多事情要应付,可我只有孤零零的一个人!眼泪不争气地落了下来。

　　小儿子看我流泪,丢下玩具跑过来,一脸关心与焦急。"没关系,妈妈就是太孤单了,"我语无伦次地解释,"有好多事情要做,却没有帮手……做单亲妈妈好累。"

　　他走近一步,用明亮的大眼睛看着我。"上帝也是一个人造了亚当和夏娃,原来他跟你一样,是单亲家长!"他的话闪电一般击中了我。"你说得太好了,儿子!"我搂住儿子,"妈妈要把这句话告诉所有人!"

　　第二天,我借钱买了100只咖啡杯,印上儿子的名言:"上帝也是单亲家长!"我在网上打出广告,杯子立刻被抢购一空。有个单亲家庭协会打电话来要预订1000只,那个学期的学费就这么解决了。每当我看到案头的咖啡杯,也总能鼓起勇气,笑一笑说:"怕什么,上帝也是单亲家长。"

[美国]蒂娜·芬斯/文,王悦/译

品读

这篇文章虽然很短,却非常有教育意义。

上帝是人们心目中尊奉的神,是想象出来的,是不能与我们的现实生活相提并论的。现实生活是比较残酷的,尤其是单亲的家庭。只有父亲或是只有母亲,他们背负着沉重的经济和家庭负担,可以说他们个个都很坚强,都非常伟大。

这是一个真实的故事,主人公便是美国的蒂娜·芬斯女士。

文中的"我"就是单亲家长,丈夫遭遇车祸而去,一下子便失去了经济来源。想找到更好的工作,以抚养儿子长大,但由于"没有亲人的鼓励和支持",生活便异常艰辛,"付账单、照顾儿子、兼职、上课考试",什么都得孤零零地一个人去应付,这是非常非常的不容易。

一个单亲母亲要承受许多生活上的艰辛和困苦,在无所依靠的日子里,精神上的最大支柱也许就是孩子。孩子的一个天真无邪的笑脸,会扫去疲惫母亲的倦容;孩子的一句懂事安慰的话语,会坚定绝望母亲的信念。就在这位单亲母亲几乎被生活压得快要崩溃的时候,懂事的儿子安慰了她,说上帝和她一样,也是单亲家长。这无疑给母亲莫大的安慰。"上帝也是单亲家长",我们单亲母亲、单亲父亲还怕什么呢?

铁十字勋章

◇[德国]海纳·米勒

读点

忠诚与求生本能的矛盾，折射出被战争扭曲的灵魂。

结构紧促严密，心理描写细腻生动。

1945 年 4 月，梅克伦堡区施塔加德市有个纸商从顾客那里听到希特勒举行婚礼和自杀的消息以后，决定用枪把自己的妻子、14 岁的女儿和自己打死。

第一次世界大战时，这个纸商曾当过预备军官，至今还保存着一支左轮手枪和 10 发子弹。

一天傍晚，他的妻子端着晚饭从厨房里出来时，他正站在桌旁擦枪，上衣翻口上佩戴着一枚铁十字勋章，往常只有节日才这副装饰。他回答妻子的问话说，元首已选择了自杀的道路。他要对元首表示忠诚，并问妻子是否也愿意学元首的榜样——自杀。他深信，他的女儿会宁愿通过父亲的手光荣死去而不愿可耻地偷生。

他把女儿叫来。果然她没有使他失望。

他不等妻子回答就催促她俩穿上大衣，因为他要把她们带到市郊一个适当的地方去，以免惹人注目。她们顺从了。于是，他把子弹装入左轮手枪，让女儿帮他穿上大衣，接着锁上住房，将钥匙投进信

批：交代社会环境和纸商的决定，表现纸商的忠诚——愚忠。

批：铁十字勋章是全文叙事的线索。穿上盛装，戴着勋章，表现出对元首的"忠诚"。

批：母女二人的支持，让情节一步步向高潮推进，似乎"尽忠"已成定局。

批：这一细节看似去意已决，其实

箱。

　　他们穿过几条阴沉沉的大街出城。<u>这时天下着雨，他走在前面，没有回头看跟在他后面、离他有一段距离的母女两人。他只听到她们在柏油路上的脚步声。</u>

　　在他们离开公路，走上通向山毛榉林的小路以后，他转过头来，催她们快走。这时刮起一阵强烈的夜风，吹过荒凉的大地。<u>她们的脚步在雨水浸湿的土地上没有发出什么响声。</u>

　　<u>他大声向她们呼喊，要她们走在前头。自己跟在她们后面，他此时也说不准，究竟担心她们逃跑，还是自己想逃跑。</u>不一会儿，她们已远远走在他前头。他已看不见她们了。<u>这时他才清楚地意识到，自己害怕得压根儿不敢逃跑。但他十分希望她们逃跑。</u>他停下来撒了一泡尿。左轮手枪在他裤袋里，通过单薄的裤料感到它是冰凉的。他加快脚步，以便赶上她们，手枪在每走一步时不断地敲打着他的腿。<u>于是他放慢脚步。</u>

　　但是，当他把手插进裤袋想掏出手枪丢掉时，他看到妻子和女儿站在路当中等他。

　　他早该在树林里下手了。但这儿听到枪声的危险性较小。

　　<u>他把左轮手枪拿到手里，扳开保险。</u>这时妻子扑到他身上，呜咽不停。她的身体很重。他费了好大的劲才把她推开。然后，他向呆板地凝视着自己的女儿走去，把左轮手枪对准她的太阳穴，闭上眼睛，扣动扳机。<u>他希望子弹打不响。但是他听到了枪声，看到女儿摇晃着身子倒下。</u>

　　这时妻子浑身发抖，惨叫起来。他不得不把她抓住。连打三枪，她才沉默下来。

　　<u>他现在是一个人了。</u>

　　现在没有人命令他把左轮手枪的枪口放到自己

与下文的懦弱形成鲜明对比。

批：不回头看，难道希望她们逃跑？他的心理有了微妙变化。

批：写脚步声，以静来烘托他内心的紧张。

批：再写脚步声，说明他始终在关注她们母女。

批：大声呼喊实则胆怯；如果她们母女逃跑，他自己也就可以有了不必"尽忠"自杀的理由了。

批：让母女逃跑，无非是给自己慨然赴死找台阶下，无非是给自己对元首的忠诚找一个冠冕堂皇的理由。

批：实际是希望她们母女逃跑。

批：母女俩的等待对于他来说不亚于当头一棒。她们对元首或者不如说对他的忠诚比之他的忠诚是有过之而无不及。

批：箭在弦上，不得不发，于是，愚忠的悲剧也就不可避免了。

批：希望"不响"与女儿的倒下，把他内心矛盾展现了出来。

批：母女俩都"尽忠"了，他呢？单独成段，将他置于焦点上，使读的太阳穴上。这两个死人看不见他，也没有其他人看见他。<u>这出戏演完了。</u>幕已落下。他可去卸装了。

他把左轮手枪放进裤袋，俯身看了看女儿，然后奔跑起来。

他跑回来的道路，直到公路，沿着公路又跑了一段路，但不是朝城里的方向，而是朝西。他跑了一会儿在路边坐下，背靠树，艰难地喘着气，考虑自己的处境。他觉得还没到达绝望的地步。

<u>他必须继续跑，一直向西，避开最近的村镇。这样，他可随便在什么地方潜伏下来，最好潜伏在一座较大的城市里，改名换姓，做一个默默无闻的逃亡者，一个普通而勤奋的人。</u>

<u>他把左轮手枪丢进路边的沟渠，站起来。走路时突然想起忘记扔掉铁十字勋章。于是他把它扔了。</u>

（董祖棋/译）

者倍加关注他的命运。

批：一个"演"字，道出了他的极度自私和冷酷。

批：逼着母女俩"尽忠"，自己却隐姓埋名潜伏下来，苟且偷生，真是莫大的讽刺。

批：扔掉象征"荣誉"的"铁十字勋章"，让读者看到了他灵魂的虚伪、丑恶、自私与冷酷。

忠诚与求生的较量

海纳·米勒(Heiner Muller，1929 年 1 月 9 日~1995 年 12 月 30 日)，德国著名剧作家、导演，是被欧美戏剧界公认的继布莱希特之后的德国最重要的戏剧家，是最具影响力、最引起争议、最具代表性的后现代主义剧作家。

忠诚与求生既有统一的一面，也有矛盾甚至对立的一面，或者忠诚压倒求生，或者求生压倒忠诚，二者很难两全。小说《铁十字勋章》表现的就是这一主题。

小说中，纸商得知元首希特勒已经自杀，决定用枪先打死自己的妻子和女儿然后再自杀，以表示对元首的忠诚。但是，在执行时，他打死了女儿和妻子，却没有自杀。这里求生压倒了忠诚。

求生与忠诚的矛盾冲突是有一个过程的。这一过程是通过主人公"他"的心理变化表现出来的。在听到元首自尽的消息时，他最初的反应是用枪把妻子、女儿和自己打死，追随元首于地下。此时对元首的忠诚上升到首要的地位。于是，他穿上了盛装，戴着铁十字勋章(忠诚的象征)。然而，最初的冲动过去之后，他的心理开始发生微妙的变化，"他走在前面，没有回头看跟在他后面、离他有一段距离的母女两人"。为什么不回头？可以说此时他已产生希望母女俩逃跑的念头。接着，这种心理变化在逐渐加深，产生了逃跑的念头，但他随即又意识到"自己害怕得压根儿不敢逃跑"。于是，"他十分希望她们逃跑"，这样，对自己慨然赴死的举动和对自己对元首的忠诚都有了一个冠冕堂皇的交代。于是，用了种种手段希望母女俩能够理解他的"苦心"：停下来撒尿，故意放慢脚步和母女俩拉开距离。他的"苦心"没有得到母女俩的理解，无奈中，他枪杀了妻子和女儿。枪杀了自己最亲的亲人，也算是自己"献忠"了。所以，当剩下他自己时，当手枪对准自己的时候，求生的本能终于彻底压倒了忠诚，他"扔掉"了铁十字勋章，决心活下去，哪怕做一个默默无闻的逃亡者，也要活下去。

忠诚与求生的矛盾与冲突是中外文学家都写过的题材。他们或者通过二者的冲突显示人性内心的一面，或者通过人物内在的冲突揭示人性卑劣的一面。《铁十字勋章》没有拘泥于在二者的冲突中何对何错的问题，只是通过"他"的心理变化，一环扣一环地展现了忠诚让位于求生的全过程，从而揭示了人的本能的力量。这是《铁十字勋章》不同于同类题材作品的突出特点。（子夜霜、罗胤）

芳草地　十字勋章

由于一次非常成功的偷袭，我们进入了加拉各村（可能是另一大同小异的叫法）。村子里只剩下一些妇孺老弱。真凑巧，这天上，所有罗洛贝族（注：罗洛贝族，非洲西部塞内加尔黑人的一个部落）的武士[人们大概就是这样称呼这些乌依斯底底（注：乌依斯底底，美洲一种猴子的俗称，这里是对黑人的蔑称）的，不过我也拿不准]都出去打猎了。

多亏深厚的暮色，又亏得有这样的一招：我们的一个士兵偷偷打死了一个非常丑陋的守卫者，这人满脸皱纹，活像是一只上了鞋油的旧皮靴；他蹲在围墙旁边，自以为守卫着村子。我们这才神不知鬼不觉地一直爬到了中央广场的附近。

大家隐蔽在矮茅屋后面，子弹上膛，步枪平托，一切就绪，只待我们开火消灭所有这些人影儿。他们仍然一无所知，三三两两地坐在石头上和地上，另外有一些人来来往往地走动着。

在我前面，有两个黑人坐在一条长凳上，背靠着墙，默默无声，一动也不动地紧偎着。我瞄准了右边那一个，暗自思忖道：他们两人没完没了地在谈些什么呢……

一声号令！我们的步枪从四面八方同时发射，有如晴天霹雳。时间并不长，两分钟而已，这些漆黑的人影儿，全都呜呼哀哉，被打发回老家去了。他们好像钻进了地底下，又好像烟雾似的，风吹云散了。

说实话,我承认,对逃过我们密集的排射,跟田鼠一般钻进矮茅屋去的那些男男女女的幸存者,我们后来打发得有些过火。为了胜利的欢乐,这一场杀戮是可以谅解的,而且在战场上这也是极其自然、极为人道的,何况我们又喝醉了——我们在一所较大的茅屋里找到了一桶甜酒,可能是个什么倒霉的英国间谍卖给这些罗洛贝族人的。至于我个人,必须交代一下,当时发生的事情,在我脑海里只留下一片极端混乱的印象。但是有一件事,我却记得很清楚:两个黑人,在我前面,我举起步枪,瞄准了其中一个。这两人后来我又见到了:因为我几乎绊倒在他们身上。就在前不久,他俩还不言不语,模样真够滑稽,现在却变成了尸体,倒在长凳下。这是两个小黑人,一男一女,身子蜷缩,相互紧抱着,酷似两只紧握住的手……是一对恋人!这件事总是不以我的意志为转移,萦绕在我的脑际,以致在这样一个值得纪念的夜晚,我不禁有好几次以此来说笑逗趣。

后来,我的脑子完全糊涂了:狂食暴饮,呼号吼叫,手舞足蹈,挤鼻子弄眼儿,乱蹦乱跳。突然,脑壳上一阵剧疼……我跌倒了……不省人事。

六个星期以后,在圣路易医院(注:圣路易医院,指当时塞内加尔首府圣路易的医院)我才恢复了神智:一天早晨,我睁开了两眼,四周呈现出一片白色,散发着一股碘酒气味。

此后旁人陆陆续续地告诉我所发生的惨剧:我们的连队过于疏忽,滞留在那被征服的村子里,而且倒地酣睡。因而,回家来的罗洛贝族的武士杀尽了我们全部的人,全部,一个也没剩。

"那么我呢?"我问。

他们告诉我,说运气救了我,一所茅屋倒塌了,断墙土块把我压倒在下面,但是却把我遮盖住了。第二天,远征军的主力重新占领了村子,洗劫了全村,终于把罗洛贝族人杀得一干二净,还从掩盖着我的坍塌的碎块堆里,拉着我的两腿,把我拖了出来。

……不过更妙的事还在后头:总督来到我的床前,亲手颁发给我五等荣誉勋章。

我所有的同伴全都送了命,而我却得到了勋章!这一天我是在一种无法描述的激情中和一种至上的幸福中入睡的。

没多久,我伤愈了,我迫不及待地想佩戴着我荣获的勋章回到故乡去。我做着种种美梦:父亲,母亲,邻居,所有人的面孔都出现在我跟前。我昔日的那些旧友仍然是些穷光蛋,不敢和我交谈。工厂的那些领班们都来和我拉交情。谁料得到呢?说不定那位有钱的慕莉爱小姐也会不顾她那一大把年纪,答应嫁给我!

盼望已久的日子来到了:七月的一个清晨,我抵达维勒福城。我穿上了我原来的那件军大衣,挂上了我的新勋章,昂着头,迈着方步。

天啊!多了不起的欢迎会!车站,乐声响连天,列着队的少女,年幼的和年轻的,全都穿上了节日的盛装,摇着旗子,挥着花束。有位先生,他的那件小燕尾服紧紧地裹在身上,脸孔红得像头母牛。我还没来得及走下车厢的踏板,他就急忙向我致意。那位德·维勒凡尔伯爵,古堡的主人,身上穿着猎装,朝我微笑。人群熙熙攘攘,拥挤不堪。有人嚷着:"瞧,就是他!"这就好像在高呼:"国王万岁!"我的父母,在人堆里,身穿礼服,满面春风,我几乎认不出来了。

人们把我拥到市政厅去进午餐。席前,席后,没完没了的演说,所谈全是关于我一个人的事。大家称我:"加拉各光荣的幸存者,塞内加尔的英雄。"人们以数不清的各种不同的说法,在我面前谈我立下的功勋,并且用某一种方法,猛然间使之和法兰西、文明等等有关的事情混在一起。

将近黄昏,午餐才告结束。人们平静下来,一位新闻记者走到我的座位旁,请我为他的报纸亲自跟他谈谈我的光荣事迹。

"嗯,好,"我说,"就是这样……我……我……做了……"

然而我找不到任何词句来继续这个开场白,只好哑口无言,呆望着他。

我的手臂莫名其妙地乱挥了一阵,落了下来。

"我记不清楚了!"我无可奈何地这样说。

"回答得真妙!"这个自作多情的花花公子尖着嗓门喊叫着,"这位英雄连他自己立下的丰功伟绩都不屑回顾!"

我微微笑了笑,大家散了席。外面还有陪送的人群,他们一直排到村镇的尽头,言之无物的演说,巴尔贝大爷的敬酒,最后是一场令人受不了的拥抱,这样,大家才散了……我终于在朦胧的夜色中,独自来到了工厂区附近。

我沿着教堂旁边的小石子路走回家。夜色已降临,我不时地眨着眼睛,两眼还在冒金星,两脚异常沉重,脑海里昏昏沉沉,一片空虚,然而,我总觉得有件心事放不下。

不错,那位报贩子提的那个荒谬的问题,像一根钉子插进了我这可怜的脑袋,"你做了些什么了不起的事?"对呀!是什么,到底是什么呢?很明显,我做了些绝非寻常的事,十字勋章就是证明。但是,究竟是什么呢?……我突然立定在昏暗的小路当中,我站在那儿,犹如埋进地里的一块界石。我寻思着,很遗憾,百思不得其解。

难道是他们的香槟酒和他们错综复杂的大道理把我的神智搞糊涂了吗?我多少有点像某些小说中的人物,忘却了自身的一段经历:我忽然忘记了自己的功勋,就像我全然不曾有过什么功勋似的。

我心中异常不安,继续向前迈着步子,和从前一样往家里走去。

……这时,在一个拐角上,我透过昏暗的月色,发现有两个人,互相紧偎着坐在庄园里的一条长凳上,他们像是手拉着手,谁也不说话。不过,他们似乎沉湎在一种共同的寂静之中,仿佛全神贯注于一件重要的事情。朦胧的夜雾中,一点儿也看不清他们的模样,只能分辨出他们的形体和察觉出他们胜似语言的那种内心的交往。

"哎呀!"我叫了一声,又站住了。

两眼直望着村镇深处的这个拐角,骤然间我恍如看见了另外一个村庄,现在它已被消灭殆尽,这个村子和全体居民,最要紧的是那两个小黑人,都已从这地球上消逝了。他俩曾经活生生地出现在我眼前,虽然只看到他们的形体,只察觉到他们那种心灵相通的默契……这对小黑人,由于夜色的简化作用,就和这里的两个人影一模一样。

这两个影子,那两个黑人⋯⋯我会发现他们之间有一种联系,这实在是太像了,但我确实是发现了。人们酒喝得过量的时候,就会变得十分天真,头脑也简单起来,我一定是相当醉了,因为这种可笑的联想,本来应该使我发笑的,却使我哭了。我的手伸向十字勋章,把它从胸前摘了下来,很快地塞进口袋深处,好似一件偷来的东西。

[法国]亨利·巴比塞/文,林齐飞/译

品读

亨利·巴比塞(Henri Barbusse,1873 年 5 月 17 日~1935 年 8 月 30 日),法国小说家。16 岁开始在报刊发表作品。第一次世界大战前做编辑工作长达 20 年。曾参加过第一次世界大战,经历了战争的危险和苦难,以亲身的体验认识了这场帝国主义战争的实质。1915~1916 年,他在战壕中写成了第一部成名作长篇小说《火线》,该书以一个步兵班在战争中遭到的苦难和牺牲,再现了第一次世界大战的残酷景象,曾获得龚古尔文学奖。代表作有长篇小说《火线》《光明》和传记《左拉》。

短篇小说《十字勋章》同《火线》一样,抨击矛头直指非正义的、罪恶的帝国主义战争。小说以 19 世纪法国发动的一场侵略非洲的战争为背景,通过参加这场战争的"我"的经历见闻及心理变化,揭露了非正义的帝国主义战争给非洲人民所带来的灾难。全篇对战争及勋章着墨不多,但读后让人深深感到战争的罪恶,原因在于小说择取一个普通的战争场面,反映了极为深刻的历史问题,以小见大,以少胜多,给人以心灵上极大的震撼。

小说中的两个小黑人的身影是我们理解小说主题的关键。两个小黑人偎依的温馨场景是对战争灭绝人性的一种批判和控诉。另外,从写法上来说,"小黑人"是小说的明线。这一场景在小说开头、中间以及结尾的几次出现既是为小说情节的发展埋下伏笔并起到推动作用,同时它也是促使主人公"我"头脑清醒并引发对战争的思考从而最终内心转变的一个主要原因。

这篇小说最突出的表现手法是对比。如,小说情节所展现的残酷的战场真实与"荣归故里"的热闹假象所构成的尖锐对比,反差强烈,具有揭露批判的力量。又如,文中侵略者冠冕堂皇的严肃字眼的表达和他们视生命如儿戏的惨无人道的行为之间所构成的对比,发人深省。

海　龟

◇[中国]张抗抗

读点

海龟故事的明线与父亲故事的暗线相互交织，
丰富了人物性格，揭示了人物命运。

D 有一个可爱的 3 岁女儿，对女儿一向有求必
应。他的工作单位离家近两小时路程，为了减少往
返次数，他总在周末才回家。每次回家，女儿在晚上
临睡前必要让他讲个故事。一年过去，什么大灰狼
小白兔，他肚子瘪瘪塌塌早已被搜刮干净。

女儿却不肯善罢甘休，抱着他的膝不肯上床，连
妻也哄她不好。

他满心焦虑。虽是周末，晚上他还得赶写一篇
文章，研究所的头儿亲自点名让他在一个学术会议
上发言，他将有机会在同行面前充分展示自己的实
力与才华。

"爸爸讲故事呀。"女儿纠缠不休。

讲什么呢？他真没有时间。发言关系到对他实
际水平和个人价值的确认，听说很快就要评职称了。

他突然记起在当天报纸上看到的一则趣闻。当
时无意瞟了几眼，现在倒可以用来对女儿滥竽充数
一番。

"从前，在一个海岛上……"他开始尽量耐心委
婉地对女儿娓娓道来。"那儿的人家家户户养着一

批：是什么让父亲连一周一次给可
爱的女儿讲故事的事也顾不上
准备呢？有悬念。读下文方知
父亲一直在为评职称而努力。

批："焦虑"的不是赶写文章、发言
和展示实力与才华，也不是给
女儿讲故事，D 真正担心的是评
职称自己有无希望。此时父亲
给女儿讲故事的明线与自己评
职称的暗线关联在一起。"亲
自点名"，暗示就"实力与才华"
来说，D 完全应该能评上。事实
果真如此吗？

批：虽然父亲"满心焦虑"，拿一则
趣闻来"滥竽充数"，但仍然"尽

种大海龟。海龟像一只小桌子那么大,有很硬的壳和很粗的爪子。那个海岛上没有汽车,没有自行车,也没有小毛驴,这个人要到岛上另一个人家去串门,就骑着海龟去。海龟最爱吃大香蕉,它的主人就坐在海龟背上,用一根细杆子挑上一根绳,香蕉就悬在海龟脑袋上,离它只有几步远,海龟想吃香蕉,就开始往前爬,可它一爬,那背上的人手里的香蕉也往前走了,它怎么也够不着,于是它就拼命往前爬,它爬香蕉也爬,就这样它背上的人就顺利到达了目的地……"

女儿不知什么时候已睡着了,腮上挂着浅浅的酒窝。

他连续昼夜伏案奋战。发言很成功,获得大家的好评,文章将被收入当年的年会专集。有人私下议论,说他虽然是助研,实际上相当于副研究员的水平。

转眼又到了星期六,他去幼儿园接女儿回家时,才想起这一星期忙得昏头昏脑,竟然又忘了给女儿准备故事。

出乎他意料,女儿临睡前忽然对他说:"爸爸,今天你还讲那个大海龟好不好?"

他松了一口气,却纳闷儿女儿何以对这大海龟如此感兴趣。

"……就这样,骑着海龟的人顺利到达了目的地。"

他敷衍了事地讲完了故事。他发现自己根本没有同女儿亲近的情绪。他心里实际上还在惦记着自己的职称。如果这次能评上副研,他一家三口就有希望分到一套两居室的住房,工资也可增长几十块钱,这可是个不小的数目。昨天上头又给了他新的任务,他必须在一个月内,评出一部有关 W 理论的200 页的专著,三个月内编出一部新的辞典,六个月

量耐心委婉"地讲故事,写出了父亲对女儿的爱。

批:海龟到底有没有吃到香蕉,给读者留下悬念。这香蕉让读者联想到"职称",海龟"往前爬"想着去吃香蕉,也让读者联想到 D 一次次为了职称不断地苦干的情形。

批:恰似海龟为香蕉而拼命往前爬。

批:侧面描写,说明 D 很有水平。职称能衡量一个人的实际能力,但评职称往往被人为地扭曲了。

批:女儿对海龟吃香蕉的关注,实际上也暗示了读者对 D 职称能否评上的关注。

批:职称与 D 自己及一家人的生活息息相关,他怎会不"惦记"呢?

批:"上头"对 D 可谓是非常重用,如果连这样有能力的人的职称也评不上,可以说是完全说不

家庭剧场   193

内与人合写出一部有关 W 理论的评述……他不知道他如何才能做完这些事。

"那骑海龟的人到地方了以后,到底怎么样了呢?"女儿竟然破例没有睡着,眨着黑葡萄似的眼睛看着他问。

他说:"骑海龟的人到地方了以后,就把海龟整个儿翻过来,一翻过来它就不能逃跑了,只能乖乖等它的主人去办完事,再把它翻回来骑它回家。"

女儿似乎还要问什么。他不耐烦地拍拍她的后脑勺,把她交给了妻。

为了不受干扰地在规定时间内全部完成以上任务,真正奠定他在学术界的地位,他索性把铺盖搬到了研究所,黑夜白天泡在图书馆资料室里,不这样做就对不住自己也对不住领导对他的信任。一个几百人的研究所,老的老,小的小,真正能顶用的还是他这样的中青年骨干。但无论怎么辛苦,他觉得前面总还有个盼头……

半年后,他疲惫不堪地回家,心里如释重负。女儿见到他,目光转向妈妈问:"这个人是谁呀?"临睡前,破天荒第一回并不缠他讲故事,大眼睛骨碌碌转了几回,终于问:"上次你讲的大海龟,后来到底有没有给它吃香蕉呢?"

他一愣,含糊回答可能是给了。女儿却不满意,又问他到底给了几个,他说一大串,女儿又问是不是每次都给,他茫然……

星期一上班得知职称名额已定,他因年限不够,没有希望晋升;工资不动,住房当然暂时也不能动了……他感到浑身骨骼疏松……

不知怎么他想起了那只海龟,他想:如果告诉女儿,人并没有把香蕉给海龟吃,对女儿来说未免太残酷了。他不忍心。

过去的。D 能否评上职称?悬念再生。

批:女儿的天真纯朴与父亲内心的伤痛形成了对比。

批:龟与人何其相似!动物与人相互衬托,揭示了现实生活中梦寐以求的东西通过努力未必就能实现这一主题,体现微型小说以微见著的审美特征。

批:为了那根"香蕉"——职称,他实干苦干,任劳任怨。

批:为了"盼头",即使辛苦也值得。D 的"盼头"能实现吗?

批:D 真可谓"为伊消得人憔悴",连女儿都不认识他了。为了"盼头",D 付出的太多太多了!

批:女儿的疑问,推动了故事情节的向前发展。

批:回答"含糊"是因为职称还没尘埃落定,"给了"含蓄道出 D 的心声。

批:海龟与 D 的命运紧密联系在一起,海龟始终得不到应该得到的香蕉;D 也没有评上应该评上的职称。

批:父亲不把海龟真实的结果告诉女儿,是不想让不公平的现实伤害女儿心中美好的情感。

双线交汇，虚实结合

张抗抗(1950～　)，中国当代女作家。上小学时开始发表作品。1972年发表第一篇短篇小说《灯》；1975年出版长篇小说《分界线》，反映了农场知识青年的生活；1979年发表短篇小说《爱的权利》，反映在新的历史时期，青年们对不同的婚姻爱情的认识与追求；1986年出版长篇小说《隐形伴侣》，在更加广阔的社会背景上，展示了一代知青辗转矛盾的内心历程，揭示了他们内心的创伤和追求。《夏》获1980年全国优秀短篇小说奖，《淡淡的晨雾》获第一届全国优秀中篇小说奖(1977～1980)。

写小小说如同在一根头发上雕刻出花鸟虫鱼的图案，要想出彩绝非易事，小小说《海龟》显示了作者不俗的驾驭能力，突出表现在明暗线推进情节发展方面。

小说明线写D给女儿讲海龟的故事，暗线写D评职称的进展情况，这样双线安排很好。明暗线交替进行，虚实结合使小说内容更丰富，不单调。D和海龟有着惊人的相似之处：一是相似的经历，海龟一次次为了香蕉驮人去串门；D一次次为了职称不断地苦干。二是相似的命运，海龟始终得不到应该得到的香蕉；D也最终没有评上应该评上的职称。三是相似的性格，都实干苦干，任劳任怨。交替进行叙述描写，能互相映衬，看似并行的两条线索，结尾会合了，给人一种出乎意料，又在情理之中的感觉，更好地塑造了与海龟有一样特点的D的形象，含蓄地反映了现实生活，表现了主题。这两条线索并非平行推进，不似中国古代话本小说的"花开两朵，各表一枝"，而是交叉推进，最后重叠，毫无斧凿捏合的痕迹。

为更好地塑造人物形象，反映当代社会竞争的不公平、不合理现象，作者语言冷静而超然，叙述平实，不带作者的感情，这给读者留下了思考的空间。尤其是不按正常的逻辑思维行文，通过不断地"否定"与"反复"，衍生出情节的波澜，结局出人意外，却又在情理之中，可谓匠心独运，新意迭出。（子夜霜、汪明、姜全德）

骑大海龟的小男孩

芳草地

挺拔的椰树包围着我们住宿的旅馆。从阳台上可以看到西印度群岛的海滩，金灿灿的阳光洒在大海上，银光熠熠。这里可真是个度假的好地方。

一天傍晚，我在阳台上看书。忽然，阳台下面传来一阵骚动的人声：我抬头看，看见远处海滩上聚了许多人，好像在围观什么。我立刻下楼，挤进了人群里。这时我看到，原来是渔夫们捉来了一只大海龟，这会儿四脚朝天地躺在海滩上。这龟可真大，我以前从没见过这么大的海龟。要是把它翻过去,一个高个儿骑在它背上,垂下的脚还够不到地面的。它四脚在空中乱蹬,那脚爪像一把把尖刀,锋利极了。

"喂,都往后站站,这龟不但脚爪厉害,牙齿也厉害得很!"一个渔夫大声说。

一个愣头愣脑的家伙在海滩上找来一块被海浪冲上岸的木板,有一英寸厚吧。那人用木板去拨弄海龟的头。只听咔嚓一声,木板给海龟咬穿了。

一个又胖又大的男子走到渔夫跟前,说:"喂,伙计,我出钱,要下这龟了。我把它带回家,请行家来把它制成个动物标本,放在客厅中央!"可渔夫说这龟已经卖给旅馆经理做菜了。胖子说:"这没有关系,经理只管拿去它全部的肉好了,我要的是它的壳。"

这只海龟降生到这世上,该有 150 年了吧,早在乔治·华盛顿就任美国总统那会儿,它说不定就已经生活在西印度群岛这碧蓝的大海里了。可现在,它却躺在这儿,听人们谈论这龟排吃起来味道比牛排要好多了,这龟汤比牛肉汤要鲜多了。

人们听一个年轻人的一声号召,就用一根长绳拴住海龟,准备协力将它拖到旅馆厨房里去。

就在这时,突然传来一声尖叫:"别……拖……"那尖叫声仿佛能穿透一切。人们看见沙滩上走来三个人:一男一女一小男孩。那男孩想从男人手里挣脱出来,他边向人群跑来,边嘶声喊:"你们这样做太狠心了呀! 请把海龟放了!"但是男孩的父母紧紧地拽着儿子不放。

游客们全然不理会焦急的男孩,他们照旧把海龟沿海滩拉向旅馆。

"你们这些人心真狠!"男孩冲着四五十个大人说,声音很高,"它没碍你什么呀,你们把它放了吧!"

男孩的父亲被他的儿子弄得很为难,但并不为儿子感到羞耻。

"这孩子特别喜爱动物。"男孩的父亲对大伙儿说,"在家里,他养着各种动物。他还能跟动物说话哩。"

"他太喜欢动物了!"男孩的妈妈也说。

这时人群的情绪有了些变化,大家开始感到不十分自在了,甚至还有人觉得愧疚了。

"快!"男孩大声说,"快把海龟放了! 解开绳子,把它放了!"

他个儿很小,但挺挺地站在大家面前,炯炯有神的眼睛像两颗明亮的星星,闪闪地发着光。海风吹拂着他的头发。他这样既端庄又威严。

这时,男孩突然挣脱拽着他的父母,直向四脚朝天的大海龟奔去。他像带球飞跑的运动员似的,在人群中间钻来钻去,只有渔夫一个人前来阻挡他。

"小孩,你别靠近这海龟!"他边上前去抓孩子边大声喊。可是男孩在他身边机敏地闪过,继续向海龟跑去。

"大海龟会把你咬成碎块的!"渔夫大喊道,"快站住! 孩子,别跑!"

然而,来不及了。当他向海龟的头跑去时,海龟看见了他。这四脚朝天的海龟很快把头转向他,对他求救似的看着。男孩在沙滩上跪下身去,伸出双臂去抱那布满褶皱的海龟脖子,紧紧地搂在怀里，面颊贴向大海龟的头，双唇翕动着，他低语着大人们听不懂的话。大海龟这时变得异常的安详，就连大爪子也停止了舞动。

游客们对眼前发生的事觉得不可思议。但是孩子的爸爸妈妈一块儿向孩子走去，在离孩子十英尺的地方停了下来。

"爸爸，"孩子哭喊着，双臂仍抱着大海龟深褐色的脖子，"爸爸，想想办法吧！求求他们把海龟放了吧！"

"海龟没把孩子脑袋给咬下来，真是幸运至极。"从旅馆里跑出来的经理看着海龟和孩子说。接着他对孩子说："喂，孩子，快过来，快过来。这家伙很危险的。"

"我要他们把它放了！"男孩大声说着，双臂依然搂着海龟脖子不放。"叫他们把它给放了！"

孩子的父亲对着大伙儿喊："这龟归谁所有，把海龟卖给我吧。大家不了解我的孩子。你们要是把海龟拖去杀了，我这孩子就准会发疯的。"孩子的父亲告诉大家，他的孩子不是一般地喜爱动物，他喜爱动物喜爱到能跟动物说话的程度。

大家看着孩子依旧跪在沙滩上，不停地用手爱抚海龟的头。旅馆的经理虽说很不情愿放弃这海龟，可也不愿意在这旅游旺季里在他私人的沙滩上闹出人命来。他联想起在这之前这里一个游客让椰果砸死的事，就耸了耸肩，说："嗯，我想，要是这能对你的孩子有好处……哎，把海龟放了！"

一个渔夫走上前来，说："这海龟是我这一生捕到的海龟中最厉害的一只。我们六个人一起用劲，才把它给弄上岸来的。这孩子太让人不可思议了。"

"把它放了！"经理又说了一遍。

"放了？"渔夫怪叫了一声，"这海龟可是我们这个岛上捉到的海龟当中最大的一只呀！绝对是最大的一只！还有，你要是放了，谁来管我们这六个人的工钱啊？"

"只要你马上放了这海龟，你们六人的工钱自然是由我来偿付，还另给你们一笔赏金。"

渔夫看了看男孩的父亲，又看了看经理。

"那好，"渔夫说，"如果你一定要的话。"

"不过，有个条件，"男孩的父亲说，"在拿到钱之前，你们得保证不马上驾船去捉这海龟。起码今天晚上不去。这能做到吗？"

"行，"渔夫说，"说话算数。"

渔夫说完，叫过他的同伴解开捆绑海龟的绳索。接着一起用长木板将海龟翻了过来。可大海龟并没有马上跑向大海，它抬起头，乌溜溜的两眼直瞅男孩；男孩也回过头，对大海龟亲切而又轻柔地说："老人家，再见！这次你可要走远些！"海龟的黑眼睛又注视了男孩一阵。人群中谁也没有移动一步。后来，这庞然大物转过身，向大海一摇一晃地爬去。

人群一眼不眨地看着海龟，鸦雀无声。

海龟爬进了大海。

海龟自由自在地游向大海深处。

过了好一阵，海龟游出了大家的视野，消失在一片汪洋之中。

不料，第二天一大早发生了意外的事。那个男孩失踪了。他的妈妈哭得死去活来。

我匆匆穿上衣服，急忙来到海滩上。只见经理同两名警察说着话。远方，我在海滩上看到一群人影，除了旅馆服务员，还有游客，他们四散着向海边的礁石走去。

清晨的景色美丽极了，朝阳的光芒在平静的大海上撒下了无数蓝蓝的宝石。

我听到经理先生对警察说："我的旅馆里不见了人，这警察逃不掉责任的……"

这时有一只渔船从大海深处飞快向海滩驶近。船轻轻滑上海边的沙滩，停了下来。

"喂，经理先生，我们看见了一件怪事！"

经理先生催他们快说。

"大约四点钟左右，我们的船驶出两海里远，蒙蒙晨光中，我们看见那个小男孩高高骑在老海龟背上，像骑马似的赶着海龟，漫游在大海里。"

两名警察乘上游艇，到海上寻找男孩。他们找了一个星期，什么男孩的踪影也没看见。

差不多过了一年，有消息报道说，一艘英国渔船到深海区德拉海岛附近捕鱼，船长在双筒望远镜里发现有一个男孩在海岛上行走。后来大家都通过望远镜看到了那男孩。大家一致认定：这就是那个失踪的男孩，他虽然皮肤黝黑，却分明可以看出他是个白种人，跟当地小孩显然不同。并且，大家发现男孩身边的沙滩上，有一只硕大的乌龟在爬动。

船长立即下令把船驶向海岛。可是男孩见有船驶来，就飞快跳上了龟背。大海龟爬进海中，眨眼间就消失得无影无踪了。渔船找了他两个钟头，既没见到人，也没见到大海龟。

我想，这男孩对幸福和快活的看法跟大家不同。他在那里，一定生活得很幸福、很快活。

[英国]罗尔德·达尔/文，韦苇/译

品读

罗尔德·达尔（Roald Dahl，1916 年 9 月 13 日~1990 年 11 月 23 日），英国杰出儿童文学作家、剧作家和短篇小说作家。第二次世界大战期间，达尔应征入伍，在皇家空军中晋升到中校。1942 年赴美国任英国驻美国大使馆武官助理。就是在这个时候，达尔开始了他的文学创作。1942 年发表第一篇短篇小说《在利比亚击落》。1943 年发表第一本儿童文学作品《小顽皮》。1946 年发表第一部以飞行生活为主要题材的短篇小说集《该轮到你了》。1953 年出版的短篇小说集《像你这样一个人》是他的成名作。主要童话有《小精灵》《1943》、《詹姆士和大仙桃》（1961）、《查理和巧克力工厂》（1964）、《魔指》（1966）等。

罗尔德·达尔成为作家是一个传奇。他中学时作文只是丙等水平。第二次世界大战中，他是飞行员，九死一生。1942 年发表的第一篇短篇小说《在利比亚击落》叙述的是他自传性的战机遇险故事，被一位著名美国作家赞誉为"第一流作家的第一流作品"。继后的传奇性就在于,少年时代不曾做过文学梦的人,其短篇小说的数量和质量都堪比美国的短篇小说大师欧·亨利。更富有传奇性的是,达尔到了年近花甲的时候,忽然写起童话来了,而且迅速红遍世界,成为 20 世纪的童话奇迹。

《骑大海龟的小男孩》是一篇有传奇色彩的童话。达尔的童话构思奇特,情节紧凑,在每个故事的一开始就打破现实与幻想之间的常规对应,给人一种或幽默或荒诞或机智的美感。

童话中的小男孩既是普通的男孩,又不是普通的男孩。说他普通,是因为他像许多孩子一样喜欢动物,对动物怀有深切的同情;说他不普通,是因为他还能跟动物说话。男孩"能跟动物说话",是理解这部作品的钥匙。男孩的特殊就在这里,男孩的可爱也在这里。

成人在这篇童话中是陪衬,连同他的父亲。父亲以成人的方式解决问题。没有成人的金钱实用主义的衬托,这个男孩的纯真、高洁和无所畏惧就显示不出来,也不能感染读者。

一往情深

两对夫妇

◇[英国]哈里特·思勒

读点

平行并进而又相互映衬的小说结构。

对比鲜明,在对比中显示作者的倾向。

画面充满情趣,富有幽默感。

一

查尔德夫妇想的总是不一样。

丈夫说:"天气真热!"

妻子却说:"天气多凉啊。"

妻子说:"明天,我们到乡下度假去吧。"

丈夫却说:"不,别去了,我们还是好好待在城里吧。"

屋子对于妻子来说是太狭小了,丈夫却觉得太空荡了。妻子要去旅游,丈夫却想用这笔钱买一辆小汽车。妻子希望有一个花园,丈夫却嫌侍弄花园太麻烦了。

丈夫头痛的时候,妻子脚疼。妻子做什么事总是早早就准备好了,而丈夫却总是磨磨蹭蹭。

他们喜欢做的事也总是相反。

丈夫扔掉的东西,妻子却都给捡了回来。

当丈夫看过报纸想要聊天时,妻子却想要看报纸。

丈夫睡觉时,总是把窗子打开。而妻子醒了就

批:两小节分叙两夫妇,层次分明。

批:总述,领起下文。

批:人物对话,夫妇两人总是唱反调。

批:这里开始转述,人物对话与转述结合,行文活泼。

批:总述,领起下文。

批:具体写查尔德夫妇喜欢做的事也总是相反。从生活小事到兴趣爱好,从价值观念到审美情趣到对爱情的坚守,一系列的

把它关上。

妻子说："噢,亲爱的,这件衣服太贵了,我不想买了。"

丈夫却说："不,不算贵,我给你买一件做生日礼物吧。"

"噢,我越来越老了,不如以前漂亮了。"妻子伤心地说。

"不,在我看来,你还像过去一样年轻、妩媚。"丈夫说。

"约翰,"妻子微笑着,"你是不是不喜欢我了。"

"不,"丈夫也笑了,"我爱你。"

二

拥挤的饭店里,在一张桌子旁坐着一位先生和一位女士。这时,店主人走到他们面前,问是否可以在这张桌子旁再坐上两个人。

"当然可以,"那位先生说,"我们非常荣幸和他们坐在一起。"

过了一会儿,两个陌生人来到桌子旁坐下,其中一个人说:"多谢二位,承蒙你们的关照。"

"你们是朋友呢,还是邂逅相遇?"另一个陌生人问他们。

"我们互相之间非常了解,"坐在桌旁的那位先生说,"她是我的妻子。"

"是的,"那位女士叹了一口气,"我们已经结婚很长时间了,我们不仅想的一样,而且做的也一样,甚至我们的相貌也很相似。"

"我们从没有过分歧。"丈夫说。

"我们从来没吵过嘴。"妻子补充说。

"我们总能知道对方有什么感觉。"丈夫说。

"很多次,我们甚至不需要说出来就知道对方正在想什么。"妻子面带微笑地说。

相反中,蕴含的却是恩爱与和睦。看似矛盾,却是爱与关心在主导着。

批:即使表达爱意,两人也是对立式,令读者不禁会心一笑。

批:设置背景,用以引出故事主人公。

批:故事开端,主人公到场,对话拉开大幕。

批:对话展开故事情节。生动展示那对夫妇毫无个性,他们中的一个完全是生活的"多余者"的形象。

"哪本书好,哪个电影精彩,甚至对某个人的评价,我们的见解都是相同的。"妻子自豪地说。

那两个陌生人一直听着他们的谈论。

一个陌生人温和地转向另一个陌生人说:"他们这样相亲相爱,难道你会不感动吗? 我相信他们一定是很幸福的。也许,他们是世界上最幸福的一对夫妻了。"

另一个陌生人沉默了良久,然后说:"因为我是一个诚实的人,我不能不说真话。老实说,这对夫妻没有什么可使我感动的。他们俩为什么要在一起呢? 他们中的一个是多么多余呀!"

（王秀英、李静/译）

批:侧面描写,借两个陌生人之口发表评论,画龙点睛。第二个陌生人的评论机智而幽默,非常中肯。只有独立的人格和个性才能保持爱情的生命力,只有差异和矛盾才会激发出生活中瑰丽灿烂的火花,绝对意义上的一致其实预示着生命力的终止,这是生活中的真理。

对话叙事,对比鲜明

这是一篇独特别致的微型小说。作者用了两个章节,采用白描手法,生动地塑造了查尔德夫妇和一对不知名的夫妇形象。

查尔德夫妇在生活中常常是对立且互相矛盾的,他们表面上看似很不和谐,不但"想的总是不一样",而且"做的事也总是相反",但是,他们却是心心相印,恩爱有加。那对不知名的夫妇呢,他们与查尔德夫妇迥然不同,他们不但"相貌也很相似",而且对事物的看法"从没有过分歧",日常生活中也"从来没吵过嘴",甚至连兴趣爱好、对人物的评价、对问题的见解,"都是相同的"。他们表面上是相亲相爱,和谐幸福,但是,认真分析,不难看出,他们是一对没有个性、没有思想、没有自己的独立见解,相互之间人云亦云的活物,他们中的一个完全是生活的"多余者"。

小说短小精悍,不但用对话来叙事,推动故事情节的发展,彰显人物个性,而且用对比来塑造鲜明的人物形象,揭示深邃的人生哲理。认真审视现实生活,像那对不知名的夫妇一样的人,何止一二? 如果一个人没有自己的思想,不去认真分析思考问题,总是把自己作为别人的影子,那他的生活还有什么意义呢? 生活真理告诉我们:只有差异和矛盾才会激发出瑰丽灿烂的生命火花,只有独立的人格和个性才能永葆生命活力。

另外,小说采用电影蒙太奇手法,精心截取生活中的一些镜头,来展示两对夫妻或无伤大雅的生活小矛盾,让生活充满色彩、充满生机,或一个人成为另一个人的影子,让生活死水一潭、毫无乐趣。其幽默别致的手法,不能不令人击节赞叹。(唐仕伦、京涛)

招牌

帕帕·敦特一向非常喜欢花,他经营花店已经很多年了,花店坐落在一个十字路口旁。他工作非常勤奋,并且生活得也很美满,他甚至有足够的钱供他的儿子约翰上大学。

约翰也像他父亲一样喜欢花。虽然他想上大学,但他的理想是毕业后帮助父亲经营这个花店。

花店位于十字路口。尽管花店没有挂招牌,但由于帕帕·敦特多年的苦心经营,城里的人们谁都知道这儿出售的鲜花是全城最美的。

花店第一次开业时,挂着一块很大的招牌,上面写着:

　　本店出售美丽鲜艳的花

第一个来到花店的顾客对帕帕·敦特说:"我很喜欢你的花店,可不喜欢你的招牌。美丽、鲜艳的花,难道你就不可以卖别的种类的花吗? 你为什么不把'美丽鲜艳'删掉呢?"

帕帕·敦特欣然同意,认为这样很好,于是把招牌改为:

　　本店出售花

第二天,又一个顾客来到花店,他认为这个新开业的花店很使他称心如意,但他也不喜欢花店的招牌。他说:"假如你不在这儿卖花,又在哪里卖呢? 帕帕·敦特,你应该把招牌上的'本店'两字去掉,这样多简单明了。"

于是,帕帕·敦特又把招牌改为:

　　卖花

第三天,帕帕·敦特的叔叔来到花店。

"你这个花店很漂亮。"他说,"可是招牌太啰唆了。'卖花',花当然是卖的,但是这样写,给人一种不愉快的感觉,你为什么不把'卖'字去掉呢?"

这样,花店的招牌上只剩下一个字:

　　花

又过了一天,本城的一个官员也来光临帕帕·敦特的花店。

"我们来到这儿,感到很荣幸。"官员说,"你的花店看起来很整洁,宽敞明亮。你是一个很善于经营花店的人,你的花店位置适中,橱窗布置得幽雅大方。不过,我对于你的招牌有些想法。'花',你的橱窗里摆满了美丽的花,那么你的招牌就是摆设了。人们看见这花,就会知道你出售花。所以最好是让你的花自己去说明吧。"

帕帕·敦特听从了官员的忠告,索性摘去了招牌。

路过花店的人们一看到橱窗里摆放着的鲜花,总是不由自主地停下来。最后,帕帕·敦特的鲜花远近闻名,盛誉不衰,没有人再去别的地方买花了。

这样,许多年过去了。

现在,帕帕·敦特要和儿子一起经营花店,他高兴极了。随着岁月的流逝,他渐渐变得苍老,对经营花店已经有些力不从心了。

送走了那些看望约翰的人们,帕帕·敦特问儿子:"约翰,现在,你要为花店做的第一件事是什么?"

"哦,爸爸,我们首先要挂个招牌。在商业化的今天,它尤其是必不可少的。"儿子回答。

"挂个招牌,孩子?"

"对。"

"那么,招牌上写什么呢?"

"嗯,让我想想……就写'本店出售美丽鲜艳的花'吧……"

品 读

这是一篇反映父子两代人不同的商品经营理念的小小说。

帕帕·敦特苦心经营,出售全城最美的鲜花。他诚恳接受四位顾客的建议,不断改进,最终使他花店的鲜花远近闻名,盛誉不衰。在帕帕·敦特的经营时代,花店的花很好,花店的招牌会影响人们的购买欲。这反映当时人们重质量、轻宣传的消费心理。文中四位顾客先后都说招牌不好,他们不是改动招牌,而是逐步去掉其中的某一部分,直至最后一位认为应该拿掉招牌,反映出招牌对于消费者是多余的甚至影响情绪,从中也可看出消费者注重的是产品的质量。

到了帕帕·敦特的儿子经营花店的时候,约翰认为花店不能没有招牌。"我们首先要挂个招牌。在商业化的今天,它尤其是必不可少的。"父亲的时代是一个不需要招牌的商品时代,人们重视的是质量而不是招牌,纵然父亲起的招牌是最好的招牌,在当时也是多余;"在商业化的今天",不仅注重商品的质量,招牌也是必不可少的。商品需要质量,也需要招牌,父亲最初挂的招牌就是现在最好的招牌。"招牌"是全文的线索,也暗示了小说的主题,招牌在不同时代具有不同意义。我们可以想象,在约翰经营花店时代,他不仅着重花的质量,也必将用心打造花店的招牌。招牌有影响了,他扩大经营规模,在不同地方开连锁店也是有可能的。

半张纸

◇［瑞典］斯特林堡

读点

巧设悬念，结构精巧，富有吸引力。
运用"意识流"手法连缀一个个的人生片段。

最后一辆搬运车离去了，那位帽子上戴着黑纱的年轻房客还在空房子里徘徊，看看是否有什么东西遗漏了。<u>没有，没有什么东西遗漏，没有什么了。</u>他走到走廊上，决定再也不去回想他在这寓所中所遭遇的一切。<u>但是在墙上，在电话机旁，有一张涂满字迹的小纸条。</u>上面所记的字是好多种笔迹写的：有些很容易辨认，是用黑黑的墨水写的，有些是用黑、红和蓝色铅笔草草写成的。<u>这里记录了短短两年间全部美丽的罗曼史。他决心要忘却的一切都记录在这张纸上——半张小纸条上的一段人生轨迹。</u>

他取下这张小纸条。这是一张淡黄色有光泽的便条纸。<u>他将它铺平在起居室的壁炉架上，俯下身去，开始读起来。</u>

首先是她的名字：艾丽丝——他所知道的名字中最美丽的一个，因为这是他爱人的名字。旁边是电话号码：15·11——看起来像是教堂唱诗牌上圣诗的号码。

下面潦草地写着：银行。这里是他工作的所在，对他来说这神圣的工作意味着面包、住所和家

批：连续三个"没有"突出这屋子里的空空如也。

批：出现纸条，而且"涂满字迹"，让读者充满疑惑和阅读期待，丰富的内容就此开始浮现。

批：点出纸条记载的内容，也说明这张纸的分量。既然如此，"他"为什么要决心忘却呢？留下悬念。

批：读者也随着"他"读起来。"俯"，可以看出"他"内心无比敬重。

批："艾丽丝"是"他"的爱人，罗曼史的女主角。这两人之间有什么神奇的事情发生呢？让读者充满期待。

批：银行是"他"曾经工作的地方，还好，能保障基本生活。

庭——也就是生活的基础。有条粗粗的黑线画去了那电话号码，因为银行倒闭了，他在经过短期的焦虑之后又找到了另一个工作。

接着是出租马车行和鲜花店，那时他们已经订婚了，而且他手头很宽裕。

家具行，室内装饰商——这些人布置了他们的这个寓所。搬运车行——他们搬进来了。歌剧院售票处，5：50——他们新婚，星期日夜晚常去看歌剧。在那里度过的时光是最愉快的，他们静静地坐着，心灵沉醉在舞台上那神话境域般的美及和谐里。

接着是一个男子的名字（已经被画掉了），一个曾经飞黄腾达的朋友，但是由于事业兴隆冲昏了头脑，以致又潦倒到无可救药的地步，不得不远走他乡。荣华富贵不过是过眼烟云罢了。

现在，这对新夫妇的生活中出现了一个新东西。一个女子的铅笔笔迹写的"修女"。什么修女？哦，那个穿着灰色长袍、有着亲切和蔼的面貌的人，她总是那么温柔地到来，不经过起居室，而直接从走廊进入卧室。她的名字下面是 L 医生。

名单上第一次出现了一位亲戚——母亲。这是他的岳母。她一直小心地躲开，不来打扰这新婚的一对，但现在她受到他们的邀请，很快乐地来了，因为他们需要她。

以后是红、蓝铅笔写的项目。佣工介绍所——女仆走了，必须再找一个。药房——哼，情况开始不妙了。牛奶厂——订牛奶，消毒牛奶。杂货铺、肉铺，等等，家务事都得用电话办理了。是这家的女主人不在了吗？不，她生产了。

下面的项目他无法辨认，因为他眼前的一切都模糊了，就像被溺死的人透过海水看到的那样。这里用清楚的黑体字记载着：承办人。

在后面的括号里写着"埋葬事"。这已足以说明

批：不幸的是银行倒闭了，为了生活，"他"必须重新找工作。

批：求婚的浪漫，订婚的过程，让读者看到他们的幸福。

批：这几个地方展示了他们为新婚所做的准备。新婚，他们开始了新的生活，幸福而快乐的生活，特别温馨。

批：这个朋友看起来与他们没有什么关系，可朋友的遭遇似乎暗示他们的幸福可能也会遭遇不幸。

批：修女为什么会来到这里？

批：谁生病了，还是有别的事情？

批：母亲，"他"的岳母到来了，来得"很快乐"，让读者松了一口气，看来不是病了，而是女主人怀了身孕！

批：这一些场所关系到的都是生活中细枝末节的东西，而且都指向了一处——女主人要生产了！巨大的幸福就要到来了！

批：这样的比较显然不会是幸福的到来，语言如此悲感，难道有什么变故？

批：女主人和孩子双双遇难！灾难

一切！——一个大的和一个小的棺材。

埋葬了，再也没有什么了。一切都归于泥土，这是一切肉体的归宿。

他拿起这淡黄色的小纸条，吻了吻，仔细地将它折好，放进胸前的衣袋里。

在这两分钟里，他又度过了他一生中的两年。

但是，他走出去时并不是垂头丧气的。相反，他高高地抬起了头，像是个骄傲的快乐的人。因为他知道，他已经尝到了一些生活所能赐予人的最大的幸福。有很多人，可惜，连这一点也没有得到过。

（周纪怡/译）

批：来得如此突然、如此残酷，让"他"难以承受！

批："他"的动作很轻、很小心，"他"对纸条的处理也反映出此时的心境——无比的怀念和眷恋。

批：半张纸上的字不多，但承载的内容很丰富，这些都是"他"所经历过的，从这点上来说，"他"无疑是幸福的。

浮在表面的词语，沉在深处的情感

约翰·奥古斯特·斯特林堡（Johan August Strindberg，1849 年 1 月 22 日～1912 年 5 月 14 日），瑞典文学史上最杰出的小说家和戏剧家，瑞典自然主义文学的奠基人，欧洲表现主义和象征主义的先驱。生于斯德哥尔摩一个破产商人家庭。一生贫困，为了糊口，当过小学教师、演员、新闻记者、图书馆管理员、化学试验员等。一生写过大量小说和剧本。长篇小说《红房间》(1879)使他一举成名，成为瑞典文学史上第一部带有自然主义色彩的作品。他还创作了瑞典文学史上优秀的自传体长篇小说《女仆的儿子》(1887)，以描写群岛风光而著名的《海姆斯岛上的居民》等小说。斯特林堡创作了大量优秀剧作，如《父亲》(1888)、《朱丽小姐》(1888)、《伴侣》(1890)、《梦幻剧》(1901)、《鬼魂奏鸣曲》(1907)等。他的剧作从现实主义到自然主义，又从自然主义到表现主义和象征主义，对欧洲和美国的戏剧艺术有很大影响，对当时的电影事业的发展起到了推动作用。斯特林堡是一位才华横溢的作家，以构思奇特、笔锋辛辣著称，是瑞典文坛上的一颗巨星。

用半张纸上所写的词语回忆，或者说，回忆中的词语。《半张纸》的特色是，浮在表面的词语记载了沉在心灵深处的情感。仅由半张纸记录男主角一生中两年的"美丽的罗曼史"。由词语生出情，这是半张纸条上的人生轨迹，仅用两分钟温习了他两年中的甜酸苦辣。失却的沉和线条的轻，显示了人生脆弱、短暂。男主角将这段爱情视为他人生最大的幸福，这幸福之大和纸条之小又构成了对比。整个结构是倒叙，由死写到活——那爱情活在半张纸上。主体情节是那半张纸上的词引起的回忆，忘却和怀念又成了对比。

这是一篇有怀旧气息的微型小说,基调是温暖,对逝去年华的追溯由"半张纸"展开。请注意其中的表达方式:对半张纸上的一段人生轨迹的联想和评述。"艾丽丝""银行""出租马车行""鲜花店""家具行""室内装饰商""搬运车行""歌剧院售票处""一个男子的名字""修女""L医生""母亲""佣工介绍所""药房""牛奶厂""杂货铺""肉铺""承办人""埋葬事",这一系列词,都由半张纸扩大到更大的社会空间,却又隐约地描绘出一段婚恋的历史。通过对半张纸的回忆,不但没有"忘却"(或说"埋葬"),倒是复活了那段温暖的情感生活。让我们珍惜这"半张纸"吧,"有很多人,可惜,连这一点也没有得到过"。作者选择了"半张纸"来写一个爱情故事,别致而又耐人寻味。(贾霄、子夜霜)

斯特林堡和我们的戏剧

在创建现代戏剧时,我们总希望把进行试验时的新鲜激情和喜悦转化成非凡的表现力,而最能表示我们良好意愿的做法,是让我们从奥古斯特·斯特林堡的剧本着手。因为斯特林堡是我们戏剧中一切现代化特点的先驱,正如20年前人们还不知道《玩偶之家》有什么创新之处时,不很重要的小人物易卜生(易卜生自己也是这样看待自己的)就已经是当代戏剧中现代戏剧之父了。

斯特林堡是现代作家中最具有现代性的一个,他是一个伟大的解释者,善于在舞台上解释具有代表性的精神冲突。这种冲突构成了戏剧——构成了我们今天有血有肉的生活。他使自然主义获得了如此扣人心弦的逻辑上的造诣,以至假使我们把别的任何剧作家的作品称作"自然主义"的话,那么像《死亡的舞蹈》这样的作品我们就应归入"超自然主义"了。而且单单这一个作品就构成了整整一个等级,独一无二的斯特林堡等级,因为在他之前和以后没有任何一个人具有这样的天才,能配得上这种评价。

我们仍然只有借助"超自然主义"的某种形式才能构成舞台上表现出我们凭直觉意识到的那种损害自己的自我关注,这种自我关注正是我们这些新时代的人对生活提供的贷款所偿付的利息。因此,旧的"自然主义",或者你不妨把它叫作"现实主义"(天哪!多么需要一位天才来一劳永逸地把这两个概念区别清楚啊),已经不再适用了。自然主义或现实主义是我们父辈为认识自我所做的一种果敢的努力:他们使人难堪地把家庭里不可外传的照片公开出来。可是对我们来说,他们往日的这种胆量简直算不了什么:我们彼此拍摄了大量照片,什么无耻的姿势都有;我们对平庸的表面现象实在是过分容忍了。我们已经羞于在锁眼里窥探,羞于老是斜眼睨视那些沉甸甸的无灵性的肉体——这种事情多得很——却看不见他们中间有什么坦率的灵魂。我们曾经患有追求貌似真实的毛病,不过现在我们正在恢复健康;我们在洗刷耻辱,并进而向那还不了解的领域迈进,在那里,我们那由于孤独卑下、难以表露的肉欲而失去理性的心灵,将逐渐找到表达人类共性的新语言。

斯特林堡懂得这一切,在我们中的很多人还没有出世前许多年,他已经在这一斗争中历经艰辛。斯特林堡把这一切都表现了出来,他强化了当时的戏剧创作方法,还在内容和形式上预示了未来的创作方法。在我们笼统地称为表现主义的方法中,一切不朽的东西——一切艺术上有效和确实适于演出的东西——都可以清楚地从魏德金德(注:弗兰克·魏德金德,德国剧作家)到斯特林堡的《梦幻的戏剧》《罪行累累》《鬼魂奏鸣曲》等剧本中追溯到。

因此,我们的剧院演出了《鬼魂奏鸣曲》。就在舞台上深刻而突出地体现"潜在的生命力"(如果可以这样说的话)而言,这是斯特林堡写的最难演的一个剧本,但克服困难恰恰是我们的任务,不然的话我们的戏剧就会失去存在的意义。戏剧中的真实和生活中的真实一样,总是最困难的,而轻而易举的事终究是虚假的。

和我们一起祈祷吧! 也为我们祈祷吧! 虽然我们,自然啰,不需要这样,但或许也会有些好处。

[美国]尤金·奥尼尔/文,裴粹民/译

品 读

尤金·奥尼尔(Eugene O'Neill,1888年10月16日~1953年11月27日),美国著名剧作家,表现主义文学的代表作家。主要作品有《琼斯皇帝》(1920)、《毛猿》(1922)、《悲悼三部曲》(1931)等。

奥尼尔被誉为"美国现代戏剧之父"。美国著名戏剧评论家约翰·加斯纳教授称:"在奥尼尔之前,美国只有剧院;奥尼尔以后,美国才有了戏剧。"奥尼尔是美国文学史上的一座丰碑。他卓有成就的戏剧创作,标志着美国民族戏剧的成熟,并使之赶上世界水平。奥尼尔的戏剧师承斯特林堡和易卜生的艺术风格,把传统的现实主义手法和现代的表现主义技巧结合起来,开掘人类心灵的底层。他一生最关注的主题,是人在外在压力下性格的扭曲,乃至人格的分裂过程。作为现代悲剧作家,他的大量心理悲剧既烙下了现代各种心理分析学(尤其是弗洛伊德主义)的印记,又沉重地渗透着古希腊的悲剧意识。1936年,"由于他那体现了传统悲剧概念的剧作所具有的魅力、真挚和深沉的激情",奥尼尔获得诺贝尔文学奖。

《斯特林堡和我们的戏剧》原载1924年6月3日《普罗文斯敦报》,是奥尼尔为美国某剧院上演斯特林堡的《鬼魂奏鸣曲》而写的广告。

浪子归来

◇[美国]彼德·哈米尔

读点

刻画了一个忍辱负重、有着高尚心灵的伟大女性。

朴实无华的语言,悬念迭起,扣人心弦,引人入胜。

　　他们一行共六人,三个小伙子,三个姑娘,正动身去佛罗里达州的某海滨小城度假。他们的纸袋里装着三明治和酒,在二十四街上了长途汽车。纽约城阴冷的春天在他们身后悄然隐去。现在,他们渴望着金色的沙滩和滚滚的海潮。

　　车过新泽西时,他们发现车上有个人像被"定身法"定住似的一动不动。他叫温葛——他坐在这帮年轻人面前,风尘仆仆的脸色像张面罩,叫人猜不透他的真实年龄,他身穿一套不合身的朴素的棕色衣服,手指被烟熏得黄黄的,嘴里老在嚼着什么,他坐在那儿,一声不吭。

　　深夜,汽车在一家名叫霍华特·琼森的饭馆门口停下,除了温葛,大家都下了车,这些年轻人开始纳闷起来——他们很想知道他是什么人:也许是船长?也许是抛弃了妻子溜出来的?当然也有可能是退伍回家的。

　　等他们再回到车上时,有个女孩子坐到了他身

批:寒去春来的景物描写暗示着人物命运的转变。

批:这人是干什么的呢?留下悬念。

批:"像张面罩"说明人生际遇不佳;"不合身"暗示久不在家;"被烟熏得黄黄的""一声不吭"展示苦闷的内心。

批:温葛的孤僻自然引起同车人的关注,也自然推动了情节发展。

边,跟他搭讪起来。

"我们去佛州,"姑娘朗声说,"您也去那儿吧?"

"我不知道。"温葛说。

"我从没去过那地方,"她说,"据说那儿很美?"

"很美。"他低声说,脸上的表情使人觉得似乎有一件他一直想尽力忘怀的事袭上心头。

"你在那儿住过?"

"我曾在贾克逊威尔当过海军。"

"想喝酒吗?"她问。他笑了笑,接过酒瓶猛喝一口。谢过她,他又一声不吭了。过了一会儿,温葛入睡了,于是她回到同伴那儿。

第二天早晨,当他们睡眼惺忪地醒来时,发现汽车又停在另一家霍华特·琼森饭馆前了。这次温葛下车进饭馆了。那姑娘一再请他跟他们一起用餐。年轻人兴致勃勃地讨论着如何在海滩上露营,而他却显得缩手缩脚。他只点了一杯黑咖啡,神经质地抽着烟。回到车上,那姑娘又坐在温葛旁边。

过了一会儿,他开始痛苦地、缓慢地对她说起自己的生平。这四年他一直在纽约坐牢,而现在他正要回家去。

"您有妻子吗?"

"不知道。"

"怎么会不知道?"她吃了一惊。

"唉。怎么给您说呢。我在牢里写信给妻子,对她说:'玛莎,如果你不能等我,我是理解你的。'我说我将离家很久。要是她无法忍受,要是孩子们经常问她为什么没有了爸爸——那会刺疼她的心的。那么,她可以将我忘却而另找一个丈夫。真的,她算得上是个好女人,我告诉她不用给我回信,什么都不用,而她后来也的确没给我写回信。三年半了,一直音讯全无。"

"现在你在回家的路上——她不知道吗?"

批:怎么会不知道自己的目的地呢?看来他是有难言之隐。

批:流露怀念之情。

批:究竟他为什么如此沉默寡言?"又一声不吭"强化了悬念。

批:心理有了微妙的变化,温葛不再那么不易接近了,但仍然放不开。

批:原来如此!

批:让妻子不必等他,可以另找一个丈夫,说明温葛十分体谅妻子,虽然犯罪坐牢,但心地善良。妻子没有"写回信""一直音讯全无",使读者觉得妻子似乎已经抛弃了温葛。果真如此吗?

"是这么回事。"他难为情地说，"上星期，当我确知我将提前出狱时，我写信告诉她：如果她已改嫁，我能原谅她，不过要是她还是独身一人，要是她还不嫌弃我，那她应该让我知道。我们一直住在布朗斯威克镇，就在杰克逊村的前一站。一进镇，可以看到一株大橡树。我告诉她：如果她要我回家，就在树上挂一条黄手绢。假如她不要我回去，那她完全可以忘记此事，见不到黄手绢，我将自奔前程——前面的路还很长呢。"

　　"呀，原来是这么回事啊！"姑娘感到十分惊奇，于是把事情告诉了伙伴们。

　　温葛拿出他妻子和三个孩子的照片给他们看。距布朗斯威克镇只有二十里了，年轻人赶忙坐到右边靠车窗的座位上，等待那大橡树扑入眼帘。而温葛心怯，他不敢再向窗外观望。他重新板起一张木然的脸，似乎正努力使自己在又一次失望中昂起头来。只差十里了，五里了，车上一片静悄悄……

　　突然，晴天一声霹雳——青年们一下子都站起来，爆发出一阵欢呼！他们一个个欣喜若狂、手舞足蹈。

　　只有温葛不知所措，呆若木鸡。那橡树上挂满了黄手绢，二十条、三十条，兴许有几百条吧——好像微风中飘扬着一面面欢迎他的旗帜。在年轻人的欢呼声中，老囚犯慢慢从座位上站起来，向车门走去，他迈出了回家的步子，腰杆挺得直直的……

（唐若水/译）

批：至此，消释了前面的悬念：温葛被提前释放，他不知道妻子是否改嫁、是否同意他回来，便和妻子约定在大橡树上挂黄手绢。但悬念又起，温葛的命运将走向何方呢？

批：此时，温葛与同车人变融洽了。

批：年轻人与温葛的不同表现形成了对照，写出了年轻人的热情与温葛的紧张。

批：静，"此时无声胜有声"，渲染气氛，引发对温葛命运的担忧。闹，"爆发出一阵欢呼"，人们为温葛命运的美好而激动。

批：突如其来的场景让温葛震惊。这条条飘扬的黄手绢宣示了妻子美好善良的心灵。

批：这份自信和尊严是来自于妻子的宽厚和包容。

美丽的黄手绢

　　这篇小说叙述了浪子温葛提前释放而被妻子接纳的故事，塑造了一位令人可敬的妇女形象。

　　小说先写三个小伙子与三个姑娘乘车去海边度假，后来，他们注意到了温葛，接着通过一个姑娘与温葛的对话,温葛道出了真相:过去犯罪被判刑坐牢,现在提前释放回家,但不知妻子是否改嫁、是否同意他回来,便约定在大橡树上挂黄手绢,如果挂了,表明妻子同意他回家;如果没有挂,他就自奔前程。最后,妻子在"橡树上挂满了黄手绢",温葛挺起腰杆回家与妻子团聚。

小说的主人公是温葛的妻子玛莎,但自始至终没有出场,作者这是采用侧面描写的手法来表现她的。她的丈夫温葛要服刑四年,她并没有同他离异,而是以她那宽厚善良的胸怀在默默地等待。当温葛提前出狱,回到家乡的时候,迎接他的是那一条条象征着爱情的黄手绢。这些黄手绢是很有诗意的,象征了妻子对丈夫的谅解、期盼与爱恋,突显了妻子人性的美好与善良,揭示了小说主题。最后温葛把"腰杆挺得直直的",也从侧面充分说明了妻子的忠贞、深情和宽容的美德。(子夜霜、张金寿)

芳草地

规 劝

我们一伙朋友,趁着大好春光,怀着年轻人清新活跃的心情,去野外春游。我们兴致勃勃,平地、山岭、天空、太阳,显得那样葱郁明媚。我们所看到的一切,是那样令人陶醉。绚丽的自然界,犹如一幅迷人的画。

我们在草地上铺开餐布。望着美味的食物,眼馋手痒,于是大饱口福。这时,走过来一个乡下老头。我们心中,顿时升起寻开心的念头。

一个说:"老头儿,您的祈祷奏效了吧?听说您这个月提前戒斋啦!"

另一个说:"咳,您不戒斋,也不能同我们进餐,要不,会把您的裤线弄皱的!"

无忧无虑的年轻人,使劲用带刺儿的话耻笑他。当我们的"箭袋"快倒空时,老头微微一笑,说:"假如诸位到我们的村子去,我会以上宾之礼款待诸位。"

我们问:"您的村子在哪里?"

他回答:"我是富裕村的主人,那儿可是个山清水秀的好地方啊!离这里五法尔萨赫(注:法尔萨赫,伊朗长度单位,1法尔萨赫等于6.24公里),你们为什么不到那里看看呢?去看看什么叫青山如黛、绿水如苔!我有上千只羊,我的牛,比谁都多。去吧,尝一尝奶油甜面包和上等酸奶酪。去吧,我请客……"

几句戏弄人的话没出口,立即缩了回去,像折断的箭。说话的声调和神态,瞬间发生了变化。不一会儿,我们说:"您……请坐,请同我们一起进餐!"

老头美餐一顿,然后说:"我不是不知恩的人,也不会知恩不报。为了这顿丰盛的午餐,我要奉送你们一句老人的劝告：'把所有的人都视为富裕村的主人,文明礼貌,和蔼可亲。'至于我,向真主发誓,除了这身破衣烂衫,在这个世界上一无所有。"

[伊朗]穆罕默德·赫加泽依/文,沈春涛、宋丕方/译

品读

《规劝》这篇小说,单看题目,以为又是一套刻意说教之词。但读过之后,读者会惊异地发现:不单是小说中的那伙年轻人被"规劝"了,连读者自己的心灵也默默经受了一次"洗礼"。

这篇小说富有幽默的特色,这主要得益于作者对悬念、反转、突变艺术的运用。

制造悬念。一伙朋友去野外春游,本是一件和谐愉快的事情。当他们要大饱口福时,他们看到一位乡下老头,却嘲笑老头的贫穷,拿老头寻开心。他们为什么要这么做呢? 这样的举动将会引起什么后果呢? 小说暂且不写,这便构成了悬念。

运用反转。面对年轻人的寻开心,乡下老头该怎么办呢? 他不恼不怒不愧,而是"微微一笑",对年轻人说:"假如诸位到我们的村子去,我会以上宾之礼款待诸位。"这样一下子就将情节发展的方向反转过来。"您……请坐,请同我们一起进餐!"这与前面的戏弄之语构成了强烈的对比,反转得十分有力。

引发突变。本来,那一伙朋友自以为富有、聪明、得意,根本不把"破衣烂衫"的老头放在眼里,更不将其视为"对手"。但是最后他们却败在老头的手下,接受了老人的规劝。这一突变大出那伙年轻人所料,也超出了我们读者的预测。

这篇小说思想内涵很深刻。那伙年轻人之所以会将老头作为寻开心的对象,除了他们浮躁、轻狂的个性特征外,更重要的还在于他们所生活的那个社会自觉不自觉地将金钱、财富看得高于一切,看成是衡量人的价值的唯一标尺。因此,作者设置悬念,也是在刻画人物性格和针砭社会的弊端。而反转、突变,则显示了小说的进步倾向和作者理想的光辉。

前　妻

◇[俄罗斯]鲍里斯·克拉夫琴科

读点

运用对比手法刻画心地善良、默默付出的前妻形象。

构思巧妙，结尾意外又发人深省。

他和我们不一样，每天都有人给他送吃的来。

他搓搓手，得意地笑着说：

"这就是什么叫作'有个好老婆'！"

我们默不作声。医院的伙食我们吃腻了，而他却能请我们吃家里烤的美味可口的馅饼。他不知给我们讲过多少遍，说他和第一个妻子离了婚，因为她是一个爱吹毛求疵的女人，一点儿也不理解他。

"但是，"他举起一个胖得像粗灌肠一样的手指说，"她身上具有某种人性的东西，因为她没要我出抚养费。"

这段故事我们听腻了，但是他的馅饼我们却吃得津津有味。

"过了一个月，我遇到另一个女人。我的老天爷，那身段就甭提多美啦！不错，我们没登记就一块儿生活了。一般说来，结婚登记不过是一种形式主义的东西，我向来主张废除。如果非登记不可，那就应该像日本那样，先登记一个月，或者三个月，随你的便，要是你认为过得下去，那请吧，过一辈子吧。"

批："他"的确是幸福的，住院期间"每天都有人给他送吃的来"。

批："我们吃腻了"反衬"他"老婆的好。

批：前妻"爱吹毛求疵"，与新妻形成鲜明对比。这新妻到底是个怎样的人呢？为揭开送饭人的身份作铺垫。

批：前妻没有索要抚养费，十分难能可贵。也意味着这送饭人可能就是不奢望回报的前妻。

批：漂亮并不意味着品质就高尚，从"没登记就一块儿生活了"来看，如此随便、贪图享乐的女人未必就可靠。

"哪儿会有这种事，"有人表示怀疑，"不可能是这样，生活就得像个生活样。"

"我干吗要骗你？这是我从书里看来的，只是不知是哪本书了。"

"你也未免把你的新妻子吹得太好了吧，照你这么说，她简直是个天使了。"我说。

"天使不天使且不说，是个好女人，这倒是真的。"

"那她为什么一张便条也没给你写过？她应该问问你身体怎样了，有什么事儿没有。"

我们彼此交换了一下眼色。是呀，半个月来没给他写过一张字条。他不知所措地看了看我们，翻身面向墙壁。

12点开始接收给病人送来的东西。第一份总是送给他的。他看了我们一眼，对护士说：

"劳驾，姑娘，请告诉她，让她给写几个字来，说说她身体怎么样，家里有什么事。告诉她，我想她了。"

"好的。"

"你们瞧着吧，"他说，"马上就会写条子的。"

护士很快就回来了。

"她说不用写什么字的，只是希望您早日恢复健康。"

有人小声嘿嘿一笑。他脸红了。

"您的妻子真好，"护士安慰他说，"每天都来，您还要怎么样？你们这些男人真不知足！这么热的天气，大老远跑来真够她受的，况且她又那么胖……"

"什么？胖？"他惊叫起来，"您搞错了吧，姑娘？"

护士扑哧一笑：

"您到窗口来看看，那不是她吗？"

批：虽是疑惑，却为下文揭开送饭人的真正身份作了某种暗示。

批：既然新妻是个"好女人"，为什么不写张便条问问丈夫身体情况，怀疑是有道理的。

批："他"的举动更让人丈二和尚摸不着头脑，读者更加疑惑。

批：送饭十分及时，一个尽心尽力、情真意切的前妻形象跃然纸上。

批：没有写条子，而是捎来朴实的关心话语，这出乎"他"的意料。看来有隐情！

批：侧面写出送饭人心地善良、任劳任怨、无怨无悔。天热自然道出送饭人的胖，看来这人并非"身段窈窕惹人爱"了。

批：照应前文，难道每天送饭的不是新妻？

他走到窗前，我们也跟着过去。

一位个子不高、体态肥胖的妇女正经过医院的院子往外走。她慢慢地走着，垂着头，手里拿着一个网兜。

"啊呀，可真苗条！"我大笑起来，"你可真能瞎吹！"

他什么也没说，步履蹒跚地回到床前躺下，嘴里勉强挤出一句话：

"她是我的前妻。"

（胡丽华/译）

批："个子不高""体态肥胖"，与之前他所夸耀的新妻的"身段就甭提多差""天使"大相径庭。

批：室友的嘲笑"迫使""他"不得不交代送饭人的真正身份。

批："步履蹒跚"一词体现了"他"此时此刻复杂翻滚的内心。

批：疑团解开，出人意外！

内心之美胜过漂亮外表

人们总是习惯去追求外表美好的事物，但心灵美远比外在美重要得多。只注重外表美的人往往会失去最珍贵的东西，到头来只能是自食其果。

小说中的"他"总是向室友夸奖自己的新妻如何如何美丽、如何如何浪漫，贬低前妻"吹毛求疵"，因而"他"的室友们都觉得"他"的新妻很"美丽"，简直就是天使，加上又每天都送来美味可口的馅饼，又让他们觉得"他"的新妻还非常贤惠。

然而，当"他"最后看到"她"时，室友们都说"他"瞎吹，因为"她"并不苗条，反而很胖。这是怎么回事呢？原来每天给"他"及时送饭，默默付出的是"他"心目中"吹毛求疵""不理解他"的前妻，而非体态婀娜、美丽可爱的新妻。对比中，新妻虽外表美丽，内心却冷酷自私，无情无义；前妻虽体态肥胖，外表不美丽，却内心纯洁，情深意重。再深一层，读者也可以看出"他"是一个什么样的人，贪图美色却无视内在心灵之美。（贾少敏、屈平）

旁白地

冰窟窿

他坐在桌旁喝茶，倾听着风雪的呼啸。小木屋里暖烘烘的。灵敏的火苗跳动不停，给屋里洒满摇曳不定的昏暗光线。倏然，一阵响声传进屋来，火舌猛地一抖，险些儿被风吹灭。大门又砰的一声关上了，响声也随之消失。一个女人出现在门口。她朝桌子走来，缓缓地在凳子上坐下。

"有何贵干？"他闷声闷气地问，伸手到烟袋里去摸烟。

女人抬起头,她脸上泪水直淌。

"她的脸怎么啦? 莫非外面化雪了?"他暗想。

女人抽咽着,泣不成声地说:"我的安德留什卡呀……一清早就到林子里去了,这时候还没回来……"

他两手的指头反勾在一起,眼睛瞧着屋角,问道:"上哪儿去了?"

女人连忙又说了一遍。

"这么说,用得着我了? 想起我来了?"他冒出这么两句,脸上露出一丝难堪的讥笑。

她垂下头,默不作声。他使劲抽起烟来,深深吸了一口,便皱皱眉头,揉灭烟,狠狠扔在地上。他一只手撑住桌子站起来,向房门走去,开始穿外衣。女人紧盯着他的一举一动。当他从墙上取下猎枪,伸手去拉门把时,她也站了起来。

"坐下,"他说,"你不用去。难道还要叫我拖着两个人从林子里往回走吗?"

女人朝屋门呆望了一阵,然后站起身,走到窗前,微弱的光线照着窗外的一片地方,只见雪地上暴风雪在飞旋……

曾经有一段时间,她觉得自己是爱他的。可是来了个格奥尔基。这种事情也是生活中常有的。格奥尔基在这里只住了一年便走了。真是个自由自在的鸟儿! 妇女们都劝她改嫁。够了,已经领教过了。她还嫁人干什么? 阿利缅蒂·格奥尔基还不时寄来好东西,每逢节日寄来礼物。这说明他还没有忘记她,还想着她,还会回来的……只要能把安德留什卡找回来就好了。他一定能够把他找回来的。她还能去求谁呢? 没人可求……既然他不可信,能怪她吗……

她朝小屋里四下看了看,在旁边的窗台上有一个信封,她拿起它,心里颇感惊讶:谁都知道他在世上是孑然一身。笔迹是她熟悉的。她回头张望了一下,便展开信纸,慢慢坐到凳子上,信是格奥尔基写的。

"你好!"他写道,"你大概是疯了。我要谈的事儿不多。你要我转寄给她的钱,我每次都如数寄去。大概这些钱对你来说是多余的! 你要我转寄的礼物,我也都寄给她了。出于一个男人对另一个男人的同情,我可怜你,可有什么办法呢? 你不必太伤心,你会找到一个如意的娘们的。至于与她结婚,你死了这条心吧,她是个倔强的女人。说良心话,我娶她是故意气你的。你还记得有一回你怎么当场抓住我的吗? 我是坦率地向你说这些的。算了,过去的事就让它过去吧。再见! 格奥尔基。"

捏着信的手颓然落到膝盖上……

这时,房门大开。门槛上出现的是她的儿子安德留什卡。她向他奔去,紧搂着他哭起来。儿子用双手推开她的胸脯,吃力地嚅动着被冻得发紫的嘴唇说道:"叔叔还在那里……掉进冰窟窿里去了。他说要快点。"

她飞跑出小屋。从小屋前可以清楚地望见小河。离河岸不远的河面上有一小圈墨水,浓得像一团焦油。小河的上方,暴风雪在放声悲号。

[俄罗斯]鲍里斯·克拉夫琴科/文,杨实/译·

鲍里斯·克拉夫琴科(1945~　　)，生于苏联彼得罗札沃茨克市，毕业于建筑学校，有着丰富的生活经历，当过煤矿工人、安装工人、钳工、伐木工人、油井工人、司机、推土机手等。擅长短篇小说创作，以写人物剪影和世俗风情见长。《冰窟窿》获得 1982 年苏联短篇小说一等奖。

鲍里斯·克拉夫琴科创作的最大特点是专写微型小说。创作之初，他给一些文学刊物编辑部寄去自己的作品，结果都被退了回来。编辑部的人都肯定了他的才华，但却认为他的小说"太短"。后来，著名短篇小说家纳吉宾发现并积极支持他，他的作品才得到承认。纳吉宾认为："今天的俄罗斯年轻散文(注：指年轻一代作家的作品)中出现了力求简短、精练的趋势，而鲍里斯·克拉夫琴科是先于其他人做到了这一点。"克拉夫琴科的微型小说很像生活素描(如《冰窟窿》)或人物剪影(如《母亲的来信》《前妻》)，但又不是随笔或小品，无论就内容或艺术特点来说，都是不折不扣的小说。篇幅虽短小，却有相当充实的内涵，这是与他丰富的生活经历分不开的。

《冰窟窿》是一篇感人至深的爱情小说，充满了浓厚的人情色彩。

这是两个男人(即"他"和格奥尔基)和一个女人(即"她")的爱情故事。

"她"和"他"，曾经有过爱情，"她觉得自己是爱他的。可是来了个格奥尔基……"，结果"她"嫁给了格奥尔基，并且生下了儿子安德留什卡。可是，结婚一年，格奥尔基便抛下"她"一去不返。虽然格奥尔基还不时寄来钱和礼物。那么"他"呢？"他"是沉默地更加痛苦地继续爱着"她"。而"她"遵循"妇道"，不便再去爱"他"了。在这种长久而无奈的沉默中，日子在消磨着，如果不是后来发生的戏剧性故事，这对过去的恋人只能是沉默地无望地等待——"她"等待着弃"她"而去的丈夫格奥尔基，"他"等待着"他"那已经嫁人的恋人的"她"。

在一个"暴风雪在飞旋"的日子里，"她"的儿子安德留什卡走失了，无奈中只好求助于昔日恋人的"他"。于是，故事发生了戏剧性的变化。

"他"出去寻找救助"她"的儿子，"她"便独留在"他"的小屋里等待。故事的转折便在"她"独留小屋时偶然翻看一封来信时发生了。这封信是弃"她"而去的丈夫格奥尔基写给"他"的。"她"从信中得知："她"过去收到的格奥尔基所寄的钱和礼物，全都是"他"隐姓埋名而"委托"格奥尔基"转寄"给"她"的，而"她"一直蒙在鼓里！"她"从这封信中又知道：格奥尔基当初娶"她"并不是因为爱"她"，而是为了占有"她"而故意气"他"！至此，"她"终于从这封信里重新认识了这两个男人——"丈夫"格奥尔基始乱终弃、并不爱她；而"他"则深深地爱恋着"她"，并为爱"她"而长久地默默地承受着痛苦的煎熬。

就在"她"如梦初醒的时候,被救的儿子出现在门口,而救儿子的"他"却掉进了冰窟窿。得此消息,"她"便"飞跑出小屋"。小说至此,只描写了河面上的冰窟窿和暴风雪。至于"她"之后有何举动,文中未加描述,就此收笔。这正是作者的高妙之处——将"结局"留给读者去想象。"她"会不顾一切地去救"他",最后可能救起"他",也可能救不出"他",如果救不出,"她"也可能宁愿与"他"一块掉进那冰窟窿。不过,这些与小说主题已无关紧要了。

第131级台阶

◇［美国］瑞·布拉德雷

读点

描述了一出有情人难成眷属的爱情悲剧，吟出了一曲波澜起伏、摇曳多姿的爱情悲歌。

他叫她朱丽叶，她称他罗密欧。她25岁，他32岁。两人相识于10月4日下午的鸡尾酒会。穿过狂欢人群，他们四目相碰，定格了时间。

> 批：简练交代背景，点出恋情——他们一见钟情。

"罗密欧，你来了！"她幸福得声音发颤。

"朱丽叶！"他也满怀深情。

> 批：生动刻画相逢时的惊喜之态。

"离这儿两英里有个地方有131级台阶，那上面放了架钢琴，据说只有相爱的人才能弹响。"她笑得娇憨而神秘。

> 批：对爱情充满幻想，富有浪漫情调。

"真的吗？那让我们去证实一下！"于是，迟归的夕阳伴着他们轻快的脚步一起上了路。

望着曲折延伸的长龙般的台阶，他瞪大了眼睛："我简直不敢相信！"

> 批：暗示"他"对爱情缺少耐心和信心。

"数数看，共131级台阶。来吧，罗密欧！"她活泼得像个小女孩，一下子跑到前面。他也不甘落后。可爬到第57级时，他丧失了信心。

> 批：再次为爱情悲剧埋下伏笔。

"来呀。"她在远处喊，"就到了！"

> 批：与"他"的行为形成强烈反差。

他抬起头，天边最后一缕晚霞也消失了。朱丽叶高高在上，脸上布满迷惑和失望的神情，他恍惚觉得她就是自己梦中的那个披着白纱的女神，他看呆

> 批：朱丽叶到达了台阶的最高层，而罗密欧没有到达，预示着他们的爱情也将半途而终。

了。她一步一步走下台阶,来到他近前:"你流泪了,为什么?"他凝视着她同样盈满泪水的眼睛,喃喃地说:"你又给了我一个惊喜。"两人相拥而吻,许久许久。

恋爱的季节铺满金色的秋叶,灿烂而丰硕。他们欢笑,看《罗密欧与朱丽叶》,每月至少爬一次那个神秘的台阶,却没找到传说中的钢琴,不过,那已经没有必要了。

批:陶醉于爱情的甜蜜之中而忘了现实。

圣诞节过后,他们猛然意识到一个已被忽略的问题:他在广告公司有一份薪水优厚的工作,她是法国空姐,签了合同,必须马上回国。一天晚上,他们相拥而坐,窗外寒风呼啸。

批:鱼和熊掌不可兼得!

"再见……"她有些哽咽。

"什么?"他没听清。

"你知道,我要走了。"

"不,永远别离开我,好吗?"他抱紧她。她突然站起来,热切地恳求着:"娶我吧,罗密欧! 和我回法国,你可以改行写法国小说。"

"可是……"他欲言又止。

批:对爱情与婚姻的懦弱退缩。

"走吧,亲爱的,我们会很幸福的!"

"难道仅仅要为一年的浪漫去终生忙碌?"

批:不肯放弃眼前薪水优厚的工作。

"你说过爱我!"她的声音变冷了,"男人真是懦夫!"

"我爱你,朱丽叶,我的确爱你呀!"

"作出决定吧,一分钟。"她开始看表。

"别逼我!"他恼火而绝望。

"30秒,20,我一只脚放门外了;10,另一只脚5,1。天哪,我得走了!"

批:对罗密欧失望了。

"朱丽叶!"

她抽泣着蒙住双眼。

他伸出手,她躲开了。"我别无选择。记住,每年10月4日晚,我在第131级台阶上等你,如果还

批:制造波澜,行文跌宕起伏。

一往情深　223

有机会……"

门关上了。

他每年 10 月 4 日都去爬那台阶,三年过去了,她却如一片飘零的落叶杳无音信。后来,他有两年没去。第六年,他忽然心有所动,于是踏着暮霭匆匆赶去。果然,第 131 级台阶上放着一瓶上等香槟酒和一只粉红色的信封。他颤抖着双手打开信封:

"罗密欧,亲爱的罗密欧!谢谢你来了。爱情是相同的,生活却千变万化,我结婚了。爱你的朱丽叶。"

他从此不再光顾 131 级台阶。

15 年后,他携妻女去法国旅行。在参观埃菲尔铁塔时,一位美丽的妇人迎面走来,身边跟着一个严肃苍老的男人和一个十几岁的男孩。他们擦肩而过,两人盈泪的双眼又一次定格了时间。她低语:"你又给我一个惊喜,罗密欧!"

"爸爸,那位夫人是叫你吗?"

"哪个?"

"爸爸,你怎么哭了?"

"没有。"

"你不舒服吗,奥利?"妻子满脸疑惑。

"我想起一些往事,"他说,"131 级台阶,一架钢琴,还有……"

"莫名其妙!走吧。"妻子不耐烦了。他情不自禁地回头,与妇人凄然的目光相接,两人都在心底默默而深情地说:再见了,罗密欧;再见了,朱丽叶。

迎着 10 月的残阳,他们朝相反的方向渐渐远去。

(徐丹/译)

批:机会往往擦肩而过,偶然中有其必然。

批:意外相逢令人惊喜,然而语气不再是当年的那种幸福的惊喜了。

批:掩饰自己的失态,无限懊悔。

批:妻子显然没有朱丽叶的那种浪漫和活力。

批:心已成陌路,爱情以悲剧而终。

当浪漫遭遇现实的时候

爱情是浪漫而美丽的，生活是现实的，当浪漫遭遇现实的时候，往往是以牺牲浪漫为代价的。

朱丽叶和罗密欧的恋情可以说是浪漫的。他们相识在鸡尾酒会上，"穿过狂欢人群，他们四目相碰，定格了时间"，他们一见钟情了。据说，在131级台阶上面有架钢琴，"只有相爱的人才能弹响"。钢琴可以说只要有些气力的人都可以弹响。他们二人便要在夕阳中去验证。相识是浪漫的，要去验证也是浪漫的。

验证的情况如何呢？验证是一种现实。朱丽叶怀着对爱情的美好渴望，"活泼得像个小女孩"，跑在了前面。罗密欧虽然不甘落后，那毕竟是131级台阶呀，比较现实的他虽然也对爱情充满了渴望，但爬到第57级的时候，已力不从心了，"丧失了信心"。朱丽叶虽然高高在上，最后还是不得不"一步一步走下台阶"，迎合罗密欧。第一次爬台阶的浪漫冲动就这样半途而退了。

他们后来以后多次爬那个神秘的台阶，虽然没有找到传说中的钢琴，不过，那已经没有关系了，他们已经完全陶醉在浪漫而甜蜜的爱情里。

浪漫的爱情很快就遇到了现实问题。朱丽叶是空姐，必须马上回国，而罗密欧有一份薪水优厚的工作，他不愿意放弃。无论朱丽叶怎么劝说，甚至指责罗密欧是懦夫，他最终还是现实地选择了工作。虽然朱丽叶给他留下了"每年10月4日晚，我在第131级台阶上等你"的机会，但现实已经预示了他们浪漫的爱情是难以有结局的。

罗密欧每年10月4日都去爬那台阶，但朱丽叶已杳无音信了。直到第六年，罗密欧收到了朱丽叶的信："爱情是相同的，生活却千变万化，我结婚了。"原来迷恋浪漫爱情的朱丽叶在他们分离后，也现实地屈从了生活，没有等待罗密欧，而是选择了和其他人结婚。

我们不必去责怪罗密欧当初的现实，不随朱丽叶而去，因为即使结了婚，他们也必须要生活下去，没有基本的物质保证，浪漫的爱情是长久不了的。我们不必去责怪朱丽叶后来的移情别恋，准确地说，她也因为现实而不得不嫁给了比她大许多的"苍老的男人"。他们虽然都组成了不同的家庭，他们各自的婚姻也可能是不幸福的，但他们依然对对方满怀深情，他们没有忘记当初那浪漫而甜蜜的恋情。"迎着10月的残阳，他们朝相反的方向渐渐远去"，尽管他们有某种失落感，但他们不可能再重温过去那浪漫的恋情，因为生活还得继续……（子夜霜、陈学富）

爱相随

第一次世界大战期间草率结婚的人们当中,有一对性情热烈、引人注目的年轻夫妇克拉拉和弗莱德。1919 年劳动节后的一个晚上,他们争吵起来。尽管他们还相爱,可两人的婚姻却已经岌岌可危。他们甚至认为,两人在一起简直是件蠢事。于是克拉拉打算约查理出去,弗莱德则约了珍妮去参加酒会。

突然,一阵震耳欲聋的汽笛呼啸着打断了他们的争吵。这声音不同寻常,它突然响了起来,接着又戛然而止,令人心惊胆战。一英里以外的铁路上出了什么事,无奈,克拉拉和弗莱德都一无所知。但后来查理、珍妮都取消了与他们的约会。

那天晚上,另一对年轻夫妇正在外散步。他们是威廉·坦纳和玛丽·坦纳。他们结婚的时间比弗莱德和克拉拉长,他们之间存在的那些小芥蒂早被清除。威廉和玛丽深深地相爱。吃了晚饭,他们动身去看电影。在一个火车道口,玛丽左脚滑了一下,插进铁轨和护板之间的缝里去了,既不能抽出脚来,又不能把鞋子脱掉。这时一列火车却越驶越近。

他们本来有足够的时间过道口,可现在由于玛丽的那只鞋捣乱,只有几秒钟时间了。火车司机直到火车离他俩很近了才发现他们。他拉响汽笛,并猛地拉下制动闸,想把火车刹住。起初前边只有两个人影,接着,道口上的铁路信号工约翰·米勒也冲过来帮助玛丽。

威廉跪下来,想一把扯断妻子鞋上的鞋带,但已经没有时间了。于是,他和信号工一起把玛丽往后拽。火车呼啸着,朝他们驶来。

"没希望啦!"信号工尖叫起来,"你救不了她!"玛丽也明白了这一点,于是朝丈夫喊道:"离开我! 威廉,快离开我吧!"她竭尽全力想把丈夫从身边推开。

威廉·坦纳还有一秒钟可以选择。救玛丽是不可能了,可他现在还能让自己脱险。在铺天盖地的隆隆火车声里,信号工听见威廉·坦纳喊着:"我跟你在一起,玛丽!"

不久以后,邻居们到弗莱德家做客,把那幕惨剧讲给他们听。

"……丈夫本来可以脱险,可他没有走掉。他用胳膊紧紧抱着妻子,紧紧抱着她。这时候那个信号工听见他说:'我跟你在一起,玛丽!'他俩紧紧抱在一起——火车前灯的灯光照在他们的脸上。他始终跟妻子在一起。"

听完了故事,克拉拉泪流满面,弗莱德也久久不能平静下来。后来克拉拉和弗莱德成为人人称道的模范夫妻。可以肯定,他们之间关系的好转就是从那个晚上开始的。

[美国]埃德温·帕尔默/文,李克/译

　　夫妻之间的芥蒂与分歧应当说是普遍存在的,即使恩爱夫妻,也难免偶然发生一些小小的"摩擦"或者争执。问题在于如何加以"调剂"和"弥合"。这篇小说中的克拉拉和弗莱德,正面临着一场婚姻危机。他们虽然草率结婚,虽然婚后相爱的因素还占主导地位,但曾一度导致了婚姻的"山穷水尽"。就在这个时候,另一对年轻夫妻——威廉和玛丽以其生生死死爱相随的榜样感化和教育了克拉拉和弗莱德。

　　威廉和玛丽的遭遇既是突如其来又是十分不幸的。玛丽的左脚不慎插进铁轨和护板之间的夹缝里,拔不出来,而火车又疾驰而至,在这生死关头,玛丽"竭尽全力想把丈夫从身边推开"。而威廉呢,他"救玛丽是不可能了,可他现在还能让自己脱险",同样是生死抉择,他完全可以走开,但他"用胳膊紧紧抱着妻子",与妻子一起面临死神,慷慨赴死。

　　威廉和玛丽生死爱相随的故事,虽然有些偶然性,但透过这偶然,则可以看到他们平日里感情的诚笃深厚;他们也可能曾产生过小小的芥蒂,但这并不重要,重要的是爱的持久与深沉,爱在关键时刻所显示的无所畏惧、无可比拟的力量。

　　据说,威廉和玛丽双双坦然赴难的故事发生的时间是1919年五一劳动节后的一个晚上,地点在美国芝加哥北部风光秀丽的密执安湖畔。故事的真伪已难以考证,但故事所表现的生死爱相随的至美爱情却让听者无不动容。克拉拉和弗莱德这对夫妇听了邻居讲的威廉和玛丽生死爱相随的故事,一个是"泪流满面",另一个是"久久不能平静下来"。故事化解了克拉拉和弗莱德的婚姻危机,后来他们"成为人人称道的模范夫妻"。

后　记

读书,不仅是读读而已,而是关乎读什么、怎么读的问题;读书,不仅是对我们的人生观、价值观、世界观的洗礼,也是对心灵的一种抚慰;读书,不仅可以汲取思想精神方面的营养,也能获得一种审美的享受,并使审美能力得以提升。

读什么呢?读古今中外最经典的作品。

怎么读呢?欣赏性、评价性地品读。

做到这两点,自然能达到读书的目的。

读经典作品,读者尤其是学生读者往往觉其美,但美在何处,却说不出来。

"品读经典"系列不仅是要把经典作品遴选出来,而且在怎么读经典上为读者作些努力,这些经典作品都有旁批及针对整篇的专题性赏析,同时,比较阅读的作品也都有品读文字。为了更好地服务读者,在"品读经典"系列出版后,我们将在"未来之星"博客上刊发"品读经典"系列各类文体作品的品读要点、品读方法、作品评析的文章。这里我们也期待热心下一代健康成长的教师,能提供有评析文字的欣赏文章,我们适时将在"未来之星"博客刊发。

推崇经典、拒绝平庸,是我们一贯的主张,我们历时六载编写了"品读经典"这一系列,根本的目的就是要把最经典的最具阅读价值的作品奉献给我们民族的未来一代——广大青少年读者。当下图书可谓琳琅满目,但是,有品位的太少太少,真正适合青少年读者阅读的更是少之又少。基于此,"品读经典"系列是以世界眼光来审视古今中外作品的,把最经典的择选出来,呈现给青少年读者。

"品读经典"系列,学生、老师、学者等前后推荐经典性作品 35670 余篇,经过数次大浪淘沙式的遴选,推荐的作品最终入选的仅有 3%。因此,入选"品读经典"系列的这些作品,可以说,篇篇皆是书山文海里最为璀璨的颗颗珍珠,是经典中的经典。浏览它,如雨后睹绚烂彩虹;欣赏它,如江岸沐温馨春风;品读它,如清晨饮清爽香茗。

历尽千百周折和万千艰辛,"品读经典"系列终于将与读者见面了,然而我们仍觉得有些遗憾。

遗憾之一:"品读经典"所选作品的读点、旁批、专题赏析、品读等皆是全国一百多位老师、学者苦心孤诣研究的结晶,虽然经过数个环节的斟酌、修改,再斟酌、再修改,努力使其臻于完美,但是,仍感觉似有不足之处,加之品评作品本来就是仁者见仁,智者见智,也难免会有失当之处。因此,我们恳望专家学者及广大读者批评指正,我们表示真诚的感谢。

遗憾之二:为了开阔读者视野,入选的国内经典作品较少,外国经典作品相对较多,然而这些外国经典作品有的还缺少译者,尽管我们努力查寻,有所弥补,但仍然有的作品的译者难以查到。为了帮助读者理解作品,需要作者的一些资料,但有的作者资料仍然未能得以完善。由于所选作品涉及面广、稿件来源复杂及时间地域等因素,出版前我们仍难以与所有作者(包括译者)一一取得联系。本着扩大作品的影响力和为读者打造最具阅读价值的一流读物的原则,冒昧将其转载,在此谨致以最深切最诚挚的歉意,恳请作者谅解!

为了弥补遗憾,出版后我们仍将继续联系作者,同时,也恳请作者或熟知作者情况的读者见到本书后能与我们联系,以便重印时弥补缺憾和按国家有关规定支付作者稿酬。

我们真诚希望所有作者都能联系上,也希望更多的优秀作者和专家学者能支持并参与"让下一代能读到真正有价值的书"的活动,为推动民族文化事业的健康发展贡献一份力量。

未来之星博客:http://blog.sina.com.cn/axbk2009

作者联系信箱:zhbk365@126.com

读者建议信箱:meilizhiku@126.com

本书编写者

图书在版编目(CIP)数据

大漠狂奔的野马 : 小说卷 : 全二册/ 京涛,屈平,
子夜霜主编. —郑州 : 文心出版社,2013.7
(品读经典)
ISBN 978 - 7 - 5510 - 0469 - 5

Ⅰ.①大… Ⅱ.①京… ②屈… ③子… Ⅲ.①小说集 -
作品集 - 世界 - 现代 Ⅳ.①I14

中国版本图书馆 CIP 数据核字(2013)第 179288 号

大漠狂奔的野马 : 小说卷 上

出 版 社 : 文心出版社
　　　　　(地址 : 郑州市经五路 66 号　　邮政编码 : 450002)
发行单位 : 全国新华书店
承印单位 : 辉县市伟业印务有限公司
书　　号 : ISBN 978 - 7 - 5510 - 0469 - 5
开　　本 : 720 毫米 ×1000 毫米　　　1/ 16
印　　张 : 15
字　　数 : 330 千字
版　　次 : 2013 年 7 月第 1 版
印　　次 : 2017 年 5 月第 2 次印刷
定　　价 : 70.00 元(全二册)

一颗露珠，折射着缕缕情思；

一片枫叶，飘洒着绵绵思绪；

一粒沙子，磨砺出串串遐想；

一个微笑，传递的是拳拳善意；

一道风景，蕴涵的是深深哲理；

一段经典，演绎的是精神盛宴……

点点读点，激发你的艺术灵光；

处处批注，打开你的智慧锦囊；

篇篇妙文，点燃你的人生梦想……

这辑美文哟，是天下最美最鲜的心灵鸡汤，品悟它吧，你一生心里有滋养……

小说卷下

大漠狂奔的野马

文心出版社

《品读经典》编委会

主编：
子夜霜　屈　平　京　涛

执行主编：
子夜霜

副主编：
贾　霄　陈学富

编委（以姓氏笔画为序）：

丁　武	万爱萍	王　臻	王连仓	王崇翔	包文杰
左保凤	石　晶	仲维柯	刘　宇	刘道勤	吕李永
孙云彦	孙维彬	曲明城	朱诵玉	许喜桂	吴潇枫
张大勇	张金寿	李　燕	李荣军	李海棠	杨七斤
杨刚华	杨景涛	杨新成	汪　明	汪茂吾	肖优俊
苏先禄	陈百胜	陈学富	陈锦才	周　红	周礼华
周波松	周流清	罗　胤	郑红梅	姜全德	柯晓阳
荣　浩	贺秀红	唐仕伦	唐新辉	夏发祥	殷传聚
聂　琪	袁劲松	贾　霄	贾少阳	贾少敏	郭　茹
梁　娜	梁小兰	梅家菊	萧剑钢	黄翠萍	黄德群
曾良策	解立肖	詹长青	鲍海琼	臧学民	蔡　静
樊　灿	戴汝光				

与 书 结 缘

诸君嘱我为"品读经典"书系作序,颇为难。非名人亦非什么专家,作序于售书似无益;亦非权威,谈不出什么高深玄论,会让读者失望;学养有限,阅历又浅,啰里啰唆的,徒费学子寸金时光,深恐有负众望……辞几次,拗不过,只得鸭子上架了。

从何说起,我犹豫了颇久,还是从与书结缘谈起吧。

很小的时候,我不怎么读书,就是想读书,识字也不多呀。倒是在畅快淋漓地读大自然这部大书,常常"忙"些城里孩子做梦都艳羡的事儿,丛林里听鹊儿莺儿蝉儿唱歌啦,草丛里看蚂蚁抬青虫啦,小溪里捕鱼网虾啦,点煤油灯炸螃蟹啦,抽青藤编花环啦,追逐点点流萤啦,藤蔓上荡秋千啦,采山菌摘野果啦,竹林里捉迷藏啦,山岭上看夕阳白云啦,葡萄架下听故事啦……一切都是那么的有趣!

不过,也常常伴着危险。山林若是走得深了,会遇到狼,大人也跑不过狼,小孩子得就近赶快爬到树上,呼喊人们来救援。有时也会捣蛋地逗引公牛斗架,观战须格外留神,那硕壮的牛蹄子踢一下腿,轻则骨折,要是牛角剜着了肚子,那可就呜呼哀哉了。翻石块捉蝎子风险小一些,不过有时会突然蹿出一条蛇来,骇得你出一身冷汗。采野果安全些,但也会因不辨果性而中毒。有一种植物俗名叫红眼子,学名我至今也没有弄清楚,果实与刺莓很相像,味道也是酸甜的,只是红眼子有毒性,吃多了会出人命的。不过,眼珠子滴溜溜转的孩子是能区分的,红眼子枝干粗壮而无刺,刺莓茎蔓细弱而多刺。采药的时候,小腿胳膊脸啦,被划伤是家常便饭,最让你防不胜防的是蜂子的袭击,我就曾遭遇一群小拇指大小的土蜂的围攻。我刚碰到荆棘丛那株诱人的柴胡,忽地从地下旋出一群土蜂,我没作片刻犹豫,就地滚出数丈远。但蜂子仍如战斗机般地紧追不舍。山里曾发生过公牛被土蜂活活蜇死的事,我想自己是要死了,冒出了玉皇大帝、阎王爷还有菩萨究竟是什么样子的念头。蜂子蜇了我几下,我立刻清醒了,绝不能动,即使再蜇几下也绝不能还击,否则,蜂子攻击会更疯狂,而且还会有更多的蜂子飞来。蜂子绕着我尖叫着,十来分钟后便飞走了。结果我中了九毒针,三天都吃不下饭。土蜂留给我的纪念——九个褐色斑直到四五年后才消失……一切都是那么惊险而又刺激,男孩子的探险、坚毅、无畏也许就源自大自然吧。

父亲爱读书看报。他回家后的第一件事便是搬把圈椅放在老楸树下的石桌旁,沏杯菊花茶——野菊花山里多的是,坐在圈椅里读起来。嬉闹是孩子的天性,尤其是像我这样天不怕地不怕的顽童。不过,父亲读书的时候,我是不敢疯的。一边悄悄地玩耍,一边偷偷瞄几眼父亲,渐渐地,我发现父亲读得很陶醉,在书上画着批着什么的。其实,疯玩是影响不了父亲的,只是我那时并不晓得。父亲有时还微笑,父亲虽然不曾打骂过我们,却是个极严肃的人,我寻思,书里究竟有啥稀奇居然能让父亲笑?溜进书房,翻翻父亲刚刚读过的书,都是黑乎乎的字,这些字也"可笑"?这字里一定有什么不可告人的秘密,于是我自觉不自觉地开始认字了。

认字稍多些的时候,我渐渐从只言片语的小故事里沉醉到长篇里去,到生我养我的这片土地之外的神奇世界漫游了。我读的第一部长篇是儒勒·凡尔纳的《十五小豪杰》,大概是小学二年级吧。书中讲的是15个孩子流落荒岛,后来用风筝飞离荒岛,历尽艰险,最后成了一群小豪杰的故事。书是繁体字,那时简体字我也没认几个,读,不过是结结巴巴连猜带蒙的,主人公的机智勇敢,我倒还能深深地感受到。

这本书情节离奇,加上"看官"之类评书味道的语言,我第一次真切地悟到,这世界上有比玩耍还有趣的事情。就这样,我迷上了书,吃饭时读,路上也读,蹲茅厕也读,被窝里也读。放牛时候,如果遇到雨天,我把牛赶进山洼里,然后冲到山头,寻一块平坦的巨石,把化肥袋子铺在上面,盘着脚,在伞下读了起来。那时候探险、推理、科幻、传奇的书读得多,读得如痴如醉,后来被声嘶力竭的嚷嚷声惊醒,原来牛进了庄稼地。牛糟蹋了那么多庄稼,回到家里,教训是免不了的了,但我没有敢辩说是因为读书。读书实在是一件妙不可言的事。有人说读书"如雨后睹绚烂彩虹,如江岸沐温馨春风,如清晨饮清爽香茗",这可能是年龄稍大的孩子或成年人读书的感觉吧,我那时读书,感觉就像是踩着彩虹桥去跨在弯弯的月亮上摇啊摇的。

父亲是个教书先生,在盆地里也算个小有名气的作家了。他教语文,教自然,也教美术,他的大书柜自然也是个杂货铺。我与语言文字打交道,就是从与这杂货铺结缘开始的。杂货铺里有《格林童话》《钢铁是怎样炼成的》《从地球到月亮》《唐诗选》之类的文学书,也有《东周列国志》《三国演义》《说岳全传》之类的演义书,也有《上下五千年》《史记》之类的历史故事书,也有《十万个为什么》《趣味数学》《新科学》《本草纲目》之类的科学书,等等。这些书,有的我一翻就入迷了,有的翻来翻去也不懂,便不感兴趣了,不过,有外人在跟前我还是煞有介事地读的。《本草纲目》是一部医学书,小孩子自然不感兴趣,但在随便翻翻中,我知道了李时珍写这部书很不容易,花了三十多年,中国人读它,外国人也读它。奇怪的是,我没有从医,却莫名其妙地懂一点医道,大概是与此有关吧。

我不怎么热乎书的时候,书柜好像没有落锁,迷上了书后,好像是突然落了锁。这书柜就像一块巨大的磁力方石,越是上锁就越有魔力。忽然发现,锁没有直接锁在门扣上,倒是门扣用一条松弛的链子穿过,再用锁锁着链子,可以"偷"书的呦!手伸进柜缝,能取出中间的书,但取两边的书就不容易了。我想了一个法儿,用铁丝钩想看的书。书钩出来容易,要还回去就不那么容易了。有次把书弄破了,心里打鼓了一两天,很快察觉打鼓是不必要的,父亲只是看了看那本书,就把它放到里面去了。

不久,我又发现,隔几天书柜中间总摆着一些我没有读过的书。有时书柜也不落锁,再后来就彻底不锁了,倒是父亲时常提醒我,专心读书是好事,但读上二十来分钟,眼睛要向周围望望,多看看绿叶啦青草什么的。有朋友说我读书写文章没明没夜的,却总不见我近视,很是嫉妒也很是纳闷。这可能得益于这一习惯吧。现在想想,书柜的落锁与开放,那是父亲教子读书的苦心与智慧。

有时,我也和父亲坐在老楸树下读书。父亲引导我怎么读书,起初让我点点画画一些词呀句呀段落呀的,后来让我写写自己的想法。父亲爱惜书是有名的,有个亲戚还书时不小心把书散落到泥地上,父亲心疼了好一阵子,但他从不在意我在书上画呀圈呀的。就这样,快上中学的时候,书柜里的书我几乎读了遍,尽管许多我还似懂非懂的,却隐隐约约感觉到有些知识老师似乎没有我懂的多。

父亲也让我读些报刊,给我订有《文学故事报》《中国少年报》《少年文艺》《少年科学》《向阳花》,等等。书是文明的沉淀,报刊虽不及书厚重,却是一扇通向新世界的窗口,读读报刊能呼吸到清新的空气。父亲读报有个习惯,哪篇文章写得精彩了,就把它剪下来,那时候山里没有复印机,若背页也有不错的文章,父亲就把它抄下来,然后,剪裁的和抄写的文章都贴在不用的课时计划里。父亲挑选的这些文章,更多的是让我们兄妹读。我迷上文学,可能就与父亲剪裁《文汇报》里的连载故事有关吧。

父亲爱写点东西,在我刚上小学二年级时,也硬让我开始写。那时候,我连"观察""具体"之类观念都还没弄明白,不过,写的无论长短,父亲都要细细看的,哪处写得好或不妥,都一股脑儿指出来,批改的比我写的还要多。不知不觉,我想什么就能写什么了。父亲从来没有给我买过作文书,但我的作文向来都不差。老师评讲作文时,大多是读我的作文,学校出校刊也常常有我的"大作"。语文老师在我日记、作文里批语说"有很好的文学素养""希望将来能成为什么什么"的。我因此陶醉了。

感觉良好的我，很快就得到了教训。我写了一篇两万余字的小说，自以为非常完美，寄给了父亲，"谦虚"地让他给提点意见。父亲读了三遍，没有改一个字，只是在文末批了四个字："华而不实！"要知道，那篇小说班里超过三分之一的同学都抄在笔记本里，连写作老师也大加赞赏。看到批语，我是多么沮丧啊！父亲料到我会失落，随批寄来一封信，信中说："孩子，浮躁是成不了大器的！曹雪芹披阅十载，增删五次，写就《红楼梦》，'字字看来皆是血'……福楼拜著《包法利夫人》，一天只写几百字，千锤百炼，字斟句酌，字字如珠……这些作品都是可以传世的。语言可以写得华丽，但不能没有思想，缺乏思想深度的语言，就像一件陈列在商店里而永远售不出去的漂亮衣服，好看而无用。缺乏思想沉淀，无论语言和技巧如何绝妙，无论长短，那就是废纸一张……大学里的书很多，你可以多读些经典。经典是有灵魂的，灵魂就是不朽的思想。不想做蹩脚的作者，就要使你的作品有影响人的灵魂的思想；不想做平庸的批评家，就要使你的评论具有独到的前瞻的震撼人的观点……"看似说教，对我的影响却是刻骨铭心而深远的。

当下，出版业可谓繁荣，就我国而言，不说报刊、互联网、电子书、手机阅读，单是出版纸质新书，2000～2012年就达1890375种，全球历年出版的新书就更多了，加上流传下来的"古书"，数量之巨是无法想象的。不说读了，就是一本一本地数，我们一辈子恐怕也数不清楚。繁荣的背后，是品质的良莠不齐，浩瀚书海不乏有让你手不释卷的佳作，但更多的书是你不需要读的，或者就是粗制滥造，根本就不值得读。不知什么时候，国民迷上了出书，于是乎，但凡能写几个字的会说几句的都能出书了！这样的书，能读吗？生命是有限的，时间是宝贵的。作为学子，我们要选择那些必读的学业性书和能使我们受益无穷的经典书来读。

"品读经典"的入选作品，很早时候，编写者就寄给我了，这些作品就像白玉盘里颗颗璀璨耀眼的珍珠，许多作品令我沉吟至今。我不想刻意溢美"品读经典"，但编写者的两句话的确吸引了我："读经典，给心灵痛痛快快洗个澡；品经典，让审美如痴如醉做个梦！"这话说到点子上。经典就像一泓思想圣水，浸润其中，给心灵痛痛快快洗个澡，灵魂就会得以升华。用经典滋养灵魂，那可没准儿，你也能成为一代大家的。

驻笔时，我想起了冰心赠给读者的话："读书好，多读书，读好书。"读者读经典，往往不觉其美，或不知其所以美，若读了"品读经典"，你会觉其美，也知其所以美。于是乎，我觉得冰心赠语也可以这么说："读书好，好读书，多读书，读好书，会读书！"

是为序，与学子共勉。

汗青　于静心斋
2013年5月22日

目 录

餐饮故事

轻浮的代价

◇［美国］马克·布兰特

读点

倒叙结构利于突出主旨和塑造人物形象。
领悟其跌宕起伏的情节安排，诸如悬念、伏笔、
误会、巧合等表现技巧。

　　我不羞于说这件事。我现在手足无措，所能做的唯一事情就是等待，等待着电话铃或门铃响起，等待着那一个不知是谁的他。

　　事情发生在中午，一切都是下雨引起来的。平常我总在C餐馆吃午饭，可那儿离我的办公室太远。由于下雨，我只好到街对面的P餐馆，这里的饭菜贵得吓人。

　　我把雨衣寄存在餐馆的存衣处，然后随着侍者走到他为我安排的桌子上。我犯的真正错误是多订了一杯酒，因为它使我轻浮莽撞。

　　喝了酒，吃完饭，我有点醉意了，就看到了她。她是那种为高价流行杂志服务的姑娘。她长着俊俏的脸蛋、金黄的头发，戴着美丽的帽子和长长的雪白的手套。她径直向我走来，迷人地微笑着。

　　"哈罗！"她打着招呼走过来，"最近你在哪儿？"

　　我向身后看了看，后面除了墙壁什么也没有，她是在对我说话呢！

　　我慌忙站起来。

　　"哈罗！"我应道，走近的她越发显得美丽，她在

批：为什么羞于说这件事？这又是件什么样的事呢？运用倒叙，制造悬念。

批：点下雨，交代"我"不得不到P餐馆就餐的客观原因，为故事发展作铺垫。

批：寄存雨衣，因饮酒而"轻浮莽撞"，为下文写轻浮行为埋下伏笔。

批：漂亮女人的出现，使故事顿起波澜。

批：漂亮女人勾引男人的惯用伎俩——假装认识。

我身边坐下，牵起我一只手。

我发誓，我从来没有见过她，我想立刻告诉她。但我不愿松开那只可爱的手。这该死的酒！

"皮特和我一起来了。"她笑着说。

我抬起头，果真一个小伙子此刻正站在她身后。

"皮特，"她说，"你还记得吉姆吗？"

我茫然了，因为我的名字叫查理。

"当然记得，"年轻人说，"你好，吉姆。"

"你好。"我应承道。

他欠欠身子。"很抱歉，我们得走了。爱丽丝。"他对姑娘说，然后转向我，"我们要回沃德旅馆收拾行李，今晚到西部去。"

我也必须在他们发现我不是吉姆之前赶紧离开。可是皮特友好地把手搭在我的肩上，我只好和他们一起向门口走去。

皮特热情地要帮我取雨衣，我只好把存衣卡给他，看着他从存衣处姑娘那里取回雨衣。

从饭馆出来，雨已经停了，我把雨衣拎回办公室，挂在门边。直到6点钟下班时，我才又穿上它。当我下了一半楼梯时，忽然注意到衣袋里有一包东西，取出一看，是只大信封，上面没有名字、地址，里面好像塞满了纸，开着封口。

我打开一看，只觉一阵眩晕，里面不是纸，而是钱！我赶紧跑回办公室，锁上门，把钱拿出来数了数，一共2360美元。

皮特为什么把钱放在我的口袋里？

我直奔沃德旅馆，找到了他们的房间。我怕他们走了，可他们都在。皮特见到我喜形于色。

"你好，吉姆。"他笑着说。

我可没给他笑脸，"你们搞错人了，在这以前，我从来没有见过你们中间的任何一位。"我直截了当地说，"这个……"我把那信封扔在床上。

批："从来没有见过她"，说明是轻浮使"我"甘愿和这女人接近。"这该死的酒"照应上文"多订了一杯酒"。

批：明知不认识而装作认识，名字错了也不理会，轻浮使"我"一错再错。

批：可悲的虚荣心！

批："皮特热情地要帮我取雨衣"有玄机，为下文故事的发展埋下伏笔。

批：出现意外情况，雨衣袋的钱——轻浮代价的导火线。

批：因为"轻浮"，居然没有发觉雨衣是掉过包的，急回旅店主动送钱。付出代价也就成了必然。

我急忙逃出房间,如同从困境中拔出脚来。

我美美地吃了顿晚餐,心情舒畅多了。事实上,整个晚上我都很轻松——可是直到一小时以前,当我从雨衣口袋里取雪茄时,才发现雪茄竟不翼而飞了,我无意地看了看雨衣的出厂商标。

上帝,这不是我的雨衣!

我慌忙给旅馆打电话,回话说他们早已离开了。他们没有留下一张纸条、一个信封或是一个可以找到他们的地址。

我现在还能干些什么呢?

我想认下这件雨衣,就此了结此事。但我随即意识到,拿着我雨衣的人肯定知道这件雨衣是谁的。因为我的雨衣里装有我的证件。

批:乐极生悲,至此发现雨衣被调包,故事进入高潮。

批:惴惴不安地等着失主上门问罪,这就是轻浮的代价——自食其果!

(李华星/译)

你要为轻浮付出代价

这是一篇讽刺小说。一个小职员因下雨不得不就近去高级饭店吃午餐,却着了一对男女扒手的道,无意中充当了他们转移赃物的工具。这两个"拆白党"借代小职员去领雨衣之机,冒领了一件袋里有鼓鼓囊囊一包钱的雨衣,然后让这个小职员拎回去。小职员下午6点钟下班时发现袋里有钱,便到旅馆把钱"还"给"拆白党",但他还没有发觉他的雨衣已被掉过包了。直到吃过晚餐要抽雪茄时,才发现这雨衣不是自己的。他便给那两个人入住的旅馆打电话,然而发现他们已经溜走了,这时才意识到自己中了圈套。因为证件落在了失主手里,他只得惴惴不安地等着失主上门来兴师问罪。

一个平素矜持稳重的小职员,因一时轻浮,竟要付出如此惨重的代价,令人警醒。作者为了表达这一题旨,采用了倒叙手法,开篇就写小职员不安地等待电话铃或门铃响起,然后借小职员的回忆交代事情的来龙去脉。这种构思,可以使事件更集中,效果更强烈。这种构思又是与人物性格的表现联系在一起的。有时候,故事愈是离奇,人物的性格会展现得愈充分。作者通过那对男女精心安排的骗局,把一个拘谨、优柔、腼腆但偶尔也会失之轻浮的不谙世故的老实人展现在读者眼前。

小职员是为些许无伤大雅的轻浮付出了代价。轻浮和虚荣等诸多不健康的心理可以说是孪生姊妹,进一步说,我们有时为了满足自己一时的虚荣心,也会付出代价的。这也告诉我们,无论什么时候,我们都应当保持一颗平常心,那样才能不付出没有必要付出的代价。(子夜霜)

芳草地　　　　　**一百条裙子**

星期一,旺达的座位空着。

星期二,旺达还是没有到学校来。

星期三,坐在前面的佩吉和玛德林注意到旺达没来。

佩吉在学校是最受人喜欢的女孩子。她长得漂亮,金棕色的头发,她还有许多漂亮的衣服。玛德林是佩吉的好朋友,她俩常常在放学路上捉弄旺达。

旺达没有一个朋友,她一个人到学校,一个人回家,她总是穿一条褪了色的蓝裙子。旺达虽然没有朋友,可是有很多女孩子愿意围着她谈天。

"旺达,"佩吉会很认真地问她,同时还用胳膊肘捅捅身边的朋友,"旺达,你说你的衣柜里有多少条裙子来着?"

"一百条。"旺达说。

"一百条!"所有的女孩子惊呼起来。连正在玩游戏的女孩子们也会停下围过来仔细听。

"是的,一百条,挂满了我的衣柜。"旺达说完紧紧地闭上嘴唇。

"都是什么样的? 我想都是丝绸的吧?"佩吉说。

"是的,全是丝绸的,各种颜色都有。"

之后女孩儿们便散开,可没走多远便爆发出一阵阵笑声和尖叫声。

一百条裙子! 谁信呀! 旺达每天穿的都是那条又破又旧的蓝裙子,可是她为什么要说谎?

当女孩子们尽情说笑的时候,旺达默默地走到校园的围墙边,等待上课铃响。

有时候,女孩子们会在奥利弗大街的拐角处等着旺达,她们会和旺达一起走,一路问她许多问题。

"旺达,你有多少双鞋子?"

"六十。"

"六十! 六十双还是六十只?"

"六十双。"

"昨天你还说你有五十双呢。"

"现在我有六十双了。"

一阵惊叹之后女孩子们接着问:"都是一样的吗?"

"不,每一双都不一样,有各种颜色。"旺达说完将目光移向远处,实际上她什么也没看。女孩子们慢慢散开,边走边笑。佩吉和玛德林总是最后走开,因为是她俩,更确切地说是佩吉发起了这"笑话旺达"的游戏。

对玛德林来说,每天问旺达有多少条裙子、多少顶帽子或多少这个那个的游戏使她感到不安。因为她的家庭也不富裕,她经常穿别人穿过的衣服。

玛德林有时想,要是佩吉和其他人将她作为下一个游戏的对象该怎么办?

想着佩吉、旺达和她的一百条裙子,玛德林突然想到了不久前的绘画比赛,因为这次比赛要求女孩子们画裙子,男孩子画摩托。不知谁会得第一,恐怕是佩吉,以往总是她画得最好,老师明天将公布结果。

第二天,玛德林和佩吉一踏进教室便惊呆了。教室四周挂满了画。

上课了,玛森小姐首先宣布绘画大赛的得奖者,她说:"大多数同学都只画了一两幅画,但有一个同学画了一百幅,每幅都不一样,每幅都那么漂亮,我们应该为她感到骄傲,评委认为她的每一幅画都值得奖励,她就是旺达。遗憾的是旺达已经好几天没来学校,不能在这儿接受我们的祝贺,让我们期待她明天能到学校来。"

"佩吉,你看,这是不是旺达说的她那条蓝裙子? 真漂亮!"玛德林指着挂在墙上的一幅画说。

大伙儿在看画时,校长办公室给玛森小姐送来一张条子,玛森小姐说:"这是旺达父亲来的信,我给大家念一念。"

亲爱的老师:

我的旺达不会再来你们学校了。我们将迁往另一个城市……

全班同学静静地听着。

玛德林心里觉得很难受。

一天下午,玛德林和佩吉一块儿给旺达写了一封信,告诉她她获得了绘画大赛的头奖。她们本想向她道歉,但最终只签上了"爱你的同学"。

圣诞节前夕,教室里装饰着圣诞树。这时老师突然告诉大家,旺达来了一封信。她把信念给大伙听:

亲爱的玛森小姐:

你和同学们都好吗? 请告诉班里的女孩子,她们可以把我的画拿走,因为我在新家又有了一百条裙子。我想把那条镶红边的绿裙子送给佩吉,把那条蓝色的裙子送给玛德林。我想念我曾经学习过的学校。祝每个人圣诞快乐。

真诚的旺达

[美国]埃莉诺·埃斯蒂斯/文,佚名/译

　　埃莉诺·埃斯蒂斯(Eleanor Estes,1906 年 5 月 9 日~1988 年 7 月 15 日)，美国著名的儿童文学作家，曾担任儿童图书馆管理员，直到 1941 年首部小说《莫法特一家》出版后，才转而专门从事写作。埃斯蒂斯著有多部脍炙人口的儿童小说，其中，《派伊家的金吉尔》获纽伯瑞儿童文学奖金奖，《鬼灵精阿珍》《小淘气鲁夫》《一百条裙子》获得纽伯瑞儿童文学奖银奖。

　　《一百条裙子》是一本专门写给孩子的书，不假装天真，也不故作深沉。书中没有曲折的故事情节，也没有华丽的辞藻，只有栩栩如生的人物形象刻画和细致入微的心理活动描写，字里行间饱含了成长百味。

　　书中讲述了几个女孩儿之间发生的关于梦想、自尊和成长的故事。旺达·佩特罗斯基因为奇怪的名字、破旧的裙子和窘迫的家境常常遭受其他女孩儿的奚落和捉弄。节选部分内容是这样的：一天，旺达宣称她有一百条裙子，但没有人相信她，而且这一百条裙子成了众人讥笑嘲讽她的一个游戏。直到旺达一百条裙子的设计图挂满教室墙壁，老师宣布她获奖时，同学们才注意到她已有几天没来上课了。原来，旺达一家搬走了。后来，女孩儿们意外地收到了旺达的来信。信中旺达表达了对大家的思念，并将她画得最漂亮的两条裙子送给佩吉和玛德林。直到此刻，这两个曾经伤她最深的人才意识到原来旺达一直都爱着她们，只可惜她们已没有机会当面对旺达说一声"对不起"了。

　　旺达说自己有一百条裙子虽不是现实，但一直存在于她的画中、她的心中，承载着她美丽的梦想和高贵的自尊。面对欺辱和嘲讽，旺达依然能一笔一画用心勾勒内心美好的希冀，用画笔为贫困灰暗的生活添上一抹绚丽明亮的色彩。

　　一百条裙子的设计图布满教室墙面的景象必定是令人震撼的，对于那些曾经嘲笑过旺达的女孩儿们来说，也许在震撼之余，她们心中更多的是愧疚。一直以来她们都把目光停留在旺达寒酸的外表上，却没有注意到旺达深藏的艺术心灵。她们曾刻薄地将她的美丽梦想当作笑柄，却没有想到，这梦想如石缝中的小草一般坚强而倔强地生长，最终令她们所有的优越感相形见绌。原来，一直躲在角落里胆怯犹疑、小心翼翼的旺达竟是最优秀的，她的灵感和热情令所有人都望尘莫及！她们羞涩地给她写信，含蓄而诚挚地寄送迟到的友爱与祝福，旺达则用爱和宽容原谅了她们，原谅了她们对她的所有讥讽和欺辱。旺达所拥有的才是真正善良、美丽而又高贵的心灵！

午　餐

◇[英国]威廉·萨默赛特·毛姆

读点

构思精巧，层次分明，笔调辛辣、含蓄、幽默。
描写细腻，心理真实，人物形象鲜明突出。

我是在剧场看戏时见到她的。她向我招了招手，我趁幕间休息的时候走过去。她满面春风地和我拉扯起来：

"哦，好多年不见了，时间过得真快！你还记得咱们第一次见面的情景吗？你邀请我去吃了一次午饭。"

我怎么能不记得。

那是20年前的事了，当时我住在巴黎。我的收入刚好够维持住我的灵魂和躯壳不分家。她读了一本我写的书，给我写了封信谈论这本书。我回信表示感谢。过了没多久我就又收到她一封信，说她要路经巴黎，想同我谈谈；不过她的时间有限，问我是否愿意中午请她在福约特餐厅随便吃点什么。福约特是法国议员们经常光顾的一家餐厅。它远远超出我的经济能力，所以我从来不敢问津。但是她信中的恭维话说得我心头发痒，而且那时我太年轻，还没能学会对一位女士说"不"。我还有80个法郎，可以维持月底之前的开销。一顿便餐不会超过15个法郎。如果我后半月不喝咖啡的话，没准可以对付过去。

批：偶然的再次相逢，自然引出初次见面的午餐故事。"你邀请我去吃了一次午饭"，紧扣标题。

批：刻骨铭心的约会、教训！

批：收入低，为情节发展埋下伏笔。

批：点明"她"仅仅是"我"的一个普通读者而已。

批：请吃午餐，看似随意的一句，却让"我"付出了代价！这样高级的餐厅，让生活捉襟见肘的"我"怎么消费得起？

批：虚荣心在作怪，为了满足虚荣心，往往是要付出代价的。

批：似乎可以应付过去，咬咬牙，硬着头皮去应付。

我和她约好中午十二点半在福约特餐厅见面。她没有我想象的那样年轻。她的外表与其说风姿动人，毋宁说富态魁梧。实际上她已经有40岁了。

批：心理落差，不动声色的描写。

菜单拿上来的时候我吓了一跳，价钱比我预料的要贵得多。但她说的话叫我放了心。

批："从来不敢问津"，怎会不出预料呢？起一波！

"我中午从来不吃什么。"她说。

批：看似让"我"放心，事实呢？

"哦，可不要这么说！"我慷慨大方地回答。

批：假装大方！

"我只吃一道菜。我觉得现在人们吃得太多了。也许我可以来点鱼，我不知道有没有鲑鱼。"

批："鲑鱼"菜岂会便宜！又来一波。

吃鲑鱼的季节还略嫌早了一点，菜单上也没有写着这道菜。但是我还是问了一下侍者。有，刚刚进了一条头等鲑鱼，这是他们今年第一次进这种货。我为我的客人叫了一份。侍者问她在等着烹制鲑鱼的时候是否吃点别的。

批：反季节会更贵。"我"心想不会有，便充大方，谁知餐厅偏偏有，而且是"头等鲑鱼"。

批：对于"我"来说，这侍者简直是没事找事！

"不，"她回答，"我中饭只吃一道菜。除非你们有鱼子酱。吃点鱼子酱我倒不反对。"

批：女士看似不反对，却让人难以拒绝，"我"也只好强作"慷慨"。

我的心微微一沉，我知道我吃不起鱼子酱，但我无法对她讲明这点，结果我还是吩咐侍者拿了份鱼子酱。我为自己挑了一份菜单上价格最便宜的菜——一份羊排。

批：照应"我"的拮据，而她哪里知道"我"的难处呢？

这以后出现了饮料问题。

批：让读者不禁再为"我"担忧。

"我午饭从来不喝什么酒。"她说。

"我也如此。"我迫不及待地补了一句。

"除了白葡萄酒，"她继续说道，仿佛没听到我刚才的话，"法国白葡萄酒一点儿也不厉害，对消化很有帮助。"

批：再起波澜。

"你想喝点什么？"我依然殷勤地问道，但已不那么曲意逢迎了。

批：表面"殷勤"，心里却叫苦不迭，毕竟只有"80个法郎"。

她一口洁白的牙齿闪了闪，对我笑了笑。

批：妩媚表情代替语言表达，让人难以拒绝。

"除了香槟，我的医生绝对禁止我喝其他的酒。"我想我的脸当时一定变得有些苍白。我叫了半瓶。我用随便的语气提到我的医生不允许我喝香槟。

批：口袋里的钱毕竟不多，语气随便些，就露出窘态了。

"那么你喝什么?"

"水。"

她吃掉鱼子酱,她吃掉鲑鱼。她有说有笑地谈论艺术、文学和音乐。可我却一直在琢磨账单加起来会要我多少钱。

当我那份羊排端上来时,她非常严肃地教训我:"我看得出来,你习惯午饭吃得很多。我认为这肯定不好。为什么你不学学我只吃一道菜?我肯定这对你会大有好处的。"

"我是只吃一道菜。"我说道,这时侍者又带着菜单来了。

她手一挥,把他打发到一边去。

"我可不这样,我午饭从来不吃什么,吃也只吃一点,吃这点也是为了聊天方便。我可再也吃不下什么了——除非那种大龙须菜。如果不尝尝的话,这次到巴黎来可是件憾事。"

我的心沉了下去。我在橱窗里见到过龙须菜,我知道这东西贵得要命。我的嘴巴也常常因为看到它们而馋涎欲滴。

"夫人想知道你们有没有龙须菜。"我问侍者。

我捏着把汗,真希望他说没有。一个快乐的笑容掠过了侍者的神甫似的大脸。他对我说,他们有一些那么大、那么好、那么嫩的龙须菜,简直绝无仅有。

我叫了一份。

"你不要吗?"

"不要,我从来不吃龙须菜。"

"我知道有人不喜欢龙须菜,但你不知道你吃的那些肉把胃口破坏坏了。"

我们等着龙须菜上来。我吓得心惊胆战。现在已经不是我可以剩下几个钱过日子的问题了,而是我是否有足够的钱拿出来付账。如果发现自己缺十个法郎而不得不向客人张口的话,那就太叫人丢脸

批:两相对照,富有幽默感,一个是"有说有笑地谈论艺术、文学和音乐",一个却在琢磨如何付费。

批:囊中羞涩,教学吗?

批:一个"又"字,不禁让人心惊肉跳了。

批:似乎可以放心了。真的吗?

批:还要吃!"除非""如果不尝尝""是件憾事",让人怎么好意思拒绝!

批:"贵得要命","馋涎欲滴"也不行啊!

批:强装大方,不失风度。

批:客人如此消费,侍者怎会不快乐呢?既然龙须菜又大又好又嫩又"绝无仅有","我"只好硬着头皮挨宰了!

批:她哪知"我"的难处?读到此处,读者也许唾她一脸口水的心也都有了。

批:现在就想怎么能应付过去了。

了。说什么我也不能丢这个丑。我清楚地知道我有多少钱，如果不够付账的话，我下决心把手往兜里一伸，然后戏剧性地大喊一声，跳起来说我被扒手扒了。当然了，那将是一个极其尴尬的场面，如果她也没有足够的钱付账的话。要是那样，唯一可行的办法就是留下我的表作抵押，过后再来赎了。

批：谎称钱被偷，用表作抵押，一连串的设想活画出了虚荣的"我"此刻的尴尬心态。

龙须菜上来了，又大又粗，一咬一汪水，真吊人胃口。它那作响的奶油香味一阵阵地往我鼻孔里钻。我一边望着这位纵情大嚼的女人一大口一大口地往嗓子眼里塞，一边客客气气地谈论着巴尔干半岛的戏剧界现状。她终于吃完了。

批："吊人胃口"的龙须菜让读者目睹了"我""从来不吃龙须菜"的谎言，极富幽默效果。

批：用谈戏剧来竭力掩饰内心的不安；"终于"，如同让读者听到"我"大出了一口气。

"咖啡？"我问道。

"好吧，一份冰激凌和咖啡。"她回答道。

我现在已经把一切置之度外了，我给自己也叫了咖啡，给她要了冰激凌加咖啡。

批：仍然不客气，同情"我"的读者也许此刻赶她走人的举动也会有了。

"你知道，我深信不疑，"她边吃冰激凌加咖啡边说，"一个人吃饭时一定要只吃八成饱。"

批：依然在唱"高调"。

之后一件可怕的事发生了。领班侍者摆着一副讨好的笑容向我们走来，胳膊上挎着一满篮子大桃。那桃子红得好像纯洁的姑娘的脸蛋，色调有如意大利绚丽的风景画。桃子肯定还没有到上市的季节。只有上帝知道多少钱一个。我也知道了——那是在过了一会儿以后，因为我的客人一边继续谈话，一边心不在焉地随手拿了一个。

批：这侍者是称职的，他的"讨好"无疑让已苦于无法应付的"我"感到很"可怕"、很窝火！

批：只有"上帝知道多少钱一个"，她却"心不在焉地随手拿了一个"，对于"我"来说真是太可怕了。

"你看，你用肉塞满了肠胃，"——她指的是我那一小块可怜的羊排——"你什么也吃不下去了。而我只随便像吃点心一样地吃了点，我还可以享受个桃子。"

批：贪婪的本性！冠冕堂皇的言辞！

账单来了，付完账后我走出饭馆，带着一张嘴和一个肚子，口袋里却一文不名。

批：幸亏能付账，令人啼笑皆非。

"学我的样子，"在我们握手道别时她说道，"午饭千万只吃一道菜。"

"我会比这做得还好，"我大声回答，"今天晚饭我就什么也不吃了。"

"幽默家！"她快乐地喊着，跳上了一辆马车，"你真是一个十足的幽默家！"

但我终于复了仇。我不认为我是睚眦必报的人，可是当不朽的神明插手这件事时，你足可以为今天这个结果暗自得意——今天她体重三百磅。

（傅涛涛/译）

批：一语双关，表面上是说和这位女士吃了一顿美好的午餐；深层里实则囊中羞涩，自己连吃晚餐的钱也没有了。

批："我"并非真的为这位女士体重大增而得意。结尾富有戏剧性和幽默感。

戏剧性的午餐

小说采用第一人称的写作形式，男主人公"我"是一个在文坛上初露头角的青年作家，而女主人公"她"则是一个似乎有些身份的读者。她向作家去信恭维了一番，然后让作家在一个高级餐厅请她吃午餐。作家打肿脸充胖子请客，客人惺惺作态要了不少昂贵精美的食品，结果一顿饭吃掉了作家口袋里仅剩的80法郎。

这篇小说写得极富戏剧性和幽默感。

小说的开头采用了倒叙。男女主人公的不期相遇，勾起了"我"很不愉快的甚至痛苦的回忆。

20年前的时候，女主人公实际是想让男主人公请她吃午餐，给人的却是装腔作势的感觉。她说"她的时间有限"，问"我""是否愿意中午请她在福约特餐厅随便吃点什么"。对于读者的请求，年轻的作家碍于面子，自然也不好意思拒绝，尽管囊中羞涩，但还是答应下来。

二人终于在福约特餐厅见面，年轻的作家见来者的年龄是40岁的中年女士，显然没有他"想象的那样年轻"，可以说初次见面多少有些失望之情。按说，不是情投意合的青年男女，作家大可不必为她而过多破费。可是他"太年轻"，还不会拒绝女士的请求。

然而，这里毕竟是议员们经常光顾的餐厅，女士说她"中午从来不吃什么"，似乎暗示花不了多少钱，尽管价钱大出预料，但作家还是故作"慷慨"。女士想吃昂贵的鲑鱼，却说自己"只吃一道菜"，"也许我可以来点鱼，我不知道有没有鲑鱼"，婉转说出自己的真实想法。鲑鱼是反季节菜，菜单上也没有，作家本来以为餐厅不会有这道菜，偏偏餐厅"刚刚进了一条头等鲑鱼"，作家只好"叫了一份"。

有了鱼，侍者问她是否吃点别的什么。女士便说自己"中饭只吃一道菜……吃点鱼子酱我倒不反对"，要知道这鱼子酱是作家自己"吃不起"的。和女士一块就餐，男士不能只看着女士吃，于是，作家给自己"挑了一份菜单上价格最便宜的菜"。

此时读者似乎可以为作家松一口气，偏偏在饮料上又出了问题。本来两人都说不喝酒了，可是作家出于礼节，"依然殷勤"问女士"想喝点什么"。女士明明想喝香槟，却说："除了香槟，我的医生绝对禁止我喝其他的酒。"作家明明已心惊肉跳、脸色"苍白"了，却故意"用随便的语气"说医生不允许他喝香槟。

菜也吃了，香槟也喝了，午餐总可以结束了吧？不，还没有结束。女士还想吃"贵得要命"的龙须菜，便说："我午饭从来不吃什么，吃也只吃一点，吃这点也是为了聊天方便。我可再也吃不下什么了——除非那种大龙须菜。如果不尝尝的话，这次到巴黎来可是件憾事。"话说得可谓冠冕堂皇。作家平时见到龙须菜就"馋涎欲滴"，此刻表示说自己"从来不吃龙须菜"。又大又好又嫩又"绝无仅有"的龙须菜上来了，为自己"是否有足够的钱拿出来付账"而"心惊胆战"的作家，为了竭力保持镇静，便借谈戏剧来掩饰内心的不安。

故事写到这里，似乎可以告一段落，然而作者的戏剧性手法似乎还没有尽情发挥，于是再添一笔：在男主人公惊魂未定之时，又发生了"一件可怕的事"。作家和女士谈话的时候，女士又拿了一个"只有上帝知道多少钱一个"的大桃，而且她还装出"心不在焉地随手"的样子。此时，女主人公那贪婪嘴脸已暴露无遗。

一顿午餐的回忆结束了，作者的笔触又回到眼前，写这个女主人公发福了，体重达三百磅（约167公斤）。无疑这一结果是对这个贪吃的女人的惩罚。这一戏剧性的镜头，虽出人意料，却也在情理之中。不时对人表白自己只吃一点的"她"，实际上却是贪得无厌的，千方百计多吃多喝，于是变成了大肥猪一样的胖女人。（子夜霜、王崇翔）

芳草地

江上歌声

沿江两岸回荡着船夫号子声。

船夫划着收扎起帆樯的高尾舢板，顺流而下；你听，他们喊着嘹亮雄浑的号子。

纤夫背着纤绳，逆流而进，五六人拖着小舟，两百人拽着扬帆舢板，越过激流险滩；你听，他们喊着船夫号子，那是更加气喘吁吁的歌唱。船中央，一人站立，不停地擂鼓督阵；他们弓腰曲背，着了魔似的拽着纤绳，极力挣扎，有时就在地上爬行。他们奋力紧拉纤绳，同激流的无情力量抗争。工头在一旁巡查，谁不拼死卖命，那一头破开的竹鞭，便会抽打他赤裸的脊背。人人都得竭尽全力，要不就会前功尽弃。他们喊着激越、高亢的号子——激流曲。

语言怎能描述歌声里蕴蓄着多少辛劳！这歌声啊，足以显示那极度劳损的心灵，那紧绷欲绽的筋肉，以及那人类征服自然力量的顽强精神。纤绳可能断裂，舢板纵然旋回，而湍流险滩终将被战胜!

　　劳累的一天结束时,饱餐一顿,或吞云吐雾,或陶醉在悠闲自在的美梦中。

　　然而,最痛楚的歌唱却是码头工扛着沉沉大包,沿着陡峭石阶,走向城垣时哼出的歌声。他们上上下下,走个不停,"嗨哟,啊嗬",那节奏分明的喊声,就像他们的辛劳一样,永无休止。他们光脚赤膊,汗流浃背。他们的歌唱是痛苦的呻吟,是绝望的叹息,是凄惨的悲鸣:简直不是人的声音,而是无限忧伤的心灵的呐喊,只不过带上了点旋律和谐的乐音,而那收尾的单调才是人的最后一声抽泣。

　　生活太艰难,生活太残忍,歌唱是绝望的最后抗议,这就是江上歌声。

[英国]威廉·萨默赛特·毛姆/文,李传声/译

品读

　　威廉·萨默赛特·毛姆(William Somerset Maugham,1874年1月25日~1966年12月16日),英国著名小说家、戏剧家。代表作有长篇小说《人性的枷锁》《月亮和六便士》等。他的作品以明晰朴素、对人性有透彻的理解为特点,以怀疑人生、愤世嫉俗为基调。他被称为"20世纪的狄更斯"。他生于法国,长在英国。最初学的是医,第一次世界大战期间,参加过法国战地急救队,在英国情报部门做过间谍工作。他一生涉足极广,除英法外,还到过德国和苏俄、印度等,因而见多识广,为他的写作提供了丰富的题材。

　　这篇散文写的是生活劳作在江上的船夫、纤夫和码头工的苦难生活。作者用了很多的笔墨写江上的船夫、岸上的纤夫、码头上的码头工的艰苦的工作,艰难的挣扎。文中那"弓腰曲背,着了魔似的拽着纤绳,极力挣扎,有时就在地上爬行"的逆流而进的痛苦,那高亢激昂然而又悲怆苍凉的号子,就是那些苦难者发自心底的呻吟、叹息、悲鸣和抽泣——江上歌声。作者用饱含无限同情的笔写出了这些可怜的人们,他们不仅要与自然作残酷的殊死较量,还要周旋或满足于那些凌辱、压迫他们的统治者。从中,我们能够清晰地感受到他们痛苦的呻吟和绝望的抗议。

轮 流 付 账

◇[新加坡]E·希顿

读点

揭示人性深层的劣根性,讽刺语言诙谐幽默。
叙述视角新颖独特,细节描写生动传神。

"我算是被耍惨了,"弗利克斯咬牙切齿地说,"我算是被耍惨了。"

太阳西沉,我们坐在一个小咖啡馆里。我要了两杯咖啡,听他讲起来。

"我是两周前遇上这女人的。"弗利克斯回忆道,"她说她叫莉比,似乎挺喜欢我,我们就开始约会。她佩服我的聪明机智。我呢,挺欣赏她的那双腿。两人处得还算可以,直到昨天晚上我们决定进城去玩……"

弗利克斯长嘘了一口气,接着说:"我提议,先上那家新开的酒吧去喝点什么,然后看场电影,看完电影去吃一顿丰盛的晚饭,在城里待一晚上。'很好,弗利克斯,'莉比说,'但我不想要你付账。我可是个新派的女性!'我解释说,假如每次都要仔细算计,然后再对半付钱的话,可太让我丢面子了。于是她说:'那好吧,弗利克斯,让我们轮流付账好了。'

"就这么着,我们在城里见了面。然后,叫上一辆出租车,直奔咖啡馆。车钱只有1.5美元。下车付钱时,莉比说:'按规矩,女士优先。'她先掏了腰

批:以倒叙手法开头,形成悬念。描述弗利克斯被骗后的愤恨心情,为全文奠定感情基调。

批:"似乎""还算可以",暗示二人关系并非非常亲密,正因如此才会出现"轮流付账"的闹剧。

批:追忆故事起因,引出下文。反差式铺垫将莉比的"新派"、弗利克斯的"豪爽"与后来的表现形成对比,增强了讽刺效果。

批:莉比先付钱是因为"只有1.5美元",为了抢先付钱,竟找出"女士优先"的理由。

包。在咖啡馆里，她又是喝香槟，又是吃大虾吐司，结果花去我 8 美元，因为轮到我付钱了。"

"从咖啡馆里出来，我们又叫了一辆出租车去电影院。"弗利克斯的眉头皱紧了，"下车时，又是莉比坚持付了钱——1.2 美元，本来就没有几步远嘛。她付完钱还大谈什么轮流付账好，这是她的为人原则之类的漂亮话。当然啰，买电影票的时候就轮到我了。10 美元。入场前，她又买了一次爆米花，花了 0.5 美元。

"那天的电影不坏。可我的心思已经不在电影院里了。我盘算着，如果待会儿轮到我付车钱，那可就该她出这顿饭钱了……"

讲到这儿，弗利克斯叫来服务员，要了一杯水，一气喝干。

"电影放到中间，有一会儿休息。莉比建议出去活动活动腿。我们一到走廊，她就朝小卖部的柜台走去，要了一杯橘子水。'该你付账，弗利克斯。'她边喝边说。

"这时候，入场铃声又响起来。可现在是轮到莉比付车钱而让我管饭了！真要命！我不动声色地等别人差不多都入场了，突然向她转过身来：'我也要一杯。'尽管我当时并不渴，可是……'现在该你付钱，亲爱的。'她二话没说，马上摸出了钱包。

"现在，电影散场以后，又该轮到我付车钱了。你猜怎么着？电影放了一会儿竟断片了。灯亮了以后，莉比转过头来说，她不想干等着，想再吃点儿什么。我在座位上磨蹭着不肯去。谁知，一个卖冰激凌的浑小子不知从哪儿冒了出来，在座位中间乱窜。没办法，我只好给她买了一个冰激凌蛋卷。整个下半场，我就不知道电影演了些啥，满脑子尽想该怎么办了。

"电影散场，我们从影院里出来，钻进一辆出租

批：轮到男士付钱，便大吃大喝，两个"又"字，表现出了莉比的自私贪婪。

批："漂亮话"是反语，其实是冠冕堂皇的谎话。

批：买爆米花，故意而为之！

批："盘算"，也可看出弗利克斯的斤斤计较，说明二人交情不深。

批：莉比工于心计，弗利克斯难逃"挨宰"的命运！

批：弗利克斯也不是省油的灯，"不动声色"表明他也城府很深。

批：看来莉比早就有了对策，胸有成竹，纵然弗利克斯再狡猾，也难逃她的手心。

批：提示语既起悬念作用，又说明莉比真是太狡猾了。

批：为自己将要付饭钱而情绪低落，只缘情未深也！

车。坐在车里,我心里直发颤。突然,幸运女神在那天晚上降临到我头上:汽车走到半路,车胎爆了。莉比不情愿地跟我下了车,付了车钱。

"当我在路边又拦住一辆出租车继续向饭店开去的时候,我简直都觉得飘飘然了。在餐桌旁坐定之后,我就放开了点菜。要了法式洋葱汤,又要芦笋配牛排、龙虾沙拉、馅饼,还要了去皮苹果——就因为菜单上写着它是水果里面最贵的。莉比坐在那里,目瞪口呆地望着我狼吞虎咽,她自己盘子里的菜几乎就没有碰。吃完饭,我觉得还不够味,又要了一根雪茄——尽管我不抽烟——然后才叫服务员拿账单来。

"我要这根雪茄可是个致命的错误。你看,我不抽烟,身上不装火柴,服务员又去柜台算账去了。就这么一眨眼的工夫,一个卖杂货的家伙偏偏就蹭了进来。"

弗利克斯停住嘴,又要了一杯水灌下肚。

"这家伙钻进饭店,开始兜售他篮子里那些零七八碎的玩意儿,当然,里面也有火柴。'快拿账单来!'我朝远处的服务员拼命地喊。那混蛋明明听见了,可还慢慢腾腾地往这边走。我恨不能一把把他的脖子给扭下来,朝他做了一大堆见他妈鬼的手势。然而,一切都无济于事了……"

弗利克斯长叹了一声。

"莉比抢先买了一包火柴交给我,花了她5分钱。可我呢,为这顿饭付了160美元,还外加给那个混蛋的小费。随后,我们坐车回家,又轮到她付钱。这可真算公平。"弗利克斯苦笑着说。

"这还不算完。下车以后,我准备向她吻别,她竟把我给推开了,还斩钉截铁地说:'弗利克斯,不!我没有让你一个人付账,原因就是这个。'你听听,"弗利克斯心酸了,"她居然没有让我一个人付账!"

(赵江/译)

批:"幸运女神"一词表达出弗利克斯因出现意外转机,不用付饭钱而庆幸。

批:"飘飘然"表现弗利克斯终于找到报复机会的得意;"放开了点菜"表现他自私贪婪;"狼吞虎咽"形容他吃得俗不可耐。莉比"目瞪口呆""菜几乎就没有碰",与弗利克斯形成鲜明对照。此段描写语言诙谐幽默,传神刻画出弗利克斯逮住机会狠宰的自私与贪婪。

批:笔锋一转,暗示弗利克斯不付饭钱的命运将要发生逆转,情节波澜起伏,引人入胜。

批:精彩的语言、动作、神态、心理描写入木三分地刻画出弗利克斯的自私特点。"拼命地喊""恨不能""做……手势"等传神地表现出他害怕付钱的丑态,读来令人哑然失笑。

批:较量的结果以弗利克斯的失败告终。"抢先"表现出莉比的颇有心计;"长叹""苦笑"表现出弗利克斯的沮丧。

批:"推开""斩钉截铁"表明莉比拒绝态度之坚决和毫不留情。结句意味深长,具有讽刺意味。

传神的人物描写

一场并不愉快的约会，一场轮流付账的闹剧。小说以主人公讲述的形式将这样一个平凡普通却又发人深思的小故事呈现在读者面前。自称新派女性的莉比与自认聪明机智的弗利克斯约会，提议轮流付账的女主人公只想要轮流付账的形式而使自己并不花费太多，恰逢男主人公也并不怎么大方，于是两人绞尽脑汁，相互算计，只为能让对方支付较大数目的开销。

小说中最具特色的就是个性鲜明的语言描写，"但我不想要你付账。我可是个新派的女性""轮流付账好，这是她的为人原则"，几句话便将女主人公只喜欢说漂亮话却不想真正付出做漂亮事的形象展现出来。"我呢，挺欣赏她的那双腿""假如每次都要仔细算计，然后再对半付钱的话，可太让我丢面子了"，男主人公也是一个注重表面却并不实际的人，于是两人的"斗争"得以展开。

小说中的细致传神的心理描写也颇具特色。"整个下半场，我就不知道电影演了些啥，满脑子尽想该怎么办了""坐在车里，我心里直发颤""我简直都觉得飘飘然了""我恨不能一把把他的脖子给扭下来"，一系列的心理变化让男主人公的形象更为饱满，也让这场充满心机的较量更为精彩。

小说源于生活，又高于生活，文中的男女主人公让我们感觉似曾相识，却又有所过之，读来令人感触颇多。世俗的心理，多面的人性在小说中体现得淋漓尽致。令人啼笑皆非的是，小说的最后，男主人公还想与女主人公吻别却惨遭拒绝，原来莉比早有防备，真不知弗利克斯是想吻别眼前的佳人，还是想吻别自己失去的美元？（**子夜霜、贾霄、石晶、蔡静**）

假如你到马尼拉

假如你到马尼拉，你一定要到新加坡街逛一逛。

到了新加坡街，你一定要尝一尝"林太福建面线羹"。

"林太福建面线羹"的老板并不叫林太，"林太"是我祖母，是我奶妈对祖母的称呼，我奶妈才是老板。她叫索咪，是我们的菲律宾女佣。

之所以推荐给你，因为我从小就喜欢，祖母说我们福建人一定要懂得煮面线羹，讲福建话。妈只会讲不会煮，她也是福建人，她没空学，知道我喜欢吃，叫索咪跟祖母学。

索咪在我们家整十年，直到我上中学才回菲律宾。妈不肯放她，索咪告诉妈她儿女大了，要回去看他们,妈才放人,其实,最主要是祖母去世了,妈又待她不好。

索咪走时我大哭一场,她答应给我写信,她走后七个月果然来信,说马尼拉现在有一条新加坡街,卖的全是新加坡食物,有广东煲汤、海南鸡饭、潮州卤鸭、客家红枣鸡、福州鱼丸。她也在那里开了一间小食店,卖的就是祖母教她的面线羹。她忘不了祖母,就用她对祖母的称呼做招牌。

所以,假如你到马尼拉,一定能吃到很多新加坡已经吃不到的小食品。

新加坡街很长,你随便吃点什么填饱肚子后,可以继续往下逛。不用十分钟,你就会发现那里全是教学中心,教的全是新加坡华人的方言,其中有一家叫"安溪福建话中心"的主人是我认识的,你不妨进去用福建话跟她打个招呼,中心的主人叫莫妮,是我祖母晚年行动不便特地请回来的。莫妮刚来的时候一句福建话都不会讲,一年后她就可以教我福建话,可是妈不允许,要莫妮用英语跟我交谈,三年后祖母逝世,莫妮已像福建人般,以福建祭礼葬下祖母。

莫妮跟索咪走后我非常无聊,常想起祖母说过,我们福建人一定要懂得煮福建面线羹、讲福建话,我却一样都不会。我时常想,以后我有钱一定到马尼拉去,除了看看我的两个福建朋友,最重要的是尝一尝面线羹。

如果你的菲律宾女佣也回国了,我们不妨考虑结伴同行,作一次文化考察。

[新加坡]E·希顿/文

品读

这是一篇抒写对奶妈索咪的怀念之情的文章。

索咪是一个有情有义的人。马尼拉是菲律宾的首都。在马尼拉的新加坡街有一家"林太福建面线羹"店,这面线羹店是索咪开的。索咪曾是"我"的奶妈。因为"我们"是福建人,一定要"懂得煮面线羹",因为"我"的母亲不会煮,索咪便跟"我"的祖母学。奶妈与祖母的感情很深,祖母去世后,就回了菲律宾。"林太"是"我"奶妈对祖母的称呼,因为索咪"忘不了祖母",就把她在新加坡街开的小食店取名"林太福建面线羹"。而"我"对奶妈索咪也有很深的感情,"我"喜欢吃福建面线羹,都是索咪给做的,临走的时候,"我"是"大哭一场"。"我"时常想,等"我"有钱一定到马尼拉去",要去看看索咪,"最重要的是尝一尝面线羹"。与其说是最重要的是为了"尝一尝面线羹",倒不如说是想念索咪更贴切。

面　包

◇[德国]沃尔夫冈·博尔歇特

读点

以家庭琐事来反映战争所带来的贫困,写作视
角独特。

以冷峻、简洁、含蓄的语言来刻画人物微妙、丰
富、复杂的内心情感。

她忽然醒了。

才深夜两点半,于是,她便寻思起自己是怎么会
醒来的。噢,对了,是有人在厨房里碰倒了一把椅
子。她倾听了一下厨房里的动静,一切都是静悄悄
的,未免显得太静了。她伸手摸了摸身旁的被褥,发
现是空的。她明白了,这便是使得周围如此静寂的
原因:没有了他的鼾声。她爬了起来,摸索着穿过屋
子向厨房走去。在厨房里,他们彼此相遇了,时钟正
指着两点半。她隐约看见厨房的碗柜上有一些白色
的东西,于是她打开了灯。

他俩都只穿着汗衫面对面地站着。是深夜。两
点半钟。在厨房里。

厨房的碗柜上,放着一只面包盘子。她发现他
曾切过面包,那把小刀还放在盘子边上,桌布上也还
留有一些面包屑。每逢晚上他们上床睡觉前,她总
是把桌布拾掇得干干净净的,天天如此。可是,现在
桌布上仍留有面包屑,况且那把小刀也还放在那盘边。

批:深夜两点半,不当醒来而醒来,
自然是较大声响把她吵醒了。

批:深夜把椅子碰倒,一时间碰倒
者自是不敢再弄出响声,所以
她觉得"太静",正是不寻常的
静和身旁被褥的空,促使其去
探明缘由,于是故事拉开了序
幕。

批:虽然她没有亲眼看见丈夫吃面
包,但眼前的一切已经说明了
她没料到也不愿看到的真相。

这时,她朦胧地感到了砖地上的寒气正自下而上慢慢地向她袭来。她的目光离开了盘子。

"我觉得,这儿好像是有什么动静。"他说着,在厨房里四处张望起来。

"我也听到了什么。"她回答。这时她发现,在夜里只穿着汗衫使他看上去确实已经苍老了,就跟他的年纪一样,63岁了。有时在白天,他看上去还显得年轻些。

她也变得老了。这时他也正这么想着:在夜里她穿着汗衫,是显得苍老多了。这也许表现在头发上。女人的衰老总在晚上表现在头发上,她们会忽然一下子变得很老的。

"你应该穿上鞋子。瞧你这样光着脚站在冰冷的砖地上,会着凉的。"

她没有看他,因为使她不能忍受的是,他欺骗了她。竟在他们结婚39年后的今天他欺骗了她。

"我觉得,这儿好像是有什么动静。"他重复了一遍,并又毫无目的地从墙的这一角看到另一角。"我听到了这儿的什么声音,所以我想,这儿可能有什么东西。"

"我也听到了这儿有什么声音,可是什么也没有。"她从桌子上拿走了盘子,又用手指掸掉了桌布上的碎屑。

"没有,这儿什么也没有。"他含含糊糊地随声附和着。

还是她替他解围说:"走吧,那一定是外面的什么东西。上床去吧,你也会着凉的,站在这冰冷的砖地上。"

他望了望窗外:"是啊,一定是在外面。我还以为是在这儿呢。"

她把手伸到电灯开关上:"我现在只好把灯关了,不然,我还可以看到那盘子。"她想:"可现在我不

批:外在的寒意衬托出内心的震惊和悲伤。

批:以动静为搪塞的借口,以张望掩饰内心的慌乱,形象逼真。

批:她的回答预示她的暗示和愤怒,而她的发现又将愤怒浇灭了。

批:他的心理活动说明他并非对妻子无情无义,偷吃是因为他实在太饿了。

批:许是真关心,但警告的意味要更多一些。

批:39年的风风雨雨,39年来的第一次欺骗,的确难以接受。

批:左顾右盼,煞有介事,极力掩盖!

批:其言其行已开始为丈夫打圆场了。

批:"替他解围",宽容了丈夫。这里的与上文的"会着凉的",前后含义不同,上文是为掩饰,这里却是真关心。

批:动作:关电灯是为了免得自己的目光暴露了真情;心理:不愿

能再去看了。""来吧,"她说着,便熄了灯,"一定是屋檐下的水槽。刮风时,老是发出啪嗒啪嗒的声响。"

他们又摸索着穿过漆黑的过道,来到了卧室。他们光着的脚板,在砖地上不时发出轻微的声响。

"是风,"他说,"风已刮了一整夜了。"

当他们躺回床上后,她又说了声:"是啊,风已刮了一整夜了,这一定是屋檐下的水槽。"

"是啊,我还以为是在厨房里呢。原来是屋檐下的水槽。"他说这话的时候,似乎已经迷迷糊糊地睡着了。

但他发现,他在说谎时的声音听起来是多么虚假。

"真冷呀,"她说着,轻轻地打了个哈欠,"我躺在被窝里都缩起来了。晚安!"

"晚安!"他答道,并又说了句,"是啊,现在冷已经算是好的了。"

接着,又是一片静寂。几分钟后,她听见他正在慢慢地轻声嚼着什么。于是,她故意均匀地深深呼吸起来,好不让他发现她还醒着。但他却是嚼得这样富于节奏,反而使她慢慢地睡着了。

第二天晚上他回来后,她递给他四片面包,平时他一向是只能吃三片的。

"你尽管吃四片好啦。"她说着,从灯下走开了。"这一片我有些吃不下去。你就多吃一片吧,我吃了不太舒服。"

她看到,他是怎样朝那盘子深深地弯下了身子,都没有抬头望她一眼。这一瞬间,她感到了一丝悲哀。

"你不能只吃两片呀。"他边吃边说道。

"不,晚上我吃这面包不太舒服,你吃吧,吃呀!"过了好一会儿,她才又回到了桌旁的灯下。

(王才华/译)

批:看盘子,是不想再因丈夫的欺骗而心痛;语言:推说是屋外的声响,给丈夫找台阶下。

批:同样是撒谎,妻子是为丈夫,丈夫却是为自己。

批:"似乎",这是丈夫故意让妻子感觉自己要睡着了。

批:"嚼着什么"呼应上文"似乎已经迷迷糊糊地睡着了",丈夫真自私!"故意""好不让",妻子真体贴!"但他却是嚼得这样富于节奏",前后对照来写,笔法幽默。

批:为了丈夫而不惜自己挨饿、再撒谎,其温善、体贴、宽容可见一斑。

批:妻子的一片痴情,竟没有得到丈夫一句感谢的话、一个温柔的动作甚至一个感激的目光,这让她怎能不悲哀呢?

批:有意避开,无声胜有声。

战争粉碎了夫妇39年的信任

沃尔夫冈·博尔歇特经历了二战的痛苦与折磨，是德国废墟文学的重要代表。他是二战后德国最早的短篇小说家。他那锐利的目光，始终投向战后德国的萧条和人民的疾苦，写出了在废墟上游荡的饥饿的幽灵给人民带来的痛苦和不幸。这小小的"面包"的主题便是他全部作品的主旋律——饥饿。

小说《面包》中，在饥饿的折磨下，39年相互信任、互相爱护、从不撒谎的夫妻也产生了严重的信任危机。小说只有两个人物：一对老年夫妇，叙事者从老妇人的角度展开叙述。故事情节十分简单：第一个晚上，老妇人发现丈夫偷吃面包；第二个晚上，老妇人谎称自己吃面包不易消化，让出了一片面包。

第一个场面发生在深夜两点半。故事从老妇人被椅子碰倒的声响惊醒开始，她下床去探明缘由，结果发现丈夫深更半夜在厨房偷吃面包，而丈夫称查看动静的谎言让她感到恼怒。但丈夫的憔悴、苍老使她顿生怜惜之情，便替丈夫打圆场："一定是屋檐下的水槽。刮风时，老是发出啪嗒啪嗒的声响。"第二个场面发生在第二个夜晚，老妇人谎称自己"吃了不太舒服"，把自己的一片面包让给了丈夫。

由于饥饿，39年来从未撒过谎的丈夫第一次对妻子撒了谎，由于怜惜丈夫饥饿，39年来从未撒过谎的妻子也第一次对丈夫撒了谎。39年夫妇的信任就这样毁于一旦。由于饥饿，或者说为了丈夫而宁愿自己挨饿，妻子再次对丈夫撒谎。日后他们也许还能恢复过去的信任，但裂痕已经存在，即使修补得再完美也是存在的。

小说通过简短、含蓄、微妙的人物对话、心理、动作描写，淋漓尽致、入木三分地交代了谁是造成这对夫妻信任危机的罪魁——饥饿！联系小说的写作背景——战后，读者已清楚地明白，是战争造成了饥饿、粉碎了多年夫妇之间的信任。

小说对丈夫自私、冷漠的性格的描写，虽然也是对战争的批判，但作者是将他与妻子对照来刻画的。这表明：作者也并非是一味谴责战争。同样是受饥饿的折磨，但妻子的表现就非常令人感动。因此，小说也表达了这样的思想：在物资极度匮乏的条件下，人与人之间应该互相理解、宽容、尊重、无私奉献，只有这样才能渡过困境。（子夜霜、张金寿）

芳草地 —— 夜里老鼠是睡觉的

在孤零零的墙上开着一个窗洞，那张开的大口像是在打哈欠，被夕阳的余晖照射，呈现出一片又蓝又红的色彩。一团团尘云在东斜西歪的烟囱残臂之间闪闪发光。瓦砾片堆成的荒野发着愣。

他闭着眼睛。突然眼前更暗了，他觉得有人走了过来，正站在他面前，黑魆魆，蹑手蹑脚。"这下他们发现我了！"他想。但是他眯起双眼只看到两条套着破旧裤子的腿，弯曲得相当厉害，以至于他的目光能从它们中间穿过去。他壮着胆子顺着裤腿往上瞄了一眼，认出这是一个上了年纪的男人，手里拿着一把小刀和一只篮子，指尖上沾着些土。

"你在这儿睡觉啊？"那人边问边俯视着他乱蓬蓬的头发。于尔根眯起眼睛，他的眼光从这人的两腿当中穿过，瞄着太阳，说："不，我没睡，我要守在这儿。"那人点点头："是这样，为了这个，你带着大棍子对吗？"

"对。"于尔根勇敢地回答，同时握紧了棍子。

"你在守着什么呢？"

"这我不能说。"他双手紧紧攥着那根棍子。"是守着钱，对吗？"那人放下篮子，在裤子臀部上来回擦着小刀。

"不，根本就不是为了钱，"于尔根轻蔑地说，"完全是另外一样东西。"

"哦，那是什么呢？"

"我不能讲，反正是别的东西。"

"好，不说，那我也就不告诉你篮子里装的什么。"那人用脚踢了一下篮子，啪地合上小刀。

"哼，篮子里装的什么我会猜，"于尔根一脸鄙夷，"兔子草。"

"好家伙，真准！"那人十分惊讶地说，"你真是个机灵鬼。多大了？"

"9 岁。"

"噢哈，瞧瞧，9 岁了。那么你也知道 3 乘 9 等于几，是吧？"

"那还用说。"于尔根答道。为了争取时间，他还补了一句："这很容易。"他的目光从那人的两条腿中间穿过。"3 乘 9 是吗？"他又问了一遍，"27，我一下就算出来了。"

"一点不错，我就有这么多兔子。"那人说。

于尔根不由得张大嘴巴："27 只？"

"你可以去瞧嘛，不少还是仔兔呢，你不想去看看吗？"

"我可不能，我得守在这儿。"于尔根犹豫着。

"老这样？夜里也这样？"那人问。

"夜里也一样，天天这样，一直是这样。"于尔根抬头看着罗圈腿。"打星期六起就这样了。"他悄声说。

"你难道就没回过家？饿了总该吃吧。"

于尔根拿起一块石头。下面放着半个面包，还有一个白铁盒。

"你抽烟吧？"那人问道，"用烟斗吗？"

于尔根抓紧棍子，畏缩地说："我抽自己卷的烟，我不喜欢烟斗。"

"多可惜，"那人朝着他的篮子弯下腰，"你蛮可以安安静静地瞧瞧那些兔子，特别是那几只小的,或许你还能挑一只,可你却不能离开这里。"

"不,"于尔根伤心地说,"不不。"

那人拿起篮子,直起身子:"那好吧,如果你非得待在这儿不可的话——多可惜。"他转过身去。"要是你能替我保密,"这时于尔根急忙说,"是因为那些老鼠。"

罗圈腿缩回了一步:"因为老鼠?"

"是呀,它们吃死人,吃人,它们靠这活命。"

"谁说的?"

"我们老师。"

"那你就留神起老鼠来了?"那人问。

"才不是呢!"接着他用很低的声音讲道,"我的弟弟,他就躺在下面,就在这儿。"于尔根用棍子指着倒塌的墙垣:"我们的房子遭到了轰炸,地下室里的亮光一下子没有了,他也不见了,我们还大声叫过他。他比我小好多,才4岁。肯定他还在这儿。他比我小好多。"

那人俯看着他乱蓬蓬的头发,突然说道:"那,你们老师就没有告诉你们,夜里老鼠要睡觉吗?"

"没有,"于尔根轻声说,一下子显得很不耐烦,"这个他没有说过。"

"哟,如果他连这个也不知道,还算什么老师。"那人说,"夜里老鼠是睡觉的,夜里你可以放心回家,夜里它们总睡觉,天一黑就睡下了。"

于尔根用棍子在瓦砾堆里戳出一个个小窟窿。

"这儿全是它们的小床,"他说,"全是小床。"

"现在你明白了吧?"那人又说(他的罗圈腿显得很不安静),"我现在赶紧去喂我的兔子,等天一黑我就来接你。或许我还能带一只来,一只小的,还是你说呢?"

于尔根在瓦砾堆里戳出一个个小窟窿。全是小兔子,白的,灰的,灰白的。"我不知道,它们夜里是不是真的睡觉。"他轻声说着,看着罗圈腿。

那人翻过一堵堵断墙到了街上。"当然,"他在那里说,"你们老师应该卷铺盖滚蛋,要是他连这个都不知道。"

这时,于尔根站了起来,问:"我真能有一只兔子吗?一只白的成吗?"

"我找找看,"那人边走边喊,"可你一定要等着我,我带你回家,懂吗?我得告诉你父亲怎样做兔子笼,这事你们可得懂。"

"好。"于尔根喊道。"我等着。天黑前我还得留意老鼠。我一定等着。"他又喊。"我们家里还剩些木板,箱子板。"他叫道。

可是那人已经听不到这些了,他圈着两条弯腿朝太阳跑去。黄昏把太阳染得血红,于尔根还能看见阳光从那两条腿当中照射过来,两条弯弯的腿。还有那只篮子兴奋地摇晃着,里面是兔子草。青青的兔子草,因瓦砾片而变得有些发灰。

[德国]沃尔夫冈·博尔歇特/文,周芸/译

沃尔夫冈·博尔歇特(Wolfgang Borchert,1921 年 5 月 20 日～1947 年 11 月 20 日),德国废墟文学的重要代表。博尔歇特和他的千千万万个同时代人一样,经历了残酷的战争和法西斯统治的痛苦生活。自 15 岁起就开始诗歌创作,1940 年 4 月,博尔歇特因其诗歌作品被盖世太保拘禁并审讯,后被征入德国国防军参加二战,1941 年到军队服役。在服役期间,他因自己的一封信而被控诉。因为他在自己的信中写到,他是如何看清谎言背后的事实,上百万的人如何走向死亡。他被判处死刑,他不得不在牢房里独自等到死亡的来临。他虽然活着看到了战争的结束,但是战争和牢狱生活毁坏了他的健康,伤害了他的心灵,他在 1947 年死去时,年仅 26 岁。他的作品用词极其简洁,常用短句,但在最质朴的词句和最普通的场景中,蕴含着发人深思的力量。

《夜里老鼠是睡觉的》摄取街头小巷的一角,用幽默风趣的笔调表现了一个严肃的主题:残酷的战争破坏了城市,摧毁了学校,毁灭了小学生于尔根的家,炸死了于尔根的年仅 4 岁的弟弟。

故事就发生在街头小巷里被轰毁房子的于尔根的家里。小说只有两个人物:一老一小。两人交谈只有几分钟。开始,9 岁的于尔根明显带有敌意。上了年纪的罗圈腿想要知道,小于尔根守在墙根干什么,可他偏不讲,逗了半天,才说出他是在守着老鼠,防止老鼠把被炸死的 4 岁的弟弟的尸体吃了。这是多么令人心酸、催人泪下的回答!罗圈腿很不安,劝于尔根回家,先用兔子来吸引他离开,谁知于尔根一直不肯离开。罗圈腿只好骗他说"夜里老鼠要睡觉",于尔根才答应等着罗圈腿带他回家,但天黑前还得留意着老鼠。这一番谈话,把儿童的幼稚、天真描写得跃然纸上,这幼稚和天真中却包含着对战争的控诉——一个天真无邪的孩子不能也不该承受战争磨难。

罗圈腿是一个善良而又富有爱心的老人。孩子于尔根感受到了同样饱受战争磨难的罗圈腿给予的美好人情的温暖,这是以人间的温情揭露战争的残酷,这样会更加激起人们的反战情绪。小说用"夜里老鼠是睡觉的"这个荒唐的谎言展示了罗圈腿的善良,又用它做标题,更能表现作者对战争的阴影下显现的人性的光辉礼赞,也强烈控诉了战争的罪恶。

饭　盒

◇[日本]都筑道夫

读点

以饭盒为线索来展开故事情节,使故事摇曳生姿。

表现了细节在感情沟通和表现主题方面的重要作用。

秋天的一个安静、阴晦的黄昏。经营古旧书店的初老夫妇家里,有一个年轻的侄子来玩。明显地添了白发的丈夫,叫妻子照看着铺子,自己到会客室里。

批:开篇交代特定的时间。

批:"明显"添了白发,说明初老有阅历,有丰富的人生经验。

"叔叔,我决定结婚了。"侄子难为情地说,"我是来向你报告这件事的。"

批:侄子的决定结婚为何难为情?引出下文。

"这真叫我大吃一惊。"叔叔斟着自制的拿手咖啡,颇感兴趣地说,"你不是独身主义者吗?"

侄子因嫌从横滨的父母家到东京来上下班太麻烦,目前住在东京市中心的公寓里,他有效地使用奖金,先把自己的房间布置得漂漂亮亮,住起来很舒适。他的意见是:在这个懒汉也可以靠机器过清洁生活的时代,不讨老婆倒可以舒畅地享受生活的乐趣。

批:侄子的"独身主义"思想。

"这个,是这么回事。我忽然想试试带午餐饭盒上班了。"侄子不好意思地挠挠头。

批:"忽然"句点题,"不好意思地挠挠头"照应上文"难为情"。

"不明白。饭盒这玩意儿,不是你最看不起的?

批:还是叔叔最了解侄子。

一五一十地坦白吧,一定是找到了一个绝色的姑娘。"

　　"我工作的那个科里有一个同事,是半年前吧,结婚了。我一直认为他干了桩傻事。但是三四天以前,据说两口子吵了架,显出非常忧郁的样子。"

批:说起同事的吵架,自己从中有了新的认识。

　　"还不习惯两口子吵架,事后回味起来,双方都不好受哇。"

　　"假如是从前的我,就会说活该了。据说吵架以后太太总不开口……""无言战术吗?这是你婶子的拿手好戏。我可不认为是高招儿。"叔叔低声说。因为隔扇那一边就是铺面,他太太正坐在那里。

批:不由自主地插话却不敢高声,因为太太就在旁边,也暗示他和太太也有这样的经历。

　　"可是,前天中午,这位老兄打开饭盒一看哪,惊叫了一声,他的办公桌就在我的旁边。那天我正赶上宿醉,不想吃东西。"

批:再次点题,同事打开饭盒"惊叫",为什么?引得读者不由自主想往下看。

　　"尽胡来的话,上了年岁是要自食其果的。你爸爸很不会喝酒,你可能是像我吧。"

　　"总而言之,我没出去吃饭,所以对他惊叫的原因,总之,我往他的饭盒里望了一眼。您猜怎么着,雪白的米饭上有用黑芝麻写的字。写的是'请原谅'。"

批:细节描写渲染饭盒背后的故事。为什么要请求原谅呢?有悬念。

　　"好家伙,用黑芝麻写字啊。"

　　"看到这几个字,这位老兄显出又像放心,又像是难为情,又像是轻松的样子来,被我们大家嘲弄了一番,但是看来很幸福。虽然都笑她无聊透顶,但说实在的,结果还是大家输了——说什么'结婚也不坏'了。"

批:三个字,带来的幸福也感动了大家。
批:有时我们会嘲弄别人的无聊,但却会悄悄模仿别人的做法。

　　"明白了,明白了。一定是一位聪明的可爱的太太。"叔叔笑着说道,"你也能碰上这样一位姑娘就好了。"

　　"说真的,已经有苗头了。下次和她一起来玩。"

批:快乐与叔叔分享。

　　侄子说完就回去了。初老之夫一边和妻子交接班,一边无意地说道:"年轻真是好事。"

"我也效仿她,做个饭盒吧?"给太太这么一说,丈夫才想起昨晚因一点小事拌了几句嘴以后她一直没有说话。

"我可不上这样软办法的当。"话虽然是这么说的,但初老之夫的笑容看来是接受了老妻的停战提议。

(孙日明/译)

批:受故事感染初老之妻也要做"饭盒",篇末扣题。

批:初老之夫虽嘴上说不上当,但笑容是甜美的。

饭盒既是线索,也是细节

都筑道夫(1929年7月6日~2003年11月27日),日本著名推理作家。原名松冈岩,曾就读于早稻田实业学校但中途退学。20岁时开始发表小说。1956年任职于早川书房做编辑,负责介绍或翻译海外推理小说,直到1959年离职转为全职作家。他既写历史小说,又写科学幻想小说、推理小说、鬼怪小说,还写评词、单口相声等,人称"鬼才"。他发表过微型小说四百多篇,多数结构严谨,饶有风趣,结局往往出人意料。

《饭盒》叙述了这样一个故事:初老的侄子来向初老报告决定结婚的事情。侄子是一位独身主义者,因受科里同事的感染,决定改变这种生活。同事与太太吵架,互相不说话,聪明的太太便在丈夫的饭盒的白米饭上用黑芝麻写了"请原谅"三个字。同事虽然被嘲笑,但感觉很幸福。侄子便也想尝试带午餐饭盒。其实,此时的初老也正和太太生气,太太便说:"我也效仿她,做个饭盒吧?"初老夫妇也便结束了冷战。

饭盒是小说的行文线索,它串起了两对夫妇和一对即将走入婚姻殿堂的新人的故事情节。因为饭盒,侄子的同事和太太化解了矛盾;因为饭盒故事的感染,侄子改变了独身主义的立场,不仅马上就要和恋人结婚,而且自己想带饭盒;因为饭盒故事的启示,初老夫妇和好如初。

细节影响品质,细节体现品位,细节显示差异,细节决定成败。一篇成功的小说,也必有感人的细节。其实,饭盒既是行文线索,也是小说中的重要细节。夫妻闹矛盾之后,妻子送来的饭盒里"雪白的米饭上有用黑芝麻写的字。写的是'请原谅'"。多么温馨的饭盒,多么真挚的感情啊!感动了当事人,他虽然有点"难为情","但是看来很幸福";感动了同事,虽然"笑她无聊透顶",但却都开始改变了,开始认为"结婚也不坏"了;也感动了正和"婶婶"闹矛盾的"叔叔",嘴上说"我可不上这样软办法的当",但从他脸上的笑容看来,已经"接受了老妻的停战提议"。(子夜霜、聂琪)

食欲

他吃,拼命地吃。盘子一下子就空了。空盘子上面又摞上空盘子。他咂咂嘴,凝视着盘子堆成的山。

"妈的,怎么这么饿!"他厌恶地嘟囔着,闭上眼睛。眼皮底下鲜明地浮现他刚吃的盛馔。有百科辞典那么厚的牛排,有像扫帚似的芹菜,有涂着厚厚一层蛋黄酱的龙须菜,有像富士山似的马铃薯泥。他摇摇头。

"不用这么丰盛的佳肴,只要能够平息我这厉害的空腹感的,什么都行。管它好不好吃,都没关系。呸,真想吃东西。我为什么必须受这么大的折磨!"

他翻了个身,仰视白色的天花板。他一步也不能离开这个房间。准许他干的只有看电视。

他又把视线转向相距不远的电视机。荧幕上正演着爱情剧。一个穿日本和服的女人呜呜痛哭,哭个没完没了。在这种时候叫他听哭声,可真受不了。

并且,说不定什么时候佳肴又会在他眼前堆成山,他又会以超人的速度把它们吃完,却不能果腹。

他呻吟一声,瞪着电视。女人还在涕泣。他想关上电视,却又懒得探身伸手。他又闭上眼睛,他打算想个什么办法摆脱这种痛苦。但是一睁眼,他眼前又成排地摆着一盘盘的牛排。他咽下唾液。

正在他一手拿刀一手拿叉狼吞虎咽时,房门打开了。进来的护士,惊视着荧幕。

"哎哟,给这种开胃药在商业节目里做广告的原来就是你呀?"

"因为我块头大,人家才叫我担任拼命吃喝的角色。看电视,我不断出来大口大口地吃,而自己的肚子却空空如也,反而饿得慌。请把电视关上。"

这个由过度劳累引起神经性胃炎而卧病的商业演员从病床上发出哀鸣。

[日本]都筑道夫/文,佚名/译

品读

有学者曾说过:"生存与生命一直是折磨着人类的事情,生存的本能使人们在思虑生活的手段,人对自身生存的维护又导向人类生命的超升。"这话可以说是解读都筑道夫的小小说《食欲》的一把钥匙。

小说中,作者运用幻想与现实交织的手法展示了这样一种人生图景:一位商业演员,为了生计给一种开胃药在商业电视节目里做广告,他担任拼命吃喝的角色,由于过度劳累引起神经性胃炎而住进了医院并卧床不起。躺在病床上,他一边忍着难以遏制的饥饿,一边幻想他在广告片里拼命吃喝的镜头。在他的幻想和电视里,他给人表演的是大口大口地吃掉堆积如山的美味佳肴,展示给人的是他良好的胃口。可是,在现实中,他又确实是一个食不果腹的穷光蛋。有着良好的食欲却肚里空空如也,饿得发慌却又不停地想象电视画面里狼吞虎咽的样子,其身心所遭受的折磨与痛苦是可想而知的。

对这名演员来讲,吃,拼命地吃,迅速地吃掉小山一样的食物,给人们展示他的好胃口,是他工作的唯一意义;无食物可吃,饥饿,不得不忍受空腹煎熬的痛苦,也是吃后留给他的唯一感觉。在都筑道夫看来,生存是人生的一道坎,生命根本就无法超越。实际上,他是在用生命去换取自己可怜的生存。超越了生存,生命也就失去了存在的附着和意义。

法庭内外

警告的枪声

◇[美国]杰克·考克斯

读点

展示了膨胀的妒忌心理的可怕后果，给人以警示。

运用心理描写塑造人物形象。

彼得森在冰面上慢慢地爬行，他停下来休息，把注意力从悄悄跟踪的海豹身上移开。很快，他对冈纳的妒忌又涌上心头，以致心神不宁。彼得森在记忆中就一直痛恨冈纳。他们是在瑞典海岸附近的岛屿上一块儿长大的。不论做什么，那个聪明的、比他小两岁的冈纳总是要比迟钝的彼得森强，例如，冈纳在学校里得过许多奖；冈纳被选送去首都斯德哥尔摩参加加冕庆典；冈纳早早就获得领航员证书……

彼得森最近对冈纳的怨恨是由一份渡轮工作引发的：冈纳已经收到大陆旅行合同，而彼得森多年来对这份夏天的工作一直梦寐以求。

彼得森恶狠狠地摆脱掉心中的怒火，把注意力重新集中到海豹身上。作为一个熟练的猎人和渔民，他娴熟而又小心翼翼地穿过亮晶晶的冰面。

那只海豹舒适地躺在温暖的阳光下，距离彼得森约100米远，已经在射程之内。但它紧靠冰块的边缘，如果彼得森不能一枪打中，它就有可能逃脱。身穿白色风雪服的彼得森在冰面上很隐蔽。他扭动身体，慢慢地把来复枪一英寸又一英寸往前推，将它

批：危险的妒忌！

批：追忆彼得森妒忌冈纳的原因——冈纳一直比彼得森优秀。

批："恶狠狠地摆脱掉"等词，可见他妒忌怒火之盛。妒忌怒火之盛往往很容易让人丧失理智。

批：眼前的猎物容易逃脱也迫使彼得森要暂时扔掉妒忌！这是他理智的一面，正因如此，也就有了克服心魔的基础。

架在宽宽的有黄铜底板的滑雪板上,枪上套着一个伪装用的小帆布网。他爬上一块冰,舒服地趴在冰角上。

通过白色帆布网上的小孔,他沉着迅速地瞄准海豹头后部,扣下了扳机。只听见两声噼啪声,海豹一阵阵地痉挛,然后身体翻转,倒向了一侧。

每年春天,岛上的男人都要出去捕海豹,这是他们的很大一部分收入。捕猎的那几周里,他们的生活不仅艰苦而且危险,但一直要干到刮起南风、慢慢增强的阳光开始融化冰块为止。因此,岛民们必须小心翼翼地观察冰块,因为悄悄跟踪海豹的人也许会突然发现自己所在的浮冰正在漂走,结果导致送命。

彼得森用绳索捆住海豹,把它拖向他那笨重的铁皮船。冰面已经破裂,他看见几块险象丛生的大冰块。他和岛上其他人都觉得这里不值得再待下去,决定当天晚上就回家。

前几年,一想到回家,彼得森心里总是乐滋滋的,但是,现在一想到回家他就沮丧。他的父母亲非常指望他能得到渡轮合同,以便使家里生活好过一些。然而,就是冈纳这小子坏了这件好事。

彼得森一肚子怒火,沿冰块的边缘慢慢走着。突然,他看见一个人正在跟踪一只海豹,是冈纳。

彼得森是看到了冈纳戴的那条鲜艳的蓝围巾才认出冈纳的,那条围巾是自己的妹妹伯吉塔为冈纳织的。岛上有这样一个传统:女孩应该为自己的心上人编织鲜艳的围巾或毛衣,让他穿戴着去捕海豹。

看到那条蓝围巾,彼得森好像被人抽打了一下。"你再也不能忍下去了。"一个声音在他头脑中对他说,"你忍了这么久,真是个傻瓜!"

现在,一颗子弹就可以解决所有这些痛苦。没有人会知道,没有人能知道是谁开的枪,有人被当成远处的海豹而被误杀的情况以前并非没有发生过。

批:动作描写,表现彼得森的沉着、理智的一面。

批:"艰苦而且危险"的捕猎生活也迫使作为跟踪海豹的彼得森不由得被妒忌之火烧昏了头脑。

批:成功捕获海豹,能改善他的心境吗?

批:"乐滋滋"与"沮丧"的反差使彼得森对冈纳怀恨在心。

批:海豹、冈纳出现在彼得森视线中!

批:蓝围巾是彼得森的妹妹送给心上人冈纳的,妒忌之火让彼得森不仅连这不顾及,反而更激怒他。妒忌心总会让人为自己的疯狂找到借口!

批:要枪杀自己小时的玩伴、妹妹的心上人!多么可怕的妒忌!

彼得森在冰上站稳,再次眯着眼睛端平来复枪。现在他真正要猎杀,猎杀那个总是挡他路的人。他小心翼翼地瞄准冈纳的头部。

批:疯狂的妒忌正将他推向犯罪的边缘!

　　枪声在冰上回响,彼得森立刻意识到没有射中。他看见冈纳跳了起来,慌忙朝四周看了看,抓起滑雪板上的来复枪,半爬半跃地跳了几码远。然后他又急忙往后看了看,放下滑雪板,并开始匆匆把滑雪板拖过冰块。

批:没有射中,万幸!如果他真像刚才猎杀海豹那样心无"杂念",恐怕冈纳真要遭殃了!

　　怎么回事?难道冈纳知道自己成为人靶了?彼得森躺在那里目瞪口呆,为自己所做的蠢事瑟瑟发抖。自己是否已经犯了图谋杀人罪?

批:果真如此吗?留下悬念。

　　冈纳步履艰难地穿过凹凸不平的冰块朝他走来。彼得森对突然发生的毁灭性的人生变幻惊诧不已:不久前他还在悄悄地跟踪海豹,但过了一会儿他几乎成了双手沾满鲜血的杀人犯。

批:惊诧不已说明彼得森尚未完全丧失理性!

　　他曾在什么地方读过这样的报道:极度的震惊可以治疗疯狂。难道他自己,彼得森,不正是因妒忌而发疯了吗?"感谢上帝!"他喃喃自语,从未如此深刻体会过这些话。他摇摇晃晃地站起来,等冈纳走过来。

批:宝贵的反省。尚未造成灾难,及时反省,就不会再犯傻、做错事。

　　他能对冈纳说些什么呢?这是一次意外,或者他看见有东西在动,以为是海豹?冈纳能相信他的话吗?他试图说话,可不知说什么好。此刻冈纳正朝着他喊叫,彼得森最初几乎听不懂。

批:是呀,彼得森该怎么向冈纳解释呢?

　　"谢谢,彼得森!"冈纳大声喊道,"再晚一会儿,我就漂走了。我向四周一瞧,发现自己正在一块浮冰上,我险些没有跳过来。如果不是你鸣枪提醒,我就没命了。"

批:原来如此,谋杀冈纳的枪声竟成了冈纳的救命枪声,解除悬念,也紧扣题目。

　　冈纳走到彼得森跟前,拍拍他的肩膀:"谢谢,彼得森,谢谢;冰块化得很快,你警告的枪声来得正是时候。你怎么不说话,伙计?"

批:彼得森尚在惊疑之中,还没有反应过来。

　　彼得森的蓝眼睛在雪镜后闪动:"是的,警告的

批:与冈纳"警告的枪声"含义不一

枪声,冈纳。"他回过神来,伸出手:"它来得正是时候。"

(友光/编译)

样,多了一层警告自己的意思;"来得正是时候",警告了自己可怕的妒忌该从此终结了。

警示灵魂的枪声

"警告的枪声",篇末点题,一语双关。一方面冈纳听到枪声发现自己正在一块浮冰上,险些没有跳过来,差点儿就没命了,枪声是危难之时及时的提醒;另一方面彼得森的妒火差点儿使他变成了杀人犯,幸好,他的这一枪没打中,枪声是对自己这种危险心理和行为的及时提醒。

这篇小说生动地刻画了善与恶的思想斗争。彼得森和冈纳是从小到大的朋友,他们共同成长,彼得森因为妒忌冈纳处处比自己强,在记忆中就一直痛恨冈纳。彼得森最近对冈纳的怨恨则是由一份渡轮工作引发的,彼得森没能得到渡轮合同而冈纳却得到了,彼得森对冈纳一肚子的妒火在燃烧,在追捕海豹时又涌上心头,以致心神不宁;当他看到追捕海豹的冈纳,即使他知道冈纳戴的蓝围巾是自己妹妹织的,他是妹妹的心上人,疯狂的嫉妒心还是让他举起了枪,枪杀那个总是挡他路的人。枪声响了,彼得森的恶念和恶行使他陷入深深的自责和忏悔中。"如果不是你鸣枪提醒,我就没命了。""谢谢,彼得森,谢谢;冰块化得很快,你警告的枪声来得正是时候。"冈纳真诚的感谢使彼得森从善与恶的斗争中走了出来,警告的枪声挽救了两个人。结尾彼得森重复"它来得正是时候",不但照应文题,更是对彼得森自己心灵的救赎。

在人的各种情感中,忌妒是特别可怕特别危险的一种。如果任其发展,一个人就会变得疯狂,往往会导致不堪设想的后果。(子夜霜、聂琪、贺秀红)

芳草地 刻在树上的记号

六年之间,东京已变得到处都是汽车。而且,居然会有汽车开到人行道上来,这是林田和吉冈万万没有想到的。就在这大吃一惊的一刹那,想躲已经来不及了。林田幸造紧紧地搂住吉冈,仰面朝天地摔倒在地。好容易才服满了刑期,但是,在刚刚成为一个自由人,还不到三个小时的当儿,却又变成一个不能自由行动的人,这真是一个极大的讽刺。看来吉冈只不过是脚部骨折,而林田,他自己也明白,伤势是十分严重的,就在医院动手术也需要很长的时间。

"我是要死的了,但是,就这样死掉,我是死也不瞑目的。听到我说话吗? 吉冈,你大概很快就会好起来。我有个最后的请求,请一定要答应我。"

在夜深人静的病房里,林田一面强打精神,一面吃力地同邻床悄悄地说。

"在名古屋,我有个女儿,就这么一个女儿。你要是能把我的钱送到她手里,就分给你三分之一。即使三分之一,也有 133 万元。这里有一张纸条,上面写着我女儿的住址。"

林田拿出那张纸条。吉冈用手接过来说:"这么多钱,放在什么地方?"

"埋在地下,用油纸包着,分作两包,总共有 400 万元。虽然是埋在繁华的东京,但那里和乡村一样,十分偏僻,要走很远的路,是一个有梅林的地方。"

林田详细地交代了埋钱的地方之后说道:"钱是埋在梅林中的一棵树根底下。树上已经做了记号,你就放心吧。即使是细心的家伙看到也不会产生怀疑。这个记号是刻在树上的一个图案:一颗心上面插着一支箭。这支箭的箭羽,上面是四根毛,下面是三根毛。这就是识别记号的标志。"

"400 万元,是一万元一张的钞票,400 张吗?"

"是一捆一捆的,40 捆。那个时候既没有一万元一张的,也没有五千元一张的钞票。"

"这就是你犯案因而被捕的那笔钱吧? 一直藏到现在,真了不起啊。我可以把钱送给她,但是,要分给我一半。"

"没有办法,就这样吧,不过,要是你不送去,我就变作厉鬼来找你算账。不信,就试试看。"

林田的声音,充满了信心。这是一笔让他朝思暮想,死也忘不了的钱。原来是两人合伙抢来的。他的同伙在作案的第二天,因为拒捕被开枪打死了,他这次不过是为了搞到远走高飞的路费才去作案的,但是没有成功。实际上,真正独吞这笔巨款的人正是林田本人,而已死的同伙是无法在法律上提出异议的。

"好吧,我一定给你送到。"

就这样,吉冈答应了林田。但是吉冈的伤却一直没有治好,好容易才出院,却正赶上一直以为自己受了重伤的林田也在同一天出院。林田一出院马上就说:"前些日子,咱们讲的那些话,你就把它忘了吧!"但是吉冈不同意。当天晚上,他们住在一个简易旅馆里,第二天匆忙地赶往车站,在旅馆里,在路上,林田又一而再、再而三地不断哀求吉冈,可是吉冈却一边甜甜地笑着,一边坚持非要一半不可。在车站的站台上,他说:"难道分一半还不行吗? 这笔钱,我要是想全部恭领,也不是办不到的。"

冷不防,林田一下子把面带奸笑的吉冈推倒在铁路上。不消说,他是瞄准了火车进站的那个时刻。在 片混乱之中,林田溜出了车站。当他按着计划好的路线,走到目的地的时候,已经接近黄昏了。然而,非但没有发现自己做的记号,就连梅林本身也没有找到。他向过路的人很随便地打听了一下。回答是:"啊,你问的是挖出巨款的那一片梅林吧。瞧,盖了新房子的那一带,就是原来的那一片梅林。"

六年之间,东京已经到处盖满了房子。

[日本]都筑道夫/文,佚名/译

都筑道夫的小说素以悬念迭出、情节曲折著称。这篇微型小说也体现了这一特色。

小说开头以寥寥数字交代了背景:"六年之间,东京已变得到处都是汽车。"这既暗示小说两个主人公被车撞的结果,也暗示了东京的发展,昔日的偏僻之地也可能被盖了房子。这样,车祸的情节也就顺理成章了,而且藏钱的梅林被新房子所代替的突如其来的结局也显得没有那么突然了。

刚刚出狱的林田和吉冈不幸在车祸中受伤。林田受伤以后,他恳求受伤较轻的吉冈把自己藏在林海中的钱交给女儿,把藏钱的地址和标志都告诉了吉冈,并允诺分三分之一的钱给吉冈。这笔钱引出了林田入狱的原因和他的贪婪本质。出人意料的是吉冈趁火打劫,要分二分之一。两人好不容易才谈拢了此事情,意外发生了,吉冈居然和林田一起出院。林田恳求吉冈将之前的事情忘记了,但是吉冈不愿意,而且威胁说自己全部要也不是不可能。就在这时,林田为了保住藏在梅林中的钱,趁吉冈不注意的时候将他推到了正在行驶的火车下面。吉冈为自己的贪婪付出了生命的代价。而林田千方百计回到那片梅林的时候,发现那里已经盖起了高楼,无法找到六年前所藏的钱。"六年之间,东京已经到处盖满了房子。"结尾与开头相呼应,也给读者留下了思考的空间。

狗　约

◇[法国]拉萨尔

读点

采取讲故事的方式叙述"狗约"的故事。

以荒诞的故事讽刺主教的贪婪。

狗约实为人约，写狗实为写人，狗与人形成鲜明
的反差。

现在，如果你欢喜的话，就请你听我说前天发生的一个故事。是一个乡村上的小教士，因为他愚昧，被主教敲诈去了五十金兀。

这位好教士有一只狗，是他从小养大的。这只狗的本领超过了全教区中的一切狗。它能捞起投在水中的手杖，也能把他主人遗忘在别处或者有意搁置在什么地方的帽子衔回家。总而言之，凡是好而聪明的狗所知道的和所做的事，它无一样不精通。因此，它的主人爱它爱得发昏了。

但是，我也不知道是怎样的一个不小心，也许是受了热或者受了寒，也许是吃了有害的东西，它就大病了，而且死了，它就进了好狗们所进的天堂了。而那位好教士又怎么办呢？正对教堂前面，就是个教中公葬场。当他看着他的狗脱离了这一个世界，他就想：这样一只好而聪明的畜生，该有正式埋葬的权利。于是他就在他门外掘了个坑，把他的狗埋葬在里面，像一个耶稣教徒一样。

我不知道他有没有在坟上竖起白色的碑来，有

批：以讲故事形式开头，亲切自然。

批：概述故事内容；交代故事人物；设置悬念，将故事结局置于开头，引起读者阅读兴趣。

批：极言教士的狗之聪明，为教士葬狗于教堂公葬场作铺垫。

批：狗的死因无关紧要，关键是狗主人对死狗怎么处理才是小说所关注的。

批：狗享受教徒一样的待遇，如此葬狗，预示狗主人将有麻烦。

没有在碑上刻起哀词来，所以在这一件事上，我只能沉默了。只是过了不久，这只有价值的狗的死耗，已传到了邻村各教区中，再从邻村各教区中，传到了主教的耳朵里，连它主人用耶稣教葬礼葬它的流言，也一同传了去。于是主教就发了命令，要传这教士到庭。

批：一传十，十传百，这教士果然要有麻烦。

教士向传令的律师说："唉！我做了什么事主教要传我到庭呢？我真不知道为什么要传我，我真猜不出我做错了什么事。"

批：教士自认为没做错什么，但这"乱套"的事情，贪婪的主教岂会轻易放过？

主教差来的人说："我呢，我也不知道他们为什么要传你，莫非因为你把你的狗葬到了安葬耶稣教徒的圣体的地方去了吧。"

"嘻！就为了这件事吗？"教士想。

直到现在，他头脑中才觉得他做的事过分了一点。同时他也在想：这可要预备遭受罪恶的厄运了。因为他的主教，是全国中最贪婪的一个；处在主教四周的人，都在找寻道路输运东西去填塞他的欲壑，这种道路是只有上帝才能辨认得清楚的。

批：岂止"过分"！在主教眼里那简直就是"大逆不道"！

批：主教的贪婪为狗主人命运转机埋下了伏笔。

教士知道：要是他给主教下了狱，那一笔罚款一定是很重的。

于是他说："我的钱总是要用去的了，还不如反过来用的好。"

批：花钱消灾，狗主人用钱用得可谓对症下药。

于是他就应了传，去见主教。主教就在这葬狗的一件事上说起法来，说了大大的一篇法。照他所说，似乎即使那教士否认了上帝，他所犯的罪还可以比葬狗轻些。到说完了，他就命令把罪犯关到牢狱里去。

批：把狗主人关到牢狱不是主教的目的，而是勒索的一种手段。

教士听到人家要把他关到那石头匣子里去，真被吓得不知所措了。他就求他的主——那主教——求他先听他说几句话。这个请求被答应了。

批：主教的目的果然要达到了，贪婪、狡诈的主教！

想来你们都知道，在审判的时候有种种形形色色的人在身边：有执行吏，有告发吏，有书记，有代

批：写这些人听审，意在表现主教

书,有状师,有检察吏,等等——他们都欢欢喜喜地听审这样一件狗葬圣地的案子。

教士只说了很少的几句话替他自己辩护:

"主教,我的主,要是你能知道我那只好狗像我自己一样清白,你对于我给狗所用的葬礼,就不会觉得奇怪了。因为像它一样的狗,不但以前不曾有过,就是将来也决不会有的。"

于是他就开始赞颂他的狗了:"它活的时候是最聪明的,到死也还是最聪明的。它曾立下了而且执行了一个极好的约定。它知道你的清苦、你的需要,它把它的五十金元遗赠给你。这一笔钱我现在带来了。"

他打开他的皮包,取出钱来数给主教。主教爷爷很愉悦地收受了这宗遗产,随即对这只有价值的狗,对这狗所立的约定,对它主人所用的葬礼,一一加以赞颂,而且证明其行为有善意。

(刘复/译)

批:周顾教法而在意的是自己能否得利。

批:别出心裁的辩解,是想借狗消罪。

批:审判变成了赞颂,教士便可名正言顺地行贿了。假借"狗约",名正言顺地公开地向主教行贿。

批:维护教法的主教接受了"狗约",实际上就是放弃了教法。

贪婪的主教

安东尼·德·拉萨尔(Antoine de Lasale,1385或1386~1460或1461),法国讽刺作家。代表作《让·德·圣特雷》(约1459)是法国第一部长篇小说,在法国散文小说的发展过程中具有重要的地位。主人公敢于反抗贵妇,以报复她的不忠,"敲响了典雅爱情的丧钟"。

这是一桩狗葬圣地的案子。乡村小教士的狗是非常善解人意的,狗死后,小教士将它像埋葬耶稣教徒那样埋葬且葬于圣地。不料此事传到主教那里,于是小教士被主教传到了法庭。以贪婪著名的主教借教法的名义要将小教士关到牢狱里去。聪明的小教士深知主教的贪婪,于是在法庭上、在众目睽睽之下极力赞颂狗,并称狗立下了一个约定,说狗知道主教的清苦和需要,要将五十金元遗赠给主教。这无非是小教士假借狗的名义向主教行贿。主教收到"狗的遗赠"后便对狗和小教士大加赞颂,小教士的牢狱之灾自然得以免除了。

《狗约》之约,是狗的约定,实是小教士解脱"罪恶"的妙法。围绕对一条善良完美的狗的评介,引出的却是人对自身的评介。表面上写的是狗,其实写的是人。说是狗约,实为人约。是人与人心灵之约,因为教士深知主教灵魂的龌龊。维护教法的主教却是那样的贪婪,接受了狗约,便放弃了神圣。(屈平、许喜桂)

芳草地

与狗狗的十个约定

"我的生命只有十年。所以,希望你能够尽可能地抽时间和我在一起。"

这是我和狗狗袜子的约定。我猛然想起,袜子最近十分嗜睡,会不会……

"怎么了,小晴? 手机快被你打爆了——出了什么事?""袜子它好吗?""醒着的时候倒是和平时没什么两样,就是醒着的时候越来越少了。"父亲职业性的冷静,反而倍增了我的不安。

"我想听听袜子的声音——"父亲把袜子叫醒了。"汪!"袜子强有力地叫了一声,似乎是给我的回答,我彻底踏实了。

考完试,又有电话打进来,是父亲。"袜子快不行了。"父亲开门见山地说,"你明天能回来一趟吗?"

我一夜没睡,天还没亮,就往机场赶去,向家飞奔。

"袜子呢?"地上铺着一块白得刺眼的布,袜子卧在上面,一动不动。"袜子!"强烈的不安罩住了我。我一点点把耳朵贴近袜子,还好,袜子的呼吸声十分均匀。

我回来了。袜子就在我的面前,然而,我却什么也不能为它做。我只能小心地凝听袜子的呼吸声,只能看着它沉睡不醒。

父亲把一张纸摊在我的面前,上面写着:"与狗狗的十个约定"。"这是便利店的老板给我的。当时他把那些小狗送人的时候,每人都给了这么一张纸。"

这些约定早已经被我遗忘得干干净净。拿着这张纸,我甚至不敢往下想,害怕已经答应过的事情,却没有做到。看看父亲,我深吸一口气,读了下去。

1.我们在一起时,希望你能耐心一点儿,给我时间去理解你。

2.希望有一天你可以完全地信任我。能成为你忠诚的朋友,是我最大的幸福。

3.你知道吗? 我和你一样,是有感情的。

4.我不听话的时候,在你责备我之前,能不能想一下自己对我做了什么。

5.把你所有的心事和牢骚都告诉我。虽然我不会说人类的语言,但是我听得懂。

6.别打我。其实我可以轻而易举地伤害你,我只是没有这么做。

7. 有一天我变老了,不知道你会不会像现在一样照顾我。

8. 我的生命只有十年。希望你尽量多抽点儿时间和我在一起。

看到这里,我闭上了眼睛。十年了,我对袜子的承诺,半个都没能做到。也许在和袜子共度的这些年里,我从来都没有想起过当初的这些承诺。我用了很大的勇气才决定把剩下的两个约定读完。

9. 你有你的同学、你的朋友、你的工作。而我,只有你。

10. 我永远都不会忘记和你一起度过的时光。所以请你答应我,在我即将离开这个世界的时候,你会陪在我的身边。

我紧紧地攥着这张纸。一种温热的液体,就这样毫无征兆地从我的眼眶流了下来,重重地砸在眼前这张白纸上,擦也擦不干。

我摇摇晃晃地站起身,向袜子走过去。它的呼吸突然变得紊乱,呼哧呼哧喘着粗气。"袜子!"袜子没有任何反应。"袜子……我还有很多很多话想跟你说……没想到十年这么短……袜子! 袜子!"袜子的眼皮动了一下。"袜子……袜子!"

我的眼泪砸在袜子的鼻尖上。袜子把眼睛睁开了一条缝,用微弱的声音哼了一声。它很吃力地抬起了那只仿佛穿着白袜子的前脚,就像每次我浇花的时候,它去扑水雾里的彩虹那样,向前伸了伸。我连忙握住它的脚。这时候,袜子的睫毛颤了一下,终于睁开了眼睛。袜子深情地看着我,它的眼睛还是那么黑,那么亮。

"袜子——谢谢你一直陪着我……谢谢你……"袜子好像在对我微笑。它的嘴动了动,仿佛要对我说点儿什么。"袜子,你想说什么? 袜子——"袜子的脚在我的手心轻轻地动了一下,然后,它合上了眼睛,永远地停止了呼吸。

我们把袜子埋在了院子的正中央,还用白色的木头做了墓碑,上面写着:齐藤袜子长眠于此。

[日本]川口晴/文,王佳/译

品 读

川口晴,日本早稻田大学第一文学部毕业。日本剧作家、小说家。他担任制作人的著名电影有:《岸和田少年愚连队》《血与骨》《小狐狸海伦》《再见了! 可鲁》等。后来向电影导演相米慎二拜师学习写作剧本,执笔《风花》《椿山课长的七天》等作品。小说作品有《月夜洪水》《星愿》等。

《与狗狗的十个约定》这部小说一经推出,引发了无数人的感动,成为流传甚广的爱与承诺的代名词,并已经被改编、拍摄成电影上映。

小说叙述一个自幼失去母亲的小女孩小晴,在小狗袜子陪伴下,逐渐从悲凉的情绪中走出,慢慢成长的故事。小晴和袜子的相遇纯属偶然。那年小晴才12岁,父亲是医生,工作繁忙,很少回家。小晴只能与母亲相依为命,苦中作乐。

有一天,小晴回家后不见了母亲,顿觉天塌地陷,不知所措。原来母亲病重入院,就在这个彷徨时刻,一只金毛寻回犬闯入小晴的世界。小狗的脚上有一片毛是白色的,于是她给它取名"袜子"。母亲自知不久于人世,临死前对小晴说,必须遵守与狗的十个约定。

《与狗狗的十个约定》这部小说最动人之处表现在这样几个方面:

一是小晴与狗狗袜子的感情动人。在小晴最孤单的时候,是袜子一直陪伴着她。开心的时候,袜子陪着她一起高兴;悲伤的时候,袜子会来安慰她……狗狗袜子虽然不会说话,但是只要抱着它,就会把所有的烦恼和不开心的事情全部忘掉。从狗狗身上,我们感到了稀缺的温情和安慰。

二是家庭的温情。小晴年幼的时候,曾经埋怨整日忙于工作的父亲。袜子先是陪伴着年幼的小晴度过了孤单的时光,后来又成为小晴父亲生活不可缺少的一部分。袜子的不可替代,其实是因为它稍稍弥补了他们对于家庭的期望而已。

三是天长地久的爱情。小晴的母亲深深爱着小晴的父亲,自己的病痛不让身为医生的忙碌的丈夫知道,一直默默地照顾整个家庭,直到因绝症离开人世。她给小晴的寄语"与狗狗的十个约定"其实也是爱的寄语,在没有她的日子温暖地伴随着这对父女。

法 律 门 前

◇[奥地利]弗朗茨·卡夫卡

读点

塑造两个极具代表性的人物:乡下人和法律卫士。

通过描写非理性的、荒诞的现实世界,抨击将穷人拒于法律之门之外的社会现象。

在法律门前站着一名卫士。一天,来了个乡下人,请求卫士放他进法律的门里去。可是卫士回答说,他现在不能允许他这样做。乡下人考虑了一下又问,他等一等是否可以进去。

"有可能,"卫士回答,"但现在不成。"

由于法律的大门始终都敞开着,这当儿卫士又退到一边去了,乡下人便弯着腰,往门里瞧。卫士发现了大笑道:"要是你很想进去,就不妨试试,把我的禁止当耳旁风好了。不过得记住:我可是很厉害的。再说我还仅仅是最低一级的卫士哩。从一座厅堂到另一座厅堂,每一道门前都站着一个卫士,而且一个比一个厉害。就说第三座厅堂门前那位吧,连我都不敢正眼瞧他哪。"

乡下人没料到会碰见这么多困难。人家可是说法律之门人人都可以进,随时都可以进啊,他想。不过,当他现在仔细打量过那位穿皮大衣的卫士,看了看他那又大又尖的鼻子、又长又密又黑的鞑靼人似的胡须以后,他觉得还是等一等,到人家允许他进

批:故事的开端。乡下人请求卫士让他进法律之门,但卫士没有允许。卫士回答"有可能",似有转机。联系下文,实际是无任何希望。

批:法律大门始终都敞开着,却守卫森严,乡下人很难进去。

批:"法律面前人人平等"不过是冠冕堂皇的口号而已!

批:无奈,只有等。

去时再进去好一些。卫士给他一只小矮凳，让他坐在大门旁边。他于是便坐在那儿，日复一日，年复一年。其间，他做过多次尝试，请求人家放他进去，搞得卫士也厌烦起来。时不时地，卫士也向他提出些简短的询问，问他的家乡和其他许多情况；不过，这都是些类似大人物提的不关痛痒的问题，临了卫士还是对他讲，他还不能放他进去。乡下人为到这儿来原本是准备了许多东西的，可如今全花光了；为了讨好卫士，花再多也该啊。那位尽管什么都收了，却对他讲："我收的目的，仅仅是使你别以为自己有什么礼数不周到。"

许多年来，乡下人差不多一直不停地在观察着这个卫士。他把其他卫士全给忘了；对于他来说，这第一个卫士似乎就是进入法律殿堂的唯一障碍。他诅咒自己机会碰得不巧，头两年还骂得大声大气，毫无顾忌，到后来人老了，就只能独自嘟嘟囔囔几句。他甚至变得孩子气起来，在对卫士的多年观察中，他发现这位老兄的大衣毛领藏着跳蚤，于是也想请跳蚤帮助他使那位卫士改变主意。终于，他老眼昏花了，但自己却闹不清楚究竟是周围真的变黑了呢，或者仅仅是眼睛在刁难他。不过，这当儿在黑暗中，他却清清楚楚地看见一道亮光，一道从法律之门中迸射出来的不灭的亮光。此刻，他已经生命垂危。弥留之际，他在这整个过程中的经验一下子全涌进脑海，凝聚成一个迄今他还不曾向卫士提过的问题。

他向卫士招了招手，他的身体正在慢慢僵硬，再也站不起来了。卫士不得不向他俯下身子，他俩的高矮差异变得对他大大不利。

"已至此，你还想知道什么？"卫士问，"你这个人真不知足。"

"不是所有的人都向往法律吗？"乡下人说，"可怎么在这许多年间，除了我以外就没见有任何人来要求进去呢?"

卫士看出乡下人已死到临头，为了让他那听力渐渐消失的耳朵能听清楚，便冲他大声吼道："这道门任何别的人都不得进入，因为它是专为你设下的。现在我可得去把它关起来了。"

（杨武能/译）

来要求进去"的问题。这是与他最初想进门的愿望大相径庭，而这竟是他倾其一生才发现的。

用写实手法叙述非现实事件

弗朗茨·卡夫卡(Franz Kafka,1883 年 7 月 3 日~1924 年 6 月 3 日)，奥地利德语小说家，犹太人，西方现代主义文学的主要代表。其作品内容貌似荒诞，实则深刻地揭露了现代社会的人及其现实生活中的种种异化现象。卡夫卡对西方当代文学的影响很大,20 世纪在欧洲和美国相继兴起过"卡夫卡热"，我国在 20 世纪 80 年代也出现了类似的情况。代表作为长篇小说《城堡》《美国》，中篇小说《审判》和短篇小说《变形记》《流放地》《致科学院的报告》等。

《法律门前》是《审判》的一个片段。小说描写了一个乡下人穷尽一生试图进入向往已久的"法律殿堂"，却始终没能走进第一道大门的悲剧故事,内容荒诞而又荒谬,语调平淡,却揭示出一个深刻的道理:资本主义社会所谓"法律面前人人平等""法律之门人人可以进,随时可以进"，都是虚伪的谎言。这就深刻地揭示了西方资本主义国家中人们的精神困顿，他们无论怎样费尽周折也无法走出社会为他们设置的那个怪圈。小说在实质上是悲观的，但作者正是以这样的悲观,表达了对现存制度的失望和抗议。

小说塑造了乡下人和法律卫士两个人物形象。从表面上看,阻止乡下人进入法律大门的是那个守门人。他是官僚、专制等腐朽制度的化身，是他拦住乡下人，不让他进入大门。但如果深入一层看，乡下人自身也是自己进入法律大门的障碍。因为，正是乡下人唯命是从、安分懦弱的性格，才使他慑于守门人的恐吓而不敢越雷池一步，以致就那么无谓地一直等待到死。对于乡下人，在"哀其不幸"的同时，也令人"怒其不争"。作者在短短的篇幅里，把现实与非现实、合理与悖理、常人与非常人糅合在一起，通过奇特的构思和夸张的画面，对社会及人性进行了高容量的反思，非常深刻，它既揭露、鞭挞了那个黑暗社会，又对小人物寄予深深的同情。（屈平、王崇翔）

芳草地

狗的嗅觉

商人叶列麦伊·巴勃金有件貂皮大衣给人偷走了。

商人叶列麦伊·巴勃金嚎了起来。他真心疼这件皮大衣呀。

他说："诸位，我那件皮大衣可是好货啊。太可惜了。钱我舍得花。我非把这个贼抓到不可。我要啐他一脸唾沫。"

于是，叶列麦伊·巴勃金叫来警犬搜查。来了一个戴鸭舌帽、打裹腿的便衣，领着一只狗。狗还是个大个头，毛是褐色的；嘴脸尖尖的，一副尊容很不雅观。

便衣把那条狗推到门旁去闻脚印，自己"嘘"了一声就退到一边。警犬嗅了嗅、朝人群扫了一眼（自然四周有许多围观的人），突然跑到住在五号房的一个叫费奥克拉的女人跟前，一个劲儿地闻她的裙子下摆。女人往人群里躲，狗一口咬住裙子。女人往一旁跑，它也跟着。一句话，它咬住女人的裙角就是不放。

女人扑通一声跪倒在便衣面前。

"完了，"她说，"我犯案啦。我不抵赖。"

她说："有五桶酒曲，这不假。还有酿酒用的全套家什。这也是真的，都藏在浴室里。把我送公安局好了。"

人们自然惊得叫出了声。

"那件皮大衣呢？"有人问。

她说："皮大衣我可不知道，听都没听说过。别的都是实话。抓走我好了，随你们罚吧。"

这女人就给带走了。

便衣牵过那只大狗，又推它去闻脚印，说了声"嘘"，又退到一旁。

狗转了转眼珠，鼻子嗅了嗅，忽地冲着房产管理员跑过去。

管理员吓得脸色煞白，摔了个仰面朝天。

他说："诸位好人呀，你们的觉悟高，把我捆了吧。我收了大伙的水费，全让我给乱花了。"

住户们当然一拥而上，把管理员捆绑起来。这当儿警犬又转到七号房客的跟前，一口咬住他的裤腿。

这位公民一下子面如土色，瘫倒在人群前面。

他说："我有罪，我有罪。是我涂改了劳动履历表，瞒了一年。照理，我身强力壮，该去服兵役，保卫国家。可我反倒躲在七号房里，用着电，享受各种公共福利。你们把我逮起来吧！"

人们发慌了，心想："这是条什么狗，这么吓人呀？"

那个商人叶列麦伊·巴勃金，一个劲儿眨巴着眼睛。他朝四周看了看，掏出钱递给便衣。

"快把这条狗牵走吧，真见它的鬼。丢了貉皮大衣，我认倒霉了。丢就丢了吧……"

他正说着，狗已经过来了，站到商人面前不停地摇尾巴。

商人叶列麦伊·巴勃金慌了手脚，掉头就走，狗追着不放，跑到他跟前就闻他那双鞋。

商人吓得脸色唰地就白了。

他说："老天有眼，我实说了吧。我自己就是个混账小偷。那件皮大衣，说实话也不是我的，是我哥哥的,我赖着没还。我真该死,我真后悔啊!"

这下子人群哄地四散而逃。狗也顾不得闻了,就近咬住了两三个人。咬住就不放。

这几位也——坦白了:一个打牌把公款给输了。一个抄起烫斗砸了自己的太太。还有一个,说的那事简直叫人没法言传。

人一跑光,院子便空空如也,只剩下那条狗和便衣。

这时警犬忽然走到便衣跟前,大摇其尾巴。便衣脸色陡地变了。一下子跪倒在狗跟前。

他说:"老弟,要咬你就咬吧。你的狗食费,我领的是三十卢布,可自己私吞了二十卢布⋯⋯"

后来怎样,我就不得而知了。是非之地,不可久留,我便赶紧溜之乎也。

[苏联]米哈伊尔·左琴科/文,顾亚铃、白春仁/译

品读

　　米哈伊尔·左琴科(Михаил Зощенко,1894 年 8 月 9 日 ~ 1958 年 7 月 22 日),苏联著名作家。他生于波尔塔瓦(今属乌克兰)。1920 年左琴科开始写作。1921 年发表了第一本书《蓝肚皮先生纳扎尔·伊里奇的故事》,小说讽刺了革命成功之后很多人身上的小市民习气,获得读者的欢迎。他善于从人们习焉不察的日常琐事中摄取题材,塑造的形象富有时代特征,细致、深刻、一针见血,形成了整整一画廊的所谓"左琴科式人物"。其作品风格风趣、机智、俏皮,高尔基曾给予高度评价,写信给他:"我高度赞扬您的幽默作品。我⋯⋯认为它们的独特风格和'社会教育价值'都是无须争议的。"

　　《狗的嗅觉》写于 1923 年,小说通过对一群俄罗斯灰色市民一见警犬就丧魂失魄,甚至连带警犬的便衣见狗向自己摇尾巴也要向狗下跪、坦白求饶的夸张描写,反映了十月革命后社会生活中遗留的旧痕迹和阴暗面。作品寓庄于谐,对狗鼻子威慑力的夸张几乎到了荒诞的地步,在人们的忍俊不禁中揭示出了重大社会现实问题。本篇中的"狗鼻子"犹如戏剧中的"道具",通过它,既能掀起波澜,推动情节的发展,又能给人留下经久不忘的深刻印象。

退 休 法 官

◇［罗马尼亚］保尔·杨

读点

一曲正义被邪恶利用的悲剧。
奇特的构思，巧妙的暗示艺术。

一个雾气弥漫的夜晚。里切尔法官退休生活的第一个夜晚。

老头子心绪不宁地在屋里踱步。他再没有案卷和证人，看不到目光忧郁的被告和昏昏欲睡的速记员，也听不见牢房门开关时发出的哐当声……里切尔心里烦闷透了。好不容易熬到凌晨两点左右，他才蒙眬睡去。

突然间，里切尔隐约听见餐室里有轻微、杂乱的人声。这不可能！他的豪华住宅有着全城最好的保险门锁和报警装置。他轻手轻脚地绕到阳台的门外，从暗处往明亮的餐室里看去。太不可思议了！里面坐着的十二个人都是被他在法官生涯中送上断头台的。这些家伙有的上了年纪，有的还很年轻，一个个肆无忌惮地高谈阔论，哈哈大笑，尽情享用他那储藏充足的小酒吧里的美酒。

"知道吗，"一个人说，"里切尔法官把我当成替罪羊判处了死刑。案子里真正的罪犯如今是全城最红火的商人。昨天我拜访了他一次，他还请我饱餐了一顿呢。"

"我也跟你有同样的经历。可我得到了一套西装。他还赏我一个靓妞。真是一夜销魂，如登仙界……"

批：雾气朦胧，幻觉就在这种朦胧状态中产生。

批：动作及心理描写，形象刻画了里切尔法官退休第一夜的不安宁的心态。为什么会如此不安呢？

批：埋下伏笔，暗示他看到的是幻景。

批：再次埋下伏笔，已被送上断头台的何以能在此高谈阔论？

批：罪犯制造幻觉现场，假借亡魂诉冤欺骗里切尔。

里切尔惊呆了。他清楚地听见每个人说到的真凶的名字。太令人难以置信了！这些人当中难道没有一个是罪有应得？里切尔蹑手蹑脚地回到卧室，抄起一支自动枪，深深地吸了口气，走到餐室跟前，用脚点开房门，就朝屋里扫射了一梭子。他怒不可遏，也不看是否打中了目标。换上一个新的弹夹，又是一阵盲目的扫射，直打得镜子、家具和窗户的木屑四处乱飞……

里切尔筋疲力尽地倒在沙发上。他擦了擦眼睛，没看见一点血迹，没有受伤的人，也没有死者的尸体。竟然没有击中任何一个目标，这使他气得差点要发疯。突然，他似乎听到嘈杂的人声从卧室里传来。他重新装上了子弹，冲进卧室又是一阵猛烈的扫射，直打得枪管发烫。结果，还是没有打中任何人，只有满地的碎玻璃和木屑。

里切尔终于静下心来。他喝了一大杯烧酒，穿过夜雾向法庭走去。他悄悄地进了门，直奔存放档案的保险柜，取出有关案卷，如饥似渴地阅读起来。他记得那些人所说的每个真凶的名字。他逐一核对案情和证人的证词以及不在现场的供状。然后，他一口气填写了十二张逮捕证，每张都注明了原因。离开法庭时，他把逮捕证放在门房的桌上。看门人喝醉了酒，正在酣睡。

回到家，里切尔对着镜子久久地端详自己的脸。最后，他终于下了决心，无怨无悔地朝自己的太阳穴开了一枪……里切尔法官倒在一摊乌血里。

没过多久，那十二个人默默地围在尸体旁。其中一人说道："这次，他总算上了我们的当！"

(罗汉/译)

批：对罪犯的愤怒来自于对自身工作能力的相信。开枪扫射是对罪犯的惩罚。

批：暗示是幻觉。

批："似乎"用词精确，暗示这是幻觉。

批：善于反思是一种优秀品质，但反被人利用了。

批：认真细致核对，说明里切尔的确是一个优秀法官。

批：法庭的看门人居然"喝醉了酒，正在酣睡"，这暗示这一切都是策划好了的。

批：法官里切尔依据貌似幻觉的指证签发了逮捕证，实际含有平反昭雪的意思。此刻，他为自己的失误而懊悔，所以用自杀的方式结束了自己的生命。

巧妙的暗示艺术

　　本文构思奇特，采用梦幻手法，让与罪犯长相类似的人登上生活舞台出色地表演给法官看，法官依据貌似幻觉的指证签发了逮捕证，同时，他为自己的失误懊悔，最终选择了自杀。精心制造的梦幻场景蒙过了法官，罪犯就是用这种方式逃脱了惩罚，借刀杀人，制造了真正的冤案。

　　小说结尾虽在意料之外却在情理之中，之所以不显得突兀，是因为文中有多处暗示，巧妙地使小说言有尽而意无穷。

　　首先，环境描写的烘托。故事发生在一个"雾气迷漫"的夜晚，这种朦胧的意境为梦幻场景作铺垫。除了自然环境外，作者还巧妙设计了社会环境——当法官来到法庭时，守门人"正在酣睡"，这种反常的现象与梦幻场景的巧合，使罪犯的行径得逞。当然守门人的酣睡也可能是罪犯设计好的。

　　其次，人物描写的暗示。文中对人物动作描写有浓墨重彩的描写，多次扫射后，房间中一片狼藉，却没有血迹，暗示法官所看到的都是梦幻场景。还有人物心理描写的刻画，法官听到真凶之后的"难以置信"和扫射无果后的"怒不可遏"，展示出他的疾恶如仇，这是一个法官的道德素质。而"静下心来"之后"逐一核对"并填写逮捕证后自杀。这种善于反思自己纠正自己的做法则展示了他的严谨的职业素养。这些描写与结尾罪犯的话"他总算上了我们的当"遥相呼应，从中我们看出，正是法官的严谨自律被人利用而酿成了悲剧。（左保凤、京涛）

聪明的法官

　　并非所有发生在东方的事情都是蹊跷古怪的，咱们已经讲过了。下面的这个故事，据说也是出自东方。

　　一个有钱人，不小心把缝在一个布包里的一大笔钱丢了。他贴出了张失物启事，按照惯例答应给诚实的拾金者一笔酬劳，也就是说100塔勒[注：塔勒，是15世纪末以来主要铸造和流通于德国等中欧地区的一系列大型银币的总称。每枚塔勒（即1塔勒）银币重28.0644克，纯度833‰]。不久，果然来了一位拾金不昧的人。

　　"我拾到了您的钱。大概错不了！请您这就收回自己的财产吧！"他带着诚实无欺者所有的爽朗愉快表情说道，这可真美妙啊。

另一位呢,也眉开眼笑,可高兴的只是他也得到了自己满以为已经丢失的钱。至于他是不是也诚实,我们马上便会见分晓。他一边数钱,一边赶紧盘算,想找个法儿赖掉自己答应给诚实的拾金者的 100 塔勒。

"朋友,"他数完钱后说,"这包里缝着 800 塔勒,现在却只剩 700 了。看来准是您拆开了一条线缝,把您那 100 塔勒的酬劳给取走了吧。没关系,没关系。我感谢您。"——这可就不美妙啰。

不过,事情还没有完。常言道:诚实终不吃亏,奸刁反害自己。对那位拾金不昧的人来说,倒不在乎得不得 100 塔勒,他重视的只是自己名誉的清白,因此保证说,他捡到钱包时就是这样,而且怎么捡到的,就怎么送来了。到后来,两人只好去见法官。可在法官面前,双方仍各持己见:一个说,他包里缝着 800 塔勒;一个说,他从拾到的钱包中分文未取,压根儿就没有动过钱包。在这种情况下,办法可就不容易想啦。然而,聪明的法官似乎早已看出两人中一个襟怀坦白,另一个心术不正,便作了如下的处置:他先让双方都对自己说的话作一个肯定而庄严的保证,然后便判决道:

"既然你们两人中一个丢了 800 塔勒,另一个却只拾得一个装着 700 塔勒的钱包,那么,据理推之,后者所拾钱包就不可能正是前者有权得到的钱包。因此,你,诚实的朋友,把你拾到的钱领回去好好保存起来,等有个掉了 700 塔勒的人来认领再说吧。而这位先生呢,我则别无办法,只好请你耐心等待那个拾到你 800 塔勒的人找上门来啦。"

法官这么说了,事情也就不了了之。

[德国]黑贝尔/文,佚名/译

品读

约翰·彼得·黑贝尔(Johann Peter Hebel,1760 年 5 月 10 日～1826 年 9 月 22 日),德国作家、诗人。主要作品有《阿勒曼方言诗集》《逸事散文集》。《莱茵家庭之友的小宝盒》汇集了作者用方言创作的短篇故事和趣闻逸事,反映现实生活,幽默诙谐,富有教育意义,卡夫卡、布莱希特等都曾受此书影响。

小说《聪明的法官》即选自《莱茵家庭之友的小宝盒》。叙述的是一个诚实的人捡到钱包之后归还失主,失主却要赖掉曾允诺的酬金,双方互不相让,来到法官面前。聪明的法官最后宣判,拾金者带走钱包,失主继续等拾金者。对待胡搅蛮缠、不能信守诺言的人,最好像故事中的法官一样,以其人之道还治其人之身。

得 救

◇[捷克]雅罗斯拉夫·哈谢克

读点

借犯人一段离奇的死前经历,展示了一出虚伪荒唐的司法闹剧。

语言质朴而富有幽默,白描貌似平淡却饱含辛辣的讽刺。

为什么要绞死巴夏尔,这是无关故事的宏旨的。临刑的前夕,当看守长端着酒肉出现在他牢房里的时候,尽管良心上压积着好些罪愆,他还是禁不住笑逐颜开了。

"这些都是给我的吗?"

"对,对,"看守长深表同情地说,"最后一顿了,您就吃个痛快吧。回头再给您把凉拌黄瓜端来——我一次端不了这么些。"

巴夏尔满意地听完了他的话,便舒舒坦坦地在桌旁坐下,咧嘴一笑,开始狼吞虎咽地嚼起炸牛肉来了。看来他是一条神清气爽的混世虫,要尽量从生活中捞取一切,连这最后的片刻享受也不肯放过。

只有一个念头冲淡了他的食欲,那便是:今天早上通知他,说他的请赦书已被驳回,只准缓期执行24小时。这些巴不得所有案犯都乖乖地引颈就刑的人们,就要来绞死他,看着他一命呜呼。他们自己呢,明天、后天甚至好多年以后还是照常活下去,照常在每天晚上悠然地回家,而他巴夏尔却早已不在人世了。

批:开篇即暗示了小说的主旨。死刑犯巴夏尔是死是活无关紧要但又必须重视,这就以极富批判和嘲讽的基调揭示了社会的冷酷。

批:"最后的晚餐"丰盛得"一次端不了这么些",无非是免得死刑犯生事端。

批:犯人临刑前特有的心理和举动。

批:处决与被处决,一字之差,不一样的处境、结果和心理,请赦未被批准,求生无望,死刑执行者快活地活着反衬犯人将被处死的恐怖。

他闷闷不乐地想着这些，嘴里满塞着炸牛肉。在旁人给他把凉菜和小面包端来的时候，他竟长叹了一声，说想抽口好烟。

大家就给这犯人买来上等烟叶。看守长还亲自给他递上火柴，并且顺便向他大谈上帝的无限天恩，说纵然失掉了尘世上的一切，未必不能在天上……

犯人请求给他再来一份火腿和一公升烧酒。

"今天您要什么就有什么，"看守长说，"对像您这种处境的人，我们是没有什么舍不得的。"

"那么就请再添两份肝制香肠吧。另外再来一公升黑啤酒我也领情。"

"决不会少您半点儿的，我马上就去吩咐，"看守长殷勤地说，"我们犯得着不讨您喜欢吗？人一辈子也活不了多久，还是多吃多喝点儿的好。"

当看守长将那些酒肴送来的时候，巴夏尔说已经够了。

然而并不如此。

"喂，"他扫光了碟子，说，"我还要一份炸兔肉、一份意大利干酪、一份油焖沙丁鱼和一些别的好菜。"

"您爱吃什么就请点什么好啦。说实在的，看到您的胃口特别好，真叫人打心眼儿里高兴。您大概不会在天亮以前上吊吧？我看您还是相当正派的。再说，巴夏尔先生，在政府把您绞死以前去自寻短见，对您又有哪点好呢？我是实人说实话：这您也是办不到的！办不到的！完全甭朝这方面胡思乱想！您最好还是再来几口啤酒吧。意大利干酪下啤酒，真是美妙无比！我再去给您拿两杯来。沙丁鱼和炸兔肉正好做您老兄的下酒菜咧。"

不一会儿，这些佳肴美酒的香味便充满了整个牢房。巴夏尔将桌上的杯盘摆弄齐整后，就又大嚼起干酪和沙丁鱼来，一面左右逢源地喝着啤酒和烧酒。

批：烟是"上等烟叶"，"看守长还亲自给他递上火柴"，只因他将被绞死；看守长的话或许可以宽慰死囚，但毕竟是空洞说辞。

批：对于死囚的要求一律答应，这为下文的意外埋下伏笔。

批：看守长竟如此的"殷勤"、如此的"善解人意"、如此的"开明"，真可谓"难得"了！

批：这么多东西吃得下去？

批：看守长如此这般，实际上是担心死刑犯在狱中自杀给他惹麻烦。

猛然间他记起了，在他还未入狱的时候，有一次，他也是这样酒足饭饱、心旷神怡地坐在郊外一家餐厅的凉台上进着晚餐。翠绿的树叶在皓月的清辉之下熠熠发光。在他的对面，就像眼前的看守长一样，坐着胖胖的餐厅老板。主人喋喋不休地饶着舌，不住地向巴夏尔敬酒敬菜……

这时，巴夏尔请求再来一点儿水果、一杯黑咖啡和几块饼干做点心。

他的这个请求也如愿以偿了。在他用完点心之后，牢房里进来了一个狱中牧师，打算给案犯一番最后的劝慰。

牧师是个神情愉快、和蔼可亲的汉子，正如同巴夏尔周围这群为他操心、判他死刑，明天就要绞死他的人一样。他们一个个满面春风，和他们打交道很痛快。

"上帝会使您得到安慰的，"狱中牧师拍着巴夏尔的肩膀说，"明天一早您便万事都了啦，不过也用不着垂头丧气。您还是忏悔忏悔，打起精神来瞻望一下天国吧。您要信赖上帝，因为他对每个悔罪的人都十分欢迎。谁要是不肯忏悔，谁就会在牢房里彷徨哭泣，一夜难安。但这对您又有什么好处呢？只不过是自讨苦吃罢了。谁忏悔，谁就能在这最后一夜里睡个好觉，做个好梦。我再重复一遍，老弟，要是您肯洗涤一下灵魂上的罪恶，便会觉得好过得多了。"

谁知巴夏尔陡地面如土色。他直想呕吐，五脏六腑都翻动了，却又吐不出来。一阵可怖的痉挛攫住了他的全身。他蜷曲着，痉挛着，额端冷汗淋漓。

这下可把牧师吓坏了。

看守们纷纷跑来，连忙把巴夏尔送进了狱中医院。狱医们一看都摇头。傍晚，病人发高烧了。子夜以后，医生们宣布他的病况非常险恶，并且一致断

批：狱外，餐厅老板和心旷神怡地进着晚餐的巴夏尔；狱中，看守长和临行前进着"最后的晚餐"的巴夏尔，形成了极其鲜明的对比！

批：对于死刑犯来说，一切劝慰都是虚伪之词。

批：虚伪的慈善！

批：虚伪的说辞，虚伪的牧师，虚伪的教会，虚伪的上帝，一切都是虚伪的！

批：情节突变！

批：中毒！情节再起波澜！

定是剧烈中毒。

重病的人照例是不处死的，因此当天夜里并没有在庭心给巴夏尔搭设绞架。

相反的却是替他清洗肠胃。还把那些未被消化的食物残块进行了一番化验，结果发现肝制香肠已经腐烂，含有剧毒。

在出售香肠的商店里突然光临了一个调查团。调查的结果是那香肠商违反了卫生规定，香肠不是放在冷藏室，而是放在温暖的地方。调查团做完记录，案子就转到检察长手中去了。检察长便以食物保藏不合卫生的罪名，把那商人审讯了一通。

在那些治疗巴夏尔的狱医之中，有一位心地善良的年轻医生。他寸步不离地守着那张病床，想尽一切办法来使病人起死回生，因为这件案子实在是太稀罕、太离奇、太有趣了。年轻的医生日夜不懈地护理着巴夏尔。两周以后，他便拍了拍犯人的背道：

"您得救啦！"

第二天巴夏尔就被依法绞死了，因为他已经有了足够上绞架的健康。

使巴夏尔苟延残喘两星期的香肠商被判处了三星期徒刑，而救了巴夏尔一命的医生却得到了上司的赞扬。

（水尼宁／译）

批：巴夏尔可谓因祸得福！他由此能逃过死刑吗？

批：查出病情突发之因！是蓄意谋杀吗？

批：并非蓄意谋杀！

批：狱医"寸步不离地守着""日夜不懈地护理着"，可谓尽心尽责！巴夏尔得救了，那他能逃过死刑吗？

批：死刑犯本要处死而中毒，中毒又得救，得救后又被处死，结局耐人寻味！

高尚外表下的冷酷

雅罗斯拉夫·哈谢克(Jaroslav Ha šek,1883 年 4 月 30 日~1923 年 1 月 3 日)，捷克世界级著名的幽默讽刺作家。生于布拉格一个穷教员家庭，童年生活极为凄苦。13 岁父亲去世后，他同家人靠施舍乃至乞讨过日子。这种生活环境，使他从小便爱憎分明，深切同情被侮辱被损害的下层人民，憎恶统治阶级的腐朽没落的社会制度。中学时代，他积极参加政治活动，发出了反抗残暴统治的正义呼声。第一次世界大战爆发后，哈谢克应征入伍，被派往俄国作战。十月革命一爆发，他便投身革命，加入红军，成了一名布尔什维克。

1920年,哈谢克返回捷克,专事文学创作。他的最知名的作品是《好兵帅克》,是一部关于一战时一个士兵闹剧般的遭遇,讽刺当时愚蠢僵化当局的小说。

"为什么要绞死巴夏尔,这是无关故事的宏旨的。"小说《得救》开篇便定下基调:死刑犯巴夏尔是死是活无关紧要但又必须重视。之所以必须重视,是因为他的死会对自己产生什么影响。所以,看守长会满足巴夏尔临死前的一切合理和不合理的要求,因为他不想给自己招惹是非;牧师会虔诚地为巴夏尔祈祷,请上帝宽恕他,因为那是他应该完成的工作;年轻的医生会竭尽全力地拯救将被绞死的巴夏尔,因为这是政府交代下来的任务。至于其他的一切,包括巴夏尔最终究竟会不会被绞死,都与他们无关,所以没有人会真正关心这个死囚犯。

小说就以这样极富批判和嘲讽的基调揭示了在历史特定时期人情的冷酷。小说的结尾"使巴夏尔苟延残喘两星期的香肠商被判处了三星期徒刑,而救了巴夏尔一命的医生却得到了上司的赞扬",更是将当时人们无耻残忍的价值观赤裸裸地呈现出来。

在冷酷、残暴的资本主义社会,人们丧失了基本的良知,对一个死刑犯,人们关心的并不是他为什么要被处死,而是担心他不是按惯例被绞死而死去会对自己有什么不利的影响。所以,看守长满足巴夏尔的一切和牧师开导他是怕他自杀,年轻医生尽心尽力地救助只是履行自己的职责,目的是怕自己受到法律制裁而非救死扶伤。

无疑这是资本主义社会制度的扭曲导致了人们道德的扭曲、人性的扭曲、灵魂的扭曲。于是,我们在哈谢克对死刑犯巴夏尔意外中毒又被尽力抢救而最终又被绞死的荒诞经历的轻松诙谐的描述中,看到的是那一张张隐藏在高尚外表下的伪善、冷漠的嘴脸。(子夜霜、许喜桂)

芳草地

生命的五个恩赐

一

在生命的早晨,善美的仙女挎着篮子走过来说:"这是给你的礼物。拿一件,把其余的留下。要当心,要用智慧挑拣;啊,用智慧挑拣! 因为其中只有一件有价值。"

礼物有五件:名望、爱情、富贵、享乐、死亡。

年轻的生命迫不及待地说:"无须考虑。"就拿走了享乐。

他走出家门,到世界上寻找年轻的生命追求的种种享乐。然而每每到来的享乐都是转瞬即逝而令人失望,徒劳一场而荡然无存;每一次都把他捉弄一番而悄悄溜走。到了最后,他说:"这些年华我都浪费了。只要我能再次挑拣,我一定用智慧挑拣。"

二

仙女来到那人面前说:"礼物还剩下四件。再挑拣一次吧。啊,记住——时光正在飞逝,而其中只有一件是珍贵的。"

成年人考虑了很久,然后拿走了爱情;他并不理会那涌上仙女眼中的泪水。

许多许多年之后,那人守着空荡荡的家,坐在一具灵柩旁。他默默地自言自语:"她们留下我,一个接一个地走了。现在,她躺在这里——我最心爱的,也是最后的一位。我一次又一次忍痛哀伤。为了那奸诈的商人——爱情——卖给我的每一小时幸福,我都付出了一千小时悲痛。我刻骨铭心地诅咒它啊!"

三

"再挑拣吧。"这是仙女在说话,"岁月已把智慧教给了你——想必一定是这样。还剩下三件礼物,其中仅有一件有价值——记住我的话,小心地挑拣吧。"

那人考虑良久,然后拿走了名望;仙女叹息着走开了。

若干年过去,她又来了,站在那人身后——他正独自坐在暮日里,思绪万千。她明白他在想什么——

"我的名字充满了世界,每一个人都对它赞不绝口,然而顺风如意就那么一阵子。多么短暂的一阵子啊!接踵而来的是妒忌,然后是贬损;然后是诽谤;然后是仇恨;然后是迫害。后来是嘲笑——终局是前兆。最后到来的是怜悯——名望的葬礼。唉,又苦又惨的名誉啊!声名大振时诽谤的目标,声名狼藉时蔑视与怜悯的对象。"

四

"再挑一次吧。"传来仙女的声音,"还剩下两件礼物,但不要失望。一开始就只有一件是珍贵的,现在它还在这里。"

"富贵——富贵就是力量!我真瞎了眼!"那人说,"唉,到头来,毕竟不枉此生。我要花,我要挥霍,我要炫耀。这些嘲笑和看不起我的人都将在我面前的脏土地上爬行,我要用他们的艳羡来满足我那饥渴的心房。我将拥有人所珍视的一切奢华、欢心、销魂之乐,一切肉体的满足。我将要买,买,买!买来尊重,买来仰慕,买来敬畏,买来崇拜——买下这个庸俗的世界所能提供的一切虚伪荣耀。我已经失掉许多时间,在此以前挑拣得太糟糕,但是,让它去吧,我那时太无知,只会看着什么最好就拿什么。"

短短的三年过去了,这一天终于来到——那人坐在一贫如洗的阁楼上瑟缩一团。他形容枯槁,苍白无力,两眼沉陷,身着破衣烂衫。

他一边嚼干面包一边咕哝着:"那该诅咒的世间的礼物啊,全是愚弄人的货色,镀金的诺言!并且都叫错了名字,件件如此。哪里有什么礼物,全都是债。什么享乐、爱情、名望、富贵,它们只不过是永恒的现实中一时遮掩痛苦、悲伤、羞愧、贫穷的假面。仙女的话千真万确:在她收藏的所有物品中,最珍贵的只有一件,其余全是毫无价值的。我现在明白了,与那件珍贵、甘美、仁慈而将折磨肉体的痛苦、将吞噬理智与热诚的羞愧和悲伤统统送入无梦长眠的无价之宝相比,其余那些竟是多么可怜、低劣而又鄙陋不堪!把它带来吧!我厌倦了,我要永远安息。"

五

仙女来了,又带来四件礼物,唯独缺少死亡。她说:"我把死亡给了一位母亲的爱子,是个小娃娃。他不懂事,只是相信我,请我为他挑拣。你却没有请我挑拣。"

"噢,多么凄惨的我呀!那么为我留下了什么?"

"你应得而尚未得到的:恣意亵渎的老年。"

[美国]马克·吐温/文,佚名/译

品读

马克·吐温(Mark Twain,1835年11月30日~1910年4月21日),原名萨缪尔·兰亨·克莱门(Samuel Langhorne Clemens),是美国的幽默大师、小说家、作家,也是著名演说家,19世纪后期美国现实主义文学的杰出代表,被称为美国文学史上最知名人十之一,被推崇为"美国文坛巨子"。他最擅长写具有讽刺意味的小说。

《生命的五个恩赐》是一篇具有寓言意味的小说。仙女有"名望、爱情、富贵、享乐、死亡"五件礼物,主人公年轻时拿走了享乐,成年时拿走了爱情,后来拿走了名望,接着拿走了富贵,而死亡最后给了小娃娃。

"生命的五个恩赐"人们该如何选择呢?马克·吐温借仙女对一凡人的拷问来对整个人类人生意义的拷问。大师的这篇哲理佳作真正想说的话是:我们一生追求的东西,不论得到与否,我们感到幸福吗?人只有经历过一切之后才会懂得生命中最有价值的是什么,然而懂得的时候,已经晚了。过程已经接近终点。我们的人生总会面临着许多选择,在选择时一定要运用智慧,要知道自己真正需要的是什么。

"享乐"体现了生活观,"爱情"体现了爱情观,"名望"体现了价值观,"富贵"体现了财富观,"死亡"体现了生命观。仙女为什么给小娃娃选择死亡?小娃娃是否就马上死亡了?其实,死亡是必然的,只有直面死亡,才会珍惜生命,珍惜时光,珍惜生命的意义,这样,生命才有价值。

天地良心

乞 丐

◇ [英国]奥斯卡·王尔德

读点

细腻而戏剧化的描写生动形象,风趣幽默。
伏笔与悬念的设置让情节扣人心弦,引人入胜。

哈杰·厄斯金长得非常英俊潇洒,人们都很喜爱他。他从来不说别人的坏话。但是他不太聪敏,而且一直是个穷光蛋。他不断地变换工作:他一度在证券所工作过,但只维持了半年;他贩卖茶叶的时间超过了半年,但是很快就厌倦了;之后,他又尝试了经营雪利酒,可又失败了。最后他干脆放弃了所有的工作,仅以他大姨每年给他的两百英镑糊口。

现在,他爱上了退役陆军上校的女儿劳拉·默顿。他俩非常般配。当然他俩都没有钱。上校虽然喜欢哈杰,但不同意他俩结婚。

"孩子,当你拥有一万英镑的时候,你再来找我。那时我们再谈这件事。"上校经常这样说。可怜的哈杰,他简直太不幸了!

一天早上,哈杰要去见劳拉,途中他顺便拜访了住在附近的好友艾伦·特拉佛。艾伦是名画家,他天资聪颖,画的画也非常畅销。

哈杰进屋时,特拉佛正在完成一幅和真人一样大小的乞丐画像。做模特的乞丐站在屋子角落一个平台上。乞丐很老,弓腰驼背,满脸皱纹,一副可怜

批:"英俊潇洒"、人缘好、善良,是主人公哈杰出现转机的基础。"不断地变换工作"使他生活难以有起色,所以"一直是个穷光蛋"。

批:每年仅有两百英镑糊口,又没有工作,一万英镑对哈杰来说,简直就是一座不可仰止的大山,这是上校对他的鄙视。

批:笔锋一转,命运将出现转机。

批:外貌描写浓抹重彩,突出这个"乞丐"的贫穷困苦。

巴巴的样子。一件破破烂烂脏兮兮的棕色大衣斜搭在肩上，笨重的靴子满是钉子，破旧不堪。乞丐一手拄着粗糙的木棍，一手伸出帽子作讨钱状。

"模特很棒啊!"哈杰边和朋友握手边低声说。

"模特很棒?"特拉佛大声叫道,"一点不假! 像他这样的乞丐不是想见就能见到的。"

> 批:反问,为朋友的误解而惊讶。"这样的乞丐不是想见就能见到的",一语双关,暗示乞丐的特殊身份,设悬念。

"可怜的老头!"哈杰说。"他的表情多哀伤啊!"

"当然。"特拉佛应道,"乞丐的表情不应该是快乐的,对吧?"

> 批:特拉佛意在强调此人是在扮演乞丐,只是哈杰不知情而已。

"模特能挣多少钱?"哈杰问。

"一个钟头10便士。"

"你一幅画能卖多少钱?"

"这幅画能挣两千英镑!"

"唉,我觉得模特应该得到其中一部分。"哈杰笑着叫道,"他和你一样辛苦。"

> 批:玩笑中流露出对乞丐的同情心。

"瞎扯! 瞎扯! 嗨,看看这幅画多麻烦,我得整天站着。这事跟你说不明白! 现在求你别讲话了。我忙得很。一边去抽根烟,安静一会儿。"

> 批:怕自己说漏嘴,也怕哈杰影响工作。

过了会儿,一个佣人进来告诉特拉佛做画框的人想和他谈谈。

> 批:特拉佛的离开使得哈杰与"老乞丐"有了单独相处的机会。

"别走开,哈杰。我一会儿就回来。"他说着就走出屋外。

老乞丐在身后的一个木凳子上坐了下来。看到他如此孤独忧伤,哈杰禁不住大动恻隐之心。他摸了摸口袋看着自己还有几个钱。结果只找到了仅有的一镑金币。

> 批:在身后坐下,"老乞丐"为富而不张扬。这也是哈杰动恻隐之心的原因。

"真可怜!"他思忖着,"他比我更需要这一镑金币。"于是他走过去,将金币塞在乞丐手中。

> 批:靠大姨接济,却将唯一金币给了"老乞丐",善良本性使然。

老头腾地跳了起来,嘴角滑过一丝微笑。

"谢谢,先生!"他说,"谢谢!"

> 批:惊讶而暗自高兴。

这时,特拉佛回来了。哈杰说了声再见就离开

> 批:觉得做了傻事,是因为自己在朋

了，心里总觉得刚才做了一件傻事。

那天晚上 11 点钟，他去了帕莱特俱乐部，发现特拉佛独自一人在那儿喝酒。

"喂，艾伦。你那幅画完成了吗?"他问道。

"画好了，也装裱好了，伙计。"特拉佛说，"知道吗? 你见过的那老模特非常喜欢你呢! 我不得不告诉他你的所有情况——你是谁，住哪儿，挣多少钱，将来打算干什么……"

"我亲爱的艾伦!"哈杰叫道，"他十有八九现在正在我家等着我呢。当然，你是在开玩笑。可怜的老人! 真希望能帮他做点什么。谁落难到这等地步都是很可怕的事。我家旧衣服成堆——你觉得他会要几件吗? 唉，他身上的衣服几乎快成碎片了。"

"但是，他衣衫褴褛的样子实在标致极了。"特拉佛说，"我是不会画他衣冠楚楚的样子的。然而，我会将你的建议告诉他。现在，告诉我，劳拉怎么样啦? 老模特对她十分感兴趣。"

"你该不会把劳拉的事情告诉他了吧?"哈杰叫道。

"我当然跟他讲了。上校、可爱的劳拉以及那一万英镑的事，他知道得一清二楚。"

"你把我的隐私全对那老乞丐说啦?"哈杰大声叫着，气得满脸通红。

"我的好伙计!"特拉佛笑着说，"你所说的那个'老乞丐'实际上是欧洲最大的富豪之一，即使明天买下伦敦城，他也不会缺钱花。他在每个国家的首都都有一所住房。他吃饭用的是金碟子。只要他愿意就完全能够阻止俄国卷入战争。"

"你到底是什么意思?"哈杰叫道。

"我是说，"特拉佛说，"你今天见到的老头是豪斯伯格男爵，他是我的一位老朋友，买下了我所有的画。一个月前，他要求我把他画成乞丐。既然他给

批:"老乞丐"想知道哈杰的情况是什么目的，给人留下悬念。

批:"画他衣冠楚楚的样子"微露"老乞丐"富人身份; 而特拉佛告诉他哈杰的私密的一万英镑的事，更显其身份的不平常。

批:个人隐私，哈杰自然不希望朋友对外人说。

批:揭开"老乞丐"的真实身份，解开悬念。

了钱,我也就不好拒绝。我敢说,他是一个相当了不起的模特。"

"豪斯伯格男爵!"哈杰叫道,"我的天啊!我给了他一镑金币!"

批:给如此富有的"老乞丐"一镑金币,的确是不可思议的事情。

"给了他一镑金币!"特拉佛捧腹大笑。

"你早就应该告诉我的,艾伦。"哈杰生气地说。"不该让我当傻瓜。"

批:揭示误会产生的原因。只有这样,一切发展才在情理之中。

"嗯,真没想到你会走过去向他施舍金币。"特拉佛说,"真的,你刚进来时我真不知道豪斯伯格是否愿意让你知道他的真实身份。"

"他一定会认为我是天下最大的傻瓜!"哈杰说。

"绝对不会!你走后,他笑个不停,还不断地搓着一双老手。当时我真搞不懂,他为什么对你那么感兴趣。这下我总算明白了。他要为你的金币投资,哈杰。每半年支付一次利息。茶余饭后,他一定会与朋友们一起分享这个动人的故事。"

批:特拉佛的推想使故事更富有曲折性。

哈杰闷闷不乐地回了家,而特拉佛仍然笑个不止。

第二天早晨,他正吃早饭时,佣人送来一张名片,名片上写着:"古斯塔弗·纳尔丁先生——豪斯伯格男爵的信使。"

批:暗示情节即将发生突转。

"我猜他的来意是要我道歉。"哈杰暗想,接着告诉佣人有请来访者。

批:哈杰的猜想使故事更有戏剧性。

一位戴着金丝眼镜头发灰白的老绅士进了屋子。

"我打豪斯伯格男爵那儿来。"他说,"男爵他——"

"先生,我请求您转达我对他最真诚的道歉!"哈杰高声说。

批:高声道歉是因为自己觉得把"老乞丐"当成真乞丐而施舍的做法的确不当,尽管自己当时并不知情。

"男爵,"老绅士笑着说,"要我将这封信送给您!"他说着就递过来一只封了口的信封。

信封上写着:"给哈杰·厄斯金和劳拉·默顿的

结婚礼物——一名老乞丐敬上。"信封里装的是一张一万英镑的支票。

（徐澄/译）

比金币更可贵、比善良更宝贵的是尊重

奥斯卡·王尔德(Oscar Wilde,1854 年 10 月 16 日~1900 年 11 月 30 日),爱尔兰诗人、小说家、散文家、剧作家、童话作家,英国唯美主义艺术运动的倡导者,19 世纪与萧伯纳齐名的英国才子。著名的小说有《道林·格雷的画像》(1891)、《教我如何爱你》(1893)等,著名的诗作有《斯芬克斯》(1894)、《瑞丁监狱之歌》(1898)等,著名的童话有《巨人的花园》《快乐王子》(1888)、《夜莺与玫瑰》(1888)等,著名的戏剧有《薇拉》(1880)、《温德米尔夫人的扇子》(1893)、《莎乐美》(1893)等,著名的散文集有《社会主义下人的灵魂》(1891)等。

《乞丐》这篇小说的结尾出人意料,"乞丐"的真实身份竟然是男爵,是欧洲最大的富豪之一,他受人一镑金币而以万倍相赠,这是对哈杰人品的肯定和嘉奖。

哈杰的人品中最可贵的不仅仅是有同情心,更重要的是懂得尊重别人,哪怕他是一个乞丐。这在小说的一开头就有评价:"他从来不说别人的坏话",这并非是说他不辨是非,实则是对人的一种尊重。

当不知实情的哈杰在朋友特拉佛的画室中看到乞丐模特时,他"低声"说"模特很棒","低声"二字表现出他对乞丐的尊重。当他得知一幅画可以卖两千英镑时,他认为"模特应该得到其中一部分",原因是"他和你一样辛苦",这是发自内心的对劳动付出者的尊重。面对落魄的乞丐,哈杰不仅没有高人一等的优越感,而且还有一种平等思想,这在拜金的资本主义社会实在难能可贵。

在朋友出去后,哈杰将仅有的一镑金币"塞"到乞丐手中,只是因为"他比我更需要"。这一在全文中起关键作用的动作,不仅表现出他的悲天悯人,也展示出他人格的伟大,因为施舍时朋友已出去,只有他和乞丐二人,极大地保护了乞丐的自尊。当晚上朋友告诉哈杰乞丐"非常喜欢你"时,他还真诚地说:"真希望能帮他做点什么。谁落难到这等地步都是很可怕的事。"这种帮助是发自肺腑的,这种尊重也是平和的。

当得知乞丐的真实身份后,哈杰"闷闷不乐",不是可惜自己的一镑金币,而是为冒昧地冲撞了男爵而懊悔,而是为有辱男爵的尊严而苦恼,所以第二天早上面对信使的第一句话就是"我请求您转达我对他最真诚的道歉"。这些语言、动作、心理描写使一个善良而又懂得尊重别人的人物形象跃然纸上。

尊重换来的也是尊重。男爵在接受一镑金币的施舍后并没有急于表露身份,而是

接受了这份好意并致谢,这是为了免得哈杰当面尴尬。男爵通过特拉佛了解了哈杰的困境后,他没有直接说要给哈杰以帮助,而是将一张一万英镑的支票作为结婚礼物相赠,送结婚礼物是真诚的,哈杰当然是不能拒绝的,而应该真诚地感谢男爵。落款是"一名老乞丐",这不是嘲讽,因为是结婚贺礼,自然是对哈杰善良举动的充分肯定。男爵的这种低调内敛的气质也展示了对哈杰的尊重。(子夜霜、左保凤、刘宇)

芳草地　　　交换角色

星期五下午,这栋五层的办公大楼已变得空空荡荡,只有计划处处长马克·西蒙还在工作,他手头还有一大堆事没有搞完,不久他就要被提升为驻外分部的主任了。

门突然开了,霍尔格·克罗申斯基出现在门口。

"这么用功?"克罗申斯基不冷不热地问道。"噢,是的。"马克喃喃地说。他讨厌这个家伙。克罗申斯基的表情和客套总不免让人想起电影中描写的黑手党,而且他还是个专爱打听别人私事的人。

"我知道你很忙。"克罗申斯基脸上露出了讥讽的微笑。他曾经是马克的大恩人。

"你想要说什么?"马克有一种不祥的预感。

克罗申斯基冷笑了一声:"很简单,我只想说个你熟悉的名字:塔玛拉。"

马克仿佛感到血压在上升:"我……我不懂你的话。"

"我什么都知道,"克罗申斯基说,"你跟头儿的老婆,那个漂亮的塔玛拉,关系不一般。"克罗申斯基的脸上带着阴险的狞笑:"可是你们瞒不过我的眼睛,我已经注意你们很久了。我的特长是……"

"盯别人的梢?"马克好不气愤。

克罗申斯基点了点头:"不能一无所获吧?"

"你想敲诈?"马克不敢相信自己的耳朵。

"我可以让那个老东西继续蒙在鼓里。不过有个条件……"

"什么?"

"你得出点钱,25万。"克罗申斯基说。

马克吓了一跳:"你疯了。我到哪儿去弄25万? 我没有特别的收入,而且也没有存款……"

"怎么弄钱是你的事。"克罗申斯基站起身,"去找你的情人借吧。"

"霍尔格,我求求你……"

"别废话了。把25万放在桌上,不然我就让你有好瞧的。"

马克简直要被气晕了。他旁边的桌上摆放着一个很大的青铜烟灰缸,他顺手抓起那个烟灰缸,猛地朝克罗申斯基的头上砸去。一下、两下，当第三下砸下去之后，马克才清醒过来。可是克罗申斯基已经倒在地上死了。

马克定了定神，向窗口走去。下面的停车场上停放着三辆车：看门人的轻便摩托，他自己的轿车和克罗申斯基的那辆红色跑车。马克看了一下表，16点10分。"有了，"他想，"如果我换上克罗申斯基的衣服，开走他的车，看门人就能证实克罗申斯基是在大约4点半钟离开办公室的。我把克罗申斯基的尸体放到他的乡村别墅里，然后乘有轨电车返回，7点钟之前就可重新回到办公室，等到大约10点钟回家，这样一来，看门人就可以证实我今天在办公室一直工作到很晚。这是个绝妙的不在事发现场的证明。"

马克神不知鬼不觉地把克罗申斯基的尸体塞进了那辆跑车的行李箱。

接着，马克返回办公室，穿上克罗申斯基的大衣，戴上他那顶别具特色的礼帽，快步走过看门人的房间，并学着克罗申斯基的腔调喊了一声："周末愉快。"

"谢谢，也祝您周末愉快，克罗申斯基先生。"看门人对他挥了挥手。

好了！马克松了一口气。他去过克罗申斯基的乡村别墅。马克很顺利地找到了那所房子。这时天已经黑了。他想起了克罗申斯基曾经说过的一句话："我一般不锁门，因为我这里没有什么可偷的。就算是锁上门，别人要进来你也挡不住。"门果然没有锁。马克推门进去，在墙上摸索着电灯的开关。突然他听到屋里有动静。

"有人吗？"他下意识地问了一句。

"有。"黑暗中有人回答，"今天该跟你算账了，克罗申斯基。以后你别想再来诈骗我了，你这个混蛋……"

误会了！马克张开嘴刚想解释，枪声响了，接着又是一枪……可怜的马克还没等倒在地上便一命呜呼了。

[法国]赛西勒·雷蒙/文，杨德利/译

品 读

小说故事情节曲折而颇具悬念性。计划处处长马克·西蒙要提升为驻外分部主任了，正当他踌躇满志之时，克罗申斯基闯进他的办公室，以揭发他与"头儿的老婆，那个漂亮的塔玛拉"的隐私为要挟，敲诈他25万。马克忍无可忍，举起烟灰缸向那无赖砸去，结果把他砸死。为了掩盖自己犯罪的事实，马克要把克罗申斯基的尸体运到克罗申斯基的别墅，就装扮成克罗申斯基的样子。离开时，向看门人打了招呼，这样看门人可以证实他不在事发现场。马克开着克罗申斯基的车把尸体运到克罗申斯基别墅的时候，天已经黑了。马克推门进去，被遭到克罗申斯基诈骗的人误当成了克罗申斯基，结果他来不及解释就被开枪打死了。

雪夜出诊

◇[美国]比利·罗斯

读点

塑造雪夜出诊医生形象，讴歌无私敬业精神和
人间温暖情怀。
善有善报，恶有恶报，善恶形成鲜明的对比。

夜，大雪飘飞。将近晚上9点的时候，医生正在家里看书，电话铃响了。

"请找凡艾克医生。"

"我就是。"医生回答。过了一会儿，凡艾克听到话筒里传来另一个人的声音："我是格兰福斯医院的黑顿医生，我们刚接到一个男孩儿，他的脑袋被子弹打中了，现在非常虚弱，也许活不长了。我们得马上给他动手术，可是你知道，我不是外科医生。"

"我这儿离格兰福斯九十多公里，恐怕——"凡艾克犹豫了一下，"对了，你请过马萨医生没有？他就在你们镇上。"

"我们去过电话，他今天碰巧外出了。"黑顿答道，"那孩子伤情危重，他是自个儿玩弄火枪时不小心出事的。"

"哦，可怜的孩子！无论如何，我会尽快赶到你们医院。现在正下着雪，大概十二点左右我就可以赶到。"

"请慢，凡艾克医生，还有一点我得告诉你，孩子

<!-- 批注 (margin notes) -->
批：天气恶劣、时间很晚，渲染故事背景。

批：语言简练清晰，突出情况紧急。

批：并非推脱，而是委实存在客观困难，担心时间来不及。

批：果断作出决定——救死扶伤！

批：不计回报，无私奉献。"孩子家

家很穷,我想他们不会给你多少报酬。""这没有什么。"凡艾克说完,挂上电话,几分钟后便驾着他分期付款买来的小汽车出发了。

崭新的小汽车在雪地里艰难地行驶。刚到郊外,车前突然窜出一个身穿黑大衣的男人,凡艾克急忙刹车。车未停稳,那男人已经敏捷地打开车门钻了进来。"请你马上下车!"男人低声命令道,"我有枪。"

"我是医生,"凡艾克很镇静,"我现在要赶去抢救一个情况危急的——"

"别废话!"裹着破旧黑大衣的人粗鲁地打断他的话,"你赶快下去,别惹我生气。"

凡艾克被迫下了车,眼看着车子飞驶而去。他在雪地里站了好一会儿,愣愣地看着大雪把车轮印重新覆盖,才猛地清醒过来,急忙到附近寻找人家。用了将近半个小时,他才在一户人家找到电话,召唤出租车。

也不知过了多久,一辆出租车终于来到了。凡艾克立即钻进出租车,催促司机全速前进。凌晨一点多,凡艾克到了格兰福斯医院。黑顿早在医院门口等候,他的神情已经不是那么着急了。

"我已经想尽了办法,"凡艾克气喘吁吁,直搓着冰冷的双手,"可是有人在半路上截住了我,抢走了我的车。黑顿医生,孩子现在怎么样了?"

"谢谢你!凡艾克医生。我知道你已经竭尽全力。"黑顿拍拍对方身上的雪花,"孩子一小时前死了。"

两位医生走到候诊室门口。凡艾克倏地惊呆了:门边的长凳上,坐着一个裹着破旧黑大衣的男人,头深深地埋在两只手掌里。听见有人来,他抬起头,目光呆滞。突然,他像发现了什么,死死盯着凡艾克。

批:很穷"也与孩子父亲抢车相关联。"几分钟后"便出发,救人分秒必争!

批:突出"黑大衣",埋下伏笔。

批:虽遭威胁,依然镇静,为去抢救孩子,忘了自己安危,可贵!

批:纵然医生说要去抢救病人,也要把车抢走,无视他人生命,极端自私。

批:纵然遭抢劫,也没有忘记自己的责任,不舍不弃,品德高尚。

批:尽管凡艾克尽心尽力,但还是耽误了宝贵时间。

批:黑顿并不着急暗示小男孩已经死亡。

批:解释简洁,心系病人!

批:悲剧果然发生。

批:凡艾克惊呆是因为遇到抢劫者;黑大衣男人震惊是因为遇到了被自己抢劫的医生。

"亨尼汉先生，"黑顿指着凡艾克，对那男人说，"他就是我请来的凡艾克医生。可惜他中途被歹徒抢走了汽车，所以迟到了。他本想赶来抢救孩子，他已经尽了全力，可惜还是晚了。"

批：原来夺去儿子生命的就是歹徒自己，辛辣而残酷的讽刺。

（叶嘉/译）

自私自利的代价

　　故事的结局令人震惊，原来劫走凡艾克医生汽车的人竟是男孩儿的父亲。他或许是得知儿子受伤而匆匆从外地赶来，不巧碰上了驾着车十万火急赶去救他儿子的凡艾克，于是劫了医生的车，正是这一举动，使他自己成了真正断送儿子性命的人。

　　凡艾克是无私的。格兰福斯医院的黑顿医生告诉凡艾克医生说："还有一点我得告诉你，孩子家很穷，我想他们不会给你多少报酬。"凡艾克立刻答道："这没有什么。"这对话看似平淡，实则无不体现了凡艾克医生无私的高尚品格。而凡艾克出诊时，"大雪飘飞"，他驾驶的小汽车是他"分期付款买来的"，这既显示出凡艾克医生买来汽车的不易，也表现出他雪夜驾车出诊的无私。即使遇到歹徒抢劫时，凡艾克担心的仍是那个小男孩儿，向歹徒说明自己要赶去抢救人，忘记了自己的安危，表现出了高度的职业责任感和无私胸怀。

　　与凡艾克对应的则是小孩儿的父亲，他十分自私自利。他得知儿子受伤在医院，出于对儿子的安危的揪心，他抢了凡艾克的车而急忙赶往医院。似乎他的抢劫行为是可以理解的，显然作者写作本文的意旨并不在于此。且看：凡艾克当时很镇静，向他说明："我现在要赶去抢救一个情况危急的——"但他"粗鲁地打断他的话"，把凡艾克赶下车，自己开着车奔向医院。这是一种只顾自己不管他人死活的粗暴野蛮自私的行为，而他这一行为让凡艾克失去了抢救他儿子的宝贵时间，结果导致自己的儿子因错过宝贵的抢救时间而死亡。他为自己的自私自利行为付出了惨重的代价！

　　小说通过这个故事，也告诉我们，当我们遭遇不幸的时候，也一定要使自己保持善良的本性，坚决克服自私自利的行为，免得像小说中的父亲那样将来会追悔莫及。（子夜霜、刘宇）

芳草地　　　　　　　　宽恕

　　43 年的时间似乎已经很长，长得足以使人忘记一个熟人的名字。我自己就有过这样的经验。

有一位我曾经很熟悉的老夫人,我现在已经记不起她的姓名了。她原本是我在威斯康星州的迈阿密送报纸的时候认识的一位客户。那是1954年的岁末,那一年我12岁,虽然已经隔了这么多年,她曾经给我上的一堂宽恕他人的课还像是昨天刚刚发生过的一样,我只希望有一天我能把它传授给其他什么人。

那件事发生在一个风和日丽的午后。那天,我正和一个朋友躲在那位老夫人家的后院里朝她的房顶上扔石头。我们饶有兴味地注视着石头从房顶边缘滚落,看着它们像子弹一样射出,又像彗星一样从天而降,我们觉得很开心、很有趣。

我拾起一枚表面很光滑的石头,然后把它掷了出去。也许因为那块石头太光滑了,当我把它掷出去的时候,不小心,它从我手中滑落,结果砸到了老夫人家后廊上的一个小窗户上。我们听到玻璃破碎的声音,就像兔子一样从老夫人的后院里飞快地逃走了。

那天晚上,我一想到老夫人的后廊上被打碎的玻璃就很害怕,我担心会被她抓住。很多天过去了,一点儿动静都没有。这时候,我确信已经没事了,但我的良心开始为她的损失而感到一种深深的犯罪感。我每天给她送报纸的时候,她仍然微笑着和我打招呼,但是我见到她时却觉得很不自在。

我决定把我送报纸的钱攒下来,给她修理窗户。3个星期后,我已经攒下7美元,我计算过,这些钱已经足够修理窗户了。我把钱和一张便条一起放在信封里,我在便条上向她解释了事情的来龙去脉,并且说我很抱歉打破了她的窗户,希望这7美元能抵补她修理窗户的开销。

我一直等到天黑才鬼鬼祟祟地来到老夫人家,把信封投到她家门前的信箱里。我的灵魂感到一种赎罪后的解脱,我觉得自己能够重新正视老夫人的眼睛了。

第二天,我去给老夫人送报纸,我又能坦然面对老夫人给予我的亲切温和的微笑,并且也能回她一个微笑了。她为报纸的事谢过我之后说:"我有点东西给你。"原来是一袋饼干。我谢了她,然后就一边吃着饼干,一边继续送我的报纸。

吃了很多块饼干之后,我突然发现袋子里有一个信封,我把它拉了出来。当我打开信封的时候,我惊呆了,信封里是7美元和一张简短的便条,上面写着:"我为你骄傲。"

[美国]杰瑞·哈伯特/文,李荷卿/译

品读

宽恕别人的过错是一种美德,是人生的一种美好境界。《宽恕》讲述了一位慈祥的老夫人宽恕一位做了错事的小孩儿的感人故事,表现了老夫人善良广阔的胸怀和宽厚仁慈的爱心,说明宽恕会给人的心灵带来更多的快乐,给人留下美好而永久的记忆。

小孩儿扔石头打碎了老夫人窗户玻璃,这件事本身很小,情节也比较平淡,但是故事读来感人肺腑,这主要是得益于对比手法的运用。"我"的不安与老夫人的平静之对比。文章中的老夫人,没有做过什么惊天动地的大事,没有独特的背景,没有豪言壮语,甚至没有表白和声明,作者只用了"我"的一系列活动作侧面烘托,使人物形象栩栩如生。"我"因为不小心砸碎了老夫人后廊窗户上的玻璃。起初是很恐慌,像兔子一样没命地逃跑;接着是害怕,担心会被老夫人抓住;后来是自责,为老夫人的损失感到一种犯罪感;再后来是负疚,积攒了三个星期,攒下7美元,写了一张认错的字条,进行解释和道歉;最后把钱和字条投到老夫人的信箱里,灵魂才感到一种赎罪的解脱。但在这个过程中,老夫人反应平静,只是微笑着和"我"打招呼。两种不同心境的对比,充分表现了老夫人亲切、温和、宽容、慈祥的品格。

一个老人的问题

◇[埃及]穆罕默德·阿里

读点

塑造了一落魄潦倒、被遗忘与被损害的孤苦的
老人形象。
通过人物的细微变化表现人物心态的变化。

酒店快关门的时候，一个衣衫褴褛的老汉迈进门来。酒店伙计惊奇地望着这个陌生客人。看上去，他是位饱经风霜的老人，满面皱纹，步履蹒跚，走起路来甚至跌跌撞撞，鼻梁上架着一副老花眼镜，右手拄着一根看上去已伴随他二十多年的拐棍。

老人一屁股坐在门口的凳子上，打了个手势，请酒店伙计过来，声音颤抖地问："有人问起过我吗？"

伙计闹蒙了，忙说："没有啊！"

老人抬起右手，用手指揩了一下脸上的汗水，伤感地说："那么，请给我倒一杯酒来，先生。"

老人叹着气，两只眼睛忧愁地望着门口，慢慢地饮完了酒。随后，他用拐棍支着地、哈着腰、低着头，好像寻找坟地似的步出酒店。伙计目送着他，觉得他既可怜又古怪。

十多天过去了，顾客不断光临酒店，酒店伙计几乎忘记了那可怜的老人。但一天夜里，当酒店最后一个顾客走出门时，老人的面孔又出现在门口。他一声不吭地挪进屋内，又坐在门口的凳子上，悲伤

批：描述老人的外貌、神情等，老人穷苦、衰老、凄凉的老境令人揪心。"老花眼镜"暗示他可能曾是读书人之类有地位的人。

批："一屁股""打了个手势""颤抖"表明老人的不胜虚弱；"有人问起过我吗"道出了孤独老人渴望得到人们关心的心理。

批："伤感"地饮尽一杯酒，其伤未了。

批："寻找坟地"具有暗示意味。

批：老人"挪进"，行走更艰难；"悲伤"较"声音颤抖"，更显其声音

问："有人问起过我吗？"

伙计不安地答道："没有！"

老人抬起右手，用手指揩了一下脸上的汗水，像受了伤似的喃喃地说："那么，请给我倒两杯酒来，先生。"

老人一口一口地抿着酒，两只眼睛呆呆地凝视着门口。酒杯空了，老人用拐棍拄着地，慢慢站起身来，缓缓地挪动着步子，磨蹭着出了酒店大门。

几个月过去了，老人一直未再"光临"酒店。一天夜里……

"有人问起过我吗？"

几年过去了，酒店伙计的答复仍是那两个字："没有！"

老人凄惨地说："那么，请给我拿一瓶酒来，先生！"

伙计同情地问："一瓶酒？"

老人点点头，抬眼看了看他，好像明白了他正在故意找话说。

酒拿来了，老人喝着、喝着，喝光了一瓶酒。伙计的眼睛始终注视着他的脸。

老人用拐棍吃力地撑起身，向酒店大门方向挪动着步子，但一个趔趄，拐棍滑出手，他一下子跌在地上。

他的两腿神经质地勾住一张桌子，颤颤巍巍地伸出右手，抓住桌子腿，挣扎着想站起来，但桌子倒了……

伙计赶忙奔过去，两眼涌着泪水，哭着说："最近好像有人问起过您，爸爸！"

(张亮/译)

批：苍凉，显示其寂寞与日俱增，内心的焦虑不可遏止。

批：酒量渐长，落寞渐长。

批：呆望也是痴望，渴望出现奇迹；"酒杯空了"，老人的内心也空了！

批：第三问，最后的挣扎！

批："凄惨"地要酒较"受了伤似的"要酒更显其惨痛！

批：老人要酒从一杯、两杯到一瓶，说明老人内心的愁苦、孤独之情越来越沉重。

批：用拐棍也更加吃力，老人也越发衰老；滑倒，也如同老人的希望大厦坍塌了一般。

批："好像"二字耐人寻味，"爸爸"来得唐突，是安慰，是怜悯，还是有隐情？这伙计是出于同情才叫他爸爸的，这更衬托了社会的悲凉。

冰凉的现实，冷漠的人情

　　穆罕默德·阿里，当代埃及知名作家。小说《一个老人的问题》原载于1982年12月30日的埃及《金字塔报》。

　　小说描述了一位老人三次到酒店来的经过，塑造了一位孤苦无依、期盼有人来过问的老人形象，批判了现实社会的冷酷和人情的冷漠。

　　这位老人鼻梁上架着一副老花眼镜，可能他曾是一个文化人；几次进酒店，总是问同一问题，就是问有没有人问起过他，这似乎说明他过去可能是一个有一定名望的人，只是老了后因生活艰难而沦落到孤独、贫困的地步。

　　老人到酒店可能有许多次，但小说只描述了第一次和其他两次的情况，虽然只有三次，却将老人的状况、心态以及社会的冷漠充分地展现了出来。老人到酒店自然是喝酒，喝酒何因？自然是解愁。对老人的酒量描述自然也就与愁联系了起来。老人第一次到酒店，只倒了一杯酒；十多天后，喝两杯酒；几年后，喝一瓶酒，从一杯酒到一瓶酒，这绝不是简单的量的增加，而是他内心痛苦的递增。是什么使他如此痛苦呢？原因就在于他渴望人们能记起他，过问他，换句话来说，就是渴望有人关心他，关心他这个孤苦的老人。小说三次描述老人的行走状态，也有所变化。老人初次到酒店是"步履蹒跚"，拐棍拄了二十多年；"十多天过去"的第二次到酒店是"一声不吭地挪进屋内"，走时是"缓缓地挪动着步子"；"几个月过去""几年过去"的第三次离开酒店是"用拐棍吃力地撑起身，向酒店大门方向挪动着步子"。这三次描述显示老人随着时间推移越发衰老，然而一直没有人关心他，从酒店伙计的答复得到的仍是"没有"这两个字。所以，小说以"一个老人的问题"为题，实际反映的也是一个老人不被关爱的社会问题。

　　关于酒店伙计与老人的关系，有人认为伙计是老人的儿子，有人认为不是。其实，小说开头就已经清楚地告诉了读者："酒店快关门的时候，一个衣衫褴褛的老汉迈进门来。酒店伙计惊奇地望着这个陌生客人。"酒店伙计对这"老汉"陌生，自然不是什么父子关系。也许认为他们是父子关系的读者会这样说，可能是诸如酒店伙计是老汉私生子或父亲抛弃孩子之类原因，这样理解不仅牵强，而且节外生枝，与小说的主旨也毫无关系。很明显，这个老人是没有亲人的，或者说他的亲人把他赶走了！他在人世上感受不到一丝的爱，但仍渴望被关心，被帮助。可是现实社会很冷漠，人与人之间的关系非常冷淡，一直没有人来过问他。这老人摔倒了，这伙计是出于同情，才谎称"最近好像有人问起过"他而且又叫他爸爸的，这是一种衬托，衬托了社会的悲凉、人情的冷漠！（子夜霜、张大勇）

论孤独

这虚无空间之永恒的沉默使我战栗。

——帕斯卡尔

畏惧孤独,并不是因为孤独本身,莫如说是因为孤独的条件。这正如畏惧死亡,不是因为死亡本身,而是因为死亡的条件一样。不过难道可能存在什么孤独条件之外的孤独、死亡条件之外的死亡吗? 有些事物离开其条件便不可能把握其实体——死亡、孤独也许就是这样的事物吧。而这种没有实体性的事物,到底应该叫作没有实在性呢,还是必须叫作没有实在性呢?

古代哲学认为:对于没有实体性的事物,不可能思考其实在性。因此,就像认为黑暗是因为缺乏光亮一样,死亡以及孤独也只单单是意味着欠缺。但是,现代人却是依据条件来进行思考的。教会人们依据条件进行思考的是现代科学。因此,与其说现代科学证明了死亡和孤独恐怖的虚妄性,不如说展示了死亡和孤独的实在性。

孤独不是独居,独居不过是孤独的条件之一,而且是外部条件。其实,人们甚至为了逃避孤独而独居。隐居者往往如此。

孤独不在深山,而在大街;不在单独的个人,而在众多的人群中间,孤独作为存在于众人"中间"的事物,如同空间一样。"真空的恐怖"——这个是物质的而是人类的。

孤独不是禁闭在内心的情绪。感到孤独时,你不妨试着伸出自己的手,目不转睛地盯住它,你就会感到孤独感迅速地向自己迫近。

西方人为了体味孤独而走上大街;东方人则隐入自然。因为东方人认为自然恰如社会。有人说东方人没有社会意识,这是因为东方人不把人类与自然看作相互对立的事物。

东方人的世界是微明的世界,而西方人的世界则是分为白昼和黑夜的世界。微明没有白昼和黑夜那样的截然对立,微明的寂寞与白昼的寂寞和黑夜的寂寞也有着本质的区别。

孤独有美的诱惑,孤独别有一番韵味。如果人们都喜欢孤独,那么无疑是因为孤独的这种韵味。连少女都知道孤独之美的诱惑。要达到高于孤独的伦理意义是相当困难的。

就连可谓终生探寻孤独之伦理意义的克尔恺郭尔也常常败于孤独之美的诱惑。

感情是主观的,而理智是客观的这一普遍的见解其实是荒谬的。不如反过来说还更接近真理些。感情大多数场合是客观的、社会化的,而理智却恰恰是主观的、人格化的。真正主观的感情是理智的。孤独不属于感情而属于理智。

再没有比将真理、客观性以及非人格性视为同一的哲学观点更有害的思想了。这种见解,不仅没有理解真理的内在性,就连真理的表面性也没有理解。

无论将我作为什么样的对象,我也不可能超越孤独。我只有在孤独之中,将对象世界作为整体,才可能超越孤独。

我们在孤独之时,不会被物质毁灭,而只有在不了解孤独之时,才会毁灭于物质。

在孤独中物质才可能作为真正的表现而接近我们。而且我们只有在回答孤独的呼唤的自我表现的活动中,才可能超越孤独。奥古斯丁说过:"植物追求被人发现,这对于它来说就是得救。"自我表现拯救了物质,拯救了物质也就拯救了自己。由此看来,孤独扎根于最深刻的爱之中,这爱中有孤独的实在性。

[日本]三木清/文,李云云/译

品 读

三木清(1897年1月5日~1945年9月26日),日本哲学家。兵库县人。1914年入东京第一高等学校)。1917年该校毕业后入京都帝国大学哲学科学习,1920年毕业,又入该校大学院继续研究历史哲学。同时任大谷大学、龙谷大学讲师。1922年去德国留学,1925年回国。1927年任东京法政大学哲学科主任教授。1929年参加无产者科学研究所哲学部的创建工作。1930年因同情和支援日本共产党被检举、起诉、拘留,并因而失去教职。1945年3月因留反对战争的共产党员朋友住宿而被检举、逮捕,于同年9月26日死于战败后日本的监狱中。时年49岁。主要著作有《人学的马克思主义形态》《马克思主义与唯物史观》《唯物史观与现代意识》《新的人的哲学》《人本主义的展开》《人本主义的哲学基础》等。

三木清《论孤独》中认为,害怕孤独,并不是由于孤独本身,而是由于孤独的条件。恰如害怕死并不是由于死本身,而是由于死的条件一样。但是,在孤独的条件以外还有孤独吗?这就牵涉到实体性与实在性的关系,正像黑暗被认为是光的缺乏一样,孤独也只意味着缺乏。三木清认为,孤独不是独居,独居只是孤独的一个条件,而且是一个外在的条件。人实际上为了逃避孤独才去独居的,隐者就是这样的人。孤独不是在山中,而是在街上。不是在一个人中,而是在众多人中。孤独中有美的诱惑,有趣味。谁要是喜欢孤独,就是由于这趣味。三木清指出,东西方人体验孤独的方式不同,为了体验孤独,西方人是走到街上,东方人是回归自然。在东方人那里,自然就如同社会一样,东方人缺乏社会意识,是由于他们并不把人与自然对立起来。

一个老报人的故事

◇[美国]弗·奥斯勒

读点

情节出人意料,故事感人肺腑。
善意的谎言可以医治心灵的创伤。

纽约城的老报人协会定期聚餐,席间大家常常讲些往事助兴,让思绪饱和些甜蜜的心酸。这天,老报人威廉·比尔先生——这个协会的副主席——讲了一段自己的经历。

比尔10岁那年,妈妈死了;接着,爸爸也死了,留下了七个孤儿——五个男孩两个女孩。一个穷亲戚收留了比尔,其他几个则进了孤儿院。

比尔靠卖报养活自己。那年月,报童有菜园里的蚂蚁那么多,瘦小个子的便不容易争到地盘。比尔常常是拳头挨够,苦头吃尽。从炎热的夏日,到冰封的隆冬,比尔在人行道上叫卖,比这多得多的,是世态的炎凉。比尔小小年纪,已学会愤世嫉俗。

一个暮春的下午,一辆电车拐过街角停下,比尔迎上去透过车窗卖了几份报。车正在起动的时候,一个胖男子站在车尾踏板上说:"卖报的,两份!"

比尔迎上前去丢上两份报。车开动了,那胖男子举起一角硬币只管哄笑。比尔追着说:"先生,给钱。"

"你跳上踏板,我给一毛。"他哈哈笑着,把那个硬币在两个掌心里搓着。车子越来越快。

批:点出故事的亲历者——老报人威廉·比尔先生,也是故事的讲述者。

批:父母双亡,大不幸;有人收留,大幸;可惜亲戚穷,无法都收留。故事开始,就极其悲剧性。

批:穷人的孩子早当家!

批:"拳头挨够,苦头吃尽",焉能不感到"世态的炎凉"?岂会不"愤世嫉俗"?

批:比尔小小年纪卖报已是很不容易,岂料诚实卖报又遇陷阱?卑鄙的胖男子,厚颜无耻的胖男子!

批:拿穷孩子开心,岂止是过分,简直是毫无人性!

比尔把一袋报纸从腋下转到肩上,纵身一跃想跨上踏板,却一滑脚仰天摔倒。他正在爬起时,后边一辆马车"吱"的一声擦着他停下。

车上一个拿着一束玫瑰花的妇人,眼里噙着泪花,冲着电车骂粗话:"这该死的灭绝人性的东西,宰了他!"然后又俯身对比尔说:"孩子,我都看见了,你在这儿等着,我就回来。"随即对马车夫说:"马克,追上去,宰了他!"

比尔爬起来,擦干眼泪,认出拿玫瑰的妇人就是电影海报上画着的大明星梅欧文小姐。

十来分钟后,马车转回来了,女明星招呼比尔上了车,对马车夫说:"马克,给他讲讲你都干了些什么。"

"我一把揪住那家伙,"马克咬牙说,"左右开弓把他两眼揍了个乌青,又往他太阳穴补了一拳,报钱也追回来了。"说着,把一枚硬币放在比尔的手中。

"孩子,你听我说,"梅欧文对比尔说,"你不要碰到这种坏蛋就把人都看坏了。世上坏蛋是不少,但大多数都是好人——像你、像我,我们都是好人,是不是?"

好多年后,比尔又一次品味马克痛快的描述时,猛然怀疑起来:只那么一会儿,来得及追着那家伙,并痛痛快快揍一顿吗?不错,马车甚至连电车的影子也没追着,它在前面街角拐个弯,掉过头,便又径直向孩子赶来,向一颗受了伤充满恨的心灵赶来。而马克那想象丰富的虚伪描述,倒也真不失为一剂安慰幼小心灵的良药,让小比尔觉得人间还有正义,还有爱。

比尔后来还经历过千辛万苦;最后成了编辑,并赢得了在新闻界的声誉。他的弟弟妹妹们后来也团聚了。

比尔向他的老报人同仁说:"谢谢上帝,艰难困

批:面对恶人挑衅,毫不示弱,勇敢捍卫自己的利益!一"转"一"跃",果敢英勇,小小男子汉!

批:大路不平众人铲,见小男孩无辜受欺负,故事的主人公——梅欧文小姐拔刀相助,精神可嘉!"在这儿等着,我就回来。"表面上是叮嘱,实际是巧妙地为下文埋下伏笔。

批:呼应前面的叮嘱。惩治恶人,大快人心。描述惩治情景,精彩精练!

批:梅欧文小姐就事没有一概而论,让比尔不要因为某人的坏,就否定了所有人。这是多么美好的心灵啊!

批:比尔多年后的怀疑,情节出人意料,曲折感人!并没有追赶上"那家伙,并痛痛快快揍一顿",却说这样做了,为什么?

批:巧妙揭示主题。一个人如果自小就觉得社会是邪恶的,没有正义和爱,充满了失望,那他还怎么健康成长?因此,梅欧文小姐安慰比尔那幼小的心灵,实际上对比尔向善做人起至关重要的作用,可以说影响了他一生!

苦是好东西,我感激它。不过我更要感激梅欧文小姐,感激她那天的火气,她眼里的泪光和她手中的玫瑰。靠了这些,我才没有沉沦,一味地把世界同自己恨死。

批:画龙点睛,深化中心。

（周林东/译）

助人者就是天使

印度古谚说:赠人玫瑰之手,经久犹有余香。关爱他人时,灵魂会告诉你说:爱不仅使爱者尊严高贵,而且使被爱者尊严高贵。当比尔为了生存辛辛苦苦卖报挣钱而被胖男人欺骗捉弄时,善良的欧文小姐和马克用他们的爱心及时地给了他心灵的安慰。欧文小姐和马车夫马克其实并没有追赶上那个胖男人,当然马克也不可能把他"痛痛快快揍一顿",也不可能把"报钱也追回来了"。欧文小姐他们这样做,完全是为了抚慰小比尔那"幼小心灵",让他觉得人间还有正义,还有爱,不至于因此而怨恨社会,否定人间的美好,才没有由此仇视一切。可以说,欧文小姐一个小小的举动,使小比尔能健康地成长,而不会变成一个危害社会的恶人。欧文小姐这样的举动就像人间的一股暖流,使人们隔阂的心不再疏远;就像是茫茫黑夜中的一道光亮,照亮了迷茫者的前程;就像一片明媚的阳光,于是这个世界便有了温暖,人间便有了温情,一颗颗感恩的心在真情中交换、传递,于是整个人间就变得美好起来。助人者就是天使,天使的翅膀在不停地飞翔着,为人们传送着一个温暖的充满爱的春天。

人间有爱,人间有情。在我们的人生旅途上会经历各种各样的人和事,会有欢笑,会有哭泣,只要我们永存爱心,世世代代把它像火种一样传播开来,生活就会更和谐、更温馨,处处充满春日的阳光。**(子夜霜、陈学富、唐仕伦)**

芳草地   **天 使**

《圣经》上说,有人招待了一群客人,等客人离去,才发现他们原来是上帝派来的使者。从此做父母的就教导孩子们说,碰到衣衫破烂或长相丑陋的人,切不可怠慢,而要帮助他,因为他可能是天使。

这常常使我想起多年前我在费城亲身经历过的一件事,每想起这件事,我心里便觉得快慰。

那是一个刮风的雨夜,我投宿的旅店来了一对上了年纪的夫妇。他们行李简陋,身无长物。

那男的对旅店伙计说:"别的旅店全客满了,我俩在贵处借住行吗?"

年轻的伙计解释说,城里同时在开三个会,所以全城到处客满。"不过我也不忍心看你们两位没个落脚处。这样吧:我把自己的床让给你们——我自己? 不碍事,在柜上搭个铺。"

第二天早上,老人付房钱时对伙计说:"年轻人,你当得了美国第一流旅馆的经理。兴许过些日子我要给你盖个大旅馆。"

伙计听了,畅怀大笑。

两年过去了。一天,年轻人收到了一封信,信里附着一张到纽约去的机票,邀请他回访他两年前那个雨夜里的客人。

年轻人来到了车水马龙的纽约,老人把他带到第5大街和第34街交汇处,指着一幢巍然壮观的高楼说:"年轻人,这就是为你盖的旅馆,请你当经理。"

不错,这位当时的年轻人就是如今大家都熟识的纽约首屈一指的奥斯多利亚大饭店的经理乔治·波尔特,那位老人则是威廉·奥斯多先生。

所以你瞧,父母们说得对:我们该好生帮助那些向我们求助的陌生人,因为褴褛衣衫的后边可能有一对天使的翅膀呢!

[美国]弗·奥斯勒/文,周林东/译

品 读

　　人生活在这个世界上,不可能事事顺利,也不可能永远不需要别人的帮助。既然如此,人与人之间应当相互帮助,这样我们的生活才会更加美好。

　　假如陌生人是天使,助人也是助己。我们好心帮助那些求助于我们的陌生人,有时也可能是在帮助我们自己。如文中的乔治·波尔特。两年前,他还是费城一家旅店的一个伙计,因为他帮助了一对上了年纪的夫妇,这对夫妇出于感动,为这个伙计盖了一座纽约首屈一指的大饭店,两年后请波尔特任这个大饭店的经理,他的人生命运由此改变。不过这种帮助并不为了得到回报。波尔特当初帮助威廉·奥斯多夫妇时,他根本没有想到得到回报,老人当时付房钱时对他说,他应当当美国第一流旅馆的经理,并说将来兴许要给他盖个大旅馆。波尔特当时是"畅怀大笑",显然是把这话当作一个开心的玩笑,因为他根本不知道威廉·奥斯多是一个大富翁,而自己的援助也不过是举手之劳而已,当然也就不会当真。

　　假如陌生人不是天使,助人也同样是助己。当陌生人有困难时,我们应施以援手,因为帮助是出于我们善良的本性,而并不是期望得到回报。如果是为了求得回报,也就失去了助人本身的意义。帮助别人,并不是让我们倾己所有,而是尽我们力所能及之力,有时甚至是举手之劳。波尔特帮助威廉·奥斯多夫妇,只是把自己的床让给了他们,自己"在柜上搭个铺"而已,可以说也是举手之劳。

助人我们本身也没有损失什么,而被帮助的人也很快乐,那么,我们自己也会欣慰,于我们身心也是有益的。我们助人即使没有像波尔特那样得到丰厚的回报又有何妨?我们的帮助不过是举手之劳,也没有损失什么,何必要在意回报呢?况且,我们从被帮助的人的笑容里不也分享到了快乐了吗?从不在意回报地助人,是有益于我们健康成长的。主动地助人,久而久之,养成了乐于助人的习惯,那么我们也就进入了更崇高的人生境界。这助人难道不也是助己吗?

匠 心

◇[中国]祝春岗

读点

"匠心"含义深刻，富有警示意义。
情节反转，对比鲜明，凸现形象。

爷孙俩正在店里埋头做木工活，县"打假办"的老张踏进门来，见老木匠对着家具精雕细刻，神情异常专注，不忍心打搅他，只跟他的孙子说明了来意，说想定做 15 只举报信箱，挂在街头路口，方便群众举报打假。小木匠一听是桩小生意，就不想接活，便委婉地劝老张迟些时候再来。

老张正欲离去，老木匠唤住他。小木匠立刻转过脸对老木匠使眼色，说："阿公，这些家具人家正催得紧呢，我们哪有闲工夫忙这琐碎活儿。"老木匠似没听见，又朝老张招了一下手。小木匠晓得老木匠的脾气，只得叫老张谈谈规格式样。老张原本外行，敷衍说像只箱子就行。老木匠这时已停下手中的活儿，边听边在一张纸上描描画画。

接着，老张就跟小木匠讲价。小木匠说每只20元，老木匠立即向他投去责备的眼光。老张仅出4元。两人僵持了一会儿，老张有所妥协，每只又增加了两元。但小木匠把价格咬得死死的，不肯让步，脸上还隐约露出一丝得意的笑容。小木匠的意图很明显，无非是想吓跑老张。老张见没有一点回旋的余

批：点明人物身份及关系。"对着家具精雕细刻，神情异常专注"，突出老木匠手艺之巧、用心之专，也为下文小木匠不接做举报信箱这桩小生意道出了理由。

批：小木匠使眼色和婉拒老张，反衬老木匠对社会工作的热忱。

批：老张的敷衍暗示做举报信箱只是形式而已，老木匠描画草图的认真表明他对此事的热心，二人形成鲜明对照。

批：小木匠咬死价格"无非是想吓跑老张"，老张压价却绝非为了给公家省钱，而是为了极力增加自己的牟利空间。

地,就想去找另一间木器店。这时,老木匠在一旁发话了:"成,6块就6块!"小木匠不满地嘟囔了几句。老木匠没有理会,叫老张过来,指着三四张草图给他看。老张这才晓得老木匠刚才是在画草图,张张都很美观,就很随意地挑了一张。老木匠爽快地说:"两天后,你来取货。"

老张怕他变卦,便掏出10元钱来做定金。小木匠却迟迟不肯接,老木匠顿时火了,狠狠瞪了孙子一眼,小木匠这才收了下来,并给老张写了一张收据。

两天后的早上,老张叫了一辆人力三轮车来取货。老远,老张就看见15只信箱整齐地立在门口。箱子的外面都涂上了乳白的油漆,正面和两侧都写上了"举报信箱"4个红字。字儿端正活泼,以白相衬,更加醒目。在箱子的顶部,还特制了拱形的铁皮遮檐,刷上银色的防锈漆。它们肯定坚固耐用,雨淋不进,日晒不到。

看来,老木匠委实动了一番心思,想得如此周到。老张心里异常满意,但还是例行公事般逐只检查。小木匠见他这般挑剔,不满地说:"你放心好了,我阿公用了店里最好的木材,加班加点赶制出来,哪能赚你钱?亏了大本了!"老木匠笑着对老张说:"别听他闲扯。"

老张检查完,就跟小木匠结账,掏出90元连同那张收据交给他,吩咐他按每只20元写一张发票。小木匠愣了,不愿开,因为多开意味着要多缴税。老张见他迟疑,晓得他少见世面,不懂得开假发票,就把复写纸抽出来打了个对折,撕下报销的那页发票往里面塞,只留下空白的存根……小木匠恍然大悟,便去找笔。

老木匠脸色骤沉,大手一挥,对孙子厉声喝道:"你给我站住!"

小木匠站住了,不解地望着他。

批:老木匠慷慨让利,精心制作,抢时间赶制,表明他对做举报信箱有极大的热情,他是真心希望老张他们能"打假"。

批:老木匠"火了",甚至瞪孙子,表明他接这活儿完全不是为赚钱,纯粹是对打假工作的无私支持。

批:"整齐""端正""醒目""坚固"等词表明是描写举报信箱,实际是赞颂老木匠诚实、正直、有责任感的品质和对打假工作发自肺腑的支持。

批:老张表里不一的举动虽然令人生厌,但客观上引出了小木匠不满的话,从而表现了老木匠的无私品格和对打假工作的支持。

批:用于打假的"举报信箱"竟成了"打假办"老张制假的工具,突出表现了老张肮脏的内心世界。教小木匠怎么开假发票,不难看出这"打假办"的老张制假是多么富有"经验"啊!

批:老木匠对老张的前后不同的态度的对比,表现出他刚烈正直、爱憎分明的性格。

"这桩生意我不做了!"老木匠对老张说。

"你不能反悔!"老张恼了,回头命令三轮车车夫:"把箱子装上,都拉走!"

没料到,老木匠抓起一把利斧,走到阳光灿烂的门口,抡起斧头,对准一只只信箱狠狠地砍砸下去,霎时间,地上变成了红红白白刺眼的一片……

批:"阳光灿烂"烘托出老木匠勇于维护正义的高大形象。一连串的动词突出了老木匠的愤怒之情。打假的人居然作假的事实让他无法忍受,表现出他正直、刚烈、有责任感和疾恶如仇的性格。

独具匠心的艺术构思

小小说的艺术构思非常能表现一个作家的才华和文思。构思越是精巧,越能体现小小说的艺术魅力。这篇小小说独具匠心的艺术构思主要体现在以下三个方面:

首先,小说标题"匠心"含义深刻。既点明老木匠制作15只举报信箱的仔细的匠心,赞颂了他诚实、正直、有责任感的品质,又讽刺了小木匠要弄小聪明及老张工于心计的私心,而这又恰恰反衬了老木匠无私支持打假工作的火热的公心。

其次,人物形象对比鲜明。老张的身份与其行为的对比,老木匠对老张态度的前后对比,老木匠表面的不苟言笑与其内心的刚烈正直、爱憎分明的对比,老木匠的高尚品格与老张肮脏内心的对比,还有老木匠和小木匠的诸多对比等。这些对比使渺小更显得渺小,使高尚更显得高尚。

再次,故事情节曲折。全文叙写了5个情节:爽快地接活;认真画草图;慷慨让利;抢时间赶制;砸举报箱。尤其是"砸举报箱"这一情节,突出表现了老木匠诚实、正直、有责任感的品质,他没想到用来举报打假的信箱竟被"打假办"老张利用来制假,打假的竟然也作假的,这一事实是让他所无法忍受的。(子夜霜、杨七斤)

芳草地

良心

来了一场战争,一个叫吕基的小伙子去问他是否能作为一个志愿者参战。

人人都对他赞扬有加。吕基走到他们发步枪的地方,领了一把枪说:"现在我要出发了,去杀一个叫阿尔伯托的家伙。"

他们问他阿尔伯托是谁。

"一个敌人。"他回答,"我的一个敌人。"

他们跟他解释说他应该去杀某一类敌人,而不是他自己随便想杀谁就杀谁。

"怎么?"吕基说,"你们以为我是笨蛋吗?这个阿尔伯托正是那类敌人,是他们中的一个。当我听说你们要和那么多人打仗,我就想我也得去,这样我就能把阿尔伯托杀了。这就是我来这儿的原因。我了解这个阿尔伯托,他是个恶棍。他背叛了我,几乎没个由头,他让我在一个女人那儿成了小丑。这是旧话了。如果你们不相信我,那我可以把整个经过跟你们讲一下。"

他们说行了,这已经够了。

"那么,"吕基说,"告诉我阿尔伯托在哪儿,我这就去那儿和他干一场。"

他们说他们不知道。

"不要紧。"吕基说,"我会找到人告诉我的。迟早我要逮住他。"

他们说他不能那样做,他得去他们叫他去的地方打仗,杀恰好在那里的人。关于阿尔伯托,他们是一无所知。

"你们看,"吕基坚持说,"我真是应该跟你们讲一下那件事。因为这个家伙是个真正的恶棍,你们去打他是完全应该的。"

但是其他人不想知道。

吕基看不出这是什么原因:"抱歉,也许我杀这个或那个敌人对你们而言是一样的,可是如果我杀了一个和阿尔伯托没关系的人,我会难受的。"

其他人不耐烦了。其中一个人颇费了番口舌,跟他解释战争是怎么回事,他为什么不可以认定自己要杀的某人是敌人。

吕基耸了耸肩。"如果事情是这样的话,"他说,"你们就别把我算上了。"

"你已经来了,你就得待下去。"他们吼道。

"向前走,一、二,一、二!"这样他们就把他送上战场了。

吕基闷闷不乐。他可以随手杀人,但那不过是为了看看他是否可以找到阿尔伯托,或者阿尔伯托的家人。他每杀一个人,他们就给他一个奖章,但他闷闷不乐。"如果我杀不了阿尔伯托,"他想,"那我杀那么一大堆人是一点都不值得的。"他感觉很糟。

同时他们仍在不断地给他颁发奖章,银的,金的,各种各样的。

吕基想:"今天杀一点,明天杀一点,他们就会越来越少,然后就会轮到那恶棍了。"

但是在吕基可以找到阿尔伯托前,敌人投降了。他感觉糟透了,自己杀了那么多的人,却毫无意义。现在,因为和平了,他就把他的奖章都装在一个袋子里,去敌国到处转悠,把奖章分给死者的妻子和孩子。

这样转悠的时候,他遇上了阿尔伯托。

"好,"他说,"迟来总比不来好。"他就把他杀了。

那样他就被捕了,被指控为谋杀并判处绞刑。在审判中,他不停地说他这样做是为了自己的良心,但没人听他的。

[意大利]伊塔洛·卡尔维诺/文,毛尖/译

品读

　　伊塔洛·卡尔维诺(Italo Calvino,1923年10月15日~1985年9月19日),意大利当代最有世界影响力的作家。

　　伊塔洛·卡尔维诺的创作以寓言小说和科幻小说最为有特色,其艺术特点:叙事上,保留了传统手法;结构上,运用现代技巧使得故事既高度综合、节奏明快,又生动有趣、明白易懂;内容上,幻想与现实相混合,故事情节是超现实的,却又准确传达出现代人的精神生活气息,浸透着现代人的欢乐和痛苦,表达了他们的追求和希望。

　　《良心》是一篇寓言小说,故事里的人物象征抽象的概念,故事情节用于传达训诲,阐明论点。吕基愿意作为志愿者参战,但他参战的目的不是什么民族大义、国家荣辱,不是为了消灭某类敌人,他根本不想成为什么英雄,目的只是找到恰好在敌方的属于他个人的敌人——恶棍阿尔伯托,把他杀死。战争本身对他来讲似乎是毫无意义的,他只是为了杀死阿尔伯托而参战。杀死与阿尔伯托无关的人使他难受,他曾试图退出这场战争,但已无法回头。结果他在战场上违心地杀死许多敌人,他自我安慰,自己杀的越多,终究会轮到阿尔伯托。他虽然得了不少奖章,但他闷闷不乐。战争结束了,吕基到敌国去转悠,终于遇到了阿尔伯托,就把他杀了。于是他被捕,被判处绞刑。在审判中,吕基一再声明他这样做是为了自己的良心,但还是被绞死了。

　　作者颠覆了传统英雄的光辉形象。身处战场,抱有私心,被动杀敌,被誉为英雄;和平年代,心怀正义,杀死恶棍,被判绞刑。小说的关键词是"良心""战争",良心是属于个人的,可通过个人的实践来满足,而战争则属于群体,受权力意志的支配,战争中个人的意志必须服从群体意志,良心的作用和意义被群体意志和意义所淹没。如果,吕基在战争中发现了阿尔伯托,并杀死了他,他的良心就和战争融为一体,良心在合理合法的情境下获得实现。但是,他杀死阿尔伯托是在战争结束之后,此时阿尔伯托的归属已不再是敌方,而是一个独立个人,而吕基依然将阿尔伯托看作敌方的一员,对个人的敌人依然用对待群体敌人的方式,这是错位所产生的错误。人类常常处于吕基这样的不自知状态,卡尔维诺理性的眼光可谓深刻独到。

扭曲人格

痨 病 女

◇[乌拉圭]哈维尔·德·比亚那

读点

洋溢着同情弱者的浓厚的人文情怀。
提出了究竟该怎样对待弱者的善良和善良的弱者的严肃的社会问题。

我很爱那高乔姑娘，我的小公主。她的面庞呈浅褐色，一双黑色忧郁的眼睛，红色的嘴唇犹如憔悴的野樱桃。

批：写"我"对她的喜爱，反衬人们对她的厌恶，也为"我"最后认识她本性变恶作铺垫。

她的脸小小的，尖尖的，像古斯科种小狗的脸一样。她的个头很小，瘦骨嶙峋，她那纤细小巧的少女的身体裹在宽大的棉布衫里，几乎看不出线条来：这是个贫血姑娘的可怜躯体。那双脚，虽然穿着粗制麻鞋，也显得秀丽俊俏，双手蜷缩在过长过大的粗纺棉布衬衫的袖子里。

批：先以比喻写小女孩脸的瘦，接着从衣着写她身体的瘦。如此之瘦，显示她可能得的是痨病。

有时候，她要在寒冷的清晨起来挤牛奶。她咳嗽着，特别是当无法把已经长大的、正吮着乳汁的小牛从母牛的乳房边赶开时，她一生气，便咳嗽起来。是结核病纠缠着她那没有抵抗力的小小肺叶。她还算不上结核病患者，作为医生，我曾这样断言。

批：果然有痨病的病症，虽然医生并不认为她得了痨病，但对医学无知的人们则就不会这么认为了。

她很少讲话，嗓音异常甜美。短工们是不理睬她的，除非是骂她，或是用粗话来羞辱她。主人们，虽然为人不错，也不太尊重她，把她看作是没多少油水的机器般的动物。

批：短工和主人都不尊重，世态炎凉！

大家都把她看作"痨病女"。

她很美,但是她的病态美并不具备女人特有的吸引力,激不起人们的欲望。大概由于这个原因,庄园里那些粗鲁的人恨她。这就好像雅利瓦草或铁兰似的,结出的果实也没法吃。

批:点明人们憎恨她的原因。比喻,形象地写出了她尽管"很美",但人们却并不喜欢她。

她知道人们恨她,但并不生气,而是用一罐牛奶来报答最残酷地伤害过她的人。对侮辱和谩骂她的人,她总是报以忧郁的眼光。她的眼睛大大的,发蓝的眼白为眼睛镶上一道秀丽的边框,乌黑的瞳仁在里面游动,这双看上去总是在哭的眼睛里从来没有一滴眼泪。

批:反衬她的心地善良。

批:"忧郁的眼光",心中幽怨也。

批:写她的隐忍,暗示她对这一切心怀怨恨。

哪怕会被庄园女主人骂一顿,她也要把锅子从火上挪开,为刚从地里回来的短工热上一壶苦苦的马黛茶,或是从烤肉的火堆里抽出几块红火炭,让短工烤嫩玉米,可短工们还是不喜欢她!

批:概述痨病女遭受的不公平待遇:她努力博得人们对她的好感,可是人们"还是不喜欢她",漠视她的善意。

"痨病女比蝎子还歹毒!"我曾经听一个人说。

有个短工用斗篷裹着她偷偷递给他的一块面包,却这么说道:"痨病女像只变色龙,虽然体形很小,但却十分危险。"除了这些人对她的不公正外,命运的乖谬,也使这可怜的小姑娘的生活更加痛苦。出于好心,她收养了一些被孩子们捣坏了泥巢的小鸟,其中有"本德贝沃"鸟、"碧灵雀"和"奥尔内沃"鸟。她利用不多的闲暇,以教徒般的耐心照料着小鸟,但不知该归咎于什么妖术,这些小鸟陆续都死了。

批:为故事的结局埋下伏笔。

批:短工的排斥,好心却不得好报;小鸟之死不能归罪于痨病女。两件毫无牵连的事件结合起来,表现痨病女身体遭受病魔折磨的同时,还要经受人们无端的歧视与侮辱所带来的精神折磨。

她照看的高乔羊羔,长得又肥又壮,看上去非常健康,但说不定会在哪天早上死去,肚子膨胀,四肢发僵。

批:又一意外。

有一天我看到这样一个场面:

天黑了,很晚才宰完牛。人们忙着在一堆硬是不冒火苗的火堆上烤牛肉。一个短工走过来。

"给腾个地方,让我放上小锅!"

"你没见不冒火苗吗?"

"就一小块地方。"

"好吧,拿来吧,哪怕回头女主人要骂我一大通呢!"

她抽出几根燃着的柴。马黛壶里的水开始沸腾。痨病女被青柴熏得直咳嗽,她弯下腰去端那壶。那位短工拦住她。

批:因为痨病是传染病,人们不愿意接近她,这也使得她对人们怀恨在心。

"我说过,"他说,"你别上前来。"

"我不能上前去?……为什么,塞巴斯蒂安?"可怜的姑娘眼泪汪汪地嘟囔着。

"因为……我可不想惹你生气……可是……你一上前来我就害怕!"

"你害怕我?"

"比天上打闪时还害怕……"

批:对话描写,生动再现短工们对她的排斥与歧视。

短工拿着小锅,头也不回地走了。这时候我走进去,看到小姑娘更加忙碌地照看着烤肉,脸上的表情毫无变化,面颊仍是那么苍白,那双大眼睛仍然那么忧伤,然而没有一滴眼泪,没有一点平时脸上的那种痛苦表情。

批:外貌描写,没有痛苦的表情,这其实是在掩藏内心的痛苦。

"他们使你很痛苦,是吗?我的小公主?"我这么说只是为了搭个话,也是为了掩饰我的愤怒。

她笑了,淡淡的一笑,冷冷的一笑,恶意的一笑,虽然她尽量想让那笑意显得善良。

批:长期遭受了不公正的待遇,小姑娘对人们不符合常理的举动习以为常,还是她用反语掩饰着内心的怨恨呢?

"不,先生,他们就是这样的。但他们是好人。对我来说,一切都……"

一阵咳嗽打断了她的话。

我再也不能控制住自己,跑过去扶住她。她那小小的身躯在我的怀抱里颤抖着,她那干涩忧郁的黑色眼睛映在我的眼中,带着一种奇异的神情,既无感激之情,也没有善意的表示。这目光使我全然不知所措。使我想起了过去我面对面地碰到一条十字花蛇的情景,那蛇的目光令我终生难忘。

批:十字花蛇的比喻极形象,写出了她内心的冷酷,也预示着她有复仇的心理。

我吓得直冒冷汗,松开了胳膊。我并没有为自己的怯懦感到后悔,我好像看到瘆病女失去了我的搀扶倒了下去。然而,我看到她非常坚强,非常自信,镇静地把炭火拨到烤肉跟前。她总是那么苍白,总是那么镇静,在那忧郁的黑色眸子的深处藏着无可奈何的、永久的悲伤。

我非常茫然,不知如何是好,不知该说些什么。我离开了厨房,走到院子里。在那里,我碰到那位端着锅的短工,他很尊敬地对我说:"大夫,您得当心啊!我害怕蛇,但是在迫不得已的情况下,我宁可和一条十字花蛇睡在一起,也不愿意与瘆病女睡一床。"

我既感到愤怒,又有些迷惘,抓住他的一条胳膊,猛烈地摇晃着:"你说些什么?"

"我没说什么,我只是说,谁也弄不清楚是怎么回事。"

"但你这样说是不应该的。"我怒气冲冲地回答,"这可怜的小姑娘干了些什么,叫你们这样对待她?你们猜她会干坏事,可她是那么善良,你们每天都辱骂她,她却以善报恶。"

"听我说,先生……要讲瘆病女到底是怎么回事,我说不清楚。我不能断定变色龙会咬死人,因为我没见它咬过什么人……但有这种可能性,所以我害怕它……瘆病女也是这样……因此我有点害怕,大家都害怕……大夫,你瞧,蝎子、毒蝇这类虫豸,不能不使人害怕……"

那乡下人不吭声了,我也无言以对。

几天后我离开了庄园。四五个月以后,在一份报纸上我看到这样一条电讯:"在×庄园,由于食用投放了砒霜的馅饼,农场主××先生、他的妻子、女儿、工头,以及所有的仆人都中毒身亡,只有一个绰号叫'瘆病女'的女佣人得以幸免。"

(段若川/译)

批:"我"扶瘆病女时的感受怎会如此奇特?难道这个弱小的美丽姑娘真的就那么可怕吗?这预示着故事将发生意想不到的结果。

批:短工的话形象地写出人们对瘆病女的强烈排斥。

批:"我"的愤怒与迷惘写出人们对瘆病女太不公平。

批:小说借"我"的话道出人们对瘆病女的不公平的看法。

批:瘆病女本应得到同情,而人们一直极力排斥她,让人无语。

批:结局耐人寻味——到底是施恶者受到了上帝的惩罚,还是善良者受到了上帝的"庇护",抑或是"歹毒人"对不公平的世界进行了报复?

耐人寻味的结尾

哈维尔·德·比亚那(1868～1926),乌拉圭最有代表性的自然主义与现实主义作家。他出生于农村,年轻时攻读过医学,后来从事新闻工作。17岁发表第一篇小说《辫子》,从此一直从事写作活动。主要作品有短篇小说集《田野》(1896)、《马卡软人》(1910)、《蓟草》(1911)等,中篇小说集《印第安孩子》(1901)和长篇小说《如乌乔姑娘》(1898)以及一些剧本和诗集。他的作品情节紧张,戏剧性强。

《痨病女》这篇小说故事情节并不复杂,结尾却耐人寻味。

小说以一个患有肺结核的姑娘为主人公,她秀丽俊俏,由于患有"痨病",使她看上去显得有一种忧郁的美。尽管她对所有的人都友好,勤勤恳恳地劳作,但还是受到人们的歧视:短工们不理睬她,用恶毒的语言伤害她、侮辱她,把她看作是比蝎子、十字花蛇还歹毒的女人,这仅仅是因为她患有结核病。

她是如此善良的姑娘:人们恨她,但她并不生气;最残酷地伤害过她的人,她却用一罐牛奶来报答;"对侮辱和谩骂她的人,她总是报以忧郁的眼光"。

她又是如此逆来顺受的姑娘:庄园女主人骂她,她却"为刚从地里回来的短工热上一壶苦苦的马黛茶,或是从烤肉的火堆里抽出几块红火炭,让短工烤嫩玉米"。

她好心地递给短工烤面包,短工却用斗篷包裹着去接,并且恶毒地说她像变色龙,十分危险;人们像躲瘟神一样不让她靠近,害怕她就像害怕雷公电母。人们把她看作是"蝎子、毒蝇这类虫豸"。

一个天性善良勤劳美丽的姑娘,最后变成了什么样的人呢?小说的结尾用一条电讯含蓄地给出了答案:投毒杀人犯,一个恶魔。为什么会有这样的变化?小说的结尾引人深思:人们的愚昧、偏见、歧视害人又害己。(子夜霜、孙维彬、苏先禄)

芳草地

一束玫瑰

圣诞节的前一天,使我心情愉快的是男友送给我的礼物——一打长茎的红玫瑰。

招待员进来了,说一位抱着婴儿的女士正焦急地等着我。她迎上来,神情紧张地向我解释说她的丈夫——正在附近的一家劳改工厂进行改造——生病了。监狱的警卫将在下午带他到这里来看病。他们不允许她到监狱去探视她的丈夫,而他还从未见过自己的儿子。她恳求我让孩子的父亲在候诊室里等待就诊的时间尽可能长一些,好让她能跟他在一起多待一会儿。

正好我的预约安排得不是很满,所以我就答应了。毕竟,这是圣诞节前夕嘛。

没过多久,她的丈夫就由两名全副武装的警卫押解着来到医院。他的手上和脚上都戴着镣铐。当他在她的旁边坐下来的时候,她那疲倦的脸庞立刻像我们的小圣诞树一样发出光来。我躲在办公室里偷偷地窥视着,我看到他们又笑又哭,一起逗弄着孩子。

一个小时后,我把囚犯叫进办公室。我为他检查的时候,警卫就站在门口。这个病人看起来像是一个温和谦逊的人。我心里很疑惑,不知道他究竟做了什么事,以致身陷囹圄。检查结束后,我祝福他圣诞节快乐——对一个即将回到监狱的人说这样一句话确实是件困难的事。他微笑着向我道谢,他还说自己很难过,因为不能送给妻子一件圣诞礼物。听到这里,我立刻想出了个绝妙的主意。

我永远不会忘记当囚犯把那束美丽的长茎红玫瑰送给他的妻子时,他们脸上的光彩。

我不知道谁是这里面最快乐的人——是送礼物的丈夫,收到礼物的妻子,还是有机会在这样一种特殊的场合为别人带来快乐的自己?

[美国]列诺罗·P·罗特列吉/文,紫林/编译

品读

圣诞节的前一天,囚犯到医院看病,他的妻子抱着他还未曾见过面的孩子在候诊室里与他相见,在候诊室里短暂相聚的时光,那位女士和她服刑的丈夫一起"逗弄着孩子",他们感到了无限的幸福。女医生(即文中的"我")一个小时后给那个囚犯看病,囚犯虽然与妻子会面了,却遗憾自己不能送给妻子圣诞礼物。这位女医生便把男友送给她的并给她带来愉快心情的那束长茎红玫瑰转赠给了囚犯。于是,囚犯把红玫瑰送了妻子,他们感到无比的快乐。

快乐是可以传递的。男友送红玫瑰给女医生,给她带来快乐;女医生把红玫瑰送给囚犯,给他带来快乐;囚犯又把红玫瑰送给妻子,这给他们也带来了无比的快乐。给人带来快乐,往往不需要什么豪言壮举,有时仅仅是一声呵护、一个微笑、一个眼神。如果一束玫瑰可以使一颗绝望、冰冷的心复苏,那么,我们又何必吝惜自己手中的那"一束玫瑰"呢?

柔弱的人

◇[俄国]契诃夫

读点

人物对话具有冲突性，层层铺垫蓄势，塑造了一个逆来顺受的柔弱的女性形象。

情节曲折跌宕，结尾突转，富有戏剧性，构思巧妙。

主题深刻，专制制度培植奴性，而奴性会助长专制。

前几天，我曾把孩子的家庭教师尤丽娅·瓦西里耶夫娜请到我的办公室来，需要结算一下工钱。

我对她说："请坐，尤丽娅·瓦西里耶夫娜！让我们算算工钱吧。您也许要用钱，您太拘泥礼节，自己是不肯开口的……呶……我们和您讲妥，每月三十卢布……"

"四十卢布……"

"不，三十……我这里有记载，我一向按三十付教师工资的……呶，您待了两个月……"

"两个月零五天……"

"整两个月……我这里是这样记的。这就是说，应付您六十卢布……扣除九个星期日……实际上星期日您是不和柯里雅搞学习的，只不过游玩……还有三个节日……"

尤丽娅·瓦西里耶夫娜骤然涨红了脸，牵动着衣襟，但一语不发……

批：结算工钱是很简单的事情，却写得跌宕有趣。

批：性格拘谨，使她连自己的正当利益也不敢主动去争取。

批："三十卢布"和"四十卢布"，不仅仅是相差十卢布，也是是与非、人格尊严的问题，女教师没有争辩，反映她的软弱。

批：且不说"两个月"与"两个月零五天"相差五天，而主人还要从中扣除星期天和节日。这算法荒谬霸道，毫无道理。

批：对这样无理的算法，女教师虽有不同看法，却不敢争辩。

"三个节日一并扣除,应扣十二卢布……柯里雅有病四天没学习……您只和瓦里雅一人学习……你牙痛三天,我内人准您午饭后歇假……十二加七得十九,扣除……还剩……嗯……四十一卢布,对吧?"

尤丽娅·瓦西里耶夫娜左眼发红,并且满眼湿润,下巴在颤抖。她神经质地咳嗽起来,擤了擤鼻涕,但——一语不发!

"新年底,您打碎一个带底碟的配套茶杯。扣除二卢布……按理茶杯的价钱还高,它是传家之宝……上帝保佑您,我们的财产到处丢失!而后呢,由于您的疏忽,柯里雅爬树撕破礼服……扣除十卢布……女仆盗走瓦里雅皮鞋一双,也是出于您玩忽职守,您应负一切责任,您是拿工资的嘛,所以,也就是说,再扣除五卢布……一月九日您从我这里支取了九卢布……"

"我没支过!"尤丽娅·瓦西里耶夫娜嗫嚅着。

"可我这里有记载!"

"哎……那就算这样,也行。"

"四十一减二十七,净得十四。"

两眼充满泪水,长而修美的小鼻子渗着汗珠,令人怜悯的小姑娘啊!

她用颤抖的声音说道:"有一次我只从您夫人那里支取了三卢布……再没支过……"

"是吗?这么说,我这里漏记了!从十四卢布再扣除……呐,这是您的钱,最可爱的姑娘,十一卢布……三卢布……又三卢布……一卢布再加一卢布……请收下吧!"

我把十一卢布递给了她……她接过去,喃喃地说:"Merci(注:法语,意思是'谢谢')。"

我一跃而起,开始在屋内踱来踱去,憎恶使我不安起来。

"为什么'谢谢'?"我问。

批:只给一个孩子辅导要扣除工资,午饭后歇假也要扣除工资,极其无理。

批:面对无理损害,只是"左眼发红""满眼湿润,下巴在颤抖",还不敢争辩,反复渲染其软弱。

批:打碎茶杯未必是真;小孩爬树划破衣服也属正常;女仆盗走小孩皮鞋与女教师关系不大;没有支取却凭空说支取了九卢布……这些有的是无理扣除,有的是胡搅蛮缠的,有的是栽赃陷害。但面对诬害,女教师只是"两眼充满泪水""鼻子渗着汗珠",甚至委曲求全,说"那就算这样,也行",这就把女教师软弱的性格推向了极端。

批:工资被如此无理克扣还承认支取过三卢布,很朴实。

批:本应得八十卢布,结果被无理扣除得只剩十一卢布,居然还说了声"谢谢"。真是莫大的讽刺!这就把人物柔弱的性格推向了极致!

批:"踱来踱去""不安",对女教师不抗争的柔弱性格的不满。预示情节将发生逆转。

"为了给钱……"

"可是我洗劫了你,鬼晓得,这是抢劫!实际上我偷了你的钱,为什么还说'谢谢'?"

批:揭示了权贵者对弱者剥削的普遍性。

"在别处,根本一文不给。"

"不给?怪啦!我和您开玩笑,对您的教训是太残酷了……我要把您应得的八十卢布如数付给您!呐,事先已给您装好在信封里了!可是何至于这样怏怏不快呢?为什么不抗议?为什么沉默不语?难道生在这个世界口笨嘴拙行吗?难道可以这样软弱吗?"

批:情节发生突转!说明事情原委:男主人公和女教师开了个残酷的玩笑。

批:怒其不争!

她苦笑了一下,而我却从她脸上的神态看出了答案,这就是"可以"。

我请她对我的残酷教训给予宽恕,接着把使她大为惊疑的八十卢布递给了她。她羞涩地过了一下数就走出去了……

批:对于女教师这样柔弱的人的确应当给一个"残酷教训",促其起来抗争!

我看着她背影,沉思道:"在这个世界上做个有权势的强者,原来如此轻而易举!"

批:结尾有深意,推而广之,指出这种柔弱性格的社会危害性。

(于鹏飞/译)

抛弃柔弱,勇敢维护正当利益

安东尼·巴甫洛维奇·契诃夫(1860年1月29日~1904年7月15日),俄国小说家、戏剧家、19世纪末期俄国具有民主主义思想的伟大的批判现实主义作家、短篇小说艺术大师。1884年莫斯科医科大学医学系毕业后在兹威尼哥罗德等地行医,广泛接触平民和了解生活,这对他的文学创作有良好影响。其代表作《变色龙》《套中人》堪称俄国文学史上精湛而完美的艺术珍品,前者成为见风使舵、善于变相、投机钻营者的代名词;后者成为因循守旧、畏首畏尾、害怕变革者的符号象征。这也是他以卓越的讽刺幽默才华为世界文学人物画廊增添的两个不朽的艺术形象。

契诃夫是一位憎恨"奴性"并勇于批判人身上所存在的"奴性"的作家。这篇小说,作者用一个戏剧化的场景,通过人物冲突性的对话和动作,深刻地揭示了作品的主题:专制制度培植了奴性,而奴性反过来又会滋长了专制。

在小说中,读者既可以看到"强者"专横跋扈、不近人情、强词夺理、随意地摧残一个人的心灵的具体表现，又可以看到天性柔弱的尤丽娅·瓦西里耶夫娜是怎样忍气吞声和逆来顺受的。在小说中的"我"的一再"抢劫"和逼迫下，女教师尤丽娅·瓦西里耶夫娜由开头的两次发言到"一语不发"，再到"嗫嚅着"，又到任对方怎么说，直至最后拿到被以种种借口克扣完的工钱以后仍说"谢谢"。这既表现了她忍气吞声、逆来顺受、怨而不怒、怒而不争、任人宰割的懦弱性格，也说明了在强权的一再逼迫下，她变得越来越懦弱。

　　小说最后懦弱的女教师得到了她应得的报酬，但这个结局却并不能使读者觉得轻松。契诃夫作为一个进步作家，他写作本文的真正用意并不是为了彰显其权贵者的"威严"和"威力"，他这是在对众多懦弱的人发出呼吁：要坚强起来，勇敢地去维护属于自己的正当利益，勇敢地与自己的命运去抗争！(子夜霜)

芳草地　　　　　查无此人

"谁来的信?"他一边伸出手去，一边问道。

"弟弟来的。"她答道，同时用围裙擦着手，小心地坐在沙发边上。

"他怎么突然想起了写信呢?"他看看信封，若有所思地说，"三年来，音信全无，这下又心血来潮。"

"这有什么奇怪呢? 想到要写，就写呗。"

"事情没那么简单!"他生硬地顶撞了一句。

她耸了耸肩膀，不耐烦了，说道："你来念吧，我还有一大堆衣服要洗。"

"你洗你的衣服，我又不碍你的事。"

她咬着嘴唇，一言未发。他拿着信封，翻来覆去地看了又看，就走进了厨房，把信封放在蒸汽上熏了熏，然后拆开，旋即回到房间。

"你看，还不是来要钱的。我说了嘛! 他这个人是无事不烧香的。真是个机灵鬼。"

"也许发生了什么事情!"她心烦意乱地问道。

"他能出什么事?"他挥一下手说，"并没有出什么事! 你听，他怎么写的：'如果有可能，就寄点钱给我。能寄多少就寄多少。'真是外交语言!"

"我们不是有多余的钱吗?"

"你说得多轻快! 钱还能有多余? 得要让他知趣点，而不是给钱，他能过得下去的!"

"你这是怎么啦?"

"你想想,我们辛辛苦苦地成家立业,谁曾帮助过我们,这不是很明显的事吗? 应该让他自己争气,卖点力气。可你看他,只会要钱! 有了钱,傻瓜都会自立起来!"

"他会还我们的。"妻子不好意思地说。

"什么时候还?"他转身对着她,严厉地问道,"他什么时候自立过? 他成家已经三年了。找个这样的老婆,是你的过错,还是我的过错? 他是自作自受!"

"但是……"

"你去吧! 洗衣服去! 我自有主意。"

她走了。

他重又读了一遍信,把它放到一边,喃喃自语:"真有他的! 心眼儿倒不少!"

他穿上衣服,走出住宅。到了邮局,他把信封整整齐齐地封上口,走到营业窗口,把信递过去说:"这个地址查无此人……"

[苏联]鲍里斯·克拉夫琴科/文,佚名/译

品 读

这是一篇读来让人心寒的微型小说。小说通过简单的情节,借助人物的语言和动作,真实地反映人物的内心世界,揭示了主题。作者巧妙安排了一个夫妻二人读信的场景:三年没有来往的弟弟,忽然给姐姐、姐夫来了信,请求寄些钱来。姐夫大为恼火,称他"无事不烧香",是"机灵鬼",写信是"外交语言","自作自受",得到的不是热情和惊喜,而是讽刺和斥责。姐夫最后把信退回邮局,声称"这个地址查无此人"。挖苦、愤怒代替了亲情,表现出人与人之间冷漠的自私的金钱关系。

小说中的这对夫妻——"他"和"她"的关系,也很耐人寻味。小说起笔写"他"伸手来要信,"她"则小心地坐在沙发边听信,有些不安的样子。"他"声色俱厉数落"她"的弟弟,而"她"则怯生生地为弟弟作解释和辩白。这种种表现,使我们看到这对夫妻,丈夫在家庭中起主导地位,有决定权,妻子虽有意见,但最后还得听丈夫的。

代　价

◇［新加坡］尤今

读点

入木三分的心理刻画，完整严谨的行文结构。

他把手插在裤袋里。

他的裤袋里有一把刀。六吋（注：吋，英寸旧时也作吋）来长，尖而利。握着刀的手，不但冷，而且抖。

"老天爷啊！求求您帮我一次忙吧！"他诚心诚意地祷告，"只要您让我渡过这个难关，我愿意付出任何代价！"

这晚有月，月亮很圆。仰头看月时，他看到的不是月，而是小康那圆得灵活乖巧的脸，才四岁，却懂事得叫人心疼。自从两个月前他娘离家出走、下落不明，这孩子仿佛便在一夕之间长大成人，莫说无理取闹，即使有理时也不闹，成熟得叫他这做爹的感觉陌生。

他原本在一家货仓当看守员，收入不多，但省吃俭用，日子倒也不难过。半年前，公司倒闭了，他目不识丁，又无一技之长，在全国经济不景气而又处处裁员的情况下，要再重找一份工作，谈何容易！孩子的娘年轻，不懂得体谅，脾气又暴躁，伸手拿不到钱时就吵、闹、喊、跳，最后，收拾包袱，一走了之。

妻子走了以后，他把自己的尊严完全典当了——能借的，能求的，能乞的，全都借了、求了、乞

批：对刀的渲染让人不寒而栗。他想干什么？设置悬念。"抖"字表明他并不是一个惯犯。

批：他有什么难关？再设置悬念。

批：孩子的灵活乖巧让他心疼，为下文的抢劫作心理铺垫。

批：母亲的出走给孩子造成了莫大的心理伤痛。

批：插叙他的身世和遭遇，解答了读者的疑惑，也交代了他抢劫的起因。抢劫是令人可恨的，而他的遭遇也的确令人同情。

批：生活的窘迫不仅让他丧失了尊严，也让连去医院看住院的孩子

了。借钱给他的,都明白表示是看在孩子分上借的,但是,也正因为这个孩子,使他更难找工作。就在他觉得自已快要撑不下去时,孩子却染上了肺炎,连夜送进了医院。孩子入院四天了,但他不敢去看他,为的是没有钱缴医药费、住院费。

——孩子是命根,自然不能扔下不管。

他握着刀的手已被汗水浸透了。

"我只干一次,只干这一次! 老天爷啊,帮帮我! 我愿付出任何代价!"他再次祷告。

这是一条僻静的巷子。他已观察过了,晚上有人取道于此回家去。在这里抢了,要逃跑很容易,因为巷子当中又分岔出一些支路,只要灵活地转几转,便能脱身。他甚至已拟好了逃跑的路线。

昨晚,11点过后,由这里走回家去的人,他算过了,总共有五个。可惜都不是理想的羔羊。男人,他不敢抢;老人,他不要抢;少年,他不愿抢;剩下的,就只有中年妇女了。

今天晚上,运气好像也不太好。他拿着一份报纸,站在巷口的街灯下,佯装读报,一双眼却毫不放松地觊觎走进巷子去的人。一个,两个,三个,都是男的。

11点45分。啊,来了。一个约莫四十余岁的中年妇女,走下巴士,手上提着一个袋子,沉甸甸的,腋下挟着一个古老的黄皮手袋。他听到了自己的身体发出了一种原始的鼓声:噗噗噗,噗噗噗。整个胸膛,几乎承受不了这猛烈的心跳而要爆裂开来了。

等妇女走进了巷子,他扔下报纸,以猫样的脚步跟在后面。

巷子很长,月光很亮,妇女从地上的影子里猛然惊觉他的存在,惊醒地加快了脚步。

良机不可失! 他一个箭步飞上前,一只手搭上了她的肩膀,另一只手绕过去,大力捂住她的口,

批:也不敢。没有工作,要救孩子,生活逼得他不得不铤而走险!

批:怎么救? 他要抢劫了!

批:救子心切!

批:事先准备可谓周全,这是为了保障抢劫成功,好去救孩子!

批:关于抢劫对象的确定,他颇费了一番踌躇。

批:这与孩子病逝的时间一致,埋下一处伏笔。

批:写出了他发现抢劫对象之后的兴奋。

批:此处及上述的描写可以看出他抢劫之不易,越不易越能反讥他抢劫成功而仍未能救活孩子的枉然之举。

压低嗓子说道:"别动,别喊! 我只是要钱而已!"

妇女蓦然受此侵袭,吓呆了,腋下的皮包、手上的袋子全掉落在地,发出了很大的声响。

他慌乱地说:"你不要反抗,我一定不会伤害你!"

妇女拼命地点头,他松了手,没想到那妇女却"扑通"一声跪倒在地,呜咽地说:"大叔,你可怜可怜我吧! 我皮包里的钱,是借来还我孩子的医药费的!"

孩子? 医药费? 他如遭雷击,脑子嗡嗡作响,但与此同时,小康圆圆的脸却浮了上来。他不顾一切地拾起了地上的皮包,朝原先想好的路子逃遁,背后传来了妇女带哭的喊声,声音无力地撒在阗静的夜空里……

回家后,蒙着被子,嗦嗦地发抖,拼命地压抑自己想哭的冲动,电话铃响了好多次,他都没有去接。

凌晨2点,门铃声突然凌厉而尖锐地射进了他的耳膜。他从被窝里弹跳出来,奔向门边。从门孔望出去,他蓦然张大了口,惊得冷汗涔涔而下。门口站着的,赫然是一名警察。

"怎么来得那么快!"

他头脑混沌,完全不能思想。

这时,门铃再度响起了。

他好似面临山崩似的拉开了门。

警察手上没有手铐,目光温和,语气平静:

"张平先生在家吗?"

"我就是。"他木然地答应。

"我来通知你,你的孩子昨晚11点45分在医院病逝了。"

孩子,病逝? 11点45分?

他双腿一软,昏厥过去。倒在地上时,他仿佛听

批:"我只是要钱而已""我一定不会伤害你",说明他并非是丧心病狂的歹徒,良心没有完全丧失。

批:这妇女的钱也是借来缴孩子的医药费的。两人同样的遭遇同样的处境,而他又是男人,对他灵魂的拷问也就更严厉了。

批:他"如遭雷击",良知受到猛烈的撞击,然而他最终还是抢走了妇女的皮包。

批:"蒙着被子",有"想哭的冲动",且不接电话,表明他正受着良心的谴责。"电话铃响了好多次",则暗示孩子已经死亡。

批:"弹跳出来""奔向",他以为事情败露而十分紧张、惊恐。

批:以为事情败露,他紧张得近乎崩溃。

批:"木然",没有知觉也没有思想。

批:并非抢劫罪行败露了,而是通知他孩子已经病逝,而病逝的时间与他开始实施抢劫的时间是同一时间,富有绝妙的讽刺意味。

扭曲人格 103

到一个声音响自遥远的天边："你说过你愿意付出任何代价的！"

（知安/译）

批：为救儿子而抢劫，却永远失去了儿子，他为自己的行为付出了最高昂的代价，引人深思又震撼人心。

灵魂的拷问

　　尤今（1950年10月10日～　　），新加坡女作家。原名谭幼今。出生于马来西亚。她的创作主要成就是小说和散文。小说，一类是以新加坡为背景、以年轻的一代为描写对象，通过他们的精神世界、感情世界，反映新加坡现存的各种社会问题；另一类是以异乡人作为描写对象，写异族人的故事。散文方面，从深植于泥土的现实生活撷取写作的素材，积极反映生活里光辉的一面，企图通过文学作品激发读者向善、向上。在反映人性时，深入地挖掘人性至真、至诚、至善的一面，加以肯定和表扬；能使读者加强对于生活的信心。

　　代价，顾名思义就是想做成某种事或达到什么目的所必须付出的东西，或物质的或精神的。小说的主人公是个初次作案的抢劫犯。他为了替儿子筹医药费、住院费而走上抢劫之路，他多次向老天爷祷告：只帮他一次忙，他愿意付出任何代价。他是无助的，也是无奈的。当他站在僻静的巷子里准备抢劫时，内心充满了恐慌和自责，他的良知还没有泯灭。当他知道自己要抢劫的对象也是为孩子筹医药费时，他"如遭雷击，脑子嗡嗡作响"，他的良知受到了猛烈的撞击。当他怀着对儿子的心痛，战战兢兢地实施抢劫之际，儿子也在那时病逝，当他抢劫后紧张万分并深深自责时，警察来通知他：孩子病逝了！独生子的病死，让他处心积虑的抢劫失去了任何意义，也让他为自己的这一行为付出了最高昂的代价：为了儿子却永远失去了儿子。残酷，太残酷了！这是对灵魂的拷问，对人性的拷问！

　　抢劫的代价竟然是儿子病逝，这样的结局虽然出人意料，但却警示人们：我们有时为了达到某一目的不惜代价，但常常是付出的代价远远大于达到的目的。（万爱萍、鲍海琼、京涛）

芳草地　精神与肉体的抗衡

　　本篇微型小说可分为数种读法，请参阅导读排列顺序。

　　导读：（一）1、6、2、7、3、8、4、9、5、10。

（二）6、1、7、2、8、3、9、4、10、5。

（三）1、2、3、4、5、6、7、8、9、10。

（四）其他。

1.陈老走进房间，取下摇篮，用一根尼龙绳打了一个圆圈，套在天花板的钢钩上。他双手拉住尼龙绳，双脚一缩，身体腾了上去。这样上下试了几次，证明钢钩够牢固，才满意地把摇篮挂回去。

2.陈老走进厨房，在煤气炉前站住。他开了煤气炉的开关，火便着了。他关了，再开，开了，再关。一阵风从敞开着的玻璃窗外吹进来，火熄了。他缩一缩鼻子，嗅到煤气的臭味。他打开煤气炉的门，把煤气筒的开关掣扣紧。

3.陈老走进客厅，探头窗外，看见停车场的几辆车子，像几个不同颜色的纸箱，不禁把眼睛深深一闭。十八层楼，跌下去只有一个结果，跌进十八层地狱。他把头缩回来，张开眼睛，探索着有没有椅子、凳子一类可以垫脚的东西靠在窗口下。他把窗户关了，上锁。

4.陈老走进房间，拉开抽屉。拿出一瓶药丸，端详着。标签上说明，勿放置在小孩儿能触及的地方。药名是安眠药。他用力把瓶盖转紧，拉一把椅子，把药瓶放在衣橱的最高处。

5.陈老走进厨房，在碗柜旁拿了一罐清洁剂。想起住在乡下的时候，隔邻的一个青年喝了杀虫剂，在地上打滚挣扎呼号呕吐的痛苦样子，他不禁打了一个冷战，连忙把清洁剂收在壁橱的最高层。

6.小宝睡的摇篮一定要稳固。万一摇篮掉下来，这可不是闹着玩的。陈老就只有这么一个孙子。

7.小宝整天往厨房跑，小手爱抓东摸西，要是扭开煤气炉的开关，火又熄了，煤气不停地排出来，这可不是闹着玩的。陈老就只有这么一个孙子。

8.小宝最好奇，如果爬上椅子、凳子，小脑袋往窗口一探，一失足倒栽下去，这可不是闹着玩的。陈老就只有这么一个孙子。

9.小宝嘴最馋，要是把抽屉里的安眠药当糖吃，一口吞下几粒，这可不是闹着玩的。陈老就只有这么一个孙子。

10.小宝最好玩，喜欢含一根吸管吹泡泡，万一把清洁剂当泡泡液，一口一口地吸进去，这可不是闹着玩的。陈老就只有这么一个孙子。

陈老试了摇篮，关了煤气筒，锁了窗户，也把安眠药和清洁剂收在高处。这些都无法说服儿子，让小宝留下来。儿子的理由是：不担心小宝的肉体受到伤害，只担心小宝的精神受到折磨。

儿子决定把小宝带走，带到远远的西方去。

陈老的尸体被发现仰面朝天躺在公寓的楼下。查案人员发现一个很不寻常的现象：陈老的房里有煤气筒一个、安眠药一瓶、清洁剂一罐、尼龙绳一根，窗开着，窗口下靠墙的地方有椅子、凳子数张。

陈老的死，是肉体受到伤害，还是精神受到折磨？没有结论，判为悬案。

[新加坡]林锦/文

　　林锦(1948～　　),原名林文锦,新加坡作家,祖籍中国福建。新加坡国立大学中文硕士,华中师范大学文学博士。林锦从事写作多年,作品以散文、散文诗、小说为主,也写诗歌和评论,研究新马文学。出版著作有散文集《园边集》《鸡蛋花下》《乡间小路》,微型小说集《我不要胜利》《春是用眼睛看的》,学术论著《战前五年新马文学理论研究》,儿童文学《电话风波》(合集)。《林锦文集》被列为"东南亚华文文学大系新加坡卷"丛书之一。

　　这是一篇写法别具一格的微型小说。微型小说限于篇幅,通常不像中短篇小说那样分若干章节,但作者非但分了,还分得很细,主要内容一段为一节,相对独立,前半部共有10段,分为10小节。更有意思的是,作者在小说的导读中注明,此文可打乱1～10小节的排列,可有三种以上的组合排列。当我们读了这10节后,就明白了陈老关于摇篮、关于煤气、关于窗户、关于安眠药、关于清洁剂等的妥善处理,都是为了小孙子的安全,更确切地说是为了留住可爱的小孙子,不让儿子把孙子带到西方国家去。然而,这一切都徒劳了。

　　作为爷爷的陈老怕孙子肉体上受到伤害,作为儿子的却以怕孙子精神受到伤害而执意要让孙子离开爷爷。作为陈老的儿子他只考虑了自己儿子的精神不受伤害,却全然没顾及他父亲的精神也会受到伤害。当他执意带走自己儿子时,他父亲陈老在精神伤害下,只能选择肉体伤害了。可以想象,陈老在不堪精神伤害的压力下,对煤气筒、安眠药、清洁剂、尼龙绳——有过考虑,最后选择了窗口,一了百了,成为永远的悬案。

我的第一只鹅

◇[苏联]伊萨克·巴别尔

读点

以小见大，抨击战争的残暴，从一个特殊侧面真
实表现战争的残酷。
揭示人性的扭曲，表现知识分子的良知。

第六师师长萨维茨基远远望见我便站了起来，他身躯魁伟健美得令我惊叹，他两条修长的腿包在紧箍至膝弯的锃亮的高筒靴内，美如姑娘家的玉腿。

批：外貌描写，突出人物的魁梧，同时也反衬"我"的文弱。

我将暂调我来师部的调令递呈给他。

"执行命令！"师长说，"执行命令，你想把你安排到哪儿都行，除了前沿。你有文化吗？"

"有，"我回答说，很羡慕他青春的刚强和活力，"是彼得堡大学法学副博士……"

"原来是喝墨水的，"他笑了起来，大声说，"还架着副眼镜。好一个臭知识分子！……他们也不问一声，就把你们这号人派来了，可我们这儿专整戴眼镜的。怎么，你要跟我们住上一阵子？"

批：行军打仗的军人有瞧不起知识分子的习惯，这为下文情节发展作铺垫。

"住上一阵子。"我回答后，便跟着设营员去村里找个下处住下。

设营员把我的小箱子扛在肩上。我面前是环形村道，黄不棱登的，像南瓜。天上，奄奄一息的太阳正在吐出粉红色的气息。

我们走近一排绘有花纹的原木搭成的农舍，设营员站停下来，突然面带歉意地微笑着说："我们这儿专拿戴眼镜的开涮，劝阻不了。功劳再大的人在这儿也会气得肺都炸裂。您呀，要给娘们点颜色看看，哪怕是最本分的娘们，那就能取得战士们的好感……"

他掮着我的箱子迟迟疑疑地走到我紧跟前，又倒退一步，心一横，跑进了第一个院场。哥萨克们正坐在干草上相互修面。

"喂，战士们，"设营员一边打招呼，一边把我的箱子放到地上，"根据萨维茨基同志的命令，你们必须接纳这个人住在这儿，不得对他动粗，因为这人喝过不少墨水……"

设营员脸涨得通红，头也不回地走了。我举起手来向哥萨克们敬礼。一个蓄有亚麻色垂发、长有一张漂亮脸庞的小伙子走到我的箱子前，一把提起箱子，扔出院外，然后掉过身子，把屁股冲着我，放出一串臊人的响声。

那小伙子就这么一点儿并不高明的伎俩，施展完了，便走开了。于是我弯腰把散得一地的手稿和几件破衣服放回箱子，拎到院场的另一边。我把干草铺在坏掉了的箱子上，权作枕头，躺到地上，打算把《真理报》上登载的列宁在共产国际第二次代表大会上的讲话看完。哥萨克们在我脚边走来走去，那个小伙子没完了地拿我取笑，也不觉得累，我爱不释手的文句沿着荆棘丛生的小道朝我走来，却怎么也走不到我身边。于是我把报纸撂下，朝正在门廊下搓线的女房东走去。

"女掌柜的，"我说，"我要吃东西……"

老婆子抬起她那双半瞎了的眼睛的暴眼珠，朝我看了一下，又垂了下去。

"我说同志，"她沉默了一会儿，说，"一提吃的事儿，我宁愿上吊。"

批："专拿戴眼镜的开涮"，"给娘们点颜色看看"能得到好感，哪怕是最本分的娘们，这是意在说明战争扭曲了人性，使人们轻视知识，倾向暴力。

批：设营员的"迟迟疑疑""心一横"，说明这些哥萨克战士粗鲁得出名。

批："我"的彬彬有礼换来的是哥萨克战士的轻视，不仅把"我"的东西扔了，还冲"我"放臭屁，呼应前面的情节，为下面情节发展蓄势。

批：把烦乱的环境比作"荆棘丛生的小道"，把"文句"拟人化，生动形象地写出了因为环境的干扰（哥萨克战士肆意的羞辱）使"我"无法专心读报。

批：连老婆子也瞧不起知识分子！让"我"很困惑、很恼怒，"我"不得不展现暴力的一面，可见战争的残酷。

"他妈的，"我气呼呼地咕噜着，朝老婆子当胸就是一拳，"你敢跟我说这种话……"

我掉过头去，看到不远处撂着一把别人的马刀。有只端庄的鹅正在院场里一边踱着方步，一边安详地梳理着羽毛。我一个箭步蹿上前去，把鹅踩倒在地，鹅头在我的靴子下咔嚓一声碎了，血泪汩地直往外流。雪白的鹅颈横在粪便里，死鹅的翅膀还在扑棱。

"他妈的！"我一边说，一边用马刀拨弄着鹅，"女掌柜的，把这鹅给我烤一烤。"

老婆子半瞎的眼睛和架在上边的眼镜闪着光，她拿起鹅，兜在围裙里，向厨房走去。

"我说同志，"她沉默了一会儿，说，"我宁愿上吊。"说罢，带上门走了进去。

院场里，哥萨克们已围坐在他们的锅前。他们笔直地坐着，一动也不动，像一群祭司，而且谁都没看鹅一眼。

"这小子跟咱们还合得来。"其中一个议论我说，挤了挤眼睛，舀起一匙肉汤。

哥萨克们像相互尊重的庄户人那样斯斯文文地吃着晚饭，我用沙子擦净马刀，走到大门外，又回到院场里，心里十分痛苦。月亮像个廉价的耳环，挂在院场的上空。

"老弟，"哥萨克的头头苏罗夫科夫突然对我说，"你的鹅还没烤熟前，先坐下来跟我们一块吃点儿吧……"

他从靴筒里掏出一把备用的匙，递给我。

"报上都说些什么？"那个蓄有亚麻色垂发的小伙子一边问我，一边给我腾出了一块地方。

"列宁在报上说，"我一边掏出《真理报》，一边回答道，"我们各个方面都是贫乏的……"

于是我像个亢奋的聋子那样扯直嗓门，把列宁

批：鹅何其弱小、何其无辜，却被残暴地踩死了，展现了一幅血腥的画面。鹅是因为"我"渴望得到新集体的认可而牺牲的。

批：此时的老婆子与前面的爱理不理形成了对比，只是因为"我"残暴地杀死了鹅。

批：你柔弱便蔑视你，你残暴便欣赏你，战争让人变得冷酷凶残。

批：表现残暴本不是"我"的本意，内心自是痛苦。

批："我"因残暴而被接纳，而且是哥萨克的头头，与前面小伙子的欺负情节形成照应。

批：与前面的举动形成鲜明的对比，只因为"我"残暴地杀死了鹅。

的讲话念给哥萨克们听。

我朗诵着，欣喜若狂。

"真理能让不管什么样的鼻孔通气，"我念完报后，苏罗夫科夫说道，"要把真理从一大堆杂七杂八的东西里挑出来别提有多难，可他就像鸡啄米那样一啄一个准儿。"

批：这些哥萨克战士并非不通事理，只是因为战争，其性格被扭曲了。

苏罗夫科夫这话是指列宁，他是师部直属骑兵连的排长。后来我们到干草棚去睡觉，六个人睡在一起，挤作一团取暖，腿压着腿，草棚顶上尽是窟窿眼，连星星都看得见。

批："我"的残暴使"我"得以和这些哥萨克战士关系变得融洽。

我做了好多梦，还梦见了女人，可我的心却叫杀生染红了，一直在呻吟，在滴血。

批：梦说明"我"的痛苦，良知未泯。

（佚名/译）

文弱而良知未泯的新战士

伊萨克·埃玛努伊洛维奇·巴别尔（Исаак Эммануилович Бабель，1894年6月13日～1940年1月27日），笔名巴布埃尔·基墨尔·柳托夫，苏联著名作家。代表作是短篇小说集《骑兵军》，其中以《我的第一只鹅》最为著名。1975年他的《骑兵军》重新出版，并陆续译成二十多种语言，震惊了欧美文学界。1986年，《欧洲人》杂志选出100位世界最佳小说家，巴别尔名列第一。

《骑兵军》是一部由33个小故事组成的短篇小说集。作家巴别尔用日记、家信、谈话等形式，把"我"（1920年，巴别尔以战地记者的身份，跟随布琼尼统帅的苏维埃红军第一骑兵军进攻波兰，战争历时三个月）参加红色骑兵第一军的战斗生活中的所见所闻记录下来，通过这些故事向我们真实地再现了苏联国内战争时期革命斗争的残酷。作品成功塑造了一批杰出的红军将士的英勇形象，也揭露了革命中暴露出的失误和偏差，如将领的武断、士兵的顽鲁和野蛮等，还流露出作家谴责一切战争、仇恨一切杀戮的泛人道主义立场。《骑兵军》这曲曾经震撼过世界、畅销欧美的苏波战争的绝唱，既是一个戴眼镜的犹太书生有关文明与暴力、征服与反抗的记录，也是一部霸气十足、豪气冲天、剽悍粗犷的哥萨克骑兵将士的列传。

《我的第一只鹅》这篇小说以小见大，写一位文职人员为得到哥萨克军人的认可而杀死了一只鹅，揭露了残酷的战争扭曲了美好的人性。小说动用了多种表现手法，刻画了一个文弱而良知未泯的新战士的形象。

小说中的"我"是彼得堡大学法学副博士,架着眼镜,一开始就用衬托的手法,六师师长英武的形象,"他身躯魁伟健美得令我惊叹",反衬"我"的文弱。"我"关心时政,一有空就坐下来看报,这是初到军营的"我",不仅文弱而且知性。为了适应军营的环境,"我"作出了残忍的举动,杀掉女房东的鹅。作者用了对比的手法,"我"的文弱知性与残忍粗暴形成鲜明对比;哥萨克们对待伙伴的尊重,与对"我"的无礼形成对比;哥萨克们对"我"的前后态度对比,这些对比充分揭示了战争对人性的扭曲:以施暴为乐趣。

文中还有大量的动作描写,如写"我"对女房东的不敬,杀鹅时"一个箭步蹿上前去"等动作细节,写出了"我"的粗暴。有直接的心理描写,如"我的心却叫杀生染红了,一直在呻吟,在滴血",写出了"我"的痛苦,良知未泯。

小说没有对战争屠杀场面的渲染,但仅仅是对"我"的形象的塑造,读后都足以让人心头更加沉重。(子夜霜、万爱萍、罗胤)

芳草地　　渡过兹布鲁齐河

第六师司令官报告:诺弗戈拉德－沃棱斯克于今日拂晓时被攻占。司令部已经撤离克拉比弗诺,我们的辎重车队一进入人声嘈杂的后方,就铺开在从布列斯特通往华沙的公路上,这条公路早先就是尼古拉一世用农民的累累白骨修筑起来的。

田野里花花绿绿的,被罂粟花点染得分外红艳;正是中午时分,微风在渐渐变黄的稞麦中间荡漾着;洁白无瑕的荞麦,宛如远处修道院的一堵围墙耸起在地平线上。安谧的沃棱河水,蜿蜒曲折地从我们身边流过,随后就在桦树林上空蓝灰色薄雾里消失了;在遍地花开的斜坡之间匍匐爬行,还得穿过一片又一片蛇麻草,不时扎伤了两条早已疲惫不堪的胳膊。而橘黄色太阳,却像一颗被砍掉了的脑袋,从天上徐徐下降,偶尔还从云端里透出一点柔和的光影。落日时分,军旗在我们头顶上空迎风飘扬。傍晚,凉风习习,里面还掺杂着昨天浴血殊战和被宰掉的马匹的气味。黑黝黝的兹布鲁齐河在咆哮,河水随着一团团泡沫往下游奔腾而去。各处桥梁都已经坍塌了,于是我们就只好涉水过河。这时皓月当空,波光粼粼。许多马匹都装上了后鞯,喧嚣的湍流在数百条马腿中间汩汩作响。有人沉到了水里,还在大声诅咒圣母马利亚。河面上漂起了从马车上掉下来的黑乎乎的方方块块的碎片,而且到处是乱糟糟的噪音,夹杂着哨声和歌声,正在微弱的闪光隐约可见的山谷里,在月光下弯弯曲曲的小径上空回响着。

我们到达诺弗戈拉德已是深更半夜了。我在被派去投宿的那个屋子里,发现有一个怀孕的妇女和两个红头发、瘦脖子的犹太人。此外,还有一个犹太人则贴着墙边,蒙住脑袋,睡着了。我又在指定给我的那个房间里,发现好几个衣柜都被兜底翻过,地板上有从女人皮袄上扯下来的破衣襟,还有人们随地乱撒的秽物,以及犹太人一年一度只在复活节使用的那些挺玄乎的陶器碎片。

"拾掇一下吧,"我对那个女人说,"脏得真不像话!"那两个犹太人从原地站了起来,穿着他们的毡底鞋,七手八脚把地上这一堆破东西给清除掉了。他们一声不响,像猴子一般满屋子跳来跳去,又像马戏团里的日本小丑那样,鼓起他们的脖子在不断旋转着。他们给我拾掇好一张原有羽毛褥垫、现已空荡荡的床,我就只好紧挨着蒙头大睡的那个犹太人的墙边躺了下来。笼罩在我床上的那种贫困,简直令人昏厥。

这时,沉寂压倒了一切。只有那个月亮正用她蓝幽幽的手捂住自己闪闪发亮、无忧无虑的圆脸孔,活像窗外一个流浪汉在四处漂泊一样。

我给自己麻木不仁的双腿来回按摩,躺在那个千疮百孔的褥垫上,不一会儿就睡着了。我梦见第六师司令官突然出现在我跟前:他正在追赶骑在一匹笨重的牡马上的某旅司令官,对准后者的眉心开了两枪。子弹穿过了某旅司令官的脑袋,两颗眼珠子一下都掉落在地上。第六师司令官萨维茨基正冲着那个受伤的人大声嚷道:"你干吗不把全旅人马撤回来?"——说到这里,我突然惊醒了,原来是那个怀孕的妇女正用自己的手指在我脸上乱摸一气。

"好先生,"她说,"你睡觉时还在大声呼喊,你的身子老是在翻来覆去。这会儿我要让你睡到另一个角落去,因为你总是把我父亲推开去。"

她把她的那双细腿和滚圆的大肚皮从地板上抬了起来,又从睡者身上拿走了一条毯子。原来朝天躺着的是一个早已咽了气的老头儿。他的喉管已被割断,脸孔也被劈成两半,胡子上的污血早已变蓝,凝成铅块一般。

"好先生,"那个犹太女人一面猛摇那张床,一面说道,"是波兰人把他的喉管割断了。他还在一个劲儿哀求他们,说:'拉我到院子里杀吧,别让我女儿眼看着我死去。'可他们压根儿没听他的。他在屋里断气的时候还在惦念着我。——如今我真想知道。"这个女人突然发出一阵可怕的狂叫声:"我真想知道,任凭你走遍天下,哪能再找到像我亲爹那样的父亲呢?"

[苏联]伊萨克·巴别尔/文,潘庆舱/译

品读

1920 年 4 月 24 日,波军进占乌克兰和白俄罗斯广大地区。苏联红军 5 月 29 日进行反击,将参与干涉的波军赶出了国境,并将战火烧到波兰的首都华沙。当时,巴别尔是以战地记者的身份随苏联红军第一骑兵军进入波兰。后来发表了短篇小说集《骑兵军》。

巴别尔对世界有着独特的理解和感受,能淋漓尽致地揭示出生活和人的多面性,从而构成了他的小说独特的艺术真实感。他善于把对立矛盾的东西组织在同一个故事、同一个画面中，以强烈的明暗对比造成独特的效果。他的文笔洗练，常常是寥寥几笔就能塑造出一个人物，点染出一种气氛，而且在悲惨的情节中溢出抒情的气息，在冷峻的描写中充满鲜明的色彩。

《渡过兹布鲁齐河》是《骑兵军》中的第一篇，讲述主人公"我"在战斗过程中的某一天留宿在一个犹太人老百姓家的故事，结果跟死尸在同一张床上躺了一宿。小说的开头展现一段非常动人的风景描写，作者描述美好的风景背后，实际为了表现战争的血腥。到了夜晚，留宿在一家犹太人老百姓家里的"我"忽然被噩梦惊醒。醒来之后，"我"却发现，男主人被割断了喉咙，早就死去了，而自己竟一直与他的尸体躺在一起。由此产生的强烈对比，给读者带来了震撼和惊悚的阅读效果。

旅途惊魂

初上无人岛

◇[英国]丹尼尔·笛福

读点

*塑造了一个审时度势、自强不息的有智有勇的
形象。
深陷绝境而不屈服方为勇者。*

内容提要：

本文选自《鲁滨孙漂流记》，标题是编者所加的。这部小说是笛福受当时一个真实故事的启发而创作的。当时英国杂志报道这样一则新闻：1704年4月一名叫塞尔柯克的苏格兰水手与船长发生争吵，结果被船长遗弃在大西洋中离智利有400英里之遥的安·菲南德岛上达4年零4个月之久。后来，他才被伍兹·罗杰斯船长所救，当他被救回英国时已经成为了一个野人。

小说主人公鲁滨孙便是以塞尔柯克为原型塑造的。

鲁滨孙出生于英国约克城的一个体面人家。父亲要他过安定和富裕的生活，但他有遨游四海的强烈愿望。鲁滨孙三次航行，多次历险，后来在巴西建立了自己的种植园。他不甘于这样的生活，又再次出海，结果遭遇风暴，船撞礁沉没，海员们都葬身海底，只有他被潮水推到一个荒无人烟的海岛上。

鲁滨孙把船上有用的东西都运到岛上。这样他来回运了11趟。鲁滨孙发现这是个孤岛，他在山坡下选择一个优良的地势作为自己的居住地点，并建造自己的居所。怕忘了时间，他用刀子在一根木桩上刻上记号。他又开始写起日记来。

鲁滨孙除捕食野山羊外，还饲养了一些。他收集种子，扩大种植；用果树和葡萄制作食粮；捕捉鳖和飞禽，改善食物状况。鲁滨孙把头劈成铲子模样掘地耕种。他烧制了瓦罐做炊器，使自己吃上了面包。生活到第六年，鲁滨孙造了一只独木船。他驾着独木船，绕着海岛划行，以视察他的"岛国"。几年后，他靠自力更生，生活中的必需品应有尽有了。

生活到第15年，鲁滨孙在海边地上发现了野人的足印。第24个年头，又来一群野人，他们要杀死吃掉俘虏，鲁滨孙从野人那里救出了其中的一个，起名叫"星期五"。后来，海上又来了一批野

人，鲁滨孙见俘虏中有一位是欧洲人，便和星期五前去营救。被救的人中有一名竟然是星期五的父亲。

1686年12月19日，鲁滨孙离开了海岛。前后他在岛上生活了二十八年两个月零十九天。次年7月，他回到英国。

鲁滨孙回国后，父亲已去世了。他结了婚，卖掉了巴西的产业，成为巨富。几年后妻子死了，他于1694年搭船外出，并回到了他开垦过的海岛。鲁滨孙把土地均分给岛上居民每人一份，而他自己保留了财产所有权。

选文主要叙述了鲁滨孙从大船上抢救各种物资的过程，一方面突出了他战胜困难的坚定性，另一方面体现了他以过人的智慧充分利用大自然并取得成功。可见，头脑加毅力是鲁滨孙在荒岛上初战告捷的重要原因。

我醒来的时候，天已大亮了；这时天气晴朗，飓风也减弱了，海面上也不像以前那样波浪滔天了。然而，最使我惊异的是，那只搁浅的大船，在夜里已被潮水从沙上浮了起来，差不多冲到我先前被冲回的那块岩石附近了。现在这船离我不过一哩来路，看起来还好好地直立在那里。我很想上船去，从上面弄些应用的东西回来。

批：前文已描述这大船遭遇风暴而撞礁沉没的情节。

批：敏锐体察变化，迅疾敲定目标，并将为此竭尽全力。"想上船"引出下面的故事。

我从树上的住所走下来，向四面八方望了望，第一样被我看到的，就是那只小艇，给风浪所冲，已经搁在旱地上，在我的右手，约莫二哩来路。我沿着海岸，想走到它旁边去，但是，在它和我之间，却横着一条大约半哩宽的小水湾。于是我决定暂时不去，因为我最关心的是要到大船上去，希望在上面找到一些度日的东西。

批：行动有取有舍。拒绝盲动，保持理性——鲁滨孙走向成功的重要保障。

过午以后，海面平静，潮水退得很远，我和大船之间的距离只有四分之一哩了。这时我心里不由得又难过起来，因为我想，倘若昨天我们全船的人都不下小艇，我们大家定然平安无事，定然平平安安地上了岸，我也不会像现在一样，孤孤零零，既无乐趣，又无伴侣了。想到这里，我的眼泪不禁流了下来。但现在悲伤也于事无补，于是我便决定，如果可能，还是先到船上去。这时天气热极了，于是我便脱了衣

批：后悔是于事无补的，从事故中汲取教训而免得重蹈覆辙才是重要的。面对困境，与其伤心流泪，不若脚踏实地，想方设法克服险境才是最为迫切的，悲伤绝望只能使自己的处境更加艰难。

服,跳到水里。可是,当我泅到船边的时候,却没法上去,因为它搁在沙滩上,离水很高,在我两臂所能伸到的距离以内,没有什么东西可以抓住。我绕着它游了两个圈子,到了第二圈时,忽然发现了一根很短的绳子。我心里很奇怪,我为什么先前没有看见呢?那绳子从船头上挂下来,挂得很低,因此我不用费事就抓住了它,靠了它的帮助,攀上船的前舱。上去之后,我才发现船已经漏了,舱底进满了水。不过船是斜搁在一片硬沙岸上,船尾翘起来,船头几乎接近水面,所以船的后半截都没有水。不用说,我的第一步工作是要搜寻一下,看看有些什么东西已经坏了,什么东西还没有浸水。首先,我看见船上的粮食都还干燥无恙;这时我急于想吃点东西,便走进面包房,把我的衣袋都装满了饼干,一边吃着一边做着别的事,因为我必须抓紧时间才行。我又在大舱里找到了一些甘蔗酒;我就喝了一大杯,因为在当前的情况下,我很需要喝点酒提提神。现在我什么都不想,只想有一只小艇,把我认为需要的东西,装到岸上去。

　　一个人只是呆呆地坐着,空想自己所得不到的东西,是没有用的;这个绝对的真理,使我重新振作起来。我们船上有几根多余的帆杠,还有两三块木板,还有一两根多余的第二接桅。我决定先从这些东西着手,只要搬得动的,都把它们从船上扔下来,每根上面都绑上绳子,防备它们被水冲走。这一步做好了,我又走到船边,把它们拉到我跟前来,把四块木头绑在一起,两头尽可能地绑紧,扎成一只木排的样子,又用两三块短木板横放在上面。我在上面走了走,倒还行,不过因为木块太轻,吃不住多少重量。于是我又动起手来,用木匠的锯把一根第二接桅锯成三段,把它们加在我的木排上。这个工作非常吃力,非常辛苦,但由于我急于想把应用的东西装运到岸上去,这就鼓舞着我做出平常所做不到的事情。

批:天无绝人之路。办法总比困难多,机遇总在坚持中出现。鲁滨孙之所以先前没有看见绳子,是因为当时他只顾往船边游,一心想爬到船上去,其余的根本什么都没看也没想。

批:"装满"表明鲁滨孙已饥饿难耐。边吃边做则表明此时他头脑清醒,身手敏捷。

批:生存才是首要的。

批:"搬""扔""绑""走""拉""扎""放",动作娴熟,一气呵成,不仅能体现鲁滨孙能干耐劳,还表明他行事严谨,未雨绸缪。

批:审慎行事,生命不容闪失!

批:这是一种求生的欲望支撑着他,如果完不成这些工程,他就无法生存下去。

我的木排这时已经比较牢固,能够吃得住相当的重量了。第二步就是考虑把什么东西装上去,并且怎样使我装上去的东西不至于被海浪打湿。但我不久便想到了办法。我首先把船上所能找到的木板都铺了上去,然后,我把自己最需要的东西考虑了一番,我把三只船员用的箱子打开,把里面的东西倒出来,把它们吊到我的木排上。在第一只箱子里,我装上了许多粮食、面包、米、三块荷兰酪干、五块干羊肉,以及一些剩下来的欧洲麦子——这点麦子本来是准备用来饲养我们带到船上的一些家禽的,但家禽现在已经死了。船上本来还有一点儿大麦跟小麦,后来才发现都被老鼠吃掉了或毁完了,使我非常失望。至于酒类,我也找到了几箱,都是属于船主的;里面有几瓶甜酒,还有几加仑白酒。我一概把它们放在一边,因为放进箱子里既没有必要,又没有地方。我正在做这些事情的时候,只见潮水已开始上涨,来势虽然很平和,却把我留在岸上的上衣、衬衫和背心通通冲走了。这使我非常懊丧,因为我游泳上船的时候,身上只穿一条麻纱开膝短裤,一双袜子。这样一来,倒使我不得不来搜罗一些衣服了。我在船里找到了许多衣服,但是我只取了几件目前要用的——因为我心目中还有一些更重要的东西要找,尤其是土木工具。我找了半天,终于找到了木匠的箱子。这东西对于我非常有用,就算这时有一满船金子,也没有它值钱。我把它原封不动放在我的木排上,也没有花时间把它打开看看,因为我早已知道里面大概装的是什么了。

其次我想要弄到的是弹药和枪械。大舱里本来有两支很好的鸟枪和两支手枪;我先把它们拿到手里,又拿了几只装火药的角筒、一小包子弹和两把上了锈的旧刀剑。我知道船上有三桶火药,只是不知道我们的炮手把它们放到什么地方去了。我找了半

批:行事有条有理,有主有次。勇敢智慧的鲁滨孙!

批:思考与选择无处不在。

批:鲁滨孙一心两用,另一只眼始终盯着货船之外的世界,不幸衣物被冲走!

批:虽然情势紧迫,千头万绪,但头脑清醒才是第一要务。鲁滨孙做到了。他不急躁,不贪多,不忙乱。

天,终于找到了它们:有两桶还很干燥,很好,另外一桶却已经沾了水了。我把这两桶干燥的火药连同那些枪械都搬到我的木排上。这时我觉得我所装的东西已经够多了,便开始盘算,怎样才能把它们运到岸上。因为我既没有帆,又没有桨,又没有舵,只要有一点风,就会把我的木排打翻。

有三件事鼓励着我。第一,海面平静;第二,潮水正在上涨,正在向岸上冲;第三,虽然有一点风,却是向岸上吹的。同时我又找到了两三只断桨,并且除了箱子里的工具之外,又找到了两把锯,一把斧子,一只锤子;于是我便载了这些货,向岸上出发。最初一哩来路,我的木排走得倒挺好,不过它所漂去的地方,却和我昨天登陆的地点有些距离,在那一带我看到水面有回流,因此,我希望附近有一条小溪或是小河,可以用来作一个港口,起货上岸。

果然不出我的意料,我不久便看到了一个小港口,并且看见潮水正往里面直涌。于是我尽可能地驾驶着我的木排,顺着急流的中心漂去。在这里,我几乎再一次碰到船只失事的灾祸。(倘若真的这样,那我就太伤心了。)原来,由于我不熟悉地形,我的木排忽然一头搁在浅沙上,而另一头还在水里漂荡着,另差一点,我的全部货物就要从漂在水里的一头滑到水里去了。我拼命用我的背顶住那些箱子,不让它们滑下去。可是,使出了我的全部力气,我也没法把木排撑开;我只好用全力顶住箱子,足足站了半个钟头,直到后来,潮水上来,才使我比较平衡一点儿。又过了一会儿,潮水愈涨愈高,我的木排才又浮了起来。我用桨把它一直向海口撑去,一直撑到一条小河的入口处,这地方两边都是陆地,潮水直往里流。我向两岸望了望,打算找一个适当的地方起岸,因为我不愿意太走进小河,想尽量靠近海边,希望能看到海上的船只。

批:适可而止,难得。环环相套,周密!

批:鲁滨孙是一个乐观主义者。身处困境,乐观弥足珍贵。

批:天助有志者。

批:两个"顶"字,是勇气的比拼,是意志的较量,是能耐的角逐。

末了，我忽然在小河的右岸发现了一个小湾。我费了很大的劲儿，好容易才把我的木排驾到最浅的地方，用我的桨抵住河底，把木排撑了进去。可是，在这里我几乎又把我的货都翻到水里去了。因为这一带海岸又陡又直，没有地方可以登岸，如果我的木排一头高高搁在岸上，另一头仍旧像前次那样低垂着，我的货就又要危险了。我这时只好把我的桨当作锚，把木排的一边固定在一片靠近河岸的坦滩上，等潮水涨到最高点，漫过那块坦滩时再说。后来，潮水果然涨上来了。我一看水已经涨得够高了——因为我的木排差不多要吃一呎多深的水——就把木排撑到那块坦滩上，再把我的两只断桨，插到泥地里，前头一根，后头一根，把木排停泊在那里，单等潮水退去，把我的木排和货物平平安安地留在岸上。　　（徐霞村/译）

批："费""驾""抵""撑"，形象地写出鲁滨孙直到最后还在搏击。

批：审时度势，利用一切可以利用的条件，鲁滨孙可谓智勇双全。

胜利属于自强不息者

　　"不抛弃，不放弃"从我们口中不知出现了多少次，而对鲁滨孙来说，"不抛弃，不放弃"却化为实实在在的行动。执着、奋斗与坚持让他重获生的希望，让他在与自然与命运的抗争中成为最后的胜利者。鲁滨孙漂流到荒岛以后，虽然困难重重，他虽有忧虑，但不是消极地对待困难，而是积极行动，寻找哪怕一线的生机，为生存而奋斗。

　　鲁滨孙很勇敢，一旦作出决定，就毫不犹豫付诸行动。为了获得船上的补给，鲁滨孙"脱了衣服，跳到水里"，只身"泅到船边"，绕船两周后，终于借助一根绳子攀上了船；为运送货物，他"把四块木头绑在一起"做成木排；为防货物滑落水中，他拼命用"背顶住那些箱子"。

　　鲁滨孙行事审慎，注意细节。如，扎木排"两头尽可能地绑紧"，"又用两三块短木板横放在上面"以增加结实度，并且做好后还"在上面走了走"以作验证。

　　鲁滨孙是一个有头脑有准备的人，而非蛮干。在船上挑选物品时，他不贪多，不盲从，"搜罗一些衣服"，"把这两桶干燥的火药连同那些枪械都搬到我的木排上"，并且，"我正在做这些事情的时候，只见潮水已开始上涨"，可谓眼观六路。在运货途中，他一直没有停止对登陆地点、卸货方式的思考。他因势利导，尽可能利用一切可以利用的自然条件。

　　鲁滨孙不是没有动摇，但他明白必须积极行动起来，"空想自己所得不到的东西，是没有用的"；他一直在给自己鼓气，一个一个目标的达成给他以力量，自然条件的些许变化(海面平静、潮水上涨、吹向岸上的风等)给他以鼓励，使他振作。始终不倒的乐观与信心让他绝处逢生。胜利只属于自强不息者。（张大勇、屈平）

野人遭遇战

　　现在事情已经万分紧急了，因为我看见有十九个野人坐在地上，大家挤在一块，他们已经派了两个另外的野人过去宰杀那可怜的基督徒，大概要把他加以肢解，一条胳膊一条腿地拿到火旁边来，又看见那两个野人已经弯下腰去，在解他脚上绑的东西。我转过头去对星期五说："我叫你怎么办你就怎么办。"星期五说他一定照办。我说："那么，星期五，你看我怎么办，你就怎么办，不要误事。"于是我把一支短枪和一支鸟枪放在地下，星期五也把他的一支鸟枪和一支短枪放在地下。我用剩下的一支短枪向那些野人瞄准，并且叫星期五也同样地做。然后我问他预备好了没有，他说："好了。"我说："那么向他们开火吧。"同时我自己也开了枪。

　　星期五的枪法比我强得多，他那边的射击结果，打死了两个，又伤了三个。而我这边，只打死了一个，伤了两个。不消说，那群野人顿时吓得魂飞天外，所有没有打死打伤的，都一齐跳了起来，也不知道往哪儿飞跑，也不知道往哪儿瞧好，因为他们根本不知道这场灾祸是打哪儿来的。星期五一双眼睛紧紧盯着我，依照我吩咐他的，注意着我的动作。我放完了第一枪，马上把手里的短枪丢在地上，拿起那支鸟枪，星期五也这样做。他看见我闭着一只眼瞄准，他也照样瞄准。我说："星期五，你预备好了吗？"他说："好了。"我说："凭卜帝的名义，开枪！"说着，我就向那群惊慌失措的畜生又开一枪，星期五也开了枪。这次我们枪里装的都是小铁沙或手枪子弹，所以只有两个倒了下来，但受伤的却很多，只见他们像疯子似的乱跑乱叫，全身是血，多数都受了很重的伤；其中有三个紧跟着又倒了下来，虽然还不曾完全死去。

　　我把放过了的枪放下来，把那支装好了的短枪拿在手里，对星期五说："现在，星期五，你跟我来。"他果然很勇敢地跟着我。于是我冲出树林，出现在那些野人面前，星期五寸步不离地跟在我后面。当我看见他们已经望得见我时，我就拼命大声呐喊，同时也叫星期五跟着我大声呐喊。我一面呐喊着，一面向前飞跑（其实我跑得并不算快，因为身上的枪械实在太重了），一直朝那可怜的受害人跑去。前面已经说过，这位可怜的人这时正躺在野人们所坐的地方和大海之间的沙滩上。那两个正要动手杀他的屠夫，在我们头上一枪的时候，早已吓得魂不附体，丢开了他，向海边跑去，跳上了一只独木船，同时那群野人中间，也有三个向同一方向跑去。我转身通知星期五，叫他追过去向他们开枪。他立即明白了我的意思，向前跑了大约四十码，跑到离他们较近的地方，向他们射击。起初我以为他已经把他们通通打死了，因为我看见他们一股脑儿都倒在船里了，可是不久我又看见他们中间有两个人很快地坐了起来。尽管这样，他也打死了两个，打伤了一个，那个受伤的倒在船舱里，仿佛死了一般。

　　当星期五向他们开火的时候，我拔出我的刀子，把那可怜的受害人身上捆着的菖蒲草割断，把他的手脚松了绑，然后扶着他起来，用葡萄牙话问他是什么人。他用拉丁话回答说："基督徒。"但人已经疲惫无力到极点，几乎站都站不住，话都说不出来了。我从袋子里拿出酒瓶子来，做手势叫他喝,他马上喝了几口;我又给了他一块面包,叫他吃下去。于是我又问他是哪一国的人,他说:"西班牙人。"这时他的精神已经微微有些恢复,于是他做出各种手势,让我知道他怎样感激我的援救。"先生,"我把我所知道的西班牙话通通搬了出来,"我们回头再谈吧,现在还是打仗要紧。要是你还有点力气的话,你就把这支手枪和这把刀拿去,杀过去吧。"他很感激地把它们接了过去。他手里一拿到武器,就仿佛滋生了新的力量一样,顿时就向他的仇人们扑了过去,一下子就把他们砍倒了两个,把他们剁成肉泥。因为,事实上,我们所进行的这场攻击实在太出乎他们意料了,这班可怜的家伙给我们的枪声一吓,立刻吓得东倒西歪,连逃跑都不知道如何逃法,只有拿他们的血肉之躯来抵挡我们的枪弹了。星期五在小船上打死打伤的那五个,情形也是一样;有三个固然是受伤倒下来的,另外两个却是吓昏了头,不由得倒了下来。

这时候,我手上依旧拿着我那支枪,不去放它,因为我已经把手枪和腰刀给了那西班牙人,手里不得不留一支装好弹药的枪,以防万一。于是我把星期五喊过来,吩咐他赶快跑到我们第一次开枪的那棵大树那边,把那几支放过的枪取来。他很快就取来了。于是我把我的短枪交给他,坐下来,把所有的枪都装上弹药,嘱咐他们有需要的时候,尽管到我这儿来取。我正在装弹药的时候,忽然看见那位西班牙人正和一个野人扭作一团,打得不可开交。那个野人手里拿着一把木头刀,跟他厮拼(这种木头刀,正是他们刚才准备用来杀他的那种武器,要不是我及时加以阻止,早就把他杀掉了)。那西班牙人虽然身子很虚,却勇猛异常;我看到他的时候,他已经和那野人恶战了好一会儿,并且已经把那野人头上砍了两个大口子。不料那野人是一个肥硕无比、孔武有力的家伙,往前猛地一扑,就把他撂倒在地上,伸手来夺他的刀。这时那西班牙人给他压在底下,急中生智,急忙放松手中的刀,从腰带抽出手枪来,没等我来得及跑过去帮忙,早已对准那野人身上开了一枪,当场就把他打死了。

星期五趁这时候没人管他,马上把别的武器丢在一边,手里只拿了一把斧子,向那批望风而逃的野人追过去,用他的斧子把刚才受伤倒下来的三个野人结果了性命,并且把他能够追得上的野人一齐斩尽杀绝。这时候,那西班牙人也跑过来向我要枪,我就给了他一支鸟枪;他拿着鸟枪追上了两个野人,把他们都打伤了;但因为他跑不动,他们就逃到树林里去了,星期五又追到树林里,把他们砍死了一个;但另外一个却异常敏捷,虽然受了伤,仍旧跳入海内,使出平生之力,向那两个留在独木船上的野人泅去。这三个人,连同一个受了伤而生死不明的,就是二十一个野人之中从我们手中逃掉的全部的人。全部战果总计如下:

被我们从树后第一枪打死的,三名。

第二枪打死的,二名。

被星期五在船上打死的,二名。

受了伤又被星期五砍死的,二名。

在树林中被星期五砍死的,一名。

被西班牙人杀死的,三名。

在各处因伤毙命或被星期五追杀而死的,四名。

在小船里逃走的,共四名,其中有一名虽没有死,也受了伤。

以上共计二十一名。

那几个在独木船上的,拼命想划出我们的射程以外;星期五虽然向他们开了两三枪,却没有看见打中一个。星期五很希望我把他们的独木船取过一只来,追杀他们。老实说,我也深以他们逃走为虑,生怕他们把消息带回给他们本族,那时他们也许会坐二三百只独木船卷土重来,以多胜少,把我们吞吃掉。因此我同意到海上去追赶他们。我立刻向一只独木船跑去,跳上去,吩咐星期五跟着一起上去。但当我跳上那只独木舟的时候,我却出乎意外地发现,船上还躺着另外一个没有死的俘虏,也像那西班牙人一样,手脚都给绑着,等待屠杀。这时他因为没法把头抬起来往船外边看,不知道究竟发生了什么事情,已经吓得个半死;又因为脖子和脚都给绑得太紧,而且绑得太久,已经只剩了一口气了。

我立刻把捆在他身上的菖蒲草之类的东西割断,想把他扶起来,但是他连站起来和说话的力气都没有了,只会一个劲儿地哼着,看样子他还以为松了他的绑是要拿他开刀哩。

等星期五来到他跟前,我就吩咐星期五跟他讲话,告诉他,他已经遇救了,同时我又把酒瓶掏出来,叫他给这可怜的野人喝两口。那野人喝了酒,又听见自己已经遇救,不觉精神为之一振,居然在船上坐了起来。不料,星期五一听见他说话,把他的脸一看,立刻又是吻他,又是拥抱他,又是大哭,又是大笑,又是叫唤,一个劲儿地乱跳乱舞,大声歌唱;接着又是大哭,又是扭自己的两手,又是打自己的脸和头;然后又是唱,又是乱跳,活像发了疯似的,那种样子,任何人看了都要感动得流泪。足足有好半天,我才使得他开口告诉我是怎么回事;他稍稍镇静了一会儿,才告诉我,这是他父亲。

[英国]丹尼尔·笛福/文,徐霞村/译

品 读

选自《鲁滨孙漂流记》,标题是编者加的。

丹尼尔·笛福(Daniel Defoe,1660年~1731年4月24日),英国小说家、新闻记者。其作品主要描述了个人通过努力,靠自己的智慧和勇敢战胜困难的故事,表现了当时追求冒险、倡导个人奋斗的社会风气。情节曲折,采用自述方式,可读性强。其代表作《鲁滨孙漂流记》闻名于世。小说讲述一个在海难中逃生的水手在一个热带荒岛上度过28年,通过自己的智慧与勇气,战胜险恶的自然环境,终于获救回到英国的故事。鲁滨孙也成为与困难抗争的典型,因此笛福被视作英国小说的开创者之一。

选文叙述的是鲁滨孙和星期五同一批野人的一次激战。他们发现海上又来了一批野人,俘虏中有一位是欧洲人。鲁滨孙见自己的同胞被俘,便和星期五前去营救。经过一番激烈的战斗,他们杀伤、打死21名野人。没料到俘虏中竟有一名是星期五的父亲。

海盗帮扬帆出航

◇ [美国] 马克·吐温

读点

新奇刺激的海盗生活衬出"坏孩子"们对自由浪漫的向往。
细腻入微的笔墨刻画出人物的内心世界。

内容概要：

《汤姆·索耶历险记》(一译《汤姆·索亚历险记》)小说描写的是以汤姆·索耶为首的一群孩子天真烂漫的生活。

汤姆·索耶受波莉姨妈的监护，但他总是想出各种恶作剧，让波莉姨妈无可奈何。一天，汤姆见到了可爱的姑娘贝琪，就对她展开了攻势。而他的追求似乎也得到了回应。镇上有个孩子叫哈克，他的父亲总是酗酒，因此他跑出来独自生活。汤姆和他成了好朋友。

有一次，汤姆和哈克约好晚上去墓地，却看到了医生罗宾逊、恶棍印江·乔和醉汉穆夫·波特在厮打，印江·乔把罗宾逊杀死了。后来印江·乔嫁祸于波特。汤姆和哈克被吓坏了，发誓决不泄密。波特被捕后，汤姆十分内疚，经常去看望他。此时的汤姆事事不顺，于是，汤姆、哈克和另一个孩子乔一起乘小船去了一个海岛。村里的人们以为他们被淹死了，搜寻他们的尸体。最终，他们三人在村民们为他们举行葬礼的时候回来了。

到了夏天，法官要判决波特，汤姆指出了印江·乔就是杀人凶手，但凶手逃走了。

汤姆和哈克偶然发现了印江·乔和他的一大笔不义之财，但不知道钱藏在哪里。在贝琪和同学们野餐时，哈克得知印江·乔要去加害道格拉斯寡妇，便及时报信，避免了一场悲剧的发生，可印江·乔再次逃之夭夭。汤姆和贝琪在野餐时走进了一个山洞，被困在里面，他们在山洞里再次遇见印江·乔。村民救出汤姆和贝琪后，封死了山洞。汤姆告知村民印江·乔还在里面。当他们打开山洞找到他时，他已经死了。汤姆和哈克回到山洞里，找到了那笔宝藏。

本文选自《汤姆·索耶历险记》。

现在汤姆已经下定了决心。他既悲观又绝望，认为自己是个被遗弃、举目无亲的孩子，没有人疼爱他。如果那些人发现是他们把他逼成这个样子的，他们也许会后悔。他也曾尝试过往好处学，做个招人喜欢的孩子，可是他们不允许。既然他们不喜欢他，一直想把他摆脱掉，就随他们去好了。事情到了今天这个地步，就让他们去责备吧！他们不去责备别人还能干什么呢？连朋友都失去的人还有什么权利去抱怨呢？是的，是他们逼着他最终走到了这一步：他要去过一种犯罪的生活，除此之外别无选择。

这时，汤姆差不多已经走出了学校门前的小巷，学校里上课的铃声隐约回响在他耳边。他想到自己永远、永远再也听不到这个古老而熟悉的声音了，禁不住呜咽起来。这真叫人难舍难离，但这也是被逼无奈呀。现在他既然被赶到了这个冷酷无情的世上，他就得接受这种现实，但是他原谅那些人。想到这里，汤姆便放声大哭起来。

就在这个时候，他遇到了他的知心朋友乔·哈珀。乔的眼神直勾勾的，显然心里正盘算着一个雄心勃勃又不可告人的计划。不言而喻，这是"志同道合"的一对。汤姆用袖子擦着眼睛啜泣着说，他已下定决心逃离他那呆板苛刻和缺乏同情心的家，到外面的大千世界中去流浪，永不回归，只是希望乔永远也不要忘记他。

然而，乔来找汤姆也是为了这个目的。他妈妈用鞭子把他抽了一顿，为的是他偷吃了一些奶酪，其实乔从来没尝过什么奶酪，连奶酪是啥东西都不知道。乔认为她显然是讨厌他，盼望他赶快离开家。要是她真那样想，他也没法子，只好逆来顺受。他希望她过得幸福，永不后悔把可怜的儿子赶到了世态炎凉的世界里去遭罪，去丧命。

批：这段心理活动的描写，详细地交代了汤姆决定离家出走当海盗的原因：大人们只习惯于按大人的思维去要求孩子，而忽略了孩子的感受，最终导致孩子作出极端的举动。

批：等到真的要离开熟悉的学校时，汤姆却禁不住伤心起来，表现了他善良纯朴的本真。

批：即使认为是那些大人们把他赶到了这个冷酷无情的世上，汤姆还是决定原谅他们，进一步表现了他心地善良。

批：乔"雄心勃勃又不可告人的计划"是什么呢？留下了悬念。

批：就是离开也不忘记纯真的友谊，同时也为汤姆找到出走的同伴埋下伏笔。

批：又是一个大人冤枉孩子的悲剧。

两个孩子悲伤地一边往前走着，一边商定了个新盟约，发誓要相互支持、亲如兄弟、永不分离，直到死神把他们从苦海中拯救出来。然后，两个孩子开始为今后的生活做打算。乔想去当隐士，住在一个远离尘嚣而又偏僻的山洞里，靠吃面包屑为生，等待某年某月某日冻死，穷死，或忧伤而死。但是在听了汤姆的打算后，他承认过犯罪生活要比当隐士好得多。于是他欣然同意去当海盗。

　　在圣彼得斯堡镇下游三英里处，有一个狭长的树木茂密的小岛叫杰克逊岛。岛的前端有一个浅沙滩，那儿正是一个理想的地点。岛上没人居住，长着一片茂密的树林，里面很少有人进出。因此他们就选定了杰克逊岛，却想不好谁是他们做海盗后掠夺的目标。随后他们找来哈克，他二话没说就入了伙，因为不论干哪一行对他来说都一样，反正什么都无所谓。他们马上分了手，决定在他们最喜欢的时间——半夜时分，到镇子上游两英里处河岸边的一个僻静地点碰头。那儿停泊着一只小木筏，他们打算先把它搞到手。每个人都要带钓钩和鱼绳，还要带一些通过狡猾隐蔽手段偷来的食物——跟逃犯作案一个样。天还没有黑，他们就到处极力散布消息，说镇上马上就会"听到一条新闻"，他们为自己搞这样的小动作而沾沾自喜。所有得到这样含含糊糊暗示的人都被告诫"不要声张，只管等着瞧好了"。

　　大约半夜时分，汤姆带着一只熟火腿和几样小东西来到了一个丛林茂盛的小悬崖上，从这里可以望见他们的碰头地点。天上群星闪烁，地上万籁俱寂。一望无边的大河像海洋一样平静地流淌着。汤姆仔细听了一阵，没有任何声音打破周围的寂静。

　　然后他吹了一声低沉而又清晰的口哨，崖下有人回应了一声口哨，汤姆又吹了两声，暗号也得到了同样的回应。随后一个警惕的声音问道：

批：两个同病相怜的孩子结成了"海盗帮"的生死盟约。

批：至此，"海盗帮"三位成员终于成列，下面就该是扬帆起航了。

批：出发前搞出点儿小动静，无非是孩子们想要弄出点儿轰动效应的"小聪明"，从中也能窥探出孩子内心的极度兴奋。

批：寂静的环境描写，为孩子们的冒险行动更增添了一分神秘与刺激。

批：很有点儿谍战片的味道。

"来者何人?"

"汤姆·索耶,西班牙海上的黑衣大盗。报上你们的姓名。"

"血手大盗哈克·芬,海上魔王乔·哈珀。"这两个头衔是汤姆根据他喜欢看的书里的名字而封的。

"好,报口令。"

两个沙哑的声音同时压低了嗓门向寂静的夜晚发出了一个令人胆战心惊的字:

"血!"

接着,汤姆把火腿从悬崖上扔了下去,随后他跟着往下爬,费了不少周折才爬了下来,衣服撕烂了,皮肉也划破了。本来在悬崖下面沿着岸边有一条现成的、很好走的小路,但是它缺乏艰难和惊险的刺激味道,根本不能满足海盗的要求。

海上魔王乔·哈珀带了一大块咸肉,扛到这儿可把他累了个半死。血手大盗哈克·芬偷来一个平底锅和许多半干的烤烟叶,还有几只用来做烟斗的玉米棒子。实际上除了他自己,另外两个海盗既不抽烟也不嚼烟叶。西班牙海上的黑衣大盗说,要是没有火什么也干不成。这可是个聪明的看法,可是当时那个地方几乎没有人知道用火柴。他们发现一百码远的上游有一只木筏,上面放着一堆暗火,就偷偷溜了过去,搞了块火种回来。他们装出冒险的架势,嘴里不时地说一声"嘘!"同时又把手指突然压在嘴唇上。他们把手按在想象中的短剑柄上前进着,穷凶极恶地小声发布着命令,说要是敌人胆敢动一动,就捅他个"这头进去,那头出来,因为死人是决不会暴露秘密的"。他们心里很明白,那些撑木筏的人都到镇上采购物品或喝酒闹事去了,但这并不能成为他们不照海盗方式去行事的借口。

没过多久,他们便把木筏撑离了河岸,汤姆指挥

批:孩子们的想象是多么新奇啊,他们把从书上看到的东西照搬过来,既增添了冒险行动的刺激性,又使行动更具"海盗帮"的特征。

批:这些食料为"海盗帮"短暂的安逸生活提供了保障,同时,他们的偷窃行为也为下文的悔恨埋下了伏笔。

批:发"嘘"声、按剑柄、下命令,一切都按海盗的方式去行事,体现了孩子们假戏真做的纯朴童心。

着,哈克划后桨,乔划前桨。汤姆站在木筏中央,眉头紧锁,双臂交叉在胸前,低沉而严厉地小声发布着命令:

"左转舵,顺风起航。"

"是,左转舵,船长!"

"把稳舵,把——稳!"

"把稳了,船长!"

"外转舵!"

"是,外转舵,船长!"

孩子们自始至终把木筏撑得稳稳当当的,一直划到了河中间,那些口令毫无疑问是用来显示一下他们的"气势"的,并没有什么特别的意思。

"现在升的是什么帆?"

"大横帆、中桅帆和三角帆,船长。"

"升起上桅帆! 一直升到桅顶,喂,你们六个——把前中桅副帆升起来! 加把劲儿呀,快!"

"是,是,船长。"

"升起主二接帆! 拉住帆脚索和转帆索! 快啊,伙计们!"

"是,是,船长!"

"快起风了——左转舵! 注意要顺风驶舵,向左,向左! 快,伙计们! 齐心协力! 要撑稳——"

"撑稳了,船长!"

木筏驶过了河中央,孩子们调正船头,然后奋力划起桨来。河水不深,因此流速不超过两三英里。在接下来的三刻钟内孩子们都没吭声。此时,远处闪烁的灯光标明了小镇的位置,它横卧在碧波荡漾、星光闪耀的大河那边,静静地睡着,对眼前正在发生的惊人事件还一无所知。黑衣大盗依然双臂交叉,一动不动地站在那里,对他那曾经欢乐过、后来又遭受过折磨的地方"看上最后一眼",希望"她"能看见他,看见他驾船行驶在波涛汹涌的大海之上,面对

批:一言一行,很有海盗船长的派头,令人忍俊不禁。

批:虽然离开了小镇,可小镇在孩子们的心中却依然那么美。

批:这真是"看上最后一眼"吗? 当然不是,但孩子的心思有时候就是这么单纯。他还希望"她"能看见他,看见他勇敢的壮举,看见他无畏的冒险!

危难和死亡,面带着冷笑去迎接厄运的到来。在他的想象中,他没有费多大劲儿就把杰克逊岛移到视线之外去了,所以在他向镇子"看上最后一眼"时,心里既悲伤,又满足。另外两个海盗也正在"看上最后一眼",他们久久地望着,差点让激流把木筏冲到杰克逊岛的范围以外去了。幸亏他们及时发现了这个危险,设法避开了激流。大约凌晨两点钟,木筏在杰克逊岛前部二百码以外的河滩上搁浅了。他们涉水走了几个来回,终于把带来的东西搬到了岸上。木筏上原来有一个旧布帆,他们在树丛中找了个隐蔽处把它撑开了做帐篷,用来遮盖他们的食品。但是他们自己却学着海盗的样子,天气好的时候就在外面睡觉。

　　他们在森林深处二三十步远的地方,挨着一根大木头生了一堆火,然后用平底锅煎一点咸肉当晚饭,还把带来的玉米面包吃了一半。在这样一个未曾开发的原始森林里,在这样一个荒无人烟的孤岛上,自由自在地饱餐一顿真是一件妙不可言的事情。他们说永远也不要回到文明社会里去了。缭绕上升的火苗照亮了他们的脸庞,火光还把森林圣殿中的大树干照得红彤彤的,把那些翠叶青藤映得闪闪发光。

批:景物描写烘托出了孩子们心中的满足与惬意。

　　当他们吃完最后一片松脆的咸肉、吞下最后一块玉米面包后,孩子们都心满意足地伸了个懒腰,躺在了地上。他们本可以找一个凉快的地方歇息,可是他们实在舍不得这堆温暖的篝火给他们创造的如此浪漫的气氛和情调。

　　"快活吗?"乔问。

　　"快活极了!"汤姆说,"要是别的孩子看见咱们,他们会怎么说?"

　　"怎么说? 嘿,他们巴不得到这儿来呢。你说对吧? 哈克!"

"我猜也是这样。"哈克说，"不管怎么说，反正这里挺合我的意，再好的地方我也不馋了。以前我从来没吃饱过。而且那些人不会来这儿。在这儿没有人瞧不起你，没有人欺负你。"

"这正是我想过的生活。"汤姆说，"每天早晨，你用不着非得起来，用不着非得上学，非得洗脸，非得做那些傻事。乔，你要知道，一个海盗上岸后用不着去做任何事情，但隐士就得不停地祷告，一点乐趣也没有，一个人孤零零地待在那里。"

"哦，没错，是这么回事。"乔说，"但是你知道以前我可没想这么多。现在我已经试过了，还是当海盗好。"

"你明白吗，"汤姆说，"人们现在不再像古时候那样看重隐士了，可是海盗是一直受人敬佩的。隐士专找最硬的地方睡觉，头上披着粗麻布，脸上抹着灰，下雨天还站在外面挨淋，还有……"

"他头上披着粗麻布，脸上抹着灰干吗?"哈克问。

"我不知道，但是他们就得那样干。隐士们总是那样干。你要是个隐士的话，也得那样干。"

"我他妈才不那样干呢!"哈克说。

"嘿，那你要干什么?"

"不知道，反正我是不会那样干的。"

"算了吧，哈克，你就得那样干，你怎么可能逃避得了呢?"

"为什么，我就是受不了那份罪，我会跑掉的。"

"跑掉! 好，那你可就是一个糟透了的邋遢隐士，太不光彩了。"

血手大盗没有回答，他这时正在忙着别的事。他已经挖空了一个玉米棒，又插进一根草秆做烟袋杆，接着装上烟叶，夹了块炭火点着了烟，然后喷出了一股清香的烟雾——俨然一副悠闲自得、乐此不疲的神态。其他两位海盗对他这种恶习羡慕得要命，

批:其实孩子的愿望是很容易满足的，可现实中的苦痛却给了孩子太多的悲哀。

批:烟熟的动作、悠然的神态，刻画出了哈克做烟袋杆、抽烟的老练。

暗暗下决心要尽快学会它。待了一会儿,哈克说:

"海盗都得干些什么,汤姆?"

"啊,他们过得可快活了:把船抢来烧掉,把钱抢来埋到他们自己岛上的那些可怕的地方,让鬼怪之类的东西看守着,他们把船上的人通通杀死,或让他们跳到海里淹死。"

"他们还把女人劫到岛上去。"乔说,"可他们不杀女人。"

"是的。"汤姆赞同道,"他们是不杀女人的——他们太高尚了,再说那些女人也总是非常漂亮的。"

"他们不也是穿着最漂亮的衣服吗!啊,不光这些,衣服上还镶满了金银珠宝。"乔兴高采烈地说。

"谁?"哈克问。

"嘿,海盗呗。"

哈克凄楚地审视了一下自己穿的衣服。

"我看我穿的这身衣服可不像个海盗穿的。"他说,话音里充满了遗憾和忧伤,"但我只有这身衣服。"

其他两个孩子告诉他说,等他们开始了冒险行动,那些好衣服就会很快搞到手的。他们要他明白,虽然那些有钱的海盗通常都是穿着得体的衣服去干事,但他的这身破烂衣服在开始的时候还是能说得过去的。

他们的谈话渐渐地停止了,困倦偷偷地爬上了这几个流浪儿的眼皮。烟斗从血手大盗的手中滑落了下来,他非常疲倦,不知不觉地睡着了。海上魔王和西班牙海上的黑衣大盗却很难入睡。他们躺在那儿默默地祷告着,因为此时此地没有什么人硬逼着他们去跪着大声祷告。说真的,他们本来不打算做祷告了,但他们又害怕不做祷告会太出格了,怕遭到天打雷劈。后来他们便很快进入了一种似睡非睡的蒙眬状态——但这时有个东西却闯了进来,不肯离去,

批:尽管在前面大谈特谈要学海盗干些什么,可在他们的心里,却还装着一把尺子,担心自己的行为太出格。

这就是"良心"。他们产生了一种隐隐约约的恐惧感，害怕离家出走是一个错误的选择。想到偷来的肉，他们便受到了真正的折磨。他们面对着"良心"极力辩解着，并提醒它说，他们以前也多次偷过甜食和苹果，不也是平安无事吗？可是"良心"对这样花言巧语的辩解根本不予理睬。最终他们好像觉得，怎么辩解也瞒不过这样一个牢不可破的事实：偷甜食只不过是"顺手牵羊"，而偷咸肉、火腿和那些值钱的东西是赤裸裸的"盗窃行为"——《圣经》所宣扬的戒律中专门有一条就是反对这种行为的。因此他们暗下决心，只要他们还干一天这行当，他们就决不允许盗窃的罪恶行径来玷污他们的海盗事业，于是良心宣布休战，这两个内心矛盾、言行不一的海盗也进入了梦乡。

批：心理活动的描写，真实形象地揭示出了孩子们内心所进行的激烈斗争。

批：最终良心战胜了邪恶，善良的本性得以回归。

（俞东明、陈海庆/译）

细致入微的童心世界

《汤姆·索耶历险记》是马克·吐温代表作品之一。书中的汤姆和哈克都是伸张正义、善良勇敢、自尊要强的孩子，可在当时的社会中却被人们看作是"调皮捣蛋""没有礼貌""不守规矩"的坏孩子。这使他们非常伤心，只能从游戏和冒险中寻求他们所向往的自由和浪漫。选文描写的就是他们私自离家，选择"海盗"生涯的故事。作者以深厚的感情和细腻的笔墨，把几个小小少年的内心世界和一举一动描写得细致入微、活灵活现。

俗话说："画虎难画骨，写人难描心。"但从马克·吐温的描写当中，我们却非常鲜明地看到了汤姆、哈克等人的童心世界，体验了一把他们当"海盗"的传奇经历。

虽然汤姆·索耶、哈克·芬、乔·哈珀一心想着离家出走，热切向往海盗的生活，但他们的内心是善良的，他们离家出走是被大人们逼出来的。在选文的开头，作者运用心理分析法，详细地交代了汤姆决定离家出走当海盗的原因，"他也曾尝试过往好处学，做个招人喜欢的孩子，可是他们不允许……是他们逼着他最终走到了这一步：他要去过一种犯罪的生活，除此之外别无选择"。然而，当他真的要离开学校时，当他听到上课的铃声隐约回响在耳边时，却"禁不住呜咽起来"，甚至还从心底里原谅了那些将他"赶到了这个冷酷无情的世上"的人。这些心理活动的描写，真切地表现了汤姆善良的本性。

芳草地　　　　　采珠斗鲨

7点钟左右,我们终于到达了小纹贝暗礁,成千上万只珠母在这一带繁殖着。这些珍贵的软体动物粘在岩石上,它们被棕色的足丝牢牢地绑住,不能动弹。从这一点看,它们甚至比不上贻贝,至少造物主还没有剥夺贻贝行动的自由。

杂色纹贝被称为珍珠母,其贝壳略微对称,圆形,壳壁厚,外表粗糙。有几只杂色纹贝的壳呈层状,上面有一道道由顶部向四周辐射的淡青色条纹。这几只杂色纹贝看上去还年轻。另外一些表面粗而黑的杂色纹贝,至少活了十年以上,它们的体宽竟达15厘米。

尼摩船长用手指着一大堆小纹贝给我看。我明白,这是一片真正取之不竭的矿产,毕竟大自然的创造力比人类天生的破坏力强多了。深具有这种破坏本性的尼德·兰,正急不迭地往他带在身侧的小网袋里拼命地塞进一些最漂亮的珠贝。

但我们一直不停步地紧随着尼摩船长,他在这片仿佛是唯他所有的地方穿梭自如。地势明显起伏不平,有时我抬起的手臂都露出了水面。礁脉也是时高时低,随意起伏,我们经常要绕过一些细长的尖锥形石峰。在一些阴暗凹凸不平的地方,一些硕大的甲壳动物支起爪子,好像一门大炮一样,目不转睛地盯着我们。而在我们的脚下,游动着一些多须鱼、藤萝鱼、卷鱼和环鱼,它们自由自在地舒展着天线般的触须和卷须。

这时,在我们的脚前出现了一个巨大的洞口。洞口周围堆积着一些样子生动别致的岩石,岩石的表面长满了各种各样的海底植物。开始,我觉得这个岩洞非常暗。阳光在洞里逐渐地暗淡下去,甚至一点光亮也没有。洞口有点模模糊糊的亮光,那只不过是几丝残余的光线。

尼摩船长走了进去,我们尾随着他。过了一会儿,我的眼睛就适应了这种相对的阴暗。我辨认出,在宽大的花岗岩石基上,搁置着一根根犹如托斯卡那建筑里的粗重石柱一般的天然石柱,石柱上支撑着一块块造型随意的拱石。为什么我们那不可理喻的向导要把我们带到这海底地下室中来呢?没多久,我就明白了。

走下一段相当陡的斜坡后，我们就踏到了一个圆形的地面上。尼摩船长在这里停了下来，他用手指给我们看了一个我还没有来得及发现的东西。

那是一个巨大的珠贝，一个庞大无比的砗磲（注：砗磲，印度洋和太平洋珊瑚礁上的一种蛤，有时重达500千克以上，肉可食），简直可以盛下一个圣水缸里的圣水。这个大"盛水池"长超过2米，比"鹦鹉螺号"船只的客厅里摆的那只珠贝还大。

我走近这只出众的软体动物。它被足丝缠在一张石桌上，在这岩洞平静的海水中孤单地生长着。我估计这只砗磲有300公斤重。这样一只珠贝应有15公斤重的肉。因此，只有卡冈都亚（注：卡冈都亚，法国作家拉伯雷的作品《巨人传》里的巨人）那样的胃口才能一口气吞食掉几打这种珠贝肉。

尼摩船长显然知道这只双壳动物的存在。他不是第一次来的。我想，他把我们带到这个地方来，无非是想让我们看看这只自然的奇物。可是我错了，尼摩对这只砗磲的现状显得特别关心。

砗磲的双壳半张着。船长走过去用匕首顶在两片贝壳中间，以防它合上。然后，他用手把这只动物的外套——贝壳边上的流苏状膜——揭开。

在叶状的皱褶里，我看见了一颗大如椰子核、自由挪动的珍珠。珠子如圆球状，晶莹剔透，光泽鲜艳，那是一颗无价的瑰宝。在好奇心的驱使下，我伸出手想抓起它，掂一掂它的重量，摸一摸它。但船长做了一个否定的动作止住我，并迅速抽出匕首，贝壳一下子就合上了。

我于是明白尼摩船长的用意：把珍珠放在砗磲里，让它不知不觉地长大。每年这只软体动物的分泌物就会在珠的表面形成了一层层新的凝聚物。而只有船长知道在这个洞穴中，有一颗天然的无法比拟的果实正在成熟之中。因此可以说，这位船长培植这颗珍珠，只是为了某一天把它摆到他那珍贵的陈列室里。甚至，这位船长有可能是按照中国人和印度人培植珍珠的方法，把一块玻璃或金属放在这只软体动物的皱褶里，让其逐渐地裹上珍珠质的。总之，和我在船长陈列室看到的那颗珍珠相比，这一颗至少价值1千万法郎。这是天然的奇珍，而不是奢侈的首饰，因为我不知道有哪一个女人的耳朵能承受得了它。

参观珍珠的活动结束了。尼摩船长带着我们离开了岩洞，我们又回到了小纹贝礁脉那片清澈的海水中。采珠工作还没开始，所以这里的海水还没被搅混。

我们真像一帮爱游游荡荡的人似的，各走各的路，随意地走走停停，之间的距离远远近近。至于我，我的脑海里一点儿也不存在着我曾经设想过的种种可笑的危险的顾虑了。礁脉明显地在逼近海面，不一会儿，我的头顶距离洋面就仅有一米了。这时，康塞尔赶上了我，他把他那粗大的头盔贴到我的头盔上，向我挤眼致意。不过，因为这块海底高原只有几米大，所以过了一会儿，我们又下到原先的深水中。我想我现在是有理由这么说。

10分钟之后，尼摩船长突然停下来。我以为他是停下来休息一会儿。可不，他做了个手势，让我们紧挨着他蹲在一个大海坑里。他的手指向流水中的一个黑点，我仔细一看。

在距我5米处，有一个影子出现了，一直潜到水下。碰到鲨鱼了，这个顾虑在我的脑中闪过。可这次我又错了，我们还是没碰上那海怪。

那影子无疑是一个人,一个活生生的人,一个印度人,一个黑人,一个采珠人,也是一个可怜人:他提前来采珠。我注意到他的小船泊在离他头上几尺高的水上。他不停地潜下来,很快地又游上去。他所有的工具就是他脚间夹着的那块圆锥状的石头,系石头的绳索一头绑在船上,这使他能很快地潜到水里。到了大约 5 米深的海底,他迅速跪下来,把随手抓到的小纹贝都塞进袋子里。然后,游上去,倒空袋子,拉起石头,又重新操作。这整个过程只持续了 30 秒钟。

这位潜水者没有发现我们。岩石的阴影挡住了他的视线。再说,这个可怜的印度人怎么可能想象得到我们这些人——这些和他一样的生命——会在这里,在这水中窥探他的行动,连一个细节都没漏过呢?

好几次,他这样游上去,潜下来。因为他必须从暗礁上把绑着小纹贝的足丝扯掉,才能来到这儿,所以每潜入水中一次就只不过带回了十几个小纹贝。而他舍生冒死采来的这些珠贝中又有多少个含有珍珠呢!

我聚精会神地看着他。采珠人有条不紊地操作着。半个小时过去了,他并没有受到什么危险的威胁。于是,我慢慢地熟悉了这种有意思的采珠场面。突然,在印度人蹲下的那一刹那间,我看到他做了一个恐惧的动作,然后站了起来,拼命地往上游。

我明白他为什么恐惧:一个庞大的影子出现在这个可怜人的上方。那是一条巨鲨,它斜冲过来,目光贪婪,张牙舞爪。

我吓得话都说不出来,只是待在那里一动也不动地。

那骇人的动物,一个扎子猛冲过来,朝印度人直扑过去。印度人往旁边一闪,躲过了鲨鱼的大口,但没躲过它的尾巴。鲨鱼的尾巴朝他当胸一扫,他一下子摔倒在地上。

这一幕发生在一刹那间。鲨鱼调过头,翻转身子,正准备把印度人咬成两段。这时,我感觉到一直蹲在我身边的尼摩船长倏地站起来。他手持匕首,朝怪物直冲过去,准备和它展开肉搏。

那只角鲨正准备去咬那个可怜的采珠人时,它发现了它的新对手。于是角鲨又把身子翻转回来,朝船长快速冲过来。

我现在还记得尼摩船长当时的姿势。船长屈着腿,以一种令人赞叹的沉着严阵以待。当角鲨向他扑来时,船长敏捷地闪到一边,躲过鲨鱼的攻击,并朝它肚皮上刺了一刀。但这仅仅是人鲨大战的开始,恶战还在后头呢。

可以说,鲨鱼吼叫着。鲜血从它的伤口中喷出来,海水被染红了,在这变得浑浊的海水中,我什么也看不见了。

我眼前一片模糊。直到水中突然闪过一道光亮,我才发现,勇敢的船长已经抓住了鲨鱼的一只鳍,正同它进行恶战。船长持匕首与鲨鱼展开肉搏。先往敌人的肚子上扎了好几下,但没扎中鲨鱼的心脏要害部位。鲨鱼挣扎着,发疯般搅动着海水,被搅起的漩涡差点把我掀倒在地。

我本来想过去帮船长一把的,但我被恐惧慑住了,骇得一动也不动。

我只是眼愣愣地看着这场人鲨大战。不久,肉搏战的形势发生了变化。鲨鱼那巨物张开它那像工厂里的大剪刀一样的大口,朝船长迎面冲过去,把他掀倒在地上:船长危在旦夕。这时,尼德·兰冲上去,把手中的鱼叉投向鲨鱼。

顿时,水中涌出一大团血。鲨鱼难以形容地疯狂地拍打着海水,海水动荡起来:尼德·兰没有错过目标,鲨鱼被击中了心脏,它喘息着,可怕地抽搐着,挣扎着。掀起的水波把康塞尔也掀倒了。

这时,尼德·兰找到了船长。船长没有丝毫受伤,他站了起来,径直游向印度人,迅速地把绑在印度人和石头上的绳子割断,再把印度人一把抱在怀里。然后船长纵身一跃,浮出水面。

我们三个人也跟着浮上去。

[法国]儒勒·凡尔纳/文,邓月明、郭丽娜/译

品读

选自《海底两万里》下部第三章,标题是编者加的。

儒勒·加布里埃尔·凡尔纳(Jules Gabriel Verne,1828 年 2 月 8 日～1905年 3 月 25 日),法国科幻小说家、博物学家、科普作家,现代科幻小说的重要开创者之一。他一生写了六十多部科幻小说,他以其大量著作和突出贡献,被誉为"世界科幻小说之父"。由于凡尔纳知识非常丰富,他小说作品的著述、描写多有科学根据,所以当时他小说的幻想,大多数如今成为了有趣的预言。主要科幻作品有三部曲《格兰特船长的儿女》(1865～1867)、《海底两万里》(1867～1870)、《神秘岛》(1870～1873),探月两部曲《从地球到月球》(1865)、《环绕月球》(1869),探险科幻《气球上的五星期》(1863)、《地心游记》(1864)、《八十天环游地球》(1872)等,其他科幻作品有《十五岁的船长》(1878)、《机器岛》(1893)、《飞行岛》(1895)等。

《海底两万里》讲述的是法国生物学者阿龙纳斯在海洋深处旅行的故事。故事发生在 1866 年,当时海上发现了一只被断定为独角鲸的大怪物,他接受邀请,参加追捕。在追捕过程中不幸落水,泅到怪物的脊背上,其实这怪物并非什么独角鲸,而是一艘构造奇妙的潜水船。潜水船是船长尼摩在大洋中的一座荒岛上秘密建造的,船身坚固,利用海洋发电。潜水船船长尼摩邀请阿龙纳斯作海底旅行。他们从太平洋出发,经过珊瑚岛、印度洋、红海、地中海,进入大西洋,看到许多罕见的海生动植物和水中的奇异景象,又经历了搁浅、土人围攻、同鲨鱼搏斗、冰山封路、章鱼袭击等危险。最后,当潜水船到达挪威海岸时,阿龙纳斯不辞而别,把他所知道的海底秘密公布于世。

遇　鲨

◇[美国]欧内斯特·海明威

读点

> 对手愈狡诈、残忍，愈能显出英雄的高大、神勇。
> 鲭鲨的凶猛、强大，更证明老人的勇敢和坚强。

内容提要：

选自《老人与海》，标题是编者所加的。选文描述的是老人捕得大鱼后遇到第一条鲨鱼的搏斗情景。《老人与海》的主人公是桑提亚哥。

古巴老渔民桑提亚哥在哈瓦那近海以捕鱼为生，他已经连续 84 天没有捕到一条鱼了。在最初 40 天里，小男孩玛诺林和他在一起捕鱼，可是一条也没捕到。男孩的父亲说桑提亚哥运气不好，便让男孩到另一条船上打鱼，但男孩还是在港口一次又一次迎接空船而归的老人。

第 85 天，天还没亮，桑提亚哥就出海，玛诺林来送他，祝他运气好。

桑提亚哥发现一只军舰鸟在俯冲，他判断有马林鱼，又投下一个鱼钩。他钓到一条约 10 磅的金枪鱼。中午的时候，老人发现有条大鱼吞下了钓钩，它拖着船不慌不忙地游动。

次日早晨，鱼开始猛扯钓丝，老人脸上被划了一道口。又一夜过去。第三天，大鱼开始打转儿，老人努力与之周旋，慢慢把鱼拖近，最后用鱼叉刺穿了它的心脏。这是一条大马林鱼，有 1500 磅以上，小船载不下它，老人便把它捆在船边。

返航途中，马林鱼的血腥引来了一条大鲨鱼。老人刺死了鲨鱼，但鱼叉却被鲨鱼带走了。老人只好把小刀绑在一只桨上做武器。

两个小时后，又来了两条鲨鱼，其中一条在第一条鲨鱼咬的地方又咬了一口，桑提亚哥击中了鲨鱼的要害。另一条鲨鱼钻到小船下面去咬大鱼的肉，老人又把这条鲨鱼打死了。

在消灭第四条鲨鱼时，小刀折断了。不久，又来了两条，桑提亚哥用桨击打着鲨鱼，鲨鱼被打跑了，但马林鱼只剩下半条了。到了午夜时分，来了一群鲨鱼，老人又开始战斗了，但他知道，这次无论怎样努力，也无济于事了。小船在颤抖着，每条鲨鱼冲过来都带走一大块肉。

深夜，桑提亚哥终于回到了岸边，躺到报纸铺的床上就睡着了。第二天早上，玛诺林来了，守在老人身边。海边许多人围观小船，船帮上系着一条长长的马林鱼骨骼。

他们在海里走得很顺当，老头儿把手泡在咸咸的海水里，想让脑子清醒。头上有高高的积云，还有很多的卷云，因此老头儿知道还要刮一整夜的小风。老头儿不断地望着鱼，想弄明白是不是真有这回事。这是第一条鲨鱼朝它扑来的前一个钟头。

鲨鱼的出现不是偶然的。当一大股暗黑色的血沉在一英里深的海里然后又散开的时候，它就从下面水深的地方蹿上来。它游得那么快，什么也不放在眼里，一冲出蓝色的水面就涌现在太阳光下。然后它又钻进水里去，嗅出了臭迹，开始顺着船和鱼所走的航线游来。

有时候鲨鱼也迷失了臭迹，但很快就嗅出来，或者嗅出一点儿影子，于是紧紧顺着这条航线游。这是一条巨大的鲭鲨，生来就跟海里游速最快的鱼一般快。它周身的一切都美，只除了上下颚。它的脊背蓝蓝的像是旗鱼的脊背。肚子是银白色，皮是光滑的、漂亮的。它生得跟旗鱼一样，不同的是它那巨大的两颚，游得快的时候两颚紧闭起来。它在水面下游，高耸的脊鳍像刀子似的一动也不动地插在水里。在它紧闭的双嘴唇里，八排牙齿全部向内倾斜着。跟寻常大多数鲨鱼不同，它的牙齿不是角锥形的，像爪子一样缩在一起的时候，形状就如同人的手指头。那些牙齿几乎跟老头儿的手指头一般长，两边都有剃刀似的锋利的刃子。这种鱼天生要吃海里一切的鱼，尽管那些鱼游得那么快，身子那么强，战斗的武器那么好，除了它没有任何的鱼敌得过。现在，它嗅出了新的臭迹，加快游起来，它的蓝色的脊鳍划开了水面。

老头儿看见它来到，知道这是一条毫无畏惧而且为所欲为的鲨鱼。他把鱼叉准备好，用绳子系住，眼也不眨地望着鲨鱼向前游来。绳子短了，少去割掉用来绑鱼的那一段。

批：居安思危，防患于未然，方是智者本色。

批：写出大鲨鱼的凶悍，为下文写老人与鲨鱼搏斗的勇敢坚强作铺垫。

批：这条鲭鲨巨大、游速快，说明它非常难对付。描写鲭鲨的美丽，则反衬其凶恶！

批：描写鲭鲨的像爪子一样的、如同剃刀锋利的刃子的牙齿，暗示这场搏斗将是惊心动魄的。

批：鲭鲨真可谓是海中霸主！

批：知己知彼，做好充分准备，保持清醒的头脑，有战胜敌人的坚强的决心，才有获胜的希望。虽有"希望不大"的担忧，但不老头儿现在头脑清醒，正常，有坚强的决心，但是希望不大。

他想：能够撑下去就太好啦。看见鲨鱼越来越近的时候，他向那条死了的大鱼望了一眼。他想：这也许是一场梦。我不能够阻止它来害我，但是也许我可以捉住它。Dentuso（注：Dentuso，意为"牙齿锋利的"，这是对鲭鲨的俗称），他想。去你妈的吧。

鲨鱼飞快地逼近船后边。它去咬那条死鱼的时候，老头儿看见它的嘴大张着，看见它在猛力朝鱼尾巴上面的肉里咬进去的当儿那双使人惊奇的眼和咬得咯嘣咯嘣的牙齿。鲨鱼的头伸出水面，脊背也正在露出来，老头儿用鱼叉攮到鲨鱼头上的时候，他听得出那条大鱼身上皮开肉绽的声音。他攮进的地方，是两只眼睛之间的那条线和从鼻子一直往上伸的那条线交叉的一点。事实上并没有这两条线。有的只是那又粗大又尖长的蓝色的头，两只大眼，和那咬得咯嘣嘣的、伸得长长的、吞噬一切的两颚。但那儿正是脑子的所在，老头儿就朝那一个地方扎进去了。他鼓起全身的气力，用他染了血的手把一杆锋利无比的鱼叉扎了进去。他向它扎去的时候并没有抱着什么希望，但他抱有坚决的意志和狠毒无比的心肠。

鲨鱼在海里翻滚过来。老头儿看见它的眼珠已经没有生气了，但是它又翻滚了一下，滚得自己给绳子缠了两道。老头儿知道它是死定了，鲨鱼却不肯承认。接着，肚皮朝上，尾巴猛烈地扑打着水面，两颚咯嘣咯嘣地响着，像一只快艇一样在水面上破浪而去。海水给它的尾巴扑打得白浪滔天，绳一拉紧，它的身子四分之三都脱出了水面，那绳不住地抖动，然后突然折断了。老头儿望着鲨鱼在水面上静静地躺了一会儿，后来它就慢慢地沉了下去。

"它咬去了大约四十磅。"老头儿高声说。他想：

是悲观，而是对现实的清醒认识，这是殊死对决中所必须保持的清醒，任何麻痹、懈怠或失望都会给自己带来灾难。

批：鲭鲨的凶猛、贪婪，使它忘乎所以。

批：写声音，突出老人打击鲭鲨时的用力之猛。面对凶残对手，唯有全力以赴，才能打败对手。

批：对准敌人最致命的地方予以全力的最致命的一击，老人不仅有勇，同样有谋。

批：致命的一击果然奏效。细节描写，写出了鲭鲨的垂死挣扎。

批：鲭鲨在垂死挣扎，在生命的最后一刻还如此强劲，令人惊骇。

它把我的鱼叉连绳子都带去啦,现在我的鱼又淌了血,恐怕还有别的鲨鱼会窜来呢。

他不忍朝死鱼多看一眼,因为它已经给咬得残缺不全了。鱼给咬住的时候,他真觉得跟自己身受的一样。

(海观/译)

批:失去了重要武器,让读者为之担心;老人的担心,说明他没有被此次胜利冲昏头脑。

批:毕竟是过了八十多天才捕到一条大鱼,所以才会如此心疼。

硬汉不是天生的

选文描述的是老人捕得马林鱼后遇到第一条鲨鱼并与之搏斗的情景,展现了老人成为硬汉的历程。

老人用渔船拖着捕获的马林鱼,踏上归途。可一英里外的鲭鲨嗅出了马林鱼的血腥味,立刻追踪过来。鲭鲨是"海里游速最快的鱼"之一,周身俊美,但也是海里最凶猛的鱼类。它的牙齿"几乎跟老头儿的手指头一般长,两边都有剃刀似的锋利的刃子。这种鱼天生要吃海里一切的鱼"。小说交代鲭鲨的特性,可以想象,老人的处境是多么艰难。

老人看到这条"毫无畏惧而且为所欲为的鲨鱼","把鱼叉准备好,用绳子系住,眼也不眨地望着鲨鱼向前游来"。面对强敌,老人严阵以待,但他并非有把握。他"有坚强的决心,但是希望不大",心想"能够撑下去就太好啦"。老人并不抱多大的希望。尤其是看到鲨鱼越来越近的时候,他想,他捕获的这条马林鱼,"这也许是一场梦",保持清醒认识,已经做好最坏的打算。但他转念一想,"我不能够阻止它来害我,但是也许我可以捉住它"。老人产生一丝希望。经过这些心理斗争,老人首先在心里战胜了自己。

当鲭鲨咯嘣咯嘣咬着马林鱼的时候,"老头儿用鱼叉攮到鲨鱼头上","听得出那条大鱼身上皮开肉绽的声音",可见他是尽全力打击敌人。"他抱有坚决的意志和狠毒无比的心肠",在生死搏斗中,对凶恶的敌人的仁慈就是对自己的残忍。老人对准鱼脑方位,"鼓起全身的气力,用他染了血的手把一杆锋利无比的鱼叉扎了进去"。鲭鲨痛苦地挣扎了一会儿,慢慢沉入海里。鲭鲨死了,老人艰难地赢得了这场搏斗。

在这场人鱼搏斗中,老人先在内心战胜自己,再在行动中战胜鲭鲨,成为文学作品中的硬汉形象。这个硬汉是逼出来的呀。(子夜霜、周礼华)

芳草地

斗鲨

下一个来到的鲨鱼是一条犁头鲨。它来到的时候就活像一只奔向猪槽的猪,如果一只猪的嘴有它的那么大，大得连你的头也可以伸到它嘴里去的话。老头儿先让它去咬那条死鱼，然后才把绑在桨上的刀扎进它的脑子里去。但是鲨鱼一打滚就往后猛地一挣，那把刀子咔嚓一声折断了。

老头儿只管去掌他的舵，连看也不看那条大鲨鱼，它慢慢地沉到水里去，最初还是原来那么大，然后渐渐小下去，末了只有一丁点儿了。这种情景老头儿一向是要看得入迷的，可是现在他望也不望一眼。

"我还有鱼钩呢，"他说，"但是那没用处。我有两把桨，一个舵把，还有一根短棍。"

他想，这一回它们可把我打败了。我已经上了年岁，不能拿棍子把鲨鱼给打死。但是，只要我有桨，有短棍，有舵把，我一定要想法去揍死它们。

他又把手泡在水里。这时天色渐渐地向晚。除了海和天以外什么也看不出来。天上的风刮得比先前大了些，他希望马上能够看到陆地。

"你累乏啦，老头儿，"他说，"里里外外都累乏啦。"

直到太阳快落下去的时候，鲨鱼才又向他扑来。

老头儿看见两个褐色的鳍，顺着死鱼在水里造成的那条宽阔的路线游着。它们甚至不去紧跟着鱼的气味，就肩并肩地直朝着小船扑来。

他扭紧了舵，把帆脚绳系好，从船艄下面去拿那根短棍。这是把一个断了的桨锯成二英尺半长左右的一个桨把子。因为那个桨把子有个把手，他用一只手攥起来才觉得方便，他就稳稳地把它攥在右手里，用手掌弯弯地握着，一面望着鲨鱼的来到。两条都是"星鲨"。

他想，我要先让第一条鲨鱼把死鱼咬紧了，然后再朝它的鼻尖儿揍，或者照直朝它的头顶上劈去。

两条鲨鱼一道儿来到跟前，他看见离得最近的一条张开大嘴插进死鱼的银白色的肚皮时，他把短棍高高地举起，使劲捶下，朝鲨鱼的宽大的头顶狠狠地劈去。短棍落下的当儿，他觉得好像碰到了一块坚韧的橡皮，同时他也感觉到打在铁硬的骨头上。鲨鱼从死鱼身上滑下去的时候，他又朝它的鼻尖上狠狠地揍了一棍。

另一条鲨鱼原是忽隐忽现的，这时又张开了大嘴扑上来。当它咬住了死鱼、闭紧了嘴的时候，老头儿看得见从它嘴角上漏出的一块块白花花的鱼肉。他用棍子对准了它打去，只是打中了它的头，鲨鱼朝他望了一望，然后把它咬住的那块肉撕去。当它衔着鱼肉逃走的时候，老头儿又揍了它一棍，但是打中的只是橡皮似的又粗又结实的地方。

"来吧，星鲨，"老头儿说，"再来吧。"

鲨鱼又冲上来，一闭住嘴就给老头儿揍了一棍。他把那根棍子举到不能再高的地方，结结实实地揍了它一下。这一回他觉得他已经打中了脑盖骨，于是又朝同一个部位打去，鲨鱼慢慢吞吞地把一块鱼肉撕掉，然后从死鱼身上滑下去了。

老头儿留意望着那条鲨鱼会不会再回来，可是看不见一条鲨鱼。一会儿他看见一条在水面上打着转儿游来游去。他却没有看到另一条的鳍。

他想,我没指望再把它们弄死了。当年年轻力壮的时候,我会把它们弄死的。可是我已经叫它们受到重伤,两条鲨鱼没有一条会觉得好过。要是我能用一根垒球棒,两只手抱住去打它们,保险会把第一条鲨鱼打死。甚至现在也还是可以的。

他不愿再朝那条死鱼看一眼。他知道它的半个身子都给咬烂了。在他跟鲨鱼格斗的时候,太阳已经落下去。

[美国]厄内斯特·海明威/文,海观/译

品读

《斗鲨》选自《老人与海》,标题是编者所加的。

厄内斯特·米勒·海明威(Ernest Miller Hemingway,1899 年 7 月 21 日~1961 年 7 月 2 日),美国记者和作家,被认为是 20 世纪最著名的小说家之一,是美国"迷惘的一代"作家中的代表人物,作品中对人生、世界、社会都表现出了迷茫和彷徨。

第一次世界大战爆发后,海明威希望到欧洲去参战,但遭到父母的拒绝。1921 年 12 月,他以加拿大《星报》驻欧洲特派记者的身份,偕同妻子去巴黎。在巴黎期间,他结识了聚集在女作家斯坦因周围的一些人物。他们都参加过第一次世界大战,在战争中失去了健康,精神失去平衡,不满欧美的社会现实又为世俗所不容,陷入悲观绝望的境地。这批被帝国主义战争损害的欧美年轻的一代后来被称为"迷惘的一代"。1924 年,海明威出版了《在我们的时代》,反映了"迷惘的一代"人的思想情绪。1926 年,海明威发表了长篇小说《太阳照样升起》,以此被称为"迷惘的一代"的代表作,奠定了他在文坛上的地位。1929 年海明威出版了《永别了,武器》,再次表现反战和"迷惘"的主题。1940 年海明威以自己亲身参加的保卫西班牙共和政权而进行的战斗为题材,创作了长篇小说《丧钟为谁而鸣》。小说表现了海明威高尚的反法西斯主义的精神,标志着他思想上的重大转变。1952 年发表了轰动西方的中篇小说《老人与海》,并因此获得 1954 年的诺贝尔文学奖金。

脱 离 险 境

◇[美国]理查德·卡尔·雷蒙

读点

劫匪利斧在手,气势汹汹,情况危急,险象环生。
千钧一发之际,萨迪应声而至,情节惊险,扣人心弦。

帐篷外像脚步一样的声音将我从似睡非睡中惊醒。又一个野营者? 不可能。我们离那些主要小道很远,而且三天没看到一个背包徒步旅行的人。

也许那里根本没人,也许是小树枝或松果从附近的一棵树上掉了下来。也许是食物的气味将一只动物吸引到了我们的帐篷边,一只大动物。

我又听到了那声音——东西被压碎的干巴巴的声音。

我害怕动,但还是强迫自己翻过身看萨迪是不是醒了。

她已经不见了。

我低头看了看木乃伊式睡袋。那扇拉开的屏门在向里晃动着。一阵凉爽的闻起来潮湿的轻风抚摸着我的脸。随后,我想起萨迪离开了帐篷。多长时间了? 说不清楚。也许我已经打了一小时的瞌睡,也许是一分钟。不管怎么说,该到她进来、我们关门的时候了。

"嘿,萨迪,你为什么不进来呢?"

我只听到了离我们营地几码(注:码,英美制长度,

批:开篇写脚步声,气氛立刻紧张起来。疑是"野营者",又否定,主人公有一定的警觉性。

批:种种猜测,增强了紧张气氛。

批:再次让人心弦绷紧。

批:萨迪,驯犬起女性的名字,一来说明它和主人公的亲密关系;二来也是使歹徒产生误会的原因。称驯犬为"她",在客观上也给读者造成了误会,进而担心"她"的命运,增进了情节的紧张感。

1 码等于 0.9144 米）远的小溪的声音。小溪发出了喧嚣声，就像是一阵大风穿过了一片森林。

"萨迪？"我喊道。

没有回音。

"萨——迪——"

她一定是走得太远，听不见我的喊声了。还好，这是一个美丽的夜晚，虽寒冷，但清亮，月亮又圆又白，你可以在那里连坐几个小时赏月。事实上，睡觉前，我们就是那样做的。我不会责备她在外面溜达的。

"你真会自得其乐。"我咕哝着，闭上了眼睛。两只脚有点儿冷，我透过短袜搓着它们，蜷缩起来。然后调整了一下头下面的那个牛仔裤卷。我刚想舒坦一下，突然靠近帐篷的某个人咳嗽了一声。

那不是萨迪。

我的心缩成了一团。

"谁在外面？"我大声问道。

"就我一个人，"一个男人的声音低声说，随后帐篷开始剧烈摇晃起来，"从那里出来！"

"你要干什么？"

"快点儿。"

"别拽帐篷。"我从牛仔裤皮带的刀鞘上抽出了刀。

帐篷不动了。"我有猎枪，"那人说，"我数到五，从那里出来，否则我就把帐篷和你打得稀巴烂。一。"

我匆匆钻出了睡袋。

"二。"

"嘿，你能等到我穿好衣服吗？"

"三。空手出来，四。"

我将刀顺着短袜边插进去，把柄朝下，以防它掉出来，随后爬出了门。

批：环境描写增加了恐怖气氛。

批：狗的名字和人称都让读者以为是"我"的妻子，增强了悬念。

批：有人来，不妙！

批：人物所想暗示"萨迪"不是会"咳嗽"的人，那他又会是谁呢？"缩"，心中异常紧张。

批：来者不善！

批：果然遭遇歹徒。

批：藏刀，临危而不失心细！

"五,你刚好做到。"

我站起来,踩到了脚下的小树枝和松果,然后看到了一个龇牙咧嘴、胡子拉碴的男人。他没带猎枪,只有一把我的手斧。我扫视了一下他身后那条小溪附近的岸,没见萨迪的影子。

"猎枪在哪里?"我问,随后闭上嘴,默然无声。

那个人发出了干巴巴、恶狠狠的笑声。"从你的短袜里抽出那把刀。"

我低下头,只见自己只穿着短裤和短袜,而且月光使那刀刃在我的小腿肚上发着银光。

"慢慢地抽出来。"他警告说。

"不。"

"还想再见到你妻子吗?只要我暗示一下,我的搭档就会杀了你的妻子,将她像一条湿麻袋一样划开。"

"你们逮住了萨迪?"

"在后面的树林里。快,抽出那把刀。"

"不可能,"我将膝盖并在一起,以免它们相互碰撞,"不管怎样,你都会杀了我们俩。"

"不。我们所想要的就是你们的食物和衣服。看到了吧,我们必须得搞一些东西野营。你明白。伙计。"他咧嘴笑了一下,好像看一眼他的大龅牙就能帮助我更好地明白似的。的确如此。

"你刚才做了什么?"我问,尽力拖延着时间,"抢银行?"

"那也是。现在你要么丢开那把刀,要么我给杰克一个暗示开始划?"

"最好给杰克一个暗示。"我说着,抓紧了那把刀。

"你敢肯定吗?"

"我敢肯定。不过,请行行好。我跟妻子告别,你介意吗?"

批:呼应上文"我有猎枪"的谎言,歹徒不仅凶残,而且十分狡猾。萨迪何时出现呢?有悬念。

批:细心的歹徒!难以对付的歹徒!

批:劫匪将萨迪误认为主人公的妻子!

批:主人公随机应变,既是试探萨迪的下落,也是在麻痹歹徒。

批:迷惑劫匪。

批:"拖延着时间",是在寻找时机。

批:让歹徒这么做是为了呼唤萨迪来救助;"抓紧"说明在作反攻的准备。

他又咧嘴笑了笑:"你说吧。"

"谢谢,"我说着,大声喊道,"再见,萨迪! 萨迪! 再见,萨迪!"

批:连续大声喊是寄希望萨迪能迅速赶来救助,为情势的逆转提供契机,可谓机智。

"够了。"他走上前,将那把斧头高高举起,轻轻抖动了一下,好像是试一下斧头的重量。他一直都在咧嘴笑着。

我那把刀飞了出去,翻滚着,闪动着银色的月光,然后正打在他的胸口上。刃柄在前。

他继续朝我逼近。最后,我退到了一棵树后。树皮贴着我的皮肤,感觉湿湿的、冷冷的,非常粗糙。

批:反击无效,情况更加危急!

"没有杰克。"我说,想分散他的注意力。

批:绝不放弃任何希望。

"那又怎么样?"他反问道。

我抬起两只手想挡住那把斧,心里想着还能抵挡多长时间。

批:凝固,令人窒息!

随后,一声瘆人的、从喉咙深处发出的嗥叫震撼了夜晚。一条大驯犬穿过那条小溪,弄得水花四溅。那人没来得及转身。他只来得及尖叫了一声,萨迪就狂吠着将他扑倒,开始撕裂他的喉咙。

批:萨迪赶到,危机解除;真相大白,萨迪是一条大驯犬。

(青闰/译)

悬念的艺术张力

理查德·卡尔·雷蒙(Richard Carl Laymon,1947 年 1 月 14 日～2001 年 2 月 14 日),美国当代惊险悬念恐怖小说家。他创作有 60 多篇短篇小说和 30 多部长篇小说,其中的一些是化名理查德·凯利发表的。《入侵者》(1984)、《眼镜蛇》(1985)、《雨夜》(1991)、《午夜出行》(1998)等小说都非常著名。

故事的可读性在于它的内在张力——悬念。

主人公深夜被脚步声惊醒,而他三天都没有见到一个背包徒步旅行的人,究竟是人是动物? 因怀疑遇到大动物,便来看萨迪,而"她已经不见了"。"她"去了哪里? 当主人公以为萨迪"在外面溜达"而"刚想舒坦一下"时,突然听到有人咳嗽,是路人,还是歹徒?

"帐篷开始剧烈摇晃起来",此时读者明白来者不善,那么,他想干什么? "从那里出来,否则我就把帐篷和你打得稀巴烂。"主人公遇到了歹徒,萨迪不在身边,情节立刻紧张起来,那他该如何应对呢?

主人公不知外面情况如何,不得不出来,但将刀藏在短袜里。他能应对得了歹徒吗?歹徒没有猎枪,而是手持斧头,似乎读者可以稍微松口气。然而,歹徒并非等闲之辈,发现了主人公藏的刀,让他"抽出那把刀"。

主人公会答应吗?没有,拒绝了。歹徒威胁说"我的搭档就会杀了你的妻子"。读者心里不禁一紧,歹徒真的逮住了萨迪?那主人公又该如何应对呢?是束手就擒,还是拒不听从而置萨迪生死于不顾呢?

主人公没有"丢开那把刀",请求歹徒允许他跟妻子萨迪告别。主人公想拖延时间,劫匪越来越不耐烦,主人公情急之中掷出飞刀,但刀柄在前。反击无效,主人公被逼退到一棵树后,只好"抬起两只手想挡住那把斧"。

看来主人公似乎是在劫难逃了。但就在这千钧一发的时刻,一条大驯犬飞奔而来,咬住了歹徒的喉咙。原来萨迪并不是主人公的妻子,而是一条驯犬。

至此,读者不得不重新审视自己之前的理解是否有偏差,也明白了主人公之前的所作所为了。读这篇小说,读者自始至终都处在高度的紧张之中,为主人公担心,为萨迪担心,可谓扣人心弦。直到结尾,读者悬着的一颗心才突然释然。这就是悬念的魅力。

(屈平、戴汝光)

芳草地　　鲜花与凶器

福琼探长接到史密森大夫的电话,他以前的病人——当地望族郝斯夫人昏倒在水塘边,而且多处受了很重的伤。史密森大夫找探长的目的是想证明郝斯夫人的新大夫狄隆是个庸医,这个狄隆的目的是想得到郝斯家族的巨额财富,因为他正在追求郝斯家族的第一继承人——郝斯夫人的外甥女凯莉。

来到郝斯夫人家,福琼才知道史密森大夫是从郝斯夫人的外甥布里特那里得到的消息,出事当天布里特不在镇上,第二天才赶回来。凯莉先通知了狄隆大夫,第二天布里特回来之后,又叫来了史密森大夫,但郝斯夫人始终昏迷。白天是凯莉小姐看护,晚上有一个护士守夜。

来到病床前,探长看见郝斯夫人呼吸急促而不均匀,她面色苍白,面容扭曲,额头有碰撞留下的瘀血印记。福琼把手放在郝斯夫人的额头上。额头是冰凉的,通常来说,摔伤病人一般是要发烧的。护士偷偷告诉探长,郝斯夫人在昏迷时曾说过"推倒""推我"等词。

这时,一只黑色的名贵波斯猫走了进来,它冲着凯莉喵喵地叫着。

"它名叫'皇帝',是我姨妈的宠物,它该喝奶了。它都两天没有喝牛奶了。"凯莉边说边从陶瓷瓶里倒出一碟牛奶放在地上。"皇帝"看了看她,踱到碟子旁,对着牛奶嗅了嗅,甩了甩头,转身走了出去。

探长向英俊的狄隆医生询问,得到的答案是郝斯夫人是严重摔伤,骨折加脑震荡。史密森大夫立刻表示反对,两人针锋相对起来。

探长笑着打圆场:"不管怎么样,照顾好郝斯夫人,等她顺利醒过来,真相就大白了。为了更好地照顾她,我觉得应该增加一名护士,让凯莉小姐白天能休息一下。"说完,他走近床头柜,看了看凯莉刚才用过的陶瓷瓶,发现底部有几粒极微小的黑颗粒,他向护士问道:"郝斯夫人也喝这个牛奶吗?"随即悄悄地将小黑颗粒放进了随身携带的袋子里。

"是的,狄隆大夫说每四小时给太太喂一点牛奶。"

福琼俯下身去注视郝斯夫人的脸。她脸上有一种奇怪的痛苦表情,她的瞳孔有些扩大,很像是中毒的迹象。他吩咐护士不要再让郝斯夫人吃任何东西。

晚饭后福琼出去散步,和园丁及仆人们聊天,得到的信息很丰富:郝斯夫人人缘很好,除了因为换家庭医生,和史密森大夫闹了矛盾;郝斯夫人每天晚饭后会由凯莉小姐陪同;郝斯夫人摔伤的当天傍晚,有人看见凯莉小姐和狄隆大夫也在池塘附近散步。回来时探长把一只信封扔进了邮筒。

第二天清晨,福琼在花园中发现一棵金雀花被人连枝干一块砍去了,落叶撒了一地,看缺口是新砍的。

探长走到凯莉书房,发现花瓶里有一枝金雀花,桌上有一本很旧的羊皮面的书,随手翻到夹着书签的那页,写的是金雀花的花朵和花籽是致命的毒药。正在这时,凯莉出现了,她对探长随便进入她的书房很不高兴。

福琼来到客厅,打了个电话,原来他昨晚把在牛奶中发现的黑颗粒寄给实验室,化验结果是金雀花碱。金雀花碱可从金雀花中提炼出米,毒性非常轻微,只有长期大量食用才会有危险。现在,似乎凯莉是最大的嫌疑人了,如果真是她干的,那将是死刑。探长陷入了沉思。

晚餐时,探长向大家宣布了郝斯夫人是被人推倒的,而且还有人用金雀花碱毒害她。听到这个消息,凯莉大吵起来,认为福琼是在暗示她就是凶手,狄隆大夫也极力为她辩护。布里特让凯莉冷静一点,如果是无辜的,就该配合探长找出真凶。

当晚,福琼很早就躺下了,并很快发出了巨大的鼾声。一个黑影出现在了他的房间里,那人慢慢地掏出一把手枪。正要扣动扳机时,两个警官摁倒了他。

灯亮了,地上趴着的是一脸沮丧的布里特。探长微笑着坐了起来。其他人随即赶到,狄隆医生惊呼道:"那支枪是我的,你想陷害我。"

真相大白,一切都是布里特的阴谋。他首先乘凯莉和医生也在散步时把姨妈推下干涸的水塘,然后假装自己不在镇上,这种不在场的证明只要一辆汽车就能轻易办到。然后他偷偷对姨妈下慢性毒药,让她昏迷不醒地慢慢死去,再通过嫉妒的史密森大夫来扰乱探长的视线,接着将金雀花和那本书放在凯莉的房中,等他听到探长说出他预设的结果后,便偷来医生的手枪,想要打死探长。这样医生和凯莉就会被判死刑,而他作为第二继承人,顺利获得姨妈的巨大财富。

这本是一个一箭三雕的绝妙计划,可惜被福琼探长看出了破绽。因为在书房里放着金雀花和那本旧书,实在是太露骨了。试想,能够设计出如此巧妙杀人计划的人,又怎么会这么愚蠢地把罪证都放在自己的书房呢? 最明显的证据往往是最靠不住的。

[英国]亨利·克里斯托弗·贝利/文,佚名/译

品 读

亨利·克里斯托弗·贝利(Henry Christopher Bailey,1878 年 2 月 1 日~
1961 年 3 月 24 日),英国侦探小说家。毕业于英国牛津大学。早年从事社会小说的写作,后改为写侦探小说。他的小说的中心人物,是一个兼职从事侦探破案活动的医生福琼。在英国,他和阿加莎·克莉斯蒂齐名,是英国现代侦探文学"五大作家"之一。福琼则是仅次于福尔摩斯的一个私人侦探形象。

小说《鲜花与凶器》中布里特为了得到姨妈的财产,设计用金雀花碱来慢慢毒害姨妈,再嫁祸他人。阴谋就要得逞,但在他人书房里摆放的罪证太露骨,被细心的福琼探长发现了破绽。

爱的教育

感恩(31日)

◇[意大利]亚米契斯

读点

让爱做主,纵谈尊师重教,意味深长。
言传身教,完美慈父形象,可爱可敬。

内容概要:

本文选自《爱的教育》,是父亲写给儿子安利柯的一封信。

《爱的教育》是一本日记体的小说,以一个四年级男孩安利柯的眼光,从10月四年级开学第一天写起,一直写到第二年7月。全书共100篇文章,包括发生在安利柯身边各种各样感人的小故事,父母为他写的许多劝诫性的、具有启发意义的文章,以及老师在课堂上宣读的精彩的"每月故事"。

安利柯啊! 如果是你的朋友斯带地,决不会派先生的不是的。你今天恨恨地说"先生态度不好",你对自己的父亲母亲,不是也常有态度不好的时候吗? 先生有时不高兴是当然的,他为了小孩们,不是劳动了许多年月了吗? 学生之中有情义的固然不少,然而也有许多不知好歹,蔑视先生的亲切,轻看先生的劳力的。平均说来,做先生的苦闷胜于满足。无论怎样的圣人,处在那样的地位,能不时时动气吗? 并且,有时还要耐心去教导那生病的学生,神情的不高兴是当然的。

应该敬爱先生:因为先生是父亲所敬爱的人,因为是为了学生牺牲自己一生的人,因为是开发你精

批:派,指摘、挑剔的意思。

批:交代写信的原因。"恨恨地"三个字,表现出安利柯对老师的怨愤和不尊重。

批:点出学生也有自己的不是,利于安利柯接受自己的劝说。

批:开导孩子要设身处地从先生的角度来想想,以理解自己的先生。

批:从父亲、老师、学生三个角度说明"应该敬爱先生"的理由。

神的人。先生是要敬爱的啊！你将来年纪大了，父亲和先生都去世了，那时，你在想起你父亲的时候也会想起先生来吧，那时想起先生的那种疲劳的样子，那种忧闷的神情，你会觉得现在的不是了吧。意大利全国五万的学校教师，是你们未来国民精神上的父亲。他们立在社会的背后，拿着轻微的报酬，为国民的进步发达劳动着。

　　你的先生就是其中的一人，所以应该敬爱。你无论怎样爱我，但如果对于你的恩人——特别是对于先生不爱，我断不欢喜。应该将先生当作叔父一样来爱他。不论对你好，或责骂你，都要爱他。不论先生是的时候，或是你以为错了的时候，都要爱他。先生高兴，固然要爱，先生不高兴，尤其要爱他。无论何时，总须爱先生啊！先生的名字，永远须用了敬意来称呼，因为除了父亲的名字，先生的名字是世间最尊贵、最可仰慕的名字呢！

父亲

（夏丏尊／译）

批：从将来安利柯也要长大的角度劝说，这样更能打动安利柯，从而使他能体谅现在先生的所作所为。

批：教师群体在国家进步中发挥了很大作用，赞颂了教师群体的奉献精神。

批：表明自己的态度，希望安利柯要敬爱自己的先生。

批：指出正确的做法。

批：两个"最"字，强化了尊师的理由。

善于教育孩子的可敬的父亲

　　没有豪言壮语，没有呵斥指责，让孩子在真爱的呵护下健康成长，这个人就是安利柯的父亲。读着《感恩》，自然会有一股暖流瞬间涌遍心胸。

　　这是一个怎样的父亲呢？

　　设身处地，看问题别有洞天。针对安利柯对老师不敬的言语，他没有站在孩子的立场，对老师进行指责，而是从老师工作的实际出发，分析了老师"态度不好"的来由。一句"做先生的苦闷胜于满足"，在充分理解老师工作艰辛的基础上，让安利柯认识到自己的错误。

　　目光高远，讲道理条分缕析。为什么要敬师？从自身角度，敬师是继承一种光荣传统；从老师角度，敬师是颂扬一种奉献精神；从学生角度，敬师是回报一种无私恩情。在此基础上，他更是由眼前延伸到未来，由教师个体延伸到教师群体，由个人成长延伸到国家进步，让安利柯从更宽广的视野中，认识到教师工作的意义。

　　深明大义，亮观点语重心长。怎样去敬师？爱之如父，高兴时，要爱；不高兴时，尤其要爱。"先生的名字,永远须用了敬意来称呼","先生的名字是世间最尊贵、最可仰慕的名字",这既是作为父亲的肺腑之言,又何尝不是对安利柯最好的提醒和教育呢?

《感恩》虽篇幅短小,但意蕴深远。父亲形象虽着墨不多,却让人充满敬意。

向父亲致敬!(曲明城、京涛)

芳草地 **少年侦探**(每月例话)

　　1859 年,法意两国联军因救隆巴尔地,与奥地利战争,曾几次打破奥军。这正是那时候的事:6月里一个晴天的早晨,意国骑兵一队,沿了间道徐徐前进,一边侦察敌情。这队兵由一个士官和一个军曹指挥着,都噤了口注视着前方,看有没有敌军前哨的影子。一直到了在树林中的一家农舍门口,见有一个 12 岁光景的少年立在那里,用小刀切了树枝削做杖棒。农舍的窗间飘着三色旗,人已不在了。因为怕敌兵来袭,所以插了国旗逃走了。少年看见骑兵来,就弃了在做的杖棒,举起帽子。是个大眼活泼而面貌很好的孩子,他脱了上衣,正露着胸脯。

　　"在做什么?"士官停了马问,"为什么不和你家族逃走呢?"

　　"我没有家族,是个孤儿。也会替人家做点事,因为想看着打仗,所以留在此地。"少年回答说。

　　"见有奥国兵走过吗?"

　　"不,这三天没有见到。"

　　士官沉思了一会儿,下了马,命兵士们注意前方,自己爬上农舍屋顶去。可是那屋太低了,望不见远处。士官又下来,心里想:"非爬上树去不可。"恰巧农舍面前有一株高树,树梢在空中飘动着。士官考虑了一会儿,上下打量着树梢和兵士的脸,忽然问少年:

　　"喂!孩子!你眼力好吗?"

　　"眼力吗? 一里外的雀儿也看得出呢。"

　　"你能上这树梢吗?"

　　"这树梢? 我? 那真是不要半分钟工夫。"

　　"那么,孩子!你上去替我望望前面有没有敌兵,有没有烟气,有没有枪刺的光和马之类的东西!"

　　"就这样吧。"

　　"应该给你多少?"

　　"你说我要多少钱吗? 不要!我喜欢做这事。如果是敌人叫我,我哪里肯呢? 为了国家才肯如此。我也是隆巴尔地人哩!"少年微笑着回答。

"好的,那么你上去。"

"且慢,让我脱了皮鞋。"

少年脱了皮鞋,把腰带束紧了,将帽子掷在地上,抱向树干去。

"当心!"士官的叫声好像要他转身来。少年回过头来,用青色的眼珠看着士官,似乎问他什么。

"没有什么,你上去。"

少年就像猫一样地上去了。

"注意前面!"士官向着兵士扬声。少年已爬上了树梢。身子被枝条网着。脚被树叶遮住了,从远处却可望见他的上身。那蓬蓬的头发,在日光中闪作黄金色。树真高,从下面望去,少年的身体缩得很小了。

"一直看前面!"士官叫着说。

少年将右手放了树干,遮在眼上望。

"见有什么吗?"士官问。

少年向了下面,用手圈成喇叭摆在口头回答说:"有两个骑马的在路上站着呢。"

"离这里多少路?"

"半英里。"

"在那里动吗?"

"只是站着。"

"别的还看见什么? 向右边看。"

少年向右方望:"近墓地的地方,树林里有什么亮晶晶的东西,大概是枪刺吧。"

"不见有人吗?"

"没有,也许躲在稻田中。"

这时,"啸"的一声,子弹从空中掠了过来,落在农舍后面。

"下来! 你已被敌人看见了。已经好了,下来!"士官叫着说。

"我不怕。"少年回答。

"下来!"士官又叫,"左边不见有什么吗?"

"左边?"

"唔,是的。"

少年把头转向左去。这时,有一种比前次更尖锐的声音就在少年头上掠来。少年一惊,不觉叫说:"他们射击我了。"枪弹正从少年身旁飞过,相差真是一发。

"下来!"士官着急了。

"立刻下来。有树叶遮牢,不要紧的。你说看左边吗?"

"唔,左边。但是,可以下来了!"

少年把身体突向左方,大声地:"左边有寺的地方——"话犹未完,又一很尖锐的声音掠过空中。

少年忽然下来了,还以为他正在靠住树干,不料张开了手,石块似的落在地上。

"完了!"士官叫着跑上前去。

少年仰天横在地上,伸开两手死了。军曹与两个兵士从马上飞跳下来。士兵伏在少年身上,解开了他的衬衫一看,见枪弹正中在右肺。"已无望了!"士兵叹息说。

"不,还有气呢!"军曹说。

"唉!可怜!难得的孩子!喂!当心!"士官说着,用手巾抑住伤口。少年两眼炯炯地张了一张,头就向后垂下,断了气了。士官青着脸对少年看了一看,就把少年的上衣铺在草上,将尸首静静横倒,自己立正了看着,军曹与两个兵士也立正不动。别的兵士注意着前方。

"可怜!把这勇敢的少年——"士官反复说,忽然转念,把那窗口的三色旗取下,罩在尸体上当作尸衣。军曹集拢了少年的皮鞋、帽子、小刀、杖棒等,放在旁边。他们一时都静默地立正。过了一会儿,士官向军曹说道:"叫他们拿担架来!这孩子是当作军人而死,可以用军人的礼来葬他的。"他看着少年的尸体,吻了自己的手再用手加到尸体上,代替接吻,立刻向兵士们命令说:"上马!"

一声令下,全体上了马继续前进。经过了几个小时之后,这少年就从军队受到下面的敬礼:

日没时,意大利军前卫的全线向敌行进,数日前把桑马底诺小山染成血红的一大队射击兵,从今天骑兵通行的田野路上分作两列进行。少年战死的消息,出发前已传遍全队,这队所取的路径,与那农舍相距只有几步。在前面的将校等,见大树下用三色旗遮盖着的少年,通过时皆捧了剑表示敬意。一个将校俯身到小河岸摘取散开着的花草,撒在少年身上,全队的兵士也都模仿着摘了花向尸体上投撒,一瞬间,少年已埋在花的当中了。将校兵士齐声高呼:"勇敢啊!隆巴尔地少年!""再会!朋友啊!""金发儿万岁!"一个将校把自己挂着的勋章投了过去,还有一个走近去吻他的额。有人继续将花草投过去,落雨般地落在那可怜的少年的脚上、染着血的臂上、黄金色的头上。少年横卧在草地上,露出苍白的笑脸,好像是听到许多人的称赞,很满足于自己的为国牺牲!

[意大利]亚米契斯/文,夏丏尊/译

品 读

埃德蒙多·德·亚米契斯(Edmondo de Amicis,1846 年 10 月 21 日~1908 年 3 月 11 日),意大利小说家。亚米契斯生活的年代,意大利还没有建立起一个统一的国家,他和许多意大利青年一样,是民族复兴运动的爱国志士,1866 年曾参加解放意大利的战斗。

《爱的教育》是一部伟大的爱的经典,被认为是意大利人必读的十本小说之一,是世界文学史上经久不衰的名著,被各国公认为最富爱心和教育性的读物。

亚米契斯认为,唯有借助教育和博爱,才能从根本上变革现状。此书充满了儿童情趣的幽默语言和 19 世纪意大利引人入胜的习俗风尚,描写了发生在学校、班级和家里的一个个感人至深的故事,父母对儿女的一片挚爱之心和殷殷期盼,师生、朋友、同学之间的爱和友谊,对祖国神圣的爱无不溢流于纸上,动人心魂。其中"每月例话"在意大利和许多国家早已家喻户晓,成了教育和鼓励孩子们的积极进取的名篇佳作。

外 祖 母

◇[苏联]高尔基

读 点

塑造了一个善良慈祥的外祖母形象。
展现了沙皇统治下的劳动人民的生活画卷。

内容提要：

选自《童年》，标题是编者所加的。《童年》描绘的是主人公阿廖沙从 4 岁到 11 岁的生活。

阿廖沙·彼什科夫 5 岁时，失去了父亲，母亲瓦尔瓦拉和外祖母阿库林娜把他带到外祖父卡希林家。阿廖沙来到外祖父家时，外祖父家业已经开始衰落，阿廖沙的两个舅舅雅科夫、米哈伊尔为了分家和侵吞阿廖沙母亲的嫁妆而不断地争斗，外祖父变得也愈加专横暴躁。

阿廖沙一进外祖父家就不喜欢外祖父。一天，阿廖沙出于好奇，把一块白桌布投进染缸里染成了蓝色，结果被外祖父打得失去了知觉。阿廖沙的母亲由于不堪忍受这种生活，便丢下了他，离开了这个家庭。外祖母是阿廖沙最爱戴的人，她无私的爱滋润了他幼小的心灵，使他坚强地应付困苦的生活。

后来，外祖父迁居了，母亲突然回来了，开始热心地教阿廖沙认字读书，但生活的折磨使她经常发脾气。后来母亲再婚，但经常挨丈夫打。由于和后父不合，阿廖沙又回到外祖父家中，这时外祖父已经全面破产。

阿廖沙在家中感受不到温暖，在学校也受到歧视和刁难。于是，在阿廖沙的心灵中，"爱"的情感渐渐地被对一切的恨所代替。为了糊口，阿廖沙放学后同其他孩子们合伙捡破烂卖。生活虽苦，他却感受到了友谊和同情。

阿廖沙以优异的成绩读完了三年级，就永远地离开了学校课堂。这时候，阿廖沙母亲离开了人世。阿廖沙埋葬了母亲后，便到人间去谋生了。

交春的时候,舅舅们分家了,雅科夫(注:雅科夫,与下文的米哈伊尔是阿廖沙的两个舅舅)留在城里,米哈伊尔搬到河对岸。外祖父在田野街(注:田野街,现更名为高尔基大街)上买了一所挺漂亮的大宅子,楼下的石头建筑是一家酒馆,还有一间舒适的小阁楼,从后花园下去便是山沟,这里长满了光秃秃的柳树条子。

"你瞧好多鞭子!"我和外祖父沿着松软的、融雪的小路一面走,一面瞧着花园,他快乐地向我眨眨眼,说道,"我快要教你识字了,那时这些鞭子就有用处了……"

整所宅子住满了房客;外祖父只留楼上一大间给自己住和接待客人,我和外祖母住在顶楼上。顶楼的窗户朝着大街,每天晚上和每逢过节,从窗台探着身子,可以看见醉汉们跌跌撞撞地从酒馆走出来,满街乱闯,叫喊,跌跤。有时他们像口袋似的被人扔了出来,但他们又往酒馆的门里硬挤;门乒乒乓乓、哗哗啦啦地响,滑轮吱吱地叫,又开始了一场斗殴。从楼上看这一切非常好玩。外祖父一早就到儿子们的染坊去帮助他们安排活计;他晚上回来的时候,又累、又郁闷、又生气。

外祖母在家做饭,缝衣裳,在菜园和花园里刨刨地,她像一个大陀螺,被一条看不见的鞭子抽得整天乱转,她闻鼻烟,津津有味地打喷嚏,一面擦脸上的汗,一面说:

"好人啊,祝你们长命百岁!阿廖沙,我的心肝,你瞧,我们过得多么安静!多谢上天的圣母,一切都变得这么好!"

可是我并不觉得我们过得安静:从早到夜,房客们满院子满屋乱哄哄地跑来跑去,邻居的女人们不断地过来,大家都急急忙忙地到什么地方去,时常因为迟误而唉声叹气,大家都在准备什么事情,老是叫喊:

批:交代了外祖父家庭状况,实际上也交代了阿廖沙生活的社会与自然环境。

批:写鞭子并非可有可无,它不仅道出了外祖父的教育观念,也展示了他性格暴躁的一面。

批:从阿廖沙独特的观察视角为读者展示了当时的人情世风。醉汉是当时社会一个特殊的群体。

批:"像一个大陀螺",形象地描写出外祖母的忙碌和辛劳;"津津有味",写出外祖母对生活的乐观满足。

批:人们虽然都很忙碌,但日子过得并不幸福,也暗示阿廖沙到外祖父家生活并非能从此过上一种幸福生活。

"阿库林娜·伊凡诺芙娜(注:阿库林娜·伊凡诺芙娜,阿廖沙的外祖母)!"

阿库林娜·伊凡诺芙娜不论对什么人都是同样和蔼地微笑着,都温柔地关怀他们,她用大拇指把烟装进鼻孔里,细心地用红方格的手帕擦净鼻子和手指,说道:

"预防生虱子,我的太太,要常洗澡,洗薄荷蒸气浴;要是生癣疥,就舀一羹匙最干净的鹅油,一茶匙升汞,三滴水银,放在碟子里用一片破洋瓷研七下,然后抹到身上!要是用木匙或者骨头来研,水银就糟蹋了;也不能用铜器和银器,伤皮肤!"

有时她沉思地劝告说:

"老大娘,您到佩乔雷修道院(注:佩乔雷修道院,佩乔雷是下诺夫戈罗德城郊的一个村庄,这里有一座男修道院)找苦修士阿萨夫去吧,我不能回答您这问题。"

她给人家接生,和解家庭纠纷,给孩子治病,能背《圣母梦》(注:《圣母梦》,一首教会的诗,叙述的是圣母梦见她儿子遇难和钉死在十字架的情景)——女人们背会它能"交好运",给人们家务方面的忠告:

"黄瓜自己会说明什么时候该腌;它一没有土腥气或者别的怪味,就可以腌了。克瓦斯(注:克瓦斯,俄罗斯人喜爱的一种清凉饮料,味酸)要发酵,这样才够味儿,才冒泡儿;克瓦斯忌甜,您只要放一点儿葡萄干就行了,要是放糖,一桶只要半两。酸牛奶有各式各样的做法:有多瑙河口味的,有西班牙口味的,还有高加索口味的……"

我整天跟着她在花园和院子里转来转去,跟她到邻居的女人们那里,她有时在别人家一连坐几小时,喝茶,不断地讲各种故事;我仿佛长在她身上了,在我这段生活中,除了这位忙个不停的、无限慈祥的老太婆,再不记得看见别的什么东西了。

有时,我母亲不知从哪儿来了一会儿;她的神气

批:外祖母的善良博爱。下文从生活中的提醒、劝告、家务等方面具体描述了她这一美好的品质。

批:说明外祖母乐于助人,能给人们带来和谐。

批:描写外孙与外祖母形影不离,侧面写出了外祖母对外孙的慈爱。

批:母亲的淡漠与外祖母的慈爱形

又骄傲又严厉，一对冷冷的灰眼睛像冬天的太阳似的注视一切；她很快又消失不见了，没有给人留下可以回忆的东西。

有一次我问外祖母说：

"你会巫术吗？"

"唔，你真会想！"她微笑一下，立刻又沉思地说，"我哪儿行啊，巫术是一门困难的学问。我不识字，一个字母也不认得；你瞧你外祖父多有学问，我呢，圣母没有使我变得聪明。"

她又向我讲了一段她过去的生活：

"我从小也是孤儿，我的母亲是个贫农，又是个残废；她当闺女的时候，被地主惊吓了一次。她半夜里吓得跳窗户，摔坏了半边身子，臂膀也摔伤了，从那时起，她的右手，那只最要紧的手，就萎缩了。我的母亲是个有名的织花边的。这样一来，她对地主老爷就没用了，地主赶走了她，说是'爱怎么过就怎么过去吧'，少了一只手怎样生活啊？她只得到处流浪，乞求人家的怜悯，那时人们比现在富足，比现在慈善，譬如巴拉罕纳的木匠和织花边的人们，全是些好样的！每年秋天和冬天，我和母亲就留在城里要饭；加百利天使把宝剑一挥，赶走了冬天［注：指加百利节（旧俄历三月二十六日）］，春天拥抱着大地了，这时我们继续向前走，眼睛望到哪儿就走到哪儿。到过穆罗姆，也到过尤列维茨，沿着伏尔加往上走，沿着静静的奥卡河也走过。春天和夏天，在大地上流浪真好。大地是亲切的，青草像天鹅绒似的；至圣的圣母在田野上撒满了花，你在这儿真快乐，你的心觉得自由自在！有时候，母亲闭上蓝色的眼睛，提高了嗓子唱起歌来——她的嗓子不怎样有力，可是响亮——周围一切都仿佛在打盹儿，纹丝儿不动，都在听她唱歌。讨饭的生活挺好玩！我刚过九岁的时候，母亲觉得牵着我到处要饭怪难为情的，因为怕羞，

成了鲜明的对比。

批：外祖母悲惨的童年生活。外祖母是伟大的母亲，是俄国苦难的象征。她乐观、坚强，教外孙阿廖沙观察生活、发现生活，正面唤起阿廖沙对生活的热爱。

批：间接写出了在沙皇的专制统治下俄国人民的日子越来越悲惨。

批：困境中乐观地面对生活是非常难得的，也是人们顽强地活下去的巨大精神力量。

就在巴拉罕纳城住下来；她沿着大街挨门挨户地求乞，每逢节日，就到教堂门口收集善人们的施舍。我坐在家里学织花边，我拼命地快学，想快一点儿帮助母亲；有时学得不顺利，就流泪。两年多的工夫，你瞧，我学会了，并且全城闻名，只要有人想要好的手工，马上就找我们：'喂，阿库利娅（注：阿库利娅，阿库林娜的昵称），给我们织一件吧！'我可高兴啦，像过节似的。当然，不是我的技术巧，是妈妈教得好。她虽然只剩一只手，自己不能工作，但是她会指点。一个好的老师比十个干活的还宝贵呢。可是，当时我自满起来，我说：'妈妈，你别东奔西跑地要饭了，现在我一个人就能够养活你！'她对我说：'住嘴，你要知道，这是给你攒钱买嫁妆的。'不久你外祖父出现了，一个出色的小伙子，二十二岁，已经当上大船的工长了！他的母亲细细地把我端详了一番，她看出我会做活计，又是讨饭出身的女儿，大约挺老实的，行……她卖甜面包，是一个凶恶的女人，别回忆这个了……咳，我们干吗要回忆坏人啊？上帝会亲眼看见他们的；上帝看见他们，小鬼喜爱他们。"

她由衷地笑了，她的鼻子可笑地颤动着，眼睛沉思地闪闪发光，使我感到很亲热，它们所表示的，比言语还要明白。

（刘辽逸／译）

批：穷人家的孩子早当家。

批：外祖母很会讲故事，重视言传身教，苦难教会外祖母能面对一切。不回忆坏人，实际上是要外孙保持一颗美好的心灵。

批：外祖母笑对苦难，慈爱刚强。

闪烁着爱的光芒的阿库林娜

　　《童年》描绘的是小主人公阿廖沙从4岁到11岁的生活。在这部小说里，高尔基描绘一个"铅一样沉重"、残忍可怕的小市民世界，外祖父是个贪婪而残暴的染坊老板，两个舅舅也极端自私残忍，只有外祖母阿库林娜真正关心他、爱护他，成了他童年唯一的保护人和启迪者。

　　阿库林娜·伊凡诺芙娜的形象是俄国文学史上最鲜明、最富有诗意的妇女形象之一，她是伟大母亲的象征，也是俄国苦难生活的象征，闪烁着爱的光芒。她喜欢唱歌、讲故事、跳舞,她慈爱、善良、刚强,在十分嘈杂和混乱的情况下,也能把人们吸引到她的周围,为艰苦窒息的生活增添了一份欢乐的情调。

与对外公那类人的厌恶相反,作者通过对外婆等人的回忆,表达了对以外婆为代表的劳动人民的热爱、崇敬之情。外婆善良慈祥,爱亲人,爱邻居,爱所有的人。她心甘情愿把生活中的一切压力都承担下来而毫无怨言。生活的困苦、丈夫的殴打、儿子的忤逆……都熄灭不了她内心深处的仁爱之光。

她是一个充满生活气息与诗意的劳动妇女,她能歌善舞,善于讲形形色色的传说、童话、民间故事。她还是一个勇敢的人,作坊起火时,所有的人都惊慌失措,只有她冲进火海,抢出水桶大小的一桶硫酸盐。因此,尽管她有对恶势力顺从忍耐,对上帝盲目信仰的缺点,这并不影响她整体人性上的光辉。

高尔基在作品中流露出对阿库林娜的热爱、赞美之情,通过阿廖沙与她的交往热情讴歌了她。(殷传聚、屈平)

芳草地　　　　　茨冈之死

在这个家里,除了外祖母以外,万尼亚是我最好的朋友。可是没过多久,他死了。

事情是这样的。院子里,靠围墙放着一个很大的橡木十字架。它在那里放很久了,经过风吹雨打,已经完全变黑了。

这个十字架是雅科夫舅舅买来的,他准备把它立在逝妻的坟墓上,而且他还许下诺言,在她去世一周年的那一天,他要亲自把它背到墓地上去。这一天到来了。那天是初冬的一个星期天,天气寒冷,狂风呼啸,屋顶上的积雪不断被吹落下来。家里的人都来到院子里,外祖父和外祖母带着几个孙子提前到墓地做安魂弥撒去了。我因为犯了点错误,被留在家里,以示惩罚。

两个舅舅穿着一模一样的黑色短皮袄,他们把十字架从地上扶起来。格里高里和另外一个陌生人费劲地抬起它,把它放在茨冈宽阔的肩膀上。茨冈的身子摇晃了一下,叉开腿,又站稳了。

"挺得住吗?"格里高里问道。

"不知道,好像很重……"

米哈伊尔舅舅怒气冲冲地喊:"老瞎鬼,快去开大门!"

格里高里把大门打开,神色严肃地劝告茨冈:"当心点儿,可别累趴下! 去吧,上帝保佑你!"

茨冈吃力地背着十字架,没有说话。两个舅舅在旁边扶着十字架的两翼,走了。

格里高里拉着我的手,把我领进作坊,说:"今天你外祖父大概不会打你了,他的脸色看上去很和气……"

在作坊里，他让我坐在一堆准备染色的羊毛上面，一边闻着染锅里升起的蒸汽，一边若有所思地说："亲爱的孩子，我和你外祖父相处了十三年，他做的事情，我从头到尾都看得一清二楚。我和他从前是好朋友，我们俩一块儿开始干这种行当，这主意是我们两个人一块儿想出来的。你外祖父可是个聪明人！他后来当上了老板，我却不会……孤儿的生活是不好过的。你父亲马克西姆·萨瓦杰伊奇是个堂堂的男子汉，他什么都懂——正因为这样，你外祖父才不喜欢他，才不肯承认他……"

我一边听，一边望着炉灶里那红彤彤、黄灿灿的火焰。

"等一等，出什么事啦？"他突然说，然后侧耳细听起来。接着，他用脚把炉门踢上去，关好，一个箭步跑到院子里。我也跟着他跑了出去。

在厨房的地板上，茨冈一动不动地仰脸躺着。他的前额奇怪地闪着亮光，眉毛高高地扬起；眼睛滞然地凝视着黑黝黝的天花板；发黑的嘴唇颤抖着，往外吐着带血丝的白沫；嘴角上流着鲜血，那鲜血顺着脸颊流到脖子上，再流到地板上；一股浓血不断地从脊背下流出来。厨房里飘荡着一阵窃窃私语声。

"他绊了一跤。"雅科夫舅舅用一种平淡的声音讲述道，一边讲，还一边摇着头。他整个人都显得平平淡淡、无精打采，一双眼睛暗淡无光，不停地眨巴着。

"他摔倒了，被十字架压在下面，脊背给砸了一下。我和米哈伊尔一看事情不好了，便赶快扔下十字架，要不然，我们俩非让它给砸残废不可。"

"是你们把他砸死的。"格里高里闷声闷气地说。

"是又怎么样？"

鲜血流个不止，在门槛下积成一大摊。茨冈一边吐着带血丝的白沫，一边像做梦似的哼哼着，他已经没有一点儿力气了。

"米哈伊尔骑马到教堂叫父亲去了，我雇了一辆马车，赶快把他拉回家里来。幸好我没有抬粗的一头，不然我会……"雅科夫舅舅耳语般地低声说。

后来，外祖父穿着貉绒皮袄，迈着沉重的脚步进来了，外祖母、米哈伊尔舅舅、孩子们，还有许多不认识的人，也都进来了。

外祖父把皮袄脱下来扔在地板上，喊叫起来："你们这两个坏蛋！你们把一个多好的年轻人给活活折磨死了啊！"

他坐在长凳上，两手撑着凳子一边十巴巴地呜咽着，一边用嘶哑的声音说："我明白！他是你们的眼中钉、肉中刺……哎呀，万尼亚呀万尼亚……你这个小傻瓜！这该怎么办呢，啊？"

外祖母趴在地板上，用手抚摸着万尼亚的脸、头和胸脯，一句话也不说。后来，她缓慢地站起来，可怕地瞪着眼睛，大声说："都给我滚出去，你们这些该死的家伙！"

几天后，茨冈无声无息地被埋葬了，他永远被人们遗忘了。

[苏联]高尔基/文，刘辽逸/译

《茨冈之死》选自《童年》，标题是编者所加的。

阿列克塞·马克西莫维奇·彼什科夫（1868 年 3 月 28 日～1936 年 6 月 18 日），笔名马克西姆·高尔基，苏联无产阶级作家，社会主义现实主义文学的奠基人。他 4 岁时父亲因霍乱去世，他和母亲到外祖父家住。童年受到外祖父和舅父们的虐待，但外祖母给了他无私的爱。11 岁时母亲去世，外祖父破产，他不得不为生计在社会上奔波，当过学徒、信差，在街头拾破烂，在戏园子里跑龙套等。1884 年，他到喀山，他先后当过码头装卸工、面包房工人、园丁、看门人等。贫民窟和码头成了他的"社会大学"的课堂。他与劳动人民同呼吸共命运，亲身经历了资本主义残酷的剥削与压迫。这对他的思想和创作发展具有重要影响，后来他把自己的苦难经历写成自传性三部曲《童年》《在人间》和《我的大学》。

1901 年高尔基创作了著名的散文诗《海燕之歌》，塑造了象征大智大勇革命者搏风击浪的勇敢的海燕形象，预告革命风暴即将到来，鼓舞人们去迎接伟大的战斗，这是一篇无产阶级革命战斗的檄文与颂歌。《海燕之歌》标志着他由民主主义的文学创作进入无产阶级革命文学创作的开端。

1905 年俄国第一次工人革命运动被镇压，1906 年高尔基到了美国，在那里写成了被称为社会主义现实主义奠基和典范之作的长篇小说《母亲》，标志着其创作达到了新的高峰。《母亲》塑造了世界文学史上第一批自觉为社会主义而斗争的无产阶级革命者的英雄形象，是社会主义现实主义文学的奠基作品。列宁肯定了它的现实意义。

《茨冈之死》描述的是雇工茨冈之死的过程。茨冈背着十分沉重的十字架去墓地，还没有到达，被绊了一跤；本来扶护着十字架的雅科夫和米哈伊尔怕伤着自己，赶忙扔下十字架，就这样茨冈被十字架砸死了。外祖父和外祖母对茨冈的死的反应有本质的不同：外祖父为失去一个能为他干事的雇工而惋惜，但不十分伤心，只是有些不知所措，对害死茨冈的两个儿子只是略有谴责；外祖母对茨冈的死是十分痛心的，她开始是什么话也不说，继而是可怕地瞪着眼睛，严厉呵斥他们滚出去，并骂他们是"该死的家伙"。

小海蒂不哭了

◇[瑞士]约翰娜·斯比丽

读点

描绘了真实感人的生活场景。
艺术细节运用得恰到好处。

内容提要:

选自《海蒂》,标题是编者所加的。

《海蒂》的主人公是海蒂。小说讲述了海蒂儿童时代在阿尔卑斯山上的生活,离家到法兰克福陪读以及返乡的过程,描绘了山乡与城市、穷人与富人、成人与儿童等不同的世界,谱写了一曲童心颂歌。

海蒂从小就成了孤儿,是姨妈把她带大的。海蒂5岁时,姨妈要到法兰克福工作,不愿再抚养海蒂,就把她送到了在阿尔卑斯山上的爷爷那里。爷爷是个古怪的老头,海蒂的到来给爷爷带来了欢乐,爷爷也非常关爱小海蒂,她感到很幸福。在这里,海蒂还认识放羊的牧童贝塔和他瞎眼的奶奶,她和贝塔一起过着愉快的牧羊生活。

海蒂8岁时,海蒂被姨妈骗去给瘫痪女孩克拉拉做伴。海蒂的到来,改变了克拉拉枯燥的生活,给她带来了快乐,两人成了好朋友。可是管家罗得迈尔小姐有些讨厌海蒂。幸好克拉拉的奶奶很慈祥,海蒂在她的帮助下学会了阅读。可是,由于对爷爷的思念,海蒂患了梦游病。大夫诊断得了思乡病,就把海蒂送到爷爷那里。

海蒂的到来让爷爷高兴不已。不久,克拉拉的奶奶带着克拉拉来看海蒂。在大自然美丽风光的陶冶下,克拉拉的身体越来越健康了,她竟然能从轮椅上下来走路了。可爱的小海蒂给所有的人带来了温暖、欢乐和生活的信心。

　　奶奶住在这里的时候,每天下午,克拉拉躺下午睡,罗得迈尔也大概想休息休息,没了动静。<u>这时,</u>

批:克拉拉的奶奶也非常关心海蒂,

奶奶常要再坐一会儿。但总是过了五分钟就又站起来，把小海蒂叫到自己屋里，和她聊聊天，让她做点事，或者一起玩些什么。奶奶拿来一个可爱的小玩具娃娃，教海蒂怎么给它做衣服和围裙。小海蒂渐渐地学会了针线活，给娃娃们做了非常漂亮的衣服和斗篷。当然这也要靠奶奶总是给她些五颜六色的碎布头。

现在小海蒂已经学会了读书，想给奶奶读多少遍就能读多少遍。故事越读越有意思，这成了她最大的乐趣。小海蒂和故事的主人公一起经历了他们遇到的事情。所以她觉得那些人好像就在她身边，每次和他们在一起，她都会很开心。可即使是这样，小海蒂现在已经没有以前那么快乐了。她的眼睛里，再也看不到那种活泼的光彩了。

奶奶在富兰克托还有最后一周。赛斯曼夫人让仆人把海蒂叫到了自己的房间里。那时正是克拉拉午睡的时间。小海蒂抱着一本大书走进来，奶奶示意她坐到自己身边，然后把书放到一旁，对她说：

"来，坐到这儿来吧，海蒂，你为什么闷闷不乐的？现在你还在为那件事痛苦吗？"

"嗯。"海蒂点点头。

"跟上帝说过了吗？"

"嗯。"

"那你每天向上帝祈祷一切都好起来，愿上帝赐给你快乐了吗？"

"不，我现在一点儿都不想祈祷了。"

"啊，海蒂，为什么这么说？怎么了？你为什么不祈祷了？"

"祈祷也没有用呀。上帝不听我说，一定是那样！"海蒂有些激动地往下说，"每天晚上富兰克托那么多人都在祈祷，上帝又不能全听到，我的请求，他肯定一点都没听见。"

批：小海蒂心灵手巧，不仅学会了针线活，而且把玩具娃娃的衣服和斗篷做得很漂亮，表现了她的天真活泼。

批：小海蒂喜欢读书，为下文她给克拉拉读书和哭泣的情节埋下伏笔。

批：海蒂没有以前那么快乐、活泼，主要是因为思念在阿尔卑斯山上的爸爸。

和她聊天、一起玩，展现了一个慈祥的老人形象。

批：语言描写，一方面，表现了克拉拉的奶奶的慈祥，对海蒂非常关心；另一方面，表现出海蒂的忧伤，对向上帝祈祷发生怀疑，表现出孩子特有的想法，尽管忧伤，但让读者感觉十分天真可爱。

"怎么会,你怎么知道他没听见,海蒂?"

"我已经好几个礼拜天天祈祷同一个愿望,可是上帝一点儿都没帮我实现。"

"别这么说,这不会那么顺利的,海蒂!不该这么想!要知道上帝是我们大家的父亲,他很清楚什么对我们有好处,即使在我们还不知道的时候也是。如果是对我们没有好处的事,不论怎么请求,他也不会帮你实现。只要你一直真心地祈祷,不从上帝身边逃跑,不失去对上帝的信赖,他马上就会降福给你更加幸运的事。所以,你祈祷的是对你现在没有好处的事,上帝把你的愿望听得清清楚楚,他能同时听见所有人的话,分别一个个地过目。所以他才能成为上帝,和你和我是不一样的人。他肯定早就知道什么是对海蒂有好处的,所以才这么想:'嗯,我以后一定要实现小海蒂的愿望。不过,那要等到有益于她的时候,等到实现愿望可以使小海蒂真正高兴起来的时候才行。要是现在就给她实现,她以后会发现还是那时上帝不帮助我变成这样的好,就会哭着说要是上帝不听我的请求就好了,现在一点都不像我想象的那么好。'所以现在上帝正从天上看着,小海蒂是不是即使有什么不顺心的事,也还是信赖我,每天望着天上向我祈祷。可是,你一点儿也不相信他,逃开了,也不再祈祷,把上帝忘在脑后。但是,要知道,如果谁这么做了,在众人的祈祷里再也听不到他的声音的话,上帝就会忘记他、不管他的。那这个人以后碰到什么不幸,叹息'没有人帮助我'时,谁也不会同情他。大家都会这么说:'本来上帝是可以帮助你的,不是你自己要从上帝身边逃出来的吗!'海蒂,你想变成这样吗?还是立刻回到上帝那儿,为自己的行为道歉!你不想回到上帝身边,相信他会让一切都好起来吗?那样的话,你会重新获得快乐的!"

批:克拉拉的奶奶非常懂得孩子的心理,善于启发和引导海蒂,使她能尽快快乐起来。上帝是虚无的,但我们不可据此就责怪克拉拉的奶奶愚昧无知,不讲科学。信奉基督教的人信奉上帝,向上帝祈祷,诉说自己的不快和愿望,虽然这种祈祷并不能使祈祷者的处境发生改变,但从心理学的角度来说,这种祈祷有时确实可以使祈祷者的心理得到某种安慰。

小海蒂聚精会神地听着。奶奶的每一句话印刻到她心里,海蒂相信奶奶说的一切都是对的。

"我现在就马上去向上帝道歉。我再也不会忘记上帝了。"海蒂后悔地说。

"那就好,那就好,海蒂。在你需要的时候,上帝一定会帮助你的,放心吧。"奶奶鼓励她说。

于是小海蒂立刻跑回房间,露出后悔的样子,认真地向上帝祈祷,请求他保佑自己,不要忘记自己。

今天奶奶要走了。这是让克拉拉和小海蒂非常难过的一天。奶奶特意逗她们高兴,让她们觉得这不是难过的日子,而是像个节日,直到自己坐着马车离开。可是,奶奶离去之后,就像是把一切都带走了,屋子里空荡荡的。这一天,克拉拉和小海蒂呆呆地坐在一起,直到很晚,不知道以后该怎么办。

第二天上完课,又到了两个孩子在一起的时间,小海蒂捧着书,走到克拉拉房间里说:

"我今后给你读这本书,好不好?克拉拉?"

这对克拉拉来说正是个好主意。于是海蒂热心地读起来。没过多长时间,当读到老奶奶快要死去的一段时,海蒂突然大喊一声:"天哪,奶奶死了!"然后悲痛万分地哭起来。不论读什么书,海蒂都觉得上面的故事是真实发生的,所以现在心里只以为是阿鲁姆的奶奶(注:阿鲁姆的奶奶,小海蒂曾在在阿尔卑斯山的阿鲁姆待过一段时间,她和牧童贝塔的奶奶结下了很深的感情)死去了。海蒂哭得越来越厉害,不住哀叹说:"奶奶死了。我再也见不到她了,也不能给她面包了!"

克拉拉不停地跟她解释这个故事里的奶奶不是阿鲁姆的奶奶,是别的不认识的人。可是海蒂心情激动,就算想到了这一点儿也难以平静下来,仍旧难过地大哭。自己离开得这么远,这一段时间里,奶奶

批:从科学的角度来说,奶奶的话是不科学的。"海蒂相信奶奶说的一切都是对的",我们不能据此认为海蒂不分是非,毕竟她只是个孩子。相反,从中可以看出海蒂对奶奶的信任。

批:海蒂立刻去向上帝祈祷,可以看出她是一个听话乖巧的孩子。

批:用心可谓良苦,写出了奶奶对克拉拉和小海蒂无微不至的爱。

批:克拉拉和小海蒂的不知所措,表现她们和奶奶的难舍难分的亲密关系。

批:海蒂很热情,读书很投入,但读到书中老奶奶快要死去的情节便大哭起来,原因是她认为故事是真实的,以为贝塔的奶奶死了。这表明海蒂心地善良,她深深地思念着阿鲁姆那里的人们。

批:孩子的思想是简单而真诚的。

也许会去世，还有爷爷。那样的话，好多好多年以后，再回到阿鲁姆时，谁都不在了，空空荡荡的，自己孤孤单单，不是再也见不到自己喜欢的那些人了吗？——这种想法涌上海蒂心头。

不知什么时候，罗得迈尔走进了屋，把小海蒂的哭和克拉拉努力安慰她的情景都看在眼里。可是，孩子还是哭个不停，罗得迈尔忍无可忍，走上去严厉地说：

"阿尔菲特，你为这种不值一提的小事哭得够多的了！我可跟你说好了，要是你以后读了故事书再掉眼泪，只要有一回，我就没收你的书，再也不还给你了！"

这句话起了作用。海蒂吓得脸色灰白。这本书对她来说是任何东西都无法代替的。她赶紧擦去眼泪，强忍抽泣，不让罗得迈尔听见哭声。这个办法很有效，以后读什么海蒂都不哭了。

（邵灵侠/译）

批：罗得迈尔管家严厉的训斥反衬了海蒂的善良。

批：这本书包含着克拉拉奶奶的关心，是生活的见证。

天真纯朴的人格魅力

约翰娜·斯比丽（Johanna Spyri, 1827 年 6 月 12 日~1901 年 7 月 7 日），瑞士著名儿童文学作家。生于瑞士苏黎世附近的一个乡村，父亲是一名医生，母亲则是一位诗人，从小就接受良好的教育，后到苏黎世求学，并为以后的儿童文学创作打下坚实的基础。从 1879 年起，她写了大量献给孩子以及那些热爱孩子的人们的故事，其中最著名的是小说《海蒂》。

小海蒂深受读者欢迎，是因为她具有天真纯朴的人格魅力。本篇故事通过海蒂的性格展示了心地善良和天真纯朴中蕴含的幸福与欢乐。

小海蒂"心地善良"主要体现在：在奶奶的指导下，利用奶奶给她的五颜六色的碎布头，给玩具娃娃做非常漂亮的衣服和围裙斗篷。当读到老奶奶快要死去的一段时，海蒂突然大喊一声："天哪，奶奶死了！"然后悲痛万分地哭起来。不论读什么书，海蒂都觉得上面的故事是真实发生的，等等。

小海蒂的"天真纯朴"主要体现在：海蒂认为"每天晚上富兰克托那么多人都在祈祷，上帝又不能全听到，我的请求，他肯定一点都没听见"。听了奶奶的解释，小海蒂聚精会神地听着。奶奶的每一句话印刻到她心里,海蒂相信奶奶说的一切都是对的,并立刻跑回房间,露出后悔的样子,认真地向上帝祈祷,等等。正是因为文中充满着许多真实感人的场景,正是因为海蒂的心地善良和天真纯朴,让我们对这个故事念念不忘。

联系整部小说《海蒂》,主人公海蒂是一个天真活泼、善良纯朴的小姑娘,她热爱生活、热爱自然、助人为乐,年纪不大却有着感人的人格魅力。正是在她纯真的感情感染下,饱经沧桑、心情抑郁的爷爷变得开朗起来;也正是在她的爱心帮助下,瘫痪姑娘克拉拉又有了生活的勇气,重新站立起来。在这部作品里,作者通过许多真实感人的生活场景和恰到好处的艺术细节,逐步描绘出海蒂真挚感人的艺术形象。作品中其他人物,如外表冷漠、内心善良的爷爷,喜欢放羊玩耍而不爱学习的贝塔,懂得孩子心理并善于启发和引导孩子的克拉拉的奶奶等,也都栩栩如生、跃然纸上。这也是这部作品深受欢迎的原因之所在。(子夜霜、杨刚华)

智慧树　　为什么读经典

经典是那些你经常听人家说"我正在重读……"而不是"我正在读……"的书。

经典作品是这样一些书,它们对读过并喜爱它们的人构成一种宝贵的经验,但是对那些保留这个机会,等到享受它们的最佳状态来临时才阅读它们的人,它们也仍然是一种丰富的经验。

经典作品是一些产生某种特殊影响的书,它们要么本身以难忘的方式给我们的想象力打下印记,要么乔装成个人或集体的无意识隐藏在深层记忆中。

一部经典作品是一本每次重读都像初读那样带来发现的书。

一部经典作品是一本即使我们初读也好像是在重温的书。

一部经典作品是一本永不会耗尽它要向读者说的一切东西的书。

经典作品是这样一些书,它们带着先前解释的气息走向我们,背后拖着它们经过文化或多种文化(或只是多种语言和风俗)时留下的足迹。

一部经典作品是这样一部作品,它不断在它周围制造批评话语的尘云,却也总是把那些微粒抖掉。

经典作品是这样一些书,我们越是道听途说,以为我们懂了,当我们实际读它们,我们就越是觉得它们独特、意想不到和新颖。

一部经典作品是这样一个名称,它用于形容任何一本表现整个宇宙的书,一本与古代护身符不相上下的书。

"你的"经典作品是这样一本书，它使你不能对它保持不闻不问，它帮助你在与它的关系中甚至在反对它的过程中确立你自己。

一部经典作品是一部早于其他经典作品的作品，但是那些先读过其他经典作品的人，一下子就认出它在众多经典作品的系谱中的位置。

一部经典作品是这样一部作品，它把现在的噪音调成一种背景轻音，而这种背景轻音对经典作品的存在是不可或缺的。

一部经典作品是这样一部作品，哪怕与它格格不入的现在占统治地位，它也坚持至少成为一种背景噪音。

[意大利]伊塔洛·卡尔维诺/文，黄灿然/译

品 读

　　伊塔洛·卡尔维诺(Italo Calvino,1923 年 10 月 15 日～1985 年 9 月 19 日)，意大利当代最有世界影响的作家。

　　本文选自《为什么读经典》。《为什么读经典》是一部对经典作家的评论集。书中除了开篇的《为什么读经典》外，其余三十多篇文章都是卡尔维诺为"他的"三十余位经典作家及其作品所写的评论文章。作家卡尔维诺以本书带领读者一同探寻他所喜爱的经典，作者发挥他独到的阅读敏锐，细腻剖陈了康德、狄更斯、福楼拜、奥维德等经典大家的作品风格。书中独到见解俯拾皆是，比如，笛福的《鲁滨孙漂流记》是现代新闻报道体的滥觞，巴尔扎克的作品其动力是钞票，海明威是一个性情暴烈的旅人……透过对这些作品的评析，卡尔维诺也对自己的写作事业作了深刻的反省，是一部借着经典阅读经验省思作者自我的精彩论著。

舅母的忏悔

◇[英国]夏洛蒂·勃朗特

读点

通过语言和心理描写展现人物丰富的个性。
塑造了一个虽被伤害而依然宽容待人的人物形象。

内容提要：

　　《舅母的忏悔》选自《简·爱》第二十一章，标题是编者所加的。舅母，指简·爱的舅母里德太太。节选部分写的是里德太太临死时的情景。简·爱是小说《简·爱》的主人公。

　　简·爱出生于一个穷牧师家庭，简襁褓之中，父母便染上伤寒病相继去世，寄养在舅父里德先生家。舅父去世后，舅母里德太太常常虐待简。简经常无缘无故受到表哥的殴打和舅母的训斥。舅母把简视为眼中钉，并把她和自己的孩子隔离开来。从此，她与舅母的对抗更加公开和坚决了。终于，舅母把10岁的简送进了劳渥德孤儿院。

　　孤儿院教规严厉，简在这里继续受到精神和肉体上的摧残。因为有谭波尔女士的照顾，简在这里平安地度过了8年，最后两年还留校任教。谭波尔因结婚离开劳渥德学校，简便登广告谋求家庭教师的职业。桑菲尔德庄园的女管家聘用了她。

　　庄园的男主人罗切斯特经常在外旅行，偌大宅第只有一个不到10岁的女孩阿黛勒·瓦朗，罗切斯特是她的监护人，简就是她的家庭教师。

　　一天黄昏，简在山坡散步，遇到了从国外归来不久的罗切斯特。她发现他严厉、愤世嫉俗的外表里面还藏着一颗痛苦而高贵的心，不自觉地爱上了他。罗切斯特回来后经常举行家宴。一次家宴上，罗切斯特向布兰奇·英格拉姆小姐大献殷勤。实际上，罗切斯特这是在试探和考验简的。

　　简的叔父约翰·爱三年前致函里德太太，他想立简为财产继承人，她却回信说简已经死了。舅母生命垂危，派人接简回去，并向简忏悔。舅母死后，简又回桑菲尔德。一天，罗切斯特向简求婚时，她答应了他。罗切斯特和简在教堂举行婚礼，突然罗切斯特前妻的弟弟理查·梅森和一个律师来了，说罗切斯特15年前已经结婚，他的妻子就是那个被关在密室里的疯女人伯莎·梅森。他们不能结婚，两人陷入深深的痛苦之中。

在一个凄风苦雨之夜，简离开了罗切斯特。简被牧师圣约翰收留，并在当地一所小学校任教。几个月后，简得到叔父给她留下的2000英镑的遗产，同时还发现圣约翰是她的表兄。圣约翰打算去印度传教，他请求简嫁给他。简拒绝了，决定回到罗切斯特身边。

简回到桑菲尔德庄园，那座宅子已成废墟，疯女人放火后坠楼身亡，罗切斯特也受伤致残。简找到了罗切斯特，并和他结了婚。

　　一个风雨交加的下午，乔奇安娜在沙发上看小说看得睡着了；伊丽莎上新教堂去做圣徒节礼拜——因为在宗教方面，她是严格履行仪式的；凡是她认为是虔敬义务的事，任何天气都不能阻止她按时去做；不管天好天坏，她每个星期去教堂三次，平时一有祈祷仪式她就去。

批："风雨交加"的阴晦天气让人压抑，舅母病重，而她的两个亲生女儿一个睡着了，一个则上新教堂去做圣徒节礼拜，这与下文外甥女简·爱上楼去看舅母形成了对比。

　　我想我还是上楼去看看那个垂死的女人怎么样了，她躺在那儿几乎没人理睬；仆人们只是时而去照料她一下；请来的护士没人管，能什么时候溜出房间就什么时候溜出去。白茜虽然忠心耿耿，可是她也有自己的一家人要照料，只能偶尔到宅子里来。果不出所料，我发现病室里没人看护；护士不在那儿；病人一动不动地躺着，显然在昏睡；她那铅一样苍白的脸陷在枕头里；火在炉格里都快熄灭了。我加了点燃料，整理好床单，盯着她看了一会儿，现在她不能盯着我看了。然后我走开，到窗前去。

批：写出舅母里德太太临死时少有人照料的凄凉的情况。

批：也说明里德太太没有人照料。

　　雨狠狠地抽打着窗玻璃，风狂暴地刮着。"一个人躺在那儿，"我想，"马上就要不再受到世间的暴风雨了。那精神，现在正在竭力要挣脱它的物质的躯壳，它在终于解脱了以后，将飞到哪儿去呢？"

批：风雨击窗，进一步渲染悲剧氛围。

我思考着这个重大的谜,不由得想起了海伦·彭斯,想起了她临终时说的话——她的信仰——她的关于解脱了躯壳的灵魂都是平等的学说。我想起了她临终时平静地躺在床上,低声表示渴望回到天父的怀里。我还在思想中倾听着我牢记着的她的声调,还在描绘着她那苍白的、超越尘世的容貌,她那憔悴的面容和崇高的凝视,这时,我背后床上发出一个微弱的嘟囔声:"是谁?"

批:关于"躯壳的灵魂"的心理活动描写,说明简·爱已经意识到里德太太即将死去。

　　我知道里德太太已经几天没说话了。她苏醒过来了吗? 我走到她跟前。

批:临死的凄凉。

　　"是我,里德舅妈。"

　　"谁——我?"是她的回答。"你是谁?"她惊奇中带点惊恐但还不是狂野地看着我。"我完全不认识你——白茜在哪儿?"

　　"她在门房小屋里,舅妈。"

　　"舅妈,"她重复一遍。"谁叫我舅妈? 你不是吉布森家的人;但是我认识你——那张脸,那双眼睛和那个额头,我都很熟悉。你像是啊? 你像是简·爱!"

批:语言描写真实反映了里德太太的心理:她不敢相信,曾发誓永远不叫她舅妈的简·爱此刻会出现在她最需要救赎的当口。

　　我没说什么,我怕一承认会引起她休克。

　　"但是,"她说,"我怕搞错;我的思想会欺骗我。我希望看见简·爱;在没有她的地方我会凭空想象出一个像她的人来;再说,八年中,她一定大变样了。"现在我温和地告诉她,我就是她猜想和希望的那个人,让她放心;看到她听懂了我的话,她的神志完全清醒了,我便解释白茜怎样派她丈夫去把我从桑菲尔德接来。

批:简·爱与里德太太曾是冤家对头,里德太太十分憎恨简·爱,简·爱没有说自己是谁,是不想在这种情况下刺激她。这充分表现了她善良的品格。

　　"我病得很重,我知道,"她不久就说。"几分钟以前我想翻个身,发觉连手指都不能动了。在我死以前,让我安下心来也好;我们在健康的时候不大去想的事,在我现在这样的时刻就沉重地压在心头。护士在吗? 还是屋里只有你一个人?"

批:身边无人照顾!

批:里德太太一直惦念着简·爱,是因为愧疚。外表强悍,但也不乏善良。

我说只有我们两人,让她放心。

"唉,我做了两次对不起你的事,我现在很后悔。一件是,没有遵守对我丈夫做的诺言,把你当我亲生孩子一样扶养大;另一件是——"她停下了。"也许,这毕竟不是什么很重要的事,"她喃喃地自言自语,"再说,我可能会好起来;在她面前低声下气地赔不是,真是痛苦。"

她做了一次努力要改变她的姿势,可是没成功;她的脸变了,似乎经历着内心的一种什么感觉——或许是最后一阵剧痛的先兆。

"好,我得把这件事做了。长眠已经在我面前;我还是告诉她好。到我的梳妆盒那儿去,把它打开,把你看到的里面的一封信拿出来。"

我照着她的指点去办。"读那封信。"她说。

信很短,是这么写的:

夫人:

　　请惠告舍侄女简·爱通讯处,并示知其近况如何;我拟即时去函嘱她来马德拉我处。蒙上天赐福,我苦心经营后,得以获致相当财产;我未婚,无嗣,望能趁我健在,收她为养女,并在我去世后将一切遗产留赠给她。

　　　　　约翰·爱谨启于马德拉

日期是三年以前。

"为什么我从没听说过这件事呢?"我问。

"因为我恨你,恨定了,恨透了,不愿助你一臂之力,让你走运。我忘不了你对我的行为,简——你有一次对我发的火,你宣布在世界上最讨厌我的那种声调,你用那种不像孩子的神情和声音,说一想到我就叫你恶心,说我对你冷酷得难以忍受。我忘不了你这样跳起来,把心头毒液一股脑儿倒出来,这时候我是什么感觉:我觉得害怕,就像我打过或者推过的一头动物抬起头来,用人的眼睛看我,用人的声音骂

批:里德太太为自己过去的所作所为忏悔,人之将死,其言也善。

批:里德太太虽病重,但仍清醒。另一件是她隐瞒了简·爱继承财产的事情,这并非不重要,她迟疑说出,是怕简·爱不会原谅她,所以在找我理由来说服自己不要说出此事。

批:死亡的预兆促使说出悔恨之事,否则她将遗恨终生,说明她心里仍然存有善念。

批:简·爱的叔父约翰·爱致函里德太太,他想立简·爱为财产的继承人。

批:一次发火竟成了舅妈憎恨的缘由,因恨而隐瞒真相。舅妈不应记恨只是个孩子的简,但当初简也的确刺激了舅妈。这对我们读者也是一个警示。

批:舅妈恨简·爱的原因是简·爱非但不理解舅妈丧夫的苦楚与生活的艰辛,反而突然间爆发出如此大的仇恨。

我。——给我点儿水！哦！快！"

"亲爱的里德太太，"我一边把她要的水递给她，一边说，"别再去想这一切了，让它从你的心里消失吧。原谅我的气话，我那时还是个孩子；在那天以后，已经八九年过去了。"

她没听我说的话；可是，她喝了一点儿水，喘过气来，又接着说：

"我确实忘不了，我就报复了，因为你过继给你叔叔，去过优裕舒适的日子，是我受不了的。我给他写了回信，说很遗憾，让他失望，简·爱已经死了，她在劳渥德生伤寒病死的。现在按你的心愿办吧，你愿意，就马上写信去否定我的话——去揭穿我的谎话吧。我想，你生来就是折磨我的，我到临终还要回忆起这件事，心里不得安宁，如果不是因为你，我绝不会动心，干出这种事来。"

"要是你接受劝告，不再去想它，舅妈，而怀着仁慈和原谅来看看我——"

"你的脾气很坏，"她说，"这种脾气我到今天都还觉得不可理解；怎么会八九年中不管人家怎样对待你，你都忍耐、沉默，而在第十年却一下子火冒三丈，我永远也不能理解。"

"我的脾气不像你想的那么坏；我容易激动，却不爱报复。小时候，有很多次，只要你容许我，我会很高兴地爱你；现在我真心诚意渴望跟你和好；吻我吧，舅妈。"

我把脸颊凑近她的嘴唇；她不愿碰。她说我在床上弯下身，使她透不过气来；她又问我要水。我把她扶起来让她靠在我胳臂上喝水，我让她躺下的时候，把手放在她那冰冷潮湿的手上；细弱的手指一接触到我的手就缩了回去——失神的眼睛躲开我的凝视。

批：舅妈道出她所做的令她后悔的事。

批：舅妈说出此事，表明她并未奢望能得到简·爱的宽恕，这也反衬了简·爱的善良。

批：里德太太的确没有遵守她对她丈夫做的诺言，把简·爱当作亲生孩子来对待，所以简·爱在舅妈那里的确受到了不公平、不公正的待遇。这种不公平和不公正在简·爱心里积压了十年，终于再也忍耐不住而发作了。但在舅妈看来，八九年就这样过来了，简·爱突然发火而且发了很大的火，这是她所不能接受的。而简·爱不仅原谅了舅妈，而且真诚地和她和好，表现出可贵的宽容胸怀。

"那么，随你爱我还是恨我，"我最后说，"你得到了我的完全的、自动的宽恕；现在请求上帝的宽恕；安心吧。"

可怜的痛苦的女人！对她来说，现在要努力改变她习惯的想法，已经是太迟了；活着的时候，她曾经恨我——临终的时候，她必须还是恨我。

这时候，护士走了进来，白茜跟在后面。我又逗留了半个小时，希望能看到一点和好的迹象；可是她没表示。她很快又陷入昏迷，没再清醒过来，就在那一夜十二点钟，她去世了。我没在场给她闭上眼睛；她的两个女儿也没在场。第二天早上别人来告诉我们一切都过去了。那时候，已经在给她大殓。伊丽莎和我过去看看她；乔奇安娜突然号啕大哭，说她不敢去。赛拉·里德一度健壮、灵活的身体，僵硬、静止地躺在那儿；她那无情的眼睛由冷冷的眼皮覆盖着；她那额头和强硬的特征还带着她那冷酷心灵的痕迹。在我看来，那具尸体是个奇怪和严肃的东西。我怀着忧伤和痛苦的心情凝视着它；它引不起任何温柔、甜蜜、同情、希望或克制的感情；只能引起一种为她的悲哀而不是为我的损失而感到的剧烈痛苦，引起一种对这样一种死的恐怖所感到的忧郁、无泪的惊愕。

伊丽莎镇静地俯视着她的母亲。沉默片刻以后，她说：

"像她那样的体质，本来应该可以活到高年；她的生命让烦恼缩短了。"接着，一阵痉挛使她的嘴收缩了一下；痉挛过去以后，她转身离开了房间，我也离开了。我们两人都没掉一滴眼泪。

(祝庆英/译)

批：对于信奉上帝的人来说，能得到宽恕，可以说是对她最大的安慰。简·爱真乃善良的天使。

批：活着的时候恨，临终的时候还是恨，恨终其一生，悲哀！

批：里德太太死时身边没有一个亲人，甚至连其他人也没有，真是无限凄凉！

批：里德太太生性强硬、冷酷，她的死给人的不是伤心、同情，而是悲哀和惊愕！

批：里德太太本来体质很好，因为做了不可宽恕的亏心事，受到了心灵的惩罚，所以就过早地离开了人世。这就启示我们，做人应光明磊落，不做损人利己或损人也不利己的事情。

记恨是毒草，宽容是香茗

世界因宽容而美丽。寄人篱下的生活让简·爱倍感孤独与屈辱，而当她长大成熟后看着晚年处境凄凉的舅妈里德太太，用爱彻底消融了久已被埋藏在心里的恨，独立生活的简·爱以一种平等，甚至可以说是怜悯的心情去面对里德舅妈，送她走完人生的最后时光，使心灵得到了些许宽慰。

舅妈的"忏悔"也是一种特殊的宽容。早年丧夫，一个人独自抚养包括简·爱在内的四个孩子的舅妈，面对情感与生活的双重压力，她没有太多的心思去琢磨孩子的心理。在培养孩子上，她是一个彻底的失败者。对简的严厉无比，而对亲生子女却溺爱有加，这都是不正确的。她对简的恨是缘于养了九年不感恩，却有第十年的劈头盖脸的"叛逆"。这在当时是无法让她接受的。然而，毕竟是因为舅妈错误在先，她未能兑现对丈夫把简当作亲生子女来抚养的承诺，没有公平、公正地对待简，这才引起了还是孩子的简的强烈的叛逆。叛逆越强烈越能说明舅妈对外甥女的待遇的不公平和不公正。这一点，舅妈至死也没有明白过来，即使简已经原谅了她。

里德太太没有兑现把简当作亲生子女来抚养的承诺，虽然有错，但是可以原谅的，她与简毕竟没有血缘关系，而她又要抚养四个孩子，各种压力让她对孩子有了区别对待的错误做法。她向简隐瞒了可以继承财产的事，则是严重的。隐瞒的原因竟是还是孩子的简冲着她发的一次火。"大人不计小人过"，舅妈是不应当记恨，记恨只能说明她心胸狭隘。因为那次发火，她居然不能容忍简生活得幸福。这就不仅仅是狭隘了，而是心理偏执、阴暗。可贵的是，里德太太一直保留"信件"，临终时告诉了简，没有让简错过对财产的继承。这说明她并不是一个十恶不赦的恶人。里德太太本来体质很好，深深的愧疚，使她身心备受煎熬，所以过早地离开了人世。其实，里德舅妈内心深处早已谅解了当初简的"叛逆"，不然她不会如此地懊悔。临终前，对于简的宽容，她表面上无动于衷，内心必是有波澜的。

记恨是毒草，它毒害的是人的心灵，它既伤害别人，也伤及自身；宽容是香茗，它既能宽慰别人那受伤的心灵，也能让自己内心温暖如春。（子夜霜、周波松）

芳草地

我们是平等的

"简，你听到那夜莺在树林子里唱歌吗？听！"

我一边听一边抽抽搭搭地哭了起来；我再也抑制不住我忍住的感情；我不得不屈服，剧烈的痛苦使我从头到脚都在哆嗦。等我说出话来,那也只是表示一个强烈的愿望,说但愿我从没被生出来,但愿我从没来到桑菲尔德。

"就因为你离开它觉得难受吗?"

由我心里的痛苦和爱情激起的剧烈感情,正在要求成为主宰,正在挣扎着要支配一切;主张有权占优势,要克服、生存、上升、最后统治,是的——还要说话。

"离开桑菲尔德我感到痛苦,我爱桑菲尔德——我爱它,因为我在那里过着丰富、愉快的生活,至少过了短短的一个时期。我没有受到践踏。我没有被弄得僵化。我没有被埋在低劣的心灵中,没被排斥在同光明、活力、崇高的一切交往之外。我曾经面对面地同我所尊敬的人,同我所喜爱的人——同一个独特、活跃、宽广的心灵交谈过。我已经认识了你,罗切斯特先生;感到自己非从你这儿被永远拉走不可,真叫我害怕和痛苦。我看到非走不可这个必要性,就像看到非死不可这个必要性一样。"

"你在哪儿看到了必要性?"他突然问。

"哪儿?先生,是你把它放在我面前的。"

"什么形状的?"

"英格拉姆小姐的形状,一个高贵和美丽的女人——你的新娘。"

"我的新娘!什么新娘?我没有新娘啊!"

"可是你会有的。"

"对。——我会有!——我会有!"他咬紧牙齿。

"那么我得走了,你自己亲口说的。"

"不,你得留下!我发誓——这个誓言会被遵守的。"

"真的,我得走!"我有点恼火了,反驳说。"你以为我会留下来,成为你觉得无足轻重的人吗?你以为我是一架自动机器吗?一架没有感情的机器吗?能让我的一日面包从我嘴里抢走,让我的一滴活水从我杯子里泼掉吗?你以为,因为我穷、低微、不美、矮小,我就没有灵魂没有心吗?你想错了!——我的灵魂跟你的一样,我的心也跟你的完全一样!要是上帝赐予我一点美和一点财富,我就要让你感到难以离开我,就像我现在难以离开你一样。我现在跟你说话,并不是通过习俗、惯例,甚至不是通过凡人的肉体——而是我的精神在同你的精神说话,就像两人都经过了坟墓,我们站在上帝脚跟前,是平等的——因为我们是平等的!"

"因为我们是平等的!"罗切斯特先生重复了一遍。"就这样,"他又说,一把抱住我,把我接在怀里,把他的嘴唇贴在我的嘴唇上,"就这样,简!"

"是的,就这样,先生,"我接着说,"然而不能这样,因为你是个结了婚的人——或者说等于结了婚,娶了一个低于你的,你并不同情的,我不相信你真正爱的女人,因为我看到过和听到过你嘲笑她。我瞧不起这种结合,所以我比你好——让我走!"

"去哪儿,简?去爱尔兰吗?"

"对——去爱尔兰。我已经把我心里的话说出来了,现在上哪儿都行。"

"简,安静点,别这么挣扎,像个在绝望中撕碎自己羽毛的疯狂的野鸟似的。"

"我不是鸟,没有罗网捕捉我;我是个独立意志的自由人,我现在就要运用我的独立意志离开你。"

我再作了一次努力就自由了,我笔直地站在他面前。

"你的意志将决定你的命运;"他说,"我把我的手、我的心和我的一切财产的分享权都奉献给你。"

"你在演一出滑稽戏,我看了只会发笑。"

"我要你一辈子都在我身边——做我的第二个自己和最好的人间伴侣。"

"对于那种命运,你已经作出了你的选择,那就得遵守。"

"简,安静一会儿,你太激动了;我也要安静一下。"

一股风顺着月桂小径吹来,哆嗦着从七叶树的树枝间穿过去,刮走了——刮到渺茫的远方——消失了。夜莺的歌是这一时刻唯一的声音;我听着听着又哭了起来。罗切斯特先生一声不响地坐着,温柔而认真地看着我。他沉默了一会儿,最后说:"到我身边来,简,让我们作些解释,彼此谅解吧。"

"我永远也不会再到你身边去;现在我已经给拉走,不能回来了。"

"可是,简,我是把你作为我的妻子叫你过来的;我打算娶的只是你。"

我不吭声,我想他是在取笑我。

"来吧,简——过来。"

"你的新娘拦在我们中间。"

他站起来,一步就走到我面前。

"我的新娘在这儿,"他说,又把我拉向他,"因为和我平等的人,和我相似的人在这儿。简,你愿意嫁给我吗?"

我还是没有回答,还是在挣脱他,因为我还不相信。

"你怀疑我吗,简?"

"完全怀疑。"

"你不信任我?"

"一点也不信任。"

"在你的眼睛里,我是个撒谎者吗?"他热切地说。"小怀疑论者,你会相信的。我对英格拉姆小姐有什么爱情呢？没有,这你是知道的。她对我有什么爱情呢？没有,正如我煞费苦心证实了的。我让一个谣传传到她耳朵里,说我的财产连人家猜想的三分之一都不到,在这以后,我就去看看效果怎么样,她和她的母亲都很冷淡。我不愿——我不能——娶英格拉姆小姐。你——你这奇怪的——你这几乎不是人间的东西！——我爱你像爱自己的生命一样。你——尽管你穷,低微,矮小,不美——我还是要请求你接受我作为你的丈夫。"

"什么,我!"我禁不住叫了起来;看到他的认真——特别是他的鲁莽——我开始相信他的真诚,"在世界上除了你以外——如果你是我的朋友的话——没有一个朋友的我,除了你给我的以外没有一个先夸的我?"

"你,简。我必须使你成为我自己的——完全是我自己的。你愿意成为我的吗?说愿意,快。"

"罗切斯特先生,让我看看你的脸;朝着月光。"

"干吗?"

"因为我想看看你的脸;转身!"

"哪,你会发现它不见得比一张涂满了字、揉皱了的纸更容易看懂。看吧,不过要快,因为我难受。"

他的脸非常激动也非常红,五官露出强烈的表情,眼睛里闪出奇异的光芒。

"哦,简,你在折磨我!"他嚷道。"你用那搜索的、但是忠诚而宽大的眼神在折磨我!"

"我怎么会折磨你呢?如果你是诚挚的,你的求婚是真的话,那我对你的感情只能是感激和忠诚——它们决不会折磨人。"

"感激!"他嚷了起来;然后又发疯似的补充说——"简,快答应我。说爱德华——叫我的名字'爱德华'——我愿意嫁给你。"

"你当真吗?——你真的爱我吗?——你是真心实意地希望我做你的妻子吗?"

"是的,要是必须有一个誓言才能满足你,那我就起誓。"

"好吧,先生,我愿意嫁给你。"

[英国]夏洛蒂·勃朗特/文,祝庆英/译

品 读

夏洛蒂·勃朗特(Charlotte Bronte,1816 年 4 月 21 日~1855 年 3 月 31 日),英国女小说家。父亲帕特里克是个穷牧师。5 岁时,母亲患肺病去世。1824 年,夏洛蒂·勃朗特和她的两个姐姐、一个妹妹被送到柯思桥的一所慈善学校。这是一家生活条件恶劣、教规严厉的寄宿学校,孩子们经常挨饿,遭受体罚。

1825 年,两位姐姐在学校里染上肺病,接回家不久先后去世。父亲把夏洛蒂和她的妹妹艾米莉接了回家。这所学校给夏洛蒂留下心灵的创伤,后来成为《简·爱》中劳渥德孤儿院的原型。夏洛蒂的父亲早年毕业于剑桥大学的神学院,文学艺术的修养很高。在父亲的影响和培育下,孩子们爱上了文艺。1831 年,夏洛蒂进入伍勒小姐创办的学校求学,后来当过教师和家庭教师。

《简·爱》是其代表作,1846 年 8 月开始创作,于 1847 年 10 月出版。

《我们是平等的》本文选自《简·爱》第二十三章,标题是编者所加的。选文写的是罗切斯特向简·爱求婚的情景。

《简·爱》是以自叙形式写成的,是一部具有浓厚浪漫主义色彩的现实主义小说。情节波澜起伏,扣人心弦。小说营造出了一种阴森恐怖的气氛,虽带有某种神秘色彩,但又不脱离一个中产阶级家庭的背景。

大量运用心理描写是小说的一大特色。人物的思想感情、性格特征等正是通过细腻的心理描写来展现,使读者直接感受人物的丰富的精神世界。另外,作者还以抒情的笔法描写了男女主人公之间的真挚爱情和自然风景,感情色彩丰富而强烈。

小说出色地塑造了一个不屈于世俗压力、独立自主、积极进取、追求爱情的女性形象。小说中简·爱与罗切斯特的爱情故事,生动地展现了火一样的热情和赤诚的心灵,强烈地透露出简·爱的爱情观。她蔑视权贵的骄横,嘲笑他们的愚蠢,显示出自强自立的人格魅力和美好的理想。她大胆地爱自己所爱,然而当她发现自己所爱之人还有妻子的时候,又毅然离开,具有独立自由的人格魅力。小说表达出的思想是,妇女不甘于社会指定她们的地位,要求在工作与婚姻上取得独立平等的思想,这对当时英国文坛是一大震动。

四大名著

大圣与二郎神斗法

◇[中国]吴承恩

读 点

塑造了一个藐视强权、神勇无比的猴王形象。

小说情节环环相扣,引人入胜。

二神斗法写得风生水起、精彩绝伦。

内容提要:

吴承恩(约1504~约1582),字汝忠,号射阳山人,淮安府山阳县(今江苏淮安楚州区)人,明代神魔小说家。代表作《西游记》。吴承恩一生没有子嗣。吴承恩早年师从胡琏,平生和沈坤、朱日藩、李春芳为莫逆之交,和吴中名士文征明、王宠书画相和,诗词唱和,有明朝中晚期士子疏狂自傲,不合时流的时代精神风骨。

本文选自《西游记》第六回《观音赴会问原因　小圣施威降大圣》,题目是编者加的。

小说《西游记》描述的是孙悟空大闹天宫和与猪八戒、沙和尚一起保护唐僧前往西天取经的故事。

在远古时代,东胜神州海外傲来国海中有一座花果山,山顶有一石化成一个石猴。石猴因发现水帘洞,被众猴拜为美猴王。美猴王为求长生不老,离开花果山,在西牛贺洲访得菩提祖师,祖师赐名孙悟空,并修炼成仙。

孙悟空归来后,又闯东海龙宫,得到定海神针,化作金箍棒。不久,又大闹阴曹地府。玉帝欲派兵捉拿,后采用太白金星的建议,让孙悟空当弼马温。孙悟空发现受了愚弄,回花果山树起了"齐天大圣"的旗帜。玉帝令托塔李天王和哪吒太子捉拿悟空,结果被打败。玉帝只好承认了"齐天大圣"的名号。太白金星请悟空到天宫管理蟠桃园,悟空偷吃了太上老君的金丹,又破坏了王母娘娘的蟠桃会,还大闹天宫。孙悟空与二郎神赌法斗战,被太上老君用暗器金钢套击中而被擒。太上老君将悟空放进八卦炉中烧炼,悟空不仅没被烧死,反而练就了一双火眼金睛。玉帝请来如来佛祖,结果孙悟空被如来压在五行山下。

五百年后,正是大唐太宗李世民时期。唐僧玄奘得到观音菩萨的开导,决定去西天取经。在五行山,唐僧救出孙悟空,但他被带上金箍。师徒二人在鹰愁涧收伏了白龙,白龙化为唐僧的坐骑;又在高老庄收了猪八戒,在流沙河收了沙僧。从此,师徒四人结伴去西天取经。

去西天途中,师徒四人历尽千辛万苦,终于来到灵山圣地,因不曾给阿难、伽叶送礼,只取得了无字经。唐僧将把唐太宗赐的紫金钵盂送给他们,才换得真经35部5048卷。

唐僧师徒四人返归东土,却突然跌落云端。原来,观音发现唐僧九九八十一难还缺一难未满。唐僧师徒落地后来到通天河西岸。老鼋驮他们过河中,得知当初所托之事没有结果,便沉入河中,四人落水,经书也全浸湿了,所以至今《佛本行经》不全。

唐僧来到长安,把真经交给了太宗。唐僧被封为旃檀功德佛,悟空被封为斗战胜佛,八戒受封净坛使者,沙僧受封金身罗汉,白龙马升为八部天龙。

却说玉帝拆开表章(注:表章,指李天王第二太子木吒被孙悟空战败后,李天王慌忙命写表并派大力鬼王与木吒太子向玉帝求助之事),见有求助之言,笑道:"**叵耐这个猴精,能有多大手段,就敢敌过十万天兵!** 李天王(注:李天王,即托塔天王李靖,是天宫中的卫戍司令。早年因与三子哪吒反目,如来佛祖赐他一座舍利子如意黄金宝塔,化解了父子前仇,所以称为托塔李天王)又来求助,却将那路神兵助之?"言未毕,观音(注:观音,佛教的菩萨之一,佛教徒认为是慈悲的化身,救苦救难之神)合掌启奏:"陛下宽心,贫僧举一神,可擒这猴。"玉帝道:"所举者何神?"菩萨道:"**乃陛下令甥显圣二郎真君**(注:显圣二郎真君,即二郎神。二郎真君杨二郎是玉皇大帝的外甥,常住灌江口,使用的兵器是三尖两刃枪,具有七十二般变化,善于腾云驾雾。真君,道教对神仙的尊称),**见居灌洲灌江口,享受下方香火。他昔日曾力诛六怪,又有梅山兄弟**(注:梅山兄弟,即康、张、姚、李四太尉和郭申、直

批:玉帝的轻视,一来说明统治者的妄自尊大和狂傲无知,二来可透视出大圣本领的确了得,能"敌过十万天兵"。

批:观音的举荐之词属侧面描写,在二郎神未出场前就表现出他的神通广大。大圣非等闲之辈,看来一场激战将是十分惊心动魄。

健二将)与帐前一千二百草头神,神通广大。奈他只是听调不听宣,陛下可降一道调兵旨意,着他助力,便可擒也。"玉帝闻言,即传调兵的旨意,就差大力鬼王赍(注:赍,派遣)调。

那鬼王领了旨,即驾起云,径至灌江口。不消半个时辰,直至真君之庙。早有把门的鬼判(注:鬼判,鬼的判官,是阎王手下掌管生死簿的官。这里指二郎神的佐吏),传报至里道:"外有天使,捧旨而至。"二郎即与众弟兄,出门迎接旨意,焚香开读。旨意上云:

花果山(注:花果山,指齐天大圣孙悟空及其众猴的居住地)妖猴齐天大圣作乱。因在宫偷桃、偷酒、偷丹,搅乱蟠桃大会,见着十万天兵,一十八架天罗地网,围山收伏,未曾得胜。今特调贤甥同义兄弟即赴花果山助力剿除。成功之后,高升重赏。

真君大喜道:"天使请回,吾当就去拔刀相助也。"鬼王回奏不题。

这真君即唤梅山六兄弟——乃康、张、姚、李四太尉,郭申、直健二将军,聚集殿前道:"适才玉帝调遣我等往花果山收降妖猴,同去去来。"众兄弟俱忻(注:忻,通"欣",心喜)然愿往。即点本部神兵,驾鹰牵犬,搭弩张弓,纵狂风,霎时过了东洋大海,径至花果山。见那天罗地网,密密层层,不能前进,因叫道:"把天罗地网的神将听着:吾乃二郎显圣真君,蒙玉帝调来,擒拿妖猴者,快开营门放行。"一时,各神一层层传入。四大天王(注:四大天王,亦称"护世四天王",俗称"四大金刚"。印度佛教传说,须弥山腰有一山名犍陀罗山,山有四峰,各有一王居之,并各护一天下,故名。四天王所居之天称四天王天。在中国内地寺院塑像,居东的为持国天王,身白色,持琵琶;居南的为增长天王,身青色,持宝剑;居西的为广目天王,身红色,手上绕缠一龙;居北的为多闻天王,身绿色,右手持伞,左手持银鼠)与李天王俱出辕门迎

批:圣旨之言,可见大圣神通之大。

接。相见毕,问及胜败之事,天王将上项事备陈一遍。真君笑道:"小圣来此,必须与他斗个变化。列公将天罗地网,不要幔了顶上,只四围紧密,让我赌斗。若我输与他,不必列公相助,我自有兄弟扶持;若赢了他,也不必列公绑缚,我自有兄弟动手。只请托塔天王与我使个照妖镜,住立空中。恐他一时败阵,逃窜他方,切须与我照耀明白,勿走了他。"天王各居四维,众天兵各挨排列阵去讫。

这真君领着四太尉、二将军,连本身七兄弟,出营挑战,分付众将,紧守营盘,收全了鹰犬。众草头神得令。真君只到那水帘洞外,见那一群猴,齐齐整整,排作个蟠龙阵势;中军里,立一竿旗,上书"齐天大圣"四字。真君道:"那泼妖,怎么称得起齐天之职?"梅山六弟道:"且休赞叹,叫战去来。"那营口小猴见了真君,急走去报知。那猴王即掣金箍棒,整黄金甲,登步云履,按一按紫金冠,腾出营门,急睁睛观看。那真君的相貌,果是清奇,打扮得又秀气。真个是:

> 仪容清俊貌堂堂,两耳垂肩目有光。
> 头戴三山飞凤帽,身穿一领淡鹅黄。
> 缕金靴衬盘龙袜,玉带团花八宝妆。
> 腰挎弹弓新月样,手执三尖两刃枪。
> 斧劈桃山曾救母(注:"斧劈"句,传统天庭张仙姑思凡下界,与书生杨天佑结合,生下一男一女,男孩儿便是杨二郎,玉帝盛怒,将张仙姑压在桃山之下。杨二郎学成武艺,劈山救母),弹打棕罗双凤凰。
> 力诛八怪声名远,义结梅山七圣行。
> 心高不认天家眷,性傲归神住灌江。
> 赤城昭惠英灵圣,显化无边号二郎。

大圣见了,笑嘻嘻的,将金箍棒掣起,高叫道:"你是何方小将,辄敢大胆到此挑战?"真君喝道:

"你这厮有眼无珠,认不得我么!吾乃玉帝外甥,敕封昭惠灵显王二郎是也。今蒙上命,到此擒你这反天宫的弼马温(注:弼马温,孙悟空闹地府、闹龙宫,玉皇大帝要发兵征讨,太白金星替孙悟空说情,玉皇大帝便封他为管理御马的弼马温)猢狲,你还不知死活!"大圣道:"我记得当年玉帝妹子思凡下界,配合杨君,生一男子,曾使斧劈桃山的,是你么?我行要骂你几声,曾奈无甚冤仇;待要打你一棒,可惜了你的性命。你这郎君小辈,可急急回去,唤你四大天王出来。"

真君闻言,心中大怒道:"泼猴,休得无礼!吃吾一刀!"大圣侧身躲过,疾举金箍棒,劈手相还。他两个这场好杀:

　　昭惠二郎神,齐天孙大圣,这个心高欺敌美猴王,那个面生压伏真梁栋。两个乍相逢,各人皆赌兴。从来未识浅和深,今日方知轻与重。铁棒赛飞龙,神锋如舞凤。左挡右攻,前迎后映。这阵上梅山六弟助威风,那阵上马流四将传军令。摇旗擂鼓各齐心,呐喊筛锣都助兴。两个钢刀有见机,一来一往无丝缝。金箍棒是海中珍,变化飞腾能取胜;若还身慢命该休,但要差池为蹭蹬(注:蹭蹬,不走运,倒霉)。

真君与大圣斗经三百余合,不知胜负。那真君抖擞神威,摇身一变,变得身高万丈,两只手,举着三尖两刃神锋,好便似华山顶上之峰,青脸獠牙,朱红头发,恶狠狠,望大圣着头就砍。这大圣也使神通,变得与二郎身躯一样,嘴脸一般,举一条如意金箍棒,却就如昆仑顶上的擎天之柱,抵住二郎神:唬得那马、流元帅战兢兢,摇不得旌旗;崩、芭二将虚怯怯,使不得刀剑。这阵上,康、张、姚、李、郭申、直健传号令,撒放草头神,向他那水帘洞外,纵着鹰犬,搭弩张弓,一齐掩杀。可怜冲散妖猴四健将,捉拿灵怪二三千!那些猴,抛戈弃甲,撇剑丢枪;跑的跑,喊的

批:言语刻薄、狂傲,只因艺高胆大。

批:这段文字描写了孙悟空与二郎神交战的场面,渲染了紧张的气氛。语言生动形象,句式整齐中有变化。

批:采用间接描写的方法,从侧面烘托二圣大战的骇人气势。

喊;上山的上山,归洞的归洞:好似夜猫惊宿鸟,飞洒满天星。众兄弟得胜不题。

却说真君与大圣变做法天象地的规模,正斗时,大圣忽见本营中妖猴惊散,自觉心慌,收了法象,掣棒抽身就走。真君见他败走,大步赶上道:"那里走?趁早归降,饶你性命!"大圣不恋战,只情跑起。将近洞口,正撞着康、张、姚、李四太尉,郭申、直健二将军,一齐帅众挡住道:"泼猴!那里走!"大圣慌了手脚,就把金箍棒捏做绣花针,藏在耳内,摇身一变,变作个麻雀儿,飞在树梢头钉住。那六兄弟,慌慌张张,前后寻觅不见,一齐吆喝道:"走了这猴精也!走了这猴精也!"

正嚷处,真君到了,问:"兄弟们,赶到那厢不见了?"众神道:"才在这里围住,就不见了。"二郎圆睁凤目观看,见大圣变了麻雀儿,钉在树上,就收了法象,撇了神锋,卸下弹弓,摇身一变,变作个饿鹰儿,抖开翅,飞将去扑打。大圣见了,搜的一翅飞起去,变作一只大鹚老,冲天而去。二郎见了,急抖翎毛,摇身一变,变作一只大海鹤,钻上云霄来嗛(注:嗛,古通"衔",用嘴含)。大圣又将身按下,入涧中,变作一个鱼儿,淬入水内。二郎赶至涧边,不见踪迹。心中暗想道:"这猢狲必然下水去也,定变作鱼虾之类。等我再变变拿他。"果一变变作个鱼鹰儿,飘荡在下溜头波面上,等待片时。那大圣变鱼儿,顺水正游,忽见一只飞禽,似青鹚,毛片不青;似鹭鸶,顶上无缨;似老鹳,腿又不红。"想是二郎变化了等我哩!……"急转头,打个花(注:花,漩涡)就走。二郎看见道:"打花的鱼儿,似鲤鱼,尾巴不红;似鳜鱼,花鳞不见;似黑鱼,头上无星;似鲂鱼,鳃上无针。他怎么见了我就回去了?必然是那猴变的。"赶上来,刷的啄一嘴。那大圣就撺出水中,一变,变作一条水蛇,游近岸,钻入草中,二郎因嗛他不着。他见水响中,见一条蛇撺出去，认得是大圣，急转身，又变了一只朱绣顶的灰鹤，伸着一个长嘴，与一把尖头铁钳子相似，径来吃这水蛇。水蛇跳一跳，又变做一只花鸨，木木樗樗（注：木木樗樗，形容痴呆、孤单的样子）的，立在蓼（注：蓼，也称水蓼，一年生草本植物，叶披针形，花小，白色或浅红色，果实卵形、扁平，生长在水边或水中。茎叶味辛辣，可用以调味。全草入药）汀之上。二郎见他变得低贱——花鸨乃鸟中至贱至淫之物，不拘鸾、凤、鹰、鸦都与交群——故此不去拢傍，即现原身，走将去，取过弹弓拽满，一弹子把他打个踵（注：踵，行走不稳的样子）。

那大圣趁着机会，滚下山崖，伏在那里又变，变一座土地庙儿：大张着口，似个庙门；牙齿变做门扇，舌头变做菩萨，眼睛变做窗棂。只有尾巴不好收拾，竖在后面，变做一根旗竿。真君赶到崖下，不见打倒的鸨鸟，只有一间小庙；急睁凤眼，仔细看之，见旗竿立在后面，笑道："是这猢狲了！他今又在那里哄我。我也曾见庙宇，更不曾见一个旗竿竖在后面的。断是这畜生弄喧（注：弄喧，弄玄虚，耍花招儿）！他若哄我进去，他便一口咬住。我怎肯进去？等我掣拳先捣窗棂，后踢门扇！"大圣听得，心惊道："好狠！好狠！门扇是我牙齿，窗棂是我眼睛；若打了牙，捣了眼，却怎么是好？"扑的一个虎跳，又冒在空中不见。

真君前前后后乱赶，只见四太尉、二将军，一齐拥至道："兄长，拿住大圣了么？"真君笑道："那猴儿才自变座庙宇哄我。我正要捣他窗棂，踢他门扇，他就纵一纵，又渺无踪迹。可怪！可怪！"众皆愕然，四望更无形影。真君道："兄弟们在此看守巡逻，等我上去寻他。"急纵身驾云，起在半空。见那李天王高擎照妖镜，与哪吒住立云端，真君道："天王，曾见那猴王么？"天王道："不曾上来。我这里照着他哩。"真君把那赌变化，弄神通，拿群猴一事说毕，却道：

批：孙悟空神通广大，会七十二变，能变苍蝇飞蛾，乃至隐形分身。这里何以变成了一座土地庙，却无法收拾他的那条尾巴，以至于非得在庙旁多此一举地竖上一根旗杆呢？《西游记》虽是神话小说，却是浪漫主义和现实主义的结合。情节内容无论如何超现实，也都要合乎情理。

批：大圣果然了得，居然逃走让二郎神觅不到踪迹。

批：如果不是李天王的照妖镜，二郎神是不可能发现大圣踪迹的。好大圣，虽败犹荣，毕竟他对付的是无数天兵天将。

"他变庙宇，正打处，就走了。"李天王闻言，又把照妖镜四方一照，呵呵的笑道："真君，快去！快去！那猴使了个隐身法，走出营围，往你那灌江口去也。"二郎听说，即取神锋，回灌江口来赶。

却说那大圣已至灌江口，摇身一变，变作二郎爷爷的模样，按下云头，径入庙里。鬼判不能相认，一个个磕头迎接。他坐中间，点查香火：见李虎拜还的三牲，张龙许下的保福，赵甲求子的文书，钱丙告病的良愿。正看处，有人报："又一个爷爷来了。"众鬼判急急观看，无不惊心。真君却道："有个甚么齐天大圣，才来这里否？"众鬼判道："不曾见甚么大圣，只有一个爷爷在里面查点哩。"真君撞进门，大圣见了，现出本相道："郎君不消嚷，庙宇已姓孙了。"这真君即举三尖两刃神锋，劈脸就砍。那猴王使个身法，让过神锋，掣出那绣花针儿，幌一幌，碗来粗细，赶到前，对面相还。两个嚷嚷闹闹，打出庙门，半雾半云，且行且战，复打到花果山，慌得那四大天王等众，提防愈紧。这康、张太尉等迎着真君，合心努力，把那美猴王围绕不题。

话表大力鬼王既调了真君与六兄弟提兵擒魔去后，却上界（注：上界，即天界，是天神居住的地方）回奏。玉帝与观音菩萨、王母并众仙卿，正在灵霄殿（注：灵霄殿，传说中玉皇大帝发号施令的地方）讲话，道："既是二郎已去赴战，这一日还不见回报。"观音合掌道："贫僧请陛下同道祖（注：道祖，道家的祖神，这里指太上老君）出南天门外，亲去看看虚实如何？"玉帝道："言之有理。"即摆驾，同道祖、观音、王母与众仙卿至南天门。早有些天丁、力士接着，开门遥观，只见众天丁布罗网，围住四面；李天王与哪吒，擎照妖镜，立在空中；真君把大圣围绕中间，纷纷赌斗哩。菩萨开口对老君（注：老君，即太上老君）说："贫僧所举二郎神如何？——果有神通，已把那大圣围困，只是未得擒拿。我如今助他一功，

批：二郎神攻击大圣的水帘洞，大圣来扰乱二郎神的灌江口，也可算急中生智。

批：又是一场惊天动地的激战。

批：大圣并不是玉帝想象的那么容易降服的。

批：为降服大圣，素来以仁慈闻名的菩萨也要动干戈，这也衬托大圣的本领高强。

决拿住他也。"老君道:"菩萨将甚兵器? 怎么助他?"菩萨道:"我将那净瓶杨柳抛下去,打那猴头;即不能打死,也打个一跌,教二郎小圣,好去拿他。"老君道:"你这瓶是个磁器,准打着他便好,如打不着他的头,或撞着他的铁棒,却不打碎了? 你且莫动手,等我老君助他一功。"菩萨道:"你有甚么兵器?"老君道:"有,有,有。"捋起衣袖,左膊上,取下一个圈子,说道:"这件兵器,乃锟(注:锟,古书上记载的山名)钢抟(注:抟,东西捏聚成团)炼的,被我将还丹点成,养就一身灵气,善能变化,水火不侵,又能套诸物;一名'金钢琢',又名'金钢套'。当年过函关,化胡为佛,甚是亏他。早晚最可防身。等我丢下去打他一下。"

话毕,自天门上往下一掼,滴流流,径落花果山营盘里,可可(注:可可,正好的意思)的着猴王头上一下。猴王只顾苦战七圣,却不知天上坠下这兵器,打中了天灵,立不稳脚,跌了一跤,爬将起来就跑;被二郎爷爷的细犬赶上,照腿肚子上一口,又扯了一跌。他睡倒在地,骂道:"这个亡人! 你不去妨家长,却来咬老孙!"急翻身爬不起来,被七圣一拥按住,即将绳索捆绑,使勾刀穿了琵琶骨(注:琵琶骨,肩胛骨),再不能变化。

批:众神纷纷助阵,看来大圣孤身难敌百手,已在劫难逃了。

批:大圣终于不幸被擒,并被勾刀穿了琵琶骨,可谓残忍。

人性、猴性和神性的统一

《西游记》充满丰富奇特的艺术想象,具有生动曲折的故事情节,塑造了栩栩如生的人物形象,运用幽默诙谐的语言。《西游记》在艺术上的最大成就,是成功地创造了孙悟空这个不朽的艺术形象。

孙悟空是《西游记》中核心人物。他集人性、猴性和神性三重特点于一身。大英雄的不凡气度,对师父师弟有情有义,机智勇敢又诙谐好闹,这是人性;毛脸雷公嘴,山大王则是猴性;而七十二变的法术,能够随意变为鸟兽虫鱼草木器物,还能变为各种各样人,一个跟头十万八千里,这是神性。孙悟空和玉皇大帝的战将二郎神相遇,他变成一物,二郎神就变为降他的一物,双方变来变去,最后孙悟空变成一座土地庙儿:大张着口,似个庙门,牙齿变做门扇,舌头变做菩萨,眼睛变做窗棂。只有尾巴不好收拾,竖在后面变成一根旗杆,结果还是被二郎神识破了:"我也曾见庙宇,更不曾见一个旗竿竖在后面的。断是这畜生弄喧!"这一生动的情节,是孙悟空人性、猴性和神性三重性格的突出体现。

孙悟空的"人性"在节选部分得到了完美的体现。如他见到二郎神时说:"我记得当年玉帝妹子思凡下界,配合杨君,生一男子,曾使斧劈桃山的,是你么?我等要骂你几声,曾奈无甚冤仇;待要打你一棒,可惜了你的性命。你这郎君小辈,可急急回去,唤你四大天王出来。"这番话把孙悟空桀骜不驯、诙谐好闹的性格表现得惟妙惟肖。(屈平、周流清)

芳草地　　　　　三打白骨精

却说三藏师徒(注:三藏师徒,指唐僧、孙悟空、猪八戒、沙和尚师徒。三藏是唐僧的尊称),次日天明,收拾前进……

师徒别了上路,早见一座高山。三藏道:"徒弟,前面有山险峻,恐马不能前,大家须仔细仔细。"行者道:"师父放心,我等自然理会。"好猴王,他在马前,横担着棒,剖开山路,上了高崖。……那长老马上心惊,孙大圣布施(注:布施,这里作施展讲)手段,舞着铁棒,哮吼一声,唬得那狼虫(注:狼虫,狼和毒蛇。虫,古虺字,指毒蛇、毒虫)颠窜,虎豹奔逃。师徒们入此山,正行到嵯峨之处,三藏道:"悟空,我这一日,肚中饥了,你去那里化些斋吃?"行者陪笑道:"师父好不聪明。这等半山之中,前不巴村,后不着店,有钱也没买处,教往那里寻斋?"三藏心中不快,口里骂道:"你这猴子!想你在两界山,被如来压在石匣之内,口能言,足不能行;也亏我救你性命,摩顶受戒(注:摩顶受戒,佛教术语。僧尼在新徒弟受戒时,常用手抚摩受戒人的头顶。受戒,接受佛教戒律,出家为僧或尼),做了我的徒弟。怎么不肯努力,常怀懒惰之心!"行者道:"弟子亦颇殷勤,何尝懒惰?"三藏道:"你既殷勤,何不化斋我吃?我肚饥怎行?况此地山岚瘴气(注:山岚,这里指山。岚,山中的水汽。瘴气,热带、亚热带山林中的湿热空气,能使人得病),怎么得上雷音(注:雷音,指唐僧前往取经的地方,天竺国大雷音寺)?"行者道:"师父休怪,少要言语。我知你尊性高傲,十分违慢了你,便要念那话儿咒。你下马稳坐,等我寻那里有人家处化斋去。"

行者将身一纵,跳上云端里,手搭凉篷,睁眼观看。可怜西方路甚是寂寞,更无庄堡(注:庄堡,村镇)人家;正是多逢树木,少见人烟去处。看多时,只见正南上有一座高山。那山向阳处,有一片鲜红的点子。行者按下云头道:"师父,有吃的了。"那长老问甚东西。行者道:"这里没人家化饭,那南山有一片红的,想必是熟透了的山桃,我去摘几个来你充饥。"三藏喜道:"出家人若有桃子吃,就

四大名著　193 ·

为上分(注:上分,上好的)了! 快去。"行者取了钵盂(注:钵盂,僧徒吃饭用的器皿),纵起祥光,你看他筋斗幌幌,冷气飕飕,须臾间,奔南山摘桃不题。

却说常言有云:"山高必有怪,岭峻却生精。"果然这山上有一个妖精。孙大圣去时,惊动那怪。他在云端里,踏着阴风,看见长老坐在地下,就不胜欢喜道:"造化! 造化! 几年家人都讲东土的唐和尚取'大乘(注:大乘,佛教的一个宗派,这里指大乘的经典)',他本是金蝉子化身,十世修行的原体。有人吃他一块肉,长寿长生。真个今日到了。"那妖精上前就要拿他,只见长老左右手下有两员大将护持,不敢拢身。他说两员大将是谁? 说是八戒、沙僧。八戒、沙僧,虽没甚么大本事,然八戒是天蓬元帅,沙僧是卷帘大将。他的威气尚不曾泄(注:泄,散发),故不敢拢身。妖精说:"等我且戏他戏,看怎么说。"

好妖精,停下阴风,在那山凹里,摇身一变,变做个月貌花容的女儿,说不尽那眉清目秀,齿白唇红,左手提着一个青砂罐儿,右手提着一个绿磁瓶儿,从西向东,径奔唐僧。三藏见了,叫:"八戒,沙僧,悟空才说这里旷野无人,你看那里不走出一个人来了?"八戒道:"师父,你与沙僧坐着,等老猪去看来。"那呆子放下钉钯,整整直裰(注:直裰,一种敞领大袖的长袍),摆摆摇摇,充作个斯文气象,一直的觌面(注:觌面,见面,当面)相迎。……叫道:"女菩萨,往那里去? 手里提着是甚么东西?"——分明是个妖怪,他却不能认得。——那女子连声答应道:"长老,我这青罐里是香米饭,绿瓶里是炒面筋。特来此处无他故,因此誓愿要斋僧(注:斋僧,舍饭给僧人)。"八戒闻言,满心欢喜。急抽身,就跑了个猪颠风,报与三藏道:"师父! '吉人自有天报!'师父饿了,教师兄去化斋,那猴子不知那里摘桃儿耍子去了。桃吃多了,也有些嘈人(注:嘈人,使人肠胃不适,口冒酸水),又有些下坠。你看那不是个斋僧的来了?"唐僧不信道:"你这个夯货胡缠! 我们走了这向,好人也不曾遇着一个,斋僧的从何而来!"八戒道:"师父,这不到了?"

三藏一见,连忙跳起身来,合掌当胸道:"女菩萨,你府上在何处住? 是甚人家? 有甚愿心,来此斋僧?"——分明是个妖精,那长老也不认得。——那妖精见唐僧问他来历,他立地就起个虚情,花言巧语,来赚哄道:"师父,此山叫做蛇回兽怕的白虎岭。正西下面是我家。我父母在堂,看经好善,广斋方上(注:方上,四面八方)远近僧人;只因无子,求神作福;生了奴奴(注:奴奴,古代青年妇女的谦称),欲扳门第,配嫁他人,又恐老来无倚,只得将奴招了一个女婿,养老送终。"三藏闻言道:"女菩萨,你语言差了。圣经(注:圣经,这里指《论语》)云:'父母在,不远游;游必有方。'(注:这几话出自《论语·里仁》篇)你既有父母在堂,又与你招了女婿,——有愿心,教你男子还,便也罢,怎么自家在山行走? 又没个侍儿随从。这个是不遵妇道也。"那女子笑吟吟,忙陪俏语道:"师父,我丈夫在山北凹里,带几个客子(注:客子,佣工)锄田。这是奴奴煮的午饭,送与那些人吃的。只为五黄六月,无人使唤,父母又年老,所以亲身来送。忽遇三位远来,却思父母好善,故将此饭斋僧。如不弃嫌,愿表芹献(注:芹献,意思是所赠礼物菲薄。芹,一种蔬菜)。"三藏道:"善哉! 善哉! 我有徒弟摘果子去了,就来,我不敢吃;假如我和尚吃了你饭,你丈夫晓得,骂你,却不罪坐贫僧也?"那女子见唐僧不肯吃，却又满面春生道："师父啊，我父母斋僧，还是小可；我丈夫更是个善人，一生好的是修桥补路，爱老怜贫。但听我说这饭送与师父吃了，他与我夫妻情上，比寻常更是不同。"三藏也只是不吃。旁边子恼坏了八戒。那呆子努着嘴，口里埋怨道："天下和尚也无数，不曾像我这个老和尚罢软（注：罢软，没有主见，做事颠倒。罢，通"疲"）！现成的饭，三分儿，倒不吃，只等那猴子来，做四分才吃！"他不容分说，一嘴把个罐子拱倒，就要动口。

只见那行者自南山顶上，摘了几个桃子，托着钵盂，一筋斗，点将回来；睁火眼金睛观看，认得那女子是个妖精，放下钵盂，掣铁棒，当头就打。唬得个长老用手扯住道："悟空！你走将来打谁？"行者道："师父，你面前这个女子，莫当做个好人；他是个妖精，要来骗你哩。"三藏道："你这猴头，当时倒也有些眼力，今日如何乱道！这女菩萨有此善心，将这饭要斋我等，你怎么说他是个妖精？"行者笑道："师父，你那里认得。……我若来迟，你定入他套子，遭他毒手！"那唐僧那里肯信，只说是个好人。……行者又发起性来，掣铁棒，望妖精劈脸一下。那怪物有些手段，使个"解尸法"，见行者棍子来时，他却抖擞精神，预先走了，把一个假尸首打死在地下。唬得个长老战战兢兢，口中作念道："这猴着然（注：着然，实在）无礼！屡劝不从，无故伤人性命！"行者道："师父莫怪，你且来看看这罐子里是甚东西。"沙僧搀着长老，近前看时，那里是甚米饭，却是一罐子拖尾巴的长蛆；也不是面筋，却是几个青蛙、癞虾蟆，满地乱跳。长老才有三分儿信了。怎禁猪八戒气不忿，在旁漏（注：漏，这里是张开的意思）八分儿唆嘴道："师父，说起这个女子，他是此间农妇，因为送饭下田，路遇我等，却怎么栽他是个妖怪？哥哥的棍重，走将来试手打他一下，不期就打杀了；怕你念甚么《紧箍儿咒》，故意的使个障眼法儿，变做这等样东西，演幌（注：演幌，以假象迷惑人）你眼，使不念咒哩。"

三藏自此一言，就是晦气到了：果然信那呆子撺唆，手中捻诀，口里念咒。行者就叫："头疼！头疼！莫念！莫念！有话便说。"唐僧道："有甚话说！出家人时时要方便，念念不离善心，扫地恐伤蝼蚁命，爱惜飞蛾纱罩灯。你怎么步步行凶！打死这个无故平人，取将经来何用？你回去罢！"行者道："师父，你教我回那里去？"唐僧道："我不要你做徒弟。"行者道："你不要我做徒弟，只怕你西天路去不成。"唐僧道："我命在天，该那个妖精蒸了吃，就是煮了，也算不过。终不然，你救得我的大限（注：大限，原意为死期，这里指生命）？你快回去！"行者道："师父，我回去便也罢了，只是不曾报得你的恩哩。"唐僧道："我与你有甚恩？"那大圣闻言，连忙跪下叩头道："老孙因大闹天宫，致下了伤身之难，被我佛压在两界山；幸观音菩萨与我受了戒行，幸师父救脱吾身；若不与你同上西天，显得我'知恩不报非君子，万古千秋作骂名'。"原来这个唐僧是个慈悯的圣僧。他见行者哀告，却也回心转意道："既如此说，且饶你这一次。再休无礼。如若仍前作恶，这咒语颠倒就念二十遍！"行者道："三十遍也由你，只是我不打人了。"却才伏侍唐僧上马，又将摘来桃子奉上。唐僧在马上也吃了几个，权且充饥。

却说那妖精，脱命升空。原来行者那一棒不曾打杀妖精，妖精出神（注：出神，灵魂离开肉体）去了。他在那云端里，咬牙切齿，暗恨行者道："几年只闻得讲他手段，今日果然话不虚传。那唐僧已此不认得我，将要吃饭。若低头闻一闻儿，我就一把捞住，却不是我的人了。不期被他走来，弄破我这勾当，又几乎被他打了一棒。若饶了这个和尚，诚然是劳而无功也。我还下去戏他一戏。"

好妖精，按落阴云，在那前山坡下，摇身一变，变作个老妇人，年满八旬，手拄着一根弯头竹杖，一步一声的哭着走来。八戒见了，大惊道："师父！不好了！那妈妈儿来寻人了！"唐僧道："寻甚人？"八戒道："师兄打杀的，定是他女儿。这个定是他娘寻将来了。"行者道："兄弟莫要胡说！那女子十八岁，这老妇有八十岁，怎么六十多岁还生产？断乎是个假的，等老孙去看来。"好行者，拽开步，走近前观看……认得他是妖精，更不理论，举棒照头便打。那怪见棍子起时，依然抖擞，又出化了元神，脱真儿去了；把个假尸首又打死在山路之下。唐僧一见，惊下马来，睡在路旁，更无二话，只是把《紧箍儿咒》颠倒足足念了二十遍。可怜把个行者头，勒得似个亚腰葫芦（注：亚腰葫芦，中间细两头粗的葫芦），十分疼痛难忍，滚将来哀告道："师父莫念了！有甚话说了罢！"唐僧道："有甚话说！出家人耳听善言，不堕地狱。我这般功化你，你怎么只是行凶？把平人打死一个，又打死一个，此是何说？"行者道："他是妖精。"唐僧道："这个猴子胡说！就有这许多妖怪！你是个无心向善之辈，有意作恶之人，你去罢！"行者道："师父又教我去？回去便也回去了，只是一件不相应。"唐僧道："你有甚么不相应处？"八戒道："师父，他要和你分行李哩。跟着你做了这几年和尚，不成空着手回去？你把那包袱里的甚么旧褊衫（注：褊衫，僧尼的上衣），破帽子，分两件与他罢。"

行者闻言，气得暴跳道："我把你这个尖嘴的夯货！老孙一向秉教沙门（注：秉教沙门，依照佛教戒律，出家当和尚。沙门，佛教术语，指依照戒律出家修道的人），更无一毫嫉妒之意，贪恋之心，怎么要分甚么行李？"唐僧道："你既不嫉妒贪恋，如何不去？"行者道："实不瞒师父说。……自从涅槃（注：涅槃，佛教用语，梵文音译。指脱离现世苦的得道境界。俗亦指死）罪度，削发秉正沙门，跟你做了徒弟，把这个'金箍儿'勒在我头上，若回去，却也难见故乡人。师父果若不要我，把那个《松箍儿咒》念一念，退下这个箍子，交付与你，套在别人头上，我就快活相应了。也是跟你一场，莫不成这些人意儿也没有了？"唐僧大惊道："悟空，我当时只是菩萨暗受一卷《紧箍儿咒》，却没有甚么《松箍儿咒》。"行者道："若无《松箍儿咒》，你还带我去走走罢。"长老又没奈何道："你且起来，我再饶你这一次，却不可再行凶了。"行者道："再不敢了。再不敢了。"又伏侍师父上马，剖路前进。

却说那妖精，原来行者第二棍也不曾打杀他。那怪物在半空中，夸奖不尽道："好个猴王，着然有眼！我那般变了去，他也还认得我。这些和尚，他去得快，若过此山，西下四十里，就不伏我所管了。若是被别处妖魔捞了去，好道就笑破他人口，使碎自家心。我还下去戏他一戏。"好妖怪，按耸阴风，在山坡下摇身一变，变做一个老公公……

唐僧在马上见了，心中欢喜道："阿弥陀佛！西方真是福地！那公公路也走不上来，逼法的（注：逼法的，疑为口语，拟声词。有虔诚的意思）还念经哩。"八戒道："师父，你且莫要夸奖。那个是祸的根哩。"唐僧道："怎么是祸根？"八戒道："行者打杀他的女儿，又打杀他的婆子，这个正是他的老儿寻将来了。我们若撞在他的怀里呵，师父，你便偿命，该个死罪；把老猪为从，问个充军；沙僧喝令，问个摆站（注：摆站，判刑发配到指定的地方去服劳役）；那行者使个遁法走了，却不苦了我们三个顶缸(注:顶缸,代人受过的意思)？"行者听见道:"这个呆根(注:呆根,意同呆子。根,佛教术语。佛教以人之眼、耳、鼻、舌、身、意为六根。根是"能生"的意思,由于眼、耳等对于色、声等能生起感觉,故称为根),这等胡说,可不唬了师父？等老孙再去看看。"他把棍藏在身边,走上前,迎着怪物,叫声:"老官儿,往那里去？怎么又走路,又念经？"那妖精错认了定盘星,把孙大圣也当做个等闲的,遂答道:"长老啊,我老汉祖居此地,一生好善斋僧,看经念佛。命里无儿,止生得一个小女,招了个女婿。今早送饭下田,想是遭逢虎口。老妻先来找寻,也不见回去。全然不知下落,老汉特来寻看。果然是伤残他命,也没奈何,将他骸骨收拾回去,安葬茔中。"行者笑道:"我是个做窆虎的祖宗,你怎么袖子里笼了个鬼儿来哄我？你瞒了诸人,瞒不过我！我认得你是个妖精！"那妖精唬得顿口无言。行者掣出棒来,自忖思道:"若要不打他,显得他倒弄个风儿;若要打他,又怕师父念那话儿咒语。"又思量道:"不打杀他,他一时间抄空儿把师父捞了去,却不又费心劳力去救他？……还打的是！就一棍子打杀他,师父念起那咒,常言道:'虎毒不吃儿。'凭着我巧言花语,嘴伶舌便,哄他一哄,好道也罢了。"好大圣,念动咒语,叫当坊土地、本处山神道:"这妖精三番来戏弄我师父,这一番却要打杀他。你与我在半空中作证,不许走了。"众神听令,谁敢不从,都在云端里照应。那大圣棍起处,打倒妖魔,才断绝了灵光。

那唐僧在马上,又唬得战战兢兢,口不能言。八戒在旁边又笑道:"好行者！风发了！只行了半日路,倒打死三个人！"唐僧正要念咒,行者急到马前,叫道:"师父,莫念！莫念！你且来看看他的模样。"却是一堆粉骷髅(注:粉骷髅,即白骨)在那里。唐僧大惊道:"悟空,这个人才死了,怎么就化作一堆骷髅？"行者道:"他是个潜灵作怪(注:潜灵作怪,撺藏起本相,兴妖作怪)的僵尸,在此迷人败本;被我打杀,他就现了本相。他那脊梁上有一行字,叫做'白骨夫人'。"唐僧闻说,倒也信了。怎禁那八戒旁边唆嘴道:"师父,他的手重棍凶,把人打死,只怕你念那话儿,故意变化这个模样,掩你的眼目哩！"唐僧果然耳软,又信了他,随复念起。行者禁不得疼痛,跪于路旁,只叫:"莫念！莫念！有话快说了罢！"唐僧道:"猴头,还有甚说话！山家人行善,如春园之草,不见其长,日有所增;行恶之人,如磨刀之石,不见其损,日有所亏。你在这荒郊野外,一连打死三人,还是无人检举,没有对头;倘到城市之中,人烟凑集之处,你拿了那哭丧棒,一时不知好歹,乱打起人来,撞出大祸,教我怎的脱身？你回去罢！"行者道:"师父错怪了我也。这厮分明是个妖魔,他实有心害你。我倒打死他,替你除了害,你却不认得,反信了那呆子谗言冷语,屡次逐我。常言道:'事不过三。'我若不去,真是个下流无耻之徒。我去,我去,去便去了,只是你手下无人。"唐僧发怒道:"这泼猴越发无礼！看起来,只你是人,那悟能、悟净,就不是人？"

……

唐僧见他言言语语,越添恼怒,滚鞍下马来,叫沙僧包袱内取出纸笔,即于涧下取水,石上磨墨,写了一纸贬书,递于行者道:"猴头！执此为照！再不要你做徒弟了！如再与你相见,我就堕了阿鼻地狱！"行者连忙接了贬书道:"师父,不消发誓,老孙去罢。"

[中国]吴承恩/文

《三打白骨精》选自《西游记》第二十七回《尸魔三戏唐三藏　圣僧恨逐美猴王》,标题是编者加的。

《三打白骨精》以白骨精三次变化、唐僧三次受骗、孙悟空三打妖精这一线索将整个故事贯串起来:白骨精先变成美貌的女子来捉唐僧,被及时赶来的孙悟空一棒打死替身,白骨精的元神得以逃脱。接着,白骨精又变成老妇人前来寻女儿,又被孙悟空识破,一棒打死第二个替身。白骨精第三次变成老公公来认尸,孙悟空先叫来土地山神从空中封住,一棒打得白骨精现出了原形。不辨是非的唐僧见孙悟空连伤三人性命,又经猪八戒的再三怂恿,将孙悟空赶回了花果山。

白骨精一心想吃唐僧肉,没有去强抢硬夺,而是先后变为妙龄女子、老妇人、老公公来诱骗。白骨精的三次变化各有突出特点,但都能巧妙地抓住对方的心理。第一次变化突出一个"美"字,美女引得猪八戒动了凡心,引得唐僧动了善心,而且她所带的斋食也投了唐僧肚饥之所需。第二次变化突出一个"哀"字,老妇人的啼哭撼动了唐僧的慈悲之心。第三次变化突出一个"同"字,老公公手捻佛珠、口念佛经,使唐僧产生同行人的亲近感。同时,她又用尽花言巧语饰其伪装,以解尸法混淆视听,从而使唐僧上当受骗。

猪八戒最是可恶。猪八戒愚妄自私,贪馋好色,头脑简单,自作聪明,狭隘嫉妒,挑拨是非,袒护了妖精。白骨精虽然是三戏唐僧,而猪八戒却是六进谗言,从数量上比那妖精有过之而无不及。猪八戒每次进谗言,都使唐僧更加人妖不辨、是非不清,最终赶走了孙悟空。从某种意义上讲,猪八戒的谗言直接配合那白骨精。在现实生活中,像猪八戒这样的人、像猪八戒这样的嘴并不鲜见,我们当留心防着才行。

在唐僧、白骨精、猪八戒、孙悟空之间的矛盾中,唐僧是核心人物,因为他有念紧箍咒的权力,所以一切事情都要以他的意志为转移。唐僧愚昧昏庸,心慈耳软,迂腐轻信,只看表象,不察本质,懦弱无能,人妖莫辨,保护了妖精。这里唐僧最大的缺陷就是愚,究其原因,一是眼浊,视物不清;二是耳软,别人说啥信啥;三是智短,不会动脑筋;四是固执,不听人劝。正因如此,白骨精三变虽然瞒不过孙悟空的火眼金睛,却能把唐僧骗得昏了头,结果使唐僧极其错误地赶走了孙悟空。这可以说是唐僧取经路做得最愚蠢的一件事。

孙悟空疾恶如仇、明辨人妖、斗争坚决、无私无畏、忠心耿耿保护唐僧,固然精神可嘉,但三打白骨精他在策略上有失误,没有让妖精充分暴露,也没让其他人认清这个妖精的真实面目,才使猪八戒屡进谗言、唐僧屡次被蒙蔽。第一次是在"唐僧那里肯信"的情况下,"望妖精劈脸一下",而白骨精"预先走了",孙悟空只是"把一个假尸首打死在地下";第二次是在唐僧还未曾认同他"那女子十八岁,这老妇有八十岁,怎么六十多岁还生产"的说法的情况下,"更不理论,举棒照头便打",而白骨精"出化了元神,脱真儿去了",孙悟空又只是"把个假尸首又打死在山路之下";第三次也是在唐僧尚未辨得老公公是白骨精所变的情况下,孙悟空"打倒妖魔,才断绝了灵光"。妖精本质的暴露需要一个过程,人们对他的认识也必然有一个过程。而要想让妖精充分地暴露,又必须提供充分的机会。这也就是欲擒故纵的道理。从孙悟空的教训中可以看出,无论做什么事情,单有疾恶如仇的精神和分辨是非曲直的能力还不够,还要有灵活机动的策略。

青梅煮酒论英雄

◇[中国]罗贯中

读点

运用动作、语言描写塑造英雄人物形象。

运用自然环境来烘托情节气氛。

借助于对比的手段来刻画各个人物。

人物表面风平浪静与内心波涛汹涌形成鲜明对照。

内容提要：

罗贯中(约1331~约1400)，名本，字贯中，山西太原人，号湖海散人，元末明初通俗小说家，中国章回体小说鼻祖。代表作《三国演义》(原名《三国志通俗演义》)。他的籍贯一说是太原(今山西太原)，一说是东原(今山东东平)，一说是钱塘(今浙江杭州)，不可确考。近年来在山西省祁县河湾村发现了罗贯中之家谱，以及个人使用的印章，故基本可以确定其籍贯为太原祁县。

《三国演义》描写的是东汉末年魏、蜀、吴三国从时局动乱中崛起，一直到最后被西晋所灭的历史故事。

东汉末年，宦官当权，民不聊生。灵帝中平元年(184)，张角兄弟发动黄巾起义。幽州太守刘焉招兵，刘备、关羽、张飞去应招而相遇，在张飞的桃园结拜为兄弟，后一道投奔刘焉。刘备因渔阳之战被任为平原令，此时开始有了一支人马。

汉灵帝死后，少帝刘辩继位，外戚大将军何进掌权。宦官设法诱杀何进，袁绍等诛杀宦官。西凉刺史董卓驱逐袁绍，废少帝立献帝，专权朝野。司徒王允设计杀董卓，曹操行刺董卓未成，借口献刀而脱逃。

曹操推袁绍为盟主，联合诸侯讨伐董卓。司徒王允设计杀董卓，反被董卓部将杀了全家。建安元年(196)，董卓部将内讧，曹操保驾汉献帝，从此"挟天子以令诸侯"。孙策借得袁术兵马，杀回江东。不久，曹操打败袁术。刘备就以截击袁术为名脱离了曹操。

汉献帝令国舅董承除掉曹操，建安五年正月，董承被家奴告密，曹操杀了董承全家。曹操率大军进攻刘备。刘备投靠了袁绍。关羽被困,为了刘备二夫人投了曹操,后来寻机终于与刘备相会。此时,孙策被人射伤致死,其弟孙权继位,曹操奏封孙权为将军、会稽太守。

曹操与袁绍两军在官渡相峙。曹操烧了袁绍在乌巢的粮草,袁绍军大败,袁绍吐血而亡。曹操随后平定了辽东,统一了北方。

建安十二年,刘备三请诸葛亮出山。为了联吴抗曹,诸葛亮游说孙权,促成了孙刘联盟。吴蜀联军在赤壁使曹操几乎全军覆没。自此,曹、刘、孙三足鼎立的局面形成。

建安十四年,周瑜出招亲之计,想借此囚禁刘备以索讨荆州,结果赔了夫人又折兵。

建安二十四年,汉中被刘备攻克,刘备自立为汉中王,诸葛亮为军师。曹操联合东吴攻打荆州。关羽率军去夺荆州,结果大败。关羽弃麦城往西川撤退,关羽被擒,孙权斩了关羽首级。

建安二十五年,曹操病死,曹丕继位。曹丕逼汉献帝退位,自称大魏皇帝。

建安二十六年四月,刘备称帝于成都。张飞因鞭打部将而被部将杀死。孙权望重结吴蜀联盟,共同对付曹丕。刘备不答应,进攻东吴。吴将大败刘备,刘备被赵云救到白帝城。

蜀汉章武三年(223),刘备在白帝城染病不起,托诸葛亮以后事。四月,刘备病逝,刘禅为帝。刘备死后,曹丕联合南蛮孟获、东吴孙权进攻蜀汉。诸葛亮击退了来犯之敌,与东吴结好。诸葛亮南征孟获,使蜀汉后方稳定。

蜀后主建兴四年(226),曹丕病死,儿子曹叡即位,任司马懿为骠骑大将军。诸葛亮采用离间计,散布司马懿谋反的流言,使司马懿被削职回乡。诸葛亮乘此机会,发兵汉中。曹叡起用司马懿。司马懿率军直逼汉中咽喉的街亭。诸葛亮派马谡守街亭,结果街亭失守。诸葛亮在西城演了一出空城计,后退回汉中,挥泪斩马谡。这期间,孙权登帝位,后定都建业。

建兴十二年,诸葛亮六出祁山,司马懿兵屯渭水相拒。诸葛亮积劳成疾,病逝于五丈原。

魏景元四年(263),司马昭令钟会、邓艾伐蜀,刘禅投降,蜀汉灭亡。魏咸熙二年(265),司马昭之子司马炎代魏而自称晋帝,魏灭亡。孙权死后,孙皓继位。咸宁六年(280),晋军灭了东吴。自此三国时代结束,晋帝司马炎统一了天下。

本文选自《三国演义》第二十一回《曹操煮酒论英雄 关公赚城斩车胄》,标题为编者加的。与本文相关的情节:曹操应汉献帝之诏到洛阳平定了祸乱,被任为丞相,于是挟持汉献帝迁都到许昌。在围场射猎时,曹操对汉献帝大为不敬,并显示出对帝位的野心。汉献帝感到曹操的威胁,密诏国舅董承联合力量谋划杀死曹操。刘备在这之前居小沛,因受吕布所迫来投奔曹操。助曹消灭吕布之后,刘备被安排住在相府左近宅院,实际是受到监视。"青梅煮酒论英雄"的故事就是在这种情况下发生的。

却说董承(注:董承,为皇亲国舅,后为曹操所杀)等问马腾(注:马腾,汉西凉太守,字寿成,后为曹操所杀)曰:"公欲用何人?"马腾曰:"见有豫州牧刘玄德(注:牧,古代州的长官。刘玄德,刘备,字玄德)在此,何不求之?"

承曰:"此人虽系皇叔,今正依附曹操,安肯行此事耶?"腾曰:"吾观前日围场之中,曹操迎受众贺之时,云长(注:云长,关羽,字长生,后改云长。后败走麦城,为马忠所斩)在玄德背后,挺刀欲杀操,玄德以目视之而止。——玄德非不欲图操,恨操牙爪多,恐力不及耳。公试求之,当必应允。"吴硕(注:吴硕,汉议郎,后为曹操所杀)曰:"此事不宜太速,当从容商议。"众皆散去。次日黑夜里,董承怀诏,径往玄德公馆中来。门吏入报,玄德迎出,请入小阁坐定。关、张侍立于侧。玄德曰:"国舅黉夜(注:黉夜,深夜)至此,必有事故。"承曰:"白日乘马相访,恐操见疑,故黑夜相见。"玄德命取酒相待。承曰:"前日围场之中,云长欲杀曹操,将军动目摇头而退之,何也?"玄德失惊曰:"公何以知之?"承曰:"人皆不见,某独见之。"玄德不能隐讳,遂曰:"舍弟见操僭越,故不觉发怒耳。"承掩面而哭曰:"朝廷臣子,若尽如云长,何忧不太平哉!"玄德恐是曹操使他来试探,乃佯言曰:"曹丞相治国,为何忧不太平?"承变色而起曰:"公乃汉朝皇叔,故剖肝沥胆以相告,公何诈也?"玄德曰:"恐国舅有诈,故相试耳。"于是董承取衣带诏令观之,玄德不胜悲愤。又将义状出示,上止有六位:一、车骑将军董承,二、工部侍郎王子服(注:王子服,汉侍郎,后为曹操所杀),三、长水校尉种辑(注:种辑,汉长水校尉,后为曹操所杀),四、议郎吴硕,五、昭信将军吴子兰(注:吴子兰,汉昭信将军,后为曹操所杀),六、西凉太守马腾。玄德曰:"公既奉诏讨贼,备敢不效犬马之劳。"承拜谢,便请书名。玄德亦书"左将军刘备",押了字,付承收讫。承曰:"尚容再请三人,共聚十义,以图国贼。"玄德曰:"切宜缓缓施行,不可轻泄。"共议到五更,相别去了。

批:刘备被曹操安置在相府宅院暂住,随时有被杀的可能。

批:刘备阻止关羽刺杀曹操,并非不想置曹操于死地,而是顾虑力量达不到,无法脱身。

批:董承说出围场关羽要杀曹操之事,并非揭露刘备的阴谋,意在表明曹操是汉室与刘备的共同敌人,他们可以结盟,共同对付曹操。

批:身在曹操相府,刘备的担心是非常必要的,没有这种防备心理,很容易招致杀身之祸。

批:行事非常隐秘。

玄德也防曹操谋害,就下处后园种菜,亲自浇灌,以为韬晦(注:韬晦,把光芒收敛起来,意思是有意隐蔽才能和意图,避免别人注意和猜疑)之计。关、张二人曰:"兄不留心天下大事,而学小人(注:小人,封建统治阶级对劳动人民的蔑称)之事,何也?"玄德曰:"此非二弟所知也。"二人乃不复言。

一日,关、张不在,玄德正在后园浇菜,许褚(注:许褚,字仲康,谯国谯县人,曹操的大将)、张辽(注:张辽,字文远,原是吕布的部将,后降曹操。后为丁奉射中腰,箭疮迸裂而亡)引数十人入园中曰:"丞相有命,请使君(注:使君,汉代称呼太守刺史,汉以后用作对州郡长官的尊称)便行。"玄德惊问曰:"有甚紧事?"许褚曰:"不知。只教我来相请。"玄德只得随二人入府见操。操笑曰:"在家做得好大事!"谎得玄德面如土色。操执玄德手,直至后园,曰:"玄德学圃(注:学圃,学习种菜)不易!"玄德方才放心,答曰:"无事消遣耳。"操曰:"适见枝头梅子青青,忽感去年征张绣(注:张绣,董卓部将张济的侄子,张绣原属于董卓部下,被曹操部下所俘虏,但曹操仍重用。后来张绣在官渡之战立下大功)时,道上缺水,将士皆渴;吾心生一计,以鞭虚指曰:'前面有梅林。'军士闻之,口皆生唾,由是不渴。今见此梅,不可不赏。又值煮酒正熟,故邀使君小亭一会。"玄德心神方定。随至小亭,已设樽俎(注:樽俎,指酒肉。樽,古代的盛酒器具。俎,古代祭祀、宴会时盛肉类等食品的器皿):盘置青梅,一樽煮酒。二人对坐,开怀畅饮。

酒至半酣,忽阴云漠漠,骤雨将至。从人遥指天外龙挂(注:龙挂,即龙卷风),操与玄德凭栏观之。操曰:"使君知龙之变化否?"玄德曰:"未知其详。"操曰:"龙能大能小,能升能隐:大则兴云吐雾,小则隐介(注:介,指龙的鳞甲)藏形;升则飞腾于宇宙之间,隐则潜伏于波涛之内。方今春深,龙乘时变化,犹人得志而纵横四海。龙之为物,可比世之英雄。玄德久

批:以种菜浇园的方式韬光养晦,即使对结拜兄弟也不说明,表现出他沉着稳重的性格特点。

批:多人前往请刘备,杀气腾腾,刘备有大祸临头之感。设置悬念,吸引读者。

批:劈头一问,暗藏杀机。刘备以为事情败露,吓得面如土色,读者的心随之悬了起来。

批:自炫式的回忆,目的是佐证自己是当世英雄之一,高傲心态尽现。望梅止渴的故事形象说明了曹操工于心计。

批:运用景物描写烘托渲染压抑沉闷的气氛。

批:此番话看似描述龙之变化,实则是曹操的自我剖白,借物咏志。

历四方,必知当世英雄。请试指言之。"**玄德曰:**"备肉眼安识英雄?"操曰:"休得过谦。"**玄德曰:**"备叨恩庇,得仕于朝。天下英雄,实有未知。"操曰:"既不识其面,亦闻其名。"**玄德曰:**"淮南袁术(注:袁术,袁绍之弟,初为南阳太守,后称帝,为刘备所破,吐血而亡),兵粮足备,可为英雄?"操笑曰:"冢中枯骨,吾早晚必擒之!"**玄德曰:**"河北袁绍(注:袁绍,字本初,后为曹操所败,吐血而亡),四世三公,门多故吏;今虎踞冀州(注:冀州,汉武帝十三刺史部之一,辖今冀中、冀南及鲁、豫各一小部)之地,部下能事者极多,可为英雄?"操笑曰:"袁绍色厉胆薄,好谋无断;干大事而惜身,见小利而忘命:非英雄也。"**玄德曰:**"有一人名称八俊,威镇九州——刘景升(注:刘景升,即刘表,字景升,汉室宗亲)可为英雄?"操曰:"刘表虚名无实,非英雄也。"**玄德曰:**"有一人血气方刚,江东领袖——孙伯符(注:孙伯符,即孙策,字伯符,孙坚长子)乃英雄也?"操曰:"孙策藉父之名,非英雄也。"**玄德曰:**"益州(注:益州,汉武帝十三刺史部之一,辖地今四川、陕南、甘肃一小部、鄂西北隅、云贵大部)刘季玉(注:刘季玉,即刘璋,字季玉,益州牧。后降刘备),可为英雄乎?"操曰:"刘璋虽系宗室,乃守户之犬耳,何足为英雄!"**玄德曰:**"如张绣、张鲁(注:张鲁,汉宁太守,后降曹)、韩遂(注:韩遂,西凉太守,后降曹)等辈皆何如?"操鼓掌大笑曰:"此等碌碌小人,何足挂齿!"**玄德曰:**"舍此之外,备实不知。"操曰:"夫英雄者,胸怀大志,腹有良谋,有包藏宇宙之机、吞吐天地之志者也。"**玄德曰:**"谁能当之?"**操以手指玄德,后自指,曰:"今天下英雄,惟使君与操耳!"玄德闻言,吃了一惊,手中所执匙箸,不觉落于地下。时正值天雨将至,雷声大作。**玄德乃从容俯首拾箸曰:"一震之威,乃至于此。"操笑曰:"丈夫亦畏雷乎?"**玄德曰:**"圣人'迅雷风烈必变(注:迅雷风烈必变,语出《论语·乡党》,说孔子遇到疾雷暴风,必定要改变容色,表示

批:继续装傻,一脸茫然。

批:极力掩饰才气,令人浑然不觉。

批:对话描写是在列举和排斥中进行的。刘备乱点英雄谱,谦恭有加,不露声势,显示出落难英雄的内敛;而曹操处处以英雄自居,锋芒毕露、毫无顾忌,显示出骄傲自负的个性。

批:曹操借酒道破刘备心机,"匙箸失落"表明刘备内心惊惶。

批:"雷声大作"既衬托出刘备惊恐的心理,又成为刘备化险为夷的重要契机。

对上天的敬畏。迅雷风烈，即迅雷烈风，这是为错综成文的一种变例的修辞）"，安得不畏？"将闻言失箸缘故，轻轻掩饰过了。操遂不疑玄德。后人有诗赞曰：

　　勉从虎穴暂趋身，说破英雄惊杀人。

　　巧借闻雷来掩饰，随机应变信如神。

　　天雨方住，见两个人撞入后园，手提宝剑，突至亭前，左右拦挡不住。操视之，乃关、张二人也。原来二人从城外射箭方回，听得玄德被许褚、张辽请将去了，慌忙来相府（注：相府，指曹操府上）打听；闻说在后园，只恐有失，故冲突而入。却见玄德与操对坐饮酒。二人按剑而立。操问二人何来。云长曰："听知丞相和兄饮酒，特来舞剑，以助一笑。"操笑曰："此非'鸿门会（注：鸿门会，指充满阴谋和杀机的宴会。秦汉之际刘邦和项羽争霸，二人曾在鸿门相会。宴间，范增使项庄舞剑，意欲刺杀刘邦。项伯也起而舞剑，意在保护刘邦。后樊哙闯入救刘邦，刘邦借机逃走）'，安用项庄、项伯乎？"玄德亦笑。操命："取酒与二'樊哙'压惊。"关、张拜谢。

　　须臾席散，玄德辞操而归。云长曰："险些惊杀我两个！"玄德以落箸事说与关、张。关、张问是何意。玄德曰："吾之学圃，正欲使操知我无大志；不意操竟指我为英雄，我故失惊落箸。又恐操生疑，故借惧雷以掩饰之耳。"关、张曰："兄真高见！"

批：闯入后园，是忧心刘备有事，前来救援。

批：随机应变。

批：曹操已"不疑玄德"，直接道出鸿门宴的典故，既打消关羽、张飞的疑虑，也避免双方因紧张而尴尬。

批：照应上文刘备学圃韬晦、失惊落箸的情节。有城府和随机应变是困境成大事者应有的素质。

说破英雄惊杀人，随机应变信如神

　　本文出自《三国演义》第二十一回"曹操煮酒论英雄　关公赚城斩车胄"。当时，曹操位居汉相，挟天子以令诸侯，势力强大，野心勃勃。刘备势单力薄，寄人篱下，虽胸怀大志却不可有所表露。为防曹操谋害，刘备韬光养晦，以种菜为乐，自浇自灌，暂作权宜之计。曹操深知刘备乃天下"枭雄"，是自己真正的竞争对手，便借酒点破他的心机，演出了"煮酒论英雄"一戏。

　　小说借助富有个性的生动传神的对话描写刻画了曹操、刘备两个人物形象。从曹操的"说破英雄惊杀人"到刘备"随机应变信如神"，可谓步步有玄机，句句带杀气。曹操的睥睨群雄之态,雄霸天下之志表露无疑;而刘备的随机应变,进退自如,也表现出一世豪杰所应有的技巧和城府,此次聚会双方都是赢家,堪称"双龙会"。

小说语言通俗易懂,尤其是对话描写不仅突出了人物的性格特点,也展示了人物复杂的内心世界。如刘备在回答曹操的试探时,连用"可为英雄"的探询语气,而曹操则直接否定"非英雄也",从两者不同的语气中展示出不同心态。此外,作者在着力刻画人物语言的同时,还加入人物的动作、神态及环境描写展现人物性格,如刘备的"闻雷失箸"写出了他内心的紧张,也充分表现了他韬晦深藏的性格特点。(子夜霜、蔡静)

乌巢烧粮

曹操领兵夜行,前过袁绍别寨,寨兵问是何处军马。操使人应曰:"蒋奇奉命往乌巢(注:在今河南延津)护粮。"袁军见是自家旗号,遂不疑惑。凡过数处,皆诈称蒋奇之兵,并无阻碍。及到乌巢,四更已尽。操教军士将束草周围举火,众将校(注:将校,将官和校官的合称)鼓噪直入。时淳于琼方与众将饮了酒,醉卧帐中,闻鼓噪之声,连忙跳起问:"何故喧闹?"言未已,早被挠钩(注:挠钩,一种兵器。该兵器长柄的顶端安有铁钩)拖翻。眭元进、赵睿运粮方回,见屯上火起,急来救应。曹军飞报曹操,说:"贼兵在后,请分军拒之。"操大喝曰:"诸将只顾奋力向前,待贼至背后,方可回战!"于是众军将无不争先掩杀。一霎时,火焰四起,烟迷太空。眭、赵二将驱兵来救,操勒马回战。二将抵敌不住,皆被曹军所杀,粮草尽行烧绝。淳于琼被擒见操,操命割去其耳鼻手指,缚于马上,放回绍营以辱之。

却说袁绍在帐中,闻报正北上火光满天,知是乌巢有失,急出帐召文武各官,商议遣兵往救。张郃曰:"某与高览同往救之。"郭图曰:"不可。曹军劫粮,曹操必然亲往;操既自出,寨必空虚,可纵兵先击曹操之寨;操闻之,必速还:此孙膑围魏救赵之计也。"张郃曰:"非也。曹操多谋,外出必为内备,以防不虞。今若攻操营而不拔,琼等见获,吾属皆被擒矣。"郭图曰:"曹操只顾劫粮,岂留兵在寨耶!"再三请劫曹营。绍乃遣张郃、高览引军五千,往官渡击曹营;遣蒋奇领兵一万,往救乌巢。

且说曹操杀散淳于琼部卒,尽夺其衣甲旗帜,伪作淳于琼部下败军回寨,至山僻小路,正遇蒋奇军马。奇军问之,称是乌巢败军奔回,奇遂不疑,驱马径过。张辽、许褚忽至,大喝:"蒋奇休走!"奇措手不及,被张辽斩于马下,尽杀蒋奇之兵。又使人当先伪报云:"蒋奇已自杀散乌巢兵了。"袁绍因不复遣人接应乌巢,只添兵往官渡。

却说张郃、高览攻打曹营,左边夏侯惇、右边曹仁、中路曹洪,一齐冲出:三下攻击,袁军大败。比及接应军到,曹操又从背后杀来,四下围住掩杀。张郃、高览夺路走脱。袁绍收得乌巢败残军马归寨,见淳于琼耳鼻皆无,手足尽落。绍问:"如何失了乌巢?"败军告说:"淳于琼醉卧,因此不能抵敌。"绍怒，立斩之。郭图恐张郃、高览回寨证对是非，先于袁绍前谮曰："张郃、高览见主公兵败，心中必喜。"绍曰："何出此言?"图曰："二人素有降曹之意，今遣击寨，故意不肯用力，以致损折士卒。"绍大怒，遂遣使急召二人归寨问罪。郭图先使人报二人云："主公将杀汝矣。"及绍使至，高览问曰："主公唤我等为何?"使者曰："不知何故。"览遂拔剑斩来使。郃大惊。览曰："袁绍听信谗言，必为曹操所擒;吾等岂可坐而待死? 不如去投曹操。"郃曰："吾亦有此心久矣。"

于是二人领本部兵马，往曹操寨中投降。夏侯惇曰："张、高二人来降，未知虚实。"操曰："吾以恩遇之，虽有异心，亦可变矣。"遂开营门命二人入。二人倒戈卸甲，拜伏于地。操曰："若使袁绍肯从二将军之言，不至有败。今二将军肯来相投，如微子去殷(注:微子去殷，微子是纣王的庶兄。殷，指商朝。纣王无道，微子屡谏不听，便离开了殷商)、韩信归汉(注:韩信归汉，韩信原属项羽，但未受重用，后来投奔刘邦，为汉朝的建立立下汗马功劳)也。"遂封张郃为偏将军、都亭侯，高览为偏将军、东莱侯。二人大喜。

却说袁绍既去了许攸，又去了张郃、高览，又失了乌巢粮，军心惶惶。许攸又劝曹操作速进兵;张郃、高览请为先锋;操从之。即令张郃、高览领兵往劫绍寨。当夜三更时分，出军三路劫寨。混战到明，各自收兵，绍军折其大半。

荀攸献计曰："今可扬言调拨人马，一路取酸枣，攻邺郡;一路取黎阳，断袁兵归路。袁绍闻之，必然惊惶，分兵拒我;我乘其兵动时击之，绍可破也。"操用其计，使大小三军，四处扬言。绍军闻此信，来寨中报说："曹操分兵两路:一路取邺郡，一路取黎阳去也。"绍大惊，急遣袁谭分兵五万救邺郡，辛明分兵五万救黎阳，连夜起行。

曹操探知袁绍兵动，便分大队军马，八路齐出，直冲绍营。袁军俱无斗志，四散奔走，遂大溃。袁绍披甲不迭，单衣幅巾上马，幼子袁尚后随。张辽、许褚、徐晃、于禁四员将，引军追赶袁绍。绍急渡河，尽弃图书车仗金帛，止引随行八百余骑而去。操军追之不及，尽获遗下之物。所杀八万余人，血流盈沟，溺水死者不计其数。

操获全胜，将所得金宝缎匹，给赏军士。于图书中检出书信一束，皆许都及军中诸人与绍暗通之书。左右曰："可逐一点对姓名，收而杀之。"操曰："当绍之强，孤亦不能自保，况他人乎?"遂命尽焚之，更不再问。

却说袁绍兵败而奔，沮授因被囚禁，急走不脱，为曹军所获，擒见曹操。操素与授相识。授见操，大呼口:"授不降也!"操曰:"本初无谋，不用君言，君何尚执迷耶? 吾若早得足下，天下不足虑也。"因厚待之，留于军中。授乃于营中盗马，欲归袁氏。操怒，乃杀之。授至死神色不变。操叹曰:"吾误杀忠义之士也!"命厚礼殡殓，为建坟安葬于黄河渡口，题其墓曰:"忠烈沮君之墓"。

[中国]罗贯中/文

《乌巢烧粮》选自《三国演义》第三十回《战官渡本初败绩　劫乌巢孟德烧粮》，标题为编者加的。

袁军曹军相争的关键是官渡之战，而官渡之战的关键是乌巢烧粮。曹操乌巢烧粮的成功，扭转了袁强曹弱的被动局面，为曹军打败袁军创造了重要条件。

曹操乌巢烧粮是要冒风险的，这种风险首先来自许攸之降是真是假难以百分之百地判定。假如许攸之降是伪降，许攸是袁绍派来诱敌上当的奸细，则曹军会被早有准备的袁军歼灭，位于官渡的曹寨也会因为分军兵力锐减而在袁军的猛烈进攻下失守。

即使许攸之降乃是真降，乌巢烧粮也还是困难重重：其一，曹军人少，分兵是难题。如果遣兵较多，则官渡曹寨就会空虚，弄不好会丢失大本营；如果遣兵较少，则乌巢烧粮就难以成功。其二，前往乌巢是秘密行动，不能有一点儿闪失。其三，乌巢烧粮要打着蒋奇的旗号，且要通过多处关卡。只要有一处露出破绽，烧粮计划就会流产。其四，乌巢护粮状况是否真如许攸料定的那样，即淳于琼整天醉生梦死，不做御敌准备，是难以百分之百确定的。

不言而喻，在整个烧粮行动中，袁军可以犯多次错误，只要有一次正确就行，就足以挫败曹军；而曹军则不能犯一次错误，否则就会遭到完全的失败。

然而困难再大，风险再多，乌巢烧粮这步棋也不能不走。因为曹军已经绝粮，不可能继续拖延下去。如果用奇兵袭取乌巢，将囤积于此的粮草烧光，则七十万袁军就会失去根基。那样，人数十倍于曹军的袁军就会比曹军更严重地受到饥困的威胁。届时袁军先乱，曹军乘势攻击，必能取得决战的胜利。

所以，曹操乌巢烧粮的成功，奠定了他在官渡之战的最终胜利。

武松醉打蒋门神

◇[中国]施耐庵

读点

刻画疾恶如仇、打抱不平、侠肝义胆的英雄形象。

情节扣人心弦,场面描写生动精彩。

内容提要:

选自《水浒传》第二十九回《施恩重霸孟州道　武松醉打蒋门神》、第三十回《施恩三入死囚牢　武松大闹飞云浦》。在孟州,武松结识了金眼彪施恩。为了替施恩夺回被恶霸蒋忠(即蒋门神)强占的快活林酒馆,武松大闹快活林,醉打蒋门神。

施耐庵(约1296~约1372),名子安,字耐庵。祖籍苏州吴县阊门(今江苏苏州),一说钱塘(今浙江杭州)。元末明初英雄传奇小说家。代表作《水浒传》。

《水浒传》描写的是北宋末年以宋江为首的一百零八人在山东梁山泊聚义的故事。

高俅因踢得一脚好气球,受端王赏识。端王即位后,高俅被封为殿帅府太尉。禁军教头王进为逃高俅报复,投奔延安府老种经略相公。王进路过史家村收史进为徒。史进后去寻师父王进,与提辖鲁达相遇。鲁达三拳打死镇关西,弃职逃亡,到五台山出家,法名"智深"。寺中长老介绍他去东京大相国寺供职。鲁智深结识了禁军教头林冲,并结为兄弟。

高俅设计陷害林冲,林冲被发配沧州,其妻又被高衙内逼死。高俅指使公差在野猪林杀害林冲,幸得鲁智深救护。后林冲大闹山神庙,雪夜上梁山。

梁山泊头领王伦令林冲做"投名状"。林冲与杨志交手,但杨志不愿上梁山。杨志后被充军大名府,大名府留守梁中书派杨志护送生辰纲,晁盖智取了生辰纲。劫生辰纲消息走漏,郓城县押司宋江冒死送信。晁盖等人逃至梁山泊,人们立晁盖为首领。

宋江的小妾与人通奸,宋江怒杀阎婆惜,投奔柴进避难,在柴进府上遇到武松。武松回清河县路过景阳冈,成为打虎英雄。武松回来后怒杀毒死武大的西门庆、潘金莲,被刺配孟州。孟州的施恩赏识武松,武松为其醉打蒋门神。蒋门神等人陷害武松,武松杀死了蒋门神等人。

宋江被判死刑，梁山好汉劫法场，宋江上了梁山。自此，梁山事业更加兴旺。

李逵回梁山后不久，柴进被知府高廉下进死牢。公孙胜等人破高廉妖法救出柴进。高俅为给弟弟高廉报仇讨伐，使梁山义军受挫。晁盖中史文恭毒箭身亡，梁山便暂由宋江为头领。

宋江为晁盖报仇攻打曾头市，卢俊义活捉了史文恭。宋江带兵到东昌府，收降了张清。至此，一百零八条好汉聚义梁山泊。

后来宋江有了接受招安的想法，遭到李逵等人的强烈反对。朝廷招安失败后，用武力征剿，但未奏效。朝廷改变策略，派人安抚。梁山全体接受招安，改编为赵宋王朝的军队。

统治者采用借刀杀人的策略，命令梁山好汉征辽。梁山英雄在征方腊过程中死伤过半。统治者眼见梁山义军势孤力单，便对宋江等人下毒手：宋江、卢俊义被毒死。宋江临死前，恐李逵再叛朝廷，坏了他的声名，也让李逵喝了毒酒。吴用、花荣随后在宋江墓前自缢。

武松抢过林子背后，见一个金刚来大汉，披着一领白布衫，撒开一把交椅，拿着蝇拂子（注：拂子，一种拂除蚊蝇虫的工具。是将兽毛、麻等扎成一束，再加一长柄），坐在绿槐树下乘凉。武松看那人时，生得如何？但见：

> 形容丑恶，相貌粗疏。一身紫肉横生，几道青筋暴起。黄髯斜起，唇边扑地蝉蛾；怪眼圆睁，眉目对悬星象。坐下狰狞如猛虎，行时仿佛似门神（注：门神，守门神。旧俗门上贴的神像，用来驱除妖邪）。

批：个性化的形象描绘，传神地描绘出蒋门神恶人形象。

这武松假醉佯颠，斜着眼看了一看，心中自忖道："这个大汉一定是蒋门神了。"直抢过去。又行不到三五十步，早见丁字路口一个大酒店，檐前立着望竿，上面挂着一个酒望子，写着四个大字道："河阳风月"。转过来看时，门前一带绿油阑干，插着两把销金旗，每把上五个金字，写道："醉里乾坤大，壶中日月长。"一边厢肉案砧头，操刀的家生（注：家生，家具，居室用品，器物），一壁厢蒸作馒头，烧柴的厨灶。去里面一字儿摆着三只大酒缸，半截埋在地里，缸里面各有大半缸酒。正中间装列着柜身子，里面坐着一个年纪小的妇人，正是蒋门神初来孟州新娶的妾，原是

批：认定是蒋门神，但武松没有来就直接和他发生冲突，而是先奔向快活林酒馆，说明武松心中早有打算：想我一个痛打蒋门神的理由。明是交代环境，实是写武松观察地形，可见武松是粗中有细。

批：交代酒缸，目的是为下文将那妇人丢进酒缸作铺垫。

西瓦子(注:西瓦子,某地西边的瓦舍。瓦子,即瓦舍)里唱说诸般宫调(注:宫调,古代乐曲曲调的总称。中国古乐曲的调式,唐代规定二十八调,即琵琶的四根弦上每根七调。最低的一根弦上的调式叫宫,其余的叫调)的顶老(注:顶老,妓女,歌伎)。那妇人生得如何?

> 眉横翠岫(注:翠岫,青翠的峰峦。岫,峰峦,山或山脉的峰顶),眼露秋波。樱桃口浅晕微红,春笋手轻舒嫩玉。冠儿小,明铺鱼鲉(注:鲉,鱼脑骨),掩映乌云;衫袖窄,巧染榴花,薄笼瑞雪。金钗插凤,宝钏围龙。尽教崔护去寻浆,疑是文君重卖酒。

武松看了,瞅着醉眼,径奔入酒店里来,便去柜身相对一副座头上坐了,把双手按着桌子上,不转眼看那妇人。在柜身里那妇人瞧见,回转头看了别处。武松看那店里时,也有五七个当撑的酒保(注:酒保,酒店里的伙计)。武松却敲着桌子叫道:"卖酒的主人家在那里?"一个当头的酒保过来,看着武松道:"客人要打多少酒?"武松道:"打两角(注:角,盛酒的器具,古代是用兽角做的,宋时不用兽角了,却还称作角,用来指盛一定分量的酒具。后用作酒的计量单位)酒,先把些来尝看。"那酒保去柜上叫那妇人舀两角酒下来,倾放桶里,烫一碗过来,道:"客人尝酒。"武松拿起来闻一闻,摇着头道:"不好,不好!换将来!"酒保见他醉了,将来柜上道:"娘子,胡乱换些与他。"那妇人接来,倾了那酒,又舀些上等酒下来。酒保将去,又荡一碗过来。武松提起来,呷了一口,叫道:"这酒也不好,快换来便饶你!"酒保忍气吞声,拿了酒去柜边道:"娘子,胡乱再换些好的与他,休和他一般见识。这客人醉了,只待要寻闹相似,胡乱换些好的与他噇。"那妇人又舀了一等上色好的酒来与酒保。酒保把桶儿放在面前,又荡一碗过来。武松吃了道:"这酒略有些意思。"

批:目的明确,喝酒好找借口教训。

批:故意多次称酒不好,是挑衅刁难,目的是以此激怒对方,为醉打蒋门神找借口。

问道:"过卖(注:过卖,旧称饭馆、茶馆、酒店中的店员),你那主人家姓甚么?"酒保答道:"姓蒋。"武松道:"却如何不姓李?"那妇人听了道:"这厮(注:这厮,对人的轻蔑的称呼,相当于"这家伙""这小子"一类话)那里吃醉了,来这里讨野火(注:讨野火,犹如说打野食,就是找便宜的意思。火,指饭食)么?"酒保道:"眼见得是个外乡蛮子,不省得了。休听他放屁。"武松问道:"你说甚?"酒保道:"我们自说话,客人你休管,自吃酒。"武松道:"过卖,你叫柜上那妇人下来相伴我吃酒。"酒保喝道:"休胡说!这是主人家娘子。"武松道:"便是主人家娘子待怎地?相伴我吃酒也不打紧!"那妇人大怒,便骂道:"杀才!该死的贼!"推开柜身子,却待奔出来。

武松早把土色布衫脱下,上半截揣在腰里,便把那桶酒只一泼,泼在地上,抢入柜身子里,却好接着那妇人。武松手硬,那里挣扎得。被武松一手接住腰胯,一只手把冠儿捏做粉碎,揪住云髻,隔柜身子提将出来,望浑酒缸里只一丢,听得扑同的一声响,可怜这妇人正被直丢在大酒缸里。武松托地从柜身前踏将出来。有几个当撑的酒保,手脚活些个的,都抢来奔武松。武松手到,轻轻地只一提,撇入怀里来,两手揪住,也望大酒缸里只一丢,桩在里面。又一个酒保奔来,提着头只一掠,也丢在酒缸里。再有两个来的酒保,一拳一脚,都被武松打倒了。先头三个人,在三只酒缸里,那里挣扎得起。后面两个人,在地下爬不动。这几个火家揢子(注:火家揢子,今俗称为光棍。地痞流氓的意思),打得屁滚尿流,乖的走了一个。武松道:"那厮必然去报蒋门神来。我就接将去,大路上打倒他好看,教众人笑一笑。"武松大踏步赶将出来。

批:武松见以酒戏嫂不成,便又故意借主人姓氏做文章,挑衅意味更明显了。

批:酒保不敢惹事,力避矛盾升级,武松挑衅酒保不成,只能再进一步挑衅。

批:武松不得不出损招:让那妇人来陪酒。那妇人果然入套,发怒大骂奔将出来。

批:"早"字表明武松是有准备的,当对方刚上来,武松就已做好迎战准备,并主动出击。

批:"接住""捏""揪住""提""丢"这些动词,形象生动地表现出武松动作娴熟,武艺高强。

批:对酒保的争斗,从"提""撇入""揪""丢""掠""打倒"这些动作来看,武松并不想重伤这些人,制造事端目的是引出蒋门神。

批:引出蒋门神的目的果然达到。

那个捣子径奔去报了蒋门神。蒋门神见说，吃了一惊，踢翻了交椅，丢去蝇拂子，便钻将来。武松却迎着，正在大阔路上撞见。蒋门神虽然长大，近因酒色所迷，淘虚了身子，先自吃了那一惊，奔将来，那步不曾停住，怎地及得武松虎一般似健的人，又有心来算他。蒋门神见了武松，心里先欺他醉，只顾赶将入来。说时迟，那时快，武松先把两个拳头去蒋门神脸上虚影一影，忽地转身便走，蒋门神大怒，抢将来，被武松一飞脚踢起，踢中蒋门神小腹上，双手按了，便蹲下去。武松一踅（注：踅，转，折身转去），踅将过来，那只右脚早踢起，直飞在蒋门神额角上，踢着正中，望后便倒。武松追入一步，踏住胸脯，提起这醋钵儿（注：醋钵儿，装醋的盆儿，用来形容拳头大。钵，陶质的器具，形状像盆）大小拳头，望蒋门神脸上便打。原来说过的打蒋门神扑手：先把拳头虚影一影，便转身，却先飞起左脚，踢中了，便转过身来，再飞起右脚。这一扑有名，唤做"玉环步，鸳鸯脚"。这是武松平生的真才实学，非同小可！打的蒋门神在地下叫饶。武松说道："若要我饶你性命，只要依我三件事。"蒋门神在地下叫道："好汉饶我！休说三件，便是三百件，我也依得！"

武松指定蒋门神，说出那三件事来。有分教：大闹孟州城，来上梁山泊。且教改头换面来寻主，剪发齐眉去杀人。毕竟武松对蒋门神说出那三件事来，且听下回分解。

诗曰：

> 一切诸烦恼，皆从不忍生。
> 见机而耐性，妙悟生光明。
> 佛语戒无论，儒书贵莫争。
> 好条快活路，只是少人行。

话说当时武松踏住蒋门神在地下，指定面门道：

批："一惊""踢翻""丢去""钻"几个动词，与开篇"撒开一把交椅，拿着蝇拂子，坐在绿槐树下乘凉"形成鲜明的对比，形象地表现出蒋门神的惊慌、震怒和冲动。武松目的就是要激恼他。

批：运用夸张手法，写武松醉打蒋门神的拳头之大，传神地表现了武松疾恶如仇的性格特点。

批：武松目的就是要痛打蒋门神，所以才施出"真才实学"。

批：外强中干、欺软怕硬！

"若要我饶你性命，只依我三件事便罢!"蒋门神便道:"好汉但说，蒋忠都依。"武松道:"第一件，要你便离了快活林回乡去，将一应家火什物，随即交还原主金眼彪施恩。谁教你强夺他的?"蒋门神慌忙应道:"依得，依得!"武松道:"第二件，我如今饶了你起来，你便去央请快活林为头为脑的英雄豪杰，都来与施恩陪话(注:陪话，赔不是，道歉)。"蒋门神道:"小人也依得。"武松道:"第三件，你从今日交割还了，便要你离了这快活林，连夜回乡去，不许你在孟州住。在这里不回去时，我见一遍打你一遍，我见十遍打十遍。轻则打你半死，重则结果了你命! 你依得么?"蒋门神听了，要挣扎性命，连声应道:"依得，依得! 蒋忠都依!"武松就地下提起蒋门神来看时，打得脸青嘴肿，脖子歪在半边，额角头流出鲜血来。武松指着蒋门神说道:"休言你这厮鸟蠢汉，景阳冈上那只大虫(注:大虫，老虎)，也只打三拳两脚，我兀自打死了。量你这个值得甚的! 快交割还他! 但迟了些个，再是一顿，便一发结果了你这厮!"蒋门神此时方才知是武松，只得喏喏连声告饶。

正说之间，只见施恩早到，带领着三二十个悍勇军健，都来相帮，却见武松赢了蒋门神，不胜之喜，团团拥定武松。武松指着蒋门神道:"本主已自在这里了，你一面便搬，一面快去请人来陪话。"蒋门神答道:"好汉，且请去店里坐地。"武松带一行人都到店里看时，满地尽是酒浆。这两个鸟男女正在缸里扶墙摸壁扎挣。那妇人方才从缸里爬得出来，头脸都吃磕破了，下半截淋淋漓漓都拖着酒浆。那几个火家酒保走得不见影了。

武松与众人入到店里坐下，喝道:"你等快收拾起身!"一面安排车子，收拾行李，先送那妇人去了;一面叫不着伤的酒保，去镇上请十数个为头的豪杰之士，都来店里替蒋门神与施恩陪话。尽把好酒开

批:第一件事，点明蒋门神得到快活林是仗势豪夺，要交还原主。这是教训蒋门神的目的。

批:第二件事，要蒋门神当着英雄豪杰道歉。这表明武松并非无事生非，而是蒋门神有错在先。

批:第三件事，要求蒋门神立即交割，离开孟州，连夜回乡，免除后患。这表现出救人救到底的精神。

批:加以武力威胁，并说出当初景阳冈打虎一事，使蒋门神口服心也不得不服，连连告饶。

批:一副狼狈相，这就是胡作非为的下场。

批:呼应第二件事，表明武松做事光明磊落。

了，有的是按酒，都摆列了桌面，请众人坐地。武松叫施恩在蒋门神上首坐定。各人面前放只大碗，叫把酒保只顾筛来。酒至数碗，武松开话道："众位高邻都在这里。小人武松，自从阳谷县杀了人，配在这里，闻听得人说道：快活林这座酒店，原是小施管（注：小施管，即施恩）营造的屋宇等项买卖，被这蒋门神倚势豪强，公然夺了，白白地占了他的衣饭。你众人休猜道是我的主人，我和他并无干涉。<u>我从来只要打天下这等不明道德的人！我若路见不平，真乃拔刀相助，我便死了不怕！今日我本待把蒋家这厮一顿拳脚就打死，除了一害，且看你众高邻面上，权寄下这厮一条性命。则今晚便教他投外府去。若不离了此间，再撞见我时，景阳冈上大虫便是模样！</u>"众人才知道他是景阳冈打虎的武都头（注：都头，官职名。宋时各军指挥使下设此官，属低级军官。宋时州县捕快头目亦有此称），都起身替蒋门神陪话道："好汉息怒。教他便搬了去，奉还本主。"那蒋门神吃他一吓，那里敢再做声。施恩便点了家伙什物，交割了店肆。蒋门神羞惭满面，相谢了众人，<u>自唤了一辆车儿去了，装了行李起身，不在话下。</u>

批："只要打天下这等不明道德的人"，武松的疾恶如仇、侠肝义胆的品格可见一斑。

批：呼应第一件事。

批：呼应第三件事，至此武松帮助施恩的事圆满结束。

疾恶如仇、有勇有谋、侠肝义胆真英雄

《武松醉打蒋门神》叙述武松醉打蒋门神的故事，为我们塑造了一个疾恶如仇、侠肝义胆、沉着冷静、有勇有谋的英雄形象。

一、打抱不平，显侠义之气。

孟州结识了施恩，武松当得知快活林酒馆被恶霸蒋忠倚势豪强、公然霸占后，特别气愤："我从来只要打天下这等不明道德的人！我若路见不平，真乃拔刀相助，我便死了不怕！"这是武松打抱不平、侠义豪气的真实写照。武松打抱不平的性格，让他答应施恩，为他夺回快活林。为帮助施恩夺回快活林，武松带着醉意大闹蒋门神的酒店，蒋门神闻讯赶来，与武松打斗，结果被武松打得跪地求饶，只好答应武松把快活林还给施恩。

二、巧用激将法，显精明之心。

武松来到了快活林,已喝几回酒,可是武松脑子格外清醒,他没有冒失上前就打,而是先观察地形环境,人数多少,做到知己知彼。武松巧用"激将法",故意"四激"对方,引对方发怒,终于如愿出手惩治了蒋门神。

武松到快活林找麻烦,大家都惧怕蒋门神,但武松偏要"敲着桌子"要酒,以示对蒋门神的蔑视。此是第一激。

面对武松的无礼,酒保却满脸赔笑,恭恭敬敬地为他上酒。见第一激达不到目的,武松以酒不好为由,百般刁难,故意激怒对方,好名正言顺,收拾蒋门神。可酒保和老板娘耐着性子,小心侍候着,弄得武松实在挑不到刺儿。此是第二激。

面对挑衅,快活林酒保和妇人一忍再忍,于是武松又换一计,问伙计,"你那主人家姓什么?"酒保答道:"姓蒋。"武松道:"却如何不姓李?"直截了当的挑衅,想激怒妇人,在酒保的周旋下,又平息下来。此是第三激。

"三激"未能达到目的,武松便将目光锁定在妇人身上,提出了一个无理的要求,要那妇人陪酒,进一步挑衅。终于激怒了那妇人。那妇人中了武松的计谋,于是打斗就开始了。此是第四激。

这"四激",就是武松的精明之处,蒋门神是恶人不假,但武松与蒋门神并无直接利害关系,虽然武松平生最恨像蒋门神一类的恶人,但出手总得有理有据,体现了武松的聪明智慧。

三、武艺超群,显英雄之气。

武松是打虎英雄,老板娘和几个酒保自然不是对手,而武松主要目的是惩治蒋门神,武松与蒋门神打斗的"三招"经过,是小说精彩之处,表现了武松武艺高强、勇武盖世。

第一招,武松先是把两个拳头在蒋门神面前虚晃一下,然后猛一回身,踢在蒋门神的小腹上,痛得蒋门神双手按着肚子蹲下去。武松这一踢,踢得多重,先杀了蒋门神的威风。第二招,还没待蒋门神回过神来,武松又飞起右脚,正中蒋门神的额角,仰面倒下。可见,武松这一脚,踢得有多狠。第三招,蒋门神倒地之时,武松早追入一步,踏上蒋门神的胸脯,举起醋钵儿大小的拳头,往蒋门神的脸上痛打,打得蒋门神讨饶不止。

武松这伸张正义、惩治恶人的"三招",一招比一招厉害,让打的人解气,看的人解恨。一位疾恶如仇、有勇有谋、武艺超群、侠肝义胆的英雄,便活生生地显现在我们面前了。(子夜霜、张金寿)

芳草地　　　　　大闹野猪林

当晚三个人(注:三个人,指董超、薛霸两个差役和林冲)投村中客店里来。到得房内,两个公人放了棍棒，解下包裹。林冲也把包来解了。不等公人开口，去包里取些碎银两，央店小二买些酒肉，籴些米来，安排盘馔，请两个防送公人坐了吃。董超、薛霸又添酒来，把林冲灌的醉了，和枷倒在一边。薛霸去烧一锅百沸滚汤提将来，倾在脚盆内，叫道："林教头，你也洗了脚好睡。"林冲挣的起来，被枷碍了，曲身不得。薛霸便道："我替你洗。"林冲忙道："使不得。"薛霸道："出路人那里计较的许多。"林冲不知是计，只顾伸下脚来，被薛霸只一按，按在滚汤里。林冲叫一声："哎也！"急缩得起时，泡得脚面红肿了。林冲道："不消生受。"薛霸道："只见罪人伏侍公人，那曾有公人伏侍罪人。好意叫他洗脚，颠倒嫌冷嫌热！却不是好心不得好报！"口里喃喃的骂了半夜。林冲那里敢回话，自去倒在一边。他两个泼了这水，自换些水去外边洗了脚收拾。睡到四更，同店人都未起。薛霸起来烧了面汤，安排打火做饭吃。林冲起来晕了，吃不得，又走不动。薛霸拿了水火棍（注：水火棍，差役使用的一半红色、一半黑色的硬木短棍），催促动身。董超去腰里解下一双新草鞋，耳朵并索儿却是麻编的，叫林冲穿。林冲看时，脚上满面都是燎浆泡，只得寻觅旧草鞋穿，那里去讨，没奈何只得把新鞋穿上。叫店小二算过酒钱，两个公人带了林冲出店，却是五更天气。

林冲走不到三二里，脚上泡被新草鞋打破了，鲜血淋漓，正走不动，声唤不止。薛霸骂道："走便快走，不走，便大棍搠将起来。"林冲道："上下方便，小人岂敢怠慢，俄延程途。其实是脚疼走不动。"董超道："我扶着你走便了。"挽着林冲，又行不动，只得又挨了四五里路。看看正走动了，早望见前面烟笼雾锁，一座猛恶林子。但见：

> 层层如雨脚，郁郁似云头。权枒如鸾凤之巢，屈曲似龙蛇之势。根盘地角，弯环有似蟒盘旋；影拂烟霄，高耸直教禽打捉。直饶胆硬心刚汉，也作魂飞魄散人。

这座猛恶林子，有名唤做"野猪林"。此是东京去沧州路上第一个险峻去处。宋时，这座林子内，但有些冤仇的，使用些钱与公人，带到这里，不知结果了多少好汉在此处。今日这两个公人带林冲奔入这林子里来。董超道："走了一五更，走不得十里路程，似此沧州怎的得到。"薛霸道："我也走不得了，且就林子里歇一歇。"

三个人奔到里面，解下行李包裹，都搬在树根头。林冲叫声"呵也"，靠着一株大树便倒了。只见董超说道："行一步，等一步，倒走得我困倦起来。且睡一睡却行。"放下水火棍，便倒在树边。略略闭得眼，从地下叫将起来。林冲道："上下做甚么？"董超、薛霸道："俺两个正要睡一睡，这里又无关锁，只怕你走了。我们放心不下，以此睡不稳。林冲答道："小人是个好汉，官事既已吃了，一世也不走。"董超道："那里信得你说。要我们心稳，须得缚一缚。"林冲道："上下要缚便缚，小人敢道怎地。"薛霸腰里解下索子来，把林冲连手带脚和枷，紧紧的绑在树上。两个跳将起来，转过身来，拿起水火棍，看着林冲，说道："不是俺要结果你。自是前日来时，有那陆虞候传着高太尉钧旨，教我两个到这里结果你，立等金印回去回话。便多走的几日，也是死数。只今日就这里，倒作成我两个回去快些。休得要怨我弟兄两个。只是上司差遣，不由自己。你须精细着，明年今日是你周年。我等已限定日期，亦要早回话。"林冲见说，泪如雨下，便道："上下（注：上下，宋时对衙门中的差役的尊称）！我与你二位往日无仇，近日无冤。你二位如何救得小人，生死不忘。"董超道："说甚么闲话！

四大名著　217

救你不得。"薛霸便提起水火棍来，望着林冲脑袋上劈将来……

话说当时薛霸双手举起棍来，望林冲脑袋上便劈下来。说时迟，那时快，薛霸的棍恰举起来，只见松树背后雷鸣也似一声，那条铁禅杖飞将来，把这水火棍一隔，丢去九霄云外。跳出一个胖大和尚来，喝道："洒家在林子里听你多时！"两个公人看那和尚时，穿一领皂布直裰，跨一口戒刀，提起禅杖，轮起来打两个公人。林冲方才闪开眼看时，认得是鲁智深。林冲连忙叫道："师兄，不可下手，我有话说。"智深听得，收住禅杖。两个公人呆了半晌，动掸不得。林冲道："非干他两个事，尽是高太尉使陆虞候分付他两个公人，要害我性命。他两个怎不依他。你若打杀他两个，也是冤屈。"

鲁智深扯出戒刀，把索子都割断了，便扶起林冲，叫："兄弟，俺自从和你买刀那日相别之后，洒家忧得你苦。自从你受官司，俺又无处去救你。打听的你断配沧州，洒家在开封府前，又寻不见。却听得人说，监在使臣房内。又见酒保来请两个公人说道：'店里一位官人寻说话。'以此洒家疑心，放你不下。恐这厮们路上害你，俺特地跟将来。见这两个撮鸟带你入店里去，洒家也在那店里歇。夜间听得那厮两个做神做鬼，把滚汤赚了你脚。那时俺便要杀这两个撮鸟，却被客店里人多，恐妨救了。洒家见这厮们不怀好心，越放你不下。你五更里出门时，洒家先投奔这林子里来，等杀这厮两个撮鸟。他到来这里害你，正好杀这厮两个。"林冲劝道："既然师兄救了我，你休害他两个性命。"鲁智深喝道："你这两个撮鸟，洒家不看兄弟面时，把你这两个都剁做肉酱！且看兄弟面皮，饶你两个性命。"就那里插了戒刀（注：戒刀，僧人所佩带的刀，戒律规定只准割衣物用，不许杀生），喝道："你这两个撮鸟，快换兄弟，都跟洒家来！"提了禅杖先走。两个公人那里敢回话，只叫："林教头救俺两个。"依前背上包裹，提了水火棍，扶着林冲，又替他佗（注：佗，通"驮"，负有重担或负载）了包裹，一同跟出林子来。

[中国]施耐庵/文

品读

《大闹野猪林》选自《水浒传》第八回《林教头刺配沧州道　鲁智深大闹野猪林》、第九回《林教头风雪山神庙　陆虞候火烧草料场》，有删节，标题是编者加的。

林冲被诬陷为妄入白虎堂刺杀高俅，流配沧州。但高俅并没有就此罢休，还要赶尽杀绝，他买通了解差公人，要他们在解往沧州的途中结果林冲的性命。当时天气酷热，林冲在路上棒疮发作，已是寸步难行，在客店又被两个押送公人董超、薛霸故意烫伤脚，被迫穿了一双特别打脚的新草鞋，好不容易一步一拗，双脚鲜血淋漓到了野猪林，两个公人将他牢牢绑缚在树上，立刻就要结果他性命。就在这万分危急时刻，鲁智深救了林冲。

这里刻画林冲突出写一个"忍"字，突出表现他逆来顺受、委曲求全、善良忠厚的性格特点。解差公人吆喝咒骂，他忍受着；故意用滚汤烫脚，他忍受着；要用绳子把他捆绑在树上,他也忍受着;甚至当公人举起水火棍要打死他时,他还低声下气地乞恕求饶。而且,后来鲁智深救起他,要打死两个解差,他仍然就抱着息事宁人的态度,劝阻住了。因为他一直抱着一个希望,有朝一日,重温他美满家庭的好梦,在这个美梦没有破灭之前,他是不会醒悟过来的。

这里刻画的鲁智深虽然不是大闹野猪林的主角,然而鲁智深的重要性与林冲是相等的。作者也借此突出地刻画了他的性格。他还是那样同情受压迫的弱者,还是那种疾恶如仇、路见不平、拔刀相助的豪爽性格;也还是那样粗中有细、脚踏实地、完全彻底地帮助人,做到"杀人须见血,救人须救彻"。他很重江湖义气,对新结识的林冲义重如山,从开封府一直跟踪到野猪林,然后又一路护送到离沧州不远的大路上。而且,他先躲在松树林子里等候,不先不后,恰好等到解差公人的水火棍将要落到林冲头上时,他才飞来禅杖隔开。这出场的行动就反映了他的有勇有谋和高超出群的武艺。

林冲与鲁智深的性格有着鲜明的对比,鲁智深豪放粗犷、主动出击、无所牵挂顾虑,林冲小心谨慎、逆来顺受、委曲求全、极力忍让。两人性格互相对比,互相烘托,因而都显得十分鲜明突出。

葫芦僧判断葫芦案

◇[中国]曹雪芹

读点

粗笔勾勒之笔来凸现人物的性格特征。

故事文字虽短,但触及封建社会诸多本质问题。

此章节是理解《红楼梦》的一把金钥匙。

揭露了封建权贵和封建官府的黑暗与腐朽,反映了封建政权机构与封建贵族阶级之间狼狈为奸的相互依存关系。

内容提要:

选自《红楼梦》第四回《薄命女偏逢薄命郎　葫芦僧乱判葫芦案》。"葫芦僧"的"葫芦",谐音"糊涂",语义双关,既寓葫芦僧昏昧糊涂,又指其出身葫芦庙。

曹雪芹(约1715年~1763年2月12日,一说卒于1764年2月1日),名霑,字梦阮,号雪芹、芹圃、芹溪,内务府正白旗旗鼓佐领下人。清代小说家、诗人、画家。代表作《红楼梦》(又名《石头记》)。

小说《红楼梦》以贾、王、史、薛四大家族为背景,以贾宝玉和林黛玉的爱情故事为主线,围绕两个主要人物的感情纠葛,描写了大观园内外一系列青年男女的爱情故事。

一块女娲补天未用的所炼之石被留弃在青埂峰下,此石化作宝石,在人间经历了一番故事。空空道人见石上刻着它的经历,抄下来交曹雪芹披阅增删。石上所刻内容如下:

甄士隐资助穷儒贾雨村赶考。甄士隐的女儿英莲被拐走,后随跛足道人出家。贾雨村因贪财被革职,到扬州教林如海的女儿林黛玉读书。贾雨村托林如海求荣国府,得任金陵应天府。

黛玉进了荣国府,宝黛二人初见有似曾相识之感。贾雨村在应天府审案,黛玉舅母王夫人的同胞妹妹薛姨妈的儿子薛蟠为争英莲而打死原买主,贾雨村判案放了薛蟠。薛蟠的妹妹薛宝钗来荣国府住下,宝玉视其如一,略偏于黛玉。

薛宝钗有一只能同宝玉的通灵玉配对的金锁。黛玉忌讳金玉良缘之说,常暗暗讥讽宝钗。几月后,林如海身染重病,黛玉被送回家。林如海死后,黛玉在荣国府有种寄人篱下之感。

贾政长女贾元春被册封为妃，荣国府修建大观园迎接元春。元春回娘家后，叫宝玉和众姐妹搬进大观园，宝玉住怡红院，黛玉住潇湘馆，宝钗住蘅芜院。宝玉偷看《西厢记》，遇见黛玉葬花，宝玉用《西厢记》中词句相戏，黛玉说宝玉"欺负"她。

　　宝玉与母亲王夫人的丫头金钏儿调笑，金钏儿被赶出贾府而投井自杀。赵姨娘的儿子贾环向贾政进谗，说宝玉要强奸金钏儿，贾政痛打宝玉。黛玉去看望宝玉，视宝玉为知己。宝玉挨打后，宝钗也天天去探望宝玉，但宝玉心里很不喜欢。

　　黛玉丫鬟紫鹃试探宝玉对黛玉是否真心，假说黛玉要回姑苏，宝玉相信而发病精神失常，由此，黛玉更知宝玉心理，众人也以为他们定成美满姻缘。

　　王熙凤奉承贾母，怂恿宝钗同宝玉成亲。黛玉得知风声，决定绝食。不久，宝玉的通灵玉丢失，黛玉不再绝食。宝玉失玉后神志昏迷。年底，元春病逝宫内。过了春节，贾母、王夫人决定娶宝钗为宝玉冲喜。王熙凤献调包计，哄宝玉说是同黛玉成亲。黛玉得知实情，焚烧诗稿。在宝玉成亲之日，黛玉孤死潇湘馆。洞房之夜，宝玉见是宝钗大惊。宝玉神志渐渐清醒，得知黛玉死音，心情非常悲愤。

　　探春远嫁之后，大观园更加凄清，众人搬出园。薛蟠案子要重判，夏金桂大吵大闹。夏金桂想毒死香菱，不料自己误食毒药而死。

　　宝玉婚后不久，御史弹劾贾府。锦衣府赵堂官查抄了宁国府，贾政也被朝廷降职。接着，贾母去世，王熙凤命丧黄泉，与贾府联络有亲的史、王、薛等家也一个个败落。

　　癞和尚、跛道人送回通灵玉，实则要宝玉弃绝尘缘。宝玉在应考之时出家当了和尚。后来，贾府复官，赏还了家产。贾政去金陵安葬贾母，闻喜讯回京，十船中写家书时遇宝玉。僧道与宝玉同去，贾政没有追上。

　　如今且说贾雨村(注：贾雨村，原来做县官，因贪污被革职，后投靠荣国府的贾政等，得任应天府知府)授了应天府(注：应天府，今南京市)，一到任就有件人命官司详(注：详，旧时下级官吏对上级陈报或请示的一种公文，这里作动词，是"上报"的意思)至案下，却是两家争买一婢，各不相让，以致殴伤人命。彼时雨村即拘原告来审，那原告道："被打死的乃是小人的主人。因那日买了个丫头，不想系拐子拐来卖的：这拐子先已得了我家的银子，我家小主人原说第三日方是好日，再接入门；这拐子又悄悄的卖与了薛家，被我们知道了，去找拿卖主，夺取丫头。无奈薛家原系金陵(注：金陵，南京的别称。相传战国时楚威王认为这里的山有帝王之

批：案子的由来，点出矛盾双方一个是"金陵一霸"，一个是"小乡宦之子"。贾雨村就任，开始审理人命案件。这是故事的开端。

气,为了防止以后有人在此称王,便埋下黄金来镇压,故名)一霸,倚财仗势,众豪奴将我小主人竟打死了。凶身主仆已皆逃走,无有踪迹,只剩了几个局外的人。小人告了一年的状,竟无人做主;求太老爷拘拿凶犯,以扶善良,存殁(注:存殁,生死。这里指着的人和死去的人)感激大恩不尽!"

雨村听了大怒道:"那有这等事!打死人竟白白的走了拿不来的!"便发签(注:签,指旧时官府交给差役外出办事的凭证)差公人立刻将凶犯家属拿来拷问。只见案旁站着一个门子(注:门子,清代官署中的仆役以及公案两旁站班的差役等的通称),使眼色不叫他发签。雨村心下狐疑,只得停了手。退堂至密室,令从人退去,只留这门子一人伏侍;门子忙上前请安,笑问:"老爷一向加官进禄,八九年来,就忘了我了?"雨村道:"我看你十分眼熟,但一时总想不起来。"门子笑道:"老爷怎么把出身之地竟忘了!老爷不记得当年葫芦庙里的事(注:葫芦庙里的事,贾雨村未做官时,寄居在葫芦庙,卖文为生。这个门子是那时庙里的小沙弥,所以认识贾雨村)么?"

雨村大惊,方想起往事。原来这门子本是葫芦庙里一个小沙弥,因被火之后,无处安身,想这件生意倒还轻省,耐不得寺院凄凉,遂趁年纪轻,蓄了发,充当门子。雨村那里想得是他?便忙携手笑道:"原来还是故人。"因赏他坐了说话。这门子不敢坐,雨村笑道:"你也算贫贱之交了;此系私室,但坐不妨。"门子才斜签着坐下(注:斜签着坐下,侧身坐下。按照封建社会等级观念,下属不可以同上级平起平坐,所以门子只敢侧着身坐下)。

雨村道:"方才何故不令发签?"门子道:"老爷荣任到此,难道就没抄一张本省的'护官符'来不成?"雨村忙问:"何为'护官符'?"门子道:"如今凡作地方官的都有一个私单,上面写的是本省最有权

批:呼应"一到任就有件人命官司详至案下",新官上任三把火,显示其"清正",以收买人心。

批:从"大怒"到"狐疑",表明此案不同寻常,也说明贾雨村精于吏道,惯于见风使舵。

批:边笑边问,先奉承讨好,后为拉关系而使贾雨村回忆往事。

批:明知故问,引而不发,巧妙点出贾雨村当年的贫贱身份,意在控制贾雨村。

批:"大惊"是没料到此地竟有知道自己底细的人。这也为下文充发门子埋下伏笔。

批:故作姿态,以假惺惺的笑脸来笼络感情;请门子坐下是假,急于要听内情是真。

批:反问,地方官抄有"护官符"是正常现象,没有倒是怪事。

批:介绍"护官符"的内容及用场。

势极富贵的大乡绅名姓，各省皆然；倘若不知，一时触犯了这样的人家，不但官爵，只怕连性命也难保呢！——所以叫做'护官符'。方才所说的这薛家，老爷如何惹得他！他这件官司并无难断之处，从前的官府，都因碍着情分脸面，所以如此。"一面说，一面从顺袋(注：顺袋，挂在腰上的小袋。原来叫"慎袋"，用来放钱物或其他贵重东西，防止丢失。因音近而讹成"顺袋")中取出一张抄的"护官符"来，递与雨村，看时，上面皆是本地大族名宦之家的俗谚口碑，云：

贾不假，白玉为堂金作马。

阿房宫，三百里，住不下金陵一个史。

东海缺少白玉床，龙王来请金陵王。

丰年好大"雪"，珍珠如土金如铁。

（注："贾"，指《红楼梦》里所写的宁、荣两府。"白玉为堂金作马"，不仅写贾家豪华，官高爵显，而且还暗示贾家是有封建文化教养的"诗礼之族"。汉代宫殿有玉堂，宫门有金马。宋代用玉堂金马指代翰林院。"阿房宫，三百里，住不下金陵一个史"，这句形容《红楼梦》里所写的金陵世家史侯家生活的豪奢。"阿房宫"，秦始皇在阿房地方建造的宫殿，穷奢极侈，占地极广，到秦王朝亡时还没有完工。"三百里"，极言范围之广。"东海缺少白玉床，龙王来请金陵王"，这句意思是东海龙王还要向金陵王家寻求白玉床，可见王家的豪富。"东海"，古代神话传说龙王最富有，东海龙王处珠宝很多。"金陵王"，指《红楼梦》里写的京营节度使王子腾家。"雪"，指薛家。"雪"与"薛"谐音。）

雨村尚未看完，忽闻传点(注：传点，敲点报信号。点，一种铁制的云头形响器，又叫"云板"。旧时衙门或权贵的住宅里，多在二门边设"点"，有事向内院通报，就打"点"作为信号)，报："王老爷来拜。"雨村忙具衣冠接迎。有顿饭工夫方回来，问这门子，门子道："四家皆连络有亲，一损俱损，一荣俱荣，今告打死人之薛，就是

批：道破此案原告"告了一年的状，竟无人做主"的原因，照应了前文。

批："护官符"所列"大族名宦之家"很多，贾、史、王、薛四大家族只是其中名列前茅的代表，是当时"大族名宦之家"的典型概括。

批：道出贾、史、王、薛四大家族之间盘根错节的利害关系。

四大名著　223

'丰年大雪'之'薛',——不单靠这三家,他的世交亲友在都在外的本也不少,老爷如今拿谁去?"雨村听说,便笑问门子道:"这样说来,却怎么了结此案?你大约也深知这凶犯躲的方向了?"

门子笑道:"不瞒老爷说,不但这凶犯躲的方向,并这拐的人我也知道,死鬼买主也深知道,待我细说与老爷听:这个被打死的是一个小乡宦之子,名唤冯渊,父母俱亡,又无兄弟,守着些薄产度日,年纪十八九岁。这也是前生冤孽:可巧遇见这丫头,他便一眼看上了,立意买来作妾,设誓不再娶第二个了,所以郑重其事,必得三日后方进门。谁知这拐子又偷卖与薛家,——他意欲卷了两家的银子逃去,谁知又走不脱,两家拿住,打了个半死,都不肯收银,各要领人。那薛公子便喝令下人动手,将冯公子打了个稀烂。抬回去三日竟死了。这薛公子原择下日子要上京的,既打了人,夺了丫头,他便没事人一般,只管带了家眷走他的路,并非为此而逃;这人命些些小事,自有他弟兄奴仆在此料理。——这且别说,老爷可知这被卖的丫头是谁?"雨村道:"我如何晓得?"门子冷笑道:"这人还是老爷的大恩人呢!他就是葫芦庙旁住的甄老爷(注:甄老爷,指甄士隐,住在葫芦庙近旁。英莲是他的独生女。贾雨村上京赴考的旅费就是甄士隐济助的)的女儿,小名英莲的。"雨村骇然道:"原来是他!听见他自五岁被人拐去,怎么如今才卖呢?"

门子道:"这种拐子单拐幼女,养至十二三岁,带至他乡转卖。当日这英莲,我们天天哄他玩耍,极相熟的,所以隔了七八年,虽模样儿出脱的齐整,然大段(注:大段,大体,指主要容貌特征)未改,所以认得,——且他眉心中原有米粒大的一点胭脂记,从胎里带来的。偏这拐子又租了我的房子居住,那日拐子不在家,我也曾问他,他说是打怕了的,万不敢说,只说拐子是他的亲爹,因无钱还债才卖的。再四哄他，他又哭了，只说：'我原不记得小时的事！'这无可疑了。那日冯公子相见了，兑了银子，因拐子醉了，英莲自叹说：'我今日罪孽可满了！'后又听见三日后才过门，他又转有忧愁之态。我又不忍，等拐子出去，又叫内人去解劝他：'这冯公子必待好日期来接，可知必不以丫鬟相看。今竟破价买你，后事不言可知。只耐得三两日，何必忧闷？'他听如此说，方略解些；自谓从此得所（注：得所，有了归宿。所，安身之地）。——谁料天下竟有不如意事，第二日，他偏又卖与了薛家！若卖与第二家还好，这薛公子的混名，人称他'呆霸王'，最是天下第一个弄性尚气（注：尚气，负气。这里有为所欲为的意思）的人，而且使钱如土，只打了个落花流水，生拖死拽，把个英莲拖去，如今也不知死活。这冯公子空喜一场，一念未遂，反花了钱，送了命，岂不可叹！"

雨村听了也叹道："这也是他们的孽障遭遇，亦非偶然，不然这冯渊如何偏只看上了这英莲？这英莲受了拐子这几年折磨，才得了个路头，若果聚合了，倒是件美事；偏又生出这段事来！——且不要议论他人，只目今这官司如何剖断才好？"门子笑道："老爷当年何其明决，今日何反成个没主意的人了！小的听见老爷补升此任，系贾府王府之力；此薛蟠即贾府之亲；老爷何不顺水行舟，做个人情，将此案了结，日后也好去见贾王二公。"雨村道："你说的何尝不是。但事关人命，蒙皇上隆恩起复（注：起复，指旧时因故离职或被革职的官员重被起用）委用，正竭力图报之时，岂可因私枉法，是实不忍为的。"门子听了冷笑道："老爷说的自是正理，但如今世上是行不去的！岂不闻古人说的'大丈夫相时而动'，又说'趋吉避凶者为君子'，依老爷这话，不但不能报效朝廷，亦且自身不保：还要三思为妥。"

批：觉得从今往后有了归宿，谁料冯渊又被恶霸打死？

批：好一个"呆霸王"！为所欲为，横行乡里，流氓成性，强占民女，行凶无忌，理应受到严惩！

批：贾雨村对恩人之女英莲的遭遇不感兴趣，急的是想借门子之口说出自己的主意，既可见贾雨村的卑劣灵魂，更见着"护官符"左右官府的巨大作用。

批：门子的想法本正中下怀，然而贾雨村却口是心非，一派官腔，可见其虚伪至极！

批：对贾雨村"卖关子"表示不满，既是嘲笑，又有警告的意味。

雨村低了头,半日说道:"依你怎么着?"门子道:"小人已想了个很好的主意在此:老爷明日坐堂,只管虚张声势,动文书,发签拿人,——凶犯自然是拿不来的,原告固是不依,只用将薛家族人及奴仆人等拿几个来拷问,小的在暗中调停,令他们报个'暴病身亡',合族中及地方上共递一张保呈(注:保呈,类似保证书的一种呈文),老爷只说善能扶鸾(注:扶鸾,又叫"扶乩",由两人各用一手扶着做成"丁"字形或"人"字形的木头两端,在沙盘上写字,假装说是神仙的指示。这是一种迷信骗术)请仙,堂上设了乩坛,令军民人等只管来看,老爷便说:'乩仙批了,死者冯渊与薛蟠原系冤孽,今狭路相遇,原因了结。今薛蟠已得了无名之病,被冯渊的魂魄追索而死。其祸皆由拐子而起,除将拐子按法处治外,余不累及……'等语。小人暗中嘱咐拐子,令其实招;众人见乩仙批语与拐子相符,自然不疑了。薛家有的是钱,老爷断一千也可,五百也可,与冯家作烧埋之费;那冯家也无甚要紧的人,不过为的是钱,有了银子,也就无话了。——老爷细想,此计如何?"雨村笑道:"不妥,不妥。等我再斟酌斟酌,压服得口声才好。"二人计议已定。

至次日坐堂,勾取一干有名人犯,雨村详加审问,果见冯家人口稀少,不过赖此欲得些烧埋之银;薛家仗势倚情,偏不相让,故致颠倒未决。雨村便徇情枉法,胡乱判断了此案,冯家得了许多烧埋银子,也就无甚话说了。雨村便疾忙修书二封与贾政(注:贾政,小说中的人物。贾母的次子,王夫人的丈夫,贾宝玉的父亲。曾任学差、督学、工部员外郎等)并京营节度使王子腾(注:王子腾,小说中的人物。王夫人和薛姨妈的哥哥,贾宝玉的舅舅。原任京营节度使,后升任九省统制),不过说"令甥之事已完,不必过虑"之言寄去。此事皆由葫芦庙内沙弥新门子所为,雨村又恐他对人说出当日贫贱时事来,因此心中大不乐意;后来

批:低头又半日才说,既想枉法,又不露破绽诱导门子出主意。

批:门子在衙门里混职多年,他深谙官场内幕,诡计多端。这个办法完全是针对贾雨村的心理而设计的。

批:如何结案,贾雨村主意已定,但嘴上还要虚掩一番,不露声色,足见其多么奸习狡猾。

批:虚张声势,掩人耳目!

批:权势竟可以让是非颠倒!

批:献媚攀爬心态毕露,向主子表白忠心,以图日后再捞一把,继续向上爬。

批:呼应门子知道他的底细。

批:"到底孝了",处心积虑,鸡蛋里

到底寻了他一个不是，远远的充发（注：充发，充军发配，即把犯人流放到边远的地区充军服役）了才罢。

挑骨头地没事找事；"远远的充发"，过河拆桥，狡猾阴险。

理解《红楼梦》的金钥匙 颇有意味的"笑"

　　本文选自《红楼梦》第四回。葫芦，宋元俗语有"葫芦提"一词，也作"葫芦题""葫芦蹄"等，是不清不白、糊里糊涂的意思。这里用来指枉法断案的内幕，以揭露封建政治的黑暗腐朽。这篇小说讲的"葫芦案"，意为糊里糊涂的案子。小说前五回是打开全书的一把钥匙，而第四回在《红楼梦》中占有十分重要的地位，全书的各种矛盾与故事情节都与这一回有直接或间接的联系。特别是揭露四大家族权势与豪富的"护官符"，不仅是本文的核心，也可以说是全书的总纲。通过薛蟠打死人一案的描写以及门子对"护官符"的解说，揭露了作为封建地主阶级代表的四大家族的内外勾结、狼狈为奸，对于认识和掌握全书的基本矛盾，起到了提纲挈领的作用。

　　前五回的基本内容是：第一回，讲女娲炼石补天的神话，交代宝玉那块玉的来历；讲神瑛侍者和绛珠仙草"还泪"的神话，引出两位主人公宝玉和黛玉；讲甄士隐失女、遭火、出家，这是全书故事和贾府命运的缩影。此外写了贾雨村在甄士隐资助下应试得官，引出下面故事。第二回，借冷子兴之口侧面交代贾府的现状，主要介绍宝玉及那块玉；接上回写贾雨村失官及被聘任黛玉家庭教师，引出黛玉。第三回，写贾雨村携黛玉进贾府，透过黛玉眼光看荣国府，使众多主要人物亮相，特别写两位主人公见面，为两人作生动的传神写照。第四回，写贾雨村靠贾府复职、判案，引出"护官符"，概括介绍四大家族的权势与豪富，彰显了四大家族的政治地位。第五回，用金陵十二钗册判词及《红楼梦曲》，暗示小说主要人物命运及小说情节发展过程。

　　小说中对门子和贾雨村这两个人物的"笑"可谓入木三分。作者紧扣一个"笑"字，刻画了贾雨村和门子两张嘴脸，表现出人物的各种心态，入木三分地刻画出贾雨村和门子的性格——贾雨村，老奸巨猾、上谄下陷，手毒心狠；门子，趋炎附势、习滑善辩、一肚子歪本领。文中共十处写到他们的笑，但其内涵却各不相同。门子初次与贾雨村打交道，那"笑"是一种谄媚、巴结的笑；当贾雨村了解了门子的底细后，由"惊"而笑，这"笑"则表现了雨村的强作镇定、老奸巨猾、精于吏道的特点。门子的六次"笑"中，有二处是"冷笑"，表现了门子冷酷、自私的奴才嘴脸。贾雨村对精明强干的门子，内心虽十分记恨，嘴上却一笑二笑三笑，并且不惜降格以"贫贱之交"相称。后来，他远远地充发了门子，可见贾雨村的笑是"笑里藏刀"、忘恩负义。文中的十个"笑"字，把这两个人物写得活灵活现，极其深刻地揭露了封建官场乃至整个封建社会的丑恶本质。（子夜霜）

那一日正当三月中浣(注：中浣，中旬。唐代定制，官吏十天一次休息、沐浴，每月分为上浣、中浣、下浣，后来借做上旬、中旬、下旬的别称)，早饭后，宝玉携了一套《会真记》(注：《会真记》，这里指《西厢记》。《会真记》本是唐代元稹写的传奇《莺莺传》，传奇叙述的是张生与崔莺莺的爱情悲剧故事，为唐人传奇中之名篇。后世戏曲作者以其故事人物创作出许多戏曲，如金代董解元《西厢记诸宫调》和元代王实甫《西厢记》等)，走到沁芳闸桥边桃花底下一块石上坐着，展开《会真记》，从头细玩。正看到"落红成阵"，只见一阵风过，把树头上桃花吹下一大半来，落的满身满书满地皆是。宝玉要抖将下来，恐怕脚步践踏了，只得兜了那花瓣，来至池边，抖在池内。那花瓣浮在水面，飘飘荡荡，竟流出沁芳闸去了。

回来只见地下还有许多，宝玉正踌躇间，只听背后有人说道："你在这里作什么?"宝玉一回头，却是林黛玉来了，肩上担着花锄，上挂着纱囊，手内拿着花帚。宝玉笑道："好，好，来把这个花扫起来，撂在那水里。我才撂了好些在那里呢。"林黛玉道："撂在水里不好。你看这里的水干净，只一流出去，有人家的地方脏的臭的混倒，仍旧把花糟蹋了。那畸角上我有一个花冢，如今把他扫了，装在这绢袋里，拿土埋上，日久不过随土化了，岂不干净。"

宝玉听了喜不自禁，笑道："待我放下书，帮你来收拾。"黛玉道："什么书?"宝玉见问，慌的藏之不迭，便说道："不过是《中庸》《大学》。"黛玉笑道："你又在我跟前弄鬼。趁早儿给我瞧，好多着呢。"宝玉道："好妹妹，若论你，我是不怕的。你看了，好歹别告诉别人去。真真这是好文章! 你要看了，连饭也不想吃呢。"一面说，一面递了过去。林黛玉把花具且都放下，接书来瞧，从头看去，越看越爱看，不到顿饭工夫，将十六出俱已看完，自觉词藻警人，余香满口。虽看完了书，却只管出神，心内还默默记词。

宝玉笑道："妹妹，你说好不好?"林黛玉笑道："果然有趣。"宝玉笑道："我就是个'多愁多病身'，你就是那'倾国倾城貌'。"林黛玉听了，不觉带腮连耳通红，登时直竖起两道似蹙非蹙的眉，瞪了两只似睁非睁的眼，微腮带怒，薄面含嗔，指宝玉道："你这该死的胡说! 好好的把这淫词艳曲弄了来，还学了这些混话来欺负我。我告诉舅舅、舅母去。"说到"欺负"两个字上，早又把眼圈儿红了，转身就走。

宝玉着了忙，向前拦道："好妹妹，千万饶我这一遭，原是我说错了。若有心欺负你，明儿我掉在池子里，教个癞头鼋(注：癞头鼋，动物名，亦称"绿团鱼"，爬行纲，鳖科。吻突而短，长不及眼径的一半。脚上有较宽的蹼)吞了去，变个大忘八，等你明儿做了'一品夫人'病老归西的时候，我往你坟上替你驮一辈子的碑去。"说的林黛玉嗤的一声笑了，揉着眼睛，一面笑道："一般也吓的这个调儿，还只管胡说。'呸，原来苗儿不秀，是个银样蜡枪头(注：蜡枪头，锡铅合金做的枪头，质软。比喻中看不中用的人。蜡,通"镴",锡铅合金,可以焊接金属,亦可制造器物)。'"宝玉听了,笑道:"你这个呢? 我也告诉去。"林黛玉笑道:"你说你会过目成诵,难道我就不能一目十行么?"

宝玉一面收书,一面笑道:"正经快把花埋了罢,别提那个了。"二人便收拾落花,正才掩埋妥协,只见袭人走来,说道:"那里没找到,摸在这里来。那边大老爷身上不好,姑娘们都过去请安,老太太叫打发你去呢。快回去换衣裳去罢。"宝玉听了,忙拿了书,别了黛玉,同袭人回房换衣不提。

这里林黛玉见宝玉去了,又听见众姊妹也不在房,自己闷闷的。正欲回房,刚走到梨香院墙角上,只听墙内笛韵悠扬,歌声婉转。林黛玉便知是那十二个女孩子演习戏文呢。只是林黛玉素昔不大喜看戏文,便不留心,只管往前走。偶然两句只吹到耳内,明明白白,一字不落,唱道是:"原来姹紫嫣红开遍,似这般都付与断井颓垣。"林黛玉听了,倒也十分感慨缠绵,便止住步侧耳细听,又听唱道是:"良辰美景奈何天,赏心乐事谁家院。"听了这两句,不觉点头自叹,心下自思道:"原来戏上也有好文章。可惜世人只知看戏,未必能领略这其中的趣味。"想毕,又后悔不该胡想,耽误了听曲子。又侧耳时,只听唱道:"则为你如花美眷,似水流年。"林黛玉听了这两句,不觉心动神摇。又听道:"你在幽闺自怜"等句,一发如醉如痴,站立不住,便一蹲身坐在一块山子石上,细嚼"如花美眷,似水流年"八个字的滋味。忽又想起前日见古人诗中有"水流花谢两无情"之句,又词中有"流水落花春去也,天上人间"之句,又兼方才所见《西厢记》中"花落水流红,闲愁万种"之句,都一时想起来,凑聚在一处。仔细忖度,不觉心痛神痴,眼中落泪。

[中国]曹雪芹/文

品 读

《共读西厢》选自《红楼梦》第二十三回《西厢记妙词通戏语　牡丹亭艳曲警芳心》,标题是编者所加的。

"共读西厢"指的是贾宝玉跟林黛玉在一起读《西厢记》,这在《红楼梦》中具有重要意义。宝黛爱情正是通过共读西厢而变得明朗而且更有内涵和诗意。

众人入住大观园之初,贾宝玉"心满意足"了一阵子之后,心里又"不自在起来",后来茗烟在外间书坊内弄来一些古今小说、外传、传奇之书,这让宝玉高兴万分。这天宝玉带了一本《会真记》(即《西厢记》)躲在沁芳闸桥底下一块石头上坐着偷看,却被葬花的林黛玉走来撞着。宝玉谎称是在读《大学》《中庸》之类,慌忙想藏起来,可怎能逃脱过林黛玉的眼睛!

平时,宝黛矛盾、纠葛,大多是林黛玉故意为难他,而这一次很特别。当宝玉说这本书"真真这是好文章! 你要看了,连饭也不想吃呢"时,黛玉没有像平时那样故意不屑一顾,而是一下子就被吸引住了,一口气读下去,还一面读一面记诵,因为她确是被此书征服了。

宝玉情思涌动,感到二人就像西厢中的男女主角,接下来,贾宝玉情不自禁用《西厢记》中的话和林黛玉"开玩笑"。林黛玉听了,"登时直竖起两道似蹙非蹙的眉,瞪了两只似睁非睁的眼,微腮带怒,薄面含嗔",说"学了这些混话来欺负我",说到"欺负"二字,眼圈儿红了,其实怕自己有一天像崔莺莺那样,真的冲突礼教,做出非礼的事来,有辱自尊。实际上,林黛玉并非真的生气了,所以当宝玉连忙说对不起时,就不生气了,还引了西厢中银样蜡枪头打趣宝玉的怕父母一事。这一怒一喜,虽然是两种截然相反的表现,却是黛玉表达内心情感的独特方式。

作者并没有就此结束"共读西厢"的故事,接着写了宝黛共读西厢的余波——黛玉听曲的一段精彩描写。作者写过这段后,还觉得力度不够,又安排黛玉又去听《牡丹亭》,这一听不当紧,黛玉更是情迷其中,不能自拔,不觉心动神摇,愈发如痴如醉,站立不住,便蹲坐山子石上,细品"如花美眷,似水流年"的滋味。又想到《西厢记》中"花落水流红,闲愁万种"之句,"不觉心痛神痴,眼中落泪"。此段描写,林黛玉和杜丽娘的感受如出一辙。柳梦梅•现在杜丽娘的梦中,而宝玉与黛玉耳鬓厮磨却非一日。作者借黛玉感受礼教写出了礼教对人性的压抑和摧残。在礼教的约束下,处于青春年华的男女,偏不准生出感情来,否则,就是没教养,就是无耻。

共读西厢的故事发生在贾宝玉和林黛玉进入大观园之后,一方面因为大观园具备诗情画意的背景,另一方面,进入大观园之后贾宝玉的心理发生了微妙变化。《西厢记》《牡丹亭》都是当时的禁书,一方面,黛玉作为一个有身份的贵族小姐,认为是要遵守礼教的,一方面,对人性自由不由自主充满了向往。在这里,作者通过宝黛共读西厢一节表明了对人性自由的向往。

后　记

　　读书,不仅是读读而已,而是关乎读什么、怎么读的问题;读书,不仅是对我们的人生观、价值观、世界观的洗礼,也是对心灵的一种抚慰;读书,不仅可以汲取思想精神方面的营养,也能获得一种审美的享受,并使审美能力得以提升。

　　读什么呢? 读古今中外最经典的作品。

　　怎么读呢? 欣赏性、评价性地品读。

　　做到这两点,自然能达到读书的目的。

　　读经典作品,读者尤其是学生读者往往觉其美,但美在何处,却说不出来。

　　"品读经典"系列不仅是要把经典作品遴选出来,而且在怎么读经典上为读者作些努力,这些经典作品都有旁批及针对整篇的专题性赏析,同时,比较阅读的作品也都有品读文字。为了更好地服务读者,在"品读经典"系列出版后,我们将在"未来之星"博客上刊发"品读经典"系列各类文体作品的品读要点、品读方法、作品评析的文章。这里我们也期待热心下一代健康成长的教师,能提供有评析文字的欣赏文章,我们适时将在"未来之星"博客刊发。

　　推崇经典、拒绝平庸,是我们一贯的主张,我们历时六载编写了"品读经典"这一系列,根本的目的就是要把最经典的最具阅读价值的作品奉献给我们民族的未来一代——广大青少年读者。当下图书可谓琳琅满目,但是,有品位的太少太少,真正适合青少年读者阅读的更是少之又少。基于此,"品读经典"系列是以世界眼光来审视古今中外作品的,把最经典的择选出来,呈现给青少年读者。

　　"品读经典"系列,学生、老师、学者等前后推荐经典性作品35670余篇,经过数次大浪淘沙式的遴选,推荐的作品最终入选的仅有3%。因此,入选"品读经典"系列的这些作品,可以说,篇篇皆是书山文海里最为璀璨的颗颗珍珠,是经典中的经典。浏览它,如雨后睹绚烂彩虹;欣赏它,如江岸沐温馨春风;品读它,如清晨饮清爽香茗。

历尽千百周折和万千艰辛，"品读经典"系列终于将与读者见面了，然而我们仍觉得有些遗憾。

　　遗憾之一："品读经典"所选作品的读点、旁批、专题赏析、品读等皆是全国一百多位老师、学者苦心孤诣研究的结晶，虽然经过数个环节的斟酌、修改，再斟酌、再修改，努力使其臻于完美，但是，仍感觉似有不足之处，加之品评作品本来就是仁者见仁，智者见智，也难免会有失当之处。因此，我们恳望专家学者及广大读者批评指正，我们表示真诚的感谢。

　　遗憾之二：为了开阔读者视野，入选的国内经典作品较少，外国经典作品相对较多，然而这些外国经典作品有的还缺少译者，尽管我们努力查寻，有所弥补，但仍然有的作品的译者难以查到。为了帮助读者理解作品，需要作者的一些资料，但有的作者资料仍然未能得以完善。由于所选作品涉及面广、稿件来源复杂及时间地域等因素，出版前我们仍难以与所有作者（包括译者）——取得联系。本着扩大作品的影响力和为读者打造最具阅读价值的一流读物的原则，冒昧将其转载，在此谨致以最深切最诚挚的歉意，恳请作者谅解！

　　为了弥补遗憾，出版后我们仍将继续联系作者，同时，也恳请作者或熟知作者情况的读者见到本书后能与我们联系，以便重印时弥补缺憾和按国家有关规定支付作者稿酬。

　　我们真诚希望所有作者都能联系上，也希望更多的优秀作者和专家学者能支持并参与"让下一代能读到真正有价值的书"的活动，为推动民族文化事业的健康发展贡献一份力量。

未来之星博客：http://blog.sina.com.cn/axbk2009
作者联系信箱：zhbk365@126.com
读者建议信箱：meilizhiku@126.com

本书编写者

图书在版编目（CIP）数据

大漠狂奔的野马 : 小说卷 : 全二册/ 京涛,屈平,
子夜霜主编. —郑州 : 文心出版社,2013.7
（品读经典）
ISBN 978 - 7 - 5510 - 0469 - 5

Ⅰ.①大… Ⅱ.①京… ②屈… ③子… Ⅲ.①小说集 –
作品集 – 世界 – 现代 Ⅳ.①I14

中国版本图书馆 CIP 数据核字(2013)第 179288 号

大漠狂奔的野马 : 小说卷　下

出　版　社:文心出版社
　　　　　　（地址:郑州市经五路 66 号　　邮政编码:450002）
发行单位:全国新华书店
承印单位:辉县市伟业印务有限公司
书　　　号:ISBN 978 - 7 - 5510 - 0469 - 5
开　　本:720 毫米 × 1000 毫米　　　1/ 16
印　　张:15
字　　数:330 千字
版　　次:2013 年 7 月第 1 版
印　　次:2017 年 6 月第 2 次印刷
定　　价:70.00 元(全二册)